David Baldacci

# T O T A L   C O N T R O L

DAVID BALDACCI

# TOTAL CONTROL

Roman

Aus dem Amerikanischen
von Michael Krug

GUSTAV LÜBBE VERLAG

Für Spencer,
das einzige kleine Mädchen
auf der Welt, das mich
innerhalb von Sekunden vor
Glück taumeln und
vor Zorn erbeben lassen kann.
Daddy liebt dich aus
ganzem Herzen.

## DANKSAGUNG

Für TOTAL CONTROL waren umfangreiche Recherchen und zahlreiche Fachinformationen erforderlich. Ich schätze mich glücklich, diese durch Unterstützung folgender Personen erhalten zu haben:

Mein Dank gilt meiner Freundin Jennifer Steinberg, die weit über das Maß der Pflicht hinaus Antworten auf all die esoterischen und ungemein komplizierten Fragen aufgespürt hat, mit denen ich sie ununterbrochen konfrontierte. Sofern es eine bessere Rechercheurin gibt, ist sie mir nicht bekannt.

Außerdem meinem Freund Tom DePont von der NationsBank für seine kompetente Unterstützung bei banktechnischen Fragen und seine überaus hilfreichen Anregungen zu realistischen Szenarien vor dem Hintergrund der Finanzwelt. Des weiteren meinem Freund Marvin McIntyre von der Maklerfirma Legg Mason sowie seinem Kollegen Paul Montgomery für deren fachliche Auskünfte zu den Themen Bundeszentralbank und Investmentkreise.

Dr. Catharine Broome, einer guten Freundin und hervorragenden Ärztin, für ihre Ratschläge zu Allgemeinmedizin und speziellen Krebsbehandlungsmethoden. Außerdem für die aufschlußreichen Einzelheiten, die sie und ihr Mann David mir über New Orleans erzählten.

Meinem Onkel Bob Baldacci für das umfangreiche Material, das er mir zur Verfügung stellte, und für die Geduld, mit der er eine wahre Flut von Fragen zur komplexen Funktion von Düsenjets sowie zu Flughafenbetriebs- und Wartungsabläufen beantwortete.

Meinem Cousin Steve Jennings, der mich durch die Welt der Computer und das verschlungene Labyrinth des Internet führte. Und seiner Frau Mary, der ich eine Karriere als Lektorin ans Herz legen möchte. Ihre Anmerkungen waren eine große Hilfe, und viele davon haben ihren Weg in das Endprodukt gefunden. Ferner Dr. Peter Aiken von der Virginia Commonwealth University, der mir den verschlungenen Weg von E-Mails über das Internet begreiflich machen konnte.

Neil Schiff, dem Leiter der Abteilung für Öffentlichkeitsarbeit des FBI, der eine Besichtigung des Hoover-Building arrangierte und all meine Fragen zum FBI beantwortete.

Larry Kirshbaum, Maureen Egen und dem Rest der tollen Mannschaft bei Warner Books, für all ihre Unterstützung. Ihr habt mein Leben so einschneidend verändert, daß es mir ein Herzenswunsch ist, mich in jedem Roman dafür zu bedanken, um meiner tief empfundenen Verbundenheit Ausdruck zu verleihen.

Mein ganz besonderer Dank gilt Frances Jalet-Miller von der Aaron Priest Agency. Ich schätze mich äußerst glücklich, sie als Lektorin und Freundin zu haben. Durch ihre offen ausgesprochene Meinung trug sie wesentlich zur Verbesserung dieses Buches bei.

## KAPITEL 1

Die Wohnung war klein, unauffällig und von einem muffigen Geruch erfüllt, als sei sie lange nicht gelüftet worden. Die wenigen Möbel und persönlichen Dinge jedoch machten einen sauberen und ordentlichen Eindruck; einige der Stühle sowie der kleine Beistelltisch waren unverkennbar höchst wertvolle Antiquitäten. Den größten Einrichtungsgegenstand des winzigen Wohnzimmers stellte ein aufwendig gefertigtes Bücherregal aus Ahornholz dar, das ebensogut auf dem Mond hätte stehen können, so völlig unangebracht wirkte es in dem bescheidenen, farblosen Raum. Die meisten Werke, die sich fein säuberlich auf den Regalbrettern aneinanderreihten, waren finanztechnischer Natur und befaßten sich mit Themen wie internationaler Währungspolitik und komplizierten Investmenttheorien.

Das einzige Licht im Raum stammte von einer Stehlampe neben einer zerschlissenen Couch. In dem kleinen Lichtkegel saß ein hochgewachsener Mann mit schmalen Schultern. Die Augen hatte er geschlossen, als schliefe er. Die zierliche Armbanduhr an seinem Handgelenk zeigte vier Uhr morgens. Er trug eine konservative graue Anzughose mit Aufschlägen, unter denen auf Hochglanz polierte Schuhe mit schwarzen Troddeln hervorlugten. Über ein gestärktes, weißes Frackhemd spannten sich dunkelgrüne Hosenträger. Der Kragen des Hemdes war aufgeknöpft, um den Hals baumelten die Enden einer Fliege. Der große kahle Schädel war nicht einmal das auffälligste Merkmal an ihm; es war der dichte, stahlgraue Bart in dem breiten, tief zerfurchten Gesicht, der unverzüglich alle Aufmerksamkeit beanspruchte.

Als aber der Mann unvermittelt die Augen aufschlug, trat alles andere in den Hintergrund; stechend starrten die haselnußbraunen Augen zwischen den Lidern hervor. Während sie durch das Zimmer wanderten, schienen sie anzuschwellen, bis sie die Augenhöhlen völlig einnahmen.

Dann packte ihn der Schmerz, und er griff sich an die linke Seite – in Wahrheit tobten die Schmerzen überall. Ihren Ursprung jedoch hatten sie an der Stelle, die er nun mit nutzloser Gewalt bearbeitete. Die Atmung ging keuchend, das Gesicht verzerrte sich zu einer Fratze.

Seine Hand ging zu einer am Gürtel befestigten Vorrichtung. In Form und Größe ähnelte sie einem Walkman, tatsächlich aber handelte es sich um eine CADD-Pumpe; diese war an einem gänzlich unter dem Hemd verborgenen Groshong-Katheter befestigt, dessen Enden in die Brust des Mannes eingebettet waren. Der Finger des Mannes fand den richtigen Knopf, und sogleich strömte eine unglaublich starke Dosis schmerzstillender Mittel aus der Pumpe, die weit über die Menge hinausging, welche die Maschine ihm tagsüber in regelmäßigen Abständen verabreichte. Als der Medikamentencocktail in den Blutkreislauf des Mannes floß, ließen die Schmerzen endlich nach. Doch sie würden wiederkehren; das taten sie immer.

Erschöpft lehnte der Mann sich zurück. Das Gesicht war naß, das frisch gewaschene Hemd von Schweiß durchtränkt. Er dankte Gott für die Nottaste an der Pumpe. Zwar hielt er sich für keineswegs wehleidig, da er sich durch seine gewaltige Willensstärke über so manch körperliche Unannehmlichkeit hinwegzusetzen vermochte, doch die nunmehr in ihm hausende Bestie suchte ihn mit Qualen ungeahnten Ausmaßes heim. Flüchtig überlegte er, was wohl zuerst eintreten würde: sein Tod oder die Kapitulation der Medikamente vor dem übermächtigen Feind. Er betete um Ersteres.

Der Mann taumelte ins Badezimmer und sah in den Spiegel. Bei dem Anblick, der ihm entgegenstarrte, brach Arthur Lieberman schlagartig in ein schrilles Gelächter aus. Das nahezu panische Geheul stieg auf und drohte die dünnen

Wände der Wohnung zu sprengen, bis der unkontrollierbare Ausbruch in Schluchzen überging und letztlich endete, indem Lieberman sich hustend übergab. Eine Weile später, nachdem er das verschwitzte Hemd durch ein frisches ersetzt hatte, begann er sich vor dem Badezimmerspiegel die Fliege zu binden. Seine Hände waren jetzt ganz ruhig. Man hatte ihm gesagt, daß er mit derartigen Stimmungsschwankungen rechnen mußte. Er schüttelte den Kopf.

Stets hatte er ein maßvolles Leben geführt. Er hatte regelmäßig Sport betrieben, nie geraucht, nie getrunken und immer auf sein Gewicht geachtet. Nun, mit geradezu jugendlichen zweiundsechzig Jahren, sollte er sich damit abfinden, daß er den dreiundsechzigsten Geburtstag nicht mehr erleben würde. Dieser Umstand wurde ihm von so vielen Spezialisten bestätigt, daß schließlich selbst Liebermans ausgeprägter Lebenswille ins Wanken geraten war. Aber er würde nicht in aller Ruhe hinscheiden. Bei dem Gedanken, daß der bevorstehende Tod ihm eine Handlungsfreiheit gewährte, die ihm ein Leben lang verwehrt gewesen war, mußte er plötzlich lächeln. Zweifellos würde es sich als ironische Wendung erweisen, daß eine derart herausragende Karriere mit einer überaus unehrenhaften Offenbarung enden sollte. Doch die Schockwellen, die auf sein Ableben folgen würden, waren es wert. Was kümmerte es ihn noch?

Lieberman ging in das winzige Schlafzimmer und hielt einen Augenblick inne, um die Fotos auf dem Tisch zu betrachten. Tränen traten ihm in die Augen. Rasch flüchtete er aus dem Raum.

Punkt fünf Uhr dreißig verließ Arthur Lieberman die Wohnung und fuhr mit dem engen Aufzug ins Erdgeschoß, wo draußen am Straßenrand ein Crown Victoria mit laufendem Motor wartete. Grell schimmerten die Regierungskennzeichen im Schein der Straßenlaternen. Sogleich stieg der Chauffeur aus dem Wagen und hielt Lieberman die Tür auf. Respektvoll hob er zum Gruß die Hand an die Mütze und erhielt, wie üblich, keine Antwort. Wenige Augenblicke später war das Auto bereits die Straße hinunter verschwunden.

Etwa zur gleichen Zeit, als Liebermans Wagen auf den Autobahnring bog, wurde der Mariner-L800-Düsenjet für die Vorbereitung auf den Direktflug nach Los Angeles aus dem Hangar des Internationalen Flughafens Dulles rangiert. Die Wartungsarbeiten waren bereits abgeschlossen, nun wurde das 47 Meter lange Luftfahrzeug aufgetankt. Wie viele große Fluggesellschaften ließ auch Western Airlines das Tanken ihrer Flotte von Fremdfirmen durchführen. Der schwere, kompakte Tankwagen parkte unterhalb der rechten Tragfläche. In der Standardausführung verfügte der L800 über Treibstofftanks in beiden Tragflächen sowie im Flugzeugrumpf. Die Tankverschalung an der Unterseite der Tragfläche, die sich etwa ein Drittel der Tragflächenlänge vom Rumpf entfernt befand, war heruntergeklappt. Der lange Kraftstoffschlauch schlängelte sich hinauf ins Tragflächeninnere, wo er am Tankeinfüllventil fixiert worden war. Dieses eine Ventil diente über eine Reihe von Verbindungsrohren dem Befüllen aller drei Tanks. Ein Tankwart mit dicken Handschuhen und schmutziger Arbeitsmontur überwachte den Schlauch, während der hochwertige Treibstoff in den Tank strömte. Aufmerksam sah der Mann sich um und beobachtete die zunehmenden Aktivitäten rund um das Flugzeug: Post und Fracht wurden verladen, Gepäckkarren rollten auf das Terminal zu. Nachdem er sich vergewissert hatte, daß ihn niemand beobachtete, besprühte er den freiliegenden Teil des Treibstofftanks rund um den Einfüllstutzen mit einer Substanz aus einem Plastikbehälter. An der eingesprühten Stelle glänzte das Metall des Tanks. Eine eingehendere Untersuchung hätte einen dünnen Film auf der Metalloberfläche offenbart, doch es würde keine eingehendere Untersuchung erfolgen. Selbst wenn der Erste Offizier die Bodenüberprüfung durchführte, würde er nie und nimmer die kleine Überraschung entdecken, die sich in der gewaltigen Maschine verbarg.

Der Mann steckte den winzigen Plastikbehälter tief in eine der Taschen der Arbeitsmontur. Aus einer anderen Tasche holte er einen schmalen, rechteckigen Gegenstand und schob die Hand ins Tragflächeninnere. Als er die Hand zurückzog, war sie leer. Da der Befüllvorgang mittlerweile abgeschlossen war, wurde der Schlauch wieder auf dem Wagen verstaut und die Tankverschalung der Tragfläche verschlossen. Der Tankwagen fuhr davon, um den nächsten Jet zu befüllen. Nach einem letzten Blick auf den L800 schlenderte auch der Mann davon. Heute morgen sollte sein Dienst um sieben Uhr zu Ende gehen. Er hatte nicht vor, auch nur eine Minute länger zu bleiben.

Der fast 100 Tonnen schwere Mariner L800 hob von der Startbahn ab und brach mühelos durch die morgendliche Wolkendecke. Der L800 war ein eingängiger Jet, ausgestattet mit zwei Rolls-Royce-Triebwerken mit hohem Nebenstromverhältnis und somit eines der augenblicklich modernsten in Verwendung stehenden Luftfahrzeuge, abgesehen von den Maschinen, mit denen die Piloten der U. S. Air Force flogen.

Flug 3223 beförderte 174 Passagiere sowie eine siebenköpfige Besatzung. Die meisten Passagiere machten es sich mit Zeitungen oder Zeitschriften auf ihren Sitzen bequem, während das Flugzeug rasch über den Hügeln von Virginia auf eine Reiseflughöhe von 35 000 Fuß emporstieg. Der eingebaute Navigationscomputer hatte eine Flugzeit von 5 Stunden und 5 Minuten nach Los Angeles errechnet.

Einer der Passagiere der ersten Klasse las das *Wall Street Journal*. Eine Hand spielte an dem buschigen Bart, während große, aufmerksame Augen über die Seiten streiften. Weiter hinten in dem engen Gang, in der Economy-Klasse, saßen schweigend andere Passagiere, manche mit vor der Brust verschränkten Armen, manche mit halb geschlossenen Augen; einige lasen. Auf einem Sitz hielt eine alte Frau mit der rechten Hand einen Rosenkranz umklammert und murmelte leise das altvertraute Gebet.

Als der L800 die Reiseflughöhe erreichte und in den Horizontalflug überging, ertönte die Stimme des Kapitäns über den Lautsprecher, um, wie immer, die Fluggäste zu begrüßen, während die Flugbegleiter ihrer üblichen Arbeit nachgingen – eine Routine, die jäh unterbrochen werden sollte.

Sämtliche Köpfe fuhren zu dem roten Blitz herum, der an der rechten Seite des Flugzeugs aufflammte. Die Passagiere auf den Fensterplätzen jener Seite beobachteten mit blankem Entsetzen, wie sich die rechte Tragfläche verbog, die Metallhaut einriß und die Nieten heraussprangen. Nur Sekunden verstrichen, bis zwei Drittel der Tragfläche abbrachen und das rechte Triebwerk mit sich in die Tiefe rissen. Wie abgetrennte Venen schlugen zerfetzte Hydraulikleitungen und Kabel im wilden Flugwind hin und her, während Treibstoff aus dem aufgebrochenen Tank gegen den Flugzeugrumpf spritzte.

Sofort rollte der L800 links über und drehte sich auf den Rücken, wodurch sich die Kabine in ein einziges Chaos verwandelte. Jedes einzelne menschliche Wesen im Bauch des Flugzeugs schrie in Todesangst auf, als die Maschine völlig unkontrolliert durch die Luft schlingerte. Überall wurden Passagiere brutal aus den Sitzen gerissen. Für die meisten davon endete dies tödlich. Schmerzensschreie gellten, als weiches menschliches Fleisch und schwere Gepäckstücke aufeinanderprallten, die aus den Ablagen geschleudert wurden, weil die wild durcheinanderwirbelnden Druckwellen die Haltekraft der Schließmechanismen überschritten.

Der Griff der alten Frau lockerte sich, und der Rosenkranz glitt auf die Decke des Flugzeugs, die nunmehr den Boden der auf dem Kopf stehenden Maschine darstellte. Ihre Augen waren weit aufgerissen, jedoch nicht in Angst. Sie war eine der Glücklichen. Ein tödlicher Herzinfarkt hatte sie vor dem blanken Schrecken der nächsten Minuten bewahrt.

Zweimotorige Düsenflugzeuge für den kommerziellen Einsatz müssen auch mit nur einem Triebwerk flugtauglich bleiben. Kein Düsenflugzeug jedoch vermag sich mit nur einer Tragfläche in der Luft zu halten. Die Flugsicherheit von Flug 3223 war unwiederbringlich dahin. Der L800 neigte sich mit der Nase voraus in einen tödlichen Sturzflug Richtung Erde.

Im Cockpit kämpfte die zweiköpfige Besatzung fieberhaft mit den Instrumenten, während ihre beschädigte Maschine wie ein Speer durch den bedeckten Himmel abwärts schoß. Wenngleich sie keine Ahnung hatten, welche Katastrophe eingetreten war, so wußten sie doch sehr wohl, daß der Düsenjet und alle Menschen an Bord in tödlicher Gefahr schwebten. Hektisch versuchten die beiden Piloten, die Kontrolle über das Flugzeug wiederzuerlangen, wobei sie insgeheim darum beteten, nicht mit einer anderen Maschine zusammenzukrachen, während sie auf die Erde zurasten. »O mein Gott!« Ungläubig starrte der Kapitän auf den Höhenmesser, der unaufhaltsam auf Null zuschnellte. Weder die beste Luftfahrtelektronik der Welt noch die außergewöhnlichsten Pilotenkünste konnten die grausame Wahrheit negieren, mit der alles Leben an Bord des beschädigten Luftschiffes konfrontiert war: Sie alle würden sterben, und zwar schon sehr bald. Und wie es bei nahezu allen Flugzeugabstürzen der Fall ist, würden die beiden Piloten als erste diese Welt verlassen; nur den Bruchteil einer Sekunde später würden alle übrigen Menschen an Bord des Fluges 3223 folgen.

Arthur Liebermans Mund klappte auf, während er völlig ungläubig die Armlehnen umklammerte. Als die Nase des Flugzeugs sich kerzengerade nach unten neigte, starrte Lieberman abwärts auf die Rückseite des Sitzes vor ihm, als befände er sich in einer bizarren Achterbahn. Zu seinem Leidwesen sollte Lieberman bis zum bitteren Ende bei Bewußtsein bleiben – bis zu jenem Augenblick, in dem das Flugzeug auf das unbewegliche Objekt prallte, auf das es nun zuraste. Sein Abschied aus der Welt der Lebenden sollte einige Monate verfrüht und alles andere als plangemäß eintreten. Während das Flugzeug zur letzten Landung ansetzte, drang ein einziges Wort über Liebermans Lippen. Obwohl es nur aus einer Silbe bestand, kreischte er es immer und immer wieder, bis es zu einem Schrei anschwoll, der all die anderen entsetzlichen Geräusche übertönte, die durch die Kabine fluteten.

*»Neiiiiiiin!«*

## KAPITEL 2

Washington, D. C., Stadtgebiet, einen Monat zuvor.

Das gestärkte Hemd war schmutzig, die Krawatte saß schief. So arbeitete Jason Archer sich durch den Inhalt der Kartonstapel. Neben ihm stand ein Laptop. Alle paar Minuten hielt er inne, zog ein Blatt Papier aus dem Durcheinander und übertrug den Text mittels Handscanner auf den Laptop. Schweiß tropfte ihm von der Nase. In dem Lagerhaus, in dem er sich befand, war es heiß und dreckig. Unerwartet rief irgendwo in den riesigen Räumlichkeiten eine Stimme nach ihm. »Jason?« Schritte näherten sich. »Jason, bist du hier?«

Rasch schloß Jason die Schachtel, mit der er sich gerade beschäftigte, schaltete den Laptop aus und schob ihn in eine Lücke zwischen zwei Stapeln. Wenige Sekunden später erschien ein Mann. Quentin Rowe war knapp eins siebzig groß, schmalschultrig und brachte an die siebzig Kilo auf die Waage. In dem bartlosen Gesicht prangte eine zierliche, runde Brille. Das lange, dünne blonde Haar war zu einem ordentlichen Pferdeschwanz zusammengebunden. Er war leger gekleidet, mit verwaschenen Jeans und einem weißen Baumwollhemd. Aus der Hemdentasche ragte die Antenne eines Mobiltelefons. Die Hände hatte er in die hinteren Hosentaschen gesteckt. »Ich war gerade in der Gegend. Wie kommst du voran?«

Jason erhob sich und streckte die große, muskulöse Gestalt. »Es wird, Quentin, es wird.«

»Die Verhandlungen mit CyberCom spitzen sich zu, und die verlangen so bald wie möglich die Finanzunterlagen.

Was glaubst du, wie lange brauchst du noch?« Obwohl er sich unbekümmert gab, wirkte Rowe besorgt.

Jason warf einen Blick auf die Stapel von Archivboxen. »Noch eine Woche, maximal zehn Tage.«

»Bist du sicher?«

Jason nickte und wischte sich gründlich die Hände ab, bevor er die Augen wieder auf Rowe richtete. »Ich lass' dich schon nicht im Stich, Quentin. Ich weiß, wie wichtig CyberCom für dich ist. Für uns alle.« Schuldgefühle kamen in ihm hoch, doch Jason ließ es sich nicht anmerken.

Rowe entspannte sich ein wenig. »Wir werden nicht vergessen, was für einen Einsatz du gezeigt hast, Jason; hier und auch mit den Datensicherungen. Gamble war äußerst beeindruckt, soweit er verstehen konnte, worum es ging.«

»Ich denke, man wird sich noch lange daran erinnern«, stimmte Jason zu.

Ungläubig ließ Rowe den Blick durch das Lager schweifen. »Man muß sich mal vorstellen, daß der Inhalt dieses gesamten Lagerhauses problemlos auf einem Stapel Disketten Platz gefunden hätte. Was für eine Verschwendung!«

Jason grinste. »Tja, Nathan Gamble ist nicht gerade der größte Computerexperte der Welt.« Rowe prustete. »Seine Investmenttransaktionen haben einiges an Papierkram produziert«, fuhr Jason fort, »aber seinen Erfolg kann niemand abstreiten. Der Mann hat im Laufe der Jahre einen Haufen Geld gemacht.«

»Stimmt genau, Jason. Das ist unsere einzige Hoffnung. Von Geld versteht Gamble etwas. Und nach der Übernahme von CyberCom werden unsere Konkurrenten im Vergleich zu uns geradezu mickrig wirken.« Bewundernd blickte Rowe zu Jason auf. »Nach all der Arbeit hast du eine große Zukunft vor dir.«

In Jasons Augen trat ein sanfter Schimmer, dann lächelte er seinen Kollegen an. »Davon bin ich überzeugt.«

Jason Archer kletterte auf den Beifahrersitz des Ford Explorer, beugte sich hinüber und küßte seine Frau. Sidney Archer war groß und blond. Ihr fein geschnittenes Profil war nach der Geburt ihrer Tochter etwas weicher geworden. Sie deutete mit dem Kopf auf den Rücksitz. Jason lächelte, als er die zwei Jahre alte Amy erblickte, die auf dem Kindersitz tief und fest schlief. Wie immer umklammerte sie mit einer Hand ihren Teddy.

»War ein langer Tag für sie«, meinte Jason, als er die Krawatte aufknöpfte.

»Für uns alle«, entgegnete Sidney. »Ich dachte, wenn ich erst mal nicht mehr Vollzeit arbeiten würde, wär' alles ein Kinderspiel. Mittlerweile habe ich das Gefühl, dieselben fünfzig Stunden wie früher in die drei Tage zu packen, die ich in der Kanzlei bin.« Müde schüttelte sie den Kopf und lenkte den Ford auf die Straße. Hinter ihnen ragte das Gebäude der Zentrale von Triton Global auf, dem Arbeitgeber ihres Mannes und unangefochtenem Weltmarktführer im Technologiebereich, von globalen Computernetzwerken bis hin zu Lernprogrammen für Kinder und so ziemlich allem dazwischen.

Jason ergriff die Hand seiner Frau und drückte sie zärtlich. »Ich weiß, Sid. Ich weiß, daß es hart ist, aber möglicherweise habe ich schon bald Neuigkeiten, nach denen du die Arbeit für immer an den Nagel hängen kannst.«

Sie blickte ihn an und lächelte. »Du hast ein Computerprogramm geschrieben, das dir die richtigen Lottozahlen verrät?«

»Vielleicht sogar noch besser.« Ein Grinsen erschien auf seinem Gesicht.

»Na gut, du hast meine ungeteilte Aufmerksamkeit. Worum geht's?«

Er schüttelte den Kopf. »Nein. Nicht, bevor ich es mit Sicherheit weiß.«

»Jason, tu mir das nicht an.«

Ihre gespielte Kränkung ließ das Lächeln auf seinen Lippen noch breiter werden. Er tätschelte ihre Hand. »Du weißt, ich kann Geheimnisse meisterlich für mich behalten. Und ich weiß, wie sehr du Überraschungen liebst.«

An einer roten Ampel hielt sie an und wandte sich ihm zu. »Ich mache auch gerne an Weihnachten Geschenke auf. Also erzähl schon.«

»Diesmal nicht, tut mir leid. Unmöglich. He, was hältst du davon, heute abend auswärts zu essen?«

»Ich bin eine höchst hartnäckige Anwältin, also versuch nicht, das Thema zu wechseln. Außerdem ist ›auswärts essen‹ nicht im Budget für diesen Monat vorgesehen. Ich will Einzelheiten.« Spielerisch piekte sie ihn, bevor die Ampel auf Grün schaltete und sie losfuhr.

»Schon sehr, sehr bald, Sid. Das verspreche ich dir. Aber nicht jetzt, okay?« Mit einem Schlag klang sein Tonfall wesentlich ernster, als bedauere er, das Thema angeschnitten zu haben. Sie schaute zu ihm hinüber. Angespannt starrte er aus dem Fenster. Ein Hauch von Besorgnis huschte über ihre Züge. Dann drehte er sich zu ihr um und erblickte den Ausdruck in ihrem Gesicht. Zärtlich strich er ihr mit den Fingern über die Wange und zwinkerte. »Als wir geheiratet haben, da habe ich dir die Welt versprochen, nicht wahr?«

»Du hast mir die Welt gegeben, Jason.« Im Innenspiegel betrachtete sie Amy. »Mehr als die Welt.«

Er streichelte ihre Schulter. »Ich liebe dich, Sid, mehr als alles andere. Du verdienst nur das Beste. Eines Tages werde ich dir genau das bieten.«

Sidney lächelte ihn an. Als er jedoch wieder aus dem Fenster blickte, kehrte die Besorgnis in ihr Gesicht zurück.

Der Mann saß über den Computer gebeugt, das Gesicht nur wenige Zentimeter vom Bildschirm entfernt. Die Finger klopften so hektisch auf die Tasten ein, daß sie wie eine Reihe winziger Preßlufthämmer wirkten. Die ramponierte Tastatur schien sich unter dem unablässigen Trommelfeuer jeden Augenblick in ihre Bestandteile aufzulösen. Wie ein Wasserfall flimmerten Bilder über den Computermonitor, viel zu schnell, als daß ein menschliches Auge ihnen hätte folgen können. Draußen herrschte pechschwarze Nacht. Eine schwache Lampe über dem Schreibtisch lieferte das nötige Licht für die Arbeit des Mannes. Dicke Schweißperlen prangten in seinem Gesicht, obwohl die Raumtemperatur bei angenehmen einundzwanzig Grad Celsius lag. Als ihm die salzigen Tropfen hinter die Brille rannen und in den bereits schmerzenden, blutunterlaufenen Augen brannten, wischte er sie zornig weg.

Er war so vertieft in seine Arbeit, daß er gar nicht wahrnahm, wie die Zimmertür sich leise öffnete. Auch die drei Paar Füße hörte er nicht, die sich den Weg in den Raum bahnten und über den dicken Teppich auf ihn zu schritten, bis sie unmittelbar hinter ihm zum Stehen kamen. Die Bewegungen ließen keine Eile erkennen. Offenbar gab die Überzahl den Eindringlingen hinreichend Selbstvertrauen.

Endlich drehte sich der Mann am Computer um. Dabei begann er am ganzen Leib panisch zu zittern, als hätte er bereits geahnt, was ihm bevorstand.

Ihm blieb nicht einmal Zeit zum Schreien.

Als die Abzugshähne gleichzeitig zurückschnellten und die Schlagbolzen niederstießen, bellten die Waffen in ohrenbetäubendem Gleichklang auf …

Jason Archer fuhr aus dem Sessel hoch, auf dem er eingeschlafen war. Schweiß stand ihm im Gesicht, so real wie die Vision des gewaltsamen Todes in seinem Kopf. Dieser verdammte Traum wollte ihn einfach nicht in Ruhe lassen. Rasch blickte er sich um. Sidney schlief auf der Couch. Im Hintergrund rumorte der Fernsehapparat.

Jason erhob sich und legte eine Decke über seine Frau. Dann schlich er hinunter zu Amys Zimmer. Es war schon fast Mitternacht. Als er zur Tür hineinlugte, hörte er, wie sie sich im Schlaf herumwälzte. Er trat an den Rand ihres Bettchens und beobachtete, wie die zierliche Gestalt sich rastlos hin- und herwarf. Ein böser Traum mußte sie wohl plagen – eine Qual, mit der ihr Vater bestens vertraut war. Zärtlich strich Jason seiner Tochter über die Stirn, dann hob er die Kleine hoch und nahm sie in die Arme. In der Stille der Dunkelheit wiegte er sie beruhigend hin und her. Für gewöhnlich vertrieb dies die Alpträume, und auch diesmal schlief Amy nach nur wenigen Minuten wieder tief und fest. Jason legte sie ins Bettchen und küßte sie auf die Wange.

Danach ging er in die Küche, kritzelte eine Nachricht für seine Frau, legte sie auf den Tisch neben der Couch, wo Sidney nach wie vor schlief, und begab sich in die Garage, wo er in sein altes Cougar-Cabrio stieg.

Als er im Rückwärtsgang aus der Garage fuhr, bemerkte er nicht, daß ihn seine Frau mit dem Zettel in der Hand vom Fenster aus beobachtete.

Nachdem die Rücklichter am Ende der Straße verschwunden waren, wandte Sidney sich vom Fenster ab und las die Nachricht erneut. Ihr Mann war unterwegs ins Büro, um noch eine Weile zu arbeiten. Sobald es ihm möglich sei, wolle er wieder nach Hause kommen.

Sidney warf einen Blick auf die Uhr am Kaminsims. Beinahe Mitternacht. Sie sah nach Amy, danach schlurfte sie in die Küche und stellte den Teekessel auf. Plötzlich sank sie auf die Anrichte, als ein tief in ihrem Unterbewußtsein schlummernder Verdacht an die Oberfläche drang. Nicht zum erstenmal war sie aufgewacht, um den Wagen ihres Mannes fortfahren zu sehen und eine Nachricht zu finden, die besagte, daß er zurück an die Arbeit gegangen war.

Sidney bereitete den Tee vor, dann, aus einem plötzlichen Impuls heraus, rannte sie die Treppe zum Badezimmer hinauf. Im Spiegel betrachtete sie ihr Gesicht. Es wirkte etwas voller als bei der Hochzeit. Unvermittelt schlüpfte sie aus dem Nachthemd und der Unterwäsche. Von vorn, von der Seite und schließlich von hinten musterte sie sich, wobei sie einen Handspiegel hochhielt, um diesen deprimierendsten aller Blickwinkel besonders kritisch zu prüfen. Die Schwangerschaft hatte ihre Spuren hinterlassen. Wohl hatte sich der Bauch recht gut erholt, der Po hingegen war eindeutig schlaffer als früher, was nach einer Geburt ganz normal schien. Zeigten ihre Brüste erste Anzeichen eines Hängebusens? Auch die Hüften wirkten ein wenig breiter als früher. Mit unruhigen Fingern betastete sie die paar Millimeter zusätzlicher Haut unter dem Kinn, als unerwartet eine heftige

Depression über sie kam. Jasons Körper war noch so stahlhart wie damals, als sie begonnen hatten, miteinander auszugehen. Die erstaunlichen körperlichen Eigenschaften und das zeitlos gute Aussehen ihres Mannes stellten lediglich einen Teil des überaus attraktiven Gesamtbildes dar, zu dem auch ein bemerkenswerter Intellekt gehörte. Ein Gesamtbild, das auf jede Frau, die Sidney kannte, unglaublich anziehend wirken mußte - und gewiß auch auf manche, die sie nicht kannte. Während sie die Züge um die Kieferpartie nachfuhr, schnappte sie nach Luft, als sie begriff, was sie gerade tat. Eine höchst intelligente, angesehene Anwältin begutachtete sich wie ein Stück Fleisch, wie es Generationen von Männern mit Frauen zu tun pflegten.

Rasch zog sie das Nachthemd wieder an. Sie *war* attraktiv. Jason *liebte* sie. Er *war* ins Büro gefahren, um einige Dinge aufzuarbeiten. Seine Karriere entwickelte sich steil nach oben. Schon bald würden sich ihrer beider Träume erfüllen. Er wollte eine eigene Firma gründen; sie wollte ganztägig als Mutter für Amy und die weiteren Kinder da sein, die sie sich noch wünschten. Das mochte vielleicht nach einer Fernsehserie aus den fünfziger Jahren klingen, doch das störte die Archers nicht; denn genau das ersehnten sie sich. Und Jason, davon war sie felsenfest überzeugt, arbeitete in diesem Augenblick wie ein Wilder, um sie dem gemeinsamen Ziel näherzubringen.

Etwa zu der Zeit, als Sidney ins Bett schlüpfte, hielt Jason Archer an einer Telefonzelle an und wählte eine Nummer, die er sich vor geraumer Zeit eingeprägt hatte. Am anderen Ende der Leitung wurde sofort abgenommen.

»Hallo, Jason.«

»Hören Sie, diese Geschichte muß bald ein Ende haben. Lange stehe ich das nicht mehr durch.«

»Haben Sie wieder Alpträume?« Der Stimme gelang es, gleichsam mitfühlend wie herablassend zu klingen.

»Sie meinen, Alpträume kommen und gehen. Nur hab' ich ständig welche«, antwortete Jason kurz angebunden.

»Es dauert nicht mehr lange.« Nun hörte sich die Stimme beruhigend an.

»Sind Sie sicher, daß mir niemand auf die Schliche gekommen ist? Ich hab' so ein komisches Gefühl. Als würde jeder mich beobachten.«

»Das ist ganz normal, Jason. Geht jedem so. Wären Sie in Gefahr, so wüßten wir das. Vertrauen Sie mir; ich habe das alles schon durchgemacht.«

»Ich vertraue Ihnen ja. Ich hoffe nur, mein Vertrauen ist nicht fehl am Platz.« Jasons Stimme klang zunehmend angespannter. »Ich bin kein Profi in solchen Dingen. Verdammt noch mal, das zehrt ganz schön an den Nerven.«

»Dafür haben wir durchaus Verständnis. Aber rasten Sie uns jetzt bloß nicht aus! Wie ich bereits sagte, es ist fast vorüber. Noch ein paar Dinge, dann treten Sie offiziell in den Ruhestand.«

»Wissen Sie, ich verstehe nicht, warum das noch nicht reicht, was ich Ihnen bereits beschafft habe.«

»Jason, es ist nicht Ihre Aufgabe, sich über derlei Dinge den Kopf zu zerbrechen. Wir müssen noch ein bißchen tiefer graben, und das haben Sie ganz einfach zu akzeptieren. Aber nur Mut. Wir sind alles andere als Anfänger auf diesem Gebiet. Halten Sie sich nur an die Anweisungen, dann geht alles in Ordnung. Alle werden zufrieden sein.«

»Nun, ich für meinen Teil werde heute nacht fertig, darauf können Sie Gift nehmen. Erfolgt die Übergabe wie bisher?«

»Nein. Diesmal wird es eine persönliche Übergabe.«

Jasons Tonfall verriet Überraschung. »Warum?«

»Wir nähern uns dem Ende, und in diesem Stadium könnte jeder Fehler die gesamte Operation gefährden. Zwar haben wir keinen Grund zu der Annahme, daß man *Ihnen* auf den Fersen ist, aber wir können nicht ausschließen, daß *wir* beobachtet werden. Bedenken Sie, daß wir alle ein Risiko auf uns nehmen. Für gewöhnlich geht bei Übergaben nichts schief; ein gewisser Unsicherheitsfaktor bleibt aber trotzdem immer. Durch eine persönliche Übergabe an einem abgeschiedenen Ort und mit neuen Leuten läßt sich dieser Unsicherheitsfaktor ausschalten, so einfach ist das. Das ist auch für Sie sicherer. Und für Ihre Familie.«

»Meine Familie? Was hat meine Familie damit zu tun?«

»Stellen Sie sich nicht blöd, Jason. Hier steht einiges auf dem Spiel. Wir haben Ihnen die Gefahren von Anfang an erklärt. Wir leben in einer gewalttätigen Welt. Verstanden?«

»Hören Sie –«

»Alles wird gutgehen. Befolgen Sie nur die Anweisungen Wort für Wort. Wort für Wort.« Auf dem letzten Satz lag eine besondere Betonung. »Sie haben doch niemandem etwas erzählt, oder? Vor allem nicht Ihrer Frau?«

»Nein. Was sollte ich schon sagen? Wer würde mir schon glauben?«

»Sie wären überrascht. Vergessen Sie nicht: Jeder, den Sie einweihen, schwebt genauso in Gefahr wie Sie.«

»Erzählen Sie mir doch etwas, das ich noch nicht weiß. Wie sehen die Einzelheiten der Übergabe aus?«

»Nicht jetzt. Bald. Über die üblichen Kanäle. Halten Sie durch, Jason. Wir sind bald am Ende des Tunnels.«

»Ja, ich hoffe nur, das verfluchte Ding stürzt nicht vorher über mir ein.«

Als Antwort ertönte ein kurzes Kichern, dann war die Leitung tot.

Jason zog den Daumen aus dem Fingerabdruckscanner, sprach seinen Namen in ein kleines, an der Wand montiertes Mikrofon und wartete geduldig, während der Computer Daumenabdruck und Stimmuster mit denen verglich, die in der gewaltigen Datenbank gespeichert waren. Lächelnd nickte er dem uniformierten Wachmann zu, der an einem großen Kontrollpult in der Mitte des Empfangsbereichs der siebenten Etage saß. Hinter dem breiten Rücken des Mannes hing in dreißig Zentimeter großen silbernen Lettern der Name »TRITON GLOBAL« an der Wand.

»Zu schade, daß Sie mich nicht einfach reinlassen dürfen, Charlie. Sie wissen schon, von Mensch zu Mensch.«

Charlie war ein großer Schwarzer Anfang Sechzig, der über einen kahlen Schädel und immense Schlagfertigkeit verfügte.

»Teufel auch, Jason, woher soll ich wissen, ob Sie nicht Saddam Hussein in Verkleidung sind. Heutzutage kann man sich nicht mehr auf Äußerlichkeiten verlassen. Hübscher Pullover übrigens, Saddam.« Charlie kicherte. »Außerdem, wie könnte diese riesige, hochentwickelte Firma je dem Urteilsvermögen eines unbedeutenden alten Nachtwächters wie mir vertrauen, wo sie doch all den Krempel hat, der feststellt, wer wer ist. Computer regieren die Welt, Jason. Die traurige Wahrheit ist, daß Menschen da einfach nicht mehr mithalten können.«

»Nicht so niedergeschlagen, Charlie. Die Technik hat auch ihre Vorteile. He, ich mache Ihnen einen Vorschlag. Warum tauschen wir beide nicht eine Weile die Plätze? Dann erleben Sie auch mal die guten Seiten.« Jason grinste.

»Sicher, Jason. Ich spiele mit dem ganzen millionenteuren Zeug rum, und Sie durchstöbern alle dreißig Minuten auf der Suche nach den bösen Jungs die Toiletten. Ich werd' Ihnen noch nicht mal 'ne Leihgebühr für die Uniform berechnen. Aber wenn wir schon die Plätze wechseln, müssen wir natürlich auch die Gehaltsschecks tauschen. Ich möchte doch nicht, daß Ihnen die stattliche Summe von sieben Dollar die Stunde durch die Lappen geht. Das wäre ungerecht.«

»Sie sind ausgekochter, als gut für Sie ist, Charlie.«

Charlie lachte und wandte sich wieder den zahlreichen in die Konsole eingebauten Bildschirmen zu.

Als die massive Tür auf gut geölten Angeln flüsterleise aufschwang, verschwand das Lächeln abrupt von Jasons Lippen. Er trat durch die Öffnung. Während er den Flur entlangschritt, holte er etwas aus der Manteltasche hervor. Der Gegenstand wies die Größe und Form einer gewöhnlichen Kreditkarte auf und bestand ebenso aus Plastik.

Vor einer weiteren Tür blieb Jason stehen. Die Karte paßte genau in den Schlitz einer an der Tür montierten Metallbox.

Geräuschlos trat der in die Karte eingebettete Mikrochip mit seinem an der Tür befestigten Gegenstück in Verbindung. Viermal tippte Jasons Zeigefinger auf den daneben befindlichen Ziffernblock. Ein deutlich vernehmbares Klicken ertönte. Jason umfaßte den Türknauf, drehte ihn herum, und die sechs Zentimeter dicke Tür schwang nach innen in die Dunkelheit auf.

Als die Beleuchtung anging, stand Jason kurz im Lichtkegel an der Tür. Rasch schloß er sie hinter sich. Die beiden Riegel schnappten wieder ein. Während er sich in dem ordentlichen Büro umsah, zitterten seine Hände, und sein Herz hämmerte so laut, daß er überzeugt davon war, man könne es im gesamten Gebäude hören. Dies war nicht das erste Mal. Ganz und gar nicht. Er gestattete sich ein flüchtiges Lächeln bei dem Gedanken, daß es das letzte Mal sein würde. Unabhängig davon, was geschehen würde, es war das letzte Mal. Jeder hatte seine Grenzen, und heute nacht hatte er seine erreicht.

Jason trat an den Schreibtisch, setzte sich davor und schaltete den Computer ein. Am Monitor war ein Mikrofon mit einem langen, biegsamen Metallhals angebracht, mittels dessen mündliche Befehle eingegeben werden konnten. Ungeduldig schob er das Ding beiseite, damit er freie Sicht auf den Bildschirm hatte. Mit kerzengeradem Rücken saß er da, die Augen starr auf den Monitor gerichtet; die Hände lauerten über der Tastatur. Nun war er eindeutig in seinem Element. Wie ein Pianist in Höchstform ließ er die Finger über die Tasten wirbeln. Flüchtig spähte er auf den Bildschirm, der Anweisungen an ihn zurückgab – Anweisungen, die er längst in- und auswendig kannte.

Auf dem am Prozessorgehäuse montierten Ziffernblock gab Jason vier Ziffern ein. Danach beugte er sich vor und blickte starr an eine Stelle in der rechten oberen Ecke des Bildschirms. Jason wußte, daß soeben eine Videokamera seine rechte Netzhaut aufgezeichnet hatte und einen Schwall einzigartiger Erkennungsmerkmale seines Auges an eine zentrale Datenbank weiterleitete, die ihrerseits das Bild mit den dreißigtausend in dieser Datei gespeicherten verglich. Der ganze Vorgang dauerte kaum fünf Sekunden. So sehr Jason Archer sich auch an die beständig wachsenden Möglichkeiten der Technik gewöhnt hatte, selbst er mußte gelegentlich den Kopf darüber schütteln, was tatsächlich schon alles im Einsatz war. Netzhautscanner wurden außerdem verwendet, um ununterbrochen die Produktivität der Angestellten zu überwachen. Jason verzog das Gesicht. In Wahrheit hatte Orwell die Zukunft eher noch unterschätzt.

Er wandte die Aufmerksamkeit wieder dem Gerät vor sich zu. Die nächsten zwanzig Minuten lang bearbeitete Jason die Tastatur und hielt nur inne, wenn eine weitere Datenflut über den Monitor blitzte. Das System war schnell, dennoch mußte es sich mächtig ins Zeug legen, um mit der Geschwindigkeit Schritt zu halten, mit der Jason die Befehle eingab.

Unwillkürlich riß er den Kopf herum, als aus dem Korridor ein Geräusch hereindrang. Wieder dieser verdammte Traum! Wahrscheinlich nur Charlie, der seine Runden drehte.

Jason betrachtete den Monitor. Viel förderte er nicht zutage. Reine Zeitverschwendung. Auf einen Bogen Papier schrieb er eine Liste von Dateinamen, schaltete den Computer aus, erhob sich und ging zur Tür. Dort hielt er inne und preßte das Ohr gegen das Holz. Zufrieden drehte er den Knauf, öffnete die Tür und machte das Licht aus, ehe er die Tür hinter sich zuzog. Ein Augenzwinkern später schnappten die Riegel automatisch wieder ein.

Rasch lief er den Flur entlang, bis er schließlich am anderen Ende des Ganges in einem wenig benutzten Bereich des Bürotrakts anhielt. Die vor ihm befindliche Tür wies ein gewöhnliches Schloß auf, das Jason mit einem speziellen Werkzeug fachmännisch öffnete. Dann trat er ein und sperrte die Tür hinter sich ab.

Die Zimmerbeleuchtung schaltete er nicht ein. Statt dessen kramte er eine handliche Taschenlampe aus seinem Mantel hervor. Die Computeranlage befand sich in der gegenüber liegenden Ecke des Raumes, neben einem niedrigen Aktenschrank, auf dem sich einen Meter hoch Kartonschachteln türmten.

Jason zog den Computertisch von der Wand weg. Hinter dem Tisch hingen Kabel von der Zentraleinheit des Computers hinab. Er kniete sich nieder und ergriff die Kabel, gleichzeitig schob er einen neben dem Tisch stehenden Aktenschrank beiseite, wodurch an der Wand dahinter mehrere Anschlüsse für Datenleitungen zum Vorschein kamen. Jason steckte ein Datenkabel des Computers ein und vergewisserte sich, daß es fest saß. Dann nahm er vor dem Gerät Platz und schaltete es ein.

Während die Maschine zum Leben erwachte, legte Jason die Taschenlampe auf den Deckel einer Schachtel, so daß der Lichtkegel unmittelbar auf die Tastatur schien. An diesem Computer gab es keinen Ziffernblock für die Eingabe eines Zugriffscodes. Ebensowenig mußte Jason in die rechte obere Ecke des Bildschirms blicken und eine positive Identifizierung abwarten. Soweit es Tritons Computernetzwerk anging, durfte dieses Terminal eigentlich überhaupt nicht existieren.

Er holte den Bogen Papier aus der Tasche und legte ihn ins Licht der Lampe. Plötzlich bemerkte er eine Bewegung vor der Tür. Mit angehaltenem Atem verbarg er die Taschenlampe in der Achselhöhle, bevor er sie ausschaltete. Daraufhin verdunkelte er den Monitor, bis alles auf dem Schirm schwarz wurde. Minutenlang hockte Jason reglos in der Dunkelheit. Ein Schweißtropfen bildete sich auf seiner Stirn und bahnte sich träge einen Weg über die Nase, ehe er an der Oberlippe zur Ruhe kam. Jason war zu verängstigt, um ihn wegzuwischen.

Nach fünf Minuten Stille reaktivierte er sowohl die Taschenlampe als auch den Bildschirm und nahm die Arbeit wieder auf. Einmal gestattete er sich ein Grinsen, als eine besonders hartnäckige Brandschutzmauer – ein internes Sicherheitssystem gegen unbefugte Zugriffe auf elektronische Datenbanken – unter seinen beharrlichen Angriffen zerbröckelte. Wie ein Besessener arbeitete er jetzt und gelangte bald ans Ende der Dateiliste auf dem Zettel. Jason griff in die Manteltasche und holte eine Dreieinhalb-Zoll-Diskette daraus hervor, die er in das Laufwerk des Computers schob. Ein paar Minuten später zog er sie wieder heraus, schaltete das Gerät aus und verließ das Büro.

Durch das Labyrinth der Sicherheitskontrollen erreichte er den Ausgang, verabschiedete sich von Charlie und trat hinaus in die Nacht.

## KAPITEL 3

Das Mondlicht, das durch das Fenster flutete, verlieh bestimmten Gegenständen in dem dunklen, geräumigen Zimmer Gestalt. Auf einer langen, stabilen Kommode aus Kiefernholz standen in drei Reihen gerahmte Fotos. Auf einem Bild in der hinteren Reihe lehnte sich Sidney Archer in einem dunkelblauen Kostüm an eine auf Hochglanz polierte silberne Jaguar-Limousine. Neben ihr lächelte Jason Archer in die Kamera. Er trug Hosenträger und ein Frackhemd und blickte Sidney verliebt in die Augen. Ein weiteres Foto zeigte dasselbe Paar, diesmal leger gekleidet, vor dem Eiffelturm, mit nach oben deutenden Fingern und spontanem Lachen auf den Gesichtern.

In der mittleren Reihe befand sich ein Bild, auf dem Sidney sich einige Jahre älter in einem Krankenhausbett präsentierte, mit aufgedunsenem Gesicht und nassem Haar, das ihr am Kopf klebte. In den Armen hielt sie ein winziges Bündel mit zusammengekniffenen Augen. Auf dem Foto daneben war Jason zu erkennen, mit schläfrigem Blick, unrasiert und nur mit einem T-Shirt und Looney-Tunes-Boxershorts bekleidet. Er lag am Boden, und das kleine Mädchen, nunmehr mit weit geöffneten, strahlend blauen Augen, lag als kleines, zufriedenes Bündel auf der Brust des Vaters.

Das mittlere Foto in der vordersten Reihe war eindeutig an Halloween aufgenommen worden. Das kleine Bündel war mittlerweile zwei Jahre alt und als Prinzessin verkleidet, einschließlich Diadem und Pumps. Mutter und Vater standen stolz dahinter, die Augen in die Kamera gerichtet, die Hände auf Amys Schultern und Rücken gelegt.

In dem Doppelbett in der Mitte des Raumes lagen Jason und Sidney. Unruhig wälzte Jason sich hin und her. Eine Woche lag sein letzter nächtlicher Besuch im Büro nun zurück. Endlich war die Belohnung in greifbare Nähe gerückt, und die Aussicht darauf ließ ihn an Schlaf gar nicht denken. An der Zimmertür stand eine vollbepackte, große und außergewöhnlich häßliche Segeltuchtasche mit blauen Kreuzstreifen und den Initialen JWA, daneben ein schwarzer Metallkoffer. Der Wecker auf dem Nachtkästchen sprang auf zwei Uhr morgens. Sidneys langer, schlanker Arm schob sich unter der Decke hervor, schlang sich um Jasons Kopf und begann, ihm die Haare zu zerzausen.

Sidney stützte sich auf den Ellbogen und spielte weiter in den Haaren ihres Mannes, während sie näher an ihn heranrückte, bis ihre Konturen mit seinen verschmolzen. Das hauchdünne Nachthemd lag eng an. »Schläfst du?« flüsterte sie. Im Hintergrund durchbrach nur das Ächzen und Stöhnen des alten Hauses die Stille.

Jason rollte sich zur Seite und betrachtete seine Frau. »Nicht richtig.«

»Das hab' ich gemerkt – du hast dich dauernd rumgewälzt. Manchmal macht ihr das im Schlaf. Du und Amy.«

»Ich hoffe, ich habe nicht im Schlaf geredet. Schließlich will ich keine Geheimnisse ausplaudern.« Er lächelte matt.

Sie ließ die Hand zu seinem Gesicht hinabsinken, um es zärtlich zu streicheln. »Ich nehme an, jeder Mensch braucht ein paar Geheimnisse, obwohl wir eigentlich vereinbart hatten, keine voreinander zu haben.« Sidney lachte kurz, doch es klang freudlos. Einen Augenblick öffnete Jason den Mund, als wollte er etwas sagen, schloß ihn jedoch rasch wieder, streckte die Arme und warf einen Blick auf die Uhr. Als er sah, wie spät es war, seufzte er. »Himmel, ich könnte genausogut gleich aufstehen. Das Taxi kommt um halb sechs.«

Sidney schaute hinüber zum Gepäck an der Tür und runzelte die Stirn. »Diese Reise kommt wirklich aus heiterem Himmel, Jason.«

Jason mied ihren Blick. »Ich weiß. Hab' selbst erst gestern

nachmittag davon erfahren. Aber wenn der Boß sagt ›spring‹, dann hüpfe ich.«

Nun seufzte Sidney. »Ich wußte, daß der Tag kommen würde, an dem wir beide gleichzeitig aus der Stadt sind.«

Ein besorgter Tonfall schlich sich in Jasons Stimme, als er sie anblickte. »Aber mit dem Kindergarten ist doch alles geregelt?«

»Ich mußte mich darum kümmern, daß jemand länger dort bleibt, aber das war kein Problem. Trotzdem, du bist nicht länger als drei Tage weg, oder?«

»Drei Tage, nicht mehr, Sid. Das versprech' ich dir.« Heftig rieb er sich die Kopfhaut. »Du hast keine Möglichkeit gefunden, dich vor der Reise nach New York zu drücken?«

Sidney schüttelte den Kopf. »Für Anwälte gibt es keine Entschuldigung. Das steht bei Tyler, Stone nicht im Handbuch für produktive Mitarbeiter.«

»Himmel, du erledigst in drei Tagen mehr Arbeit als die meisten anderen in fünf.«

»Tja, Schatz, dir brauche ich das wohl nicht zu sagen, aber in unserem Laden zählt nun mal, was man heute für jemanden tun kann und noch wichtiger morgen und am Tag danach und so weiter.«

Jason setzte sich auf. »Genau wie bei Triton. Aber da die Firma im High-Tech-Bereich tätig ist, reichen die Erwartungen bis ins nächste Jahrtausend. Eines Tages bringen wir unsere Schäfchen ins Trockene. Vielleicht schon heute.« Er sah sie an.

Sie schüttelte den Kopf. »Sicher. Während du im Stall auf die Viecher wartest, löse ich weiterhin die Gehaltsschecks ein und zahle unsere Schulden. Abgemacht?«

»In Ordnung. Aber manchmal muß man eben optimistisch in die Zukunft schauen.«

»Da wir gerade von der Zukunft reden, hast du schon mal daran gedacht, an einem weiteren Baby zu arbeiten?«

»Ich bin mehr als bereit dazu. Wenn's beim nächsten so läuft wie bei Amy, dürfte das eine meiner leichtesten Übungen werden.«

Sidney preßte sich liebevoll an ihn, insgeheim froh, daß er keine Einwände dagegen erhob, die Familie zu erweitern. Würde er sich tatsächlich mit einer anderen Frau treffen …? »Das gilt vielleicht für dich, du männliche Hälfte dieser Gleichung«, meinte sie und schubste ihn.

»Tut mir leid, Sid. Typischer Spruch eines gehirnamputierten Machos. Wird nicht wieder vorkommen, Ehrenwort.«

Sidney legte sich zurück auf ihr Kissen und starrte an die Decke, während sie zärtlich seine Schulter rieb. Noch vor drei Jahren wäre es für sie überhaupt nicht vorstellbar gewesen, ihre juristische Tätigkeit aufzugeben. Nun erschien ihr sogar die Teilzeitbeschäftigung zu störend für ihr Leben mit Amy und Jason. Sie sehnte sich nach völliger Freiheit, mit ihrem Kind zusammen zu sein – einer Freiheit, die sie sich nur von Jasons Gehalt noch nicht leisten konnten, auch nicht nach all den Ausgabenkürzungen, zu denen sie sich aufgerafft hatten; standhaft trotzten sie dem typisch amerikanischen Drang, ebensoviel auszugeben, wie sie verdienten. Aber wer konnte sagen, wie die Dinge sich entwickelten, wenn Jason weiterhin die Karriereleiter bei Triton hinaufkletterte? Sidney hatte stets nach finanzieller Unabhängigkeit gestrebt. Sie betrachtete ihren Mann. Wenn sie ihr wirtschaftliches Überleben schon einem Menschen in die Hände legte, konnte es dafür einen besseren geben als den Mann, den sie fast seit jenem Augenblick liebte, als sie ihn zum erstenmal gesehen hatte? Während sie ihn ansah, trat ihr ein feuchter Schimmer in die Augen. Sie setzte sich auf und beugte sich zu ihm hinüber.

»Nun, zumindest kannst du ein paar alte Freunde besuchen, wenn du schon in Los Angeles bist – nur laß bitte die Freundinnen aus!« Neckisch zerzauste sie ihm das Haar. »Aber eigentlich könntest du mich gar nicht verlassen – mein Vater würde dich bis ans Ende der Welt verfolgen.« Bedächtig ließ sie den Blick über seinen nackten Oberkörper, die straffen Bauchmuskeln gleiten. Auch unter der Haut an den Schultern traten Muskelstränge hervor. Abermals mußte Sidney daran denken, was für ein Glück sie gehabt hatte, Jason Archers Weg zu kreuzen. Zudem wußte sie ohne jeden Zweifel, daß sich ihr Mann für den Glücklichen hielt, weil er sie gefunden hatte. Er antwortete nicht, sondern starrte ins Leere. »Weißt du«, fuhr sie fort, »in letzter Zeit hast du wirklich verdammt hart gearbeitet – warst zu jeder Tages- und Nachtzeit im Büro, hast mir mitten in der Nacht Zettel hingelegt. Ich vermisse dich.« Spielerisch schubste sie ihn mit der Hüfte. »Du hast doch nicht vergessen, wie schön es ist, nachts zu kuscheln, oder?«

Er küßte sie auf die Wange.

»Außerdem hat Triton einen Haufen Angestellte. Du mußt nicht alles alleine machen«, fügte sie hinzu.

Als er sie anblickte, erkannte sie in seinen Augen Spuren tiefer Erschöpfung. »Sollte man eigentlich meinen, was?«

Sidney seufzte. »Wenn die Übernahme von CyberCom abgeschlossen ist, wirst du wahrscheinlich mehr denn je zu tun haben. Vielleicht sollte ich das Projekt sabotieren. Schließlich bin ich Tritons führende Anwältin.« Sie grinste.

Halbherzig lächelte er. Mit den Gedanken war er jedoch eindeutig woanders.

»Das Treffen in New York dürfte auf jeden Fall interessant werden.«

Plötzlich wandte er ihr seine volle Aufmerksamkeit zu. »Wieso das?«

»Weil wir uns wegen der CyberCom-Übernahme treffen. Sowohl Nathan Gamble als auch dein Kumpel Quentin Rowe werden da sein.«

Langsam wich alle Farbe aus dem Gesicht ihres Mannes. »Ich … ich dachte, bei der Besprechung ginge es um das Bel-Tek-Angebot«, stammelte er.

»Nein, davon wurde ich vor einem Monat abgezogen, damit ich mich ganz auf den Fall CyberCom konzentrieren kann. Ich dachte, das hätte ich dir erzählt.«

»Warum findet das Treffen in New York statt?«

»Nathan Gamble hält sich diese Woche dort auf. Ihm gehört ein Penthouse am Park. Milliardäre kriegen ihren Willen. Also düse ich nach New York.«

Jason setzte sich auf; er wirkte so bleich, daß sie dachte, er müßte sich übergeben.

»Jason, was ist denn los?« Sie packte ihn an der Schulter.

Endlich bekam er sich wieder in den Griff und wandte sich ihr zu. Sein Gesichtsausdruck beunruhigte sie zutiefst, standen doch vor allem Schuldgefühle darin geschrieben.

»Sid, eigentlich reise ich gar nicht für Triton nach L. A.«

Sie zog die Hand von seiner Schulter zurück und starrte ihn mit weit aufgerissenen Augen an. Jeder Verdacht, den sie während der letzten Monate verdrängt hatte, brach plötzlich wieder an die Oberfläche. Ihre Kehle fühlte sich staubtrocken an. »Was soll das heißen, Jason?«

»Das soll heißen –« Er atmete tief durch und ergriff ihre Hand. »Das soll heißen, daß es sich um keine Dienstreise handelt.«

»Um was genau handelt es sich dann?« verlangte sie mit hochrotem Gesicht zu erfahren.

»Um eine Reise für mich, für uns! Sie ist für uns, Sidney.«

Mit grimmiger Miene lehnte sie sich gegen das Kopfteil und faltete die Arme vor der Brust. »Jason, du wirst mir erklären, was los ist, und zwar auf der Stelle.«

Mit niedergeschlagenem Blick zupfte er an der Decke herum. Sie nahm sein Kinn in die Hand und bedachte ihn mit einem forschenden Blick. »Jason?« Seinen inneren Kampf spürend, wartete sie einen Augenblick. »Stell dir vor, wir hätten Weihnachten, Liebling.«

Er seufzte. »Ich fliege nach L. A., um mich bei einer anderen Firma vorzustellen.«

Sie zog die Hand weg. »Was?«

Hastig fuhr er fort. »AllegraPort Technology. Einer der weltweit größten Produzenten von Spezial-Software. Sie haben mir ... nun, sie haben mir den Posten des Vizepräsidenten angeboten und möchten mich über kurz oder lang ganz an der Spitze sehen. Dreimal soviel Gehalt wie jetzt, eine gewaltige Prämie am Jahresende, Aktienoptionen, einen wundervollen Altersvorsorgeplan – alles, was das Herz begehrt, Sid. Ein wahrer Volltreffer.«

Sogleich hellte sich Sidneys Gesicht auf. Erleichtert entspannte sie die verkrampften Schultern. »Das war dein großes Geheimnis? Jason, das ist doch wunderbar. Warum hast du es mir nicht schon früher erzählt?«

»Ich wollte dich in keine unangenehme Lage bringen. Schließlich bist du Tritons Anwältin. Die Nächte im Büro? Da habe ich versucht, meine Arbeit fertigzubringen. Ich wollte die Firma nicht hängenlassen. Triton ist ein mächtiges Unternehmen; ich möchte kein böses Blut zum Abschied.«

»Liebling, es gibt kein Gesetz, das dir verbietet, zu einer anderen Firma zu wechseln. Man würde sich für dich freuen.«

»Sicher!« Der sarkastische Tonfall verwirrte sie einen Augenblick, doch er berichtete eilig weiter, bevor sie nachhaken konnte: »AllegraPort würde auch für die Umzugskosten aufkommen. Wir werden mit diesem Haus sogar noch einen hübschen Gewinn herausschlagen – genug, um alle Schulden zu bezahlen.«

Sidney versteifte sich. »Umzug?«

»Die Zentrale befindet sich in Los Angeles. Da müßten wir hinziehen. Aber wenn du nicht willst, daß ich das Angebot annehme, werde ich deine Entscheidung respektieren.«

»Jason, du weißt doch, daß die Kanzlei in L. A. eine Niederlassung hat. Das wäre perfekt.« Abermals lehnte sie sich gegen das Kopfteil und starrte an die Decke. Dann schaute sie augenzwinkernd zu ihm hinüber. »Mal sehen, mit deinem dreifachen Gehalt, dem Gewinn, den wir mit dem Haus erzielen, und wenn wir die Aktien verscherbeln, kann ich vielleicht schon ein bißchen früher Ganztagsmutter werden, als ich dachte.« Er lächelte, als sie ihn überschwenglich umarmte. »Deshalb war ich so überrascht, als du mir erzählt hast, daß du zu einer Besprechung mit Triton mußt.«

Sie warf ihm einen fragenden Blick zu.

»Die glauben, ich hätte mir frei genommen, um ein paar Arbeiten rund ums Haus zu erledigen.«

»Oh. Verstehe. Mach dir keine Sorgen, Liebling. Ich sage schon nichts. Wie du weißt, gibt es ein Vertrauensverhältnis zwischen Anwalt und Mandant – und dann gibt es da noch ein wesentlich bedeutenderes Vertrauensverhältnis zwischen einer liebeshungrigen Ehefrau und ihrem großen, attraktiven Mann.« Ihre sanften Augen blickten in seine, und sie schmiegte die Lippen an seine Wange.

Jason schwang die Beine über die Bettkante. »Danke, mein Schatz. Ich bin froh, daß ich es dir erzählt habe.« Jason zuckte die Schultern. »Tja, eigentlich kann ich gleich unter die Dusche springen. Vielleicht erledige ich noch ein paar Dinge, bevor ich abreise.«

Ehe er aufstehen konnte, umklammerte sie mit den Armen seine Hüfte.

»Ich würde dir liebend gerne dabei helfen, etwas zu erledigen, Jason.«

Er wandte ihr das Gesicht zu und betrachtete sie. Sie war nackt. Das Nachthemd hing über dem Fußteil. Ihre wohlgeformten Brüste preßten gegen seinen Rücken. Grinsend ließ er die Hand über ihren glatten Rücken wandern und umfaßte genießerisch den weichen Po.

»Ich hab's ja schon immer gesagt, du hast den großartigsten Hintern der Welt, Sid.«

Sie grunzte. »Ein bißchen zu gut gepolstert, finde ich. Aber daran arbeite ich.«

Seine starken Arme glitten unter ihre Achseln und zogen sie hoch, so daß sie sich beide unmittelbar in die Augen blickten. Sein Mund bildete eine ernste Linie. »Du bist heute schöner als je zuvor, Sidney Archer, und ich liebe dich von Tag zu Tag mehr.« Er sprach die Worte bedächtig und zärtlich, und sie brachten Sidney zum Erbeben, so wie immer. Doch es waren nicht die Worte, die sie derart berührten. Dergleichen konnte man auf jeder Grußkarte lesen. Es war die Art und Weise, wie er sie aussprach – die absolute Überzeugung in seiner Stimme, die Augen, seine Berührungen auf ihrer Haut.

Abermals blickte Jason auf die Uhr und lächelte verschmitzt. »In drei Stunden muß ich los, um das Flugzeug zu erwischen.«

Sie schlang den Arm um seinen Hals und zog ihn auf sich. »In drei Stunden kann viel passieren.«

Zwei Stunden später, die Haare vom Duschen naß, ging Jason Archer den Flur in seinem Haus entlang und öffnete die Tür zu einem kleinen Zimmer. Der Raum war als Heimbüro eingerichtet und verfügte über einen Computer, Aktenschränke, einen hölzernen Schreibtisch und zwei niedrige Bücherregale. Damit war das Zimmer zwar ziemlich vollgepfropft, aber alles hatte seine Ordnung. Ein kleines Fenster gab den Blick auf die draußen herrschende Dunkelheit frei.

Jason schloß die Tür zu seinem Büro, holte einen Schlüssel aus der Schreibtischschublade und sperrte die oberste Lade des Aktenschrankes auf. Er hielt inne und lauschte. Selbst in den eigenen vier Wänden war ihm das zur Gewohnheit geworden, wie ihm plötzlich zu Bewußtsein kam, und es beunruhigte ihn.

Seine Frau hatte sich wieder hingelegt. Zwei Türen weiter schlief Amy wie ein Murmeltier. Jason griff in die Lade und holte behutsam einen großen, altmodischen Lederaktenkoffer mit Doppellaschen, Messingschnallen und abgegriffener Hochglanzoberfläche heraus. Er öffnete den Koffer und nahm eine leere Diskette daraus hervor. Die Anweisungen, die er erhalten hatte, waren präzise: alles auf eine Diskette kopieren, einen Ausdruck der Dokumente anfertigen, danach alles andere vernichten.

Er legte die Diskette in das Laufwerk ein und kopierte darauf das gesamte Material, das er gesammelt hatte. Nachdem er damit fertig war, schwebte sein Finger über der Löschtaste, um den Anweisungen zu folgen und alle entsprechenden Dateien von der Festplatte zu entfernen.

Doch plötzlich geriet er ins Wanken, und letztlich beschloß er, lieber seinem Instinkt zu folgen.

Eine Kopie der Diskette anzufertigen dauerte nur ein paar Minuten. Danach löschte er die Dateien von der Festplatte. Nachdem er den Inhalt der zweiten Diskette einige Augenblicke lang auf dem Bildschirm überprüft hatte, nahm Jason sich noch die Zeit, einige zusätzliche Funktionen mit dem Computer auszuführen. Während er auf den Monitor starrte, verwandelte sich der Text mit einem Schlag in Kauderwelsch. Er speicherte die Änderungen, schloß die Datei, holte die Diskette aus dem Laufwerk und steckte sie in einen kleinen, gepolsterten Umschlag, den er tief in einer Seitentasche des Lederkoffers verbarg. Dann fertigte er, gemäß den Anweisungen, einen Ausdruck des Inhalts der Originaldiskette an und steckte die Diskette mitsamt dem Ausdruck ins Hauptfach des Koffers.

Als nächstes holte er seine Brieftasche hervor und entnahm ihr die Plastikkarte, die er zuvor benutzt hatte, um in sein Büro zu gelangen. Die würde er nun nicht mehr brauchen. Achtlos warf er sie in die Schreibtischschublade, die er daraufhin verschloß.

Während er den Aktenkoffer betrachtete, waren seine Gedanken weit entfernt von dem kleinen Zimmer. Es gefiel ihm ganz und gar nicht, seine Frau belügen zu müssen. Das hatte er noch nie getan. Dieses Gefühl, ein Heuchler zu sein, widerstrebte ihm besonders. Aber es war fast vorbei. Beim Gedanken an all die Gefahren, die er auf sich genommen hatte, erschauerte Jason. Abermals durchlief ein Zittern seinen Körper, als er sich den Umstand vor Augen führte, daß seine Frau von all dem keinen blassen Schimmer hatte. Im Geiste ging er noch einmal den Plan durch: die Reiseroute, die Täuschungsmanöver, die Decknamen seiner Kontaktleute. Trotz allem begannen seine Gedanken ständig zu wandern. Er blickte aus dem Fenster und schien in weite Ferne zu starren. Die Augen hinter der Brille weiteten sich, als er rasch alle Möglichkeiten durchging. Nach dem heutigen Tag konnte er zum erstenmal wirklich behaupten, daß die Sache das Risiko wert gewesen war. Aber erst mußte er den heutigen Tag überleben.

# KAPITEL 4

Die Dunkelheit, die über dem Internationalen Flughafen Dulles hing, sollte schon bald vom rasch herannahenden Morgengrauen vertrieben werden. Während der neue Tag sich allmählich hervorwagte, fuhr ein Taxi vor das Hauptterminal des Flughafens. Die hintere Tür des Taxis öffnete sich, und heraus stieg Jason Archer. In einer Hand trug er den Lederkoffer, in der anderen den schwarzen Metallkoffer mit seinem Laptop darin. Auf dem Kopf hatte er einen dunkelgrünen, breitkrempigen Hut mit einem Lederband.

Unwillkürlich lächelte Jason, als die Erinnerung an die zärtliche Vereinigung mit seiner Frau in ihm aufstieg. Danach hatten sie beide geduscht, doch der Geruch von kürzlich genossenem Sex verharrte, und hätte er die Zeit dafür gehabt, Jason hätte seine Frau ein zweites Mal geliebt.

Er stellte den Koffer mit dem Computer einen Augenblick ab und langte zurück ins Taxi, um die übergroße Segeltuchtasche vom Sitz zu nehmen, die er sich über die Schulter schlang.

Am Ticketschalter von Western Airlines zeigte Jason seinen Führerschein vor, woraufhin ihm ein Sitzplatz zugewiesen und die Bordkarte übergeben wurde. Außerdem gab er die Segeltuchtasche auf. Danach nahm er sich einen Augenblick Zeit, um den Kragen des kamelfarbenen Mantels hochzuschlagen, den Hut tiefer ins Gesicht zu ziehen und die Krawatte zurechtzurücken, in der goldene, haselnußbraune und lavendelfarbene Spiralen eingewirkt waren. Seine weite Hose war dunkelgrau. Zwar wäre es wohl kaum jemandem aufgefallen, doch die Socken entpuppten sich als weiße

Sportsocken, die dunklen Schuhe als Tennisschuhe. Ein paar Minuten später kaufte Jason sich an der Verkaufsstraße des Terminals eine Ausgabe von *USA Today* und eine Tasse Kaffee. Danach passierte er die Sicherheitskontrolle.

Der Zubringerbus zum mittleren Terminal war zu drei Vierteln voll. Jason stand inmitten von Männern und Frauen, von denen er sich nicht wesentlich unterschied – dunkle Kleidung, bunte Krawatten oder Tücher um den Hals, in den müden Händen Gepäckkarren voller Taschen und Koffer.

Den Lederkoffer gab Jason keine Sekunde aus der Hand. Den Koffer mit dem Computer hatte er sich zwischen die Beine gestellt. Gelegentlich ließ er den Blick durch den Zubringerbus schweifen und musterte die schläfrigen Fahrgäste. Danach wanderten die Augen stets zurück zu seiner Zeitung, während der Bus auf das mittlere Terminal zurollte.

Während er im großen, offenen Wartebereich vor Flugsteig 11 saß, blickte Jason auf die Uhr. Bald würde das Flugzeug zum Einsteigen bereit sein. Er schaute aus dem Panoramafenster, wo eine Reihe von Western-Airlines-Jets, erkennbar an den braunen und gelben Streifen, für den Abflug vorbereitet wurden. Rosarote Schlieren zogen sich über den Himmel, während die Sonne gemächlich aufstieg, um auf die Ostküste herabzuscheinen. Draußen drückte der Wind heftig gegen das dicke Glas. Mit eingezogenen Schultern kämpften sich Arbeiter der Fluggesellschaft gegen die unsichtbare Naturgewalt voran. Schon bald würde der Winter mit aller Härte einsetzen und die ganze Region bis zum nächsten April mit Wind, Schnee und Eis überziehen.

Jason holte die Bordkarte aus der inneren Manteltasche und las sie durch: Western Airlines Flug 3223 vom Internationalen Flughafen Dulles, Washington, zum Internationalen Flughafen Los Angeles, Direktflug ohne Zwischenlandung. Jason war im Großraum Los Angeles geboren und aufgewachsen, aber seit über zwei Jahren nicht mehr dort gewesen. Auf der gegenüber liegenden Gangseite des riesigen Terminals würde ebenfalls in Kürze ein Flug der Western Airlines zum Einsteigen bereit sein, und zwar mit Bestimmungsort Seattle und kurzem Aufenthalt in Chicago. Jason leckte sich die Lippen; die Anspannung kratzte an seinem Nervenkostüm. Er mußte ein paarmal schlucken, um die plötzliche Trockenheit aus der Kehle zu bekommen. Während er den Kaffee austrank, blätterte er halbherzig die Zeitung durch und betrachtete das kollektive Leid und Elend der Welt, das ihm von jeder der bunten Seiten entgegensprang.

Während er die Titelzeilen überflog, bemerkte Jason den Mann, der zielstrebig den Gang herunterschritt. Er mochte etwa eins achtzig groß sein, war schlank und hatte blondes Haar. Bekleidet war er mit einem kamelfarbenen Mantel und weiten, grauen Hosen. Die gleiche Krawatte, die auch Jason trug, lugte am Kragen hervor. Wie Jason hatte er einen ledernen Aktenkoffer sowie einen Computerkoffer dabei. In der Hand mit dem Computerkoffer hielt er außerdem einen weißen Umschlag.

Rasch erhob sich Jason und ging in die Herrentoilette, die soeben wieder geöffnet hatte, nachdem sie geputzt worden war.

Jason betrat die hinterste Kabine, verriegelte die Tür, hing den Mantel an den Türhaken, öffnete den Lederkoffer und holte eine große, zusammenlegbare Nylontasche daraus hervor. Dann kramte er einen zehn mal zwanzig Zentimeter großen Spiegel heraus, den er gegen die Kabinenwand drückte, wo er dank seiner magnetischen Rückwand haften blieb. Als nächstes brachte er eine dunkle Brille mit dicken Gläsern als Ersatz für die Drahtgestellbrille sowie einen aufklebbaren schwarzen Schnurrbart zum Vorschein. Die Kurzhaarperücke paßte genau zur Farbe des Schnurrbarts. Krawatte und Jackett wurden abgelegt, in die Tasche gestopft und durch ein Washington-Huskies-Sweatshirt ersetzt. Auch die weite Hose wurde ausgezogen. Darunter trat eine gleichfarbige Trainingshose zutage. Nun wirkten auch die Tennisschuhe nicht mehr so fehl am Platz. Bei dem Mantel handelte es sich um einen Wendemantel, und statt kamelfarben präsentierte er sich nunmehr dunkelblau. Wiederum überprüfte Jason sein Äußeres im Spiegel. Der Lederkoffer und der Metallkoffer verschwanden gemeinsam mit dem Spiegel in der Nylontasche. Den Hut ließ er am Haken der Kabinentür hängen. Er entriegelte die Tür, trat hinaus und ging hinüber ans Waschbecken.

Nachdem er sich die Hände gewaschen hatte, betrachtete Jason das frisch bebrillte Antlitz im Spiegel. Währenddessen tauchte der große Blonde, den er zuvor gesehen hatte, an der Tür auf, schritt hinüber zu der Kabine, die Jason soeben verlassen hatte und schloß die Tür. Sorgfältig trocknete Jason sich die Hände und strich die neue Frisur zurecht. Mittlerweile kam der Mann wieder aus der Kabine, mit Jasons Hut auf dem Kopf. Ohne die Verkleidung hätte man Jason für einen Zwillingsbruder des anderen halten können. Als die beiden die Toilette verließen, stießen sie kurz zusammen. Flüchtig murmelte Jason eine Entschuldigung. Der Mann würdigte ihn keines Blickes. Rasch schritt er von dannen und ließ dabei Jasons Flugticket in der Hemdentasche verschwinden, während Jason den weißen Umschlag in den Mantel steckte.

Gerade wollte er zu seinem Sitz zurückgehen, da fiel sein Blick auf die Telefonzellen. Kurz zögerte er, dann lief er rasch hinüber und wählte eine Nummer.

»Sid?«

»Jason?« Sidney war damit beschäftigt, eine sich verzweifelt wehrende Amy Archer gleichzeitig zu füttern, anzuziehen und nebenbei noch Akten in ihren Koffer zu stopfen. »Was ist denn los? Hat dein Flug Verspätung?«

»Nein, nein, er geht in ein paar Minuten.« Als er sein verwandeltes Spiegelbild auf der reflektierenden Oberfläche des Telefons erblickte, verfiel er in Schweigen. Es war ein miserables Gefühl, so in Verkleidung mit seiner Frau zu sprechen, die von allem nichts wußte.

Sidney mühte sich mit Amys Mantel ab. »Stimmt irgendwas nicht?«

»Nein, ich dachte nur, ich ruf' mal an, um zu hören, wie's euch geht.«

Sidney ließ ein aufgebrachtes Grunzen vernehmen. »Tja, dann will ich dich mal auf den letzten Stand bringen: Ich bin spät dran, deine Tochter ist wie üblich zu keinerlei Zusammenarbeit bereit, und mir ist gerade eingefallen, daß ich mein Flugticket und einige wichtige Unterlagen im Büro gelassen habe, was bedeutet, daß ich statt einem Polster von dreißig Minuten vielleicht gerade noch zehn Sekunden habe.«

»Es ... es tut mir leid, Sid. Ich ...« Fest umklammerte Jason den Griff der Nylontasche. Heute war der letzte Tag. Der allerletzte Tag, das sagte er sich immer wieder vor. Was wäre, wenn ihm etwas zustoßen sollte? Wenn er aus irgendeinem Grund trotz aller Vorsichtsmaßnahmen nicht zurück kommen sollte? Sie würde nie die Wahrheit erfahren, oder?

Mittlerweile schäumte Sidney. Amy hatte gerade ihre Schüssel mit Cheerios über ihren Mantel verteilt. Ein beträchtlicher Teil der Milch hatte sich geschickt den Weg in Sidneys überfüllten Aktenkoffer gesucht, während sie sich damit abquälte, den Telefonhörer unters Kinn zu klemmen. »Ich muß los, Jason.«

»Nein, Sid, warte. Ich muß dir etwas –«

Sidney stand auf. Ihr Tonfall, während sie den Schaden begutachtete, den ihre Zweijährige soeben angerichtet hatte, ließ deutlich erkennen, daß sie keinen Widerspruch duldete. Trotzig starrte Amy zu ihrer Mutter empor, mit einer Miene, die Sidneys eigener äußerst ähnlich sah. »Jason, das wird warten müssen. Auch ich habe ein Flugzeug zu erwischen. Mach's gut.« Sie legte den Hörer auf, klemmte sich ihre zappelnde Tochter unter den Arm, samt Cheerios und allem, und stürzte zur Tür hinaus.

Langsam legte auch Jason den Hörer auf und wandte sich vom Telefon ab. Ein tiefer Seufzer entrang sich seiner Kehle. Wohl zum hundertsten Male betete er, der heutige Tag möge wie geplant verlaufen. Dem Mann, der unauffällig in seine Richtung schaute und sich sogleich wieder wegdrehte, schenkte er keine Beachtung. Zuvor war derselbe Mann an Jason vorbeigegangen – noch bevor letzterer die Verwandlung auf der Toilette vollzog –, sogar nah genug, um das Namensschild auf dem Metallkoffer zu lesen. Es sollte sich als winzige, jedoch bedeutsame Unachtsamkeit Jasons herausstellen; denn auf dem Schild fanden sich sein richtiger Name sowie seine richtige Adresse.

Ein paar Minuten später stand Jason in der Schlange, um an Bord des Flugzeugs zu gehen. Er holte den weißen Umschlag hervor, den er in der Toilette von dem Mann erhalten hatte und nahm das darin befindliche Flugticket heraus. Er fragte sich, wie es in Seattle wohl sein würde. Dort war er noch nie gewesen.

Dann warf er einen Blick zur gegenüber liegenden Seite des Ganges, gerade noch rechtzeitig, um seinen »Zwilling« in den Flug nach Los Angeles einsteigen zu sehen. Dabei erhaschte Jason auch einen Blick auf einen weiteren Passagier, der in der Schlange für den Flug nach Los Angeles stand. Er war groß und hager, hatte einen kahlen Schädel und ein breites, teilweise von einem buschigen Bart verdecktes Gesicht. Die ausdrucksstarken Züge wirkten vertraut, doch Jason wußte den Mann nicht einzuordnen; dann verschwand dieser mit einem Aktenkoffer in der Hand durch die Tür, um zu seinem wartenden Flugzeug zu gelangen. Jason zuckte die Schultern, übergab ordnungsgemäß seine Bordkarte und ging die Treppe hinab.

Kaum eine halbe Stunde später, als das Flugzeug, in dem sich Arthur Lieberman befand, auf die Erde krachte und schwarze Rauchschwaden zu den weißen Wolken emporwallten, trank Jason Archer Hunderte Meilen nördlich davon eine frische Tasse Kaffee und öffnete seinen Laptop. Lächelnd blickte er aus dem Fenster der auf Chicago zudüsenden Maschine. Der erste Abschnitt der Reise war ohne Zwischenfall verlaufen, und der Kapitän hatte soeben für die gesamte Strecke einen ruhigen Flug angekündigt.

## KAPITEL 5

Ungeduldig drückte Sidney Archer auf die Hupe, worauf der Fahrer in dem Wagen vor ihr endlich merkte, daß die Ampel Grün zeigte. Sidney warf einen Blick auf die Uhr am Armaturenbrett: Wie üblich war sie spät dran.

Instinktiv betrachtete sie im Innenspiegel des Ford Explorer den Rücksitz. Amy, die ihren Teddy mit der winzigen Hand fest umklammert hielt, war auf dem Kindersitz eingeschlafen. Von ihrer Mutter hatte Amy das dichte, blonde Haar, das markante Kinn und die schlanke Nase geerbt. Die strahlend blauen Augen und die athletische Anmut stammten von ihrem Vater, obwohl auch Sidney einst recht erfolgreich am College als Stürmerin im Frauenbasketballteam gespielt hatte.

Sie bog auf den asphaltierten Parkplatz ein und setzte in eine Parklücke vor dem niedrigen Ziegelsteingebäude zurück. Dann stieg sie aus, öffnete die Hintertür des Ford und befreite ihre Tochter behutsam aus dem Kindersitz, darauf bedacht, den Teddybären und den Beutel mit Amys Sachen nicht zu vergessen. Sie zog Amy die Kapuze über den Kopf und schützte das kleine Gesichtchen mit ihrem Mantel gegen den schneidenden Wind. Ein Schild über der Doppelglastür verkündete: »JEFFERSON COUNTY DAY-CARE CENTER«.

Drinnen zog Sidney ihrer Tochter den Mantel aus und nahm sich die Zeit, die Folgen des morgendlichen Zwischenfalls mit den Cornflakes zu beseitigen. Danach überprüfte sie den Inhalt von Amys Beutel, bevor sie diesen an Karen, eine Mitarbeiterin der Kindertagesstätte, übergab. Die Vorderseite von Karens weißem Overall war bereits mit roter

Malkreide vollgeschmiert; am rechten Ärmel prangte ein großer Fleck, der nach Grapefruitmarmelade aussah.

»Hallo, Amy. Wir haben ein paar neue Spielsachen hier, die du bestimmt ausprobieren möchtest.« Karen kniete sich vor dem kleinen Mädchen hin. Immer noch umklammerte Amy den Teddy mit festem Griff. Den rechten Daumen behielt sie hartnäckig im Mund.

Sidney hielt Amys Tasche hoch. »Bohnen und Würstchen, Saft und eine Banane. Frühstück hat sie bereits gegessen. Zum Knabbern Kartoffelchips, und wenn sie ganz brav ist, bekommt sie einen Schokoriegel. Und gönnen Sie ihr zu Mittag ein etwas längeres Nickerchen, Karen, sie hat heute nacht schlecht geschlafen.«

Karen streckte Amy einen Finger hin. »In Ordnung, Mrs. Archer. Amy ist doch immer brav. Nicht wahr, Amy?«

Sidney kniete sich nieder und hauchte ihrer Tochter einen flüchtigen Kuß auf die Wange. »Da haben Sie recht. Außer wenn sie nicht essen, schlafen oder das tun will, was man ihr sagt.«

Karen hatte einen kleinen Jungen im selben Alter wie Amy. Die beiden Mütter tauschten ein wissendes Lächeln.

»Ich bin heute abend um halb acht hier, Karen.«

»In Ordnung, Mrs. Archer.«

»Tschüs, Mami. Hab' dich lieb.«

Sidney wandte sich um und sah, daß Amy ihr zuwinkte. Die kleinen Finger schwebten auf und nieder. Der trotzige Gesichtsausdruck hatte sich in entzückende, unschuldige Traurigkeit verwandelt, bei deren Anblick Sidneys Wut über die morgendliche Auseinandersetzung rasch verflog. Sidney winkte zurück.

»Ich hab' dich auch lieb. Heute abend nach dem Essen gönnen wir uns ein Eis, mein Schatz. Und ich bin sicher, Papa wird anrufen und mit dir reden wollen.« Ein wundersüßes Lächeln huschte über Amys Gesicht.

Dreißig Minuten später stellte Sidney den Wagen im Parkhaus der Kanzlei ab, ergriff den Aktenkoffer vom Beifahrersitz, warf die Autotür zu und rannte zum Fahrstuhl. Der eisige Wind, der durch die Einfahrt in die Tiefgarage herunterblies, hob ihre Stimmung. Bald würden sie den alten Steinkamin im Wohnzimmer in Betrieb nehmen. Sie hatte den Geruch eines offenen Feuers lieben gelernt, denn er vermittelte Gemütlichkeit und ein Gefühl von Geborgenheit. Der bevorstehende Winter ließ sie an Weihnachten denken. Zum erstenmal würde Amy die Besonderheit dieser Zeit richtig begreifen. Das Herannahen der Feiertage erfüllte Sidney mit prickelnder Vorfreude. Zum Thanksgiving beabsichtigten sie, ihre Eltern zu besuchen; Weihnachten hingegen wollten Jason, Sidney und Amy dieses Jahr zu Hause verbringen, ganz unter sich, vor einem knisternden Kaminfeuer, einem riesigen Weihnachtsbaum und einem Berg von Geschenken für das kleine Mädchen.

Obwohl sie geglaubt hatte, schon wieder furchtbar spät dran zu sein, war es erst sieben Uhr fünfunddreißig, als sie aus dem Fahrstuhl trat.

Zwar arbeitete Sidney offiziell nur drei Tage in der Woche, dennoch zählte sie zu den am härtesten schuftenden Anwälten der Firma. Die langjährigen Partner von Tyler, Stone lächelten jedesmal, wenn sie an Sidney Archers Büro vorbeikamen und sahen, wie durch die Anstrengungen der jungen Frau ihr Stück vom Kuchen größer und größer wurde. Einige glaubten wahrscheinlich, Sidney auszunützen, doch sie hatte ihre eigenen Pläne. Die Teilzeitbeschäftigung betrachtete sie lediglich als vorübergehende Lösung. Als Anwältin konnte sie noch ein Leben lang arbeiten; die Gelegenheit, Mutter zu sein, hatte sie nur, solange Amy noch ein kleines Mädchen war.

Das alte Ziegelsteinhaus hatten sie etwa zum halben Wert erstanden, da es sich als stark renovierungsbedürftig erwies. Die erforderlichen Arbeiten hatten Sidney und Jason mit Unterstützung einer Reihe von Handwerkern unter harten Preisverhandlungen in den letzten beiden Jahren durchgeführt. Den Jaguar hatten sie gegen den klapprigen, sechs Jahre alten Ford eingetauscht. Die letzten Studiendarlehen waren nahezu abbezahlt, und die monatlichen Lebenshaltungskosten hatten sie durch sparsames Wirtschaften und einige Opfer auf nahezu die Hälfte reduzieren können. In einem Jahr würden die Archers fast völlig schuldenfrei sein.

Ihre Gedanken wanderten zurück zu jenen frühen Morgenstunden. Jasons Eröffnung hatte sie regelrecht verblüfft. Doch als sie sich die Konsequenzen durch den Kopf gehen ließ, trat unwillkürlich ein Lächeln auf ihr Gesicht. Sie war stolz auf Jason. Er verdiente diesen Erfolg, mehr als jeder andere. Alles deutete auf einen glücklichen Jahresausklang hin. All die langen Nächte. Wahrscheinlich hatte er nur seine Arbeit fertigbringen wollen. All die Stunden voll unnötiger Sorgen. Nun tat es ihr leid, daß sie ihm zuvor am Telefon das Wort abgeschnitten hatte. Doch sie würde ihn dafür entschädigen, sobald er zurückkam.

Sidney öffnete die Tür, eilte den hübsch gestalteten Korridor entlang und betrat ihr Büro. Rasch überprüfte sie ihre elektronische Post und den Anrufbeantworter. Keine dringende Nachricht für sie. Dann packte sie die Unterlagen, die sie für die Reise brauchte, in den Aktenkoffer, nahm sich die Flugtickets vom Stuhl, wo ihre Sekretärin sie hingelegt hatte, und verstaute den Laptop in einer Tragetasche. Danach hinterließ sie ihrer Sekretärin und vier weiteren Anwälten der Kanzlei, die sie bei verschiedenen Fällen unterstützten, auf den jeweiligen Anrufbeantwortern eine wahre Flut von Anweisungen. Vollgeladen wie ein Packesel wankte sie zurück zum Aufzug.

Am Shuttleflugschalter von USAir am National Airport checkte Sidney ein und nahm bereits wenige Minuten später auf ihrem Sitz an Bord der Boeing 737 Platz. Es sah aus, als ob die Maschine ihren knapp fünfzigminütigen Flug zum New Yorker Flughafen La Guardia pünktlich antreten würde. Bedauerlicherweise dauerte die Fahrt vom Flughafen in die Stadt fast genauso lange wie die Bewältigung der etwa dreihundertvierzig Kilometer, die zwischen der Hauptstadt der Nation und der Hauptstadt der Finanzwelt lagen.

Wie gewöhnlich war das Flugzeug voll. Neben ihr saß ein älterer Herr in einem altmodischen, dreireihigen Nadelstreifenanzug. Vom Hintergrund eines gestärkten Hemdes mit geknöpften Enden hob sich grell eine rote, breit geknotete Krawatte ab. Auf seinem Schoß lag ein abgewetzter Aktenkoffer aus Leder. Nervös ballten sich die langgliedrigen Finger des Mannes unablässig zu Fäusten, während er aus dem Fenster starrte. Rund um die Ohrläppchen sprossen lichte, weiße Haarbüschel. Der Hemdkragen hing lose um den runzligen Hals, wie eine Tapete, die sich von der Wand löst. An der linken Schläfe und über den dünnen Lippen des Mannes bemerkte Sidney Schweißtropfen.

Schwerfällig rumpelte das Flugzeug zur Hauptpiste. Das Brummen der Landeklappen, die in Startposition einrasteten, schien den alten Mann zu beruhigen. Er wandte sich Sidney zu.

»Darauf horche ich immer«, meinte er mit tiefer, rauher Stimme und dem schleppenden Akzent eines Menschen, der sein Leben im Süden verbrachte.

Sidney musterte ihn mit fragendem Blick. »Worauf?«

Er deutete aus dem winzigen Fenster. »Darauf, daß die Landeklappen der Tragflächen einrasten, damit dieses Ding vom Boden abheben kann. Erinnern sie sich an die Maschine oben in De-troit?« Er sprach den Namen so aus, als handle es sich eigentlich um zwei Wörter. »Die Piloten hatten vergessen, die Klappen in Startposition zu bringen, und dadurch alle an Bord getötet, mit Ausnahme dieses kleinen Mädchens.«

Eine Weile blickte Sidney aus dem Fenster. »Ich bin sicher, die Piloten wissen bestens Bescheid«, entgegnete sie. Innerlich seufzte sie. Das letzte, was sie brauchen konnte, war ein ängstlicher Fluggast als Sitznachbar.

Sidney widmete sich wieder ihren Notizen und ging rasch noch einmal die Unterlagen für die Präsentation durch, bevor die Flugbegleiterinnen die Passagiere aufforderten, das Handgepäck unter den Sitzen zu verstauen. Als sie zu einer neuerlichen Überprüfung vorbeikamen, schob Sidney die Dokumente zurück in den Koffer und diesen unter den Sitz vor ihr. Durch das Fenster betrachtete sie den dunklen, aufgewühlten Strom des Potomac. Möwenschwärme tummelten sich auf dem Wasser; aus der Entfernung wirkten sie wie durcheinanderwirbelnde Papierschnipsel. Kurz angebunden teilte der Kapitän über die Sprechanlage mit, daß ihr Flug der nächste in der Startreihe sei.

Nachdem die Maschine eine Linkswendung vollzog, um nicht in die Flugverbotszone über dem Kapitol und dem Weißen Haus zu geraten, stieg sie rasch auf die Reiseflughöhe an.

Einige Minuten, nachdem das Flugzeug bei neunundzwanzigtausend Fuß in den Horizontalflug überging, rollte die Stewardeß mit dem Getränkewagen vorbei, und Sidney ließ sich eine Tasse Tee sowie das übliche Tütchen mit gesalzenen Erdnüssen reichen. Der ältere Herr neben ihr schüttelte den Kopf, als er nach seinem Getränkewunsch gefragt wurde. Gleich darauf starrte er wieder aus dem Fenster.

In der Absicht, während der nächsten halben Stunde noch ein wenig zu arbeiten, faßte Sidney hinunter und zog den Aktenkoffer unter dem Sitz hervor. Sie lehnte sich zurück und holte ein paar Unterlagen aus dem Koffer. Gerade wollte sie die Dokumente durchlesen, da bemerkte sie, daß der alte Mann noch immer aus dem Fenster blickte; angespannt zuckte die hagere Gestalt bei jedem Ruck zusammen; offensichtlich lauschte er auf jedes noch so geringfügig ungewöhnliche Geräusch, das eine Katastrophe ankündigen konnte. Die Venen traten an seinem Hals hervor, die Hände umklammerten die Armlehnen des Sitzes – unverkennbare Symptome der Flugangst.

Irgendwie tat er Sidney nun doch leid. Angst zu haben war schlimm genug. Das Gefühl, mit seiner Angst alleine dazustehen, machte alles nur noch schlimmer. Sie faßte hinüber und tätschelte beruhigend seinen Arm. Jäh wandte er sich zu ihr um und erwiderte ihr Lächeln, sichtlich verlegen, mit leicht gerötetem Gesicht.

»Dieser Flug findet so oft statt, daß man mittlerweile ganz bestimmt alle Probleme beseitigt hat«, meinte sie mit sanfter, beschwichtigender Stimme.

Abermals lächelte er und rieb sich die Hände, um die Durchblutung wieder in Gang zu bringen.

»Sie haben völlig recht … Ma'am.«

»Sidney, Sidney Archer.«

»George Beard ist mein Name. Freut mich, Sie kennenzulernen, Sidney.« Ein kräftiger Händedruck folgte.

Unvermittelt schaute Beard aus dem Fenster in die Wolkenfetzen. Grell und lodernd stand die Sonne am Himmel. Er zog die Fensterblende halb herab. »Im Lauf der Jahre bin ich schon so oft geflogen; man sollte meinen, ich hätte mich daran gewöhnt.«

»Ganz gleich, wie oft man schon geflogen ist, es kann jedesmal wieder nervenaufreibend sein«, erwiderte Sidney freundlich. »Aber ein Flug ist nicht annähernd so schlimm wie nachher die Taxifahrt in die Stadt.«

Beide lachten. Dann zuckte Beard leicht zusammen, als die Maschine auf eine besonders hartnäckige Lufttasche traf. Sogleich wurde sein Gesicht wieder aschfahl. »Reisen Sie oft nach New York, George?« Sie versuchte, seinen Blick vom Fenster fernzuhalten. Kein Transportmittel hatte ihr je Probleme bereitet. Aber seit Amys Geburt schlich sich regelmäßig ein Hauch Besorgnis in ihre Gedanken, wenn sie ein Flugzeug oder einen Zug bestieg, ja sogar, wenn sie sich ins Auto setzte. Sie musterte Beards Gesicht. Der alte Mann verkrampfte sich erneut, während das Flugzeug weiterrumpelte. »Es ist alles in Ordnung. Nur eine kleine Turbulenz.«

Tief atmete er durch, ehe er ihr schließlich in die Augen blickte. »Ich bin im Aufsichtsrat einer Firma mit Hauptsitz in New York. Deshalb muß ich zweimal im Jahr da hin.«

Sidney warf einen Blick auf ihre Dokumente, weil ihr plötzlich etwas einfiel. Sie runzelte die Stirn. Auf Seite vier war ein Fehler. Den mußte sie ausbessern, wenn sie in die Stadt kam.

George Beard berührte sie am Arm. »Aber ich schätze, zumindest heute kann uns nichts passieren. Ich meine, wie oft kommt es schon vor, daß zwei Flugzeuge an einem Tag abstürzen?«

Sidney, noch mit ihren Unterlagen beschäftigt, antwortete nicht gleich. Schließlich wandte sie sich ihm zu und verengte die Augen. »Wie bitte?«

Geheimnisvoll beugte Beard sich vor und sprach mit leiser Stimme. »Ich bin heute morgen mit einem dieser Städtehüpfer aus Richmond gekommen und war um acht am Flughafen. Dort habe ich die Unterhaltung zweier Piloten mitgekriegt. Die beiden waren völlig aus dem Häuschen, kann ich ihnen sagen. Wäre ich wohl auch.«

Sidneys Gesicht verriet Verwirrung. »Wovon reden Sie?«

Beard beugte sich noch dichter herüber. »Ich weiß nicht, ob es schon öffentlich bekanntgegeben wurde; aber mein Hörgerät funktioniert mit den neuen Batterien viel besser. Die beiden haben wohl geglaubt, ich könnte sie nicht hören.« Er legte eine dramatische Pause ein. Prüfend blickte er sich um, ehe er die Augen wieder auf Sidney richtete. »Heute morgen hat es einen Flugzeugabsturz gegeben. Keine Überlebenden.« Er sah sie an. Die weißen, buschigen Brauen zuckten wie der Schwanz einer Katze.

Einen Augenblick schienen Sidneys lebenswichtige Organe vereint die Arbeit niederlegen zu wollen. »Wo?«

Beard schüttelte den Kopf. »Den Teil habe ich nicht verstanden. Aber es muß ein Jet gewesen sein, ein ziemlich großer sogar. Ist anscheinend einfach so vom Himmel gefallen. Schätze, deshalb waren die Typen auch so aufgeregt. Ich meine, es muß wirklich schlimm sein, nicht zu wissen, warum es passiert ist, oder?«

»Wissen Sie, welche Fluggesellschaft?«

Abermals schüttelte er den Kopf. »Schätze, das werden wir bald erfahren. Möchte wetten, daß die Sache bereits im Fernsehen ist, wenn wir in New York ankommen. Ich habe meine Frau noch vom Flughafen aus angerufen und ihr gesagt, daß es mir gut geht. Natürlich konnte sie noch nichts davon wissen, aber ich wollte nicht, daß sie sich Sorgen macht, wenn es durch die Nachrichten kommt.«

Sidney stierte auf Beards hellrote Krawatte. Plötzlich sah sie aus wie eine große, frische Wunde, die an der Kehle des

Mannes klaffte. Die Wahrscheinlichkeit schien so gering – unmöglich. Kopfschüttelnd schaute sie nach vorn und erblickte etwas, womit sie sich schnell Gewißheit verschaffen konnte. Sie schob ihre Kreditkarte in den Schlitz, nahm das Bordtelefon aus der Halterung und wählte die Nummer von Jasons SkyWord-Pager. Seine neue Mobiltelefonnummer hatte sie nicht dabei, aber normalerweise schaltete er das Gerät während eines Fluges ohnehin aus. Schon zweimal hatte ihm das Flugpersonal eine Rüge erteilt, weil er unterwegs Anrufe auf dem Mobiltelefon entgegengenommen hatte. Sie betete zu Gott, daß er den Pager nicht zu Hause vergessen hatte. Rasch warf sie einen Blick auf die Uhr. Im Augenblick mußte Jason sich irgendwo über dem Mittelwesten befinden; aber da die Signale von einem Satelliten weitergeleitet wurden, vermochte der Pager sie problemlos auch an Bord eines Flugzeuges zu empfangen. Leider konnte Jason sie nicht direkt zurückrufen, da die 737, in der Sidney saß, noch nicht mit der neuesten Technologie ausgestattet war. Daher gab sie nach dem Aufforderungszeichen ihre Büronummer ein. In zehn Minuten wollte sie bei ihrer Sekretärin nachfragen.

Die zehn Minuten verstrichen, und Sidney rief im Büro an. Nach dem zweiten Läuten hob ihre Sekretärin ab. Nein, ihr Mann hatte sich nicht gemeldet. Auf Sidneys Drängen hin hörte die Sekretärin Sidneys Anrufbeantworter ab. Auch darauf fand sich keine Nachricht. Von einem Flugzeugabsturz hatte die Sekretärin nichts gehört. Allmählich überlegte Sidney, ob George Beard die Unterhaltung der Piloten womöglich mißverstanden hatte. Wahrscheinlich hatte er bloß herumgesessen und sich jede nur erdenkliche Katastrophe ausgemalt.

Dennoch mußte sie auf Nummer Sicher gehen. Hektisch kramte sie in ihrem Gedächtnis nach der Fluggesellschaft, mit der ihr Mann reiste. Sie rief bei der Auskunft an und erhielt die Nummer von Western Airlines. Endlich wurde sie mit einem menschlichen Wesen verbunden, das ihr mitteilte, die Fluglinie habe wohl einen Morgenflug von Dulles nach L. A. im Programm, es lägen jedoch keinerlei Berichte über einen Absturz vor. Es schien der Frau zu widerstreben, am Telefon darüber zu sprechen. Von neuen Zweifeln erfüllt, legte Sidney auf. Als nächstes rief sie bei American Airlines, danach bei United Airlines an, doch bei keiner der beiden Fluggesellschaften gelang es ihr, einen Menschen ans Telefon zu bekommen. Die Leitungen schienen völlig blockiert zu sein. Abermals versuchte sie es, mit demselben Ergebnis. Langsam ergriff Beklommenheit Besitz von ihr.

Wieder berührte George Beard sie am Arm. »Sidney ... Ma'am, ist alles in Ordnung?«

Sidney erwiderte nichts. Geistesabwesend starrte sie ins Leere. Im Augenblick konnte sie einzig daran denken, daß sie aus dem Flugzeug stürmen würde, sobald es gelandet war.

## KAPITEL 6

Jason Archer betrachtete den SkyWord-Pager, auf dessen winzigem Bildschirm eine Nummer erschien. Nachdenklich rieb er sich das Kinn, dann nahm er die Brille ab und putzte sie mit der Serviette, die zum Mittagessen gereicht worden war. Es handelte sich um die Durchwahl seiner Frau im Büro.

Wie das Flugzeug, in dem seine Frau saß, verfügte auch die DC-10, mit der Jason reiste, über Bordtelefone, die in die Rückenlehne der Sitze eingelassen waren. Die Hand bereits nach dem Telefon ausgestreckt, zögerte er plötzlich. Er wußte, daß Sidney sich heute in der New Yorker Niederlassung ihrer Kanzlei aufhielt, weshalb ihn die Nummer ihres Büros in Washington auf dem Pager verwunderte. Einen entsetzlichen Augenblick lang fürchtete er, daß etwas mit Amy nicht in Ordnung sein könnte. Abermals betrachtete er den SkyWord-Pager. Der Anruf war um neun Uhr dreißig Ostküstenzeit eingegangen. Er schüttelte den Kopf. Zu der Zeit mußte sich seine Frau an Bord eines Flugzeugs auf halbem Weg nach New York befinden. Mit Amy konnte es nichts zu tun haben, denn ihre Tochter weilte schon seit vor acht Uhr im Kindergarten. Rief sie an, weil sie sich dafür entschuldigen wollte, daß sie zuvor einfach aufgelegt hatte? Auch das, entschied er, war äußerst unwahrscheinlich. Es war ja nicht einmal ein richtiger Ehestreit gewesen, auch kein kleiner. Das Ganze ergab einfach keinen Sinn. Warum um alles in der Welt sollte sie ihn von einem Flugzeug aus anrufen und die Nummer eines Büros hinterlassen, wo er sie ohnehin nicht persönlich erreichen konnte?

Mit einem Mal wurde er blaß. Außer, es war gar nicht

seine Frau gewesen, die angerufen hatte. In Anbetracht der ungewöhnlichen Umstände kam Jason zu dem Schluß, daß der Anruf sogar höchst wahrscheinlich nicht von seiner Frau stammte. Instinktiv blickte er sich in der Kabine um. Auf dem aufklappbaren Bildschirm vor ihm flimmerte der Bordfilm weiter.

Jason lehnte sich zurück und rührte den Rest seines Kaffees mit einem Plastiklöffel um. Die Stewardessen servierten Tabletts ab und verteilten Kissen und Decken. Schützend schloß er die Hand um den Griff des Lederkoffers. Er betrachtete die Tasche mit dem Laptop, die er vor sich unter den Sitz geschoben hatte. Vielleicht war Sidneys Reise abgesagt worden; andererseits befand Gamble sich bereits in New York, und niemand erteilte Nathan Gamble eine Absage, das wußte Jason. Zudem trat die CyberCom-Übernahme in die kritische Phase ein.

Er rutschte noch tiefer in den Sitz und drehte den SkyWord-Pager unschlüssig in der Hand. Wenn er nun im Büro seiner Frau anrief, was dann? Würde man ihn nach New York durchstellen? Sollte er statt dessen zu Hause anrufen, um den Anrufbeantworter abzuhören? Im Augenblick bedingte jedwede Form der Kommunikation, daß er ein Mobiltelefon benutzte. Im Aktenkoffer hatte er ein hochmodernes Modell dabei, ausgestattet mit den neuesten Sicherheits- und Zerhackersystemen, doch die Bestimmungen der Fluggesellschaft untersagten ihm, das Gerät zu benutzen. Er müßte auf einen der im Flugzeug zur Verfügung stehenden Apparate ausweichen, dafür wiederum müßte er seine Kreditkarte verwenden. Und es war keine abhörsichere Leitung. Dadurch ergäben sich, zwar nur ansatzweise, aber doch Möglichkeiten, seinen Aufenthaltsort zu bestimmen. Auf jeden Fall bliebe eine verfolgbare Spur zurück. Eigentlich sollte er unterwegs nach L. A. sein; statt dessen befand er sich einunddreißigtausend Fuß über Denver, Colorado, auf dem Weg an die nordwestliche Pazifikküste. Nach all der sorgfältigen Planung empfand er diesen unvorhergesehenen Zwischenfall als überaus beunruhigend. Jason hoffte nur, er würde sich nicht als Omen für den weiteren Verlauf der Reise erweisen.

Neuerlich betrachtete er den Pager. Der SkyWord-Pager bot zusätzlich einen Schlagzeilendienst. Mehrmals am Tag krochen brandaktuelle Nachrichten über den Bildschirm. Im Augenblick jedoch interessierte er sich keine Spur für die angezeigten Informationen aus Politik und Wirtschaft. Eine Weile grübelte er noch über den angeblichen Anruf seiner Frau nach, dann löschte er die Nummer und setzte den Kopfhörer wieder auf. Seine Gedanken jedoch waren weit entfernt von den Bildern, die über den Monitor flimmerten.

Sidney stürmte durch das menschenüberfüllte Terminal des Flughafens La Guardia. Die beiden Taschen schlugen gegen die nylonbestrumpften Beine. Den jungen Mann bemerkte sie erst, als sie fast mit ihm zusammenstieß.

»Sidney Archer?« Er war Mitte Zwanzig und trug einen schwarzen Anzug mit Krawatte. Unter einer Chauffeursmütze lugten braune Locken hervor. Sidney blieb stehen und starrte ihn mit ausdrucksloser Miene an. Angst würgte sie, während sie darauf wartete, daß er ihr die Schreckensmeldung überbrachte. Dann erblickte sie das Schild in seiner Hand, auf dem ihr Name stand. Ein ganzer Fels fiel ihr vom Herzen. Die Firma hatte einen Wagen geschickt, der sie ins Büro nach Manhattan bringen sollte. Das hatte sie völlig vergessen. Mühsam nickte sie. Das Blut begann wieder durch ihre Adern zu fließen.

Der junge Mann nahm ihr eine der beiden Taschen ab und führte sie in Richtung des Ausgangs. »Die Kanzlei hat mir eine Beschreibung von Ihnen gegeben. Das hat sich bewährt, wenn die Leute das Schild übersehen. Hier läuft jeder hektisch durch die Gegend und ist mit den Gedanken wer weiß wo. Der Wagen steht gleich vor der Tür. Trotzdem sollten sie den Mantel zuknöpfen, da draußen ist es eiskalt.«

Als sie am Abfertigungsschalter vorbeikamen, zögerte Sidney. Lange Schlangen warteten vor den überlasteten Schaltern der Fluggesellschaften, an denen gereizte Reisende tapfer versuchten, den Anforderungen einer Welt einen Schritt voraus zu bleiben, die mehr und mehr die menschliche Leistungsfähigkeit überstieg. Rasch blickte sie sich im Terminal nach jemandem um, der nach einem Angestellten einer Fluglinie aussah. Alles, was sie erspähte, war Bodenpersonal, das inmitten des regen Treibens gestreßter Reisender Gepäck transportierte. Es war chaotisch, aber es war ein *normales* Chaos.

Der Fahrer musterte sie. »Ist alles in Ordnung, Ms. Archer? Fühlen Sie sich nicht wohl?« Innerhalb der letzten paar Sekunden war sie deutlich blasser geworden. »Ich habe Tylenol in der Limousine. Das möbelt sie im Nu wieder auf. Mir wird im Flugzeug auch immer schlecht. Muß wohl die ständige Umluft sein. Aber ich wette, sobald sie ein wenig frische Luft schnappen, geht's ihnen wieder besser. Sofern man die Luft in New York als frisch bezeichnen kann ...« Er lächelte.

Als sein Fahrgast ansatzlos davonpreschte, verpuffte das Lächeln.

»Ms. Archer?« Er rannte hinter ihr her.

Sidney holte eine Frau in Uniform ein, deren Abzeichen und Insignien sie als Angestellte von American Airlines auswiesen. Nur ein paar Sekunden brauchte Sidney, um ihre Frage zu stellen.

Die Augen der jungen Frau weiteten sich. »Mir ist nichts dergleichen bekannt.« Die Frau sprach mit leiser Stimme, um vorbeischlendernde Passagiere nicht zu beunruhigen. »Wo haben Sie das gehört?« Als Sidney antwortete, lächelte die Frau. Mittlerweile war der Fahrer zu den beiden gestoßen. »Ich komme gerade von einer Dienstbesprechung, Ma'am. Wäre so etwas mit einem unserer Flüge geschehen, dann wüßte ich mit Sicherheit davon. Vertrauen Sie mir.«

»Aber wenn es erst vor kurzem passiert ist? Ich meine –« Sidneys Stimme schwoll an.

»Ma'am, es ist alles in Ordnung, glauben Sie mir. Es gibt keinen Grund, sich Sorgen zu machen. Fliegen ist mit Abstand die sicherste Art zu reisen.« Die Frau ergriff Sidneys

Hand, drückte sie fest, schenkte dem Fahrer ein beruhigendes Lächeln, wandte sich um und zog von dannen.

Sidney verharrte noch einen Augenblick und starrte ihr nach. Dann holte sie tief Luft, blickte sich um und schüttelte bestürzt den Kopf. Auf dem Weg zum Ausgang glotzte sie den Fahrer an, als sähe sie ihn zum erstenmal. »Wie ist Ihr Name?«

»Tom. Tom Richards. Aber alle nennen mich Tommy.«

»Tommy, seit wann sind Sie heute schon am Flughafen?«

»Oh, seit etwa 'ner halben Stunde. Ich bin gern ein bißchen früher dran. Manche Geschäftsleute reagieren auf Verspätungen etwas ... ungehalten, Sie verstehen?«

Die beiden erreichten den Ausgang. Der schneidende, eiskalte Wind peitschte Sidney direkt ins Gesicht. Sie taumelte, und Tommy packte sie am Arm, um sie zu stützen.

»Ma'am, Sie sehen wirklich nicht besonders gut aus. Soll ich Sie zu einem Arzt bringen?«

Sidney fand das Gleichgewicht wieder. »Mir geht's gut. Steigen wir ein.«

Er zuckte die Schultern. Sidney folgte ihm zu einem auf Hochglanz polierten schwarzen Lincoln-Town-Car. Tommy hielt ihr die Tür auf.

Sie lehnte sich auf dem weich gepolsterten Sitz zurück und atmete mehrmals tief durch, während Tommy hinter dem Steuer Platz nahm und den Motor startete. Er blickte in den Innenspiegel. »Hören Sie, ich will Ihnen keinesfalls lästig fallen, aber sind Sie sicher, daß es Ihnen gut geht?«

Sie nickte und brachte ein halbherziges Lächeln zustande. »Alles in Ordnung, danke.« Neuerlich atmete sie tief durch, knöpfte den Mantel auf, strich ihr Kleid glatt und schlug die Beine übereinander. Im Wagen war es geradezu unangenehm warm, und nach dem eisigen Windstoß, der sie draußen erfaßt hatte, fühlte sie sich tatsächlich nicht besonders wohl. Sie starrte auf den Hinterkopf des Fahrers.

»Tommy, haben Sie heute irgend etwas über einen Flugzeugabsturz gehört? Während Sie am Flughafen waren? Oder in den Nachrichten?«

Tommy zog die Augenbrauen hoch. »Flugzeugabsturz? Also, davon weiß ich nichts. Und ich hab' den ganzen Morgen den Nachrichtensender gehört. Wer behauptet denn, daß ein Flugzeug abgestürzt sei? Das ist doch Blödsinn. Ich hab' Freunde bei den meisten Fluggesellschaften. Die hätten mir bestimmt was erzählt.« Er musterte sie mit skeptischem Blick, als hegte er plötzlich Zweifel an ihrem geistigen Zustand.

Sidney erwiderte nichts. Statt dessen ließ sie sich zurücksinken. Sie nahm das von der Mietwagenfirma bereitgestellte Autotelefon aus der Haltung und wählte die Nummer der New Yorker Niederlassung von Tyler, Stone. Rasch warf sie einen Blick auf die Uhr. Sie war früh dran. Die Besprechung würde nicht vor elf beginnen. In Gedanken verfluchte sie George Beard. Sie wußte, die Chancen standen eins zu einer Million, daß ihr Gatte in einen Flugzeugabsturz verwickelt war – einen angeblichen Flugzeugabsturz, von dem bisher nur ein alter, verängstigter Mann erfahren zu haben schien.

Nein, die ganze Geschichte war völlig absurd. Entweder arbeitete Jason wie ein Wilder auf dem Laptop, gönnte sich einen Happen zu essen und eine zweite Tasse Kaffee, oder, noch wahrscheinlicher, er genoß in aller Ruhe den Bordfilm. Der Pager ihres Mannes setzte vermutlich auf dem Nachtkästchen Staub an. Dafür würde sie ihm gehörig den Kopf waschen, wenn er nach Hause kam. Jason würde lachen, wenn sie ihm die Geschichte erzählte. Aber das machte überhaupt nichts. Gerade im Augenblick wünschte sie sich mehr als alles andere, dieses Lachen zu hören.

Sie sprach in den Hörer. »Ich bin's, Sidney. Sagen Sie Paul und Harold, daß ich unterwegs bin.« Nach einem Blick durch das Fenster auf den zügig fließenden Verkehr meinte sie: »In spätestens fünfunddreißig Minuten bin ich da.«

Danach legte sie das Telefon zurück und starrte wieder aus dem Fenster. Die dichte Wolkendecke schien prall gefüllt mit Feuchtigkeit, und sogar der robuste Lincoln wurde von kräftigen Windstößen gebeutelt, während sie die Brücke über den East River entlangfuhren. Tommy musterte sie abermals im Innenspiegel.

»Für heute ist Schneefall angesagt. Jede Menge sogar. Ich persönlich glaub' aber nicht dran. Ich kann mich nicht daran erinnern, wann die Wetterfritzen das letze Mal recht hatten. Falls aber doch, könnten Sie Probleme mit dem Rückflug kriegen, Ma'am. Heutzutage schließt La Guardia bei der kleinsten Kleinigkeit.«

Unbeirrt schaute Sidney durch die getönten Scheiben, wo am Horizont die vertraute Reihe von Wolkenkratzern auftauchte, aus der sich die weltberühmte Skyline von Manhattan zusammensetzte. Bei Anblick der soliden, eindrucksvollen Gebäude, die zum Himmel emporragten, begann sich Sidneys Stimmung zu heben. Vor ihrem geistigen Auge sah sie den Weihnachtsbaum in einer Ecke des Wohnzimmers stehen, spürte die Wärme eines heimeligen Feuers aus dem offenen Kamin, den Arm ihres Mannes um ihre Hüften, während sie den Kopf an seine Schulter lehnte. Und das beste von allem: die leuchtenden, verzückten Augen einer Zweijährigen.

Armer George Beard, dachte sie. Er sollte wohl besser aus diesen Aufsichtsräten ausscheiden. Der ganze Streß wurde eindeutig zu viel für ihn. Wäre Jason heute nicht geflogen, der alte Mann hätte sie nie und nimmer mit seiner haarsträubenden Geschichte an der Nase herumgeführt.

Sie schaute nach vorn in den Lincoln und entspannte sich ein wenig. »Eigentlich, Tommy, spiele ich ohnehin mit dem Gedanken, mit dem Zug zurückzufahren.«

## KAPITEL 7

Im großen Konferenzsaal der New Yorker Niederlassung von Tyler, Stone im Zentrum Manhattans war soeben die Videopräsentation zu Ende gegangen, mittels derer die letzten Geschäftsbedingungen und juristischen Strategien für die CyberCom-Übernahme veranschaulicht wurden. Sidney schaltete den Videorecorder aus, woraufhin der Bildschirm ein angenehmes Blau zeigte. Sie ließ den Blick durch den großen Raum schweifen, in dem fünfzehn Leute, überwiegend weiße Vertreter des männlichen Geschlechts von Anfang bis Mitte Vierzig, einen Mann anstarrten, der am Kopf des Tisches thronte. Seit Stunden tagte die Gruppe in spannungsgeladener Atmosphäre.

Nathan Gamble, Generaldirektor von Triton Global, war ein bulliger Mitfünfziger, durchschnittlich groß, mit grau meliertem Haar, das er streng zurückgekämmt trug und mit einer beträchtlichen Menge Gel fixiert hatte. Der maßgeschneiderte, exklusive Zweireiher war perfekt auf die stämmige Gestalt zugeschnitten. Das tief zerfurchte Gesicht wies einen Rest unzeitgemäßer Sonnenbräune auf. Wenn er die Stimme erhob, ertönte ein gebieterischer Bariton. Sidney konnte sich gut vorstellen, wie er über Konferenztische hinweg zitternde Untergebene anbrüllte. Sowohl dem Äußeren als auch dem Auftreten nach entsprach er durchaus dem, was man sich gemeinhin unter dem Boß eines weitverzweigten Wirtschaftskonzerns vorstellte.

Im Augenblick starrten Gambles dunkelbraune Augen unter grauen, buschigen Brauen hervor unmittelbar auf Sidney.

Sie erwiderte den Blick. »Haben Sie noch Fragen dazu, Nathan?«

»Nur eine.«

Sidney wappnete sich. Sie wußte, was kommen würde. »Und die wäre?« erkundigte sie sich höflich.

»Warum machen wir das eigentlich?«

Alle Anwesenden, ausgenommen Sidney Archer, zuckten zusammen, als hätten sie sich gleichzeitig auf eine riesige Nadel gesetzt.

»Ich bin nicht sicher, ob ich Ihre Frage richtig verstehe.«

»Sicher tun Sie das, sonst wären sie dämlich, und dafür halte ich sie nicht«, erwiderte Gamble gelassen. Trotz des scharfen Tonfalls verzog er keine Miene.

Sidney biß sich auf die Zunge. »Darf ich daraus schließen, daß es Ihnen mißfällt, sich verkaufen zu müssen, um Cyber-Com zu erwerben?«

Gamble blickte in die Runde. »Ich habe für diese Firma eine außergewöhnlich hohe Summe geboten. Da diese Leute aber anscheinend nicht zufrieden damit sind, einen zehntausendprozentigen Gewinn auf ihre Investition zu erzielen, wollen sie jetzt auch noch meine Quartalsberichte prüfen. Richtig?« fragte er, an Sidney gewandt. Wortlos nickte sie. Gamble fuhr fort. »Ich habe schon eine Menge Firmen gekauft, aber noch nie wollte jemand diese Unterlagen sehen. CyberCom schon. Was uns zurück zu meiner ursprünglichen Frage bringt: Warum machen wir das? Was ist so verflucht einzigartig an CyberCom?« Mit strengem Blick ließ er die Augen von einem zum anderen wandern, ehe er sie wieder erwartungsvoll auf Sidney richtete.

Ein Mann zur Linken Gambles regte sich. Vor ihm stand ein Laptop, dem er schon die ganze Besprechung hindurch seine Aufmerksamkeit widmete. Quentin Rowe war der überaus junge Präsident von Triton und einzig Nathan Gamble untergeordnet. Während sich alle übrigen Männer im Raum in Anzüge gezwängt hatten, trug er Khakihosen, abgetragene Deckschuhe, ein blaues Jeanshemd und eine zugeknöpfte, braune Weste. Zwei Diamantohrstecker funkelten im linken Ohrläppchen. Er hätte besser auf das Cover eines Plattenalbums als in einen Konferenzraum gepaßt.

»Nathan, CyberCom *ist* etwas Besonderes. Ohne die Firma könnten wir in zwei Jahren aus dem Geschäft sein. Die Technologie von CyberCom wird die Datenverarbeitung über das Internet revolutionieren und letztlich beherrschen. Für den High-Tech-Bereich ist das, als käme Moses mit den zehn Geboten den Berg runter. Es gibt nichts Vergleichbares.« Rowes Tonfall verriet leise Unlust, entbehrte aber nicht einer gewissen Schärfe. Er würdigte Gamble keines Blickes.

Gamble zündete sich eine Zigarre an und legte das teure Feuerzeug lässig neben ein kleines Messingschild, auf dem »NO SMOKING« stand. »Wissen Sie, Rowe, das ist das Problem mit diesem High-Tech-Mist: Morgens ist man der uneingeschränkte Kaiser, am Nachmittag nur noch Kuhscheiße. Ich hätte mich überhaupt nie auf diese bescheuerte Branche einlassen sollen.«

»Wenn es Ihnen ausschließlich um Geld geht, sollten Sie nicht vergessen, daß Triton Weltmarktführer im Technologiebereich ist und pro Quartal mehr als zwei Milliarden Dollar Gewinn erzielt«, schoß Quentin Rowe zurück.

»Und bald keinen Pfifferling mehr wert ist?« Gamble warf Rowe einen verächtlichen Seitenblick zu, während er Rauch ausblies.

Sidney Archer räusperte sich. »Nicht, wenn Sie CyberCom übernehmen, Nathan.« Gamble wandte sich ihr zu. »Damit bleiben sie mindestens weitere zehn Jahre an der Spitze, und Ihre Gewinne werden sich innerhalb von fünf Jahren verdreifachen.«

»Ach ja?« Gamble wirkte nicht überzeugt.

»Sie hat recht«, schaltete Rowe sich ein. »Man muß wissen, daß es bisher niemandem gelungen ist, Software und entsprechende Peripheriegeräte zu entwickeln, die es dem Anwender ermöglichen, das gesamte Potential des Internet zu nutzen. Jeder ist bei dem Versuch gescheitert, ein funktionierendes System auf die Beine zu stellen. CyberCom hat es geschafft. Deshalb tobt ein so erbitterter Anbieterkrieg um

CyberCom. Jetzt wären wir in der Lage, diesen Krieg für uns zu entscheiden. Und das müssen wir, wenn wir nicht zum bloßen Mitläufer werden wollen.«

»Ich will aber nicht, daß die unsere Quartalsberichte zu Gesicht bekommen. Basta. Wir sind ein Privatunternehmen, an dem ich mit Abstand die meisten Anteile halte. Und Geld ist Geld.« Gambles stechender Blick wanderte zwischen Sidney und Rowe hin und her.

»Diese Leute wollen Ihre Partner werden, Nathan«, erklärte Sidney. »Die nehmen nicht bloß das Geld und verziehen sich damit, wie es bei Ihren anderen Übernahmen der Fall war. Die wollen wissen, worauf sie sich einlassen. Triton wird nicht öffentlich gehandelt, daher können sie sich nicht an die Handelskammer wenden, um die gewünschten Informationen zu erhalten. Das ist nicht mehr als angemessene Sorgfalt. Von den anderen Anbietern wurden dieselben Daten verlangt.«

»Haben Sie denen mein letztes Barangebot vorgelegt?«

Sidney nickte. »Das haben wir.«

»Und?«

»Und sie waren ziemlich beeindruckt und haben ihre Forderung nach Einsicht in die Quartalsberichte wiederholt. Wenn wir ihnen die geben, den Kaufpreis ein wenig versüßen und noch ein paar Anreize dazuwerfen, dann ist die Sache meines Erachtens gelaufen.«

Gamble lief rot an und mühte sich auf die Beine. »Weit und breit gibt es keine Firma, die uns das Wasser reichen kann, und dieser kleine Hühnerdreck CyberCom will *mich* überprüfen?«

Rowe stieß einen tiefen Seufzer aus. »Nathan, das ist doch bloß eine Formsache. Diese Leute werden absolut kein Problem mit Triton sehen, das wissen wir beide. Bringen wir es doch einfach hinter uns. Es ist ja nicht so, daß die Unterlagen nicht verfügbar wären. Im Gegenteil, sie sind besser geordnet als je zuvor«, meinte Rowe, sichtlich frustriert. »Erst vor kurzem hat Jason Archer die Neuorganisation abgeschlossen und dabei großartige Arbeit geleistet. Eine Lagerhalle voll Papier, ohne jede Ordnung, ohne jedes System. Einfach unglaublich.« Er warf Gamble einen geringschätzigen Blick zu.

»Falls Sie es vergessen haben, ich war zu beschäftigt damit, Geld zu verdienen, um mich mit einem Haufen Papier herumzuschlagen, Rowe. Ich interessiere mich nun mal ausschließlich für grün bedrucktes Papier.«

Rowe überging Gambles Erwiderung. »Dank Jasons Arbeit kann der angemessenen Sorgfalt schon sehr bald genüge getan werden.« Er fächelte sich Zigarrenrauch aus dem Gesicht.

Gamble funkelte ihn an. »Ach ja?« Dann bedachte er Sidney mit einem finsteren Blick. »Nun, wäre irgend jemand so freundlich, mir zu erklären, warum Mr. Archer dann bei dieser Besprechung nicht zugegen ist?«

Sidney wurde blaß und war zum erstenmal an diesem Tag völlig ratlos. »Äh –«

Rowe kam ihr zu Hilfe. »Jason hat sich ein paar Tage frei genommen.«

Gamble rieb sich die Schläfen. »Nun, dann holen wir ihn ans Telefon und fragen ihn, wie's aussieht. Vielleicht müssen wir CyberCom einen Teil von dem Kram zur Verfügung stellen, vielleicht auch nicht; aber auf keinen Fall will ich denen mehr geben, als absolut notwendig ist. Was, wenn wir das Geschäft nicht machen? Was dann?« Die zornigen Augen blickten in die Runde.

Sidneys Stimme blieb ruhig. »Nathan, ein ganzes Team von Anwälten wird jedes Dokument prüfen, bevor es an CyberCom übergeben wird.«

»Schön und gut, aber gibt es jemanden, der das ganze Zeug besser kennt als ihr Mann?« Die Frage ging an Rowes Adresse.

Der jüngere Mann zuckte die Schultern. »Nein, im Augenblick nicht.«

»Dann holen wir ihn doch ans Telefon.«

»Nathan –«

Gamble schnitt Rowe das Wort ab. »Herrgott noch mal,

man sollte doch meinen, daß der Generaldirektor einer Firma einen Bericht von einem seiner Angestellten einholen darf, oder nicht? Und warum nimmt er sich überhaupt frei, wenn die Übernahme von CyberCom in die Endphase geht?« Er riß den Kopf in Sidneys Richtung herum. »Ich kann nicht behaupten, daß es mir sonderlich gefällt, ein Ehepaar an derselben Übernahme arbeiten zu lassen, aber Sie sind nun mal die beste Wirtschaftsjuristin, die ich kenne.«

»Danke.«

»Danken Sie mir nicht, denn noch haben wir das Geschäft nicht abgeschlossen.« Gamble setzte sich hin und sog ausgiebig an der Zigarre. »Rufen wir ihren Mann an. Ist er zu Hause?«

Unruhig blinzelnd, nahm Sidney wieder Platz. »Nun, im Augenblick nicht.«

Gamble blickte auf die Uhr. »Und wann wird er wieder zu Hause sein?«

Abwesend rieb Sidney sich die Stirn. »Ich weiß es nicht genau. Während der letzten Pause habe ich versucht, ihn anzurufen. Da war keiner da. Zu Hause, meine ich.«

»Tja, dann versuchen wir's noch mal.«

Sidney glotzte Gamble an. Plötzlich fühlte sie sich mutterseelenallein in dem riesigen Raum. Innerlich seufzte sie, dann drückte sie Paul Brophy, einem jungen Partner der Kanzlei aus New York, die Fernbedienung in die Hand. *Verdammt, Jason, ich hoffe, du hast diesen Job wirklich in der Tasche, denn wir werden ihn wohl dringend brauchen, Liebling.*

Die Tür zum Konferenzraum öffnete sich, und eine Sekretärin steckte den Kopf herein. »Ms. Archer, es tut mir leid, daß ich störe, aber gibt es ein Problem mit ihren Flugtickets?«

Sidney wirkte verdutzt. »Nicht, daß ich wüßte, Jan. Warum?«

»Ich habe jemanden von der Fluggesellschaft für sie am Telefon.«

Sidney öffnete den Aktenkoffer, holte die Tickets heraus und überprüfte sie kurz. Danach schaute sie wieder zu Jan.

»Es ist ein Shuttleflug-Ticket, also ist der Rückflug noch offen. Wieso sollte die Fluggesellschaft deshalb anrufen?«

»Können wir mit der Besprechung fortfahren?« bellte Gamble.

Jan räusperte sich, blickte verschreckt zu Nathan Gamble, dann sprach sie, an Sidney gewandt, weiter. »Nun, wer auch immer es ist, er will mit Ihnen reden. Vielleicht mußten die restlichen Cityflüge für heute abgesagt werden. Es schneit schon seit drei Stunden.«

Sidney ergriff ein anderes Gerät und drückte auf einen Knopf. Langsam glitten die automatischen Jalousien der Fensterfront auf.

»Himmel!« rief Sidney bestürzt aus, als sie die dicken Flocken erblickte, die vom Himmel schwebten. Das Schneegestöber war so dicht, daß sie das Gebäude an der gegenüber liegenden Straßenseite nicht erkennen konnte.

Paul Brophy meldete sich zu Wort. »Die Kanzlei hat immer noch die Eigentumswohnung oben am Park, Sid, falls du über Nacht bleiben mußt.« Kurz setzte er ab. »Wir könnten zusammen zu Abend essen.« Eine leise Hoffnung lag in seinem Blick.

Ohne ihn anzusehen, sank Sidney erschöpft auf den Sessel. »Ich kann nicht.« Fast wäre ihr herausgerutscht, daß Jason nicht in der Stadt war, doch sie fing sich rechtzeitig. Fieberhaft dachte Sidney nach. Offensichtlich war Gamble nicht geneigt, die Sache auf sich beruhen zu lassen. Sie konnte zu Hause anrufen und bestätigen, was sie bereits wußte: daß Jason nicht da war. Vielleicht konnte die ganze Truppe gemeinsam zum Abendessen gehen und sie sich davonstehlen, um in L. A. herumzutelefonieren, angefangen bei AllegraPort. Von dort aus konnte Jason anrufen und Gambles Neugier befriedigen. Mit ein wenig Glück würden sie und ihr Mann mit kaum mehr als einem angeschlagenen Ego und einem beginnenden Magengeschwür davonkommen. Und sollten die Flughäfen geschlossen sein, würde sie vielleicht noch den letzten Direktzug nach Hause erwischen. Rasch rechnete sie die Reisezeit durch. Sie mußte im Kindergarten anrufen. Bestimmt würde Karen Amy mit zu sich nehmen. Im schlimmsten Fall mußte Amy bei Karen übernachten. Dieser logistische Alptraum verstärkte Sidneys Sehnsucht nach einem einfacheren Dasein.

»Ms. Archer, wollen Sie den Anruf entgegennehmen?«

Sidney schreckte aus ihren Überlegungen hoch. »Tut mir leid, Jan. Ja, legen Sie bitte hier herein. Und, Jan, versuchen Sie bitte, mir einen Platz im letzten Direktzug nach Washington zu reservieren, falls La Guardia geschlossen ist.«

»Ja, Ma'am.« Jan schloß die Tür. Einen Augenblick später blinkte ein rotes Licht an dem Telefon auf der Anrichte. Sidney nahm den Hörer ab.

Paul Brophy holte die Videokassette aus dem Rekorder, wodurch der Fernseher sich wieder einschaltete und Stimmen aus dem Lautsprecher den Raum erfüllten. Rasch drückte er auf die Stummschalttaste der Fernbedienung; sogleich kehrte wieder Ruhe ein.

Sidney hob den Hörer ans Ohr.

»Hier spricht Sidney Archer. Was kann ich für Sie tun?«

Die Stimme der Frau am anderen Ende der Leitung wirkte ein wenig zögerlich, dabei jedoch merkwürdig besänftigend. »Mein Name ist Linda Freeman. Ich arbeite für Western Airlines, Ms. Archer. Ihr Büro in Washington hat mir diese Nummer gegeben.«

»Western? Das muß ein Irrtum sein. Ich habe ein Ticket von USAir für den Shuttleflug zwischen New York und Washington.« Verärgert schüttelte Sidney den Kopf. Ein lästiger Fehler. Dabei hatte sie wirklich schon genug am Hals.

»Ms. Archer, Sie müssen mir bitte bestätigen, daß Sie die Gattin von Jason W. Archer sind, wohnhaft 611 Morgan Lane, Jefferson County, Virginia.«

Sidneys Tonfall verriet ihre Verwirrung, doch die Antwort kam automatisch. »Ja.« Gleich darauf gerann Sidney das Blut in den Adern.

»O mein Gott!« Paul Brophys Stimme hallte durch den Raum.

Sidney wirbelte zu ihm herum. Alle Augen waren auf den

Fernseher gerichtet. Langsam drehte Sidney sich in diese Richtung. Den Schriftzug »SPECIAL NEWS REPORT«, der am oberen Bildschirmrand flimmerte, bemerkte sie nicht, ebensowenig die knappen Untertitel für Gehörgeschädigte, die über den unteren Rand krochen, während der Reporter die tragische Geschichte erzählte. Ihr Blick haftete an dem rauchenden, verkohlten Trümmerhaufen, der einst ein stolzes Mitglied der Flotte von Western Airlines gewesen war. George Beards Gesicht tauchte vor ihr auf. *Es hat einen Flugzeugabsturz gegeben.*

Die Stimme am Telefon meldete sich wieder. »Ms. Archer, ich fürchte, es hat sich ein Zwischenfall ereignet, in den eines unserer Flugzeuge verwickelt ist.«

Mehr bekam Sidney nicht mit. Kraftlos ließ sie die Hand sinken. Unwillkürlich öffneten sich die Finger, und der Telefonhörer fiel auf den dicken Teppichboden.

Draußen tobte das Schneegestöber so heftig weiter, daß es einer der berühmten Konfettiparaden der Stadt ähnelte. Während der eisige Wind unablässig gegen die breite Fensterfront peitschte, starrte Sidney Archer völlig ungläubig auf den Krater, der die Überreste von Flug 3223 enthielt.

## KAPITEL 8

Ein dunkelhaariger Mann mit Doppelkinn und fülligen Wangen, der sich als William vorstellte und einen modischen Zweireiher trug, traf Jason Archer am Flugsteig in Seattle. Die beiden wechselten ein paar Sätze, die sich aus scheinbar willkürlich gewählten Worten zusammensetzten. Nachdem die verschlüsselte Begrüßung erfolgreich abgeschlossen war, marschierten sie zusammen los.

Als William auf die Straße trat, um den Wagen herbeizuwinken, nützte Jason die Gelegenheit, um unauffällig einen gepolsterten Umschlag in einen Briefkasten rechts neben der Ausgangstür zu werfen. In dem Umschlag befand sich die Kopie der Computerdiskette, die er zu Hause vor der Abreise angefertigt hatte.

Rasch wurde Jason zu einer Limousine begleitet, die auf Williams Zeichen hin an den Randstein gerollt war. In der Limousine zeigte William Jason einen Ausweis, aus dem hervorging, daß sein wirklicher Name Anthony DePazza war. Mehr als ein paar belanglose Worte wurden nicht gewechselt, während die Männer es sich in den weichen Ledersitzen bequem machten. Ein weiterer Mann, der einen konservativen braunen Anzug trug, saß am Steuer. Während der Fahrt nahm Jason auf DePazzas Vorschlag hin Perücke und Schnurrbart ab.

Die Ledertasche ruhte auf Jasons Schoß. Ab und zu warf DePazza einen Blick darauf, wonach er sogleich wieder aus dem Fenster starrte. Hätte Jason ihn ein wenig aufmerksamer betrachtet, er hätte die Ausbuchtung und das gelegentliche metallische Funkeln unter DePazzas Jackett bemerkt.

Die Glock M-17 9 mm stellte eine außergewöhnlich tödliche Waffe dar. Der Fahrer war ähnlich gut ausgerüstet. Doch selbst wenn Archer die Waffen gesehen hätte, überrascht hätte es ihn kaum. Im Gegenteil, er erwartete sogar, daß die beiden Pistolen trugen.

Die Limousine fuhr in westlicher Richtung vom Flughafen Puget Sound weg. Jason schaute durch die getönten Scheiben. Der Himmel war bewölkt; Regentropfen klatschten gegen das Fenster. Seinem bescheidenen meteorologischen Wissen zufolge handelte es sich bei diesem Wetter anscheinend um einen Dauerzustand für Seattle.

Innerhalb weniger als einer halben Stunde erreichte die Limousine ihr Ziel, eine Ansammlung von Lagerhäusern. Den einzigen Zugang zum Gelände stellte ein elektrisches Tor dar, an dem ein Posten Wache hielt.

Nervös blickte Jason sich um, schwieg aber. Man hatte ihm gesagt, daß die Übergabe unter ungewöhnlichen Bedingungen erfolgen würde. Sie fuhren in eines der Lagerhäuser, dessen Metalltor nach oben aufglitt, als die Limousine heran und hindurch fuhr.

Während er aus dem Fahrzeug stieg, beobachtete Jason, wie sich das Tor wieder schloß. Das einzige Licht stammte von ein paar über ihm angebrachten Lampen, die dringend geputzt werden mußten. An einem Ende der riesigen Halle befand sich eine Treppe. Die Männer bedeuteten Jason, ihnen zu folgen. Jason sah sich um, und ein merkwürdiges Gefühl beschlich ihn. Er atmete tief durch und ging auf die Treppe zu.

Oben angekommen, betraten sie durch eine schmale Tür einen winzigen, fensterlosen Raum. Der Fahrer wartete draußen. DePazza drückte auf den Lichtschalter. Jason blickte sich um. Die spärliche Einrichtung bestand aus einem Spieltisch, ein paar Stühlen und einem ramponierten Aktenschrank mit Rostlöchern.

Jason hatte keine Ahnung, daß durch eines der Rostlöcher eine Überwachungskamera spähte, die sich eingeschaltet hatte, sobald in dem kleinen Raum das Licht angegangen war. Geräuschlos zeichnete sie die folgenden Ereignisse auf.

DePazza nahm auf einem der Stühle Platz und bedeutete Jason, es ihm gleichzutun. »Es sollte nicht mehr lange dauern«, meinte DePazza freundlich. Er holte ein Päckchen Zigaretten aus dem Jackett, zog sich eine heraus und bot Jason eine an, der aber den Kopf schüttelte. »Vergessen Sie nicht, Jason, sagen sie kein Wort. Die wollen nur, was sich in diesem Aktenkoffer befindet. Völlig überflüssig, die Sache zu komplizieren, okay?«

Jason nickte.

Bevor DePazza sich die Mentholzigarette anzünden konnte, klopfte es in rascher Folge dreimal an der Tür. Jason stand auf, ebenso DePazza, der schnell die Zigarette wegsteckte und die Tür öffnete. Davor stand ein Mann von kleiner Gestalt, mit silbergrauem Haar und sonnengebräunter, faltiger Haut. Hinter ihm befanden sich zwei weitere Männer in billigen Anzügen, die trotz des Halbdunkels Sonnenbrillen trugen. Beide schienen etwa Ende Dreißig zu sein.

Der ältere Mann blickte DePazza an, der seinerseits auf Jason deutete. Stechend blaue Augen musterten Jason, dem plötzlich bewußt wurde, daß er heftig schwitzte, obwohl das gesamte Lagerhaus ungeheizt war und die Temperatur bei knapp fünf Grad Celsius liegen mußte.

Jason schaute zu DePazza, der zustimmend nickte. Rasch übergab Jason den Lederaktenkoffer. Der Mann öffnete ihn, überprüfte flüchtig den Inhalt, dann ließ er sich eine gute Minute Zeit, um einen Bogen Papier einer genaueren Betrachtung zu unterziehen. Die beiden anderen Männer taten es ihm gleich. Ein Lächeln erschien auf ihren Lippen. Der ältere Mann grinste breit, schob das Blatt zurück in den Koffer, verschloß diesen und drückte ihn einem seiner Begleiter in die Hand. Der andere reichte ihm einen silbernen Metallkoffer, den er kurz hielt und danach an Jason weitergab. Der Koffer war mit einem elektronischen Schloß gesichert.

Das plötzliche Dröhnen eines Flugzeugs über ihnen ließ sie alle jählings die Köpfe hochreißen. Es schien auf dem Gebäude zu landen. Ein paar Augenblicke später war es vorüber. Stille kehrte wieder ein.

Der ältere Mann lächelte, wandte sich um und schloß leise die Tür hinter allen dreien.

Erleichtert stieß Jason den Atem aus.

Schweigend warteten sie etwa eine Minute, dann öffnete DePazza die Tür und bedeutete Jason, hinauszugehen. DePazza und der Fahrer folgten ihm. Das Licht wurde abgedreht. Als wieder Finsternis einkehrte, schaltete die Kamera sich aus.

Jason stieg in die Limousine, den Silberkoffer fest umklammert. Er war ziemlich schwer.

Jason wandte sich an DePazza. »Eigentlich habe ich mir die Sache etwas anders vorgestellt.«

DePazza zuckte die Schultern. »Wie auch immer man es betrachtet, es war ein Erfolg.«

»Ja, aber warum durfte ich nichts sagen?«

Mit einem Hauch von Ärger in den Zügen starrte DePazza ihn an. »Was genau hätten sie denn gesagt, Jason?«

Nun war es Jason, der mit den Schultern zuckte.

»Wenn ich Sie wäre, würde ich meine Aufmerksamkeit dem Inhalt dieses Dings schenken.« DePazza deutete auf den Koffer.

Jason versuchte erfolglos, ihn zu öffnen. Mit hochgezogenen Augenbrauen sah er seinen Begleiter an.

»Sobald Sie Ihren vorübergehenden Aufenthaltsort erreicht haben, dürfen Sie ihn aufmachen. Den Code gebe ich Ihnen, wenn wir da sind. Folgen Sie den Anweisungen, die Sie im Koffer finden.« Dann fügte er hinzu: »Sie werden nicht enttäuscht sein.«

»Aber warum Seattle?«

»Höchst zweifelhaft, daß Ihnen hier jemand über den Weg läuft, den Sie kennen, oder?« DePazzas ruhiger Blick verharrte auf Jasons Gesicht.

»Und Sie brauchen mich nicht mehr? Sind Sie sicher?«

DePazza konnte sich ein Lächeln kaum verkneifen. »Ganz sicher.« Er schüttelte Jason die Hand.

DePazza lehnte sich zurück und lächelte. Als Jason den Sicherheitsgurt anlegen wollte, piekte ihn etwas in die Seite. Er zog den SkyWord-Pager vom Gürtel und betrachtete ihn schuldbewußt. Was, wenn früher *tatsächlich* seine Frau angerufen hatte? Er warf einen Blick auf den winzigen Bildschirm. Sein Kiefer sackte herunter.

Auf dem Bildschirm des Pagers verkündete der Schlagzeilendienst, daß sich eine entsetzliche Tragödie ereignet hatte: Der Morgenflug 3223 der Western Airlines von Washington nach L. A. war im ländlichen Virginia abgestürzt. Es gab keine Überlebenden.

Jason Archer konnte kaum atmen. Hektisch riß er den schwarzen Metallkoffer auf und wühlte darin nach seinem Telefon.

Scharf erklang DePazzas Stimme. »Was tun Sie denn da?«

Jason gab ihm den Pager. »Meine Frau glaubt, ich sei tot. O Gott! Deshalb hat Sie angerufen. O mein Gott ...« Jason fingerte am Telefonetui herum und versuchte, es zu öffnen.

DePazza starrte auf den Pager. Als er die digitale Schlagzeile las, entfuhr ihm ein leises »Scheiße!«. Na ja, eigentlich beschleunigte sich der Vorgang dadurch lediglich ein wenig, dachte er bei sich. Zwar gefiel es ihm nicht, vom ursprünglichen Plan abweichen zu müssen, doch er hatte eindeutig keine andere Wahl. Als er den Blick wieder auf Jason richtete, waren die Augen kalt und entschlossen. Eine Hand faßte hinüber und entriß Jasons zitternden Fingern das Mobiltelefon. Die andere verschwand im Jackett, brachte die handliche, tödliche Glock zum Vorschein und richtete sie auf Jasons Kopf.

Jason schaute auf und erblickte die Waffe.

»Ich fürchte, Sie werden niemanden anrufen.« DePazzas Augen hafteten auf Jasons Gesicht.

Wie gelähmt beobachtete Jason, wie DePazza an seiner Gesichtshaut zu zerren begann; Stück für Stück wurde die aufwendige Maske entfernt. Einen Augenblick später saß Jason einem blonden Mann Anfang Dreißig gegenüber, mit einer langen Adlernase und heller Haut. Die Augen jedoch blieben unverändert blau und kalt. Der wirkliche Name des Mannes, den er höchst selten verwendete, lautete Kenneth Scales. Er war ein erwiesener Soziopath mit höchst seltsamem Charakter. Es bereitete ihm Freude, Menschen zu töten, und er ergötzte sich an den Einzelheiten, die den grausigen Vorgang begleiteten. Dennoch tötete er niemals zufällig. Und niemals gratis.

# KAPITEL 9

Fast fünf Stunden hatte es gedauert, das Feuer unter Kontrolle zu bringen, und letzten Endes zogen sich die Flammen freiwillig zurück, nachdem sie alles Brennbare innerhalb ihrer gewaltigen Reichweite verschlungen hatten. Die örtlichen Behörden waren mehr als dankbar, daß die Feuersbrunst wenigstens auf einem abgeschiedenen Stück Brachland gewütet hatte.

Nun schritt ein Einsatzteam des National Transportation Safety Board, des Bundesamtes für Transportsicherheit, in blauen Katastrophenschutzanzügen den äußeren Kreis der Unfallstelle ab, während Rauch zum Himmel emporwallte und erschöpfte Feuerwehrleute die letzten, besonders hartnäckigen Glutherde niederkämpften. Das gesamte Gebiet war mit orange und weiß markierten Straßenbarrikaden abgeriegelt worden. Dahinter standen zahlreiche Ortsansässige und gafften mit der typischen Mischung aus ungläubigem Entsetzen und morbider Neugierde. Ganze Scharen von Feuerwehrautos, Polizei- und Rettungswagen, dunkelgrünen Lastern der Nationalgarde und anderen Einsatzfahrzeugen säumten beide Seiten des Feldes. Mit den Händen in den Taschen standen die Notärzteteams neben ihren Wagen. Ihre Dienste würden sich bestenfalls auf den schweigenden Abtransport der menschlichen Überreste beschränken, die, wenn überhaupt, aus dem Brandherd geborgen werden konnten.

Der Bürgermeister der nächstgelegenen Gemeinde stand neben dem Bauern, dessen Land zum Opfer dieses grauenhaften Einschlags aus dem Himmel geworden war. Hinter ihnen standen ihre zwei Ford-Laster mit Nummerntafeln, auf denen zu lesen stand: »Ich überlebte Pearl Harbor«. Nun, zum zweitenmal in ihrem Leben, widerspiegelten ihre Gesichter das Grauen eines plötzlichen, gräßlichen Massensterbens.

»Das ist kein Unfallort, das ist ein gottverdammtes Krematorium.« Der altgediente Flugsicherungs-Ermittler schüttelte müde den Kopf. Er nahm die Mütze mit den aufgestickten Buchstaben »NTSB« ab und wischte sich mit der anderen Hand über die gerunzelte Stirn. George Kaplan war einundfünfzig Jahre alt. Schütteres, an den Schläfen graues Haar bedeckte den breiten Schädel. Die eins siebzig große Gestalt zeigte einen leichten Bauchansatz. Begonnen hatte er seine Laufbahn als Kampfpilot in Vietnam, danach hatte er viele Jahre als Linienpilot gearbeitet, ehe er sich der NTSB anschloß, nachdem ein guter Freund mit einer zweisitzigen Piper an einem Hügel zerschellt war, kurz nach einem Beinahe-Zusammenstoß mit einer 727 in dichtem Nebel. Damals beschloß Kaplan, daß er weniger fliegen, sondern verstärkt zur Vermeidung von Unfällen beitragen wollte.

George Kaplan war für diesen Unfall zum Leiter der Ermittlungen ernannt worden, und dies war der absolut letzte Ort der Welt, an dem er sich aufhalten wollte, doch leider waren gerade Flugzeugabsturzstellen offensichtliche Orte für die Suche nach vorbeugenden Maßnahmen. Jeden Abend gingen die Mitglieder der Ermittlungsteams mit der aussichtslosen Hoffnung zu Bett, daß niemand ihre Dienste benötigen würde, und beteten, es möge keinen Anlaß geben, an ferne Orte zu reisen, wo sie sich durch die Überreste eines weiteren Unglücks wühlen mußten.

Während er die Absturzstelle betrachtete, verzog Kaplan das Gesicht und schüttelte abermals den Kopf. Besonders auffällig war das Fehlen von Wrack- und Leichenteilen, Gepäckstücken und den Millionen anderer Dinge, die für gewöhnlich geborgen, sortiert, verzeichnet, analysiert und dokumentiert wurden, bis man daraus Aufschluß gewonnen hatte, warum ein 110 Tonnen schweres Flugzeug vom Himmel gefallen war. Außerdem gab es keine Augenzeugen, da sich der Absturz einerseits frühmorgens ereignet hatte, andererseits eine niedrige Wolkendecke vorherrschte. Von dem Zeitpunkt, als das Flugzeug aus den Wolken hervorbrach, konnten bis zum Aufprall nur Sekunden verstrichen sein.

Wo die Maschine mit der Nase voraus in die Erde gekracht war, klaffte nunmehr ein Krater. Spätere Ausgrabungen sollten ergeben, daß er eine Tiefe von etwa neun Metern oder ungefähr einem Fünftel der Länge des Flugzeugs aufwies. Allein diese Tatsache gab ein schauerliches Zeugnis von der Gewalt ab, mit der alles Leben an Bord in beängstigender Geschwindigkeit ins Jenseits katapultiert worden war. Der gesamte Rumpf, vermutete Kaplan, war von vorn bis zum Heck wie ein Akkordeon zusammengedrückt worden, und die Überreste ruhten in den Tiefen des Einschlagloches. Nicht einmal das Leitwerk, sprich, die Heckkonstruktion, war sichtbar. Erschwerend kam hinzu, daß nunmehr Tonnen von Schutt und Geröll das Wrack des Flugzeugs bedeckten.

Das Feld und die umliegende Gegend waren übersät mit Trümmern, die meisten davon kamen jedoch über Handflächengröße nicht hinaus, da sie beim Aufprall der Maschine auf die Erde abgesplittert waren. Der Großteil des Jets und der darin gefangenen Passagiere mußte sich angesichts der unvorstellbaren Wucht und Geschwindigkeit beim Aufprall und der wenige Sekunden darauf folgenden Explosion des sich entzündenden Treibstoffs förmlich in Nichts aufgelöst haben, ehe sich neun Meter Erdreich und Geröll zu einem luftdichten Massengrab vereinigten.

Was an der Erdoberfläche geblieben war, ließ sich unmöglich als Bestandteil eines Jets erkennen. All das erinnerte Kaplan an den unerklärlichen Absturz einer Boeing 737 der United Airlines 1991 in Colorado Springs. Auch diese Katastrophe hatte er in seiner Eigenschaft als Experte für Flugsicherungsfragen bearbeitet. Erstmalig in der Geschichte der NTSB seit deren Gründung im Jahre 1967 als unabhängige Bundesbehörde hatte man keine wahrscheinliche Ursache für einen Flugzeugabsturz feststellen können. Die »Blech-Wühler«, wie sich die Ermittler der NTSB selbst nannten, waren nie darüber hinweggekommen. Die Ähnlichkeit des Absturzes einer Boeing 737 der USAir 1994 bei Pittsburgh hatte die Schuldgefühle nur noch verstärkt. Hätte man das Rätsel von Colorado gelöst, so meinten viele, hätte die Katastrophe von Pittsburgh verhindert werden können. Und nun das hier.

George Kaplan betrachtete den mittlerweile klaren Himmel, und seine Verwirrung steigerte sich. Er war überzeugt, daß der Absturz in Colorado Springs zumindest teilweise von einem unberechenbaren Rotor verursacht worden war, der das Luftschiff im Landeanflug erfaßte – ein gefährlicher Augenblick für jeden Jet. Ein Rotor ist ein Luftwirbel um eine horizontale Achse, hervorgerufen durch Höhenwinde über unebenem Gebiet. Im Fall von United-Airlines-Flug 585 stellten die mächtigen Rocky Mountains dieses unebene Gebiet dar. Hier jedoch befand man sich an der Ostküste. Hier gab es keine Rocky Mountains. Zwar ließ sich nicht ausschließen, daß ein außergewöhnlich starker Rotor ein so großes Flugzeug wie den L800 vom Himmel zu ziehen vermochte, doch Kaplan konnte sich nicht vorstellen, daß dies hier geschehen war. Laut Auskunft der Luftraumüberwachung hatte der L800 aus der Reiseflughöhe von fünfunddreißigtausend Fuß zu fallen begonnen und war kein einziges Mal mehr hochgezogen. In den gesamten Vereinigten Staaten gab es kein Gebirge, daß einen derart hohen Rotor hervorbringen konnte. Und die einzigen Berge in der näheren Umgebung befanden sich im Nationalpark Shenandoah und bildeten einen Teil der relativ niedrigen Kette der Blue Ridge Mountains. Allesamt wiesen sie Höhen von neunhundert bis tausendzweihundert Metern auf und glichen eher Hügeln als Bergen.

Und dann war da noch die Flughöhe an sich. Normalerweise läßt sich die Rolle, in die ein Flugzeug gerät, wenn es von einem Rotor oder anderen unberechenbaren atmosphärischen Störungen erfaßt wird, durch Einsatz der Querruder abfangen. In einer Höhe von neun Kilometern hätten die Piloten von Western Airlines ausreichend Zeit gehabt, die Kontrolle wiederzuerlangen. Kaplan war überzeugt davon, daß nicht Mutter Naturs dunkle Seite den Jet aus dem friedlichen Himmel gerissen hatte. Nein, es mußte etwas anderes gewesen sein.

Sein Team würde kurzfristig ins Hotel zurückkehren, um dort eine Organisationsbesprechung abzuhalten. Vorerst würde man vor Ort Untersuchungsgruppen für die Bereiche Konstruktion, Elektronik, Überlebensfaktoren, Triebwerke, Wetter sowie Flugverkehrskontrolle einteilen. Später würde man andere Einheiten bilden, um das Verhalten des Flugzeugs auszuwerten, den Stimmenrekorder sowie den Flugdatenschreiber, das Verhalten der Besatzung, das Schallspektrum, die Wartungsprotokolle zu analysieren und metallurgische Überprüfungen durchzuführen. Es handelte sich um eine langwierige, nervtötende Angelegenheit, die mitunter auch an die Nieren gehen konnte; dennoch würde Kaplan hier nicht abziehen, bevor er jedes Atom der Überreste eines bis vor kurzem noch stolzen, hochmodernen Düsenjets und seiner fast zweihundert sehr lebendigen Passagiere untersucht hatte. Er gelobte sich, daß ihm die Ursache diesmal nicht durch die Finger rutschen würde.

Langsam ging Kaplan auf seinen Mietwagen zu. Ein außerplanmäßiger Frühling würde sich demnächst über das Brachland senken: Schon bald würden überall rote Markierungsflaggen sprießen – winzige Baken an den Stellen, wo man Überreste des Fluges gefunden hatte. Rasch und unaufhaltsam brach die Dunkelheit herein. Er blies in die kalten Hände, um sie zu wärmen. Im Wagen wartete eine Thermoskanne mit heißem Kaffee auf ihn. Kaplan hoffte, daß der Flugdatenschreiber – gemeinhin als »Black Box« bekannt, obwohl er eigentlich grellorange war – seinem Ruf der Unzerstörbarkeit gerecht wurde. In diese Maschine war vor kurzem eine überarbeitete Version eingebaut worden, und die 121 vom Flugdatenschreiber gemessenen Parameter würden ihnen eine Menge darüber erzählen, was dem verhängnisvollen Flug 3223 widerfahren war. Der Flugdatenschreiber und der Stimmenrekorder waren im oberen Bereich des Rumpfes zwischen den Heckküchen untergebracht. Nie zuvor war der Rumpf eines L800 vollständig zerstört worden; zweifellos würde sich dieser Absturz als Härtetest für die angebliche Unverwundbarkeit des Flugdatenschreibers erweisen.

Leider waren Menschen nicht so widerstandsfähig.

Als er eine kleine Anhöhe hinaufkletterte, blieb George Kaplan wie vom Donner gerührt stehen. Kaum zwei Meter vor sich erblickte er im rasch schwindenden Licht eine hochgewachsene Gestalt. Hinter einer Sonnenbrille verbarg sich ein Paar schiefergrauer Augen. Der eins neunzig große Mann wies angeborene breite Schultern auf, kräftige Arme und einen beginnenden Rettungsreifen um die Hüften, darunter lange Beine – ein alternder Football-Verteidiger drängte sich als Vergleich auf. Die Hände hatte der Mann in den Hosentaschen vergraben; das unverkennbare, silberne Abzeichen steckte am Gürtel.

Kaplan kniff in der zunehmenden Finsternis die Augen zusammen. »Lee?«

FBI-Spezialagent Lee Sawyer trat einen Schritt vor.

»Hallo, George.«

Die beiden Männer schüttelten sich die Hand.

»Was machst du denn hier?«

Sawyer betrachtete die Absturzstelle, dann schaute er zurück zu Kaplan. Sein kantiges Gesicht wies volle, ausdrucksstarke Lippen auf. Er hatte zurückweichendes, tiefschwarzes Haar, durch das sich zahlreiche silbergraue Strähnen zogen. Die hohe Stirn und die schlanke, leicht nach rechts geneigte Nase – ein Andenken an einen Fall aus der Vergangenheit – verliehen ihm in Kombination mit der beeindruckenden Größe ein überaus imposantes Erscheinungsbild. »Wenn ein amerikanisches Flugzeug über amerikanischem Territorium durch augenscheinliche Sabotage vom Himmel geholt wird, läßt so etwas das FBI nicht kalt, George.« Der FBI-Agent sah Kaplan offen ins Gesicht.

»Sabotage?« meinte Kaplan aufgeschreckt.

Abermals ließ Sawyer den Blick über das Ausmaß des Desasters schweifen. »Ich habe den Wetterbericht überprüft. Nichts, das so etwas verursacht haben könnte. Und es war ein fast brandneues Flugzeug.«

»Das muß nicht heißen, daß es Sabotage war, Lee. Es ist noch zu früh, um darüber was zu sagen. Das weißt du genau. Zum Teufel, obwohl die Chancen dafür eins zu einer Milliarde stehen, könnten wir es hier ebensogut mit einer Schubumkehr mitten im Flug zu tun haben, die den Vogel geradewegs aus dem Himmel holte.«

»An einem Teil des Flugzeugs bin ich besonders interessiert, George. Ich möchte, daß du einen genauen Blick darauf wirfst.«

Kaplan grunzte. »Tja, wir werden wohl eine Weile brauchen, um diesen Krater auszuheben. Und selbst danach werden wir den Großteil der Wrackteile in einer Hand halten können.«

Sawyers Antwort ließ Kaplans Knie um ein Haar einknicken.

»Besagter Teil befindet sich nicht im Krater. Und er ist ziemlich groß: Es geht um die rechte Tragfläche samt Triebwerk. Beides wurde vor etwa dreißig Minuten gefunden.«

Eine ganze Minute lang stand Kaplan reglos da und glotzte in Sawyers ausdrucksloses Gesicht. Dann drängte ihn Sawyer zu seinem Wagen.

Als Sawyers gemieteter Buick lospreschte, wurden gerade die letzten Flammen von Flug 3223 gelöscht. Bald würde die Dunkelheit ein etwa neun Meter tiefes Loch umhüllen, das ein schmuckloses Mahnmal für das abrupte Ende von 181 Menschenleben darstellte.

## KAPITEL 10

Der Gulfstream-Jet düste durch die Wolken. Die luxuriöse Kabine glich der Lounge eines Nobelhotels; sie war mit braunen Ledersesseln, einer gut bestückten Bar samt Barkeeper sowie einer Holzvertäfelung ausgestattet. Die Augen fest geschlossen, saß Sidney zusammengesunken in einem der übergroßen Sessel. Auf ihrer Stirn lag eine kalte Kompresse. Als sie schließlich die Augen öffnete und die Kompresse entfernte, hätte man glauben können, sie stünde unter Medikamenteneinfluß, so schwer waren ihre Lider, so träge die Bewegungen. In Wahrheit hatte sie weder Beruhigungsmittel noch etwas aus der Bar genommen. Ihr Verstand hatte schlicht und einfach abgeschaltet: Ihr Mann war heute bei einem Flugzeugabsturz ums Leben gekommen.

Sie sah sich in der Kabine um. Der Vorschlag, sie in Tritons Firmenjet mit nach Hause zu nehmen, war von Quentin Rowe gekommen. In letzter Minute, sehr zu Sidneys Leidwesen, hatte Gamble sich ihnen angeschlossen. Im Augenblick befand er sich in seiner Privatkabine im hinteren Teil des Flugzeugs. Sidney betete, er möge für die Dauer des Fluges dort bleiben. Als sie aufschaute, erblickte sie Richard Lucas, Tritons internen Sicherheitschef, der sie aufmerksam beobachtete.

»Entspann dich, Rich.« Quentin Rowe ging an dem Mann vorbei und steuerte auf Sidney zu. Er setzte sich neben sie. »Und? Wie fühlst du dich?« erkundigte Rowe sich sanft. »Willst du ein Valium? Wir haben immer etwas an Bord, wegen Nathan.«

»Gamble nimmt Valium?« Sidney wirkte überrascht.

Rowe zuckte die Schultern. »Es ist eher für die Leute, die mit Nathan reisen.«

Sidney brachte ein vages Lächeln zustande, das sich jedoch sogleich wieder auflöste. »O Gott, es darf einfach nicht wahr sein.« Mit rotgeränderten Augen schaute sie aus dem Fenster. Sie riß die Hände zum Gesicht hoch. Nach einer Weile begann sie zu sprechen, ohne Rowe dabei anzusehen. »Ich weiß, daß es nicht gut aussieht, Quentin.« Ihre Stimme zitterte.

»He, es gibt kein Gesetz dagegen, in seiner Freizeit zu verreisen«, meinte Rowe sofort.

»Ich weiß nicht, was ich sagen soll –«

Rowe hob die Hand. »Hör zu, das ist weder die richtige Zeit noch der richtige Ort. Ich hab' noch was zu erledigen. Wenn du irgend etwas brauchst, dann sag mir Bescheid.«

Dankbar blickte Sidney ihn an. Als er in einen anderen Teil der Kabine verschwand, lehnte sie sich zurück und schloß wieder die Augen. Dicke Tränen rannen über die verquollenen Wangen. Im vorderen Teil der Kabine setzte Richard Lucas seine einsame Wache fort.

Jedesmal wenn sie an den letzten Wortwechsel mit Jason dachte, stieg ein weiteres Schluchzen in Sidneys Kehle auf. Wütend hatte sie ihm das Wort abgeschnitten und den Hörer aufgelegt. Eine dumme, kleine Episode, die nichts zu bedeuten hatte – ein Vorfall, der sich im Laufe zahlreicher glücklicher Ehen Tausende Male ereignete. Und dennoch – mußte dies seine letzte Erinnerung an ihr gemeinsames Leben sein? Schaudernd umklammerte sie die Armlehne. All die Befürchtungen, die sie während der letzten Monate gehegt hatte. Gott! Er hatte so hart gearbeitet, einen tollen neuen Job an Land gezogen, und alles, was sie vor Augen gehabt hatte, war die absurde Vorstellung, daß er mit anderen, attraktiveren Frauen ins Bett stieg. Über diese schwerwiegende Fehleinschätzung des Mannes, den sie liebte, würde sie den Rest ihres Lebens nicht hinwegkommen.

Als sie die Augen aufschlug, ereilte sie ein weiterer Schock. Neben ihr saß Nathan Gamble. Sehr zu ihrer Verwunderung entdeckte sie Mitgefühl in den Zügen des Mannes; eine Eigenschaft, die sie nie zuvor an ihm bemerkt hatte. Er bot ihr das Glas an, das er in der Hand hielt.

»Brandy«, grummelte er und starrte an ihr vorbei aus dem Fenster in den dunklen Himmel. Da sie zögerte, ergriff er ihre Hand und legte sie um das Glas. »Gerade jetzt wollen Sie ganz bestimmt nicht klar denken, oder?« sagte er. »Trinken Sie.«

Sie setzte das Glas an die Lippen. Warm rann die Flüssigkeit die Kehle hinab. Gamble lehnte sich in den Ledersitz zurück und bedeutete Lucas, er solle sich zurückziehen. Abwesend wischte der Generaldirektor von Triton über die Armlehne, während er den Blick durch die Kabine schweifen ließ. Das Anzugsjackett hatte er abgelegt, und die hochgerollten Hemdsärmel offenbarten erstaunlich muskulöse Unterarme. Das Dröhnen der Triebwerke war weit in den Hintergrund gerückt. Sidney vermeinte fast zu spüren, wie die elektrischen Schwingungen unkontrolliert durch ihren Körper vibrierten, während sie darauf wartete, daß Gamble etwas sagte. Sie hatte miterlebt, wie er mit seiner Rücksichtslosigkeit gegenüber persönlichen Gefühlen Menschen jeden Ranges ungespitzt in den Boden rammte. Nun spürte sie, selbst durch den Schleier tiefster Trauer hindurch, daß ein anderer, einfühlsamerer Mensch neben ihr saß.

»Das mit Ihrem Mann tut mir leid.« Vage bemerkte Sidney, daß Gamble sich nicht recht wohl in seiner Haut zu fühlen schien. Unablässig waren seine Hände in Bewegung, als wollten sie mit dem überaus regen Verstand Schritt halten. Während Sidney einen weiteren Schluck Brandy trank, musterte sie ihn.

»Danke«, brachte sie schließlich hervor.

»Persönlich habe ich ihn gar nicht gekannt. Bei einer so großen Firma wie Triton kann ich von Glück reden, wenn ich zehn Prozent der leitenden Angestellten kenne.« Gamble seufzte; als wäre er sich plötzlich des ununterbrochenen Gefuchtels seiner Hände bewußt geworden, faltete er sie im Schoß. »Aber selbstverständlich kenne ich seinen Ruf und weiß, daß er beste Aufstiegschancen hatte. Nach dem zu schließen, was man mir berichtet, hätte er wahrscheinlich hervorragend in die Führungsmannschaft gepaßt.«

Bei den Worten zuckte Sidney zusammen. Sie dachte zurück an Jasons Neuigkeit von heute morgen. Eine neue Stelle als Vizepräsident – ein neues Leben für die Familie Archer. Und nun? In einem Zug trank sie den Brandy aus und konnte gerade noch rechtzeitig ein tiefes Schluchzen unterdrücken. Als sie Gamble wieder anschaute, blickte er ihr unmittelbar ins Gesicht. »Ich kann ebensogut gleich damit herausrücken, obwohl ich weiß, daß es ein schlechter Zeitpunkt dafür ist.« Er setzte ab und musterte sie. Neuerlich wappnete sich Sidney. Unwillkürlich umklammerte sie die Armlehne in dem Versuch, nicht zu zittern. Sie schluckte einen gewaltigen Kloß hinunter, der ihr im Hals steckte. Das Mitgefühl war aus den Augen des Generaldirektors gewichen.

»Ihr Mann war an Bord eines Flugzeugs nach Los Angeles.« Nervös leckte er sich die Lippen und beugte sich zu ihr hinüber. »Und nicht zu Hause.« Unbewußt nickte Sidney, da sie die nächste Frage bereits erahnte. »Sie wußten darüber Bescheid?«

Einen kurzen Augenblick lang glaubte Sidney, ohne die Unterstützung eines 25 Millionen Dollar teuren Jets durch die dichten Wolken zu segeln. Die Zeit schien stillzustehen, tatsächlich aber verstrichen nur ein paar Sekunden, bis sie ihre Antwort hervorstammelte: »Nein.« Nie zuvor hatte sie einen Mandanten belogen, und eigentlich drang ihr das Wort fast ungewollt von den Lippen. Sidney war überzeugt davon, daß er ihr nicht glaubte. Doch nun gab es kein Zurück mehr. Gamble studierte ihr Gesicht noch eine Weile, dann lehnte er sich zurück. Reglos verharrte er, als wäre er damit zufrieden. Plötzlich tätschelte er Sidneys Arm und erhob sich. »Sobald wir landen, lasse ich Sie mit meiner Limousine nach Hause bringen. Haben Sie Kinder?«

»Eine Tochter.« Sidney blickte zu ihm auf, verwirrt darüber, daß die Befragung so völlig unerwartet geendet hatte.

»Erklären Sie dem Fahrer einfach den Weg, damit er sie

auch abholen kann. Ist sie im Kindergarten?« Sidney nickte. Gamble schüttelte den Kopf. »Heutzutage geht jedes Kind in so einen Kindergarten.«

Sidney dachte an ihren Plan, zu Hause zu bleiben und sich um Amy zu kümmern. Nun war sie eine alleinerziehende Mutter. Die Erkenntnis verursachte ein Schwindelgefühl. Wäre Gamble nicht in der Nähe gewesen, sie wäre vor Elend auf dem Boden zusammengebrochen. Sie blickte auf und stellte fest, daß er sie immer noch betrachtete, wobei er sich behutsam mit der Hand die Stirn rieb. »Brauchen Sie sonst noch etwas?«

Es gelang ihr, das leere Glas hochzuhalten. »Danke, das hier hat ein wenig geholfen.«

Gamble nahm ihr das Glas ab. »Hat Alkohol so an sich.« Er wandte sich zum Gehen, hielt jedoch noch einmal inne. »Triton kümmert sich anständig um seine Mitarbeiter, Sidney. Wenn Sie irgend etwas brauchen – Geld, Unterstützung bei der Organisation des Begräbnisses, Hilfe mit dem Haus oder dem Kind und ähnliches – wir haben Leute, die sich dessen annehmen können. Scheuen Sie sich nicht, uns zu fragen.«

»Danke.«

»Und wenn Sie das Bedürfnis haben, über ... gewisse Dinge zu reden« – vielsagend zog er die Augenbrauen hoch –, »dann wissen Sie, wo Sie mich finden.«

Nachdem er davonmarschiert war, bezog Richard Lucas wieder schweigend seinen Wachposten. Leicht zitternd, schloß Sidney erneut die Augen. Die Maschine donnerte weiter. Alles, was Sidney wollte, war, ihre Tochter in die Arme zu schließen.

## KAPITEL 11

Auf dem Bettrand sitzend, zog der Mann sich bis auf die Boxershorts aus. Draußen war die Sonne noch nicht aufgegangen. Der Körper war muskelbepackt. Eine Tätowierung in Form einer gewundenen Schlange zierte den linken Bizeps. An der Schlafzimmertür standen drei gepackte Taschen bereit. Wie versprochen, hatten ein Reisepaß der Vereinigten Staaten, ein ganzer Stapel Flugtickets, Bargeld und Ausweise für ihn bereit gelegen. Alles befand sich in einem kleinen Lederbeutel auf einer der Reisetaschen. Wieder einmal würde er einen neuen Namen annehmen, wie schon des öfteren zuvor.

Nie mehr würde er Flugzeuge auftanken. Abgesehen davon, brauchte er überhaupt nicht mehr zu arbeiten. Die Überweisung auf ein Konto in Übersee hatte man ihm bestätigt. Nun verfügte er über jenen Reichtum, der ihm sein ganzes Leben lang, ungeachtet aller Bemühungen, beharrlich versagt geblieben war. Trotz der langjährigen Erfahrung zitterten seine Hände, als er die falschen Haare, eine runde, türkisfarbene Brille und getönte Kontaktlinsen aus einer kleinen Tasche holte. Obwohl wahrscheinlich Wochen ins Land ziehen würden, bis man dahinterkam, was geschehen war, plante man in seiner Branche stets für den schlimmsten Fall voraus. Im Augenblick bedingte dies, unverzüglich und möglichst weit weg zu fliehen. Zu beidem war er mehr als bereit.

Er dachte zurück an die jüngsten Ereignisse. Den Plastikbehälter hatte er geleert und in den Potomac geworfen. Ihn würde man niemals finden. Es waren auch keine Fingerabdrücke oder sonstigen äußeren Beweise zurückgeblieben. Sofern man überhaupt etwas entdeckte, das ihn mit der Flugzeugsabotage in Verbindung brachte, würde er bis dahin längst über alle Berge sein. Zudem würde der Name, unter dem er die letzten beiden Monate gelebt hatte, die Ordnungshüter in eine Sackgasse führen.

Getötet hatte er früher schon, aber nie in diesem gewaltigen und unpersönlichen Ausmaß. Bei seinen früheren Opfern hatte es stets ein Motiv gegeben – wenn schon kein persönliches, dann eines, das ihm sein Auftraggeber mitteilte. Diesmal reichten allein die Anzahl und die völlige Anonymität der von ihm ermordeten Menschen aus, um selbst an sein verkümmertes Gewissen zu rühren. Er war nicht in der Nähe geblieben, um zu beobachten, wer an Bord ging. Man hatte ihn für eine Arbeit bezahlt, und die hatte er erledigt. Der gewaltige Betrag, der ihm nunmehr zur Verfügung stand, würde ihm dabei helfen, zu vergessen, wie er das Geld verdient hatte. Er konnte sich kaum vorstellen, daß es allzu lange dauern würde.

Vor einem kleinen Spiegel auf dem Tisch im Schlafzimmer setzte er sich hin. Die Perücke verwandelte das gelockte, dunkle Haar in gewelltes, blondes. An der Tür hing ein neuer Anzug, der sich in seiner schlichten Eleganz deutlich von der Kleidung unterschied, die er entsorgt hatte. Tief neigte er den Kopf der angewinkelten Hand entgegen und konzentrierte sich darauf, die Kontaktlinsen einzusetzen, die aus dem unauffälligen Braun seiner Augen ein strahlendes Blau machen sollten.

Als er sich wieder aufrichtete, um das Ergebnis im Spiegel zu betrachten, stieß die verlängerte Mündung der Sig P229 gegen seinen Hinterkopf. Mit der außergewöhnlichen Beobachtungsgabe, die mit jeder Panik einhergeht, bemerkte er, daß der aufgeschraubte Schalldämpfer die Länge des Laufs der handlichen 9mm-Pistole fast verdoppelte.

Kaum eine Sekunde hielt sich der Schock, während er das kalte Metall auf der Haut spürte und die dunklen Augen erblickte, die ihn im Spiegelbild anstarrten. Der Mund darunter bildete eine schmale Linie. Unmittelbar vor einem Mord wies sein eigenes Gesicht ähnliche Züge auf. Er hatte es stets als ernste Angelegenheit betrachtet, das Leben eines anderen Menschen auszulöschen. Wie gebannt beobachtete er im Spiegel ein Gesicht, das sein eigenes Mienenspiel vor einem solchen Ritual nachzeichnete. Dann sah er mit zunehmender Überraschung, wie die Züge zunächst in Wut, dann in Haß umschlugen – Empfindungen, die er selbst bei einer Exekution nie verspürt hatte. Die Augen des Opfers weiteten sich, als es auf den Finger starrte, der sich um den Abzug legte. Der Mund bewegte sich, als wollte er etwas ausrufen – doch die Worte drangen nicht rechtzeitig von den Lippen, bevor die Kugel in das Gehirn eindrang.

Die Wucht des Geschosses ließ das Opfer hochrucken, dann sackte der Körper nach vorn auf den kleinen Tisch. Den schlaffen Leib warf der Schütze mit dem Gesicht nach unten in den engen Spalt zwischen Bett und Wand. Danach feuerte er die übrigen elf Kugeln aus dem Magazin in den Oberkörper des Mannes ab. Zwar schlug das Herz längst nicht mehr, dennoch traten an jeder Einschußstelle münzgroße Tropfen dunklen Blutes hervor, wie winzige Ölquellen. Zuletzt landete die automatische Pistole neben der Leiche.

Schweigend verließ der Schütze den Raum, wobei er nur innehielt, um zweierlei zu erledigen. Zum einen ergriff er den Lederbeutel, in dem sich die neue Identität seines Opfers befand. Zum anderen drückte er im Korridor auf einen Schalter und stellte die Klimaanlage auf volle Leistung. Zehn Sekunden später öffnete und schloß sich die Eingangstür. Danach war es still in der Wohnung. Im Schlafzimmer verwandelte sich das Beige des Teppichs rasch in ein häßliches Blutrot.

Der Saldo des Überseekontos sollte noch zur selben Stunde auf Null reduziert und das Konto selbst geschlossen werden, da der Besitzer das Geld nicht mehr benötigte.

Kurz vor sieben Uhr morgens. Draußen herrschte noch Dunkelheit. Sidney Archer saß in ihrem alten, abgetragenen

Hauskleid am Küchentisch. Langsam schloß sie die Augen und versuchte sich zum wiederholten Male vorzumachen, daß alles nur ein Alptraum sei; daß ihr Mann noch lebte und jeden Augenblick zur Haustür hereinkommen würde, mit einem Lächeln im Gesicht, einem Geschenk für seine Tochter unter dem Arm und einem langen, zärtlichen Kuß für seine Frau.

Als sie die Augen wieder öffnete, hatte sich nichts verändert. Sie blickte auf die Uhr. Bald würde Amy aufwachen. Gerade hatte Sidney mit ihren Eltern telefoniert. Um neun Uhr wollten sie hier sein, um die kleine Amy zu sich nach Hanover, Virginia, mitzunehmen, wo sie ein paar Tage bleiben sollte, während Sidney versuchte, sich darüber klar zu werden, was jetzt werden sollte. Sie schauderte bei dem Gedanken, ihrer Tochter, wenn sie älter war, die Katastrophe erklären, das Grauen, das sie im Augenblick empfand, Jahre später noch einmal durchleben zu müssen. Wie sollte sie Amy beibringen, daß ihr Vater einzig deshalb gestorben war, weil einem Flugzeug das Unvorstellbare widerfuhr und dabei das Leben von fast zweihundert Menschen ausgelöscht wurde, einschließlich jenes Lebens, das dazu beigetragen hatte, sie ins Dasein zu rufen.

Jasons Eltern waren schon vor Jahren gestorben. Als Einzelkind hatte er Sidneys Familie wie seine eigene betrachtet und war freudig in ihre Reihen aufgenommen worden. Sidneys beide ältere Brüder hatten sich bereits telefonisch gemeldet, ihr Unterstützung angeboten und sie ihrer Anteilnahme versichert. Danach hatten beide am Telefon geweint.

Western Airlines hatte Sidney angeboten, sie in die kleine Stadt nahe dem Absturzort zu fliegen, doch sie hatte abgelehnt. Allein der Gedanke, mit anderen Familienangehörigen von Unfallopfern zusammenzutreffen, war unerträglich. Sie stellte sich vor, wie sie alle schweigend in lange, graue Busse einstiegen, unfähig, einander in die Augen zu blicken, zu erschöpft, um ruhig zu bleiben, und zu aufgewühlt, um einen klaren Gedanken zu fassen. Der Kampf mit diesem verworrenen Gemisch aus Verleugnung, Trauer und

Kummer war entsetzlich genug, ohne daß man sich mit Menschen umgab, die man nicht kannte und die dieselben Qualen durchlebten. Im Augenblick erschien ihr der Trost von Leidensgenossen alles andere als erstrebenswert.

Sie stieg die Treppe hinauf, ging den Flur entlang und hielt am Schlafzimmer inne. Als sie sich gegen die Tür lehnte, schwang diese halb auf. Sidney ließ den Blick durch den Raum schweifen, über all die vertrauten Gegenstände, von denen jeder seine eigene Geschichte hatte – Erinnerungen, die untrennbar zu ihrem Leben mit Jason gehörten. Sie starrte auf das ungemachte Bett. So viel Glückseligkeit hatten sie darauf gemeinsam erfahren. Sie wollte einfach nicht wahrhaben, daß jener frühmorgendliche Liebesakt, bevor Jason in das Flugzeug stieg, das letzte Mal gewesen sein sollte.

Leise schloß sie die Tür und ging weiter zu Amys Zimmer. Das gleichmäßige Atmen ihrer Tochter wirkte beruhigend, besonders im Augenblick. Sidney ließ sich auf den geflochtenen Schaukelstuhl nieder, der neben dem Rollbett stand. Erst vor kurzem war es Jason und ihr gelungen, das kleine Mädchen aus dem Kinderbett in ein richtiges Bett umzusiedeln. Dafür war es viele Male nötig gewesen, auf dem Fußboden neben Amy zu schlafen, bis sie sich an die neue Umgebung gewöhnt hatte.

Während sie sanft im Stuhl schaukelte, betrachtete Sidney ihre Tochter – das blonde Haargewirr, die kleinen, in dicken Socken steckenden Füßchen, die sich unter der Decke hervorgestrampelt hatten. Um sieben Uhr dreißig schreckte Amy mit einem kleinen Schrei hoch und setzte sich jäh auf, die Augen fest zugepreßt wie ein Vogelküken. Kaum eine Sekunde verstrich, da hielt die Mutter ihre Tochter auch schon in den Armen. Gemeinsam schaukelten sie noch eine Weile, bis Amy ganz erwachte.

Während die Sonne allmählich aufging, badete Sidney ihren kleinen Liebling, trocknete ihm die Haare und zog ihm warme Sachen an. Dann half sie Amy über die Treppe hinunter in die Küche. Dort bereitete sie das Frühstück vor und kochte Kaffee, während Amy sich ins angrenzende Wohnzimmer begab, wo Sidney sie in einem ständig wachsenden Haufen Spielzeug wühlen hörte, der seit dem vorigen Jahr eine Ecke des Raumes füllte. Sidney öffnete den Schrank und holte automatisch zwei Kaffeebecher heraus. Auf halbem Weg zur Kaffeemaschine hielt sie inne. Ein paar Sekunden stand sie da und schwankte leise hin und her und biß sich dabei fest auf die Lippe, bis der Drang zu schreien nachließ. Sie fühlte sich, als hätte sie jemand in der Mitte durchgeschnitten. Sie stellte einen Becher zurück und trug ihren Kaffee sowie eine Schüssel heißen Haferschleim zu dem kleinen Küchentisch aus Kiefernholz hinüber.

Sie schaute zum Wohnzimmer. »Amy. Amy, Liebling, Zeit fürs Frühstück.« Sidneys Stimme war kaum lauter als ein Flüstern. Ihre Kehle brannte entsetzlich. Der gesamte Körper schien sich in einen einzigen, gewaltigen Schmerz verwandelt zu haben.

Das kleine Mädchen stürmte durch die Tür. Amys Normalgeschwindigkeit entsprach der Höchstgeschwindigkeit anderer Kinder. In den Händen trug sie einen Plüschtiger und einen Bilderrahmen. Mit leuchtenden Augen rannte sie auf ihre Mutter zu. Das noch leicht feuchte Haar war oben glatt, an den Enden wellte es sich bereits ein wenig.

Als Amy das Foto von Jason hochhielt, stand Sidney plötzlich der Verstand still. Erst letzten Monat war es aufgenommen worden. Er hatte draußen im Garten gearbeitet. Amy hatte sich an ihn herangeschlichen und ihn mit dem Gartenschlauch naßgespritzt. Letztlich war Tochter auf Vater geendet, in einem rot, orange und gelb schimmernden Laubhaufen.

»Daddy?« Amys Gesicht verriet Besorgnis.

Weil Jason drei Tage wegbleiben wollte, hatte Sidney sich bereits darauf eingestellt, ihrer Tochter Jasons Abwesenheit erklären zu müssen. Großer Gott! Nun erschienen drei Tage wie drei Sekunden. Während sie dem kleinen Gesichtchen zulächelte, stählte sie sich.

»Daddy ist fort, mein Liebling«, begann sie, unfähig, das

Zittern in ihrer Stimme zu unterdrücken. »Jetzt sind nur wir beide da, ja? Bist du hungrig? Willst du was essen?«

»Mein Daddy? Daddy arbeitet?« beharrte Amy, die mit dem pummeligen Zeigefinger auf das Foto deutete.

Sidney hob ihre Tochter auf den Schoß. »Amy, weißt du, wer dich heute abholen kommt?«

Erwartungsvoll blickte Amy ihre Mutter an.

»Gramps und Mimi.«

Der Mund des Kindes bildete ein großes Oval, dann brach ein strahlendes Lächeln hervor. Begeistert nickte sie und blies einen Kuß in Richtung des Kühlschranks, auf dem ein Bild ihrer Großeltern haftete. »Gamps, Mimi.«

Vorsichtig nahm sie Amy das Foto von Jason aus der Hand. Gleichzeitig zog sie die Schüssel mit Haferschleim heran.

»Jetzt mußt du aber essen, bevor du gehst, ja? Da sind Ahornsirup und Butter drin, das magst du doch so gern.«

»Ich. *Ich!*« Amy kletterte aus Sidneys Schoß auf ihren Sessel. Behutsam hantierte sie mit dem Löffel herum und tauchte ihn gierig in den Haferbrei.

Sidney seufzte und hielt sich die Hand vor die Augen. Sie versuchte, sich zu beherrschen, dennoch drang ein tiefes Schluchzen aus ihrer Kehle. Schließlich flüchtete sie aus dem Raum und nahm das Foto mit. Sie lief über die Treppe hinauf ins Schlafzimmer, stellte das Foto ins oberste Regalfach, warf sich aufs Bett und erstickte ihr Schluchzen mit dem Kissen.

Ganze fünf Minuten verstrichen; unvermindert dauerte der Ausbruch an. Für gewöhnlich vermochte Sidney den Aufenthaltsort ihrer Tochter mit der Genauigkeit eines Radars zu bestimmen, diesmal jedoch bemerkte sie das kleine Mädchen erst, als sie die winzige Hand an ihrer Schulter zerren fühlte. Schließlich legte Amy sich neben ihre Mutter und vergrub das Gesichtchen an ihrer Seite.

Amy erblickte die Tränen und rief: »Oh, Mami weint, Mami weint!«, als sie die feuchten Wangen betastete. Sie nahm das Gesicht ihrer Mutter in die Händchen und brach ebenfalls in Tränen aus, während sie angestrengt versuchte, die Worte hervorzubringen. »Mami traurig?« Die nassen Gesichter berührten sich, Tränen vermischten sich. Dann richtete Sidney sich auf, umarmte ihre Tochter und wiegte sie auf der weichen Matratze hin und her. Ein Rest Haferschleim klebte an Amys Mund, die Augen waren gerötet und halb geschlossen. Sidney verwünschte sich im stillen dafür, daß sie zusammengebrochen war und ihre Tochter zum Weinen gebracht hatte, doch nie zuvor war sie von derart übermächtigen Empfindungen gepackt worden.

Nach einer Weile verebbten die Weinkrämpfe. Zum hundertstenmal rieb Sidney sich die Augen; endlich waren keine neuen Tränen mehr da, um die alten zu ersetzen. Ein paar Minuten später trug sie Amy ins Badezimmer, wischte ihr das Gesicht ab und gab ihr einen Kuß.

»Es ist alles in Ordnung, Baby. Mami geht's wieder gut. Nicht mehr weinen!«

Nachdem auch Amy sich endlich beruhigt hatte, holte Sidney aus der Badewanne ein paar Spielsachen, mit denen sie sich beschäftigen konnte. In der Zwischenzeit kletterte Sidney rasch unter die Dusche, danach zog sie einen langen Rock und einen hochgeschlossenen Pullover an.

Pünktlich um neun Uhr klopften Sidneys Eltern an die Tür. Amys Tasche war bereits gepackt, das kleine Mädchen zur Abreise bereit. Gemeinsam gingen sie hinaus zum Wagen. Sidneys Vater trug Amys Tasche. Ihre Mutter hatte Amy bei der Hand genommen.

Bill Patterson legte seiner Tochter den kräftigen Arm um die Schultern. Seine eingesunkenen Augen und herabhängenden Schultern verrieten, wie schwer ihn die Tragödie getroffen hatte.

»Herr im Himmel, ich kann es immer noch nicht fassen, Liebling. Noch vor zwei Tagen habe ich mit Jason gesprochen. Wir wollten diesen Winter zum Eisfischen nach Minnesota fahren. Nur wir beide.«

»Ich weiß, Paps, er hat mir davon erzählt. Er hat sich so darauf gefreut.«

Während ihr Vater Amys Gepäck im Wagen verstaute, gurtete Sidney ihre Tochter im Kindersitz an und drückte ihr den Teddy in die Hand. Danach umarmte sie Amy innig und küßte sie zärtlich.

»Ich komme bald nach, mein kleines Püppchen. Versprochen.«

Sidney schloß die Tür. Ihre Mutter ergriff ihre Hand.

»Sidney, bitte komm mit uns. Du solltest jetzt nicht allein sein. Bitte.«

Sidney drückte die zierliche Hand ihrer Mutter. »Ich brauche ein wenig Zeit für mich allein, Mama. Ich muß über alles nachdenken. Es dauert nicht lange. Einen Tag oder zwei, dann komme ich nach.«

Ihre Mutter musterte sie noch eine Weile, dann zog sie Sidney in eine inbrünstige Umarmung; die zerbrechliche Gestalt bebte am ganzen Leib. Schließlich stieg ihre Mutter ins Auto; ihr rundliches Gesicht war tränenverschmiert.

Sidney sah zu, wie der Wagen aus der Auffahrt rollte. Sie starrte auf den Rücksitz, wo ihre Tochter den geliebten Plüschbären umklammerte und einen Daumen fest in den kleinen Mund steckte. Ein paar Augenblicke später bog der Wagen um die Kurve und war verschwunden.

Mit den trägen, unsicheren Bewegungen einer alten Frau schlich Sidney zurück zum Haus. Dabei fiel ihr etwas ein. Von neuer Energie erfüllt, rannte sie förmlich los.

Drinnen rief sie die Auskunft für Los Angeles und Umgebung an und ließ sich die Nummer von AllegraPort Technology geben. Während sie die Nummer wählte, überlegte sie, warum niemand sich gemeldet hatte, nachdem Jason nicht auftauchte. Auch auf dem Anrufbeantworter war keine Nachricht von AllegraPort hinterlassen worden. Eigentlich hätte sie aufgrund dieser Tatsache bereits Verdacht schöpfen müssen, doch sie tat es nicht.

Nachdem sie mit drei verschiedenen Leuten der Firma gesprochen hatte, legte sie kraftlos den Hörer auf. Blicklos starrte sie an die Küchenwand.

Niemand hatte Jason den Posten des Vizepräsidenten bei

AllegraPort angeboten. Tatsächlich hatte man dort noch nie von ihm gehört.

Abrupt setzte Sidney sich auf den Boden, zog die Knie an die Brust und weinte sich die Seele aus dem Leib. Jeder Verdacht, den sie damals gehegt und später verworfen hatte, stieg wieder in ihr hoch. Das plötzliche Wiederaufflammen drohte, sie der letzten Verbindung zur Wirklichkeit zu berauben, die sie noch verspürte. Mühsam quälte sie sich auf die Beine und steckte den Kopf unter den Wasserhahn des Spülbeckens. Das kalte Wasser belebte sie ein wenig. Sie wankte zum Tisch hinüber, wo sie das Gesicht in den Händen vergrub.

Jason hatte sie belogen. Soviel stand nun fest. Jason war tot. Auch das war unumkehrbar. Die Wahrheit, so schien es, würde sie nie erfahren.

Bei diesem letzten Gedanken versiegten endlich die Tränen, und sie schaute aus dem Fenster in den Hinterhof. Während der letzten beiden Jahre hatten Jason und sie dort Blumen, Sträucher und Bäume gepflanzt. Seite an Seite hatten sie auf ein gemeinsames Ziel hingearbeitet und ihren Träumen nachgehangen. Und trotz all der Unsicherheit, die sie im Augenblick empfand, war sie sich doch einer Tatsache sicher: Jason hatte sie und Amy geliebt. Was auch immer ihn dazu bewogen hatte, sie zu belügen und ein dem Untergang geweihtes Flugzeug zu besteigen, anstatt zu Hause zu bleiben und sich keinem gewagteren Unterfangen zu widmen, als die Küchenwände für den Anstrich vorzubereiten – sie würde es herausfinden.

Zweifellos hatte Jason in bester Absicht gehandelt. Zu etwas Unehrenhaftem wäre der Mann, den sie in- und auswendig kannte und aus ganzem Herzen liebte, nicht fähig gewesen. Und da er ihr auf so sinnlose Weise entrissen wurde, schuldete sie es ihm, herauszufinden, warum er überhaupt an Bord der Maschine gewesen war. Sobald es ihre seelische Verfassung zuließ, wollte sie sich an die Erfüllung dieser Aufgabe machen, mit jedem Quentchen Kraft, das sie aufzubringen vermochte.

## KAPITEL 12

Der Hangar des örtlichen Flughafens war klein. An den Wänden hingen in langen Reihen Elektrowerkzeuge. Auf dem Boden lagen stapelweise Kisten. Die grelle Deckenbeleuchtung verwandelte die draußen herrschende Nacht in der Halle in einen strahlenden Tag. Der Wind rüttelte an den metallenen Wänden, während das Graupeltreiben immer dichter wurde, und die schweren Körner schließlich wie Schrotkugeln gegen das Gebäude prasselten. Der starke, durchdringende Geruch verschiedenster Erdölprodukte erfüllte den Hangar.

Auf dem Betonboden im vorderen Teil der Halle lag ein riesiger Metallgegenstand. Es handelte sich um die verbogenen, stark beschädigten Überreste der rechten Tragfläche von Flug 3223, deren Triebwerk und Pylon noch intakt waren. Inmitten einer dicht bewaldeten Gegend war sie niedergegangen, genau auf einer siebenundzwanzig Meter hohen, hundert Jahre alten Eiche, die der Aufprall in der Mitte gespalten hatte. Wie durch ein Wunder hatte sich der Treibstoff nicht entzündet. Wahrscheinlich war ein Großteil des Tankinhalts ausgelaufen, nachdem der Tank und die Leitungen zu Bruch gegangen waren, und der Baum hatte die Wucht des Aufschlags ein wenig gedämpft. Ein Helikopter hatte die Teile geborgen und für Untersuchungen hierher in den Hangar gebracht.

Eine kleine Gruppe von Männern umstand den Trümmerhaufen. Ihr Atem bildete in der ungeheizten Luft Wolken; dicke Jacken hielten die Körper warm. Mit Hilfe starker Taschenlampen betrachteten sie den gezackten Rand der Tragfläche, wo sie von dem todgeweihten Jet abgebrochen war.

Die Gondel, in der das rechte Triebwerk untergebracht war, war teilweise eingedrückt, die Aufhängung an der rechten Seite verbogen. Die Klappen an der Tragflächenhinterkante waren beim Aufprall abgefallen, jedoch ganz in der Nähe gefunden worden. Eine Untersuchung des Triebwerks zeigte, daß mehrere Rotorblätter abgebrochen waren – ein unfehlbarer Beweis für eine Störung in der Zuluft während der Krafterzeugung des Triebwerks. Die »Störung« war schwerlich zu übersehen. Zahlreiche Bruchteile waren vom Triebwerk angesaugt worden und hätten dessen Funktionstauglichkeit definitiv zerstört, selbst wenn es am Flugzeugrumpf geblieben wäre.

Die Aufmerksamkeit der um die Tragfläche versammelten Männer galt jedoch der Stelle, an der sie sich vom Flugzeug gelöst hatte. Der gezackte Rand des Metalls war verbrannt und verkohlt. Außerdem war das Metall nach außen gebogen, weg von der Tragflächenhaut, und wies an der Oberfläche deutliche Einkerbungen und Abplatzungen auf, was einen überaus aufschlußreichen Hinweis darstellte. Die Liste der möglichen Ursachen war kurz, und ganz oben stand eindeutig eine Bombe. Als Lee Sawyer die Tragfläche begutachtet hatte, hatte er diesem Bereich besondere Aufmerksamkeit geschenkt.

Angewidert schüttelte Kaplan den Kopf. »Du hast recht, Lee. Diese Metallverformung kann nur durch eine Schockwelle bewirkt worden sein, die kurzfristig einen gewaltigen Überdruck hervorrief. Da ist wirklich was explodiert. Was für eine verfluchte Scheiße! An jedem Flughafen installieren wir Metalldetektoren, damit kein verrücktes Arschloch eine Kanone oder eine Bombe an Bord schmuggeln kann, und dann so was. Herrgott!«

Lee Sawyer trat vor und kniete sich neben den Rand der Tragfläche. Die Hälfte seiner fünfzig Lebensjahre hatte er beim FBI verbracht, und hier war er nun und mußte sich neuerlich durch die schrecklichen Folgen menschlicher Schandtaten wühlen.

Auch bei der Aufklärung der Lockerbie-Katastrophe hatte

er mitgearbeitet, einer Ermittlung von gewaltigem Ausmaß, bei der aus nahezu mikroskopisch kleinen Beweisbrocken, die aus den zerschmetterten Resten von PanAm-Flug 103 geborgen wurden, ein nahezu lückenloser Tathergang rekonstruiert werden konnte. Für gewöhnlich gab es bei Bombenattentaten auf Flugzeuge keine »großen« Beweisstücke. Zumindest bisher hatte Spezialagent Sawyer diese Meinung vertreten.

Sawyers aufmerksame Augen strichen über das Wrackteil, ehe sie auf dem Ermittler der NTSB zu ruhen kamen. »Wie sieht die Liste möglicher Ursachen im Moment aus, George?«

Kaplan rieb sich das Kinn und kratzte abwesend über die Bartstoppel. »Sobald der Flugdatenschreiber geborgen wird, erfahren wir mehr, aber wir haben ein eindeutiges Ergebnis: Die Tragfläche eines Jets ist abgebrochen. So etwas passiert nicht einfach aus heiterem Himmel. Den genauen Zeitpunkt kennen wir nicht, aber der Radar zeigt, daß sich mitten im Flug ein großes Teil von der Maschine gelöst hat – inzwischen wissen wir, daß es die Tragfläche war. Danach gab es natürlich keine Rettung mehr. Zuerst würde man an einen Konstruktionsfehler denken. Aber der L800 ist ein Modell auf dem neuesten Stand der Technik, von einem der renommiertesten Flugzeughersteller überhaupt, daher ist die Wahrscheinlichkeit eines Fehlers aufgrund falscher Planung so gering, daß ich darauf kaum einen Gedanken verschwenden würde. Als nächstes könnte man annehmen, daß es sich um Metallermüdung handelt. Aber diese Maschine hatte kaum 2000 Zyklen, sprich Starts und Landungen hinter sich, ist also praktisch nagelneu. Außerdem war bei bisherigen Unfällen wegen Metallermüdung immer der Flugzeugrumpf betroffen, da anscheinend der ständige Wechsel von Kompression und Dekompression in der Kabine zu dem Problem beiträgt. In den Tragflächen herrscht kein Druck. Also scheidet Metallermüdung aus. In weiterer Folge sollte man etwaige Umwelteinflüsse unter die Lupe nehmen. Ein Blitzschlag? Flugzeuge werden öfter von Blitzen getroffen, als gemeinhin angenommen wird, aber sie sind mit entsprechenden Vorrichtungen ausgestattet, und außerdem müssen Blitze geerdet werden, um wirklich Schaden anzurichten. In der Luft könnte höchstens die Flugzeughaut ein wenig angesengt werden. Darüber hinaus liegen keine Berichte vor, daß am Morgen des Absturzes in diesem Gebiet Blitze aufgetreten wären. Vögel? Zeig mir einen Vogel, der in einer Höhe von zehntausend Metern fliegt und groß genug ist, um die Tragfläche eines L800 abzureißen, dann können wir vielleicht darüber reden. Und mit einem anderen Flugzeug ist der L800 todsicher nicht zusammengestoßen. Todsicher nicht.«

Mit jedem Wort schwoll Kaplans Stimme an. Er hielt inne, einerseits um Luft zu holen, andererseits um einen weiteren Blick auf die Blechtrümmer zu werfen.

»Was bleibt also noch übrig, George?« erkundigte Sawyer sich ruhig.

Kaplan schaute wieder auf. Er seufzte. »Als nächstes suchen wir nach möglichen mechanischen oder sonstigen Konstruktionsfehlern. Katastrophen dieses Ausmaßes ereignen sich normalerweise nur, wenn zwei oder mehr Probleme fast gleichzeitig auftreten. Ich habe mir die Aufzeichnung des Funkverkehrs zwischen dem Tower und den Piloten angehört. Der Kapitän meldete mehrere Minuten vor dem Absturz einen Notfall, obwohl aus der kurzen Mitteilung klar hervorgeht, daß die Piloten keine Ahnung hatten, was geschehen war. Der Transponder des Flugzeugs schickte die Radarsignale bis zum Aufprall zurück, das heißt, zumindest die Elektrik funktionierte einwandfrei. Aber nehmen wir mal an, das Triebwerk fing Feuer, und gleichzeitig trat ein Leck im Tank auf. Treibstoffleck, Flammen aus dem Triebwerk – *bumm*, das muß doch eine Explosion geben, und weg ist die Tragfläche, würden wohl die meisten vermuten. Es muß gar keine richtige Explosion stattgefunden haben, obwohl es verdammt danach aussieht. Das Feuer könnte den Holm aufgeweicht und letztlich zerstört haben, und schon verabschiedet sich die Tragfläche. Das könnte erklären, was unserer Meinung nach mit Flug 3223 geschehen ist, zumindest in diesem frühen Stadium der Untersuchungen.« Kaplan klang alles andere als überzeugt.

»Aber?« Sawyer musterte ihn.

Kaplan rieb sich die Augen. »Aber es gibt keinen Beweis dafür«, seufzte er, »daß mit dem verfluchten Triebwerk etwas nicht in Ordnung war. Abgesehen von der augenscheinlichen Beschädigung durch den Aufprall am Boden und die im Triebwerk verkeilten Trümmer von der ursprünglichen Explosion, sehe ich nichts, was darauf schließen läßt, daß ein Triebwerksproblem beim Absturz eine Rolle gespielt haben könnte. Im Falle eines Triebwerksbrands geht man routinemäßig so vor, daß zunächst die Treibstoffzufuhr auf der Brandseite, danach das Triebwerk selbst ausgeschaltet wird. Die Triebwerke des L800 sind mit automatischen Branderkennungs- und Löschsystemen ausgestattet. Und, was noch wichtiger ist, sie sind tief montiert, so daß die Flammen nicht auf die Tragfläche oder den Rumpf übergreifen würden. Selbst wenn also zwei Katastrophen eintreten – ein brennendes Triebwerk und ein Treibstoffleck –, ist durch die Bauweise des Flugzeuges, die Umweltbedingungen in fünfunddreißigtausend Fuß Höhe und die Fluggeschwindigkeit von über siebenhundertfünfzig Stundenkilometern sichergestellt, daß die beiden sich nicht tangieren.« Er strich mit dem Fuß über die Tragfläche. »Ich schätze, damit will ich sagen, ich würde nicht darauf wetten, daß dieser Vogel aufgrund eines kaputten Triebwerks abgestürzt ist.« Er hielt inne. »Und da ist noch was.«

Abermals kniete Kaplan sich neben den gezackten Rand der Tragfläche. »Wie gesagt, wir haben hier eindeutige Beweise für eine Explosion. Als ich die Tragfläche zum erstenmal untersucht habe, dachte ich zunächst an einen selbstgebastelten Explosionskörper. Du weißt schon, zum Beispiel Semtex, das an eine Schaltuhr oder ein Höhenmeßgerät angeschlossen wird. Das Flugzeug erreicht eine gewisse Höhe, und schon geht die Bombe hoch. Die Detonation zerreißt die Haut, und fast auf der Stelle springen die Nieten heraus. Der

Luftwiderstand bei Hunderten von Stundenkilometern zerrt daran, und die Tragfläche bricht an ihrer schwächsten Stelle ab – wie wenn man den Hosenschlitz aufmacht. Der Holm gibt nach, und *bumm!* Allein das Gewicht des Triebwerks in diesem Tragflächenabschnitt hätte dafür schon ausgereicht.« Er setzte ab, offenbar, um den Innenraum der Tragfläche genauer zu betrachten. »Das Problem ist nur: Ich glaube kaum, daß ein typischer Explosionskörper verwendet wurde.«

»Warum nicht?« wollte Sawyer wissen.

Kaplan deutete auf den freiliegenden Bereich des Treibstofftanks in der Nähe der Tankabdeckung. Er leuchtete mit der Lampe auf die Stelle. »Sieh dir das an.«

Ein großes Loch war deutlich zu erkennen. Rund um die Ränder befanden sich hellbraune Flecken, und das Metall war aufgesprungen und voller Blasen.

»Das ist mir vorher schon aufgefallen«, meinte Sawyer. »Was hältst du davon?«

»Es ist absolut unmöglich, daß ein solches Loch auf natürliche Weise entsteht. Und bei der Routineüberprüfung vor dem Start wäre es auf jeden Fall festgestellt worden«, sagte Kaplan.

Sawyer zog Handschuhe an, bevor er den Bereich berührte. »Vielleicht ist es bei der Explosion entstanden.«

»Wenn dem so ist, dann haben wir hier die einzige Stelle, an der es passiert ist. In diesem Abschnitt der Tragfläche gibt es keine ähnlichen Schäden, obwohl überall Treibstoff war. Ich glaube, auf die Außenwand des Treibstofftanks wurde etwas aufgebracht.« Er setzte ab und rieb sich unruhig die Finger. »Ich glaube, es wurde absichtlich etwas aufgebracht, das dieses Loch verursachen sollte.«

»Zum Beispiel eine Korrosionssäure?«

Kaplan nickte. »Ich wette um ein Abendessen, daß wir genau das finden werden, Lee. Die Treibstofftanks bestehen aus einer Aluminiumlegierung und setzen sich aus den Front- und Heckholmen sowie der Ober- und Unterseite der Tragfläche zusammen. Die Wandstärke variiert rundum. Es gibt eine Menge Säuren, die sich spielend durch eine Weichmetallegierung wie diese fressen.«

»In Ordnung, Säure; aber, abhängig davon, wann sie aufgetragen wurde, vermutlich eine langsam reagierende Säure, damit das Flugzeug noch starten und aufsteigen konnte, richtig?«

Kaplan antwortete, ohne zu überlegen. »Richtig. Der Transponder gibt ständig die Höhe der Maschine an die Luftverkehrskontrolle durch, daher wissen wir, daß der Jet wenige Minuten vor der Explosion seine Reiseflughöhe erreichte.«

Sawyer verfolgte den Gedankengang weiter. »Irgendwann während des Fluges entsteht ein Loch im Tank. Treibstoff rinnt aus. Leicht entzündbar, hochexplosiv. Nur wodurch hat er sich entzündet? Vielleicht brannte das Triebwerk ja wirklich nicht, aber könnte nicht auch die Betriebshitze ausgereicht haben, die es abstrahlt?«

»Unmöglich. Weißt du, wie kalt es in fünfunddreißigtausend Fuß Höhe ist? Dagegen nimmt sich Alaska wie die Sahara aus. Außerdem absorbieren einerseits die Haube des Triebwerks, andererseits das Kühlsystem einen Großteil der Hitze. Und jegliche Hitze, die entsteht, wird ohnehin nicht *in* die Tragfläche geleitet. Vergiß nicht, da drin befindet sich ein verfluchter Treibstofftank. Der ist verteufelt gut isoliert. Darüber hinaus rinnt im Fall eines Lecks der Treibstoff nach hinten, und nicht zur Vorderkante der Tragfläche und nach unten, wo sich das Triebwerk befindet. Nein, hätte ich vor, einen Flieger auf diese Weise zum Absturz zu bringen, ich würde keinesfalls auf die Triebwerkshitze als Zünder zählen. Es müßte schon etwas sehr viel Zuverlässigeres sein.«

Plötzlich kam Sawyer ein Gedanke. »Wenn es ein Leck gab, wäre es nicht automatisch abgedichtet worden?«

Kaplan schüttelte den Kopf. »In manchen Abschnitten des Treibstofftanks wäre die Antwort darauf ja. In anderen, einschließlich dort, wo sich das Loch befindet, lautet sie nein.«

Sawyer blickte Kaplan eindringlich an. »Tja, wenn es sich

so abgespielt hat, wie du sagst – und im Augenblick bin ich geneigt, mich deiner Meinung anzuschließen, George –, dann müssen wir jeden unter die Lupe nehmen, der in den letzten vierundzwanzig Stunden vor dem Flug dieses Jets Zugang zur Maschine hatte. Und wir müssen äußerst diskret vorgehen. Alles deutet auf einen Insider hin, und er darf auf keinen Fall Verdacht schöpfen. Sollten auch Hintermänner darin verwickelt sein, dann will ich jeden einzelnen dieser Mistkerle kriegen.«

Während Sawyer und Kaplan zu ihren Autos zurückschlenderten, sah letzerer den FBI-Agenten von der Seite an. »Du hast dich meiner Sabotage-Theorie aber sehr schnell angeschlossen, Lee.«

Sawyer war mit einer bestimmten Tatsache vertraut, die dieser Theorie enorme Glaubwürdigkeit verlieh. »Natürlich muß sie noch untermauert werden«, erwiderte Sawyer, ohne dem NTSB-Ermittler in die Augen zu sehen. »Aber, ja, ich glaube, du hast recht. Ich hatte es ohnehin schon vermutet, als die Tragfläche gefunden wurde.«

»Warum um alles in der Welt sollte jemand so etwas tun? Ich meine, mir sind die Beweggründe von Terroristen verständlich, die einen internationalen Flug sabotieren, aber das war doch ein stinknormaler Inlandsflug. Ich kapier' das einfach nicht.«

Als Kaplan in den Wagen steigen wollte, lehnte Sawyer sich an die Tür. »Es könnte einen Sinn ergeben, wenn jemand eine bestimmte Person töten wollte, und zwar in aufsehenerregender Art und Weise.«

Kaplan starrte den Agenten an. »Ein ganzes Flugzeug zerstören, um einem Kerl den Garaus zu machen? Wer, zum Henker, war denn an Bord?«

»Sagt dir der Name Arthur Lieberman etwas?« erkundigte sich der FBI-Agent leise.

Kaplan durchforstete sein Gedächtnis, fand jedoch nichts. »Klingt irgendwie vertraut, aber ich kann ihn nicht einordnen.«

»Tja, wärst du Anlageberater, Aktienhändler oder Kongreßabgeordneter im Wirtschaftsausschuß, dann könntest du's. Lieberman war der mächtigste Mann von Amerika, vielleicht sogar der ganzen Welt.«

»Ich dachte, der mächtigste Mann von Amerika sei der Präsident.«

Sawyer lächelte verkniffen. »Nein. Arthur war der Bursche mit dem großen 'S' auf der Brust.«

»Wer war der Kerl bloß?«

»Arthur Lieberman war Präsident der Bundeszentralbank. Nun ist er, ebenso wie hundertachtzig andere Menschen, ein Mordopfer. Und mein Gefühl sagt mir, daß er der einzige war, der eigentlich getötet werden sollte.«

## KAPITEL 13

Jason Archer hatte keine Ahnung, wo er sich befand. Stundenlang schien die Limousine durch die Gegend gekurvt zu sein, mit Gewißheit vermochte er es nicht zu sagen, und DePazza – oder wie auch immer er wirklich heißen mochte – hatte ihm zuvor die Augen verbunden. Jetzt konnte er wieder sehen. Er sah einen kleinen, karg möblierten Raum. In einer Ecke tropfte Wasser herab; die Luft roch modrig. Jason saß auf einem klapprigen Stuhl gegenüber der einzigen Tür. Fenster gab es keine. Eine schmucklose Glühbirne an der Decke stellte die einzige Lichtquelle dar. Auf der anderen Seite der Tür hörte er jemanden. Man hatte ihm die Uhr abgenommen, daher wußte er nicht annähernd, wie spät es sein mochte. Seine Entführer brachten ihm in äußerst unregelmäßigen Abständen Essen, wodurch sich kaum bestimmen ließ, wieviel Zeit verstrichen war.

Einmal, als man ihm gerade Essen brachte, hatte er einen Blick auf seinen Laptop und sein Mobiltelefon erhaschen können, die auf einem kleinen Tisch gleich hinter der Tür lagen. Abgesehen davon ähnelte der Raum draußen ziemlich genau seiner Zelle.

Den Silberkoffer hatte man ihm weggenommen. Er war ohnehin leer gewesen; davon war Jason mittlerweile überzeugt. Allmählich wurde ihm klar, was vor sich ging. Herr im Himmel, was für ein Idiot er doch gewesen war! Er dachte an seine Frau und sein Kind und wünschte sich sehnsüchtig, wieder bei ihnen zu sein. Sidney hielt ihn bestimmt für tot. Jason war kaum fähig, sich die Gefühle auszumalen, die sie im Augenblick empfinden mußte. Wenn er ihr doch nur die

Wahrheit erzählt hätte. Sie wäre in der Lage gewesen, ihm zu helfen. Er seufzte. Doch es blieb eine unbestreitbare Tatsache, daß er sie dadurch in Gefahr gebracht hätte. Und das würde er nie tun, selbst wenn es bedeutete, sie niemals wiederzusehen. Als der Gedanke einer endgültigen Trennung in sein Bewußtsein sank, wischte er sich die Tränen aus den Augen. Er stand auf und schüttelte sich.

Noch war er nicht tot, obwohl die Erbarmungslosigkeit seiner Entführer wenig ermutigend wirkte. Doch trotz ihrer peniblen Sorgfalt hatten sie einen Fehler begangen. Jason nahm die Brille ab, legte sie auf den Betonboden und zertrat sie behutsam mit dem Fuß. Er hob einen schartigen Glassplitter auf und legte ihn vorsichtig in die Hand. Dann schritt er auf die Tür zu und klopfte.

»He, kann ich was zu trinken bekommen?«

»Schnauze, da drinnen.« Die Stimme klang verärgert. DePazza war es nicht. Wahrscheinlich der andere Mann.

»Hören Sie zu, verflucht noch mal. Ich muß ein Medikament nehmen und brauche dazu etwas zu trinken.«

»Versuch's mit deiner Spucke«, riet die Stimme desselben Mannes. Jason vernahm ein Kichern.

»Die Pillen sind zu groß«, brüllte Jason, der hoffte, daß ihn vielleicht jemand anders hören konnte.

»Was für ein Pech.«

Jason lauschte, wie gelangweilt die Seiten eines Magazins umgeblättert wurden.

»Na gut, großartig. Ich werde sie nicht nehmen und hier und jetzt tot umkippen. Die Pillen sind gegen hohen Blutdruck, und im Augenblick ist meiner jenseits von Gut und Böse.«

Nun vernahm Jason, wie ein Stuhl über den Boden scharrte und Schlüssel schepperten. »Geh von der Tür weg.«

Jason tat, wie ihm geheißen, jedoch trat er nur ein kleines Stück zurück. Die Tür schwang auf. In einer Hand hielt der Mann die Schlüssel, in der anderen die Pistole.

»Wo sind die Pillen?« fragte er und verengte die Augen.

»In meiner Hand.«

»Zeig sie mir.«

Angewidert schüttelte Jason den Kopf. »Das ist doch kaum zu fassen.« Er trat vor, öffnete die Hand und streckte sie aus. Der Mann schaute hin. Blitzschnell riß Jason das Bein hoch und traf damit die Hand des Mannes, woraufhin die Pistole durch die Luft segelte.

»Scheiße«, gellte der Mann. Gerade, als Jasons Faust zu einem perfekten Haken ansetzte, stürzte er auf ihn zu. Das schartige Glas schlitzte seinem Gegner die Wange auf. Schmerzerfüllt kreischte er auf und taumelte rücklings. Blut strömte aus der klaffenden Wunde.

Der Mann war groß, doch seine Muskeln hatten schon vor geraumer Zeit begonnen, sich in Fett zu verwandeln. Jason preschte auf ihn los wie eine Dampframme und quetschte den älteren Mann mit voller Wucht gegen die Wand. Ein kurzes Handgemenge entwickelte sich, doch dann gelang es dem kräftemäßig überlegenen Jason, den anderen herumzuwirbeln, bis dieser mit dem Gesicht voraus gegen die Steinmauer krachte. Noch einmal schlug er ihm den Kopf gegen die Wand, ließ zwei heftige Hiebe in die Nierengegend folgen, dann sackte sein Gegner bewußtlos auf dem kalten Boden zusammen.

Jason hob die Pistole auf und stürmte durch die Tür, die er hinter sich zuwarf. Mit der freien Hand ergriff er Laptop und Mobiltelefon. Einen Augenblick hielt er inne, um sich zu orientieren, dann erblickte er eine weitere Tür. Kurz lauschte er angespannt, ob irgend etwas zu hören war, dann hastete er hinaus.

Er blieb stehen und ließ den Augen einen Moment Zeit, sich an die Dunkelheit zu gewöhnen. Ein leiser Fluch drang von seinen Lippen. Er befand sich im selben Lagerhaus wie zuvor oder in einem, das völlig gleich aussah. Sie mußten im Kreis gefahren sein. Geräuschlos stieg er die Treppe hinab ins Erdgeschoß des Lagerhauses. Die Limousine war nirgends zu sehen.

Während er sich umblickte, vernahm er plötzlich ein Geräusch aus der Richtung, aus der er gerade gekommen war.

Er rannte hinüber zum Rolltor und suchte verzweifelt nach dem Schalter. Als er zahlreiche Schritte hörte, die sich ihm schnell näherten, wirbelte er herum. Hektisch sah er sich um, dann preschte er quer durch die Halle an die gegenüberliegende Seite, wo er sich in einer Ecke hinter ein paar Zweihundert-Liter-Tonnen verschanzte. Behutsam legte er die Pistole auf den Boden und öffnete den Laptop.

Es handelte sich um ein hochmodernes Gerät mit eingebautem Modem. Jason schaltete den Computer ein und verband das Modem mittels eines kurzen Kabels, das er aus der Laptop-Tasche holte, mit dem Mobiltelefon. Schweiß tropfte ihm von der Stirn, während der Computer hochfuhr. Mit der Maus klickte er am Bildschirm die erforderlichen Funktionen an, dann schrieb er in der Dunkelheit eine Botschaft. Die Finger waren mit den Tasten so vertraut, daß er kein Licht benötigte.

Jason war so in die Aufgabe vertieft, daß er die Schritte hinter sich nicht wahrnahm. Er gab die E-Mail-Adresse des Empfängers ein. Die Nachricht sollte in seiner eigenen America-Online-Mailbox landen. Leider hatte Jason, da er sich noch nie selbst eine E-Mail geschickt hatte, seine E-Mail-Adresse nicht im Laptop gespeichert. Ähnlich erging es Leuten, die sich die eigene Telefonnummer nicht merkten, weil sie nie bei sich anriefen. Wohl fiel ihm die Adresse ein, doch es kostete ihn ein paar wertvolle Sekunden, sie einzugeben. Während seine Finger über die Tasten flogen, erfaßte ihn grelles Licht, und ein starker Arm schlang sich von hinten um seinen Hals.

Jason gelang es, den Sendebefehl anzuklicken. Die Nachricht sprang elektronisch vom Bildschirm. Für einen kurzen Augenblick. Dann fuhr eine Hand vor Jasons Gesicht und entriß ihm den Laptop. Gefährlich baumelte das Mobiltelefon am Ende des kurzen Kabels in der Luft. Jason mußte mit ansehen, wie die wulstigen Finger verschiedene Tasten betätigten und den Sendevorgang abbrachen.

Ansatzlos führte Jason einen kurzen, wuchtigen Haken aus, der auf dem Kiefer des Angreifers landete. Der Griff um den Laptop lockerte sich, so daß er den Computer und das Telefon an sich reißen konnte. Dann rammte er dem Angreifer den Fuß in den Unterleib und preschte los. Der Mann blieb mit dem Gesicht auf dem Boden hinter ihm zurück. Leider ließ Jason auch die 9mm zurück.

Er rannte auf einen anderen, entfernten Winkel des Lagerhauses zu. Inzwischen hörte er aus allen Richtungen Schritte auf sich zukommen. Die Flucht würde ihm nicht gelingen, soviel stand fest. Aber er konnte immer noch etwas tun. Blitzschnell duckte er sich unter eine Metalltreppe, sank auf die Knie und begann zu schreiben. Ein Schrei in unmittelbarer Nähe ließ ihn den Kopf herumreißen. Die sonst so präzise arbeitenden, wirbelnden Finger ließen ihn kurz im Stich, denn der Zeigefinger erwischte eine falsche Taste, als er die Adresse des Empfängers eingab. Ahnungslos begann er, die Nachricht zu schreiben. Schweiß strömte ihm übers Gesicht und brannte in den Augen. Seine Atmung ging keuchend, der Hals schmerzte von der Umklammerung. Es war so dunkel, daß er die Tastatur kaum sehen konnte. Abwechselnd schaute er auf die winzigen Zeichen auf dem Monitor und ließ den Blick verzweifelt durch das Lagerhaus streifen, während die Schreie und die rennenden Füße seinem Versteck immer näher und näher kamen.

Er bedachte nicht, daß der fahle Schimmer des Computerbildschirms in der dunklen Lagerhalle wie eine Lasershow wirkte. Das kaum noch drei Meter entfernte Geräusch von Männern, die auf ihn zurannten, so schnell die Beine sie trugen, zwang ihn, sich kurz zu fassen. Jason drückte auf die Sendetaste und wartete auf das Bestätigungssignal. Danach löschte er sowohl die abgeschickte Datei als auch den Namen des Empfängers. Dann versetzte er Laptop und Mobiltelefon einen Stoß, so daß beide über den Fußboden schlitterten, bis sie ganz hinten in der Ecke zu liegen kamen. Für etwas anderes blieb ihm keine Zeit mehr, denn plötzlich strahlten ihm mehrere Suchscheinwerfer unmittelbar ins Gesicht. Schwerfällig, keuchend stand er auf, doch mit ungebrochenem kämpferischem Blick.

Ein paar Minuten später rollte die Limousine aus dem Lagerhaus. Jason saß zusammengesunken auf dem Rücksitz. Sein Gesicht wies mehrere Platzwunden und dunkle Blutergüsse auf, und er atmete unregelmäßig.

Kenneth Scales hatte den geöffneten Laptop vor sich und fluchte lauthals, während er auf den kleinen Monitor starrte; er konnte nicht mehr rückgängig machen, was sich vor wenigen Minuten ereignet hatte. In einem Anflug von Zorn riß er Jasons Mobiltelefon vom Kabel los und schmetterte es wiederholt gegen die Tür der Limousine, bis es in zerbrochenen Einzelteilen zu Boden fiel. Dann holte er ein handliches, abhörsicheres Handy aus der Jackentasche und wählte eine Nummer. Bedachtsam sprach Scales ins Telefon. Archer hatte mit jemandem Verbindung aufgenommen, eine Nachricht geschickt. Es gab mehrere mögliche Empfänger, die allesamt überprüft und entsprechend behandelt werden mußten. Aber um dieses potentielle Problem würde er sich später kümmern. Vorerst beanspruchten andere Dinge seine Zeit.

Scales schaltete das Handy aus und betrachtete Jason. Als dieser schmerzerfüllt aufblickte, berührte die Mündung der Pistole fast seine Stirn.

»Wem, Jason? Rück schon raus damit! Wem hast du die Nachricht geschickt?«

Mit schmerzverzerrtem Gesicht faßte Jason sich an die gebrochenen Rippen und holte keuchend Luft. »Keine Chance. Nicht in tausend Jahren, Dreckskerl.«

Scales drückte Jason die Pistole an den Kopf.

»Drück schon ab, Arschloch!« brüllte Jason.

Scales Finger legte sich um den Abzug der Glock, hielt jedoch unvermittelt inne. Grob stieß er Jason zurück in den Sitz.

»Noch nicht, Jason. Hab' ich dir das nicht erzählt? Du hast noch einen Auftritt vor dir.«

Hilflos starrte Jason zu Scales hinauf, der ihn bösartig angrinste.

Spezialagent Raymond Jackson nahm die Umgebung mit einem einzigen, geübten Rundblick in sich auf. Er betrat den Raum und schloß die Tür hinter sich. In stummer Verwunderung schüttelte er den Kopf. Man hatte ihm Arthur Lieberman als Geldscheffler mit jahrzehntelanger Karriere beschrieben. Diese Bruchbude paßte ganz und gar nicht zu dem Bild. Jackson blickte auf die Uhr. Bald würde die Spurensicherung eintreffen und eine gründliche Untersuchung vornehmen. Wenngleich es unwahrscheinlich schien, daß Arthur Lieberman denjenigen persönlich kannte, der ihn aus dem friedlichen Himmel über Virginia gebombt hatte, so durfte man doch bei Ermittlungen dieser Größenordnung keine Möglichkeit außer acht lassen.

Jackson betrat die winzige Küche und kam rasch zu dem Schluß, daß Arthur Lieberman hier weder gegessen noch gekocht hatte. In keinem der Schränke fanden sich Geschirr oder Pfannen. Der einzig sichtbare Gegenstand im Kühlschrank war eine Glühbirne. Auch der Ofen zeigte keine Anzeichen regelmäßiger Benutzung, obwohl er alt wirkte.

Nach der Küche begutachtete Jackson den Rest des Wohnzimmers, dann marschierte er in das kleine Badezimmer. Mit behandschuhten Fingern öffnete er behutsam die Tür des Arzneischränkchens, das die üblichen Toilettenartikel, jedoch nichts von Bedeutung enthielt. Gerade wollte er die verspiegelte Tür wieder schließen, als sein Blick auf eine kleine Flasche fiel, die zwischen Zahnpasta und Deodorant hervorlugte. Auf dem Etikett standen Dosier- und Nachfüllanweisungen sowie der Name des Arztes, der das Rezept verschrieben hatte. Als Vater dreier Kinder war Jackson inoffizieller Experte für verschreibungspflichtige und verschreibungsfreie Medikamente gegen die verschiedensten Krankheiten. Der Name dieses Medikaments verriet ihm jedoch überhaupt nichts. Er notierte sich die Bezeichnung und schloß die Tür des Arzneischränkchens.

Auch Liebermans Schlafzimmer war winzig. Das Bett glich eher einer Pritsche. An der Wand neben dem Fenster stand ein schmaler Schreibtisch. Nachdem Jackson den

Schrank überprüft hatte, wandte er seine Aufmerksamkeit dem Schreibtisch zu.

Auf der Schreibfläche befanden sich mehrere Fotos, die zwei Männer und eine Frau im Alter von etwa Anfang bis Mitte Zwanzig zeigten. Die Bilder schienen einige Jahre alt zu sein. Liebermans Kinder, schloß Jackson.

Er sah sich drei Schubladen gegenüber. Eine davon war abgesperrt. Zum Öffnen der versperrten Lade brauchte Jackson nur ein paar Sekunden. Sie enthielt ein Bündel handgeschriebener Briefe, das von einem Gummiband zusammengehalten wurde. Die Handschrift war sauber und leserlich, der Inhalt unverkennbar: Liebesbriefe. Seltsam erschien ihm lediglich, daß kein einziger unterschrieben war. Einen Augenblick zerbrach Jackson sich den Kopf darüber, danach legte er die Briefe zurück in die Schublade. Ein paar Minuten lang sah er sich noch um, dann vernahm er ein Klopfen an der Tür, das die Ankunft der Spurensicherung verkündete.

## KAPITEL 14

Während der Zeit, die Sidney allein zu Hause verbrachte, erforschte sie jeden Winkel der Wohnung, angetrieben von einer Kraft, die sie nicht näher hätte bezeichnen können. Stundenlang saß sie auf der kleinen Bank am Küchenfenster. Unablässig gingen ihr Erinnerungen an die Jahre ihrer Ehe durch den Kopf. Jede Einzelheit, selbst die unbedeutendsten Augenblicke, brach aus den Tiefen ihres Unterbewußtseins hervor. Gelegentlich verzog sie die Lippen zu einem Lächeln, wenn sie an eine besonders lustige Begebenheit dachte. Doch auf jedes kurze Lächeln folgte ein Schluchzen, ausgelöst von der Gewißheit, daß sie keine fröhlichen Augenblicke mit Jason mehr erleben würde.

Nach schier endloser Zeit erhob sie sich von ihrem Stuhl und ging die Treppe hinauf, folgte langsam, wie eine Schlafwandlerin, dem Korridor und betrat Jasons kleines Arbeitszimmer. Zunächst betrachtete sie die karge Einrichtung, dann setzte sie sich vor den Computer. Mit der Hand wischte sie über die Scheibe des Monitors. Seit sie Jason kannte, hatte er Computer geliebt. Sidney benutzte sie zwar als Arbeitsmittel, aber abgesehen von Textverarbeitung, juristischen Datenbanken und dem Abrufen von E-Mails war ihr Wissen um die Welt von Hardware und Software äußerst begrenzt.

Jason hatte eine Menge Korrespondenz auf elektronischem Wege abgewickelt und seine Mailbox täglich überprüft. Seit dem Flugzeugabsturz hatte Sidney keinen Blick hineingeworfen. Wahrscheinlich hatten viele von Jasons Freunden Nachrichten geschickt.

Also schaltete sie den Computer ein und beobachtete, wie eine Reihe von ihr überwiegend unverständlichen Zahlen und Wörtern über den Bildschirm flimmerte. Einzig der verfügbare Speicher war ihr ein Begriff. Davon besaß der Rechner freilich jede Menge. Das System war eigens für ihren Mann zusammengestellt worden und strotzte vor Leistungsfähigkeit.

Sie betrachtete die Menge des verfügbaren Speichers. Mit einem Ruck stellte sie fest, daß die letzten drei Ziffern, 7, 3 und 0, Jasons Geburtstag bildeten, den 30. Juli. Nur indem sie tief Luft holte, konnte sie einen neuerlichen Tränenausbruch vermeiden. Sidney öffnete die Schreibtischschublade und kramte freudlos darin herum. Als Anwältin wußte sie genau, wie viele Formulare und Behördenwege sie erwarteten, bis Jasons Nachlaß geregelt war. Die meisten ihrer Besitztümer standen in gemeinsamem Eigentum, dennoch blieben zahlreiche rechtliche Hürden zu überwinden. Irgendwann mußte sich jeder solchen Dingen stellen, doch sie konnte kaum fassen, daß sie so früh damit konfrontiert wurde.

Wahllos glitten ihre Finger in der Lade über Zettel und allerlei Bürozubehör, bis sie sich um einen Gegenstand schlossen, den sie herausnahm. Zwar wußte sie es nicht, doch es handelte sich um die Karte, die Jason hineingeworfen hatte, bevor er zum Flughafen fuhr. Eingehend betrachtete sie die Karte. Sie sah aus wie eine Kreditkarte, jedoch war der Name »Triton Global« darauf eingeprägt, gefolgt von »Jason Archer«, und, ganz zum Schluß, den Worten »Zugangsberechtigung – Stufe 6«. Vermutlich handelte es sich um eine Art Sicherheitsausweis, obwohl sich darauf kein Foto ihres Mannes befand. Sidney steckte die Karte in die Tasche. Wahrscheinlich würde die Firma sie zurückhaben wollen.

Sie rief America Online auf und wurde von einer Computerstimme begrüßt, die verkündete, daß tatsächlich Post in der Mailbox wartete. Wie sie angenommen hatte, enthielt sie zahlreiche Nachrichten von gemeinsamen Freunden. Unablässig quollen ihr Tränen aus den Augen, während sie die Botschaften las. Bald verlor sie jede Lust, die Aufgabe zu beenden und wollte gerade das Programm verlassen, als urplötzlich eine weitere E-Mail auf dem Monitor aufblitzte. Sie war an »ArchieJW2@aol.com« adressiert, die E-Mail-Adresse ihres Mannes. Ein Augenzwinkern später war sie verschwunden, wie eine schelmische Eingebung, die kurz aufflackert und sogleich wieder verblaßt.

Nachdem Sidney ein paar Funktionstasten gedrückt hatte, überprüfte sie die Mailbox neuerlich. Als sich herausstellte, daß sie völlig leer war, legte sie die Stirn in Falten. Eine innere Stimme drängte sie zu dem Schluß, sie habe sich das Ganze nur eingebildet. Es war so verflucht schnell geschehen. Sie rieb sich die brennenden Augen und blieb noch ein paar Minuten sitzen; angespannt wartete sie, ob sich der Vorgang wiederholen würde, wenngleich sie keine Ahnung hatte, was er bedeutete. Doch der Bildschirm blieb unverändert.

Nur Sekunden, nachdem Jason Archer seine Botschaft zum zweitenmal losgeschickt hatte, verkündete eine Computerstimme: »Sie haben Post«. Diesmal wurde die Nachricht übernommen und ordnungsgemäß in der Mailbox abgelegt. Diese jedoch befand sich nicht in dem alten Ziegelsteinhaus, ebensowenig in Sidneys Büro bei Tyler, Stone. Zudem war im Augenblick niemand zu Hause, um die E-Mail zu lesen. Die Nachricht würde warten müssen.

Nach einer Weile erhob sich Sidney und verließ das Arbeitszimmer. Aus ungewissem Grund erfüllte sie das kurze Aufblitzen auf dem Monitor mit einer absurden Hoffnung; als versuchte Jason, mit ihr in Kontakt zu treten, von wo auch immer er sein mochte, nachdem der Jet auf dem Boden zerschellt war. Blödsinn! sagte sie sich. Das war unmöglich.

Eine Stunde später, nach einem weiteren quälenden Ausbruch der Trauer, waren einfach keine Tränen mehr übrig. Sie nahm ein Bild von Amy in die Hand. Sie durfte sich nicht gehen lassen. Amy brauchte sie.

Sidney öffnete eine Dose Rindfleischsuppe und schaltete den Herd ein. Nach ein paar Minuten füllte sie ein wenig von der heißen Suppe in eine Schüssel und trug sie zum Küchentisch. Während sie die Wände anstarrte, die Jason nach langem Quengeln ihrerseits dieses Wochenende hatte streichen wollen, zwang sie sich, ein paar Löffelvoll zu essen. Wohin sie sich auch wandte, überall lauerte eine neue Erinnerung, ein neues Schuldgefühl auf sie. Und wie sollte es anders sein? Dieser Ort barg so viel von ihnen beiden, insbesondere von Jason, in sich, wie es bei einem leblosen Objekt überhaupt möglich war.

Zwar fühlte sie, wie die heiße Suppe durch ihren Körper strömte, dennoch zitterte sie unvermindert am ganzen Leib. Sie holte sich eine Flasche Gatorade aus dem Kühlschrank und trank direkt aus der Flasche, bis das Flattern endlich aufhörte. Noch während sich ihr Körper allmählich beruhigte, spürte sie die seelischen Qualen von neuem aufwallen.

Sidney sprang vom Tisch auf und lief ins Wohnzimmer, wo sie den Fernseher einschaltete. Mit der Fernbedienung zappte sie von Kanal zu Kanal und stolperte dabei über das Unvermeidliche: Live-Berichte über den Absturz. Ihre Neugier hinsichtlich eines Ereignisses, das sie ihres Mannes beraubt hatte, entfachte Schuldgefühle in ihr. Dennoch konnte sie nicht verleugnen, daß sie mehr über den Vorfall erfahren wollte, als könnte sie den grausamen Schmerz, der an ihr zehrte, zumindest vorübergehend lindern, indem sie sich aus dem Blickwinkel nüchterner Berichterstattung mit der Tragödie befaßte.

Die Reporterin stand in der Nähe des Absturzortes. Im Hintergrund liefen die Bergungsarbeiten unvermindert weiter. Sidney beobachtete, wie Trümmer zu verschiedenen Haufen getragen und sortiert wurden. Plötzlich kippte sie fast aus dem Stuhl. Ein Arbeiter war unmittelbar hinter der Berichterstatterin vorbeigegangen, die unbeirrt mit ihrer Geschichte fortfuhr. Die Segeltuchtasche mit dem Kreuzstreifenmuster wirkte kaum beschädigt, lediglich ein wenig versengt und schmutzig an den Rändern. Sogar die großen, in fetter, schwarzer Schrift gedruckten Initialen waren zu erkennen. Die Tasche wurde auf einen Haufen ähnlicher Dinge gelegt. Einen entsetzlichen Augenblick lang konnte Sidney Archer sich nicht bewegen. Ihre Glieder schienen wie gelähmt. Im nächsten Moment packte sie unbändiger Tatendrang.

Sie rannte die Treppe hinauf, zog sich Jeans, einen dicken weißen Pullover und halbhohe, warme Stiefel an und packte hastig eine Reisetasche. Wenige Minuten später setzte der Ford rückwärts aus der Garage.

Dabei warf sie einen Blick hinüber auf das Cougar-Cabriolett, das in der anderen Parkbucht stand. Seit fast zehn Jahren war Jason der stolze Besitzer des Gefährts, dessen ramponiertes Äußeres angesichts der Erinnerung an die schlichte Eleganz des Jaguars um so deutlicher zur Geltung kam. Selbst der Explorer wirkte im Vergleich dazu brandneu. Der krasse Gegensatz hatte sie früher stets belustigt. Heute abend hingegen überhaupt nicht. Ein Tränenschleier vor den Augen ließ sie hart auf die Bremse treten.

Sie trommelte mit den Händen auf das Armaturenbrett ein, bis der stechende Schmerz ihr in die Ellbogen schoß. Schließlich lehnte sie den Kopf gegen das Lenkrad und versuchte verzweifelt, wieder zu Atem zu kommen. Als ihr der Geschmack von Rindfleisch und Graupen in die Kehle stieg, glaubte sie, sich übergeben zu müssen, doch letztlich zog er sich in die Tiefen des aufgewühlten Magens zurück.

Wenig später fuhr sie die stille Straße entlang. Flüchtig schaute sie zurück zu ihrem Zuhause. Fast drei Jahre lebten sie hier schon. Es war ein wundervoller Bau, vor beinahe hundert Jahren errichtet, mit großen Räumen, breiten Stuckverzierungen, dicken Eichenholzfußböden und genug abgeschiedenen Winkeln, daß man nicht lange nach einem ruhigen Plätzchen suchen mußte, wollte man an einem trüben Sonntagnachmittag ganz für sich allein sein. Es schien ein herrlicher Ort, um Kinder großzuziehen, darin waren sie sich einig gewesen. So viel hatten sie noch vorgehabt. So viel.

Als sie fühlte, wie ein weiterer Weinkrampf in ihr aufzusteigen drohte, gab sie Gas und bog auf eine Hauptstraße ab. Zehn Minuten später erblickte sie die rotgelbe Dekoration des nächstgelegenen McDonald's, lenkte in die Durchfahrtszone und bestellte einen großen Kaffee. Sie drückte auf einen Knopf an der Armlehne und starrte in das sommersprossige Gesicht eines schlaksigen jungen Mädchens mit langem, rotbraunem Haar, das nach hinten zu einem Pferdeschwanz zusammengebunden war. Aller Wahrscheinlichkeit nach würde sie zu einer begehrenswerten jungen Frau heranwachsen, genauso wie Amy. Sidney hoffte, daß dieses Mädchen noch einen Vater besaß. Abermals spürte sie einen Stich im Herzen, als sie daran dachte, daß Amy keinen mehr hatte.

Eine halbe Stunde später war sie bereits in Richtung Westen auf der Route 29 unterwegs, einer schmalen Straße, die sich in einem Winkel von etwa fünfundvierzig Grad quer durch die friedliche Landschaft von Virginia bis über die Grenze nach North Carolina erstreckte. Als Sidney die juristische Fakultät der Universität von Virginia in Charlottesville besucht hatte, war sie die Straße viele Male entlanggefahren. Es war eine wunderschöne Strecke, die an längst befriedeten Schlachtfeldern aus Bürgerkriegszeiten vorbeiführte und an alten, aber immer noch bewohnten Bauernhäusern. Im Herbst und im Frühling konnten sich die Farben des Laubs mit jedem Gemälde messen, das Sidney je gesehen hatte. Während sie an Straßenschildern mit Namen wie Brightwood, Locust Dale, Madison und Montpelier vorbeikam, dachte sie zurück an die vielen Fahrten, die Jason und sie gemeinsam nach Charlottesville unternommen hatten, um der einen oder anderen Veranstaltung beizuwohnen. Nun vermittelten weder die vertraute Straße noch die Landschaft angenehme Empfindungen.

Die Nacht brach herein. Irgendwann blickte Sidney auf die Uhr am Armaturenbrett und stellte überrascht fest, daß es schon fast ein Uhr morgens war. Sie beschleunigte, und der Wagen flog förmlich die verlassene Straße entlang.

Während sie in immer höher gelegene Gebiete vordrang, sank die Temperatur zunehmend. Dichte Wolken waren aufgezogen. Der Lichtkegel der Scheinwerfer stellte den einzigen Kontrast zur tiefschwarzen Dunkelheit dar. Sidney drehte die Heizung auf und schaltete das Fernlicht ein.

Eine Stunde später warf sie einen Blick auf die Landkarte, die neben ihr auf dem Beifahrersitz lag. Bald würde sie die richtige Ausfahrt erreichen. Je näher sie ihrem Bestimmungsort kam, desto verkrampfter wurde ihre Haltung hinter dem Lenkrad. Sidney begann, die Kilometer auf dem Tacho mitzuzählen.

Bei Ruckersville bog sie in Richtung Westen ab. Nun befand sie sich im ländlichen Greene County, Virginia; zwischen dem Lebensstil hier und dem Trubel von Washington, den sie kannte, lagen Welten. Die Hauptstadt des County war Standardsville; im Augenblick entsprach das emotionale Klima der Stadt in keiner Weise dem Standard, da in aller Welt Bilder eines Einschlagskraters und aufgerissener Erde über Fernsehschirme flimmerten.

Nach einer Weile hielt Sidney am Straßenrand an und versuchte, sich zu orientieren. Die allumfassende Dunkelheit der ländlichen Gegend umhüllte sie wie eine Decke. Sie schaltete die Innenbeleuchtung ein und hielt sich die Straßenkarte dicht vors Gesicht. Nachdem sie sich zurechtgefunden hatte, folgte sie der schmalen Straße noch etwa anderthalb Kilometer, bis sie an eine Kurve gelangte, wo schlanke, teilweise kahle Ulmen, knorrige Ahornbäume und mächtige Eichen aufragten. Dahinter erstreckten sich karge, ebene Felder.

Am Ende der Straße parkte ein Polizeifahrzeug neben einem rostigen, schief stehenden Briefkasten. Rechterhand des Briefkastens wand sich ein beiderseits von üppigen, gepflegten Dauerhecken gesäumter Feldweg nach hinten. In der Ferne schien die Erde zu schimmern wie eine riesige Phosphorhöhle.

Sie hatte den Ort gefunden.

Im Lichtkegel der Scheinwerfer des Explorer erkannte

Sidney, daß es leicht schneite. Als sie näher heranfuhr, öffnete sich die Tür des Streifenwagens, und ein uniformierter Beamter in neonoranger Allwetterjacke stieg aus. Er kam auf den Ford zu, richtete die Taschenlampe auf das Kennzeichen und ließ sie dann kurz über das Auto streichen, ehe der Strahl auf dem fahrerseitigen Fenster verharrte.

Sidney holte tief Luft und betätigte den Knopf für das Fenster, woraufhin die Scheibe sich langsam senkte.

Das Gesicht des Polizisten tauchte an ihrer Schulter auf. Die Oberlippe war teilweise von einem buschigen, graumelierten Schnurrbart bedeckt, rund um die Augenwinkel prangten zahlreiche Falten. Selbst unter dem orangeroten Regenmantel ließen sich die breiten Schultern und die kräftige Brust erkennen.

Flüchtig ließ der Beamte den Blick durch den Wagen schweifen, bevor er ihn auf Sidney richtete.

»Kann ich Ihnen helfen, Ma'am?« Der Tonfall verriet nicht nur körperliche Erschöpfung.

»Ich ... ich bin gekommen, um ...« Die Stimme versagte ihr. Mit einem Schlag war ihr Kopf völlig leer. Während sie ihn anstarrte, bewegte sich ihr Mund, doch keine Worte drangen von den Lippen.

Die Schultern des Polizisten sackten herab. »Ma'am, es war ein verteufelt langer Tag hier oben. Außerdem sind scharenweise Leute aufgekreuzt, die hier wirklich nichts zu suchen haben.« Er hielt inne und musterte sie. »Haben Sie sich verirrt?« Aus seinem Tonfall war klar zu entnehmen, daß er keineswegs glaubte, sie sei auch nur einen Zentimeter von ihrer geplanten Route abgekommen.

Sie schaffte es, den Kopf zu schütteln.

Er schaute auf die Uhr. »Vor einer Stunde haben sich endlich die Fernsehwagen runter nach Charlottesville verzogen. Die sind alle schlafen gegangen. Ich schlage vor, sie tun dasselbe. Glauben Sie mir, Sie können alles im Fernsehen und in der Zeitung lesen und sehen.« Damit richtete er sich auf, wodurch er ihr zu verstehen gab, daß die einseitige Unterhaltung zu Ende war. »Finden Sie den Weg zurück?«

Sidney nickte. Der Polizist tippte kurz an die Krempe seiner Mütze, dann ging er zurück zum Streifenwagen. Sidney wendete und rollte los. Nach einem Blick in den Rückspiegel bremste sie jählings ab. Das seltsame Leuchten wirkte wie ein Signal. Sie öffnete die Tür, stieg aus, holte ihren Mantel aus dem Fond und zog ihn an.

Der Polizist beobachtete, wie sie auf den Streifenwagen zukam und stieg ebenfalls aus. Seine Jacke war naß vom Schnee. Immer mehr weiße Flocken bedeckten Sidneys Haar; der Wintersturm wurde zunehmend stärker.

Bevor der Beamte den Mund öffnen konnte, hob Sidney die Hand.

»Mein Name ist Sidney Archer. Mein Mann, Jason Archer ...« Abermals versagte ihr die Stimme den Dienst, als sie sich der Bedeutung der Worte bewußt wurde, die ihr auf der Zunge lagen. Fest biß sie sich auf die Lippe, dann fuhr sie fort. »Er war an Bord der Maschine. Die Fluggesellschaft hat mir angeboten, mich hierherzubringen, aber ... ich habe beschlossen, selbst herzufahren. Ich weiß auch nicht, weshalb, aber hier bin ich nun.«

Der Polizist starrte sie an. Plötzlich wirkten die Augen bedeutend sanfter. Der buschige Schnurrbart hing wie eine Trauerweide herab, die aufrechten Schultern sackten zusammen. »Es tut mir sehr leid, Mrs. Archer, wirklich. Einige der anderen ... Familienangehörigen waren schon hier. Lange sind sie nicht geblieben. Die Leute von der Flugüberwachung wollen da oben im Augenblick niemanden haben. Morgen kommen sie wieder, um die Gegend ... nach ...« Seine Stimme verlor sich, und er schlug die Augen nieder.

»Ich bin nur hergekommen, um ...« Auch Sidneys Stimme kippte. Mit mitleiderregend roten Augen und eingefallenen Wangen sah sie ihn an. Obwohl Sidney groß war, wirkte sie in dem dicken Mantel, mit den zusammengezogenen Schultern und den tief in den Taschen vergrabenen Händen wie ein kleines Kind – als löste auch sie sich nach dem Tod ihres Mannes allmählich auf.

Der Polizist wirkte verlegen; er schaute zum Feldweg, danach auf seine Schuhe, schließlich zurück zu ihr. »Warten Sie eine Minute, Mrs. Archer.« Er stieg zurück in den Streifenwagen. Gleich darauf steckte er den Kopf wieder heraus. »Ma'am, kommen Sie doch bitte hier rein, bevor Sie sich erkälten.«

Sidney folgte seiner Aufforderung. Drinnen roch es nach Zigarettenrauch und verschüttetem Kaffee. Ein zusammengerolltes *People Magazine* steckte in einem Spalt zwischen den Vordersitzen. Auf einem Stapel elektronischer Hardware war ein kleiner Computerbildschirm montiert.

Der Polizist kurbelte das Fenster herunter und leuchtete mit dem Suchscheinwerfer des Streifenwagens über das Heck des Explorer. Danach kurbelte er die Scheibe wieder hoch, drückte einige Tasten am Computer und betrachtete stumm den Monitor. Schließlich wandte er sich wieder Sidney zu.

»Ich gebe nur Ihr Autokennzeichen ein, weil ich ihre Identität überprüfen muß, Ma'am. Nicht, daß ich Ihnen nicht glaube. Ich meine, Sie sind wohl kaum bloß zum Spaß mitten in der Nacht hier heraufgefahren. Das weiß ich schon. Aber ich habe meine Vorschriften.«

»Verstehe.«

Der Bildschirm füllte sich mit Daten, die der Beamte rasch überflog. Er ergriff ein Klemmbrett vom Armaturenbrett und ging eine Liste mit Namen durch. Kurz blickte er zu Sidney auf; abermals stand ihm Verlegenheit ins Gesicht geschrieben.

»Sie sagten, der Name Ihres Mannes war *Jason* Archer?«

Kraftlos nickte sie. *War?* Das Wort wirkte betäubend. Sidney spürte, wie ihre Hände unkontrollierbar zu zittern begannen. Die Vene an ihrer linken Schläfe zuckte.

»Ich mußte mich nur vergewissern. Es war nämlich noch ein zweiter Archer an Bord. Ein gewisser Benjamin Archer.«

Kurz flackerte Hoffnung in ihr auf, doch die Wirklichkeit holte sie unverzüglich auf den Boden zurück. Es war kein Irrtum. Andernfalls hätte Jason sich gemeldet. Er war an Bord dieser Maschine gewesen, so sehr sie sich auch das Gegenteil wünschte. Sie schaute hinüber zu den entfernten Lichtern. Nun war er da drüben. Immer noch.

Sie räusperte sich. »Ich habe einen Lichtbildausweis dabei, Officer.« Mit diesen Worten schlug sie die Brieftasche auf und reichte sie dem Polizisten.

Er betrachtete den Führerschein; dabei fiel sein Blick auf das Foto von Jason, Sidney und Amy, das vor kaum einem Monat aufgenommen worden war. Einige Augenblicke starrte er es an. Danach gab er Sidney die Brieftasche schnell zurück. »Das genügt, Mrs. Archer.« Er schaute aus dem Fenster. »Entlang der Straße sind weitere Polizeiposten; außerdem laufen überall Soldaten der Nationalgarde herum. Ein paar Typen aus Washington sind auch noch da oben, deshalb die vielen Lichter.« Er sah sie an. »Leider darf ich meinen Posten nicht verlassen, Mrs. Archer.« Traurig schielte er auf seine Hände. Ihre Augen folgten den seinen. Sie erblickte den Ehering am über die Jahre hinweg geschwollenen Ringfinger; niemals würde er den schlichten Goldreif ablegen können, ohne den Finger mit auszureißen. Der Beamte blinzelte, und eine winzige Träne lief ihm über die Wange. Rasch wandte er den Blick ab, hob die Hand ans Gesicht und ließ sie wieder sinken.

Dann startete er den Motor und legte den Gang ein. Er schaute zu ihr hinüber. »Ich kann verstehen, weshalb Sie hergekommen sind, aber ich rate Ihnen, nicht zu lange zu bleiben, Mrs. Archer. Das hier ist ... nun, es ist kein Ort, an dem man sich aufhalten sollte.« Der Streifenwagen holperte und rumpelte über den Feldweg. Konzentriert starrte der Polizist geradeaus, in Richtung der grellen Lichter. »Es gibt einen Teufel in der Hölle und einen Gott im Himmel. Zwar hat der Teufel bei diesem Absturz die Hand im Spiel gehabt, aber all die Menschen sind jetzt bei Gott, Mrs. Archer, jeder einzelne. Glauben Sie mir das, und lassen Sie sich von niemandem etwas anderes einreden.«

Unwillkürlich nickte Sidney. Wie sehr sie doch wünschte, die Worte möchten wahr sein.

Während sie sich den Lichtern näherten, spürte Sidney,

wie sich ihr Verstand zunehmend abkapselte. »Da war ... eine Tasche ... eine Segeltuchtasche, mit Kreuzstreifenmuster. Sie gehörte meinem Mann. Seine Initialen stehen drauf. JWA. Ich habe sie ihm für eine Reise gekauft, die wir vor einigen Jahren unternommen haben.« Angesichts der Erinnerung huschte ein kurzes Lächeln über ihre Lippen. »Eigentlich sollte es nur ein Scherz sein. Wir hatten eine kleine Meinungsverschiedenheit, und es war die häßlichste Tasche, die ich damals finden konnte. Wie sich herausstellte, verliebte er sich regelrecht in das Ding.«

Unvermittelt sah sie auf und bemerkte die fragende Miene des Polizisten. »Ich ... ich habe die Tasche im Fernsehen gesehen. Sie wirkte kaum beschädigt. Besteht vielleicht die Möglichkeit, daß ich einen Blick darauf werfe?«

»Es tut mir leid, Mrs. Archer. Alles, was geborgen werden konnte, wurde bereits abtransportiert. Erst vor einer Stunde war der Laster da und hat die letzte Ladung für heute abgeholt.«

»Wissen Sie, wohin man die Sachen bringt?«

Der Beamte schüttelte den Kopf. »Würde auch keine Rolle spielen, wenn ich's wüßte. Man würde Sie unter keinen Umständen in die Nähe lassen. Nachdem die Untersuchungen abgeschlossen sind, wird man sie Ihnen zurückgeben, nehme ich an. Aber wie's aussieht, könnte das noch Jahre dauern. Es tut mir wirklich leid.«

Schließlich hielt der Streifenwagen an, wenige Meter von einem anderen uniformierten Polizisten entfernt. Der Beamte stieg aus und unterhielt sich kurz mit seinem Kollegen, wobei er zweimal auf den Streifenwagen deutete, in dem Sidney saß, die den Blick nicht von den Lichtern abzuwenden vermochte.

Als ihr Chauffeur den Kopf zur Tür hereinsteckte, schreckte sie jäh aus ihren Gedanken hoch. »Mrs. Archer, hier können Sie aussteigen.«

Sidney öffnete die Autotür und kletterte hinaus. Flüchtig musterte sie den anderen Polizisten; mit schmerzerfüllten Augen nickte er ihr kurz zu. Überall schien Schmerz zu sein.

Auch diese Männer wären lieber zu Hause bei ihren Familien gewesen. Hier hingegen roch es nach Tod – überall. Wie der Schnee schien er an ihren Kleidern zu haften.

»Mrs. Archer, wenn Sie soweit sind, sagen Sie Billy Bescheid; er funkt mich dann an, und ich hole Sie hier ab.«

Als er zurück zum Streifenwagen ging, rief sie ihm nach. »Wie heißen Sie?«

Der Beamte drehte sich um. »Eugene, Ma'am. Deputy Eugene McKenna.«

»Danke, Eugene.«

Er nickte und tippte mit dem Finger an die Krempe seiner Mütze. »Bitte bleiben Sie nicht allzu lange, Mrs. Archer.«

Während der Streifenwagen davonfuhr, führte Billy sie zu den Lichtern. Die Augen hielt er starr geradeaus gerichtet. Sidney wußte nicht, wieviel McKenna seinem Kollegen erzählt hatte, doch sie fühlte die Bestürzung des jungen, spindeldürren Mannes, den sie kaum älter als fünfundzwanzig schätzte und der krank und nervös wirkte.

Schließlich blieb er stehen. Weiter vorn erblickte Sidney Leute, die das Gelände sorgfältig abschritten. Überall waren Barrikaden und gelbe Absperrbänder. Sidney betrachtete die gräßliche Verwüstung im künstlichen Licht. Der Ort glich einem Schlachtfeld. Eine abscheuliche Wunde schien im Antlitz der Erde zu klaffen.

Der junge Polizeibeamte berührte sie am Arm. »Ma'am, sie sollten besser hier hinten bleiben. Die Burschen aus Washington verhalten sich ein bißchen sonderbar gegenüber Leuten, die sich hier herumtreiben. Die haben Angst, daß jemand über etwas stolpern könnte und ... Sie wissen schon, daß jemand etwas durcheinanderbringen könnte.« Tief holte er Luft. »Hier liegen überall Dinge herum, Ma'am. Überall! So etwas habe ich noch nie gesehen, und ich hoffe, daß ich es nie wieder sehen muß, solange ich lebe.« Abermals blickte er in die Ferne. »Ich warte da unten, bis Sie soweit sind.« Er deutete in die Richtung, aus der sie gekommen waren und marschierte zurück.

Sidney zog den Mantel enger um die Schultern und

wischte sich den Schnee aus dem Haar. Unbewußt schritt sie voran, hielt inne, und ging weiter.

Direkt vor ihr türmte sich im Lichterschein ein Erdwall auf. Unzählige Male hatte sie den Anblick in den Nachrichten gesehen. Der Einschlagskrater. Den Berichten zufolge befand sich das gesamte Flugzeug darin. Und obwohl sie wußte, daß es so war, vermochte sie es sich kaum vorzustellen.

Der Einschlagskrater. Auch Jason befand sich darin. Mittlerweile hatte sich der Gedanke so tief in ihr festgefressen, daß er sie völlig stumpf und taub werden ließ, anstatt sie in Hysterie zu versetzen. Sidney preßte die Augen zu und öffnete sie wieder. Dicke Tränen rannen ihr über die Wangen. Sie machte sich nicht die Mühe, sie wegzuwischen.

Sie erwartete nicht, jemals wieder lächeln zu können.

Während sie reglos starrend dastand, sah sie, wie mehrere große Maschinen mit dröhnenden Motoren auf den Krater zurumpelten; schwarzer, rußiger Rauch quoll aus den Auspuffrohren. Löffel- und Flachbagger bearbeiteten die Grube aufs heftigste, hoben riesige Schaufelladungen Erde aus dem Loch und kippten sie auf wartende Laster, die den Schutt auf speziellen Pfaden über bereits abgesuchtem Terrain abtransportierten.

Der Schnelligkeit galt die größte Sorge, selbst auf die Gefahr hin, das Wrack noch mehr zu beschädigen. Was alle Beteiligten verzweifelt zu finden hofften, war der Flugdatenschreiber. Das war wichtiger, als sich darum zu kümmern, ohnehin winzige Fragmente durch die eilig vorangetriebenen Ausgrabungsarbeiten nicht noch weiter zu zerkleinern.

Sidney fiel auf, daß der Schnee bereits liegenblieb, was den Ermittlern wohl Kopfzerbrechen bereitete. Darauf ließen auch die zahlreichen Leute schließen, die aufgescheucht mit Suchscheinwerfern umherrannten und nur innehielten, um kleine Flaggen in die zunehmend weiße Erde zu rammen. Als sie näher herantrat, konnte sie die grün uniformierten Soldaten der Nationalgarde ausmachen, die mit über die Schulter geschlungenen Gewehren ihre jeweiligen

Sektoren abschritten. Immer wieder wandten sie die Köpfe der Absturzstelle zu; wie ein übermächtiger Magnet schien der Ort jedermanns Augen auf sich zu ziehen. Der ständige Schatten eines plötzlichen, unerklärlichen Todes war offenbar der Preis für die unzähligen Freuden des Lebens.

Als sie einen weiteren Schritt vortrat, blieb sie mit dem Fuß an etwas hängen, das der Schnee bedeckte. Während sie sich bückte, um nachzusehen, worum es sich handelte, schossen ihr die Worte des jungen Polizisten durch den Kopf. *Hier liegen überall Dinge herum, Ma'am. Überall!* Einen Augenblick verharrte sie reglos, dann jedoch suchte sie mit der den Menschen angeborenen Neugier weiter.

Kurz darauf hastete sie den Feldweg wie von Dämonen gehetzt zurück; ihre Füße schlitterten und rutschten durch den Schnee, mit den Armen fuchtelte sie wild um sich, heftiges Schluchzen drang aus ihrer Kehle.

Den Mann bemerkte sie erst, als sie Hals über Kopf mit ihm zusammenstieß und ihn von den Beinen riß. Beide fielen zu Boden, er genauso überrascht wie sie, wahrscheinlich sogar überraschter.

»Verdammt«, keuchte Lee Sawyer, als er auf einen Geröllhaufen aufschlug, der ihm die Luft aus den Lungen preßte. Sidney hingegen war eine Sekunde später wieder auf den Beinen und rannte weiter den gewundenen Pfad hinunter. Sawyer hastete hinter ihr her, bis sein Knie einknickte – eine Erinnerung an eine Verfolgungsjagd über zwanzig lange Blocks auf hartem Asphalt, bei der er vor vielen Jahren einen athletischen Bankräuber gestellt hatte. »He!« brüllte er ihr nach, während er unbeholfen auf einem Bein hüpfte und sich das Knie rieb. Er leuchtete mit der Taschenlampe in ihre Richtung.

Kurz wandte Sidney Archer den Kopf. Zuerst sah er im Lichtkegel ihr Profil, gleich darauf erhaschte er einen Blick auf die vor Entsetzen geweiteten Augen. Dann war sie verschwunden.

Schwerfällig humpelte er auf die Stelle zu, wo er sie zuerst gesehen hatte und leuchtete mit der Taschenlampe auf den Boden. Wer war die Frau, und was wollte sie hier? Dann zuckte er mit den Schultern. Wahrscheinlich eine neugierige Einwohnerin der Gegend, die etwas entdeckt hatte, das sie lieber nicht gesehen hätte.

Eine Minute später bestätigte sich im Schein der Lampe Sawyers Verdacht. Er bückte sich und hob den winzigen Schuh auf. Klein und hilflos wirkte er in Sawyers großer Pranke. Der Agent schaute zurück in die Richtung, in die Sidney Archer geflohen war und stieß in der Dunkelheit einen tiefen Seufzer aus. Dann wandte er sich wieder um.

In schier unbeherrschbarer Wut begann sein Körper zu beben, als er das grauenerregende Loch in der Erde vor sich betrachtete. Mühevoll kämpfte er den Drang nieder, aus voller Kehle drauflos zu schreien. Im Laufe seiner Karriere beim FBI war es bisher nur selten vorgekommen, daß Lee Sawyer den von ihm gefaßten Verbrechern die Möglichkeit eines fairen Gerichtsverfahrens am liebsten verweigert hätte. Diesmal empfand er so. Stumm betete er, die für die Greueltat Verantwortlichen möchten anläßlich ihrer Verhaftung irgend etwas versuchen, ihm nur den Hauch einer Gelegenheit eröffnen, dem Land die Kosten und den Medienrummel zu ersparen, die ein Prozeß in diesem Fall unweigerlich nach sich ziehen würde.

Er steckte den Kinderschuh in die Manteltasche und rieb sich das schmerzende Knie; dann humpelte er weiter, um Kaplan aufzusuchen. Danach wollte er zurück in die Stadt. Am Nachmittag hatte Sawyer einen Termin in Washington. Nun würden seine Ermittlungen erst richtig beginnen.

Ein paar Minuten später musterte McKenna Sidney besorgt, als er ihr aus dem Streifenwagen half. »Mrs. Archer, sind Sie sicher, daß ich nicht jemanden anrufen soll, der Sie abholt?«

Mit aschfahlem Gesicht, bebenden Gliedern und vom Sturz dreckigen Händen und Kleidern schüttelte Sidney vehement den Kopf. »Nein! Nein! Mir geht's gut.« Sie lehnte sich gegen den Wagen. Arme und Schultern wurden nach wie vor von einem krampfhaften Zucken geschüttelt; zumindest aber hatte sich ihr Gleichgewichtssinn wieder einigermaßen eingestellt.

Sie schloß die Tür des Streifenwagens und taumelte unsicher auf den Ford zu. Auf halbem Weg hielt sie inne und wandte sich um. Officer McKenna stand neben dem Streifenwagen und beobachtete sie aufmerksam.

»Eugene?«

»Ja, Ma'am?«

»Sie hatten recht ... Das ist kein Ort, an dem man sich lange aufhalten sollte.« Die Worte erklangen im hohlen Tonfall eines jeden Lebensmutes beraubten Menschen. Sidney drehte sich um, stapfte mühsam zum Ford und stieg ein.

Deputy Eugene McKennas vorstehender Adamsapfel hüpfte heftig auf und ab, während er die in den Augen aufwallenden Tränen zurückkämpfte. Er öffnete die Tür des Streifenwagens und ließ sich auf den Sitz fallen. Dann zog er die Tür zu, damit die Geräusche nicht hinausdringen konnten, die er gleich von sich geben würde.

Während der Rückfahrt klingelte plötzlich das Autotelefon. Der völlig unerwartete Ton ließ Sidney so heftig zusammenzucken, daß sie um ein Haar die Gewalt über den Explorer verloren hätte. Ungläubig starrte sie auf das Telefon hinab. Niemand wußte, wo sie war.

Instinktiv schaute sie sich in der Dunkelheit um, als fürchtete sie, beobachtet zu werden. Außer kahlen Bäumen war nichts zu erkennen. Soweit sie das beurteilen konnte, stellte sie weit und breit das einzig lebende Wesen dar. Ihre Hand ging langsam zum Telefon hinunter.

## KAPITEL 15

»Mein Gott, Quentin, es ist drei Uhr morgens.«

»Ich hätte nicht angerufen, wenn es nicht wirklich wichtig wäre.«

»Ich weiß nicht, was ich sagen soll.« Sidneys Hand zitterte leicht, während sie das Telefon hielt. Sie verringerte die Geschwindigkeit; denn im Zuge der Unterhaltung hatte sie zunehmend fester auf das Gaspedal getreten, so daß sie mittlerweile halsbrecherisch schnell über die schmale Landstraße brauste.

»Ich habe gehört, wie du dich während des Flugs aus New York mit Gamble unterhalten hast. Dabei hätte ich gedacht, du würdest zu mir kommen, Sidney, nicht zu Gamble.« Zwar klang die Stimme sanft, dennoch schwang eine gewisse Schärfe mit.

»Es tut mir leid, Quentin, aber er hat Fragen gestellt. Du nicht.«

»Ich wollte dir ein wenig Zeit lassen.«

»Das weiß ich auch wirklich zu schätzen. Es ist nur so, daß Gamble mich gewissermaßen überfallen hat. Zwar verhielt er sich durchaus freundlich dabei, aber irgend etwas mußte ich ihm sagen.«

»Also hast du ihm erzählt, du wüßtest nicht, weshalb Jason an Bord dieses Flugzeugs war. War das deine Antwort? Du hattest keine Ahnung, daß er überhaupt in der Maschine saß?«

Zwischen den Sätzen hörte sie bestimmte, unausgesprochene Gedanken heraus. Wie konnte sie Rowe etwas anderes sagen als Gamble? Und selbst wenn sie Rowe Jasons

Grund für die Reise nach Los Angeles nannte, wie sollte sie ihm beibringen, daß Jason zu gar keinem Vorstellungsgespräch bei einer anderen Firma wollte? Sie befand sich in einer unmöglichen Situation, aus der es im Augenblick kein Entrinnen zu geben schien. Also beschloß sie, das Thema zu wechseln.

»Wie bist du darauf gekommen, mich im Auto anzurufen, Quentin?« Daß es ihm gelungen war, sie aufzuspüren, verursachte ihr eine leichte Gänsehaut.

»Ich hab's bei dir zu Hause versucht, dann im Büro. Danach blieb nur noch das Auto übrig«, erwiderte er schlicht. »Um die Wahrheit zu sagen, ich habe mir Sorgen um dich gemacht. Und –« Jäh brach er mitten im Satz ab, als hätte er eine Winzigkeit zu spät entschieden, den Gedanken doch nicht auszusprechen.

»Und was?«

Zunächst zögerte Rowe am anderen Ende der Leitung, dann jedoch führte er den Gedanken rasch zu Ende. »Sidney, man muß keine Geistesgröße sein, um die Frage zu erraten, die wir alle beantwortet wissen möchten. Warum ist Jason nach Los Angeles geflogen?«

Rowes Tonfall sprach Bände. *Er* wollte eine Antwort auf die Frage.

»Wieso interessiert sich Triton dafür, was er in seiner Freizeit macht?«

Ein tiefer Seufzer entrang sich Rowes Kehle. »Sid, alles, was Triton tut, unterliegt strengster Geheimhaltungspflicht. Da draußen gibt es ganze Industriezweige, die den lieben langen Tag ausschließlich versuchen, unsere Technologie zu stehlen und unsere Leute abzuwerben. Das weißt du genau.«

Sidney lief hochrot an. »Beschuldigst du Jason, Tritons Technologie auf dem freien Markt verhökert zu haben? Das ist lächerlich, und das weißt du auch!« Ihr Mann war nicht hier, um sich zu verteidigen, und sie würde diese Anspielung keinesfalls auf sich beruhen lassen.

Rowe klang verletzt. »Ich habe nicht gesagt, daß *ich* es vermute; andere hier hingegen glauben das sehr wohl.«

»So etwas würde Jason niemals tun, unter gar keinen Umständen. Wie ein Ackergaul hat er für die Firma geschuftet. Du warst sein Freund. Wie kannst du überhaupt eine derartige Behauptung aufstellen?«

»Na gut, dann erklär mir, was er an Bord eines Flugzeugs nach L. A. gemacht hat, anstatt sich um Haus und Kind zu kümmern; denn wir sind gerade dabei, jene Firma zu übernehmen, die es Triton ermöglicht, die Welt ins einundzwanzigste Jahrhundert zu führen, und ich darf nicht zulassen, daß uns jemand diese Chance vermasselt. Ein zweites Mal wird sie sich nicht bieten.«

Es war gerade der richtige Tonfall, um Sidney in Weißglut zu versetzen.

»Ich kann es nicht erklären und will es auch gar nicht versuchen. Ich habe keinen blassen Schimmer, was überhaupt los ist. *Gottverdammt*, ich habe gerade meinen Mann verloren! Es gibt keine Leiche, es gibt keine Kleidungsstücke. Gar nichts ist von ihm übriggeblieben, und du erzählst mir mit einer Seelenruhe, daß er versucht haben soll, euch ans Messer zu liefern? Scheiß auf dich!« Der Ford kam leicht von der Fahrbahn ab, und Sidney mußte sich anstrengen, um ihn zurück auf die Straße zu manövrieren. Abermals verlangsamte sie die Fahrt, als der Ford über ein größeres Schlagloch rumpelte. Der Ruck durchlief ihren gesamten Körper. Zudem wurde die Sicht durch das dichte Schneetreiben immer schlechter.

»Sid, bitte, bitte beruhige dich doch.« Plötzlich lag Panik in Rowes Stimme. »Hör zu, ich wollte dich nicht noch mehr aufregen. Es tut mir leid.« Kurz hielt er inne, dann fügte er rasch hinzu: »Kann ich irgend etwas für dich tun?«

»Ja, du kannst jedem verfluchten Dreckskerl bei Triton ausrichten, daß er sich zum Teufel scheren soll. Warum machst du nicht gleich den Anfang?« Damit schaltete sie das Telefon aus und schleuderte es beiseite.

Inzwischen quollen ihr die Tränen so heftig aus den Augen, daß sie am Straßenrand halten mußte. Sie zitterte, als hätte sie jemand in Eiswasser getaucht. Schließlich löste sie den Gurt, legte sich quer über die Vordersitze und bedeckte mit einem Arm mehrere Minuten lang die Augen. Danach startete sie den Motor wieder, legte den Gang ein und lenkte den Wagen zurück auf die Fahrbahn.

Ungeachtet ihrer tiefsitzenden Erschöpfung rasten ihre Gedanken wie der sechszylindrige Explorer dahin. Jason war geradezu entsetzt gewesen, als sie ihm von dem bevorstehenden Treffen mit Triton erzählt hatte. Wahrscheinlich hatte er die Geschichte mit dem Vorstellungsgespräch für Notfälle parat gehabt. Als solchen mußte er ihre Besprechung mit Nathan Gamble und Anhang wohl eingestuft haben. Aber warum? Worin konnte er bloß verwickelt gewesen sein? All die durchgearbeiteten Nächte! Die Geheimniskrämerei! Was steckte bloß dahinter?

Ein Blick auf die Uhr am Armaturenbrett verriet ihr, daß die Zeit unaufhaltsam auf vier Uhr morgens zukroch. Während ihr Verstand nach wie vor auf Hochtouren lief, traf dies für den Rest von ihr nicht zu. Sie konnte kaum noch die Augen offenhalten. Daher wandte sie sich dem offensichtlichen Problem zu, nämlich, wo sie den spärlichen Rest der Nacht verbringen sollte.

Sie näherte sich der Route 29. Als sie auf die Autobahn auffuhr, wandte sie sich nach Süden anstatt zurück nach Norden. Eine halbe Stunde später rollte Sidney durch die menschenleeren Straßen von Charlottesville. Am *Holiday Inn* und anderen Nächtigungsmöglichkeiten fuhr sie vorbei. Schließlich bog sie von der Route 29 auf die Ivy Road ab. Bald darauf gelangte sie zum Parkplatz des *Boar's Head Inn*, einem der bekanntesten Hotels der Gegend.

Kaum zwanzig Minuten danach hatte sie sich an der Rezeption eingetragen und schlüpfte mit letzter Kraft in einem schmuckvoll eingerichteten Zimmer – was Sidney im Augenblick jedoch überhaupt nicht interessierte – unter die Decke. Was für ein Tag voller Alpträume. Und jeder einzelne entsprach ganz und gar der Wirklichkeit. Es war ihr letzter bewußter Gedanke. Zwei Stunden vor Sonnenaufgang schlief Sidney Archer endlich ein.

## KAPITEL 16

Es war drei Uhr morgens, Ortszeit Seattle, als die Wolkendecke aufbrach und der Regen wieder einsetzte. In der winzigen Wachhütte hielt der Nachtwächter Füße und Hände dicht an den Heizstrahler. In einer Ecke der Hütte tropfte beständig Wasser von der Wand, das sich auf dem ausgefransten grünen Teppich in einer Pfütze sammelte.

Müde blickte der Nachtwächter auf die Uhr. Noch vier Stunden, bevor seine Schicht zu Ende war. Er schenkte sich den Rest des heißen Kaffees aus einer Thermoskanne ein und sehnte sich nach einem warmen Bett. Jedes Gebäude war von einer anderen Firma angemietet. Einige standen auch einfach leer, alle jedoch wurden 24 Stunden am Tag durch bewaffnetes Personal bewacht. Der hohe Zaun war oben mit Stacheldraht gesichert, wenn auch nicht mit dem tödlichen Klingendraht, der bevorzugt in Gefängnissen verwendet wurde. Des weiteren waren überall im Gelände versteckte Videokameras angebracht. Es war schwierig, hier einzubrechen.

Schwierig, aber nicht unmöglich.

Die Gestalt war von Kopf bis Fuß schwarz gekleidet und brauchte weniger als eine Minute, um über den Zaun an der Rückseite des Lagerhauses zu klettern, wobei sie gekonnt den scharfen Stacheldraht mied. Nachdem der Mann den Zaun überwunden hatte, huschte er von einem Schatten zum nächsten, während der Regen unvermindert niederprasselte und die leisen Geräusche seiner Schritte übertönte. Am linken Ärmel trug der Mann ein winziges elektronisches Störgerät. Auf dem Weg zu seinem Ziel schlich er an drei Videokameras vorbei; keine erfaßte ein Bild von ihm.

Als er die Seitentür von Halle 22 erreichte, holte er aus dem Knappsack ein schmales, drahtähnliches Gerät, das er in das robuste Vorhängeschloß einführte. Zehn Sekunden später hing das Schloß lose da.

Mit einer Nachtsichtbrille auf der Nase ließ er den Blick durch die Halle schweifen. Danach lief er, zwei Stufen auf einmal nehmend, die Metalltreppe hinauf. Er öffnete die Tür zu dem kleinen Raum und beleuchtete ihn mit einer Taschenlampe. Dann sperrte er den Aktenschrank auf und nahm die Überwachungskamera heraus. Die Videokassette verschwand in einem Fach des Knappsacks, danach wurde die Kamera neu geladen und zurückgelegt.

Fünf Minuten später herrschte auf dem Gelände wieder Ruhe. Der Nachtwächter hatte seine letzte Tasse Kaffee noch nicht ausgetrunken.

Bei Tagesanbruch hob eine Gulfstream V vom Flughafen Seattle ab. Die zuvor schwarz gekleidete Gestalt trug nunmehr Jeans und einen Pullover. Bald schlief der Mann in einem der luxuriösen Kabinensessel ein. Dunkle Haarsträhnen hingen ihm ins junge Gesicht.

Auf der anderen Seite des Ganges las Frank Hardy, Leiter einer auf Objektschutz und Industriespionageabwehr spezialisierten Firma, aufmerksam Blatt für Blatt eines umfangreichen Berichts, während das Flugzeug in den mittlerweile klaren Morgenhimmel aufstieg; die Ausläufer des Sturmtiefs der letzten Nacht waren endlich weitergezogen. In einem Metallaktenkoffer befand sich die Videokassette, die aus der Kamera im Aktenschrank entfernt worden war. Der Koffer stand in bequemer Reichweite. Ein Flugbegleiter betrat die Kabine und schenkte dem einzigen wachen Passagier der Maschine eine weitere Tasse Kaffee ein.

Frank Hardys Augen ruhten auf dem Metallkoffer. Er runzelte die Stirn und fuhr aus langer Gewohnheit mit den Fingern die Sorgenfalten darauf nach. Dann legte er den Bericht beiseite, lehnte sich zurück und starrte aus dem Kabinenfenster. Es gab vieles, worüber er nachdenken mußte. Im Augenblick fühlte er sich nicht als glücklicher Mensch. Sowohl sein Kiefer als auch sein Magen verkrampften sich ununterbrochen, während der elegante Jet weiterdonnerte.

Der Gulfstream erreichte seine Reiseflughöhe für den Flug nach Washington, D. C. Gleißend schien die Sonne auf das vertraute Firmenemblem auf dem Heckleitwerk des Jets. Der aufsteigende Adler stand für eine unvergleichliche Organisation – weltweit bekannter als Coca Cola, gefürchteter als die weltgrößten Konzerne, die im Vergleich wie alternde, zum Aussterben verurteilte Dinosaurier wirkten. Man war durch und durch für das einundzwanzigste Jahrhundert gerüstet, dem sie mit derselben Geschwindigkeit entgegenrasten, mit der sich das kühne Symbol des Adlers den Weg in alle Richtungen des Himmels und der Erde bahnte.

So wollte es Triton Global.

## KAPITEL 17

Ein uniformierter Sicherheitsbeamter führte Lee Sawyer durch die riesige Empfangshalle des Marriner-Eccles-Gebäudes an der Constitution Avenue, in welchem die Bundeszentralbank untergebracht war. Sawyer fand, daß die Räumlichkeiten dem Anspruch der darin residierenden Institution um nichts nachstanden.

Nach einem Marsch in die erste Etage blieben Sawyer und seine Ein-Mann-Eskorte vor einer dicken Holztür stehen. Der Wachbeamte klopfte. Aus dem Inneren drang gedämpft die Aufforderung: »Herein!«

Sawyer betrat ein geräumiges, altmodisch eingerichtetes Büro. Die bis an die Decke reichenden Bücherregale, die dunklen Möbel und die Stuckleisten vermittelten einen düsteren Eindruck. Die dicken Vorhänge waren zugezogen. Auf dem großen Schreibtisch mit lederüberzogener Platte schimmerte eine grüne Bankierslampe. Der Raum war erfüllt von Zigarrengeruch. Fast vermeinte Sawyer die grauen Rauchschwaden wie geistähnliche Erscheinungen in der Luft hängen zu sehen. All das erinnerte ihn an die Studienräume einiger seiner alten College-Professoren. Ein heimeliges Feuer, das im offenen Kamin knisterte, strahlte sowohl Wärme als auch Licht ins Zimmer.

Als eine füllige Gestalt auf dem Stuhl hinter dem Schreibtisch herumschwang, heftete Sawyer sogleich die Augen auf den Mann. Aus einem schwammigen, geröteten Gesicht lugten unter hängenden Lidern hellblaue Augen hervor, die Schlitzen ähnelten, bedingt durch die schlaffe Gesichtshaut und das buschigste Paar Augenbrauen, das Sawyer je gesehen hatte. Das Haar war weiß und üppig, die Nase breit, und die Nasenspitze sogar noch röter als der Rest des Gesichts. Einen kurzen Moment glaubte Sawyer fast, dem Weihnachtsmann gegenüberzustehen.

Die volle, wohlklingende Stimme, die durch den Raum flutete, als der Mann sich hinter dem Schreibtisch erhob, ließ derartige Gedanken im Nu verpuffen.

»Agent Sawyer, mein Name ist Walter Burns. Ich bin Vizepräsident der Bundeszentralbank.«

Sawyer trat vor, um die ihm entgegengestreckte fleischige Hand zu ergreifen. Burns war ebenso groß wie der eins neunzig lange Sawyer, schleppte aber mindestens fünfzig Kilo mehr mit sich herum. Sawyer ließ sich auf dem Lederstuhl nieder, auf den Burns deutete. Als auch Walter Burns Platz nahm, fiel Sawyer auf, daß er sich mit einer Anmut bewegte, die nicht ungewöhnlich für derart korpulente Menschen war.

»Ich bin Ihnen sehr verbunden, daß Sie sich Zeit für mich nehmen, Sir.«

Burns bedachte den FBI-Agenten mit einem durchdringenden Blick. »Darf ich aus der Beteiligung Ihrer Behörde an den Ermittlungen schließen, daß dieses Flugzeug keinem simplen mechanischen oder ähnlichen Versagen zum Opfer gefallen ist?«

»Wir überprüfen alle Möglichkeiten. Bisher haben wir noch gar nichts ausgeschlossen, Mr. Burns«, erwiderte Sawyer mit unbewegter Miene.

»Sagen Sie Walter zu mir, Agent Sawyer. Da wir beide der mitunter schwerfälligen Maschinerie angehören, die man gemeinhin Regierung nennt, können wir uns wohl der Einfachheit halber mit Vornamen anreden.«

Sawyer grinste. »Ich heiße Lee.«

»Wie kann ich Ihnen helfen, Lee.«

Heftiger Schneeregen peitschte gegen das Fenster, und plötzlich schien eiskalte Luft in den Raum zu strömen. Burns stand auf und ging zum Kamin, wobei er Sawyer bedeutete, seinen Stuhl herüberzuziehen. Während Burns ein paar Stücke Feuerholz aus einem Messingeimer in die Glut warf, schlug der FBI-Agent sein Notizbuch auf und überflog ein paar Einträge. Als Burns sich hinsetzte, war Sawyer bereit.

»Ich habe den Eindruck, daß viele Leute keine Ahnung haben, womit sich die Bundeszentralbank eigentlich beschäftigt. Damit meine ich Leute außerhalb der Finanzmärkte.«

Burns rieb sich die Augen, und Sawyer vermeinte, ein leises Kichern von den Lippen des Mannes zu hören. »Wäre ich ein Spieler, so würde ich mein Geld darauf setzen, daß gut die Hälfte der Bevölkerung keinen Schimmer von der Existenz des Zentralbankensystems hat und daß neunzig Prozent nicht einmal ansatzweise wissen, wozu es eigentlich dient. Ich muß gestehen, ich finde diese Form der Anonymität ungemein angenehm.«

Sawyer räusperte sich, dann beugte er sich zu dem älteren Mann vor. »Wer würde von Arthur Liebermans Tod profitieren? Damit meine ich weniger sein persönliches als vielmehr sein berufliches Umfeld, also seine Funktion als Präsident der Bundeszentralbank.«

Burns Augen weiteten sich, bis sie die Form von Halbmonden annahmen, was wohl den Grenzen ihrer Möglichkeiten entsprach. »Wollen Sie damit andeuten, daß jemand dieses Flugzeug sabotiert hat, um Arthur zu ermorden? Ich hoffe, Sie nehmen mir das nicht übel, aber das klingt doch entsetzlich weit hergeholt.«

»Ich habe nicht gesagt, daß es eine Tatsache ist. Im Augenblick gehen wir allen Möglichkeiten nach.« Sawyer sprach leise, als fürchtete er, belauscht zu werden. »Tatsache hingegen ist, daß ich die Passagierliste überprüft habe und Ihr Kollege der einzige Prominente an Bord war. Sofern es sich um vorsätzliche Sabotage handelte, springt einem als Motiv die Ermordung des Präsidenten der Bundeszentralbank förmlich ins Auge.«

»Oder es war ein Terroristenanschlag, und Arthur hatte nur das Pech, an Bord zu sein.«

Sawyer schüttelte den Kopf. »Wenn wir von Sabotage reden, dann glaube ich kaum, daß Lieberman nur zufällig an Bord war.«

Burns lehnte sich auf dem Stuhl zurück und streckte gedankenverloren die Füße zum Feuer hin aus. »Mein Gott!« rief er schließlich, während er in das knisternde Feuer starrte. Obwohl er hervorragend in einen konservativen Dreireiher mit Uhrkette gepaßt hätte, stand ihm sein gegenwärtiger Aufzug – kamelfarbenes Sportjackett, dunkelblauer Pullover mit rundem Halsausschnitt, darunter ein weißes Hemd mit angeknöpften Enden, graue Faltenhose und bequeme, schwarze Halbschuhe – durchaus gut zu Gesicht. Sawyer fiel auf, daß die Füße im Verhältnis zur Größe des Mannes überraschend klein wirkten. Eine gute Minute sprach keiner der beiden ein Wort.

Endlich rührte sich Sawyer. »Ich muß Ihnen wohl nicht sagen, daß alles, was ich ihnen heute abend erzähle, streng vertraulich ist.«

Burns drehte den Kopf zu dem FBI-Agenten hin. »Ich kann Geheimnisse recht gut für mich behalten, Lee.«

»Um auf meine Frage zurückzukommen: Wer würde von Liebermans Tod profitieren?«

Burns ließ sich die Frage eine Weile durch den Kopf gehen, dann holte er tief Luft. »Die Wirtschaft der Vereinigten Staaten ist die größte der Welt. Daher kann man Amerika als Taktgeber für die gesamte Welt betrachten. Sollte ein uns feindlich gesinntes Land den Wunsch hegen, unserer Wirtschaft Schaden zuzufügen oder weltweit die Finanzmärkte durcheinanderzubringen, so könnte eine solche Greueltat durchaus diesen Effekt erzielen. Wenn sich herausstellt, daß Arthurs Tod vorsätzlich herbeigeführt wurde, wird der Markt einen verheerenden Schlag erleiden, daran besteht für mich kein Zweifel.« Traurig schüttelte er den Kopf. »Nie hätte ich für möglich gehalten, daß ich diesen Tag erleben müßte.«

»Könnte es auch in unserem Land jemanden geben, der den Präsidenten der Bundeszentralbank gerne tot sehen möchte?« hakte Sawyer nach.

»Seit es die Bundeszentralbank gibt, werden äußerst rege Verschwörungstheorien rund um diese Institution gesponnen, und ich bin überzeugt, daß es in diesem unserem Land mehr als eine Handvoll Menschen gibt, die solche Theorien, so unsinnig sie auch sein mögen, recht ernst nehmen.«

Sawyers Augen verengten sich. »Verschwörungstheorien?«

Burns hustete, danach räusperte er sich laut. »Da gibt es jene, die glauben, die Bundeszentralbank sei in Wahrheit ein Werkzeug für wohlhabende Familien aus aller Welt, um die Armen niederzuhalten. Andere denken, daß wir unsere Marschbefehle von einer kleinen Gruppe internationaler Bankiers erhalten. Ich habe sogar eine Theorie gehört, der zufolge wir Handlanger von Außerirdischen seien, die alle hochrangigen Regierungsposten infiltriert haben. In meiner Geburtsurkunde steht übrigens Boston, Massachusetts.«

Sawyer schüttelte den Kopf. »Himmel, das ist ganz schön verrückt.«

»Stimmt. Als ob eine Sieben-Billionen-Dollar-Wirtschaft mit weit über hundert Millionen Menschen still und heimlich von einer Handvoll Magnaten in teuren Anzügen geleitet werden könnte.«

»Also könnte eine dieser Gruppen Verschwörungsgläubiger einen Plan ausgeheckt haben, um den Präsidenten der Bundeszentralbank zu ermorden, als Vergeltung für angebliche Korruption oder Ungerechtigkeit?«

»Nun, es gibt kaum eine Regierungseinrichtung, die mangels Wissen gefürchteter und mißverstandener ist als die Bundeszentralbank. Als sie die Möglichkeit zuerst erwähnten, sagte ich, sie sei weit hergeholt. Nachdem ich ein paar Minuten darüber nachgedacht habe, muß ich gestehen, daß meine erste Reaktion wohl nicht ganz richtig war. Aber ein ganzes Flugzeug in die Luft zu sprengen ...« Ungläubig schüttelte Burns den Kopf.

Sawyer kritzelte einige Notizen. »Ich würde gern mehr über Lieberman erfahren.«

»Arthur Lieberman war in den höheren Finanzkreisen ein

ungemein populärer Mann. Bevor er in den Dienst der Regierung trat, galt er jahrelang als einer der erfolgreichsten Spekulanten an der Wall Street. Arthur nannte die Dinge unverblümt beim Namen, so wie er sie sah, und für gewöhnlich lag er mit seinem Urteil richtig. Schon kurz nachdem er Präsident wurde, rüttelte er die Finanzmärkte mit einer Reihe meisterhafter Schachzüge auf. Er hat ihnen gezeigt, wer das Sagen hatte.« Burns setzte ab, um ein weiteres Stück Holz ins Feuer zu legen. »Er hat die Bundeszentralbank auf eine Weise geleitet, wie ich es auch gerne würde, sollte sich mir je die Gelegenheit bieten.«

»Haben Sie schon eine Ahnung, wer Liebermans Nachfolger wird?«

Burns schüttelte den Kopf. »Nein.«

»Hatte sich bei der Bundeszentralbank etwas Ungewöhnliches ereignet, kurz bevor er nach Los Angeles flog?«

Burns zuckte die Schultern. »Am fünfzehnten November hatten wir unsere FOMC-Sitzung, aber dabei handelt es sich um ein regelmäßiges Zusammentreffen.«

Sawyer bedachte ihn mit einem fragenden Blick. »FOMC?«

»›Federal Open Market Committee‹. Das ist unser strategischer Ausschuß.«

»Was geschieht bei solchen Sitzungen?«

»Tja, kurz zusammengefaßt: Der siebenköpfige Bundeszentralbankrat und fünf Präsidenten der zwölf Zentralbanken sehen alle relevanten Finanzdaten über die Wirtschaft durch und entscheiden, ob hinsichtlich der Zinssätze und der Geldmenge Eingriffe erforderlich sind.«

Sawyer nickte. »Wenn die Bundeszentralbank die Zinssätze anhebt oder senkt, wirkt sich das auf die gesamte Wirtschaft aus. Sie schrumpft oder dehnt sich aus.«

»Zumindest glauben wir das«, entgegnete Burns ein wenig sarkastisch. »Obwohl unsere Aktionen nicht immer die beabsichtigten Auswirkungen haben.«

»Und hat sich während dieser letzten Ausschußsitzung irgend etwas Ungewöhnliches ereignet?«

»Nein.«

»Können Sie trotzdem kurz zusammenfassen, was von wem gesagt wurde? Es mag unwichtig erscheinen, aber ein Motiv könnte die Suche nach den Verantwortlichen wesentlich erleichtern.«

Burns' Stimme erklang eine Oktave höher. »Unmöglich. Die Beratungen des FOMC sind streng geheim und dürfen weder Ihnen noch sonst jemandem preisgegeben werden.«

»Walter, ich will jetzt nicht drauf rumreiten, aber, bei allem gehörigen Respekt, sollte irgend etwas, das bei diesen Sitzungen besprochen wurde, wichtig für die Ermittlungen des FBI sein, so bekommen wir diese Auskünfte sehr wohl, verlassen Sie sich darauf.« Sawyer starrte Burns an, bis dieser die Augen niederschlug.

»Sechs bis acht Wochen nach der Sitzung wird ein Kurzprotokoll der Sitzung veröffentlicht«, erklärte Burns widerwillig, »jedoch immer erst nach der nächsten Sitzung. Die eigentlichen Ergebnisse der Sitzungen – ob Maßnahmen ergriffen wurden oder nicht – werden aber noch am selben Tag den Medien mitgeteilt.«

»In der Zeitung habe ich gelesen, daß die Bundeszentralbank die Zinssätze unverändert ließ.«

Burns schürzte die Lippen, dann blickte er Sawyer an. »Das stimmt, wir haben die Zinssätze nicht angepaßt.«

»Wie werden Zinssätze eigentlich angepaßt?«

»Eigentlich gibt es zwei Zinssätze, auf die wir unmittelbaren Einfluß haben, Lee. Der Federal-Funds-Satz ist jener Zinssatz, den Banken anderen Banken in Rechnung stellen, die sich Geld leihen, um den Reserveanforderungen zu entsprechen. Erhöht oder senkt sich dieser Zinssatz, ziehen die Sätze für Kassenobligationen, Schatzanweisungen, Hypotheken und kurzfristige Schuldtitel von Unternehmen bald nach. Bei den Sitzungen des Marktausschusses legt die Bundeszentralbank den Federal-Funds-Satz fest. Danach beobachtet die Zentralbank in New York den Markt und kauft oder verkauft über ihre Inlandshandelsabteilung Staatsanleihen, was wiederum die den Banken zur Verfügung stehende Geldmenge vermehrt oder einschränkt; dadurch soll sichergestellt werden, daß der Federal-Funds-Satz eingehalten wird. Wir nennen das Zuführen oder Verknappen von Liquidität. So packte Arthur den Stier bei den Hörnern, als er Präsident wurde: indem er den Federal-Funds-Satz auf eine Weise anpaßte, die der Markt nicht vorhersehen konnte. Der zweite Zinssatz, den die Bundeszentralbank beeinflußt, ist der Diskontsatz, den die Zentralbanken für Kredite an Mitgliedsbanken verrechnen. Aber der Diskontsatz ist an Kredite gebunden, die nur in Notfällen gewährt werden, daher nennt man ihn auch das ›letzte Liquiditätsfenster‹. Auf Banken, welche dieses Fenster allzu regelmäßig in Anspruch nehmen, wirft die Bankenaufsicht meist ein besonders scharfes Auge, da es in Fachkreisen als ein Zeichen von Schwäche gilt. Deshalb leihen sich die meisten Banken zum etwas höheren Federal-Funds-Satz Geld von anderen Banken, weil mit dieser Kreditlinie kein derartiges Stigma verbunden ist.«

Sawyer beschloß, die Taktik zu ändern. »Na schön. Hat Lieberman sich sonst irgendwie merkwürdig verhalten? Hat ihn irgend etwas bedrückt? Irgendwelche Drohungen, von denen Sie wissen?«

Burns schüttelte den Kopf.

»Diese Reise nach L. A., die Lieberman unternahm, handelte es sich dabei um etwas Besonderes?«

»Nein. Arthur wollte sich mit Charles Tiedman treffen, dem Präsidenten der Zentralbank San Francisco. Arthur war äußerst bedacht darauf, ständigen Kontakt zu den Präsidenten zu halten, außerdem waren er und Charles alte Freunde.«

»Warten Sie mal. Wenn Tiedman der Boß der Zentralbank San Francisco ist, weshalb flog Lieberman dann nach L. A.?«

»Dort befindet sich eine Niederlassung der Zentralbank. Außerdem leben Tiedman und seine Frau in Los Angeles, und Arthur wohnte immer bei ihnen.«

»Aber er hatte Tiedman doch erst bei der Sitzung am fünfzehnten November gesehen, oder?«

»Stimmt. Doch Arthur flog jeden Monat regelmäßig einmal nach L. A. Es war ein purer Zufall, daß die Reise so kurz nach der Ausschußsitzung lag. Trotzdem weiß ich, daß er unbedingt mit Charles reden wollte.«

»Wissen Sie auch worüber?«

Burns schüttelte den Kopf. »Das müssen Sie Charles fragen.«

»Sonst etwas, das mir helfen könnte?«

Kurz überlegte Burns, dann schüttelte er abermals den Kopf. »Mir fällt auch in Arthurs persönlichem Umfeld nichts ein, was Anlaß für eine derartige Abscheulichkeit gegeben haben könnte.«

Sawyer erhob sich und schüttelte Burns die Hand. »Ich danke Ihnen für die Auskünfte, Walter.«

Als Sawyer sich zum Gehen wandte, legte Burns ihm die Hand auf die Schulter. »Agent Sawyer, die Informationen, über die wir bei der Bundeszentralbank verfügen, sind so ungemein wertvoll, daß selbst eine winzige Indiskretion zu unglaublichen Gewinnen für Leute führen könnte, die sie nicht verdienen. Ich schätze, ich wurde über die Jahre hinweg extrem verschwiegen, um so etwas zu vermeiden.«

»Ich verstehe.«

Während Sawyer den Mantel zuknöpfte, umfaßte Burns mit der schwammigen Hand den Türknauf. »Und? Haben Sie schon Verdächtige?«

Der Agent drehte sich nochmals zu Burns um. »Tut mir leid, Walter. Auch das FBI ist verschwiegen.«

Henry Wharton saß hinter seinem Schreibtisch und klopfte nervös mit dem Fuß auf den Teppichboden. Der geschäftsführende Partner von Tyler, Stone war von kleinwüchsiger Gestalt, aber ein Riese, was seine juristischen Fähigkeiten betraf. Mit dem teilweise kahlen Schädel und dem gepflegten grauen Schnurrbart gab er das Musterbild des Chefs einer bedeutenden Anwaltskanzlei ab. Nach fünfunddreißig Jahren als Rechtsberater amerikanischer Eliteunternehmen ließ er sich nur schwer einschüchtern. Doch wenn jemand ansatzweise dazu in der Lage war, dann der Mann, der ihm gerade gegenübersaß.

»Und das ist alles, was sie Ihnen erzählt hat? Daß sie nicht wußte, daß Ihr Mann sich überhaupt an Bord der Maschine befand?« erkundigte sich Wharton.

Nathan Gamble betrachtete mit halb geschlossenen Augen seine Hände. Unvermittelt blickte er zu Wharton auf. Die Bewegung ließ den Anwalt leicht zusammenzucken.

»Mehr habe ich sie nicht gefragt.«

Traurig schüttelte Wharton den Kopf. »Oh, ich verstehe. Ich weiß noch, daß sie völlig am Boden zerstört war, als ich mit ihr sprach. Das arme Ding. Aus heiterem Himmel ein derartiger Schock. Und –«

Wharton verstummte, als Gamble sich erhob und an das Fenster hinter dem Schreibtisch des Anwalts trat. Im Licht der Vormittagssonne betrachtete er das Häusermeer von Washington. »Mir kam der Gedanke, Henry, daß weitere Fragen besser von Ihnen gestellt werden sollten.« Gamble legte Wharton die große Pranke auf die Schulter und drückte sie freundschaftlich.

Wharton nickte heftig. »Ja. Ja, ich verstehe Ihren Standpunkt durchaus.«

Gamble schlenderte hinüber zu den zahlreichen Diplomen von angesehenen Universitäten, die ordentlich an einer Wand des geräumigen Büros hingen. »Äußerst beeindruckend. Ich habe nicht einmal die High-School abgeschlossen. Wußten Sie das eigentlich?« Über die Schulter musterte er den Anwalt.

»Das wußte ich nicht«, erwiderte Wharton leise.

»Ich schätze, für einen Schulabbrecher habe ich mich ganz ordentlich gemacht.« Gamble zuckte mit den massigen Schultern.

»Was für eine Untertreibung. Ihr Erfolg ist beispiellos«, schmeichelte ihm Wharton beflissen.

»Zum Teufel, ich habe mit nichts angefangen, und wahrscheinlich werde ich genau so enden.«

»Das kann ich mir kaum vorstellen.«

Gamble strich über eines der Diplome. Dann wandte er sich wieder Wharton zu. »Um zurück zum Thema zu kommen: Es erschien mir offensichtlich, daß Sidney Archer sehr wohl wußte, daß ihr Mann an Bord war.«

Wharton schreckte hoch. »Wollen Sie damit sagen, Sie glauben, daß Sidney Sie angelogen hat? Bei allem Respekt, Nathan, aber das kann ich mir nicht denken.«

Gamble kehrte zu seinem Stuhl zurück. Eben wollte Wharton etwas sagen, doch Gamble warf dem Anwalt einen Blick zu, der ihn mit offenem Mund innehalten ließ. Gamble fuhr fort: »Jason Archer hat an einem bedeutenden Projekt für mich gearbeitet, nämlich an der Aufbereitung sämtlicher Finanzunterlagen von Triton für die CyberCom-Übernahme. Der Bursche war ein Computergenie. Er hatte Zugang zu allem. Zu allem!« Drohend deutete Gamble mit dem Zeigefinger über den Schreibtisch. Wharton rieb sich unruhig die Hände, blieb jedoch stumm. »Henry, Sie wissen, daß ich CyberCom einfach haben *muß* – zumindest sagt man mir das andauernd.«

»Eine unvergleichlich brillante Kombination«, wagte Wharton zu bemerken.

»Wird wohl so sein.« Gamble holte eine Zigarre hervor und ließ sich einen Augenblick Zeit, um sie anzuzünden. Dann blies er Rauch in Whartons Richtung. »Wie auch immer, zum einen ist da Jason Archer, der Zugang zu all meinem Zeug hatte, zum anderen Sidney Archer, die an der Spitze des Verhandlungsteams für die Übernahme stand. Können Sie mir folgen?«

Verdutzt runzelte Wharton die Stirn. »Ich fürchte nein, ich –«

»Da draußen gibt es auch andere Unternehmen, die CyberCom genauso sehr haben wollen wie ich. Die würden eine hübsche Stange Geld hinblättern, um meine Verhandlungsbedingungen zu erfahren. Damit könnten sie dann antanzen und mich verarschen. Und ich lasse mich nicht gern verarschen, schon gar nicht auf diese Art und Weise. Verstehen Sie, was ich meine?«

»Selbstverständlich, Nathan. Aber wie –«

»Und Sie wissen außerdem, daß eine der Firmen, die CyberCom gerne in die Hände bekommen möchte, RTG ist.«

»Nathan, wenn Sie damit andeuten wollen, daß –«

»RTG ist auch ein Mandant von Tyler, Stone.«

»Nathan, Sie wissen, daß wir uns darum gekümmert haben. In keiner wie auch immer gearteten Form vertritt diese Kanzlei RTG bei deren Angebot für CyberCom.«

»Philip Goldman ist doch immer noch Partner hier, oder? Und er ist immer noch RTGs bester Anwalt, richtig?«

»Natürlich. Wir konnten ihn schlecht auffordern, gleich seine Sachen zu packen. Es handelt sich lediglich um einen Mandantenkonflikt, und er wurde mehr als großzügig für seinen Verzicht entschädigt. Philip Goldman arbeitet in Sachen CyberCom nicht für RTG.«

»Sind Sie sicher?«

»Absolut«, antwortete Wharton wie aus der Pistole geschossen.

Gamble strich sein Hemd glatt. »Lassen Sie Goldman vierundzwanzig Stunden am Tag beschatten? Haben Sie sein Telefon angezapft? Lesen Sie seine Post? Überwachen Sie seine Geschäftspartner?«

»Nein, selbstverständlich nicht!«

»Dann können Sie wohl kaum absolut sicher sein, daß er nicht *für* RTG und *gegen* mich arbeitet, oder?«

»Ich habe sein Wort«, entgegnete Wharton kurz angebunden. »Und es gibt gewisse Kontrollinstanzen.«

Gamble spielte mit einem kunstvoll geschmiedeten Ring an einem seiner Finger. »Trotzdem können Sie kaum wissen, was Ihre anderen Partner, einschließlich Sidney Archer, im Schilde führen, oder?«

»Sie ist absolut vertrauenswürdig, daran habe ich keinen Zweifel. Und außerdem hochintelligent.« Mittlerweile schäumte Wharton vor Zorn.

»Und doch hat sie keine Ahnung davon, daß Ihr Mann in ein Flugzeug nach Los Angeles steigt, wo sich RTGs Hauptsitz in den USA befindet. Merkwürdig, finden Sie nicht?«

»Sie können Sidney nicht für die Handlungen ihres Mannes die Schuld in die Schuhe schieben.«

Gemächlich nahm Gamble die Zigarre aus dem Mund und entfernte einen Fussel vom Jackett. »Wieviel Umsatz erzielen Sie mittlerweile jährlich mit Triton, Henry? Zwanzig Millionen? Vierzig? Ich kann die genaue Summe ermitteln lassen, wenn ich zurück im Büro bin, aber es muß wohl in der Größenordnung liegen, oder?« Gamble stand auf. »Tja, Sie und ich kennen einander schon ein paar Jahre. Sie kennen meinen Stil. Jemand glaubt, er habe mich über den Tisch gezogen, aber das ist ein Irrtum. Vielleicht dauert es eine Weile, aber letzten Endes schleudere ich das Messer zurück und treffe doppelt so tief, wie ich getroffen wurde.« Gamble legte die Zigarre auf Whartons Schreibtisch, stützte sich mit den Handflächen auf die lederüberzogene Tischplatte und beugte sich vor, bis er kaum dreißig Zentimeter vor Whartons Gesicht verharrte. »Wenn ich CyberCom verliere, weil mich meine eigenen Leute verraten haben, dann wird meine Rache an den Verantwortlichen einer Überschwemmung des guten, alten Mississippi gleichen. Jede Menge mögliche Opfer, die meisten davon gänzlich schuldlos, nur werde ich mir nicht die Zeit nehmen, sie zu sortieren. Drücke ich mich klar und verständlich aus?« Gambles Tonfall war ruhig und gelassen, dennoch traf er Wharton wie ein Fausthieb in die Magengrube.

Wharton schluckte schwer, als er in die bohrenden braunen Augen des Generaldirektors von Triton starrte. »Ich glaube schon, ja.«

Gamble zog den Mantel an und hob den Zigarrenstummel auf. »Einen schönen Tag noch, Henry. Wenn Sie mit Sidney reden, richten Sie ihr Grüße von mir aus.«

Es war ein Uhr nachmittags, als Sidney den Ford aus dem Parkplatz des *Boar's Head* lenkte und sich rasch zurück auf den Weg Richtung Route 29 machte. Unterwegs kam sie am alten Memorial-Fitneßcenter vorbei, wo sie einst geächzt, geschwitzt und Tennisbälle geschlagen hatte, wenn sie gerade nicht an der juristischen Fakultät büffeln mußte. Am Corner, das mit seinen zahlreichen Buchläden, Restaurants und Bars einen beliebten Treffpunkt für die Studentengemeinde darstellte, fuhr sie in eine Parkgarage.

Sie setzte sich in eines der Cafés und bestellte eine Tasse Kaffee sowie eine Ausgabe der aktuellen *Washington Post*. An einem der kleinen Holztische ließ sie sich nieder und überflog die Schlagzeilen. Plötzlich kippte sie fast aus dem Stuhl.

Die Schlagzeile war in dicken, fetten Lettern gedruckt und prangte mit der Dringlichkeit von der Seite, die ihrem Inhalt gebührte: »ZENTRALBANKCHEF ARTHUR LIEBERMAN BEI FLUGZEUGABSTURZ VERUNGLÜCKT«. Daneben befand sich ein Foto von Lieberman. Der stechende Blick der Augen fesselte sofort Sidneys Aufmerksamkeit.

Rasch las sie den Bericht. Lieberman war Passagier des Fluges 3223 gewesen. Er unternahm regelmäßig alle paar Monate eine Reise nach Los Angeles, um sich mit dem Präsidenten der Zentralbank San Francisco, Charles Tiedman, zu treffen. Der verhängnisvolle Flug von Western Airlines hätte einer dieser regelmäßigen Ausflüge werden sollen. Lieberman war zweiundsechzig Jahre alt, geschieden und bekleidete seit vier Jahren das Amt des Präsidenten der Bundeszentralbank.

Ein großer Teil des Artikels war Liebermans Finanzkarriere und weltweitem Ansehen gewidmet. Die offizielle Nachricht seines Todes war bis jetzt zurückgehalten worden, weil die Regierung ihr Möglichstes versuchte, eine Panik an der Wall Street zu vermeiden. Ungeachtet dieser Bemühungen mußten die Finanzmärkte weltweit bereits schwere Einbrüche hinnehmen. Der Bericht endete mit einem Hinweis auf Liebermans Begräbnis, das nächsten Sonntag in Washington stattfinden sollte.

Ein paar Seiten weiter stieß Sidney auf einen weiteren Artikel über den Flugzeugabsturz. Dieser bot jedoch keine neuen Entwicklungen, lediglich, daß die NTSB noch immer ermittelte und es über ein Jahr dauern konnte, bis die Welt erfahren würde, warum Flug 3223 im gepflügten Feld eines

Bauern anstatt auf der Asphaltpiste des Internationalen Flughafens von Los Angeles geendet hatte.

Sidney trank den Kaffee aus, warf die Zeitung weg und holte das Mobiltelefon aus der Tasche. Sie wählte die Nummer ihrer Eltern und sprach eine Weile mit ihrer Tochter; es gelang ihr sogar, Amy ein paar Worte zu entlocken – das kleine Mädchen zeigte sich noch äußerst schüchtern am Telefon. Danach unterhielt sich Sidney ein paar Minuten mit ihrer Mutter und ihrem Vater.

Als nächstes rief sie ihren Anrufbeantworter ab, der zahlreiche Nachrichten für sie bereithielt. Eine jedoch hob sich vom Rest ab: Henry Wharton. Tyler, Stone hatte ihr bereitwillig so lange Urlaub gewährt, wie sie brauchte, um mit dieser persönlichen Katastrophe fertigzuwerden. Sidney war überzeugt davon, daß der Rest ihres Lebens dafür nicht ausreichen würde. Henry hörte sich besorgt, geradezu nervös an. Sie wußte, was das bedeutete: Nathan Gamble hatte ihm einen Besuch abgestattet.

Rasch wählte sie die vertraute Nummer und wurde in Whartons Büro durchgestellt. Während sie darauf wartete, daß er abhob, bemühte sie sich redlich, die Nerven im Griff zu behalten. Wharton konnte sich als Mensch gewordener Dämon oder als ehrfurchtgebietender Mentor erweisen, je nachdem, ob man sich seiner Gunst erfreute oder nicht. Stets war er einer von Sidneys eifrigsten Förderern gewesen. Aber jetzt? Als er den Hörer abnahm, holte sie tief Luft.

»Hallo, Henry.«

»Sid, wie geht es dir?«

»Um ehrlich zu sein, ich fühle mich immer noch wie betäubt.«

»Wahrscheinlich ist es so am besten. Vorerst jedenfalls. Du wirst es überstehen. Vielleicht erscheint es dir im Augenblick nicht so, aber du wirst es schaffen. Du bist stark.«

»Danke für den Zuspruch, Henry. Ich habe ein entsetzlich schlechtes Gewissen, weil ich dich so im Stich lasse. Du weißt schon, mit CyberCom.«

»Ich weiß, Sidney. Mach dir darüber keine Gedanken.«

»Wer soll die Verhandlungen weiterführen?« Sie wollte vermeiden, daß gleich das Thema Gamble zur Sprache kam.

Wharton antwortete nicht sofort. Als er es schließlich tat, klang seine Stimme leiser. »Sid, was hältst du von Paul Brophy?«

Die Frage überraschte sie, brachte jedoch eine willkommene Erleichterung. Vielleicht lag sie mit der Vermutung falsch, daß Gamble mit Wharton gesprochen hatte. »Ich mag Paul, Henry.«

»Ja, ja, weiß ich. Ein recht netter Kerl, bringt einen ordentlichen Umsatz und versteht sich geschickt auszudrücken.«

Sidney sprach bedächtig. »Aber du möchtest wissen, ob er in der Lage ist, den Fall CyberCom zu übernehmen?«

»Wie du weißt, hat er bis jetzt an dem Fall mitgearbeitet. Aber nun geht es in die nächste Runde. Ich möchte den Kreis der Leute, die Zugang zu dem Fall haben, so klein wie möglich halten. Du weißt warum. Unser potentielles Problem mit Goldman und seinem Mandanten RTG ist kein Geheimnis. Ich will nicht den leisesten Anschein unkorrekten Verhaltens erwecken. Außerdem will ich nur Top-Leute in dem Team haben, die wirklich etwas beitragen können. Unter diesen Umständen hätte ich gerne deine Meinung über ihn gehört.«

»Ist diese Unterhaltung vertraulich?«

»Absolut.«

Sidney sprach selbstbewußt, dankbar dafür, daß sie, zumindest im Augenblick, etwas anderes analysieren durfte als ihren persönlichen Verlust. »Henry, du weißt ebenso gut wie ich, daß so komplexe Fälle wie dieser einem Schachspiel gleichen. Man muß fünf oder zehn Züge vorausplanen. Und man bekommt keine zweite Chance. Paul steht eine große Zukunft in der Kanzlei bevor, aber er verfügt weder über den nötigen Weitblick für diesen Fall noch über die erforderliche Sorgfalt für Details. Deshalb gehört er meines Erachtens nicht ins Team für die Endverhandlungen.«

»Danke Sidney, genau das habe ich auch gedacht.«

»Henry, ich glaube kaum, daß meine Stellungnahme dir

etwas erderschütternd Neues offenbart hat. Warum wurde er überhaupt in Betracht gezogen?«

»Sagen wir, er bekundete äußerst reges Interesse, die Angelegenheit in die Hand zu nehmen. Die Frage nach dem Grund erübrigt sich – CyberCom wäre für jeden Anwalt eine Trophäe.«

»Verstehe.«

»Ich will den Fall Roger Egert anvertrauen.«

»Er ist ein erstklassiger Transaktionsanwalt, Henry.«

»Über deine bisherige Arbeit an dem Fall hat er sich überaus lobend geäußert. Ich glaube, ›eine perfekte Ausgangsposition‹ waren seine Worte.« Wharton setzte einen Augenblick ab und räusperte sich. »Ich hasse es, dich das fragen zu müssen, Sidney, wirklich.«

»Was, Henry?«

Sie hörte ihn tief ausatmen. »Tja, eigentlich habe ich mir fest vorgenommen, es nicht zu tun – aber du bist so verdammt unersetzlich.« Abermals hielt er inne.

»Henry, bitte, worum geht's?«

»Könntest du kurz mit Egert reden? Er ist zwar bereits bestens informiert, trotzdem wäre ein kurzes Gespräch mit dir über die strategische und taktische Ausrichtung unbezahlbar. Davon bin ich überzeugt. Ich würde dich bestimmt nicht darum bitten, Sidney, wäre es nicht von immenser Bedeutung. Außerdem mußt du ihm ohnehin das Paßwort für die zentrale Datenbank geben.«

Sidney hielt die Hand über den Hörer und seufzte. Sie wußte, daß Henry es gut meinte, aber das Geschäft kam für ihn stets an erster Stelle. »Ich rufe ihn noch heute an, Henry.«

»Das werde ich dir nicht vergessen, Sidney.«

Das Mobiltelefon knisterte mit statischen Störungen. Sidney verließ das Café, um einen besseren Empfang zu bekommen. Draußen hörte sich Henry Whartons Tonfall leicht verändert an.

»Heute morgen hat mich Nathan Gamble mit einem Besuch beehrt.«

Sidney blieb stehen und lehnte sich an die Ziegelsteinmauer des Cafés. Sie schloß die Augen und biß die Zähne so fest zusammen, daß es schmerzte. »Überrascht mich, daß er so lange gewartet hat, Henry.«

»Er war, gelinde ausgedrückt, etwas außer sich, Sidney. Gamble ist der festen Überzeugung, du hättest ihn belogen.«

»Henry, ich weiß, es sieht übel aus.« Kurz zögerte sie, dann beschloß sie, ins kalte Wasser zu springen. »Jason hat mir erzählt, er habe ein Vorstellungsgespräch in Los Angeles. Offensichtlich wollte er nicht, daß Triton davon erfährt. Er beschwor mich, nichts zu sagen. Deshalb habe ich es Gamble verheimlicht.«

»Sid, du bist Tritons Anwältin. Es gibt keine Geheimnisse –«

»Komm schon, Henry, wir reden hier von meinem Ehemann. Er hätte Triton Global keinerlei Schaden zugefügt, indem er zu einer anderen Firma gewechselt hätte. Außerdem steht, soweit ich weiß, keine Konkurrenzverbotsklausel in seinem Vertrag.«

»Trotzdem, Sidney. Es schmerzt mich, dies zu sagen, aber ich bin nicht sicher, ob du in dieser Angelegenheit die richtige Entscheidung getroffen hast. Gamble hat mir unzweifelhaft zu verstehen gegeben, daß er Jason verdächtigt, Geheiminformationen gestohlen zu haben.«

»So etwas würde Jason niemals tun!«

»Darum geht es nicht. Es geht darum, wie der Mandant es sieht. Daß du Nathan Gamble angelogen hast, finde ich wenig hilfreich. Weißt du, was es für unsere Kanzlei bedeuten würde, sollte er mit Triton abwandern? Und glaub bloß nicht, das würde er nicht tun!« Whartons Stimme schwoll beständig an.

»Henry, als Gamble Jason per Telefon in die Konferenz einschalten wollte, hatte ich vielleicht zwei Sekunden Zeit, um zu überlegen.«

»Nun, warum, um Himmels willen, hast du ihm nicht die Wahrheit erzählt? Du hast doch selbst gesagt, daß es ihm egal gewesen wäre.«

»Weil ich ein paar Sekunden später erfahren mußte, daß mein Mann tot ist!« schoß sie zurück.

Eine Weile sprach keiner der beiden; gewaltige Spannung knisterte spürbar zwischen ihnen. »Mittlerweile ist einige Zeit vergangen«, erinnerte er sie. »Wenn du es schon denen nicht sagen wolltest, hättest du es doch mir anvertrauen können. Ich hätte mich für dich darum gekümmert. Aber ich glaube, ich kann immer noch alles ins rechte Lot rücken. Schließlich kann Gamble *uns* keinen Vorwurf daraus machen, daß dein Mann zu einer anderen Firma wechseln wollte. Nur wird Gamble in Zukunft wohl keine Freude mehr mit dir als Anwältin haben, Sidney. Wahrscheinlich wäre es ganz gut, wenn du dir eine Zeitlang frei nimmst. Früher oder später wird Gras über die Sache wachsen. Ich rufe ihn gleich an.«

Als sie das Wort ergriff, war Sidneys Stimme kaum vernehmbar. Sie hatte das Gefühl, eine riesige Faust in der Kehle zu spüren. »Du kannst Gamble nichts von dem Vorstellungsgespräch erzählen, Henry.«

»Wie bitte?«

»Es geht nicht.«

»Würde es dir etwas ausmachen, mir den Grund dafür zu erklären?«

»Weil ich herausgefunden habe, daß Jason kein Vorstellungsgespräch bei einer anderen Firma hatte. Anscheinend ...«, sie hielt inne, um ein Schluchzen zu unterdrücken, »anscheinend hat er mich belogen.«

Als Wharton wieder sprach, verriet sein Tonfall nahezu unverhohlenen Zorn. »Ich vermag kaum zu beschreiben, welch nicht wiedergutzumachenden Schaden diese Situation anrichten könnte und vielleicht schon angerichtet hat.«

»Henry, ich habe keine Ahnung, was los ist. Ich habe dir alles erzählt, was ich weiß, obwohl das, bei Gott, nicht viel ist.«

»Was genau soll ich Gamble nun sagen? Er erwartet eine Antwort.«

»Schieb es auf mich, Henry. Sag ihm, daß du mich nicht

erreichen kannst; daß ich nicht zurückrufe; daß du daran arbeitest und ich erst dann wieder ins Büro darf, wenn du der Sache auf den Grund gegangen bist.«

Wharton überlegte einen Augenblick. »Ich glaube, das könnte funktionieren. Zumindest vorerst. Ich weiß zu schätzen, daß du die Verantwortung für die Lage übernimmst, Sidney. Natürlich kannst du nichts dafür, aber die *Kanzlei* sollte keinesfalls darunter leiden. Das ist meine größte Sorge.«

»Ich verstehe, Henry. In der Zwischenzeit versuche ich mein Möglichstes, um herauszufinden, was hier eigentlich los ist.«

»Bist du sicher, daß du es schaffst?« Unter den gegebenen Umständen fühlte Wharton sich verpflichtet, die Frage zu stellen, obwohl er überzeugt war, die Antwort zu kennen.

»Habe ich denn eine andere Wahl, Henry?«

»Wir beten für dich, Sidney. Ruf an, wenn du etwas brauchst. Wir hier bei Tyler, Stone sind eine Familie. Wir kümmern uns umeinander.«

Sidney schaltete das Telefon aus und steckte es in die Tasche. Whartons Worte hatten sie zutiefst getroffen, aber vermutlich war sie einfach zu gutgläubig. Henry und sie waren Kollegen und, bis zu einem gewissen Grad, befreundet. Das Telefongespräch hatte ihr verdeutlicht, wie oberflächlich doch die meisten berufsbedingten Beziehungen waren. Solange man sich als leistungsfähig erwies, nicht unangenehm auffiel, zur Summe des Ganzen beitrug, hatte man nichts zu befürchten. Nun, da sie plötzlich als alleinerziehende Mutter dastand, mußte sie darauf achten, daß ihre Anwaltskarriere nicht abrupt endete. Vorerst konnte sie das nur auf den Stapel mit all den anderen Problemen legen, denen sie sich im Augenblick gegenübersah.

Sie schlenderte den gepflasterten Weg entlang, überquerte die Ivy Road und steuerte auf die berühmte Rotunda der Universität zu. Dabei ging sie über die nicht minder berühmte Grünanlage des Campusgeländes, wo die Elitestudenten der Universität in Einzimmerwohnungen lebten, welche sich seit Thomas Jeffersons Zeiten kaum verändert hatten und in denen nach wie vor offene Kamine die einzige Heizmöglichkeit darstellten. Die schlichte Schönheit des Campusgeländes hatte sie stets begeistert, wann immer sie den Ort besuchte. Nun nahm sie die Anlage selbst vor dem Hintergrund eines klaren Spätherbsttages kaum wahr. So viele offene Fragen quälten sie, und es war an der Zeit, daß sie einige Antworten erhielt.

Auf den Stufen der Rotunda ließ sie sich nieder und holte abermals das Telefon aus der Handtasche. Sie gab die entsprechenden Ziffern ein. Zweimal klingelte es.

»Triton Global.«

»Kay?« fragte Sidney.

»Sid?« Kay Vincent, Jasons Sekretärin. Sie war eine pummelige Frau Mitte Fünfzig, hatte Jason vergöttert und bei mehreren Anlässen auf Amy aufgepaßt. Sidney hatte sich von Anfang an prächtig mit ihr verstanden, da beide dieselben Ansichten über das Dasein als Mutter, über Beruf und Männer teilten.

»Kay, wie geht es dir? Tut mir leid, daß ich nicht schon früher angerufen habe.«

»Wie es *mir* geht? O Gott, Sid, es tut mir so verdammt leid. So verdammt leid.«

Sidney hörte heraus, daß die ältere Frau mit den Tränen kämpfte.

»Ich weiß, Kay. Ich weiß. Es kam alles so plötzlich, so ...« Sidneys Stimme versagte ihr den Dienst, dann stählte sie sich. Sie mußte einiges in Erfahrung bringen, und Kay Vincent stellte die zuverlässigste Quelle dar, die ihr einfiel. »Kay, du weißt doch, daß Jason sich ein paar Tage freigenommen hatte.«

»Stimmt, er sagte, er wollte die Küche streichen und die Garage in Ordnung bringen. Eine ganze Woche lang hat er mir davon erzählt.«

»Die Reise nach Los Angeles hat er nie erwähnt?«

»Nein. Es war ein Schock zu erfahren, daß er in dem Flugzeug saß.«

»War schon jemand da, um mit dir über Jason zu reden?«

»Jede Menge Leute. Alle sind erschüttert.«

»Was ist mit Quentin Rowe?«

»Er war ein paarmal da.« Kay setzte ab, dann fuhr sie fort. »Sid, warum all diese Fragen?«

»Kay, das hier muß unter uns bleiben, ja?«

»Na gut«, meinte sie zögerlich.

»Ich dachte, Jason wollte zu einem Vorstellungsgespräch bei einer anderen Firma nach L. A., denn genau das hat er mir erzählt. Aber wie ich vor kurzem herausgefunden habe, stimmte das nicht.«

»Mein Gott!«

Während Kay die Neuigkeit verdaute, wagte Sidney eine weitere Frage. »Kay, fällt dir irgendein Grund ein, warum Jason mich belogen haben könnte? Verhielt er sich bei der Arbeit merkwürdig?«

Eine beträchtliche Pause entstand. »Kay?« Sidney zappelte auf den Stufen. Allmählich kroch ihr die Kälte der Backsteine in die Knochen. Unvermittelt stand sie auf.

»Sid, wir haben sehr strenge Regeln, was Gespräche über Firmenangelegenheiten betrifft. Ich will mir keinen Ärger einhandeln.«

»Das weiß ich, Kay. Ich bin eine von Tritons Anwältinnen, schon vergessen?«

»Nun, das hier ist ein wenig anders.« Abrupt verschwand Kays Stimme aus der Leitung. Sidney fragte sich, ob sie aufgelegt hatte, dann jedoch meldete Kay sich wieder. »Kannst du mich heute abend anrufen? Ich will darüber wirklich nicht während der Arbeitszeit sprechen. Gegen acht bin ich zu Hause. Hast du noch meine Privatnummer?«

»Hab' ich, Kay. Danke.«

Ohne ein weiteres Wort legte Kay Vincent auf.

Jason hatte selten mit Sidney über Triton gesprochen, obwohl sie als Anwältin bei Tyler, Stone an zahlreichen Fällen für das Unternehmen beteiligt gewesen war. Ihr Mann nahm die Verantwortung, die mit seiner Stellung einherging, überaus ernst. Stets war er bedacht darauf gewesen, seine Frau in keine unangenehme Lage zu bringen. Bisher zumindest. Langsam schlenderte sie zurück zur Parkgarage.

Nachdem sie beim Parkplatzwächter bezahlt hatte, steuerte sie auf ihren Wagen zu. Plötzlich wirbelte sie herum; doch da war bereits niemand mehr da. Rasch lief sie zurück zur Straße neben der Garage und spähte um sich. Niemand war in Sicht, aber zahlreiche Geschäfte säumten die Straße. Innerhalb weniger Sekunden hätte jemand in eines davon hineinhuschen können.

Das erste Mal war ihr der Mann aufgefallen, als sie auf den Stufen der Rotunda saß. Er stand hinter einem der vielen Bäume, die rund um die Grünanlage wuchsen. Da sie in ihr Gespräch mit Kay vertieft war, hatte sie ihn kurzerhand als irgendeinen Kerl abgetan, der sie aus dem üblichen Grund begaffte. Er war groß – mindestens eins achtzig –, schlank und trug einen dunklen Mantel. Eine Sonnenbrille und der hochgeschlagene Mantelkragen verbargen sein Gesicht zum größten Teil, und ein brauner Hut bedeckte das Haar. Trotzdem war ihr aufgefallen, daß er helles Haar hatte, rötlichblond möglicherweise.

Für einen kurzen Moment überlegte sie, ob sich nunmehr auch Verfolgungswahn zu ihren ständig wachsenden Problemen gesellte. Im Augenblick fehlte ihr die Zeit, sich darüber den Kopf zu zerbrechen. Sie mußte nach Hause. Morgen wollte sie ihre Tochter abholen. Dann fiel ihr ein, daß ihre Mutter das Begräbnis für Jason erwähnt hatte, dessen Einzelheiten noch geklärt werden mußten. Inmitten all der rätselhaften Umstände, die den letzten Tag ihres verstorbenen Mannes begleiteten, brachte die Erinnerung an das Begräbnis die niederschmetternde Gewißheit zurück, daß Jason tatsächlich tot war. Gleichgültig, wie sehr er sie getäuscht hatte oder aus welchem Grund er es getan hatte, er war für immer gegangen. Sie machte sich auf den Weg zurück nach Hause.

## KAPITEL 18

Unter der aufziehenden Wolkendecke, die rasch den strahlend blauen Himmel verdunkelte, peitschte ein eisiger Wind über die Absturzstelle. Horden von Menschen marschierten über das Gelände und markierten Wrackträmmer mit roten Flaggen, so daß der Acker einem Feld von blühendem rotem Mohn glich. Neben dem Krater stand ein Kran, von dem ein Förderkübel baumelte, der groß genug war, zwei erwachsene Männer aufzunehmen. Ein weiterer solcher Kran ragte über dem Krater auf; sein langes Seil mitsamt dem Kübel reichte bis in den Eingang dieser Hölle hinab. Auch andere Seile, die an motorisierten Winden auf Abschleppwagen befestigt waren, wanden sich in das Loch hinunter. In der Nähe rangierten schwere Bagger, die sich auf die endgültige Freilegung des Einschlagskraters vorbereiteten. Den entscheidenden Gegenstand – den Flugdatenschreiber – hatte man bisher noch nicht geborgen.

Außerhalb der gelben Absperrung hatte man mehrere Zelte errichtet. In einem solchen Zelt goß George Kaplan heißen Kaffee aus einer Thermosflasche in zwei Becher. Kurz ließ er den Blick nach draußen schweifen. Zum Glück hatte der Schneefall ebenso plötzlich aufgehört, wie er eingesetzt hatte. Die Temperatur jedoch blieb tief, und die Wettervorhersage kündigte weitere Niederschläge an. Das war nicht gut. Schnee würde diesen logistischen Alptraum nur noch schlimmer machen.

Kaplan reichte einen der beiden dampfenden Becher Lee Sawyer, der dem Blick des NTSB-Ermittlers gefolgt war.

»Was den Treibstofftank angeht, hattest du den richtigen

Riecher, George. Die Spuren waren zwar äußerst geringfügig, aber die Laborergebnisse haben bestätigt, daß es sich um ein altbewährtes Mittel handelte: Salzsäure. Tests ergaben, daß sie sich in etwa zwei bis vier Stunden durch die Aluminiumlegierung gefressen haben muß. Schneller, wenn die Säure erhitzt wurde. Sieht nicht nach einem Unfall aus.«

Kaplan prustete laut auf. »Verdammt. Als ob ein Mechaniker mit Säure in der Tasche herumspazieren und sie unabsichtlich auf den Treibstofftank schmieren würde.«

»Ich habe nie angenommen, daß es sich um einen Unfall handelte, George.«

Entschuldigend hob Kaplan die Hand.

»Zudem kann man Salzsäure in einem Plastikbehälter transportieren, ja sogar in einer Spritzflasche mit Dosierspitze, damit man messen kann, wieviel man aufbringt. Auf Plastik spricht kein Metalldetektor an. Verteufelt gut gewählt.«

Angewidert verzog Kaplan das Gesicht. Eine kurze Weile betrachtete er noch die Absturzstelle, dann schüttelte er sich und wandte sich Sawyer zu. »Gut, daß wir den Zeitrahmen derart einschränken können. Dadurch schrumpft die Liste der Verdächtigen, die Zugang zum Flieger hatten.«

Zustimmend nickte Sawyer. »Daran arbeiten wir gerade.« Er trank einen großen Schluck Kaffee.

»Glaubst du wirklich, daß jemand ein ganzes Flugzeug voll Menschen zerstört hat, nur um einen Mann zu erwischen?«

»Vielleicht.«

»Großer Gott! Ich will ja nicht gefühllos klingen, aber wenn man diesen einen Burschen umbringen wollte, warum hat man ihn nicht einfach auf der Straße gekrallt und ihm eine Kugel in den Kopf gejagt? Warum so etwas?« Er deutete auf den Krater. Dann ließ er sich mit halb geschlossenen Augen auf den Sessel plumpsen. Heftig rieb er sich mit der Hand die linke Schläfe.

Sawyer nahm auf einem der Faltstühle Platz. »Wir sind nicht sicher, daß es so gewesen ist, aber Lieberman war der einzige Passagier des Flugs, dem diese besondere Art Aufmerksamkeit gebühren konnte.«

»Warum sollte sich jemand so viel Ärger aufhalsen, nur um den Präsidenten der Bundeszentralbank zu töten?«

Sawyer zog den Mantel enger um sich, als der kalte Wind ins Zelt blies. »Tja, die Finanzmärkte haben einen gewaltigen Schlag erlitten, als die Nachricht von Liebermans Tod bekannt wurde. Der Dow-Jones-Index brach um fast zwölfhundert Punkte ein, das entspricht etwa fünfundzwanzig Prozent seines Gesamtwerts. Innerhalb von nur zwei Tagen. Dagegen nimmt sich der Börsenkrach von 1929 wie ein besserer Schluckauf aus. Sawyer starrte Kaplan unverblümt an. »Und warte nur, bis durchsickert, daß die Maschine möglicherweise sabotiert, Lieberman vielleicht vorsätzlich ermordet wurde. Kein Mensch kann vorhersagen, was das erst auslösen mag.«

Kaplans Augen weiteten sich. »Jesus! Und das alles wegen eines Mannes?«

»Wie schon gesagt, da hat jemand Superman umgenietet.«

»Also hast du eine Menge möglicher Verdächtiger – ausländische Regierungen, internationale Terroristen, all solchen Schrott, nicht wahr?« Kaplan schüttelte den Kopf angesichts der Anzahl böser Menschen, die ihren zunehmend kleiner werdenden Heimatplaneten bevölkerten.

Sawyer zuckte die Schultern. »Sagen wir einfach, es war wohl kein dahergelaufener Straßenräuber.«

Die beiden Männer verfielen in Schweigen und lenkten den Blick zum wiederholten Male zur Absturzstelle. Während sie hinüberschauten, änderte das Kranseil seine Richtung. Kaum zwei Minuten später tauchte der Förderkübel mit zwei Männern darin über dem Loch auf. Der Kran schwang herum und senkte den Kübel sanft zu Boden. Die beiden Männer kletterten heraus. Mit wachsender Erregung beobachteten Kaplan und Sawyer, wie die beiden auf sie zu rannten.

Der erste, der bei ihnen ankam, war ein junger Bursche

mit strohblondem Haar, unter dem die Züge eines Chorknaben zum Vorschein kamen. Mit der Hand umklammerte er ein Plastiksäckchen. In dem Säckchen befand sich ein kleiner Gegenstand – metallisch, rechteckig und ziemlich verkohlt. Der andere Mann trabte schnaufend hinterdrein. Er war älter; das gerötete Gesicht und das Keuchen verrieten, wie selten er über weite Felder lief.

»Ich konnte es kaum glauben«, stieß der jüngere Mann fast schreiend hervor. »Die rechte Tragfläche, zumindest das, was davon übrig ist, liegt ganz obenauf, ziemlich intakt sogar. Als sich das Flugzeug mit der Nase in die Erde gebohrt hat, müssen die Tragflächen abgebrochen und auf dem Rumpf zu liegen gekommen sein. Ein verdammtes Wunder, wenn Sie mich fragen.«

Kaplan ergriff das Säckchen und trat an den Tisch. »Wo haben Sie das gefunden?«

»Es war an der Innenseite der Tragfläche angebracht, gleich neben der Schutzabdeckung für den Treibstofftank. Es muß beim Auftanken in die Tragfläche gesteckt worden sein. Ich habe keine Ahnung, was das ist, aber ich bin verflucht sicher, daß es nicht in ein Flugzeug gehört.«

»Also befand es sich links von der Stelle, an der die Tragfläche abgebrochen ist?« erkundigte sich Kaplan.

»Genau, Chef. Ein paar Zentimeter weiter, und das Ding wäre ebenfalls verloren gegangen.«

Der ältere Mann meldete sich zu Wort. »So wie es aussieht«, sagte er, »hat der Rumpf den Rest der rechten Tragfläche größtenteils vor der Explosion nach dem Absturz geschützt. Als die Seiten des Kraters einbrachen, muß der ganze Dreck das Feuer fast auf der Stelle gelöscht haben.« Er hielt inne, dann fügte er düster hinzu: »Aber der vordere Teil des Rumpfes ist verschwunden. Ich meine, es ist wirklich nichts davon übrig, als wäre nie eine Kabine dagewesen.«

Kaplan drückte Sawyer das Säckchen in die Hand. »Weißt du, was das hier ist?«

Sawyers Gesicht verwandelte sich in eine finstere Grimasse. »Ja, weiß ich.«

## KAPITEL 19

Sidney Archer war ins Büro gefahren und saß nunmehr hinter ihrem Schreibtisch. Die Bürotür war geschlossen und versperrt. Wohl war es bereits kurz nach acht Uhr abends, dennoch hörte sie irgendwo im Hintergrund leise ein Faxgerät piepsen. Sie griff zum Telefon und wählte Kay Vincents Nummer.

Ein Mann meldete sich.

»Kann ich bitte Kay Vincent haben? Hier spricht Sidney Archer.«

»Einen Augenblick, bitte.«

Während Sidney wartete, betrachtete sie ihr Büro. Für gewöhnlich fühlte sie sich an diesem Ort ausgesprochen wohl, heute jedoch wirkte alles merkwürdig verschwommen. Zwar gehörten die Diplome an der Wand allesamt ihr, doch im Augenblick konnte sie sich nicht erinnern, wann oder wo man sie ihr überreicht hatte. Seit ein Schock den nächsten jagte, handelte und dachte sie nur noch instinktiv. Sie fragte sich, ob am anderen Ende der Leitung wohl eine weitere Überraschung auf sie lauerte.

»Sidney?«

»Hallo, Kay.«

Die Stimme der Sekretärin klang beschämt. »Ich habe heute morgen ganz vergessen, dich zu fragen, was Amy macht. Wie geht es ihr?«

»Derzeit ist sie bei meinen Eltern.« Schwer schluckte sie, ehe sie hinzufügte. »Sie weiß es natürlich noch nicht.«

»Es tut mir leid, Sidney, daß ich mich heute in der Firma so seltsam verhalten habe. Du weißt ja, wie es dort ist. Die machen ein Mordstheater, wenn sie vermuten, daß man auf ihre Kosten Privatgespräche führt.«

»Ist mir bekannt, Kay. Aber ich wußte einfach nicht, wen ich sonst bei Triton anrufen sollte.« *Wem ich sonst vertrauen sollte*, dachte sie, fügte es aber nicht hinzu.

»Ich verstehe, Sid.«

Sidney holte tief Luft. Ebensogut konnte sie gleich auf den springenden Punkt kommen. Hätte sie aufgeschaut, wäre ihr vielleicht nicht entgangen, daß der Türknauf gedreht wurde und dann verharrte, als der Schließmechanismus jede weitere Bewegung verhinderte.

»Kay, wolltest du mir etwas erzählen? Über Jason?«

Am anderen Ende der Leitung entstand eine beträchtliche Pause, bevor Kay antwortete. »Ich hätte mir keinen besseren Chef wünschen können. Er hat wirklich hart gerackert und sich schnell hochgearbeitet. Trotzdem hat er sich immer Zeit genommen, um mit den Leuten zu reden.« Kay setzte ab, vielleicht in dem Versuch, die Gedanken zu ordnen, bevor sie zum Kern der Sache vordrang – Sidney vermochte es nicht zu sagen. Da Kay jedoch nicht weitersprach, streute Sidney eine Frage ein. »Und, hat sich das geändert? Hat Jason sich anders verhalten?«

»Ja.« Kay platzte das Wort so plötzlich heraus, daß Sidney es fast nicht verstanden hätte.

»Wie?«

»Eigentlich waren es viele Kleinigkeiten. Das erste, was mir zu denken gab, war, daß Jason ein Schloß für seine Tür bestellte.«

»So unüblich ist ein Schloß an einer Tür auch wieder nicht, Kay. Ich habe selbst eines an meiner.« Sidney schaute hinüber zur Bürotür. Alles war still.

»Das weiß ich, Sid. Merkwürdig ist nur, daß Jason bereits ein Schloß an der Tür hatte.«

»Das verstehe ich nicht, Kay. Warum hat er dann noch eines bestellt?«

»Das Schloß an seiner Tür war ein recht simples Steckschloß am Türknauf. Wahrscheinlich hast du das gleiche.«

Abermals schaute Sidney zur Tür. »Stimmt. Sehen nicht alle Bürotürschlösser ziemlich gleich aus?«

»Heutzutage nicht mehr, Sid. Jason ließ ein elektronisches Schloß installieren, für das man eine Smart-Card braucht.«

»Smart-Card?«

»Du weißt schon, so eine Plastikkarte mit einem Mikrochip drin. Ich weiß nicht, wie das genau funktioniert, aber man braucht sie, um in das Gebäude hier zu gelangen, und unter anderem auch für bestimmte Bereiche mit Zutrittsbeschränkung.«

Sidney wühlte ihre Handtasche durch und brachte die Plastikkarte zum Vorschein, die sie zu Hause aus Jasons Schreibtisch genommen hatte.

»Hat sonst noch jemand bei Triton ein solches Schloß?«

»Etwa ein halbes Dutzend Leute. Die meisten davon arbeiten in der Finanzabteilung. »

»Hat Jason dir gesagt, weshalb er eine weitere Sicherheitseinrichtung für sein Büro wollte?«

»Ich habe ihn danach gefragt, weil ich dachte, es hätte vielleicht einen Einbruch gegeben, von dem uns niemand erzählt hatte. Aber Jason meinte, er habe neue Verantwortungsbereiche übernommen und Dinge im Büro, für die er zusätzlichen Schutz wollte. Er bat mich, niemandem davon zu erzählen.«

Sidney, die genug gesessen hatte, erhob sich und schritt auf und ab. An der gegenüberliegenden Straßenseite funkelten die Lichter von *Spencers*, einem schicken, neuen Restaurant. Eine Reihe von Taxis und Luxuskarossen entlud höchst elegant gekleidete Leute, die in das Restaurant schlenderten, um einen Abend bei gutem Essen, noblen Getränken und dem neuesten Klatsch zu verbringen. Sidney ließ die Jalousien herab. Sie atmete tief aus, setzte sich auf die Anrichte, schlüpfte aus den Schuhen und rieb sich abwesend die wunden, müden Füße.

»Warum wollte Jason nicht, daß du jemandem von diesen neuen Verantwortungsbereichen erzählst?«

»Keine Ahnung. Er ist vorher schon dreimal befördert worden; deshalb bin ich sicher, daß diesmal was anderes dahintersteckte. Außerdem würde man daraus wohl kein Geheimnis machen, oder?«

Sidney ließ sich diese Information ein paar Sekunden durch den Kopf gehen. Jason hatte ihr gegenüber keine Beförderung erwähnt, und es war unvorstellbar, daß er ihr so etwas verschwiegen hätte. »Hat er dir gesagt, wer ihm diese zusätzliche Verantwortung übertragen hat?«

»Nein. Und ich wollte ihn auch nicht ausfragen.«

»Hast du irgend jemandem erzählt, was Jason dir anvertraut hat?«

»Niemandem«, erwiderte Kay mit fester Stimme.

Sidney war geneigt, ihr zu glauben. Sie schüttelte den Kopf. »Was hat dir sonst noch zu denken gegeben?«

»Nun, Jason war in letzter Zeit recht verschlossen. Außerdem ließ er sich des öfteren bei Dienstbesprechungen entschuldigen. All so was. Mindestens einen Monat lang hat sich das hingezogen.«

Sidney hörte auf, sich den Fuß zu reiben.

»Jason hat nie etwas davon gesagt, daß er sich nach einem neuen Job umsah?«

»Niemals.« Durch die Telefonleitung konnte Sidney fast fühlen, wie Kay vehement den Kopf schüttelte.

»Hast du Jason mal gefragt, ob ihn etwas bedrückt?«

»Einmal, aber dafür zeigte er sich wenig empfänglich. Zwar war er ein guter Freund, aber er war auch mein Chef. Ich wollte ihm nicht zu nahe treten.«

»Kann ich gut verstehen, Kay.« Als Sidney von der Anrichte glitt und in die Schuhe schlüpfte, bemerkte sie einen Schatten, der unter der Tür vorbeiwanderte und dann verharrte. Sie wartete ein paar Sekunden, doch der Schatten rührte sich nicht von der Stelle. Sidney drückte auf den Knopf am Telefon, um den Hörer auf schnurlos umzustellen, und löste das Kabel. Ihr war etwas eingefallen.

»Kay, war eigentlich schon jemand in Jasons Büro?«

»Äh ...«

Kays Zögern bot Sidney Gelegenheit, eine weitere Frage zu stellen: »Wie soll das überhaupt bei all den zusätzlichen Schutzvorrichtungen an seiner Tür gehen?«

»Genau das ist das Problem, Sid. Niemand hatte den Code oder Jasons Chipkarte. Die Tür besteht aus acht Zentimeter dickem Massivholz und einem Stahlrahmen. Mr. Gamble und Mr. Rowe waren diese Woche nicht in der Firma, und ich glaube, sonst wußte niemand, was man tun sollte.«

»Also war noch keiner in Jasons Büro, seit es ... es passiert ist?« Sidney betrachtete die Chipkarte.

»Keiner. Mr. Rowe kam heute am späten Nachmittag vorbei. Morgen läßt er die Firma kommen, die das Schloß installiert hat.«

»War außer ihm noch jemand da?«

Sidney hörte, wie Kay heftig ausatmete. »Ein Mann von SecurTech.«

»SecurTech?« Ohne den Schatten aus den Augen zu lassen, hielt Sidney den Hörer ans andere Ohr. Lautlos schlich sie auf die Tür zu. Sie fürchtete nicht, daß es sich um einen Einbrecher handeln könnte; schließlich arbeiteten noch zahlreiche Leute in der Kanzlei. »Das ist doch Tritons Beraterfirma in Objektschutzfragen, oder?«

»Ja. Ich habe mich gefragt, warum man sie angerufen hat, aber angeblich entspricht das in so einem Fall der normalen Vorgehensweise.«

Mittlerweile stand Sidney rechts neben der Tür. Ihre freie Hand bewegte sich auf den Knauf zu.

»Sidney, ich habe ein paar Sachen von Jason an meinem Arbeitsplatz. Fotos, einen Pullover, den er mir mal geborgt hat, ein paar Bücher. Er hat versucht, mich für die Literatur des achtzehnten und neunzehnten Jahrhunderts zu begeistern, obwohl ich fürchte, daß es ihm nicht recht gelungen ist.«

»Dasselbe hatte er mit Amy vor, bis ich ihn darauf hingewiesen habe, daß es möglicherweise hilfreich wäre, wenn sie zuerst das ABC lernt, bevor sie sich Hals über Kopf auf Voltaire stürzt.«

Gemeinsam brachen die beiden Frauen in Gelächter aus, was sich unter den schrecklichen Umständen überaus gut anfühlte.

»Du kannst vorbeikommen, wann immer du sie abholen willst.«

»Mach' ich, Kay. Vielleicht können wir dann zusammen Mittag essen ... und noch ein wenig plaudern.«

»Würde mich freuen. Sehr sogar.«

»Ich bin dir sehr dankbar für die Auskünfte, Kay. Du warst eine große Hilfe.«

»Tja, ich konnte Jason gut leiden. Er war ein guter, ein anständiger Mann.«

Sidney fühlte, wie die Tränen wieder aufwallen wollten, doch als sie den Schatten unter der Tür betrachtete, riß sie sich zusammen. »Ja, das war er.« Der Satz vermittelte eine eiskalte Endgültigkeit.

»Sid, wenn du irgendwas brauchst, ganz egal was, ruf einfach an, hörst du?«

Sidney lächelte. »Danke, Kay, darauf komme ich vielleicht zurück.« Sobald sie das Telefon ausgeschaltet und beiseite gelegt hatte, riß Sidney die Bürotür auf.

Philip Goldman wirkte keineswegs erschreckt. Gelassen stand er da, mit zunehmend kahler werdendem Schädel, ausdrucksstarken Zügen, Glubschaugen, schmalen, herabhängenden Schultern, einem Bauchansatz, und starrte sie an. Seine Kleidung wirkte und war in der Tat überaus teuer. In Schuhen überragte ihn Sidney um gute fünf Zentimeter.

»Sidney, ich kam gerade vorbei und habe gesehen, daß Licht an war. Ich hatte keine Ahnung, daß Sie hier sind.«

»Hallo, Philip.« Sidney musterte ihn eingehend. Goldman stand in der Hierarchie der Partner von Tyler, Stone eine winzige Stufe unter Henry Wharton. Er hatte einen beeindruckenden Mandantenstamm aufzuweisen, und sein einziger Lebensinhalt schien die Förderung der eigenen Karriere zu sein.

»Ich muß gestehen, es überrascht mich, Sie hier anzutreffen, Sidney.«

»Im Augenblick birgt der Gedanke, nach Hause zu gehen, nicht viel Angenehmes in sich, Philip.«

Bedächtig nickte er. »Ja. Ja, das kann ich gut verstehen.« Über ihre Schulter hinweg erspähte er den Telefonhörer, der auf einem Fach des Bücherregals lag. »Haben Sie mit jemandem telefoniert?«

»Ein persönliches Gespräch. Es gibt so viele Dinge, um die ich mich jetzt kümmern muß.«

»Natürlich. Es ist schrecklich genug, sich dem Tod stellen zu müssen. Um so schrecklicher, wenn es sich um einen plötzlichen Tod handelt.« Unentwegt starrte er ihr direkt ins Gesicht.

Sidney fühlte, wie sie rot anlief. Sie wandte sich um, ergriff die Tasche von der Couch und den Mantel hinter der Tür. Dabei schwang sie die Tür teilweise zu und hätte Goldman um ein Haar erwischt, wäre er nicht rasch einen Schritt zurückgewichen.

Sie zog den Mantel an und hielt die Hand über den Lichtschalter. »Ich habe noch einen Termin und bin spät dran.«

Goldman trat hinaus in den Korridor. Demonstrativ sperrte Sidney die Tür vor seiner Nase ab.

»Es mag ein ungünstiger Zeitpunkt sein, Sidney, aber ich wollte Ihnen zu Ihrer Arbeit an der CyberCom-Übernahme gratulieren.«

Sie riß den Kopf herum. »Darüber sollten wir beide bestimmt nicht reden, Philip.«

»Ich weiß, Sidney«, erwiderte er. »Trotzdem lese ich nach wie vor das *Wall Street Journal*, und darin wurde Ihr Name mehrmals erwähnt. Nathan Gamble muß äußerst zufrieden sein.«

»Danke, Philip.« Sie drehte sich um und sah ihm ins Gesicht. »Ich muß jetzt los.«

»Lassen Sie mich wissen, wenn ich etwas für Sie tun kann.«

Flüchtig nickte Sidney, dann hastete sie an Goldman vorbei den Korridor zum Haupteingang der Kanzlei entlang und verschwand um die Ecke.

Rasch lief Goldman ihr nach und sah gerade noch, wie sie in den Aufzug stieg. Danach schlenderte er gemächlich zurück zu ihrem Büro. Nach einem Blick in alle Richtungen holte er einen Schlüssel hervor, steckte ihn ins Schloß, öffnete die Tür und ging hinein. Das Schloß schnappte wieder zu; danach herrschte Stille.

## KAPITEL 20

Sidney stellte den Ford auf Tritons gewaltigem Parkplatz ab und stieg aus. Sie knöpfte den Mantel zu, um sich gegen den eisigen Wind zu schützen und überprüfte nochmals die Handtasche, um sicherzugehen, daß sie die Plastikkarte dabeihatte. So unbefangen wie nur möglich schlenderte sie auf das fünfzehngeschossige Gebäude zu, das Triton als Zentrale diente.

Zunächst sprach sie ihren Namen in das Mikrofon neben dem Eingang. Eine direkt darüber montierte Videokamera schwenkte auf ihr Gesicht. Dann öffnete sich ein Fach neben dem Mikrofon, und sie wurde angewiesen, ihren Daumen über den Fingerabdruckscanner zu halten. Tritons Sicherheitsvorkehrungen nach Dienstschluß dürften wohl jenen der CIA gleichkommen, dachte Sidney.

Geräuschlos glitten die verchromten Glastüren auf. Sie betrat das Foyer des Gebäudes, das aus einer Vorhalle mit hoch aufragenden Säulen, einem sanft plätschernden Wasserfall und soviel Marmor bestand, wie ein mittlerer Steinbruch zu bieten hatte. Während sie auf den Fahrstuhl zuging, schaltete sich die Beleuchtung automatisch ein. Dazu erklang sanfte Musik, und als sie sich dem Lift näherte, glitten dessen Türen von selbst auf. Tritons Hauptsitz war mit sämtlichen Spielereien ausgestattet, die das reiche technologische Spektrum des Konzerns beinhaltete.

Im siebenten Stockwerk stieg sie aus dem Fahrstuhl.

Der dort postierte Nachtwächter erhob sich, kam auf sie zu und ergriff ihre Hand. Schmerz lag in den Augen des Mannes.

»Hallo, Charlie.«

»Sidney. Mein tief empfundenes Beileid.«

»Danke, Charlie.«

Charlie schüttelte den Kopf. »Er war auf dem Weg nach ganz oben. Hat härter gearbeitet als alle andern hier. Oft waren nur noch er und ich im Haus. Manchmal hat er mir Kaffee und was zu essen aus der Kantine gebracht. Hab' ihn nie darum gebeten, er hat's einfach getan. Ganz anders als die meisten Karrieretiger hier, die sich für was Besseres halten.«

»Da haben Sie recht, so war Jason nicht.«

»Nein, Ma'am, war er nicht. Also, was kann ich für Sie tun? Brauchen Sie irgendwas? Sagen sie dem alten Charlie einfach, worum's geht.«

»Nun, ich habe mich gefragt, ob Kay Vincent wohl noch hier ist.«

Verdutzt starrte Charlie sie an. »Kay? Kann ich mir nicht vorstellen. Mein Dienst beginnt um neun. Normalerweise hört Kay gegen sieben auf, also ... hätte ich sie gar nicht gehen sehen. Ich schau' mal nach.«

Charlie trat hinüber zum Kontrollpult. Der Halfter, in dem seine Pistole steckte, schlug dabei gegen sein Bein und der am Munitionsgurt befestigte Schlüsselbund klimperte. Er setzte einen Kopfhörer auf und drückte einen Knopf auf dem Pult. Nach ein paar Sekunden schüttelte er den Kopf. »Ich bekomme nur ihren Anrufbeantworter an die Leitung, Sidney.«

»Oh. Na ja, sie hat ein paar Sachen ... ein paar Sachen von Jason, die ich abholen wollte.« Sidney schlug die Augen nieder, offenbar unfähig, weiterzusprechen.

Charlie kam wieder zu ihr herüber und berührte sie am Arm. »Nun, vielleicht hat sie die Sachen ja auf ihrem Schreibtisch liegen.«

Sidney blickte zu ihm auf. »Wahrscheinlich. Wäre gut möglich.«

Charlie zögerte. Er wußte, daß dies allen Regeln widersprach. Aber schließlich bestätigten Ausnahmen die Regel. Er ging an das Pult und drückte ein paar Knöpfe. Sidney beobachtete, wie sich das rote Licht neben der Tür zum Bürotrakt in ein grünes verwandelte. Charlie kam zurück, zog den Schlüsselbund vom Gurt und öffnete die Tür.

»Sie wissen ja, wie die hier von wegen Sicherheit ausflippen, aber ich denke, in dem Fall kann ich mal ein Auge zudrücken. Außerdem ist da hinten sowieso keiner mehr. Für gewöhnlich wimmelt es bis gegen zehn nur so vor Leuten, aber durch den Feiertag diese Woche ist heute alles wie ausgestorben. Ich muß jetzt im dritten Stock meine Runde drehen. Sie wissen ja, wo Kay sitzt, nicht wahr?«

»Weiß ich, Charlie. Ich bin Ihnen wirklich sehr dankbar.«

Nochmals drückte er ihre Hand. »Wie gesagt, Jason war ein guter Mann.«

Sidney ging den sanft beleuchteten Korridor entlang. Kays Kabine befand sich etwa auf halbem Weg zum Ende des Ganges, schräg gegenüber von Jasons Arbeitszimmer. Unterwegs sah sie sich achtsam um. Alles war ruhig. Sie bog um die Ecke und erblickte Kays dunkles Büro. In einer Schachtel neben dem Schreibtisch fand sie einen Pullover und ein paar gerahmte Fotos. Sie wühlte tiefer und brachte ein Buch mit edlem Einband und Goldrändern zum Vorschein. *David Copperfield* – eines von Jasons Lieblingsbüchern. Sidney legte die Sachen zurück in die Schachtel und stellte diese neben den Sessel.

Wiederum schaute sie in alle Richtungen. Der Korridor war nach wie vor verlassen. Zwar hatte Charlie gemeint, daß niemand mehr hier sei, aber schließlich war er sich auch bei Kay nicht sicher gewesen. Damit zufrieden, zumindest im Augenblick allein zu sein, trat Sidney vor die Bürotür ihres Mannes. Enttäuschung machte sich auf ihren Zügen breit, als sie den Ziffernblock erspähte. Dieses Gerät hatte Kay nicht erwähnt.

Einen Augenblick überlegte sie, dann kramte sie die Plastikkarte aus der Tasche, sah sich nochmals um und schob die Karte in den Schlitz. Am Ziffernblock leuchtete eine Lampe auf. Das Wort »Bereit« stand neben der Lampe zu lesen. Fieberhaft dachte sie nach und gab verschiedene Zahlen ein, doch das Licht veränderte sich nicht. Immer mutloser wurde sie, denn sie wußte nicht einmal, wie viele Ziffern sie eingeben mußte, geschweige denn welche. Erfolglos probierte sie ein paar weitere Kombinationen.

Gerade wollte sie aufgeben, da bemerkte sie einen winzigen digitalen Bildschirm in einer Ecke des Ziffernblocks. Anscheinend handelte es sich um einen Zähler, der inzwischen bei acht Sekunden angelangt war. Die Alarmlampe auf dem Ziffernblock begann in immer grelleren Rottönen zu blinken.

»Verfluchter Mist!« Ein Alarm! Nunmehr zeigte der Zähler fünf Sekunden. Wie gelähmt stand sie da. All die Konsequenzen rasten ihr durch den Kopf, die eintreten würden, wenn man sie bei dem Versuch ertappte, in das Büro ihres Mannes einzubrechen. Keine davon ließ sich unter einer völligen Katastrophe einstufen.

Als sie den Blick auf den Zähler heftete, der nun bei drei Sekunden angelangt war, brach sie aus ihrer Reglosigkeit aus. Eine letzte mögliche Kombination blitzte durch ihr Hirn. Ein stummes Gebet auf den Lippen, gab sie die Ziffern 0-6-1-6 ein. Die letzte Taste drückte sie im selben Augenblick, als der Zähler auf Null schaltete. Eine endlose Sekunde hielt Sidney den Atem an und machte sich auf das Schrillen des Alarms gefaßt.

Die Alarmlampe erlosch, das Türschloß schnappte auf. An die Wand gelehnt, versuchte Sidney, wieder zu Atem zu kommen. Der 16. Juni war Amys Geburtstag. Vermutlich gab es bei Triton eine interne Betriebsanweisung, die besagte, daß für Sicherheitscodes keine persönlichen Zahlen verwendet werden durften, da sie zu einfach zu knacken wären. Sidney betrachtete es als Beweis, daß Jasons Gedanken stets um das kleine Mädchen kreisten. Gekreist hatten, verbesserte sie sich.

Sie zog die Plastikkarte aus dem Schlitz. Bevor sie den Türknauf umfaßte, holte sie ein Taschentuch aus der Handtasche und wickelte es sich um die Hand, um keine Fingerabdrücke zu hinterlassen. Als Einbrecher zu fungieren erregte und entsetzte sie gleichermaßen. Bis in die Ohren spürte sie den Puls hämmern. Sie betrat das Büro und schloß rasch die Tür hinter sich.

Zwar wagte sie nicht, das Licht einzuschalten, doch sie hatte vorgesorgt. Die Taschenlampe, die sie aus der Handtasche zauberte, war klein, aber höchst wirkungsvoll. Bevor Sidney sie einschaltete, vergewisserte sie sich, daß die Jalousien ganz heruntergelassen und geschlossen waren. Der dünne Strahl wanderte durch den Raum. Schon mehrmals war sie hier gewesen, um Jason zum Mittagessen abzuholen, obwohl sie nie lange in seinem Büro geblieben waren. Für gewöhnlich gerade lange genug, um hinter verschlossenen Türen einen flüchtigen Kuß auszutauschen. Der Schein der Lampe strich über Bücherregale voller technischer Werke, die weit über ihr Verständnis hinausgingen. Die Technokraten regieren tatsächlich die Welt, dachte sie kurz, und sei es nur, weil sie die einzigen sind, die den ganzen Krempel reparieren können, wenn er kaputt geht.

Der Lichtkegel erfaßte den Computer. Rasch schlich Sidney hinüber. Das Gerät war ausgeschaltet, und ein weiterer Ziffernblock ließ sie Abstand davon nehmen, ihr Glück herauszufordern, indem sie es einschaltete. Selbst wenn es ihr durch Zufall gelänge, sich einzuloggen, wäre sie hoffnungslos verloren; denn sie wußte weder wonach, noch wo sie suchen sollte. Es war das Risiko einfach nicht wert. Sie bemerkte das Mikrofon neben dem Computerbildschirm. Einige der Schreibtischschubladen waren abgesperrt; die wenigen anderen offenbarten nichts Interessantes.

Ganz im Unterschied zu ihrem Büro in der Anwaltskanzlei hingen keine Diplome an den Wänden; auch sonst entbehrte der Raum jeden persönlichen Flairs. Fast jeden. Mit wäßrigen Augen erblickte sie ein Foto der Familie Archer, das unübersehbar auf dem Schreibtisch stand.

Während sie das Büro durchsuchte, beschlich sie nach und nach das Gefühl, für nichts und wieder nichts ein enormes Wagnis eingegangen zu sein.

Plötzlich ertönte ein Geräusch aus den Tiefen des Bürotrakts; sie wirbelte herum. Dabei stieß sie mit der Taschenlampe gegen das Mikrofon, das sich, zu ihrem Entsetzen, in der Mitte verbog. Wie versteinert verharrte sie und lauschte, ob das Geräusch sich wiederholte. Endlich, nach einer alptraumhaften Minute, wandte sie die Aufmerksamkeit dem dünnen Mikrofon zu. Eine Weile versuchte sie, es wieder in die ursprüngliche Form zu bringen, jedoch erfolglos. Letztlich gab sie auf, wischte die Fingerabdrücke davon ab, schlich zurück an die Tür und schaltete die Taschenlampe aus. Mit dem Taschentuch in der Hand umfaßte sie den Türknauf und horchte einen Augenblick angespannt, ehe sie das Büro verließ.

Gerade, als sie Kays Schreibtisch erreichte, hörte sie Schritte. Einen Moment dachte sie, es könnte sich um Charlie auf seinem Rundgang handeln, doch sie vernahm kein Klimpern eines Schlüsselbunds. Rasch blickte sie in alle Richtungen, um festzustellen, woher das Geräusch kam. Die Person war eindeutig weiter hinten im Bürotrakt. Sie huschte in Kays Büro und duckte sich hinter den Schreibtisch. So leise wie möglich atmend, harrte Sidney aus, während die Schritte sich näherten. Jäh verstummte das Geräusch. Eine Minute verstrich, doch nichts geschah. Dann drang ein leises Klicken an Sidneys Ohr, als würde etwas vor- und zurückgedreht, jedoch in begrenztem Radius.

Sie konnte nicht anders, als vorsichtig um die Ecke von Kays Büro zu spähen. Der Rücken des Mannes war kaum zwei Meter von ihr entfernt. Langsam drehte er den Knauf an Jasons Bürotür vor und zurück. Dann holte er eine Karte aus der Hemdentasche und setzte an, sie in den Schlitz zu schieben. Zögernd schwebte die Hand über dem Ziffernblock, als wöge er ab, ob er sein Glück versuchen sollte oder nicht. Letztlich verließ ihn der Mut. Er steckte die Karte zurück in die Tasche und wandte sich um.

Quentin Rowe wirkte alles andere als erfreut. Er verschwand den Korridor hinunter in die Richtung, aus der er gekommen war.

Sidney schlüpfte aus ihrem Versteck und hastete in die

entgegengesetzte Richtung. Schnellen Schrittes bog sie um die Ecke. Dabei klatschte die Handtasche gegen die Wand. Das Geräusch war zwar nicht laut, dennoch hallte es wie ein Explosionsknall durch die stillen Gänge. Das Blut gerann ihr in den Adern, als sie hörte, wie die Schritte innehielten und plötzlich wieder auf sie zukamen, da Quentin Rowe eilends in ihre Richtung rannte. Wie ein Wirbelwind sauste sie den Korridor hinunter zur Tür zum Empfang. Besorgt starrte Charlie sie an.

»Sidney, alles in Ordnung? Sie sehen aus, als hätten Sie ein Gespenst gesehen.«

Die Schritte näherten sich der Tür. Sidney legte den Finger an die Lippen, zeigte auf die Tür und bedeutete Charlie, hinter das Kontrollpult zu gehen. Sofort registrierte er die Schritte, begriff, was sie verhießen und folgte ihrer Aufforderung.

Sidney lief zur Toilette neben dem Eingang zur Empfangshalle, öffnete die Handtasche, stellte sich an der Tür zur Damentoilette auf, hielt diese mit einer Hand halb offen und beobachtete aus dem Augenwinkel die Tür zum Korridor. Sobald sie sich öffnete und Rowe auftauchte, gab Sidney vor, aus der Damentoilette zu kommen und in der Handtasche nach etwas zu kramen.

Als sie aufschaute, glotzte Rowe sie an. Mit einer Hand hielt er die Tür zum Bürotrakt auf.

»Quentin?« sagte sie und bemühte sich, möglichst überrascht zu wirken.

Rowe ließ den Blick von Sidney zu Charlie wandern. Mißtrauen stand ihm ins Gesicht geschrieben.

»Was tust du hier?« Er versuchte erst gar nicht, sein Mißfallen zu verbergen.

»Ich wollte Kay besuchen. Wir haben heute miteinander telefoniert. Sie hat noch Sachen von Jason. Persönliche Dinge, die sie mir geben wollte.«

»Ohne vorherige Genehmigung darf nichts dieses Gebäude verlassen. Und ganz bestimmt nichts, das mit Jason zu tun hat«, herrschte Rowe sie an.

Sidney blickte ihm direkt in die Augen. »Das weiß ich bereits, Quentin.«

Ihre Antwort überraschte ihn.

Sie schaute zu Charlie, der Rowe mit grimmigem Blick musterte. »Charlie hat mich schon davon in Kenntnis gesetzt, obwohl er es ungleich freundlicher getan hat als du soeben. Und er wollte mich nicht nach hinten in den Bürotrakt lassen, weil das den Sicherheitsbestimmungen der Firma widerspricht.«

»Es tut mir leid, wenn ich ein bißchen grob war. In letzter Zeit stehe ich ziemlich unter Druck.«

Charlies Stimme knisterte vor Zorn und Ungläubigkeit. »Und *sie* vielleicht nicht? Sie hat gerade ihren Mann verloren, um Himmels willen.«

Bevor Rowe etwas erwidern konnte, meldete Sidney sich zu Wort. »Darüber haben Quentin und ich uns schon unterhalten, Charlie, bei einer früheren Gelegenheit. Nicht wahr, Quentin?«

Rowe schien unter Sidneys vernichtendem Blick dahinzuwelken.

Er hielt es für das Beste, das Thema zu wechseln. »Ich dachte, ich hätte ein Geräusch gehört.« Abermals schaute er vorwurfsvoll zu Sidney.

Sidney antwortete wie aus der Pistole geschossen. »Wir auch. Kurz bevor ich auf die Toilette ging, zog Charlie los, um nachzusehen. Ich schätze, er hat dich gehört, und du ihn. Charlie glaubte, daß niemand mehr im Büro wäre. Aber du warst doch noch da.« Ihr Tonfall klang nicht minder vorwurfsvoll als der seine.

Wütend schnaubte Rowe auf. »Ich bin der Präsident dieser Firma. Ich kann zu jeder Tages- und Nachtzeit hier sein, und es geht niemanden etwas an.«

Sidney starrte ihn in Grund und Boden. »Keine Frage. Trotzdem darf ich wohl davon ausgehen, daß du hier für das geschäftliche Wohl deiner Leute tätig bist und nicht privaten Angelegenheiten nachgehst, auch wenn schon lange Feierabend ist. Das sage ich nur als Rechtsberater der Firma,

Quentin.« Unter gewöhnlichen Umständen hätte sie niemals auf diese Weise mit einem ranghohen Vertreter eines Mandanten geredet.

Rowe geriet ins Stocken. »Natürlich wollte ich damit sagen, daß ich für die Firma gearbeitet habe. Ich kenne –« Mitten im Satz brach er ab, als Sidney zu Charlie hinüberging und ihm die Hand reichte.

»Danke vielmals, Charlie. Vorschrift ist Vorschrift; das verstehe ich sehr gut.« Rowe konnte den Blick nicht sehen, den sie dem alternden Nachtwächter schenkte, doch er zauberte ein Lächeln auf Charlies Gesicht.

Als sie sich zum Gehen wandte, sagte Rowe: »Gute Nacht, Sidney.«

Sie erwiderte nichts, blickte ihn nicht einmal an. Nachdem sie im Fahrstuhl verschwunden war, schaute Rowe wütend zu Charlie hinüber, der mittlerweile aufgestanden war und gerade zur Tür hinaus wollte.

»Wo gehen Sie hin?« herrschte Rowe ihn an.

Charlie blieb gelassen. »Ich muß meine Runden drehen. Das ist ein Teil *meiner* Arbeit.« Dabei beugte er sich auf Augenhöhe des kleineren Mannes hinab. Dann schritt Charlie zur Tür hinaus, wandte sich aber noch einmal um. »Übrigens, es könnte Mißverständnissen vorbeugen, wenn Sie mich in Zukunft wissen ließen, daß Sie noch hier sind.« Er klopfte auf die an der Seite getragene Waffe. »Wir wollen doch keine bedauernswerten Unfälle, Sie verstehen?« Beim Anblick der Pistole wurde Rowe blaß. »Wenn Sie wieder Geräusche hören, dann rufen Sie mich, in Ordnung, Mr. Rowe?« Sobald Charlie sich umgedreht hatte, trat ein breites Grinsen auf sein Gesicht.

Rowe verharrte noch eine gute Minute an der Tür und dachte angestrengt nach. Dann ging er zurück in sein Büro.

## KAPITEL 21

Lee Sawyer betrachtete das kleine, dreigeschossige Wohnhaus, das etwa fünf Meilen vom Flughafen Dulles entfernt lag. Die Bewohner durften sich einer bestens ausgestatteten Fitneßhalle, eines olympiagerechten Swimming- und Whirlpools sowie eines riesigen Festsaals erfreuen. Überwiegend lebten hier junge, alleinstehende Berufstätige, die früh aus den Federn krochen, um den verkehrsüberlasteten Weg in die Innenstadt anzutreten. Auf dem Parkplatz fanden sich gewöhnliche Fords, Saabs und gelegentlich ein Porsche.

Sawyer interessierte nur ein Bewohner der Anlage, und der war weder ein junger Anwalt noch Leiter einer Marketingabteilung, noch Inhaber eines Diploms in Betriebswirtschaft. Kurz angebunden sprach Sawyer in sein Funkgerät. Außer ihm befanden sich noch drei FBI-Agenten im Wagen. Rund um das Gebäude waren weitere fünf Agententeams postiert. Auch eine schwarz gekleidete Staffel des SWAT-Teams, eines speziellen Einsatzkommandos des FBI, hatte Sawyers Zielobjekt im Visier. Ein Bataillon der örtlichen Behörden bildete die Rückendeckung für die Bundespolizisten. Überall wimmelte es von unschuldigen Leuten, und man unternahm jede nur erdenkliche Anstrengung, um sicherzustellen, daß, sollte es dazu kommen, höchstens ein Mensch verletzt würde, und zwar der Mann, der Sawyers Vermutung nach bereits fast zweihundert Menschen auf dem Gewissen hatte.

Sawyers Angriffsstrategie entstammte dem Handbuch des FBI. Man lasse gegen eine völlig ahnungslose Zielperson eine überwältigende Streitkraft aufmarschieren – eine so übermächtige Streitkraft in einer so völlig kontrollierten Situation, daß jeder Widerstand zwecklos wurde. Indem man die Situation kontrollierte, kontrollierte man auch deren Ausgang. Zumindest theoretisch.

Jeder Agent war mit einer halbautomatischen 9mm-Pistole und zusätzlichen Ladestreifen bewaffnet. Außerdem verfügte jedes Einsatzteam über einen ausgewählten Mann mit einer halbautomatischen Franchi-Law-12-Schrotflinte sowie über einen weiteren mit einem Colt-Sturmgewehr. Die Mitglieder des Spezialteams besaßen allesamt schwerkalibrige, automatische Waffen, die meisten davon mit elektronischen Laserzielvorrichtungen bestückt.

Sawyer gab das Zeichen zum Angriff, und die Gruppen setzten sich in Bewegung. Die Mitglieder des Einsatzteams benötigten weniger als eine Minute, um die Tür der Wohnung Nummer 321 zu erreichen. Zwei weitere Gruppen deckten den einzig möglichen Fluchtweg ab, nämlich die beiden Fenster an der Rückseite der Wohnung, die auf den Pool-Bereich wiesen. Dort hatten sich bereits Scharfschützen in Stellung begeben, deren Laserzieleinrichtungen reglos auf den beiden Öffnungen verharrten.

Nachdem sie einige Sekunden aufmerksam an Tür 321 gehorcht hatten, stürmten die Männer des Spezialteams die Wohnung. Kein Feuergefecht durchbrach die friedvolle Stille der Nacht. Wenig später erhielt Sawyer das Zeichen, daß alles unter Kontrolle war. Gemeinsam mit seinen Männern hastete er die Treppe des Wohnhauses hinauf.

Empfangen wurde Sawyer vom Leiter des Teams.

»Ist der Vogel ausgeflogen?« erkundigte sich Sawyer.

Sein Gegenüber schüttelte den Kopf. »Obwohl es aufs Gleiche rauskäme. Da war wohl jemand schneller als wir.« Mit dem Kopf deutete er in Richtung des kleinen Schlafzimmers im hinteren Teil der Wohnung.

Rasch lief Sawyer hin. Jäh fuhr ihm die Kälte in die Knochen; der Ort glich einer Tiefkühltruhe. Das Schlafzimmerlicht war eingeschaltet. Drei Mitglieder des SWAT-Teams standen dort mit gesenkten Waffen, die Blicke auf den schmalen Spalt zwischen Bett und Wand gerichtet. Sawyer folgte ihren Blicken, woraufhin sein Mut sank.

Der Mann lag mit dem Gesicht nach unten. An Rücken und Kopf prangten mehrere Schußwunden; deutlich sichtbar lag die Pistole daneben, ebenso eine Anzahl von Messinghülsen. Mit Hilfe zweier Mitglieder des Einsatzteams hob Sawyer die Leiche vorsichtig an und drehte sie seitwärts, ehe er sie wieder in die ursprüngliche Lage zurücksinken ließ.

Kopfschüttelnd erhob sich Sawyer und bellte in das Funkgerät. »Sag den hiesigen Jungs, sie sollen den Gerichtsmediziner herholen, und ich will die Spurensicherung hier sehen, und das Ganze am besten gestern!«

Er starrte auf die Leiche hinab. Nun, zumindest würde der Kerl keine Flugzeuge mehr sabotieren, obwohl ein volles Magazin im Körper keine annähernd ausreichende Strafe für das schien, was der Hundesohn getan hatte. Andererseits konnte ein Toter nichts erzählen.

Sawyer verließ den Raum; fest umklammerten seine Finger das Funkgerät. Im verlassenen Korridor bemerkte er, daß die Klimaanlage auf volle Leistung eingestellt war. Die Temperatur in der Wohnung lag knapp unter dem Gefrierpunkt. Rasch notierte er sich die genaue Einstellung, danach schaltete er die Heizung wieder ein, wofür er die Spitze des Bleistifts verwendete, um etwaige Fingerabdrücke nicht zu zerstören. Keinesfalls würde er seine Männer erfrieren lassen, während sie den Tatort untersuchten.

Zutiefst deprimiert lehnte er sich an die Wand. Wohl hatte er gewußt, daß die Wahrscheinlichkeit, den Verdächtigen in seiner Wohnung anzutreffen, äußerst gering sein würde; doch der Umstand, daß sie ihn ermordet vorfanden, ließ darauf schließen, daß irgend jemand dem FBI ein paar Schritte voraus war. Gab es irgendwo eine undichte Stelle, oder gehörte der Mord zu einem groß angelegten Plan? Sawyer hoffte nur, daß er es irgendwann erfahren würde.

Das Funkgerät in eisernem Griff, marschierte er ins Schlafzimmer zurück.

## KAPITEL 22

Sidney verließ das Triton-Gebäude und ging auf den Parkplatz zu. Sie war so tief in Gedanken versunken, daß sie die schwarze Limousine erst wahrnahm, als diese unmittelbar vor ihr zum Stehen kam. Die hintere Tür öffnete sich, und Richard Lucas stieg aus.

Er trug einen dunkelblauen Einreiher. Aus dem langen Gesicht stachen vor allem die Boxernase und das Paar kleiner, zu dicht nebeneinander liegender Augen hervor.

»Mr. Gamble möchte Sie gerne sehen«, sagte er, ohne die Stimme zu heben.

Als er die Tür aufhielt, erblickte Sidney die Pistole unter seinem Mantel. Sie erstarrte und schluckte schwer, dann funkelte sie ihn an. »Eigentlich paßt es mir im Augenblick überhaupt nicht.«

Lucas zuckte die Schultern. »Ganz wie Sie meinen. Mr. Gamble hielt es nur für das Beste, mit Ihnen persönlich zu reden. Um sich Ihre Version der Tatsachen anzuhören, bevor er sich für eine Vorgehensweise entscheidet. Je früher die Unterhaltung stattfindet, desto besser für *alle* Beteiligten, waren seine Worte.«

Sidney holte tief Luft und betrachtete die getönten Scheiben der Limousine. »Und wo soll dieses Treffen stattfinden?«

»In Mr. Gambles Anwesen in Middleburg.« Lucas sah auf die Uhr. »Unsere geschätzte Fahrzeit beträgt fünfunddreißig Minuten. Natürlich bringen wir Sie danach zurück zu Ihrem Wagen.«

Sie bedachte ihn mit einem scharfen Blick. »Habe ich denn eine Wahl?«

»Man hat immer eine Wahl, Ms. Archer.«

Sidney zog den Mantel enger um sich und stieg ein. Lucas nahm ihr gegenüber Platz. Sie stellte keine weiteren Fragen, auch er schwieg sich aus. Die Augen jedoch hielt er unbeirrt auf sie gerichtet.

Die gewaltige Steinvilla, umgeben von einem aufwendig gestalteten und von Bäumen gesäumten Grundstück, nahm Sidney nur am Rande wahr. *Du wirst es durchstehen*, dachte sie. Befragungen erwiesen sich oft als zweigleisig. Gamble wollte Antworten von ihr, und sie würde versuchen, ihm ebenfalls ein paar zu entlocken.

Sie folgte Lucas durch den doppeltürigen Eingang und eine eindrucksvolle Halle entlang in ein großes Zimmer, voll von polierten Mahagonimöbeln und bequemen Sitzgelegenheiten. Original-Ölgemälde, deren Themen den Geschmack eines männlichen Besitzers verrieten, zierten die Wände. Im Kamin knisterte ein heimeliges Feuer. Ein Tisch in einer Ecke war für zwei Personen gedeckt. Obwohl sie keinerlei Appetit verspürte, empfand sie das Aroma als verlockend.

Mit einem Klicken schloß sich die Tür hinter ihr. Sidney ging hinüber und mußte feststellen, daß sie tatsächlich abgesperrt war. Als sie hinter sich eine leichte Bewegung wahrnahm, wirbelte sie herum.

Nathan Gamble, leger in ein Hemd mit offenem Kragen und Stulpenhosen gekleidet, kam um einen hochlehnigen Ohrensessel herum, der zur gegenüberliegenden Wand gedreht stand. Sein durchdringender Blick veranlaßte Sidney, den Mantel noch enger zu schließen. Er schlenderte hinüber zum Tisch. »Sind sie hungrig?«

»Eigentlich nicht, danke.«

»Nun, falls Sie Ihre Meinung ändern, es ist genug da. Ich hoffe, es stört Sie nicht, wenn ich esse?«

»Es ist Ihr Haus.«

Gamble nahm am Tisch Platz und begann sich den Teller vollzuschaufeln. Danach beobachtete sie, wie er zwei Weingläser einschenkte. »Ich habe dieses Haus mitsamt einem

Weinkeller gekauft, der zweitausend ziemlich verstaubte Flaschen enthielt. Tja, ich verstehe zwar nicht das Geringste von Wein, aber meine Leute haben mir gesagt, daß es sich um eine erstklassige Sammlung handelt. Nicht, daß ich die Absicht hätte, sie weiterzuführen. Wo ich herkomme, sammelt man Briefmarken. Dieses Zeug hier trinkt man.« Er streckte ihr ein Glas entgegen.

»Ich glaube wirklich nicht, daß – «

»Ich hasse es, allein zu trinken. Gibt mir immer das Gefühl, der einzige zu sein, der Spaß hat. Außerdem hat es Ihnen das letzte Mal auch gutgetan, oder?«

Schließlich nickte sie, entledigte sich zögernd des Mantels und nahm das Glas an. Der Raum strahlte eine einlullende Wärme aus, doch sie blieb auf der Hut; das war in der Nähe von aktiven Vulkanen und Menschen wie Nathan Gamble unabdingbar. Sie setzte sich an den Tisch und musterte ihn, während er sich über das Essen hermachte. Er schaute sie an und deutete auf die reichhaltige Tafel. »Sind Sie sicher, daß Sie nichts wollen?«

Sidney hielt das Glas hoch. »Das hier reicht, danke.«

Gamble zuckte die Schultern, trank einen Schluck Wein und begann, ein üppiges Steak in kleine Stücke zu schneiden. »Gestern habe ich mit Henry Wharton gesprochen. Ein netter Kerl, stets um seine Leute besorgt. Das gefällt mir an einem Arbeitgeber. Auch ich bin stets um meine Leute besorgt.« Er tunkte ein Brötchen in die Fleischsoße und biß ein Stück davon ab.

»Henry ist mir immer ein wunderbarer Mentor gewesen.«

»Das ist interessant. Ich hatte keinen Mentor auf dem Weg nach oben. Wäre sicher ganz nett gewesen.« Er kicherte belustigt.

Sidney blickte sich in dem eleganten Zimmer um. »Sieht nicht so aus, als hätten Sie darunter gelitten.«

Gamble hob das Weinglas und stieß mit ihr an, ehe er weiteraß. »Kommen Sie zurecht? Ich habe den Eindruck, Sie haben abgenommen, seit ich Sie das letzte Mal gesehen habe.«

»Mir geht's gut. Danke der Nachfrage.« Während sie ihn aufmerksam beobachtete, spielte sie an ihrem Haar herum und versuchte, die Nerven im Griff zu behalten. Sie wartete auf den unvermeidbaren Augenblick, da die belanglose Unterhaltung zu einem jähen Ende gelangen würde. Ihr wäre lieber gewesen, er wäre gleich auf das eigentliche Thema zu sprechen gekommen. Gamble spielte bloß mit ihr. Dutzende Male hatte sie ihn dieses Spiel schon mit anderen Menschen treiben sehen.

Gamble schenkte sich noch ein Glas ein und füllte, ungeachtet Sidneys Widerspruchs, auch ihres auf. Nach weiteren zwanzig Minuten allgemeiner Konversation wischte er sich mit der Serviette den Mund ab, erhob sich und führte Sidney zu einem übergroßen Ledersofa vor dem offenen Kamin. Sie nahm Platz, schlug die Beine übereinander und bereitete sich innerlich vor. Er blieb am Kaminsims stehen und musterte sie unter schweren Lidern.

Einen Augenblick schaute sie ins Feuer und nippte am Wein, dann blickte sie zu ihm auf. Wenn er nicht anfangen wollte, würde sie es tun, beschloß sie. »Ich habe übrigens auch mit Henry gesprochen, anscheinend kurz nach Ihnen.«

Abwesend nickte Gamble. »Ich dachte mir schon, daß Henry Sie nach unserer kleinen Unterhaltung anrufen würde.« Nach außen hin ungerührt, spürte Sidney in sich Zorn darüber aufsteigen, wie Gamble Menschen behandelte, um zu bekommen, was er wollte. Er nahm eine Zigarre aus einem auf dem Sims stehenden Humidor. »Stört es Sie?«

»Wie ich schon sagte, es ist Ihr Haus.«

»Manche Leute behaupten, Zigarren machen nicht süchtig; ich bin mir da nicht so sicher. Aber an irgend etwas muß man schließlich sterben, stimmt's?«

Sie trank einen weiteren Schluck. »Lucas meinte, Sie wollten mich sehen. Da mir die Tagesordnung unbekannt ist, würde ich Sie bitten anzufangen.«

Gamble sog mehrmals kurz an der Zigarre, um sie zum Glimmen zu bringen, bevor er antwortete. »Sie haben mich an Bord des Flugzeugs belogen, nicht wahr?« In seiner

Stimme schwang kein Zorn mit, was Sidney überraschte. Sie hatte fest angenommen, daß ein Mann wie Nathan Gamble unbeherrschte Wut über eine derartige Unverfrorenheit zeigen würde.

»Ich war nicht ganz aufrichtig, stimmt.«

Der Ansatz eines Lächelns schlich sich in Gambles Gesicht. »Sie sind so verdammt hübsch – ständig vergesse ich, daß Sie Anwältin sind. Ich vermute, es gibt einen Unterschied zwischen Lügen und Nicht-ganz-aufrichtig-Sein, obwohl mir der, offen gesagt, völlig egal ist. Sie haben mich angelogen, das ist alles, woran ich mich erinnern werde.«

»Das kann ich verstehen.«

»Weshalb war Ihr Mann an Bord dieser Maschine?« Die Frage schoß geradezu aus Gambles Mund, die Züge jedoch blieben reglos, während er sie weiter anstarrte.

Sidney zögerte, dann beschloß sie, diesmal ehrlich zu antworten. Irgendwann würde die Wahrheit ohnehin ans Licht gelangen. »Jason hat mir erzählt, eine andere Firma aus dem Technologiebereich mit Sitz in Los Angeles hätte ihm einen Posten im Management angeboten. Er meinte, er wollte für eine letzte Gesprächsrunde hinfliegen.«

»Welche Firma? RTG?«

»Es war nicht RTG. Es war überhaupt kein unmittelbares Konkurrenzunternehmen für Sie. Deshalb erschien es mir nicht so wichtig, Ihnen die Wahrheit zu sagen. Aber wie sich herausgestellt hat, spielt es keine Rolle, um welches Unternehmen es sich handelte.«

»Wieso das?« Gamble wirkte überrascht.

»Weil Jason mich belogen hat. Es gab kein Jobangebot, kein Treffen. Das habe ich erst kürzlich herausgefunden«, erklärte sie so gefaßt wie möglich.

Gamble trank den Wein aus und rauchte die Zigarre ein beträchtliches Stück weiter, bevor er wieder das Wort ergriff. Dieses Gebaren kannte Sidney auch von anderen steinreichen Mandanten. Nichts trieb diese Leute zur Eile. Sie hielten jedermanns Zeit für ihr Eigentum.

»Also hat ihr Mann Sie angelogen, und Sie haben mich

angelogen. Und jetzt soll ich das, was Sie mir erzählen, als reine Wahrheit und nichts als die Wahrheit betrachten?« Sein Tonfall blieb ruhig, dennoch schwang Ungläubigkeit darin mit. Sidney schwieg. Sie konnte ihm kaum übelnehmen, daß er ihr nicht glaubte. »Sie sind meine Anwältin. Raten Sie mir, was ich in dieser Lage tun soll, Sidney. Soll ich die Aussage des Zeugen akzeptieren?«

Sidney sprach hastig. »Ich verlange nicht, daß Sie irgend etwas akzeptieren. Wenn Sie sich weigern, mir zu glauben – und dazu haben Sie wahrscheinlich allen Grund –, dann kann ich rein gar nichts dagegen tun.«

Gedankenvoll nickte Gamble. »In Ordnung. Was noch?«

»Mehr gibt es nicht. Ich habe Ihnen alles gesagt, was ich weiß.«

Gamble schnippte die Zigarre ins Feuer. »Ach, hören Sie doch auf! Im Laufe meiner drei geschiedenen Ehen habe ich, sehr zu meinem Leidwesen, herausgefunden, daß im Bett nun mal gequatscht wird. Warum sollte das gerade bei Ihnen anders sein?«

»Jason redet ... hat nie mit mir über Tritons Angelegenheiten geredet. Soweit es mich betraf, war alles, was er in Ihrer Firma gemacht hat, vertraulich. Ich weiß überhaupt nichts. Ich habe selbst einen Haufen Fragen und keine Antworten«, erwiderte sie, plötzlich verbittert. Sogleich beruhigte sie sich wieder. »Ist bei Triton etwas vorgefallen? Etwas, in das Jason verwickelt war?« Gamble schwieg. »Darauf hätte ich wirklich gern eine Antwort.«

»Ich habe nicht vor, Ihnen auch nur das Geringste zu erzählen. Auf wessen Seite Sie stehen, weiß ich nicht, aber wohl kaum auf meiner.« Gamble starrte sie so eindringlich an, daß sie fühlte, wie sie rot wurde.

Sie schlang die Beine auseinander und schaute zu ihm auf. »Ich weiß, daß Sie mißtrauisch sind –«

»Da haben Sie verdammt recht«, unterbrach Gamble sie hitzig, »ich bin mißtrauisch. RTG sitzt mir im Nacken. Jeder sagt mir, daß meine Firma zum Mitläufer wird, sofern ich keine Einigung mit CyberCom erziele. Wie würden Sie sich an meiner Stelle fühlen?« Er ließ ihr keine Zeit zu antworten. Flink setzte er sich neben sie und ergriff ihre Hand. »Es tut mir aufrichtig leid, daß Ihr Mann tot ist, und unter anderen Umständen ginge es mich überhaupt nichts an, daß er in dem Flugzeug war. Aber wenn mich plötzlich alle Welt anlügt, während die Zukunft meines Unternehmens auf dem Spiel steht, dann geht es mich sehr wohl etwas an.« Er ließ ihre Hand los.

Tränen traten Sidney in die Augen; sie sprang auf und ergriff ihren Mantel. »Im Augenblick interessieren mich weder Sie noch Ihre Firma einen feuchten Dreck, aber ich kann Ihnen versichern, daß weder mein Mann noch ich etwas Unrechtes getan haben. Kapiert?« Ihre Augen blitzten ihn an, ihre Brust hob und senkte sich heftig. »Und jetzt will ich gehen.«

Eine lange Weile musterte Nathan Gamble die Anwältin, dann ging er zu einem Tisch in einer anderen Ecke des Zimmers und griff zum Telefon. Was er sagte, konnte sie nicht verstehen. Doch einen Augenblick später öffnete sich die Tür, und Lucas trat ein.

»Hier entlang, Ms. Archer.«

Während sie hinausschritt, schaute sie zurück zu Nathan Gamble. Grüßend hob er das Weinglas. »Wir bleiben in Verbindung«, meinte er leise. Die Verkündung dieser vier Worte jagte Sidney einen Schauder über den Rücken.

Die Limousine trat den Rückweg an, und kaum fünfundvierzig Minuten später wurde Sidney vor ihrem Ford Explorer abgesetzt. Rasch stieg sie ein und fuhr davon. Sie gab eine Kurzwahlnummer auf dem Mobiltelefon ein. Eine schläfrige Stimme meldete sich.

»Henry, hier ist Sidney. Tut mir leid, wenn ich dich geweckt habe.«

»Sid, wie spät … wo bist du?«

»Ich wollte dir nur sagen, daß ich gerade bei Nathan Gamble war.«

Mit einem Schlag wirkte Henry Wharton hellwach. »Wie hat sich das ergeben?«

»Sagen wir, es war Nathans Vorschlag.«

»Ich habe versucht, dir den Rücken zu decken.«

»Weiß ich, Henry. Und dafür bin ich dir sehr dankbar.«

»Wie ist es gelaufen?«

»Nun, unter den gegebenen Umständen hätte es wahrscheinlich kaum besser laufen können. Eigentlich hat er sich recht vernünftig benommen.«

»Freut mich zu hören.«

»Das muß aber kein Dauerzustand sein. Ich wollte nur, daß du es weißt. Bin gerade von ihm weg.«

»Vielleicht löst sich die ganze Sache ja wieder in Wohlgefallen auf.« Hastig fügte er hinzu: »Jasons Tod meine ich damit natürlich nicht. In keiner Weise will ich die entsetzliche Tragödie verharmlosen, die –«

Rasch fiel ihm Sidney ins Wort. »Ich weiß. Ich weiß, Henry. Hab' ich auch nicht so verstanden.«

»Wie bist du mit Nathan verblieben?«

Tief holte sie Luft. »Wir waren uns einig, daß wir in Verbindung bleiben.«

Das *Hay-Adams Hotel* lag nur ein paar Häuserblöcke von der Kanzlei Tyler, Stone entfernt. Als Sidney aufwachte, zeigte die Uhr kurz vor fünf Uhr morgens. Die Ereignisse der letzten Nacht gingen ihr nicht aus dem Kopf. Der Besuch im Büro ihres Mannes hatte sich als Reinfall erwiesen, und das Treffen mit Nathan Gamble hatte ihr höllische Angst eingejagt. Aber zumindest schien Henry Wharton beschwichtigt zu sein. Vorerst.

Nach einer kurzen Dusche rief sie den Zimmerservice an und bestellte ein Kännchen Kaffee. Um sieben mußte sie sich auf den Weg machen, um Amy abzuholen. Bei der Gelegenheit wollte sie mit ihren Eltern über die Trauerfeier für Jason sprechen.

Um sechs Uhr dreißig war sie fertig angezogen und hatte gepackt. Ihre Eltern waren eingefleischte Frühaufsteher, auch Amy schlief selten länger als bis sechs. Ihr Vater meldete sich am Telefon.

»Wie geht es ihr?«

»Deine Mutter kümmert sich um sie. Sie hat Amy gerade ein Bad verpaßt. Frischfröhlich kam die Kleine heute morgen in unser Schlafzimmer marschiert, als gehöre ihr das ganze Haus.« Sidney konnte den ganzen Stolz in der Stimme ihres Vaters hören. »Wie geht es dir, Liebling. Du klingst ein wenig besser.«

»Ich komme zurecht, Paps. Ich komme zurecht. Endlich konnte ich auch ein bißchen schlafen, keine Ahnung, wie.«

»Deine Mutter und ich begleiten dich zurück, und wir dulden keine Widerrede. Wir können dir rund ums Haus helfen, Anrufe entgegennehmen, Besorgungen erledigen und uns um Amy kümmern.«

»Danke, Paps. Ich bin in ein paar Stunden bei euch.«

»Da kommt gerade Amy; sie sieht aus wie ein in den Regen geratenes Küken. Ich geb' sie dir.«

Sidney hörte, wie die kleinen Händchen sich um den Hörer schlossen. Ein kurzes Glucksen drang durch die Leitung.

»Amy, mein Schatz, hier ist Mami.« Im Hintergrund vernahm Sidney, wir ihre Mutter und ihr Vater Amy gut zuredeten.

»Hallo. Mami?«

»Genau, mein Liebling, hier ist Mama.«

»Hallo *du* da!« Einen Augenblick lachte das kleine Mädchen herzhaft. Derzeit war das einer ihrer Lieblingssätze. Stets hüpfte sie wie ein Frosch auf und ab, wenn sie ihn sagte. Den Hörer fest umklammert, plapperte das kleine Mädchen in ihrer eigenen Sprache munter weiter. Den Großteil konnte Sidney mühelos entschlüsseln. Heute morgen erzählte sie von Pfannkuchen und Schinken und von einem Vogel, den sie draußen beobachtet hatte, wie er eine Katze jagte. Sidney lächelte. Bei Amys nächsten Worten verpuffte das Lächeln mit einem Schlag.

»Papa. Ich will Papa.«

Sidney schloß die Augen. Mit einer Hand faßte sie sich an die Stirn und strich die Haare zurück. Ein schmerzlicher

Kloß bildete sich im Hals. Sie hielt die Hand über den Hörer, damit das Geräusch nicht übertragen wurde.

Nachdem sie sich gefaßt hatte, sprach sie weiter. »Ich liebe dich, Amy. Mami liebt dich mehr als alles andere. Wir sehen uns bald, ja?«

»Hab' dich lieb. Mein Papa? Komm her, jetz'!«

Sidney hörte, wie Ihr Vater Amy sagte, sie solle sich verabschieden.

»Tschüs, mein Kleines. Ich bin bald da.« Mittlerweile flossen die Tränen ungezügelt; an den salzigen Geschmack hatte sie sich längst gewöhnt.

»Liebling?«

»Hallo, Mam.« Mit dem Ärmel wischte Sidney sich über das Gesicht, doch sogleich folgten neue Tränen, wie eine hartnäckige Schicht alter Farbe, die durch den neuen Anstrich dringt.

»Es tut mir leid, mein Schatz. Ich nehme an, sie kann nicht mit dir reden, ohne dabei an Jason zu denken.«

»Ich weiß.«

»Zumindest hat sie gut geschlafen.«

»Wir sehen uns bald, Mama.« Sidney legte auf und blieb noch ein paar Minuten mit dem Kopf zwischen den Händen sitzen. Dann trat sie ans Fenster, wo sie die Vorhänge einen Spalt aufschob und hinauslugte.

Ein nahezu voller Mond und die zahlreichen Straßenlampen tauchten die Umgebung in ausgesprochen helles Licht. Trotzdem bemerkte Sidney den Mann nicht, der in einer Gasse an der gegenüberliegenden Straßenseite stand und ein Fernglas in der Hand hielt, das in ihre Richtung wies. Er trug denselben Mantel und Hut wie in Charlottesville. Pflichtbewußt beobachtete er Sidney, die geistesabwesend auf die Straße schaute. Aus jahrelanger Erfahrung in dieser Tätigkeit nahm er jede Einzelheit in sich auf. Ihr Gesicht wirkte ausgezehrt, insbesondere um die Augen. Ihr Hals war schlank und anmutig wie der eines Mannequins, doch Nacken und Schultern waren unverkennbar angespannt.

Als sie sich vom Fenster abwandte, senkte er das Fernglas. Eine von Kummer und Sorgen gezeichnete Frau, schloß er. Da er Jason Archers verdächtige Handlungen am Flughafen beobachtet hatte – an jenem Morgen, als die Maschine auf dem Weg nach Los Angeles abstürzte –, hatte Sidney Archer in seinen Augen allen Grund, besorgt, unruhig, vielleicht sogar ängstlich zu sein. Er lehnte sich an die Ziegelmauer und hielt weiter Wache.

## KAPITEL 23

Lee Sawyer starrte aus dem Fenster seiner kleinen Wohnung im südöstlichen Teil von Washington. Tagsüber konnte er vom Schlafzimmerfenster aus die Kuppel der Union Station sehen. Das erste Tageslicht jedoch würde noch mindestens dreißig Minuten auf sich warten lassen.

Erst gegen vier Uhr dreißig morgens war Sawyer von der Untersuchung des Mordes an dem Tankwart nach Hause gekommen. Er hatte sich eine zehnminütige, heiße Dusche gegönnt, um die Verspannungen zu lösen und die Schläfrigkeit abzuschütteln. Danach zog er sich rasch an, stellte eine Kanne Kaffee auf, briet sich ein paar Eier und eine Scheibe Schinken, die er wohl schon vor einer Woche hätte wegwerfen sollen, und toastete sich Brot. Auf einem Fernsehtischchen im Wohnzimmer nahm er die einfache Mahlzeit zu sich. Eine kleine Tischlampe bildete die einzige Lichtquelle.

Die beruhigende Dunkelheit eröffnete ihm die Gelegenheit, einfach nur dazusitzen und nachzudenken. Während der Wind gegen die Fenster peitschte, ließ Sawyer den Blick durch sein schlichtes Zuhause wandern. Er verzog das Gesicht zu einer Grimasse. Zuhause? Dies hier war nicht sein Zuhause, obwohl er schon über ein Jahr hier lebte. Sein Zuhause befand sich in den von Bäumen gesäumten Vorstädten Virginias: ein Haus mit Mezzaningeschoß, Vinylaußenverkleidung, einer Garage für zwei Autos und einem gemauerten Holzkohlengrill im Hinterhof. Die kleine Wohnung stellte nur den Ort dar, an dem er aß und gelegentlich schlief; sie war das einzige, das er sich nach der Scheidung leisten konnte. Aber sie würde niemals Sawyers Zuhause sein, trotz der vereinzelten persönlichen Dinge, die er mitgebracht hatte.

Hauptsächlich handelte es sich dabei um Fotos seiner vier Kinder, die ihn von überall her anblickten. Er nahm eines der Bilder in die Hand. Seine Jüngste starrte ihn an. Meg. Fast jeder nannte sie Meggie. Sie war blond, gutaussehend und hatte ihres Vaters Größe geerbt, ebenso seine schmale Nase und seine vollen Lippen. Während der entscheidenden Jahre in Megs Leben war Sawyers Karriere als FBI-Agent so richtig ins Rollen gekommen, weshalb er den größten Teil ihrer Jugend unterwegs verbracht hatte. Was sich nunmehr bitter rächte. Die beiden sprachen nicht miteinander. Zumindest sie tat es nicht. Und er, so grobschlächtig er auch wirken mochte und ungeachtet dessen, womit er sich seinen Lebensunterhalt verdiente, fürchtete sich davor, einen neuerlichen Versuch zu wagen. Außerdem, wie viele verschiedene Möglichkeiten gab es, jemandem mitzuteilen, daß es einem leid tat?

Er wusch das Geschirr, wischte das Becken sauber und warf ein paar schmutzige Kleidungsstücke in einen Beutel, den er bei der Wäscherei abgeben wollte. Dann sah er sich um, ob es noch etwas zu tun gab. Aber da war rein gar nichts. Ein zerknirschtes Lächeln kroch über sein Gesicht. Er konnte nur die Zeit totschlagen.

Sawyer warf einen Blick auf die Uhr. Fast sieben. Bald würde er ins Büro aufbrechen. Wenngleich er geregelte Dienstzeiten hatte, hielt er sich praktisch ständig dort auf. Was vielleicht verständlich war, stellte doch die Arbeit beim FBI das einzige dar, was ihm noch blieb. Es würde immer einen neuen Fall geben. Hatte das nicht seine Frau in jener Nacht gesagt? In der Nacht, als ihre Ehe endgültig zerbrach? Aber sie hatte recht, es würde immer einen neuen Fall geben. Und was durfte er letzten Endes mehr verlangen oder erwarten?

Des Herumlungerns überdrüssig, setzte er den Hut auf, legte den Pistolenhalfter an und ging die Treppe hinunter zu seinem Wagen.

Kaum fünf Minuten Fahrzeit von Sawyers Wohnung entfernt, befand sich das Gebäude des FBI-Hauptquartiers in der Pennsylvania Avenue, zwischen der Neunten und Zehnten Straße Nordwest. Es war die Wirkungsstätte von etwa siebentausendfünfhundert der insgesamt vierundzwanzigtausend Mitarbeiter des FBI. Von diesen siebentausendfünfhundert waren nur ungefähr tausend Spezialagenten, bei den übrigen handelte es sich um Techniker und Verwaltungspersonal.

Im Hauptquartier thronte ein bekannter Spezialagent an einem großen Besprechungstisch. Rund um den Tisch saßen weitere FBI-Mitarbeiter. Jeder ackerte sich pflichtbewußt durch Aktenstapel oder starrte auf den Bildschirm seines Laptops. Sawyer ließ den Blick durch den Raum schweifen und streckte sich.

Sie befanden sich im Strategic Information Operations Center, kurz SIOC, der strategischen Einsatzplanung. Dabei handelte es sich um einen Bereich mit beschränktem Zutritt; er setzte sich aus einem Trakt durch Glaswände voneinander getrennter Räume zusammen, die gegen jede bekannte Art elektronischer Bespitzelung gesichert waren. Das SIOC wurde als Kommandozentrale für groß angelegte FBI-Ermittlungen herangezogen. An einer Wand hingen mehrere Uhren, die unterschiedliche Zeitzonen zeigten. Eine Reihe großflächiger Fernsehbildschirme stand an einer weiteren Wand. Das SIOC verfügte über abhörsichere Kommunikationsleitungen zum Lageraum des Weißen Hauses, zur CIA und zu einer Vielzahl weiterer Bundesbehörden. Durch das Fehlen von Fenstern nach draußen und den dicken Teppichbelag präsentierte es sich als stiller Ort, an dem man Ermittlungen gewaltigen Ausmaßes planen konnte. Eine kleine Kaffeeküche hielt das Personal über geradezu unmenschliche Arbeitszeiten hinweg aufrecht. Im Augenblick wurde gerade frischer Kaffee gebrüht. Anscheinend gehörten Koffein und Brainstorming untrennbar zusammen.

Sawyer schaute über den Tisch zu David Long, einem langjährigen Mitglied des Bombenräumtrupps des FBI, der in eine Akte vertieft war. Links neben Long saß Herb Barracks, ein Agent des Ortsbüros in Charlottesville, des der Absturzstelle nächstgelegenen FBI-Büros. Neben Barracks wiederum saß ein Agent der Niederlassung Richmond, des FBI-Regionalbüros, das sich dem Schauplatz der Katastrophe am nächsten befand. Ihnen gegenüber saßen zwei Agenten des Regionalbüros Washington und Umgebung in Buzzard Point, das bis in die späten Achtziger einfach als Regionalbüro Washington gegolten hatte, bis es mit dem Regionalbüro Virginia zusammengelegt worden war.

Der Direktor des FBI, Lawrence Malone, war vor einer Stunde weggegangen, nachdem er über den Mord an einem gewissen Robert Sinclair in Kenntnis gesetzt wurde, der bis vor kurzem als Flugzeugbetanker bei Vector Fueling Systems gearbeitet hatte und nunmehr einen Platz in einem Leichenschauhaus in Virginia besetzte. Sawyer war sicher, daß eine Überprüfung der Fingerabdrücke mittels des Automatischen Fingerabdruck-Identifikationssystems des FBI, kurz AFIS, dem verstorbenen Mr. Sinclair einen anderen Namen zuweisen würde. Wer sich an einem Verbrechen der Größenordnung beteiligte, die Sawyer in diesem Fall vermutete, gab selten den richtigen Namen an, um einen Arbeitsplatz zu ergattern.

Derzeit beschäftigten sich landesweit über zweihundertfünfzig Agenten mit dem Bombenattentat auf Flug 3223. Sie folgten Spuren, befragten Familienmitglieder der Opfer und führten genaue Überprüfungen aller Personen durch, die ein Motiv und die Möglichkeit hatten, den Jet der Western Airlines zu sabotieren. Sawyer nahm an, daß Sinclair die eigentliche Drecksarbeit gemacht hatte, doch er wollte keinesfalls einen möglichen Komplizen am Flughafen übersehen. Zwar kursierten schon seit einiger Zeit Gerüchte in der Presse, aber der erste große Bericht, in dem offiziell erklärt wurde, daß eine Explosion zum Absturz des Fluges der Western Airlines geführt hatte, sollte erst in der nächsten Morgenausgabe der *Washington Post* erscheinen. Die Öffentlichkeit würde Antworten verlangen, und zwar bald. Sawyer verstand das nur zu gut; leider jedoch fand man Antworten nicht immer so schnell, wie man es sich wünschte – eigentlich fast nie.

Kurz nachdem die Mitglieder des NTSB-Teams jenes spezielle Beweisstück aus dem Krater geborgen hatten, hatte man die Ermittlungen auf Vector konzentriert. Danach ergab sich sehr rasch, daß Sinclair die Maschine für Flug 3223 betankt hatte. Nun war auch Sinclair tot. Irgend jemand hatte sichergestellt, daß Robert Sinclair niemals Gelegenheit dazu haben würde, dem FBI zu erzählen, weshalb er das Flugzeug sabotiert hatte.

Long wandte sich an Sawyer. »Du hattest recht, Lee. Es handelt sich um eine stark veränderte Version dieser neuartigen tragbaren Heizelemente. Der neueste Schrei in Zigarettenanzündern. Keine Flamme, nur enorme Hitze, die von einer Platinspule ausgeht; fast unsichtbar.«

»Ich wußte, daß ich so etwas schon einmal gesehen hatte. Erinnerst du dich an den Brandanschlag auf das Finanzamt-Gebäude letztes Jahr?« fragte Sawyer.

»Genau. Wie auch immer, dieses Ding ist in der Lage, eine Hitze von etwa achthundert Grad Celsius zu erzeugen. Weder Wind noch Kälte beeinträchtigen den Vorgang, selbst dann nicht, wenn Treibstoff oder ähnliches darauf spritzt. Das Ding verfügt über genug Brennstoff für fünf Stunden und wurde so manipuliert, daß es sich automatisch wieder anzündet, sollte es aus irgendeinem Grund ausgehen. An einer Seite war eine Magnetplatte befestigt. Eine einfache, aber durch und durch wirkungsvolle Methode. Der Flugzeugtreibstoff spritzt aus dem Tank, sobald das Metall durchgefressen ist. Früher oder später gelangt das Zeug in die Reichweite des Glühdrahtes und – *bumm!*« Er schüttelte den Kopf. »Verdammt einfallsreich. Man trägt es in der Hosentasche, und selbst wenn es entdeckt wird, sieht es nach außen hin wie ein Feuerzeug aus.« Unter den aufmerksamen Blicken der übrigen Agenten blätterte Long weitere Seiten der Akte durch. Long setzte seine Analyse fort. »Und man brauchte weder eine Schaltuhr noch ein Höhenmeßgerät. Die Zeit ließ sich grob durch die Korrosionskraft der Säure abschätzen. Es war ein Fünf-Stunden-Flug, also blieb jede Menge Zeit.«

Sawyer nickte. »Kaplan und seine Mannschaft haben den Flugdatenschreiber gefunden. Das Gehäuse war aufgeplatzt, aber das Band noch relativ in Ordnung. Vorläufig läßt sich schließen, daß sich das rechte Triebwerk mitsamt den Kontrolleinheiten, die in diesem Teil der Tragfläche untergebracht sind, nur Sekunden nach einem merkwürdigen Geräusch vom Flugzeug löste, das vom Stimmaufzeichnungsgerät erfaßt wurde. Derzeit wird gerade eine Schallspektrumsanalyse durchgeführt. Der Flugdatenschreiber zeigt keine drastische Veränderung des Kabinendrucks, also fand *in* der Kabine eindeutig keine Explosion statt; was logisch erscheint, da, wie wir wissen, die Tragfläche sabotiert wurde. Davor funktionierte alles einwandfrei: keine Triebwerksprobleme, horizontaler Flug, gewöhnliche Instrumentenanzeigen. Aber nachdem die Bombe hochging, hatten die armen Teufel überhaupt keine Chance mehr.«

»Gibt uns die Stimmaufzeichnung aus dem Cockpit irgend welche Hinweise?« fragte Long.

Sawyer schüttelte den Kopf. »Die üblichen Kraftausdrücke. Und der Notruf. Der Flugdatenschreiber zeigt, daß die Maschine bei voller Leistung des rechten Triebwerks fast dreißigtausend Fuß senkrecht abstürzte. Wer weiß, wie lange die Piloten unter diesen Umständen noch bei Bewußtsein waren?« Er setzte ab. »Hoffen wir, nicht allzu lange«, fügte er bitter hinzu.

Nun, da feststand, daß es sich um Sabotage handelte, hatte das FBI die Ermittlungen offiziell von der NTSB übernommen. Aufgrund der Komplexität des Falles und den enormen organisatorischen Anforderungen, die sich daraus ergaben, wurden die Ermittlungen vom FBI-Hauptquartier aus geführt. Und Sawyer, dessen erstklassige Arbeit beim Bombenattentat Lockerbie noch der gesamten Führungsebene des FBI in Erinnerung war, wurde zum zuständigen Ermittler ernannt, was bedeutete, daß er den Fall leitete. Doch dieser Anschlag unterschied sich von Lockerbie. Er hatte sich über amerikanischem Luftraum ereignet und einen Krater in amerikanischen Grund und Boden gerissen.

Sawyer verzog das Gesicht. Die Pressekonferenzen und Erklärungen an die Öffentlichkeit würde er anderen überlassen. Er zog es vor, im Hintergrund zu arbeiten.

Von jeher widmete das FBI einen gewaltigen Personalbestand und Unmengen von Geld der Infiltrierung von Terrororganisationen, die in den Vereinigten Staaten operierten. Man versuchte, von Plänen und Verschwörungen Wind zu bekommen, die Zerstörung im Namen eines politischen oder religiösen Anliegens über das Land bringen sollten, ehe sie zur Verwirklichung gelangen konnten. Doch das Bombenattentat auf Flug 3223 hatte sie völlig unerwartet getroffen. Nicht die leiseste Andeutung, daß sich etwas dieser Größenordnung anbahnte, war aus dem verschlungenen Netz gedrungen. Da er die Katastrophe nicht hatte verhindern können, gelobte Sawyer nun, jeden wachen Augenblick – wahrscheinlich begleitet von Alpträumen der einen oder anderen Art – darauf zu verwenden, die für dieses Massaker Verantwortlichen ihrer gerechten Strafe zu überantworten.

»Wir wissen also, was mit dem Flugzeug geschehen ist. Jetzt müssen wir herausfinden, warum und wer daran beteiligt war. Beginnen wir mit dem Motiv. Was hast du über Arthur Lieberman herausgefunden, Ray?«

Raymond Jackson war Sawyers jüngerer Partner. In Michigan hatte er am College Football gespielt, bevor er die Sportschuhe an den Nagel hängte und eine Karriere in der Nationalen Football-Liga einer Karriere als Gesetzeshüter opferte. Der breitschultrige Afro-Amerikaner war etwas unter eins achtzig groß, hatte intelligente Augen und eine ruhige Art. Jackson schlug einen Notizblock auf.

»Eine ganze Menge. Zur Einleitung: Der Mann war todkrank. Bauchspeicheldrüsenkrebs. Im fortgeschrittenen Stadium. Er hatte bestenfalls noch sechs Monate zu leben. *Bestenfalls*. Sämtliche Behandlungen waren abgebrochen worden. Aber er hat noch haufenweise Schmerzmittel genommen. Schlesinger-Lösung, ein Gemisch aus Morphium und einem Antidepressivum, wahrscheinlich Kokain, eine der wenigen legalen Anwendungen in diesem Land. Vermutlich hatte Lieberman eines dieser tragbaren Dinger, die Medikamente direkt in den Blutkreislauf injizieren.«

Sawyers Gesicht verriet Erstaunen. *Walter Burns und seine Geheimnisse.* »Der Präsident der Bundeszentralbank hatte nur noch sechs Monate zu leben, und keiner wußte es? Woher hast du die Information?«

»Im Arzneimittelschränkchen in seiner Wohnung fand ich ein Chemotherapie-Medikament. Daraufhin habe ich mich gleich unmittelbar an die Quelle gewandt, nämlich an seinen Hausarzt. Hab' ihm gesagt, daß wir lediglich allgemeine Hintergrundinformationen einholen. Als ich Liebermans privaten Terminkalender durchsah, fielen mir die zahlreichen Arztbesuche auf. Darunter auch Termine im Johns-Hopkins-Krankenhaus und einer in der Mayo-Klinik. Dann erwähnte ich das Medikament, das ich gefunden hatte. Der Kerl wurde ganz schön nervös. Ich habe vorsichtig durchklingen lassen, daß er bis zum Hals in der Scheiße steckt, wenn er dem FBI nicht die ganze Wahrheit erzählt. Als ich dann noch was von einer Vorladung sagte, wurde er weich. Wahrscheinlich dachte er, der Patient ist ohnehin tot, was wird es ihn noch groß kümmern?«

»Was ist mit dem Weißen Haus? Dort mußte man doch darüber Bescheid wissen?«

»Sofern die mit offenen Karten spielen, hatten die keine Ahnung davon. Ich habe mich mit dem Stabschef über Liebermans kleines Geheimnis unterhalten. Zuerst hatte ich den Eindruck, daß er mir nicht glaubte. Ich mußte ihn daran erinnern, daß FBI für Freimut, Beherztheit und Integrität steht. Außerdem habe ich ihm eine Kopie der medizinischen Unterlagen geschickt. Es heißt, der Präsident sei stocksauer geworden, als er sie sah.«

»Das ist eine interessante Wendung«, meinte Sawyer. »Ich dachte immer, Lieberman wäre so eine Art Finanzgott gewesen. Unerschütterlich wie ein Felsen. Und doch vergißt er zu erzählen, daß er drauf und dran ist, an Krebs zu krepieren und das Land sich selbst zu überlassen. Das ergibt keinen Sinn.«

Jackson grinste. »Ich referiere nur die Tatsachen. Und du hast recht, was den Ruf des Burschen angeht. Er galt als die Aufrichtigkeit in Person. Privat hingegen war er finanziell nicht in bester Verfassung.«

»Wie meinst du das?« fragte Sawyer.

Jackson blätterte die Seiten des dicken Notizbuches weiter, dann hielt er inne. Er drehte den Block um und schob ihn zu Sawyer hinüber. Dieser las die Notizen durch, während Jackson mit seinem Bericht fortfuhr.

»Vor etwa fünf Jahren wurde Lieberman nach fünfundzwanzig Jahren Ehe geschieden. Anscheinend war er ein böser Junge, der sich beim Fremdgehen erwischen ließ. Der Zeitpunkt dafür hätte kaum schlechter gewählt sein können. Er stand kurz davor, sich den Anhörungen des Senats für den Posten bei der Bundeszentralbank zu stellen. Seine Frau drohte, ihn über die Presse in der Luft zu zerreißen. Mit der Präsidentschaft der Bundeszentralbank, die Lieberman, wie man mir erzählte, unbedingt übernehmen wollte, wäre es kurzerhand vorbei gewesen. Um sich des Problems zu entledigen, überließ Lieberman seiner Frau nahezu alles, was er besaß. Vor ein paar Jahren ist sie an Krebs gestorben. Erschwerend kommt hinzu, daß seine Freundin, die etwa Mitte Zwanzig sein muß, einen teuren Geschmack hatte. Mit dem Posten bei der Bundeszentralbank ist zwar höchstes Ansehen verbunden, nicht aber das Geld, das sich an der Wall Street verdienen läßt – nicht einmal annähernd. Tatsache ist, daß Lieberman bis zum Hals in Schulden steckte. Er lebte in einer armseligen Wohnung drüben am Capitol Hill und lungerte vor einem finanziellen Loch der Tiefe des Grand Canyons. Der Stapel Liebesbriefe, den wir in der Wohnung gefunden haben, stammt anscheinend von seiner Geliebten.«

»Was ist aus ihr geworden?« erkundigte sich Sawyer.

»Wissen wir nicht genau. Aber es sollte mich nicht wundern, hätte sie ihm den Laufpaß gegeben, als sie herausfand, daß ihre Goldgrube vom Krebs zerfressen war.«

»Irgendeine Ahnung, wo sie sich jetzt aufhält?«

Jackson schüttelte den Kopf. »Soweit ich herausfinden konnte, ist sie seit einiger Zeit von der Bildfläche verschwunden. Ich habe ein paar Kollegen von Lieberman aus seiner Zeit in New York aufgespürt. Laut deren Aussagen soll die Frau wunderschön, aber strohdumm gewesen sein.«

»Wahrscheinlich ist es Zeitverschwendung, aber stell trotzdem weitere Nachforschungen über sie an, Ray.«

Jackson nickte.

Sawyer wandte sich an Agent Barracks. »Irgend etwas Neues vom Kongreß, wer Lieberman nachfolgen wird?«

Als Barracks antwortete, erhielt Sawyer den zweiten Schlag innerhalb einer Minute.

»Einhellige Meinung: Walter Burns.«

Eine Weile starrte Sawyer Barracks an, dann schrieb er den Namen »Walter Burns« in sein Notizbuch. In die Spalte daneben kritzelte er das Wort »Arschloch«, gleich darunter das Wort »Verdächtiger«, versehen mit einem Fragezeichen.

Sawyer blickte vom Notizbuch auf. »Klingt, als hätte unseren Mr. Lieberman in letzter Zeit eine Pechsträhne verfolgt. Warum also sollte man ihn umbringen?«

»Dafür gibt es haufenweise Gründe«, antwortete Agent Barracks. »Der Präsident der Bundeszentralbank gilt als Symbol für Amerikas Währungspolitik – eine erstrebenswerte Zielscheibe, beispielsweise für eine neidische Bananenrepublik der dritten Welt. Oder such dir eine von etwa zwei Dutzend aktiven Terrororganisationen aus, die sich auf Flugzeugattentate spezialisiert haben.«

Sawyer schüttelte den Kopf. »Bisher hat sich noch keine Gruppe zu dem Anschlag bekannt.«

Barracks prustete. »Laß ihnen ein wenig Zeit. Jetzt, da wir bestätigt haben, daß es sich um einen Sabotageakt handelt, werden die Verantwortlichen sich melden. Diese Dreckskerle leben dafür, Amerikaner aus dem Himmel zu bomben, um ihren politischen Standpunkt zu vertreten.«

»Verdammt noch mal!« Sawyer ließ die kräftige Faust auf den Tisch niederkrachen, erhob sich und begann, mit hochrotem Gesicht auf und ab zu marschieren. Der Anblick des Einschlagkraters schien alle paar Sekunden durch seine Gedanken zu blitzen. Hinzu kam mittlerweile auch die kleinere, dafür um so niederschmetterndere Vision des winzigen, versengten Schuhs, den er in der Hand gehalten hatte. Jedes seiner Kinder hatte er nach ihrer Geburt im Arm gewiegt. Jedes davon hätte es treffen können. Jedes! Er wußte, daß dieser Anblick niemals ganz aus seinen Gedanken verschwinden würde, solange er auf Erden wandelte.

Besorgt musterten ihn die Agenten. Sawyer hatte sich zu Recht den Ruf erworben, einer der scharfsinnigsten aus dem Heer keineswegs dummer Agenten des FBI zu sein. Obwohl er bereits seit fünfundzwanzig Jahren mit ansehen mußte, wie diverse Mitmenschen eine blutrote Spur quer durch das Land zogen, ging er nach wie vor an jeden Fall mit demselben Eifer und derselben Unerbittlichkeit heran. Für gewöhnlich stellte er wohldurchdachte Analysen über hitzige Gefühlsausbrüche; dennoch wußten die meisten, die im Lauf der Jahre mit ihm zusammengearbeitet hatten, daß ihm mitunter der Gaul durchging.

Sawyer hielt inne und schaute zu Barracks. »Mit dieser Theorie gibt es ein Problem, Herb.« Die Stimme klang wieder ruhig.

»Und zwar?«

Sawyer lehnte sich gegen eine der Glaswände und faltete die Arme vor der stattlichen Brust. »Ein Terrorist, der einen großen Coup landen möchte, schmuggelt eine Bombe an Bord eines Flugzeugs, was – seien wir mal ehrlich – bei einem Inlandsflug nicht allzu schwierig ist; er sprengt den Flieger in tausend Einzelteile. Leichen purzeln vom Himmel, krachen durch Dächer, unterbrechen Amerikaner beim Frühstück. Es besteht kein Zweifel daran, daß es sich um ein Bombenattentat handelt.« Sawyer setzte ab und bedachte jeden der Agenten mit einem eindringlichen Blick. »In diesem Fall trifft das nicht zu, meine Herren.«

Sawyer lief weiter auf und ab. Sämtliche Augen im Raum folgten seinen Schritten. »Der Jet war praktisch noch intakt, als er zur Erde fiel. Wäre die rechte Tragfläche nicht abgebrochen, befände sich das *gesamte* Flugzeug in dem Krater. Notieren wir uns diesen Punkt. Der Tankwart von Vector wurde allem Anschein nach bezahlt, um den Flieger zu sabotieren. Eine klammheimliche Aktion, durchgeführt von einem Amerikaner, der – zumindest nach bisherigem Wissensstand – in keinerlei Verbindung zu irgendeiner Terrororganisation stand. Ich kann mir kaum vorstellen, daß Terroristengruppen aus Nahost neuerdings Amerikaner in ihre Ränge aufnehmen, um sie die Drecksarbeit erledigen zu lassen.

Zwar wurde der Treibstofftank beschädigt, aber das hätte ebensogut durch die Explosion und das Feuer verursacht werden können. Die Säure war fast vollständig verbrannt. Ein bißchen mehr Hitze, und wir hätten vielleicht überhaupt nichts gefunden. Und Kaplan hat bestätigt, daß die Tragfläche gar nicht abbrechen mußte, um das Flugzeug zum Absturz zu bringen. Das rechte Triebwerk wurde durch die angesaugten Trümmer zerstört, wichtige Hydraulikleitungen für die Flugkontrolle wurden durch das Feuer und die Explosion abgetrennt, und mit der Aerodynamik der Tragfläche war es unwiderruflich vorbei, selbst wenn sie am Rumpf geblieben wäre. Hätten wir also nicht den Zünder im Krater entdeckt, die ganze Sache wäre vielleicht als tragisches technisches Versagen durchgegangen. Und machen wir uns nichts vor: Es kommt einem verdammten Wunder gleich, daß der Zünder geborgen wurde.«

Sawyer schaute durch eine der Glaswände und fuhr fort. »Zusammengenommen ergibt das was? Zwar jemanden, der ein Flugzeug sabotiert, der aber eher *nicht* will, daß es danach aussieht. Kaum die typische Vorgehensweise eines Terroristen. Aber das Bild wird noch verschwommener. Die Logik kehrt sich um. Zunächst finden wir unseren Tankwart mit einem ganzen Magazin Blei im Leib. Die Koffer sind gepackt, er ist halb verkleidet, doch offenbar änderte sein Auftraggeber den Plan. Dann ist da noch der Umstand, daß Arthur Lieberman sich an Bord der Maschine befand.« Sawyer blickte zu Jackson. »Der Mann flog jeden Monat nach L. A., wie ein Uhrwerk, jeden Monat mit derselben Fluggesellschaft, demselben Flug, richtig?«

Die Augen zu Schlitzen verengt, nickte Jackson bedächtig. Alle Agenten beugten sich unbewußt vor, während sie Sawyers Schlüssen lauschten.

»Also stehen die Chancen dafür, daß der Kerl zufällig an Bord der Maschine war, so gering, daß es kaum der Mühe wert ist, ein Wort darüber zu verlieren. Nüchtern betrachtet, *muß* Lieberman ganz einfach das Zielobjekt gewesen sein, sofern wir nicht etwas Entscheidendes übersehen. Nun fügen wir die zwei Teile zusammen. Anfangs versuchten die Bombenleger wohl, das Ganze nach einem Unfall aussehen zu lassen. Dann aber wird der Tankwart tot aufgefunden. Warum?« Sawyer ließ einen scharfen Blick in die Runde schweifen.

David Long meldete sich zu Wort. »Die durften kein Risiko eingehen. Vielleicht geht es als Unfall durch, vielleicht auch nicht. Sie können nicht warten, bis die Zeitungen darüber berichten. Der Bursche mußte sofort unschädlich gemacht werden. Außerdem, wenn der ursprüngliche Plan so aussah, daß der Kerl die Kurve kratzen sollte, hätte es Verdacht erregt, daß er nicht zur Arbeit erscheint. Selbst wenn wir zunächst nicht an Sabotage gedacht hätten, wären wir durch das plötzliche Verschwinden des Tankwarts hundertprozentig in diese Richtung gelenkt worden.«

»Zugegeben«, entgegnete Sawyer. »Aber wenn man die Spur dort enden lassen möchte, warum stellt man es dann nicht so dar, als wäre der Tankwart ein fanatischer Irrer? Man jagt ihm eine Kugel in die Schläfe, läßt die Pistole zusammen mit einem erfundenen Abschiedsbrief voller Ich-hasse-Amerika-Parolen zurück und zeichnet so das Bild eines Einzelgängers. Statt dessen wurde er regelrecht durchsiebt; Beweise blieben zurück, die darauf hindeuten, daß der Typ sich gerade auf die Flucht vorbereitete; also wissen wir jetzt, daß auch andere beteiligt waren. Wieso um alles in der

Welt sollte sich jemand freiwillig solchen Ärger aufhalsen?« Sawyer rieb sich das Kinn.

Die anderen in der Runde sahen einander verwirrt und ratlos an.

Schließlich wandte Sawyer sich an Jackson. »Gibt es vom Gerichtsmediziner etwas Neues über unsere Leiche?«

»Man hat mir höchste Priorität zugesagt. Wir werden so schnell wie möglich Bescheid kriegen.«

»Haben wir sonst noch etwas in der Wohnung des Burschen gefunden?«

»Wir haben etwas Bedeutendes *nicht* gefunden, Lee.«

Sawyer warf seinem Partner einen wissenden Blick zu. »Keine Papiere.«

»Genau«, bestätigte Jackson. »Ein Kerl, der sich auf die Reise macht, nachdem er ein Flugzeug gesprengt hat, flieht nicht als er selbst. So wie das vermutlich geplant war, mußte er gefälschte Papiere zur Hand haben, *gut* gefälschte Papiere.«

»Stimmt, Ray, aber er könnte sie woanders zwischengebunkert haben.«

»Oder wer immer ihn umgenietet hat, nahm sie mit«, warf Barracks ein.

»Auch eine Möglichkeit«, pflichtete Sawyer ihm bei.

Bei diesen Worten öffnete sich die Tür, und herein trat Marsha Reid. Sie war klein und wirkte mütterlich, hatte grau meliertes, kurzes Haar und eine Brille, die an einer Kette über dem schwarzen Kleid baumelte. Außerdem war sie eine der kompetentesten Fingerabdruck-Spezialistinnen des FBI. Mittels ihrer esoterischen Welt der Bögen, Schleifen und Wirbel hatte Reid bereits einige der übelsten Verbrecher des Planeten dingfest gemacht.

Marsha nickte den übrigen Agenten im Raum zu; danach nahm sie Platz und öffnete die Akte, die sie mitgebracht hatte.

»Die AFIS-Ergebnisse, frisch aus dem Druck«, verkündete sie in geschäftsmäßigem Tonfall. »Robert Sinclair hieß mit wirklichem Namen Joseph Philip Riker, derzeit in Texas und

Arkansas gesucht wegen Mordes und damit zusammenhängender Anzeigen wegen unerlaubten Waffenbesitzes. Sein Vorstrafenregister ist drei Seiten lang. Die erste Haftstrafe verbüßte er wegen bewaffneten Raubüberfalls im Alter von sechzehn Jahren. Die letzte wegen Totschlags. Insgesamt hat er sieben Jahre abgesessen. Vor fünf Jahren wurde er entlassen. Seither scheint sein Name im Zusammenhang mit zahlreichen Verbrechen auf, darunter zweimal Auftragsmord. Ein äußerst gefährlicher Mann. Vor etwa achtzehn Monaten wurde die Spur kalt. Seitdem hat man keinen Pieps mehr von ihm gehört. Bis jetzt.«

Ringsum Schweigen.

»Wie kommt ein Kerl wie der zu dem Job, Flugzeuge aufzutanken?« Sawyers Stimme verriet Ungläubigkeit.

Jackson beantwortete die Frage. »Ich habe mit Vertretern von Vector gesprochen; eine höchst seriöse Firma. Sinclair –«, sogleich verbesserte er sich: »*Riker* hat erst vor einem Monat dort angefangen. Er hatte ausgezeichnete Referenzen vorzuweisen. Hat bei mehreren Flugzeugtankfirmen im Nordwesten und in Südkalifornien gearbeitet. Vector hat eine Sicherheitsüberprüfung durchgeführt, natürlich unter dem Namen Sinclair. Alles schien in Ordnung zu sein. Die waren von all dem genauso überrascht wie jeder andere.«

»Was ist mit Fingerabdrücken? Sie mußten doch auch seine Fingerabdrücke überprüfen. Damit hätten sie erfahren, wer der Kerl tatsächlich war.«

Reid schaute zu Sawyer. Selbstbewußt erklärte sie: »Es hängt davon ab, wer die Fingerabdrücke nimmt, Lee. Ein nicht ganz so kompetenter Techniker läßt sich täuschen, das weißt du genau. Es gibt synthetisches Material, das richtiger Haut zum Verwechseln ähnlich sieht. Heutzutage kann man sich Fingerabdrücke auf der Straße kaufen. So wird im Handumdrehen aus einem Berufsverbrecher ein achtbarer Bürger.«

Barracks meldete sich zu Wort. »Und wenn der Bursche wegen all dieser anderen Verbrechen gesucht wurde, ließ er sich wahrscheinlich auch ein neues Gesicht verpassen. Ich wette zehn zu eins, daß die Visage im Leichenschauhaus nicht der auf den Steckbriefen gleicht.«

Sawyer wandte sich an Jackson. »Wie kam es dazu, daß Riker Flug 3223 auftankte?«

»Vor ungefähr einer Woche bat er, in die Nachtschicht versetzt zu werden, von Mitternacht bis sieben. Die geplante Abflugszeit von Flug 3223 war 6:45 morgens. Jeden Tag um dieselbe Zeit. Im Logbuch steht, daß der Flieger um fünf Uhr fünfzehn aufgetankt wurde. Somit fiel er in Rikers Schicht. Für diese Schicht gibt es nicht viele Freiwillige, deshalb fiel sie Riker praktisch in den Schoß.«

Eine weitere Frage schoß Sawyer durch den Kopf. »Und wo steckt der echte Robert Sinclair?«

»Ist wahrscheinlich tot«, meinte Agent Barracks. »Vermutlich hat Riker seine Identität übernommen.«

Niemand hatte dieser Theorie etwas hinzuzufügen, bis Sawyer die Angelegenheit mit einer beunruhigenden Frage noch weiter verkomplizierte. »Und was, wenn Robert Sinclair gar nicht existiert?« Nun wirkte sogar Reid verblüfft. Als Sawyer weitersprach, schien er tief in Gedanken versunken. »Wenn man die Identität einer echten Person übernimmt, können eine Menge Schwierigkeiten auftreten. Alte Fotos, Arbeitskollegen oder Freunde, die unerwartet auftauchen und die Tarnung auffliegen lassen. Es gibt einfachere Wege und Mittel.« Sawyer schürzte die Lippen und zog die Augenbrauen hoch, während er den Gedanken zu Ende führte. »Ich habe so das Gefühl, wir sollten alles noch einmal machen, was Vector getan hat, um Rikers Vorgeschichte zu überprüfen. Ray, klemm dich dahinter, als solltest du gestern damit fertig sein.«

Jackson nickte und kritzelte sich ein paar Notizen.

Reid blickte zu Sawyer. »Denkst du gerade, was ich glaube, daß du denkst?«

Sawyer lächelte. »Es wäre nicht das erste Mal, daß eine Person frei erfunden wurde. Sozialversicherungsnummer, Arbeitslaufbahn, frühere Wohnsitze, Paßbilder, Bankkonten, Ausbildungszeugnisse, falsche Telefonnummern, falsche

Referenzen.« Er sah Reid an. »Sogar falsche Fingerabdrücke, Marsha.«

»Dann reden wir hier von ziemlich gerissenen Burschen«, entgegnete sie.

»Daran habe ich keine Sekunde gezweifelt, Ms. Reid«, gab Sawyer zurück.

Sawyer ließ den Blick in die Runde schweifen. »Ich will nicht von der Standardprozedur abweichen; also werden wir auch weiterhin die Familienangehörigen der Opfer befragen. Aber ich möchte auch nicht allzu viel Zeit darauf verschwenden. Lieberman ist der Schlüssel der ganzen Sache.« Unvermittelt wechselte er das Thema. »Wie läuft es bei Rapid Start?« erkundigte er sich, an Ray Jackson gewandt.

»Sehr gut, wie ich höre.«

Rapid Start war das mobile Datenverwaltungszentrum des FBI. Grundlage des Systems bildete die präzise, elektronische Archivierung und Verarbeitung sämtlicher Informationen, Spuren und anonymer Hinweise, die mit einem Fall in Verbindung standen. Ohne ein solches System bestand die Gefahr, daß die Daten verworren und unübersichtlich wurden. Durch die zentrale Verwaltung, die zudem nahezu unverzüglichen Zugriff auf die gespeicherten Informationen erlaubte, erhöhte sich die Aufklärungschance immens.

Für die Ermittlungen im Fall Flug 3223 hatte man dieses mobile Zentrum in einer leerstehenden Tabaklagerhalle etwas außerhalb von Standardsville eingerichtet. Statt Tabakblättern stapelten sich in dem Gebäude nunmehr bis unters Dach die neuesten Computer- und Telekommunikationsanlagen. Bedient wurde die Ausrüstung von mehreren Dutzend Agenten, die in Schichtarbeit rund um die Uhr Informationen in die gewaltigen Datenbanken eingaben.

»Wir werden jedes Wunder brauchen, das Rapid Start bewirken kann. Und selbst das könnte noch zu wenig sein.« Einen Augenblick schwieg Sawyer, dann durchlief ihn ein Ruck. »An die Arbeit.«

## KAPITEL 24

»Quentin?« Sidney stand an der Eingangstür ihres Hauses. Überraschung stand ihr ins Gesicht geschrieben.

Quentin Rowe musterte sie durch die runden Brillengläser. »Darf ich reinkommen?«

Sidneys Eltern waren beim Einkaufen. Als Sidney und Quentin ins Wohnzimmer gingen, tapste Amy mit müden Augen herein und schleifte ihren Teddy hinter sich her.

»Hallo, Amy«, begrüßte Rowe sie. Er kniete sich nieder und streckte ihr eine Hand entgegen, doch das kleine Mädchen wich zurück. Rowe lächelte sie an. »Als ich so alt war wie du, war ich auch sehr scheu.« Er blickte zu Sidney auf. »Wahrscheinlich habe ich deshalb bei Computern Zuflucht gesucht. Mit denen mußte ich nicht reden, und sie haben nicht versucht, mich anzufassen.« Gedankenverloren starrte er ins Leere. Dann schüttelte er sich und wandte sich wieder an Sidney. »Hast du Zeit für ein Gespräch?« Sidney zögerte.

»Bitte, Sidney.«

»Laß mich dieses kleine Gör ins Bett bringen. Sie hat ein Nickerchen bitter nötig. Ich bin in ein paar Minuten wieder da.« Sidney trug ihre Tochter hinaus.

Während sie weg war, schaute sich Rowe im Zimmer um. Eingehend betrachtete er die zahlreichen Fotos der Familie Archer, die an den Wänden hingen und auf Tischplatten standen. Als Sidney zurückkam, wanderte sein Blick zu ihr hinüber. »Du hast ein wundervolles kleines Mädchen.«

»Sie ist schon etwas. Ein ganz besonderes Etwas.«

»Vor allem jetzt, nicht wahr?«

Sidney nickte.

Rowe hielt den Blick auf sie gerichtet. »Ich habe meine Eltern bei einem Flugzeugabsturz verloren, als ich vierzehn war.«

»Oh, Quentin!«

Er hob die Schultern. »Das war vor langer Zeit. Aber ich glaube, ich verstehe besser als die meisten, was du gerade durchmachst. Ich war ein Einzelkind. Mit einem Schlag war ich mutterseelenallein.«

»So gesehen bin ich wohl besser dran.«

»Das bist du, Sidney. Es mag banal klingen, aber es gibt noch Schlimmeres.«

Sie holte tief Luft. »Möchtest du was trinken?«

»Tee, wenn du welchen hast.«

Wenige Minuten später setzten sich die beiden auf das Sofa im Wohnzimmer. Während Rowe an seinem Tee nippte, balancierte er die Untertasse auf dem Knie. Danach stellte er die Tasse ab und schaute sichtlich verlegen zu ihr hinüber. »Als erstes wollte ich mich bei dir entschuldigen.«

»Quentin –«

Er hob die Hand. »Ich weiß, was du sagen willst, aber ich habe mich ziemlich danebenbenommen. Das, was ich dir an den Kopf geworfen habe und die Art, wie ich dich behandelt habe … Weißt du, manchmal … na ja, manchmal rede ich drauflos, bevor ich denke. Eigentlich tue ich das sogar recht oft. Ich kann mich einfach nicht richtig mitteilen. Mitunter wirke ich linkisch und gefühllos, aber in Wirklichkeit bin ich gar nicht so.«

»Das weiß ich, Quentin. Wir sind immer gut miteinander ausgekommen. Jeder bei Triton schätzt dich sehr. Besonders auf Jason traf das zu. Sofern es dir ein Trost ist: Zu dir finde ich einen wesentlich besseren Draht als zu Nathan Gamble.«

»Du und der Rest der Welt«, erwiderte Rowe sogleich. »Nun, da ich mich entschuldigt habe, sollte ich mein Verhalten wohl auch erklären: Ich stand unter enormen Druck, weil Gamble sich wegen der Sache mit CyberCom so zickig benimmt und dadurch das gesamte Projekt gefährdet.«

»Ich denke, Nathan weiß sehr wohl, was auf dem Spiel steht.«

Halbherzig nickte Rowe. »Außerdem wollte ich dir noch sagen, daß es mir wegen Jason aufrichtig leid tut. Das hätte einfach nicht passieren dürfen. Jason war vermutlich mein einziger Seelenverwandter in der Firma. Technisch war er ebenso begabt wie ich, aber darüber hinaus verstand er es, sich ins rechte Licht zu rücken, eine Fähigkeit, die ich, wie gesagt, nicht besitze.«

»Für meine Begriffe verkaufst du dich ganz gut.«

Rowe strahlte übers ganze Gesicht. »Findest du?« Dann seufzte er. »Ich schätze, neben Gamble wirken die meisten Menschen wie Mauerblümchen.«

»Da kann ich dir nicht widersprechen. Trotzdem empfehle ich dir nicht, ihm nachzueifern.«

Rowe stellte die Tasse ab. »Ich weiß, daß Gamble und ich ein merkwürdiges Gespann abgeben.«

»Euren gemeinsamen Erfolg kann niemand verleugnen.«

Mit einem Mal wirkte Rowe verbittert. »Sicher. Am großen Maßstab Geld gemessen. Als ich mich selbständig machte, hatte ich Ideen. Wundervolle Ideen, aber kein Kapital. Dann lief mir Nathan über den Weg.« Seine Miene wirkte alles andere als freudig.

»Du hast mehr als nur Ideen, Quentin. Du hast eine Vision für die Zukunft. Ich verstehe diese Vision, soweit sie ein Außenstehender überhaupt verstehen kann. Ich weiß, daß diese Vision die treibende Kraft hinter der CyberCom-Übernahme ist.«

Rowe schlug sich mit der Faust in die Handfläche. »Ganz genau, Sidney. Ganz genau. Es steht so unglaublich viel auf dem Spiel. CyberComs Technologie ist so außergewöhnlich überlegen, so monumental – man kann es mit einer Wiedergeburt von Graham Bell, dem Erfinder des Telefons, oder Nikola Tesla, dem Entdecker des Wechselstroms, vergleichen.« Als er sie ansah, bebte er förmlich vor erwartungsvoller Erregung. »Ist dir eigentlich bewußt, daß der einzige Hemmschuh für das gewaltige Potential des Internet darin besteht, daß es so unglaublich groß und allumfassend ist, daß jeder Versuch, sich darin zurechtzufinden, selbst für die größten Computerexperten zu einer Sisyphusarbeit ausartet?«

»Aber durch CyberCom wird sich das ändern?«

»Ja! Ja. Natürlich.«

»Obwohl ich seit mehreren Monaten an dem Projekt arbeite, muß ich gestehen, daß ich noch immer nicht so recht begriffen habe, was genau CyberCom entwickelt hat. Im allgemeinen bekommen Anwälte derlei Feinheiten selten mit, besonders, wenn sie nie mit Technik zu tun hatten, so wie ich.« Sie lächelte.

Rowe lehnte sich zurück. Nun, da die Unterhaltung in den technischen Bereich überging, entspannte sich die zierliche Gestalt sichtlich. »Mit den Worten eines Laien beschrieben: CyberCom ist es gelungen, ein System künstlicher Intelligenz zu erschaffen, sogenannte intelligente Agenten, die zunächst dazu dienen sollen, mühelos durch das verschlungene Labyrinth des Internet und dessen Ablegern zu surfen.«

»Künstliche Intelligenz? Ich dachte, so etwas gäbe es nur im Kino.«

»Aber ganz und gar nicht. Natürlich gibt es verschieden weit entwickelte Formen künstlicher Intelligenz. Die von CyberCom ist mit Abstand die ausgereifteste, die ich je gesehen habe.«

»Wie funktioniert das denn genau?«

»Nehmen wir an, du möchtest eine Aufstellung über alle Artikel, die über ein strittiges Thema verfaßt wurden, außerdem eine Zusammenfassung und eine nach Für und Wider gegliederte Liste der Artikel, eine Übersicht der verschiedenen Argumente und Betrachtungsweisen und so weiter. Würdest du nun versuchen, all das auf eigene Faust dem unübersichtlichen Irrgarten zu entlocken, zu dem das Internet geworden ist, bräuchtest du dafür buchstäblich eine Ewigkeit. Wie ich schon sagte, die überwältigende Informationsvielfalt, die das Internet bietet, stellt gleichzeitig seinen größten Nachteil dar. Menschliche Wesen sind einfach nicht dafür geschaffen, mit Datenmengen dieser Größenordnung zurechtzukommen. Aber läßt sich dieses Hindernis umgehen, eröffnet sich mit einem Schlag eine wahre Welt der Wunder.«

»Und das hat CyberCom geschafft?«

»Mit CyberCom in der Tasche können wir ein drahtloses Netzwerk auf Satelliten-Basis aufbauen. Die Verbindung wird mittels einer entsprechenden Software hergestellt, die schon bald auf jedem Computer in Amerika, letztlich der ganzen Welt zu finden sein wird. Diese Software ist mit Abstand die benutzerfreundlichste, die ich kenne. Sie fragt den Benutzer präzise, welche Informationen er benötigt. Außerdem stellt sie zusätzliche Fragen, die sie als notwendig erachtet. Sobald sie in unser Satellitennetzwerk eingestiegen ist, beginnt sie, jedes Datenmolekül der gemeinhin als Internet bezeichneten Computeransammlung zu durchforsten, bis sie letztendlich in druckreifer Form die Antwort auf jede gestellte Frage liefert – und auf zahlreiche weitere, die man selbst gar nicht bedacht hat. Das Beste daran ist, daß die Software sich wie ein Chamäleon anpaßt und dadurch mit jedem bestehenden Netzwerkserver kommunizieren kann. Das ist nämlich ein weiterer Nachteil des Internet: Die einzelnen Server können sich nicht miteinander verständigen. Und diese Software wird die Aufgabe eine Milliarde Mal schneller ausführen, als es ein Mensch je könnte. So, als zähle man jeden Tropfen Wasser des gesamten Nils innerhalb weniger Minuten. Sogar noch schneller. Endlich können die gewaltigen, bereits vorhandenen Wissensquellen, die sich täglich exponentiell vergrößern, vom einzigen Wesen effizient genutzt werden, das sie wirklich braucht.« Mit großen Augen sah er sie an. »Vom Menschen. Und das ist längst nicht alles. Die Netzwerkschnittstelle zum Internet ist nur ein kleiner Teil der Gesamtvision. Auch die Verschlüsselungstechnik wird einen nie für möglich gehaltenen Standard erreichen. Stell dir mal vor, jemand versucht illegal eine elektronische Datenübertragung zu entschlüsseln und wird mit einem Code konfrontiert, der sich nicht nur ständig ändert, sondern den angreifenden Hacker sogar zurückverfolgt und auffliegen läßt. Was meinst du, ob das den Gesetzeshütern gefallen würde? Das ist der nächste Meilenstein in der technischen Revolution. Dieses System wird bestimmen, wie Daten im nächsten Jahrhundert übertragen und verarbeitet werden; wie wir erschaffen, zerstören, lehren, denken. Stell dir mal Computer vor, die keine dummen Maschinen mehr sind und nur bestimmte, von Menschen eingegebene Befehle ausführen. Stell dir Computer vor, die ihr enormes intellektuelles Potential ausschöpfen, um selbständig für uns Probleme zu lösen, auf eine Art und Weise, die heute noch unfaßbar wirkt. So viel wird dadurch überflüssig, unter anderem ein Großteil der aktuellen Produktpalette von Triton. Diese Technik wird alles verändern, wie einst der Verbrennungsmotor die Epoche der Pferdekutschen, nur wesentlich tiefgreifender.«

»Mein Gott!« rief Sidney aus. »Und ich nehme an, die möglichen Gewinne –«

»Ja, am Verkauf der Software und den Netzwerkgebühren werden wir Milliarden verdienen – weltweit wird sich jedermann um eine Online-Verbindung zu uns reißen. Und das ist erst der Anfang.« Diese Seite der Gleichung schien Rowe weniger zu interessieren. »Und trotz allem versteht Gamble nicht, was auf dem Spiel steht; er begreift einfach nicht ...« In seiner Erregung sprang Rowe auf und fuchtelte mit den Armen um sich. Schließlich faßte er sich wieder und nahm mit leicht gerötetem Gesicht Platz. »Es ... es tut mir leid. Manchmal lasse ich mich hinreißen.«

»Schon gut, Quentin. Ich verstehe dich ja. Jason war wegen der CyberCom-Übernahme genauso aufgeregt wie du, glaub mir.«

»Wir haben viele anregende Unterhaltungen darüber geführt.«

»Und auch Gamble ist sich durchaus der Auswirkungen bewußt, sollte eine andere Firma CyberCom übernehmen. Ich bin fest davon überzeugt, daß er noch zur Vernunft kommt, was die Quartalsberichte betrifft.«

Rowe nickte. »Das kann man nur hoffen«, meinte er rasch.

Sidney betrachtete die Diamantohrstecker in seinem Ohrläppchen. Sie schienen die einzige, zudem kleine Extravaganz zu sein, die er sich gönnte. Obwohl er mittlerweile hundertfacher Millionär sein mußte, lebte Rowe nach wie vor kaum anders als der arme College-Student, der er noch vor weniger als zehn Jahren gewesen war.

Schließlich durchbrach Rowe die Stille. »Jason und ich haben uns oft über die Zukunft unterhalten. Er war ein außergewöhnlicher Mensch.« Wann immer Jasons Name fiel, schien Rowe Sidneys schmerzlichen Kummer zu teilen. »Du arbeitest vermutlich nicht mehr an der CyberCom-Sache, oder?«

»Der Anwalt, der mich ersetzt, ist eine Spitzenkraft. Ihr werdet bestens vertreten.«

»Oh, gut.« Er klang alles andere als überzeugt.

Sidney stand auf und legte ihm die Hand auf die Schulter. »Quentin, ihr *werdet* den Zuschlag bekommen.« Sie bemerkte die leere Tasse. »Möchtest du noch Tee?«

»Wie? Oh, nein. Nein, danke.« Sogleich versank er wieder tief in Gedanken und rieb sich nervös die zierlichen Hände. Einmal warf er ihr einen flüchtigen Blick zu. Sidney glaubte zu wissen, was ihm auf dem Herzen lag.

»Ich hatte vor kurzem ein unvorhergesehenes Treffen mit Nathan«, sagte sie.

Behäbig nickte Rowe. »Er hat mir davon erzählt.«

»Also weißt du von Jasons ›Reise‹?«

»Daß er dir gesagt hat, er wollte zu einem Vorstellungsgespräch?«

»Ja.«

»Bei welcher Firma?« fragte er sachlich.

Nach kurzem Zögern beschloß Sidney zu antworten. »AllegraPort Technology.«

Rowe prustete. »Ich hätte dir gleich sagen können, daß das nur ein Witz sein konnte. In weniger als zwei Jahren ist AllegraPort aus dem Geschäft. Vor einer Weile war das Unternehmen ganz oben, aber es hat die Entwicklung verschlafen. In dieser Branche wächst man unaufhörlich weiter und bleibt ständig innovativ, oder man geht vor die Hunde. Niemals hätte Jason ernsthaft in Erwägung gezogen, zu AllegraPort zu wechseln.«

»Wie sich herausstellte, hatte er das tatsächlich nicht vor. Man hat dort noch nie etwas von ihm gehört.«

Mit dieser Information war Rowe offensichtlich bereits vertraut. »Könnte es etwas anderes gewesen sein, etwas ... ich weiß nicht recht, wie ich es ausdrücken soll –«

»Etwas Persönliches? Eine andere Frau?«

Wie ein beschämtes Kind murmelte Rowe: »Ich hätte das nicht sagen sollen. Es geht mich überhaupt nichts an.«

»Nein, schon gut. Ich muß gestehen, daß ich selbst daran gedacht habe. Aber in letzter Zeit lief unsere Beziehung besser denn je.«

»Also hat er dir gegenüber nie angedeutet, daß in seinem Leben irgend etwas vorging? Etwas, das ihn veranlaßt haben könnte, nach ... nach L. A. zu reisen und dir den wahren Grund zu verheimlichen?«

Mit einem Mal wurde Sidney hellhörig. Das Ganze artete langsam in eine Befragung aus. Hatte Gamble etwa seinen Stellvertreter geschickt, um sie auszuquetschen? Als sie jedoch Rowes bekümmerte Miene betrachtete, gelangte sie zu der Überzeugung, daß er aus eigenem Antrieb gekommen war, um herauszufinden, was mit seinem Angestellten und Freund geschehen war.

»Kein Wort. Jason hat mit mir eigentlich nie über seine Arbeit gesprochen. Ich habe keine Ahnung, was er getan hat. Ich wünschte, bei Gott, ich wüßte es. Diese Ungewißheit, das ist das Allerschlimmste.« Sie überlegte, ob sie Rowe auf die neuen Schlösser an Jasons Tür und Kays sonstige Bedenken ansprechen sollte, entschied sich aber dagegen.

Nach einer Weile betretenen Schweigens ergriff Rowe das Wort. »Im Wagen habe ich die persönlichen Dinge von Jason, die du im Büro holen wolltest. Nachdem ich so grob zu dir war, hielt ich es für angebracht, sie selber vorbeizubringen.«

»Danke, Quentin. Du kannst mir glauben, wenn ich sage, ich trage dir nichts nach. Es ist für uns alle eine schwere Zeit.«

Rowe bedankte sich mit einem Lächeln und erhob sich. »Ich muß jetzt los. Ich hole den Karton. Wenn du irgend etwas brauchst, ruf mich einfach an.«

Nachdem er die Sachen hereingebracht hatte, verabschiedete er sich und wandte sich zum Gehen. Sidney legte ihm die Hand auf die Schulter.

»Nathan Gamble wird dir nicht ewig im Nacken sitzen. Jeder weiß, wer in Wahrheit hinter dem Erfolg von Triton Global steht.«

Er wirkte überrascht. »Meinst du wirklich?«

»Genialität läßt sich schwer verbergen.«

Rowe holte tief Luft. »Ich weiß nicht recht. In dieser Hinsicht überrascht mich Gamble immer wieder aufs neue.«

Damit drehte er sich um und ging langsam zurück zu seinem Wagen.

## KAPITEL 25

Es war fast Mitternacht, als sich Lee Sawyer nach einem hastigen Abendessen endlich schlafen legte. Die Augen jedoch wollten sich nicht schließen, ungeachtet der überwältigenden Müdigkeit, die ihm in den Knochen steckte. Er sah sich in der winzigen Wohnung um; dann beschloß er spontan, wieder aufzustehen. Barfuß, in Unterhose und T-Shirt, schlurfte er durch den Gang und ließ sich im Wohnzimmer auf einen zerschlissenen Ruhesessel plumpsen.

Die Durchschnittskarriere eines FBI-Agenten vertrug sich auf lange Sicht nicht mit häuslichem Glück. Zu viele versäumte Jahrestage, Feiertage, Geburtstage. Manchmal monatelang unterwegs, ohne Aussicht auf ein Ende. Zudem war er in Ausübung seiner Pflicht mehrmals verwundet worden – eine Belastung für jeden Ehepartner. Seine Familie hatte Drohungen von dem menschlichen Abschaum erhalten, den auszurotten er sein Leben gewidmet hatte. Alles im Namen der Gerechtigkeit, um die Welt, wenn schon nicht besser, so doch zumindest vorübergehend sicherer zu gestalten. Ein edles Ziel, das weit weniger edel schien, wenn man seinem achtjährigen Kind übers Telefon zu erklären versuchte, warum Papa schon wieder ein Baseball-Spiel, ein Konzert oder eine Schulaufführung verpaßte. Aber er hatte gewußt, daß es so kommen würde; Peg ebenso. Durch ihre inbrünstige Liebe füreinander hatten sie aufrichtig geglaubt, dem Schicksal ein Schnippchen schlagen zu können, was ihnen lange Zeit auch gelang. Kurioserweise verstand er sich mit Peg derzeit besser als seit Jahren.

Mit den Kindern hingegen verhielt es sich anders. In

ihren Augen trug er die alleinige Schuld an der Trennung. Erst jetzt ließen seine drei ältesten Kinder eine einigermaßen normale Beziehung zwischen sich und ihm entstehen. Meggie hingegen kapselte sich völlig von ihm ab. Er hatte keine Ahnung, was in ihrem Leben vor sich ging. Das schmerzte am meisten. Diese Ungewißheit.

Doch jeder mußte eine Wahl treffen, und er hatte die seine getroffen. Er blickte auf eine überaus erfolgreiche Laufbahn beim FBI zurück, aber der Erfolg hatte seinen Preis.

Sawyer schlurfte in die Küche, holte sich ein kaltes Bier und ließ sich wieder auf den Ruhesessel sinken. Sein selbstgewählter Schlaftrunk. Zumindest brauchte er keine härteren Sachen. Noch nicht. In wenigen, großen Schlucken trank er das Bier aus, lehnte sich zurück und schloß die Augen.

Eine Stunde später riß ihn das Klingeln des Telefons aus dem Schlaf. Reflexartig griff die Hand zum Telefon auf dem Beistelltisch. Seine Lider waren bleischwer.

»Ja?«

»Lee?«

Kurz blinzelte Sawyer, dann schlug er die Augen auf. »Frank?« Sawyer blickte auf die Uhr. »Du bist doch nicht mehr beim FBI, Frank. Ich dachte, in der Privatwirtschaft hättest du geregeltere Arbeitszeiten.«

Am anderen Ende der Leitung saß Frank Hardy vollständig angezogen in einem geschmackvoll eingerichteten Büro. An der Wand hinter ihm hingen zahlreiche Andenken an eine herausragende Karriere beim FBI. Hardy lächelte. »Dafür gibt es hier draußen viel zuviel Konkurrenz, Lee. Manchmal sind vierundzwanzig Stunden einfach zu wenig.«

»Tja, ich schäme mich keineswegs zuzugeben, daß mir vierundzwanzig Stunden vollauf reichen. Was gibt's?«

»Dein Flugzeugattentat«, erwiderte Hardy schlicht.

Ruckartig setzt Sawyer sich auf; mit einem Schlag war er hellwach und starrte angespannt in die Dunkelheit. »Was ist damit?«

»Ich habe hier etwas, das du dir unbedingt ansehen solltest, Lee. Was genau es bedeutet, ist mir noch schleierhaft.

Ich bin gerade dabei, eine Kanne Kaffee aufzustellen. Wie lange brauchst du hierher?«

»Gib mir dreißig Minuten.«

»Wie in alten Zeiten.«

Fünf Minuten später war Sawyer fertig angezogen. Er steckte die 10mm-Pistole in den Halfter und lief hinunter zur Straße, um seinen Wagen zu starten. Unterwegs meldete er sich im Hauptquartier, um diese jüngste Entwicklung bekanntzugeben.

Frank Hardy galt als einer der besten Agenten, die das FBI je hervorgebracht hatte. Nachdem er kündigte, um seine eigene Objektschutzfirma zu gründen, spürte jeder den Verlust, niemand jedoch mißgönnte ihm nach so vielen Dienstjahren diese Gelegenheit. Bevor Hardy seinen Abschied nahm, waren er und Sawyer zehn Jahre lang Partner gewesen. Die beiden hatten sich als erfolgreiches Team erwiesen, so manch höchst verworrenen, scheinbar aussichtslosen Fall gelöst und Verbrecher vor Gericht gebracht, die sich todsicher gewähnt hatten. Überall im Land saßen zahlreiche von ihnen gefaßte Kriminelle in verschiedenen Gefängnissen höchster Sicherheitsstufe lebenslange Haftstrafen ohne Bewährung ab; mehr als eine Handvoll waren hingerichtet worden, einige davon Serienmörder.

Wenn Hardy glaubte, etwas über das Flugzeugattentat zu haben, dann hatte er auch was. Sawyer trat aufs Gas.

Weniger als zehn Minuten später lenkte er den Wagen auf einen riesigen Parkplatz. Das Gebäude am Tysons Corner beherbergte eine Vielzahl von Firmen, doch keine betrieb auch nur annähernd so aufregende Geschäfte wie Hardy.

Nachdem Sawyer seinen FBI-Ausweis vorzeigte, durfte er die Sicherheitskontrolle passieren. Mit dem Aufzug fuhr er in den dreizehnten Stock. Als er aus dem Fahrstuhl stieg, stand er in einem modern ausgestatteten Empfangsbereich. Sanfte Deckenbeleuchtung erhellte die ansonsten dunklen Räumlichkeiten. Hinter dem Schreibtisch der Empfangsdame verkündeten achtzehn Zentimeter hohe Lettern den Namen des Unternehmens: »SECURTECH«.

## KAPITEL 26

Sidney Archer beobachtete, wie sich die kleine Brust gleichmäßig hob und senkte. Ihre Eltern schliefen tief und fest unten im Gästeraum, während Sidney auf dem Schaukelstuhl in Amys Zimmer saß.

Nach einer Weile stand sie auf, trat ans Fenster und schaute hinaus. Nie war sie ein ausgeprägter Nachtmensch gewesen. Hektische Tage hatten abends stets ihren Tribut gefordert. Nun wirkte die Dunkelheit unglaublich beruhigend auf sie, wie ein sanfter, warmer Wasserfall. Die Dunkelheit ließ die jüngsten Ereignisse weniger wirklich, weniger schrecklich erscheinen, als sie tatsächlich waren. Bei Tagesanbruch jedoch würde die besänftigende Stille der Nacht sie wieder verlassen. Zudem stand morgen Jasons Begräbnis an – die Trauerfeier, korrigierte sie sich; denn es würde ein Begräbnis ohne Leiche sein. Viele Leute würden in ihr Haus kommen, um ihm die letzte Ehre zu erweisen, um sich daran zu erinnern, was für ein anständiges Leben er geführt hatte. Sidney war nicht sicher, ob sie all dem gewachsen sein würde, doch diese Sorge wollte sie noch ein paar Stunden ruhen lassen.

Sie küßte Amy auf die Wange, verließ leise das Zimmer und schlich den Gang hinunter zu Jasons kleinem Arbeitszimmer. Sie faßte über den Türrahmen und förderte eine halbe Haarklammer zutage, die sie in den Knauf an der Tür einsteckte. Ihre zweijährige Tochter machte sich derzeit über alles her: Schminkstifte, Unterwäsche, Schmuck, Jasons Krawatten, Schuhe, Geldbörsen und Handtaschen. Einmal fanden sie den Zulassungsschein für Jasons Cougar zusammen mit den Hausschlüsseln, die sie schon verzweifelt gesucht hatten, in der Backmischung für Pfannkuchen. Ein anderes Mal wachten Jason und sie auf und stellten fest, daß eine ganze Packung Zahnseide um das Doppelbettgestell gewickelt war. Türknäufe zu drehen stellte für das jüngste Mitglied der Familie Archer ein simples Unterfangen dar; daher lag über den meisten Türen im Haus eine Haarnadel oder eine verbogene Büroklammer.

Sidney betrat das Zimmer und setzte sich an den Schreibtisch. Dunkel und stumm starrte der Computerbildschirm sie an. Ungeachtet aller Aussichtslosigkeit hoffte ein Teil ihrer selbst darauf, daß eine weitere E-Mail über den Bildschirm flimmerte, doch das geschah nicht. Sie sah sich im Zimmer um. Da es ausschließlich Jason gehört hatte, übte es nun eine unüberwindbare Anziehungskraft auf sie aus. Sie berührte bestimmte Lieblingsgegenstände von Jason, als könnten sie ihr durch körperlichen Kontakt die Geheimnisse verraten, die ihr Mann mit in den Tod genommen hatte ...

Das Läuten des Telefons riß sie aus ihren Gedanken. Sidney starrte den Apparat an. Abermals klingelte es, und sie hob rasch ab, ahnungslos, was sie erwartete. Im ersten Augenblick erkannte Sidney die Stimme nicht. »Paul?«

»Es tut mir leid, daß ich so spät noch anrufe. Die letzten paar Tage habe ich ständig versucht, dich zu erreichen. Ich habe dir Nachrichten auf dem Anrufbeantworter hinterlassen.«

Zögernd antwortete sie: »Ich weiß, Paul. Es tut mir leid, aber es gab so viel –«

»Um Himmels willen, Sid, ich habe das nicht gesagt, um dir ein schlechtes Gewissen zu machen. Ich habe mich bloß um dich gesorgt. Die Sache mit Jason, so, wie das alles gelaufen ist – ich wußte nicht, wie du es verkraftest. Aber ich weiß, du bist stärker als ich.«

Sie lächelte matt. »Im Augenblick fühle ich mich nicht besonders stark.«

Paul Brophys Tonfall klang ernst. »Bei Tyler, Stone gibt es eine Menge Leute, die hinter dir stehen. Und dann ist da noch ein gewisser Partner aus New York, der vierundzwanzig Stunden am Tag bereit ist, dir zu helfen.«

»Deine Sorge ist rührend, ganz ehrlich.«

»Ich fliege morgen zum Begräbnis runter.«

»Das brauchst du nicht, Paul, du mußt doch förmlich mit Arbeit zugeschüttet sein.«

»Eigentlich nicht. Ich weiß nicht, ob du es schon erfahren hast, aber ich habe mich um die Federführung beim CyberCom-Projekt beworben.«

»Wirklich?« Sidney bemühte sich, ihrer Stimme einen festen Klang zu verleihen.

»Ja, nur leider ohne Erfolg. Wharton hat sich recht unverblümt gegen meine Nominierung ausgesprochen.«

»Das tut mir leid, Paul.« Jetzt hatte Sidney doch irgendwie ein schlechtes Gewissen, aber nur kurz. »Es wird noch andere Fälle für dich geben.«

»Sicher. Trotzdem dachte ich, ich wäre der Sache gewachsen. Das dachte ich wirklich.« Er setzte ab. Sidney betete, er möge sich nicht erkundigen, ob Wharton sie in der Angelegenheit um Rat gefragt hatte. Als er endlich weitersprach, fühlte sie sich um so schuldiger. »Ich komme morgen, Sid. Im Augenblick wüßte ich keinen Ort, wo ich lieber sein möchte.«

»Danke.« Sidney zog den Morgenmantel enger um sich.

»Ist es dir recht, wenn ich vom Flughafen aus direkt zu dir fahre?«

»Sicher.«

»Versuch zu schlafen, Sid. Wir sehen uns gleich morgen früh. Wenn du irgendwas brauchst, dann ruf mich einfach an, ja? Ganz egal wann, ob Tag oder Nacht.«

»Danke, Paul. Gute Nacht.«

Sidney legte den Hörer auf. Zwar kam sie gut mit Brophy aus, doch sie wußte, daß sich unter dem aalglatten Äußeren ein Opportunist reinsten Wassers verbarg. Sie hatte Henry Wharton gesagt, daß Paul ungeeignet für den Fall CyberCom wäre, und nun kam er her, um ihr in dieser Zeit der Trauer beizustehen. Sie mochte wohl trauern, dennoch glaubte sie nicht an derartige Zufälle. Sidney überlegte, was sein tatsächlicher Beweggrund sein mochte.

Nachdem er den Hörer aufgelegt hatte, betrachtete Paul Brophy seine luxuriös eingerichtete, große Wohnung. Für einen vierunddreißigjährigen, alleinstehenden Mann wie ihn, gutaussehend und mit einem sechsstelligen Jahreseinkommen, erwies sich New York City als großartiger Lebensraum. Lächelnd fuhr er sich mit der Hand durch das dichte Haar. Sechs Stellen, die sich mit ein wenig Glück bald in sieben verwandeln würden. Im Leben hing viel davon ab, mit wem man sich verbündete. Er griff zum Telefon und wählte eine Nummer. Nur einmal klingelte es, ehe abgehoben wurde. Nachdem Paul Brophy sich zu erkennen gab, erklang am anderen Ende der Leitung eine sachliche, geschäftsmäßige Stimme.

»Hallo, Paul. Ich hatte schon gehofft, heute nacht noch von Ihnen zu hören«, begrüßte ihn Philip Goldman.

## KAPITEL 27

Frank Hardy schob die Videokassette in den Recorder unter einem Großflächenbildschirm in einer Ecke des Besprechungsraumes. Es war fast zwei Uhr morgens. Lee Sawyer saß auf einem der gepolsterten Stühle, hielt eine Tasse heißen Kaffee in der Hand und bewunderte die Umgebung. »Verdammt, deine Geschäfte müssen aber gut laufen. Ich vergesse immer wieder, wie weit du es gebracht hast, Frank.«

Hardy lachte. »Tja, wenn du je mein Angebot annimmst, bei mir einzusteigen, dann muß ich dich nicht mehr dauernd daran erinnern, Lee.«

»Ich bin nun mal schon so festgefahren.«

Hardy grinste. »Renee und ich tragen uns mit dem Gedanken, über Weihnachten in die Karibik zu fliegen. Du könntest mitkommen. Vielleicht sogar in Begleitung.« Hardy warf seinem früheren Partner einen erwartungsvollen Blick zu.

»Tut mir leid, Frank, im Augenblick gibt es da absolut niemanden.«

»Es ist doch schon zwei Jahre her, Lee. Ich dachte bloß ... Also, nachdem Sally mich verlassen hatte, war mir zum Sterben. Das ganze Theater mit Küßchen und Händchenhalten wollte ich wirklich nicht noch mal mitmachen. Und dann lief mir Renee über den Weg. Ich könnte unmöglich glücklicher sein.«

»Da mir nicht entgangen ist, daß Renee durchaus Michelle Pfeiffers Zwillingsschwester sein könnte, verstehe ich gut, daß du ein außergewöhnlich glücklicher Mann sein mußt.«

Hardy lachte. »Vielleicht überlegst du es dir ja noch. Renee hat ein paar Freundinnen, die ihr an Schönheit in keiner Weise nachstehen. Und die Frauen fliegen nur so auf große, kräftige Kerle, das kannst du mir glauben.«

Sawyer grinste. »Aber sicher. Ohne deine Attraktivität schmälern zu wollen, hübscher alter Kumpel: Ich habe nicht so viel Knete auf dem Konto wie du. Folglich hat meine Anziehungskraft auf Frauen über die Jahre hinweg ein wenig nachgelassen. Außerdem bin ich nach wie vor nur Staatsdiener. Mehr als einen Touristenklasseflug und Einkaufen im Supermarkt kann ich mir nicht leisten, und ich glaube kaum, daß du noch unter derlei Bedingungen reist.«

Hardy setzte sich hin und griff mit einer Hand zur Kaffeetasse, mit der anderen zur Fernbedienung des Videogeräts. »Eigentlich wollte ich für alles aufkommen, Lee«, meinte er leise. »Betrachte es als verfrühtes Weihnachtsgeschenk. Es ist so verflucht schwer, für dich etwas einzukaufen.«

»Vielen Dank, Frank, aber nein. Weißt du, ich überlege ernsthaft, dieses Jahr einen neuen Versuch zu starten, ein bißchen Zeit mit meinen Kindern zu verbringen. Sofern sie es erlauben.«

Frank nickte. »Verstehe.«

»Nun, was hast du für mich?«

»Seit einigen Jahren sind wir Triton Globals Hauptberater für alle Belange des Objektschutzes«, begann Hardy.

Sawyer griff zur Kaffeetasse. »Triton Global? Computer, Telekommunikation. Unter den fünfhundert besten Unternehmen des Landes, richtig?«

»Tatsächlich taucht die Firma nicht in der Liste auf.«

»Wieso nicht?«

»Weil es sich um ein Privatunternehmen handelt, das seinen Markt beherrscht und wie verrückt expandiert; und all das ohne Fremdkapital.«

»Beeindruckend. Was hat das mit einem Flugzeug zu tun, das mit der Nase voraus ins ländliche Virginia kracht?«

»Vor einigen Monaten kam bei Triton der Verdacht auf, daß vertrauliche Informationen an einen Mitbewerber durchsickerten. Wir wurden eingeschaltet, um den Verdacht zu überprüfen, und – so er sich erhärten sollte – die undichte Stelle aufzuspüren.«

»Und das habt ihr getan?«

Hardy nickte. »Zuerst haben wir die Liste auf jene Mitbewerber eingeschränkt, die sich am wahrscheinlichsten auf so etwas einlassen würden. Danach haben wir mit der Überwachung begonnen.«

»Muß ziemlich schwierig gewesen sein. Riesige Unternehmen, Tausende Angestellte, Hunderte Büros.«

»Es war eine echte Herausforderung. Aber unsere Informationen ließen darauf schließen, daß die undichte Stelle an relativ hoher Stelle saß. Also haben wir uns auf die Führungsebene von Triton konzentriert.«

Lee Sawyer lehnte sich bequem zurück und nippte am Kaffee. »Und dann hast du dich auf die Suche nach ›inoffiziellen‹ Orten begeben, an denen eine Übergabe stattfinden konnte, und dort dein Schnüffelwerkzeug aufgestellt?«

Hardy grinste. »Bist du sicher, daß du nicht bei mir anfangen willst?«

Sawyer überging die Frage. »Was geschah weiter?«

»Wir haben eine ganze Reihe solcher ›inoffizieller‹ Orte gefunden – Liegenschaften im Besitz der von uns verdächtigten Unternehmen, die aber augenscheinlich keinen ordentlichen Betriebszweck erfüllten. Überall dort haben wir Überwachungsgeräte aufgestellt.« Verkniffen lächelte Hardy seinem früheren Kollegen zu. »Bitte erspar mir jetzt eine Standpauke wegen Hausfriedensbruchs und ähnlicher Delikte, Lee. Manchmal heiligt der Zweck nun mal die Mittel.«

»Da kann ich dir kaum widersprechen. Auch ich würde manchmal gern eine Abkürzung nehmen. Aber im Handumdrehen hätten wir Hunderte Anwälte am Hals, die »VERFASSUNGSWIDRIG!« brüllen, und meine Pension ginge den Bach runter.«

»Wie auch immer, vor zwei Tagen wurde routinemäßig eine Kamera überprüft, die wir in einer Lagerhalle nahe Seattle installiert haben.«

»Wie seid ihr gerade auf diese Lagerhalle gekommen?«

»Unsere Recherchen führten uns zu der Vermutung, daß dieses Gebäude – über eine Kette von Tochter- und Partnergesellschaften – der RTG-Gruppe gehört, einem der weltweit schärfsten Konkurrenten von Triton. »

»Was für Informationen flossen nach Tritons Ansicht ab? Technische?«

»Nein. Triton steht mitten in den Verhandlungen um die Übernahme einer ausgesprochen wertvollen Softwarefirma namens CyberCom. Wir glauben, daß Informationen über die Verhandlungen an RTG weitergegeben wurden – Informationen, mit deren Hilfe RTG dazwischenfunken und das Unternehmen selbst kaufen könnte, da man Tritons Bedingungen und Standpunkte kennt. Auf Grund des Videos, das du gleich sehen wirst, haben wir bei RTG ein wenig herumgestochert. Natürlich haben die alles abgestritten. Sie behaupten, daß Lagerhaus wurde letztes Jahr an eine konzernfremde Firma vermietet. Wir haben diese Firma überprüft. Sie existiert gar nicht. Was einerseits bedeuten kann, daß RTG lügt, andererseits, daß ein weiterer Spieler mit von der Partie ist.«

Sawyer nickte. »Na schön. Erzähl mir von der Verbindung zu meinem Fall.«

Statt einer Antwort drückte Hardy auf einen Knopf der Fernbedienung. Der Großflächenbildschirm erwachte zum Leben. Sawyer und Hardy beobachteten die Szene, die sich in einem kleinen Raum des Lagerhauses abspielte. Als der große, junge Mann den Silberkoffer von dem älteren Herrn entgegennahm, schaltete Hardy auf Standbild. Er betrachtete Sawyers verwirrtes Gesicht. Mit einem Laserstift, den er aus der Hemdentasche zauberte, deutete Hardy auf den jungen Mann.

»Dieser Mann ist bei Triton Global beschäftigt. Wir hatten ihn nicht auf der Überwachungsliste, da er weder der obersten Führungsebene angehörte, noch in unmittelbarem Zusammenhang mit den Übernahmeverhandlungen stand.«

»Dennoch ist offenbar er die undichte Stelle. Erkennst du sonst noch jemanden?«

Hardy schüttelte den Kopf. »Noch nicht. Der Name des Mannes lautet übrigens Jason W. Archer, wohnhaft 611 Morgan Lane in Jefferson County, Virginia. Kommt dir das bekannt vor?«

Angestrengt dachte Sawyer nach. Der Name klang irgendwie vertraut. Plötzlich traf ihn die Erkenntnis mit der Wucht eines tonnenschweren Lastwagens. »Jesus Christus!« Halb aus dem Stuhl erhoben, gaffte er mit vorquellenden Augen auf das Gesicht am Bildschirm, als ihm der Name aus einer Passagierliste entgegensprang, die er mittlerweile weit über hundertmal durchgelesen hatte. Am unteren Bildschirmrand kroch eine digitale Anzeigenleiste vorüber. Datum und Zeit wurden mit 17. November 1995, 11:15 morgens, Westküstenzeit, angegeben. Sieben Stunden, nachdem das Flugzeug in Virginia abgestürzt war, trieb sich dieser Bursche quicklebendig in Seattle herum. »Jesus Christus«, rief Sawyer erneut aus.

Hardy nickte. »Stimmt genau. Jason Archer steht auf der Passagierliste von Flug 3223. Anscheinend ist er nicht mitgeflogen.«

Hardy ließ das Band weiterlaufen. Als das Dröhnen des Flugzeugs von der Tonspur grollte, riß Sawyer den Kopf zum Fenster herum. Es hörte sich an, als käme das verfluchte Ding geradewegs auf sie zugerast. Er schaute zurück zu Hardy, der ihn angrinste.

»Mir ist es genauso ergangen, als ich es zum erstenmal hörte.«

Sawyer beobachtete, wie die Männer auf dem Bildschirm nach oben blickten, bis der Flugzeuglärm in der Ferne verhallte. Konzentriert starrte er auf den Bildschirm. Irgend etwas sprang ihm ins Auge, aber er vermochte nicht zu sagen, was es war.

Hardy beobachtete ihn aufmerksam. »Siehst du etwas?«

Schließlich schüttelte Sawyer den Kopf. »Also, was hat Archer am Morgen des Flugzeugabsturzes in Seattle getan, wenn er doch eigentlich an Bord einer Maschine nach L. A. sitzen sollte? War er für die Firma unterwegs?«

»Triton wußte noch nicht einmal, daß Archer nach L. A. fliegen wollte, geschweige denn nach Seattle. Die dachten, er hätte sich ein paar Tage frei genommen, die er zu Hause mit seiner Familie verbringen wollte.«

Mit zusammengekniffenen Augen durchforstete Sawyer sein Gedächtnis. »Hilf mir mal auf die Sprünge, Frank.«

Hardys Antwort kam wie aus der Pistole geschossen. »Archer hat eine Frau und eine kleine Tochter. Seine Gattin, Sidney, ist Anwältin bei Tyler, Stone, Tritons wichtigstem firmenexternen Berater. Sie arbeitet an verschiedenen Fällen für Triton, einschließlich der Übernahmeverhandlungen um CyberCom.«

»Das ist hochinteressant und kam ihr und ihrem Mann vielleicht sehr gelegen.«

»Ich muß gestehen, das war auch mein erster Gedanke, Lee.«

»Nehmen wir an, Archer war an jenem Morgen um zehn oder halb elf Uhr Westküstenzeit in Seattle, dann muß er einen Frühflug aus Washington genommen haben.«

»Es gibt einen von Western Airlines, der etwa um dieselbe Zeit startete wie der nach L. A.«

Sawyer stand auf und ging zum Fernsehapparat hinüber. Er spulte das Band zurück und schaltete auf Standbild. Sorgfältig studierte er Jason Archers Gesicht und prägte sich jede Einzelheit ein. Dann drehte er sich zu Hardy um. »Wir wissen, daß Archer auf der Passagierliste von Flug 3223 steht, aber du sagst, sein Arbeitgeber wußte nichts von der Reise. Wie hat man erfahren, daß er an Bord war? Angeblich an Bord war«, verbesserte er sich.

Hardy schenkte Kaffee nach und erhob sich, um ans Fenster zu treten. Wie sein früherer Partner schien auch er ständig in Bewegung bleiben zu müssen, während er nachdachte. »Die Fluggesellschaft hat seine Frau aufgespürt, die gerade bei einer geschäftlichen Besprechung in New York war, und teilte ihr die schlechte Nachricht mit. Bei der Besprechung waren einige Leute von Triton anwesend, unter anderem der Generaldirektor. Dadurch haben sie davon erfahren. Bald darauf wußte es jeder. Dieses Videoband habe ich nur zwei weiteren Personen vorgeführt: Nathan Gamble, dem Generaldirektor von Triton, und Quentin Rowe, seinem Stellvertreter.«

Sawyer rieb sich eine Verspannung aus dem Nacken, ergriff die Tasse mit frischem Kaffee und trank einen Schluck. »Western Airlines haben bestätigt, daß er am Abfertigungsschalter eincheckte und seine Bordkarte abgegeben wurde. Andernfalls hätte man seine Familie nicht verständigt.«

»Du weißt ebenso gut wie ich, daß sich jeder mit einem gefälschten Ausweis für ihn hätte einchecken können. Die Tickets waren vermutlich im voraus bezahlt. Er gibt eine Tasche auf und geht durch die Sicherheitskontrolle. Obwohl die FAA erst kürzlich die Sicherheitsmaßnahmen verschärft hat, besteht weiterhin keine Lichtbildausweispflicht, um an Bord eines Flugzeugs zu gelangen. Einen Ausweis braucht man nur für die Abfertigung oder das Gepäckpersonal.«

»Aber irgend jemand ist an Archers Stelle in die Maschine gestiegen. Die Fluggesellschaft hat die Bordkarte, und befindet man sich erst mal an Bord, hat man keine Möglichkeit mehr, ein Flugzeug wieder zu verlassen.«

»Wer auch immer es war, der arme Teufel war entweder ein Schwachkopf oder ein Pechvogel. Wahrscheinlich sogar beides.«

»Stimmt, aber wenn Archer im Flug nach Seattle saß, mußte er ein zweites Ticket haben.«

»Er hätte doch auch zweimal einchecken können, einmal für jeden Flug. Für den nach Seattle hätte er einen falschen Namen und Ausweis verwenden können.«

»Wäre durchaus denkbar.« Sawyer ließ sich die Möglichkeiten durch den Kopf gehen. »Oder er hat einfach mit dem Burschen, der an seine Stelle trat, die Tickets getauscht.«

»Wie auch immer die Wahrheit aussehen mag, du hast zweifellos jede Menge Arbeit vor dir.«

Sawyer griff nach der Kaffeetasse. »Hat schon jemand mit seiner Frau gesprochen?«

Hardy öffnete die Akte, die er mitgebracht hatte. »Nathan

Gamble hat sich zweimal kurz mit ihr unterhalten. Auch Quentin Rowe hat mit ihr gesprochen.«

»Und wie lautet ihre Geschichte?«

»Ursprünglich gab sie vor, nichts davon gewußt zu haben, daß sich ihr Mann an Bord des Flugzeugs befand.«

»Ursprünglich? Also ist sie nicht dabei geblieben.«

Hardy nickte. »Später erzählte sie Nathan Gamble, daß ihr Mann sie belogen hätte. Sie sagte, er hätte ihr gegenüber behauptet, er wollte nach L. A., um mit einer anderen Firma wegen eines Jobs zu verhandeln. Wie sich herausstellte, traf er sich aber mit keiner Firma.«

»Sagt wer?«

»Sidney Archer. Sie muß wohl bei der Firma angerufen haben, wahrscheinlich um denen zu sagen, daß ihr Mann nicht kommen würde.«

»Hast du ihre Aussage überprüft?« fragte Sawyer. Hardy nickte. »Wie kommst du mit den Ermittlungen voran?«

Hardys Gesicht nahm einen fast schmerzvollen Ausdruck an. »Im Augenblick ergibt das Ganze noch wenig Sinn. Nathan Gamble ist alles andere als zufrieden. Er bezahlt die Rechnung und will dafür Ergebnisse. Aber so etwas braucht Zeit, das weißt du. Und dennoch ...« Mitten im Satz verstummte Hardy und betrachtete den dicken Teppich. Es war nicht zu übersehen, daß es ihm gänzlich gegen den Strich ging, vor einem Rätsel zu stehen. »Wie auch immer, Sidney Archer glaubt, zumindest laut Gamble und Rowe, daß ihr Mann tot sei.«

»Wenn sie die Wahrheit sagt. Und im Augenblick ist für mich alles noch ein großes Wenn«, gab Sawyer hitzig zurück.

Hardy bedachte ihn mit einem fragenden Blick.

Sawyer bemerkte den Blick, woraufhin seine Schultern herabsackten. »Ganz im Vertrauen, Frank, ich komme mir ein wenig dämlich vor.«

»Wieso das?«

»Ich war felsenfest davon überzeugt, daß Arthur Lieberman Ziel des Anschlags war. Die gesamten Ermittlungen habe ich rund um diese Theorie aufgebaut, alles andere läuft nur so am Rande mit.«

»Die Ermittlungen haben gerade erst angefangen, Lee. Noch hast du gar nichts verbockt. Außerdem: Vielleicht war Lieberman in gewisser Weise tatsächlich das Ziel.«

Sawyer riß den Kopf herum. »Wie kommst du denn darauf?«

»Denk doch mal nach, Lee. Du hast deine eigene Frage doch schon beantwortet.«

Plötzlich dämmerte ihm, worauf Hardy hinaus wollte. Sawyers Gesicht verfinsterte sich. »Du meinst, dieser Archer könnte das Flugzeug sabotiert haben, weil wir annehmen würden, daß der Anschlag Lieberman galt? Also wirklich, Frank, das klingt doch ziemlich weit hergeholt.«

Hardy setzte zum Konter an: »Tja, hätten wir mit dieser Videokassette nicht soviel Glück gehabt, würdest du das immer noch glauben, stimmt's? Vergiß nicht, daß Flugzeugabstürze eine Besonderheit aufweisen, vor allem dann, wenn die Maschine noch relativ intakt auf die Erde kracht wie in diesem Fall.«

Als Sawyer den Gedanken weiterführte, wurde er aschfahl. »Keine Leichen. Nichts, das man identifizieren könnte, keine Überreste.«

»Ganz genau. Wäre das Flugzeug hingegen ganz normal in die Luft gesprengt worden, hättest du jede Menge Tote zu identifizieren.«

Nach wie vor zeigte Sawyer sich verblüfft über Hardys Enthüllung. »Das hat mir schon die ganze Zeit Rätsel aufgegeben. Wenn Archer wirklich Informationen verkaufte, das Geld dafür kassierte und damit abhauen wollte, mußte er wissen, daß ihm früher oder später die Polizei auf den Fersen kleben würde.«

Hardy führte den Gedanken weiter. »Um also seine Spur zu verwischen, läßt er es so aussehen, als stiege er in ein Flugzeug, das neun Meter unter der Erde endet. Sobald man Beweise für Sabotage findet, hält man logischerweise Lieberman für das Ziel des Anschlags. Findet man keine, wird trotzdem niemand mehr nach einem Toten fahnden. Die Suche nach Jason Archer wird eingestellt. Fall abgeschlossen.«

»Aber, um Himmels willen, Frank, warum hat er das Geld nicht einfach genommen und ist damit abgehauen? So schwierig ist es auch wieder nicht, unterzutauchen. Und da ist noch etwas. Der Kerl, der mit größter Wahrscheinlichkeit Flug 3223 sabotiert hat, wurde in ein Sieb verwandelt.«

»Besteht die Möglichkeit, daß Archer zurückflog und den Mord ausführte?« erkundigte sich Hardy.

»Der Autopsiebericht liegt noch nicht vor, aber soweit ich die Leiche beurteilen konnte, ist es durchaus denkbar, daß Archer rechtzeitig an die Ostküste zurückgekehrt wäre.«

Während er sich diese neue Information durch den Kopf gehen ließ, fummelte Hardy geistesabwesend an der Akte herum.

»Hör mal, Frank, was glaubst du, wieviel Archer für seine Informationen bekommen hat? Genug, um einen Tankwart zu bestechen, damit er ein Flugzeug sabotiert, und um einen Auftragsmörder anzuheuern, der den Tankwart umbringt? Dieser Kerl, der bis vor wenigen Tagen ein achtbares Leben mit seiner Familie führte? Und jetzt, urplötzlich, soll er ein durchtriebener Schwerverbrecher sein, der Kinder und Großmütter aus dem Himmel sprengt?«

Frank Hardy musterte seinen alten Freund. Die Lippen bildeten eine schmale Linie. »Er hat das Flugzeug ja nicht eigenhändig in die Luft gejagt, Lee. Und erzähl mir bloß nicht, daß du neuerdings die Tiefen des menschlichen Gewissens erforscht. Wenn ich mich recht erinnere, waren einige der schlimmsten Verbrecher, die wir je gefaßt haben, nach außen hin die nettesten Nachbarn.«

Sawyer wirkte wenig überzeugt. »Wieviel?«

»Archer hätte für seine Informationen spielend ein paar Millionen kassieren können.«

»Das klingt zwar viel, aber meinst du wirklich, daß jemand für diese Summe mehrere hundert Menschen töten würde, um seine Spur zu verwischen? Nie im Leben!«

»Zu der ganzen Geschichte kommt noch etwas hinzu. Etwas, das mich zu der Annahme führt, Jason Archer muß trotz allem ein genialer Verbrecher sein oder vielleicht für eine entsprechende Organisation *gearbeitet* haben.«

»Und das wäre?«

Plötzlich wirkte Hardy verlegen. »Auf einem von Tritons Konten fehlt Geld.«

»Geld? Wieviel Geld?«

Hardy blickte Sawyer ins Gesicht. »Was hältst du von einer Viertelmilliarde Dollar?«

Beinahe spuckte Sawyer den Kaffee quer über den Tisch. »Was?«

»Sieht so aus, als wäre Archer nicht nur mit dem Verkauf von vertraulichen Informationen zugange gewesen. Auch mit der Plünderung von Bankkonten hat er sich befaßt.«

»Wie? Ich meine, eine so große Firma muß doch über entsprechende Kontrollmechanismen verfügen.«

»Die hatte Triton, nur basierten diese Kontrollen auf korrekten Daten von seiten der Bank, bei der das Geld hinterlegt war.«

»Ich kann dir nicht folgen«, meinte Sawyer ungeduldig.

Hardy seufzte und stützte sich mit den Ellbogen auf den Tisch. »Heutzutage wird Geld nur mehr mittels Computer von A nach B transferiert. Das gesamte Bank- und Finanzwesen ist völlig von Computern abhängig, aber diese Abhängigkeit birgt auch gewisse Gefahren.«

»Zum Beispiel ein technisches Versagen, ein Computerabsturz oder ähnliches?« schlug Sawyer vor.

»Oder daß jemand in die Computer der Bank eindringt und sie für illegale Zwecke manipuliert. Das ist nichts Neues. Teufel auch, du weißt ja, daß beim FBI eine eigene Abteilung eingerichtet wurde, die sich ausschließlich mit Computerkriminalität beschäftigt.«

»Und das ist deiner Meinung nach in diesem Fall passiert?«

Hardy setzte sich hin, öffnete neuerlich die Akte und wühlte durch die Seiten, bis er gefunden hatte, wonach er suchte. »Bei der hiesigen Filiale der Consolidated BankTrust in Nord-Virginia war ein Betriebskonto für die Triton Global Investment Handelsges.m.b.H. eingerichtet. Triton Global Investment ist Tritons Wall-Street-Investmenttochter. Über die Jahre hinweg gingen immer wieder Überweisungen ein, bis der Gesamtsaldo über zweihundertfünfzig Millionen Dollar betrug.«

Sawyer unterbrach ihn. »War Archer mit der Errichtung des Kontos betraut?«

»Nein. Er hatte überhaupt keinen Zugriff darauf.«

»Wies das Konto viele Bewegungen auf?«

»Zunächst schon, im Laufe der Zeit aber brauchte Triton das Geld immer seltener. Es blieb als eine Art Reserve auf dem Konto, für den Fall, daß Triton oder eine der Tochtergesellschaften mal eine Geldspritze benötigen sollten.«

»Was geschah weiter?«

»Wie sich herausstellte, wurde vor ein paar Monaten ein neues Konto bei derselben Bank eröffnet, unter dem Namen Triton Global Investment Ges.m.b.H.«

»Also hat Triton noch ein Konto eingerichtet?«

Doch Hardy schüttelte bereits den Kopf. »Nein, genau das ist der springende Punkt. Das Konto hatte überhaupt keinen Bezug zu Triton. Mittlerweile wissen wir, daß die Firma frei erfunden ist – keine Adresse, keine Direktoren oder Geschäftsführer, rein gar nichts.«

»Weißt du auch, wer das Konto eröffnet hat?«

»Zeichnungsberechtigt war nur eine Person. Der Name, der gegenüber der Bank angegeben wurde, lautet Alfred Rhone, Finanzbevollmächtigter. Die Überprüfung von Rhone erwies sich als Sackgasse. Dennoch sind wir auf eine äußerst interessante Information gestoßen.«

»Und zwar?« Sawyer lehnte sich vor.

»Über das falsche Konto wurden mehrere Transaktionen abgewickelt. Geldanweisungen, Einzahlungen, all so was. Auf jedem der Dokumente scheint die Unterschrift von Alfred Rhone auf. Wir haben sie mit Schriftproben von allen Triton-Angestellten verglichen. Und eine Übereinstimmung gefunden. Willst du raten?«

Sawyers Antwort kam wie aus der Pistole geschossen. »Jason Archer.«

Hardy nickte.

»Und was ist mit dem Geld passiert?«

»Jemand hat sich in BankTrusts Computersystem gehackt und eine raffinierte Manipulation der Konten vorgenommen. Wir haben entdeckt, daß dem richtigen Triton-Konto und dem Scheinkonto dieselbe Kontonummer zugewiesen wurde.«

»Himmel! Durch so ein Nadelöhr könnte man eine ganze Kamelherde treiben!«

»Genau. Einen Tag, bevor Archer verschwand, erhielt die Bank den Auftrag, zweihundertfünfzig Millionen Dollar von Tritons Konto auf ein von der Scheinfirma bei einer anderen New Yorker Großbank errichtetes Konto zu überweisen. BankTrusts Überweisungsabteilung besaß bereits eine Dauervollmacht von unserem Freund Alfred Rhone. Das Konto wirkte durchaus legitim, alle Formalitäten schienen in Ordnung. Noch am selben Tag wurde das Geld überwiesen.« Sawyer machte ein ungläubiges Gesicht. »Bankangestellte vertrauen auf das, was der Computer ihnen sagt, Lee. Sie haben keinen Grund, es nicht zu tun. Außerdem reden die Leute der einzelnen Abteilungen nicht miteinander. Solange sie sich rundum abgesichert wissen, führen sie einfach Befehle aus. Wer auch immer an dem Coup beteiligt war, kennt das Bankwesen in- und auswendig. Habe ich eigentlich schon erwähnt, daß Jason Archer, bevor er bei Triton anfing, ein paar Jahre in der Überweisungsabteilung einer Bank gearbeitet hat?«

Schwerfällig schüttelte Sawyer den Kopf. »Ich wußte doch, es gibt einen Grund, warum ich keine Computer mag. Aber ich hab' immer noch nicht ganz kapiert, wie die Sache gelaufen ist.«

»Sieh's mal so, Lee: Du klonst einen reichen Kerl. Dann marschiert der geklonte Bursche zur Bank, hebt das gesamte Geld des reichen ab und spaziert damit davon. Der einzige Unterschied ist, daß BankTrust beide für reich hielt; aber die

Bank zog für beide dasselbe Konto heran, wodurch sie das Geld doppelt zählte.«

»Irgendeine Spur von dem Geld?«

Hardy schüttelte den Kopf. »Hätte mich auch überrascht. Es ist weg. Wir haben uns bereits mit der Abteilung für Bankenbetrug beim FBI in Verbindung gesetzt. Die hat eine Ermittlung eingeleitet.«

Sawyer trank einen Schluck Kaffee. Plötzlich kam ihm ein Gedanke. »Denkst du, RTG könnte bei beiden Sachen die Finger im Spiel haben? Andernfalls wäre es doch merkwürdig, daß Archer das doppelte Risiko einging, sowohl die Bank zu betrügen als auch vertrauliche Informationen zu verkaufen.«

»Gut möglich, daß von Archer ursprünglich nur die Industriespionage ausging und daß RTG ihn zu dem Bankbetrug angestiftet hat, um Triton weiteren Schaden zuzufügen. Archers Position bei Triton bot die perfekten Voraussetzungen dafür.«

»Aber die Bank muß doch für den Verlust geradestehen. Triton hat eigentlich gar keinen Schaden erlitten.«

»Nein, da irrst du dich. Solange BankTrust die Angelegenheit überprüft und die behördlichen Ermittlungen laufen, kann Triton nicht über das Geld verfügen. Der Vorfall ist bis zum Vorstand der Bank durchgedrungen. Du kannst dir vorstellen, daß Nathan Gamble im Augenblick alles andere als glücklich ist.«

»Brauchte Triton das Geld gerade?«

»Darauf kannst du Gift nehmen. Triton wollte die Mittel als Anzahlung für die CyberCom-Übernahme hinterlegen; du weißt schon, das Unternehmen, von dem ich vorher gesprochen habe.«

»Also fällt das Geschäft flach?«

»Noch nicht. Zuletzt habe ich gehört, daß Nathan Gamble das Geld vielleicht aus eigener Tasche bereitstellt.«

»Gütiger Himmel, der Kerl kann derartige Schecks unterschreiben?«

»Gamble ist mehrfacher Milliardär. Trotzdem reißt er sich

nicht gerade darum. Dadurch schmälert er, zusätzlich zum Verlust der zweihundertfünfzig Millionen aus Tritons Kasse, auch sein Privatvermögen. Aus seiner Sicht ergibt sich also eine Abwanderung von fünfhundert Millionen Dollar. Das ist selbst für ihn eine Menge Geld.« Hardy zuckte zusammen, als ob er sich unwillkürlich an sein letztes Treffen mit Gamble erinnerte. »Wie gesagt, im Augenblick ist er alles andere als glücklich. Die größten Sorgen aber bereiten ihm die Informationen, die Archer an RTG verkaufte. Wenn RTG CyberCom kriegt, beträgt Tritons Gesamtverlust wesentlich mehr als eine Viertelmilliarde Dollar.«

»Aber jetzt, da RTG weiß, daß du sie im Verdacht hast, wird man dort die Informationen von Archer wohl kaum verwenden können, oder?«

»So einfach ist das nicht, Lee. RTG streitet jegliche Beteiligung ab. Zwar haben wir das Video, aber das ist längst kein unerschütterlicher Beweis. RTG stand bereits zuvor in den Verhandlungen um CyberCom. Wenn deren Angebot nun etwas besser als das von Triton ausfällt, wer kann schon sagen, wie sich das ergeben hat?«

»Verzwickte Sache.« Müde starrte Sawyer in den fast leeren Kaffeebecher.

Hardy breitete die Hände aus und lächelte. »Tja, das war meine Geschichte.«

»Ich wußte doch, daß du mich nicht wegen eines Handtaschenraubs aus dem Bett holst.« Sawyer setzte ab. »Dieser Archer muß wirklich ein Genie sein, Frank.«

»Dem stimme ich zu.«

Unvermittelt hob Sawyer den Kopf. »Trotzdem unterläuft jedem mal ein Fehler, und manchmal hat man Glück, wie mit dieser Videokassette. Und außerdem, es sind doch gerade die anspruchsvollen Fälle, die unsere Arbeit zu einer Herausforderung machen. Hab' ich nicht recht?« Ein Grinsen breitete sich auf seinem Gesicht aus.

Halbherzig lächelnd, nickte Hardy. »Also, was hast du jetzt vor?«

Sawyer trank den Kaffee aus und griff nach der Kanne,

um nachzuschenken. Nun, da der Fall eine völlig unerwartete Wendung genommen hatte und zahlreiche Möglichkeiten offenstanden, war er wie von frischer Energie erfüllt.

»Zuerst benutze ich dein Telefon, um eine weltweite Fahndung nach Jason Archer einzuleiten. Danach werde ich dich eine gute Stunde lang ausquetschen. Morgen früh schicke ich ein Agententeam zum Flughafen Dulles, um soviel wie möglich über Mr. Archer herauszufinden. Während die damit beschäftigt sind, werde ich selbst mich mit einer Person unterhalten, die sich als Schlüsselfigur in diesem Fall erweisen könnte.«

»Und wer ist das?«

»Sidney Archer.«

## KAPITEL 28

»Mein Name ist Paul Brophy. Ich bin ein Kollege aus Sidneys Kanzlei, Mr. ...?«

Mit der Reisetasche in der Hand, stand Brophy in der Diele des Hauses.

»Patterson. Bill Patterson. Ich bin Sidneys Vater.«

»Sie hat mir viel von Ihnen erzählt, Bill. Tut mir leid, daß wir uns nicht schon früher kennengelernt haben. Entsetzlich, was passiert ist. Auch ich habe Jason recht gut gekannt. Ich mußte einfach herkommen. Ihre Tochter ist eine meiner engsten Kolleginnen. Eine wirklich bemerkenswerte Frau.«

Bill Patterson betrachtete die Tasche, die Brophy in eine Ecke der Diele stellte. In seinem dunkelblauen Zweireiher, mit hochmodernem Schlips, schwarzen Lackschuhen und dazu passenden, gemusterten Socken, gab der große, schlanke Paul Brophy eine durchaus beeindruckende Erscheinung ab. Doch etwas an der Art, wie er lässig durch den gramgebeugten Haushalt schritt, ließ Patterson die Stirn runzeln. Ein jahrzehntelanges Berufsleben hatte ihm eine besondere Antenne für Leute gegeben, bei denen Mißtrauen angebracht war. Im Augenblick schrillte die Alarmsirene.

»Die ganze Familie ist hier, um Sidney beizustehen ... Paul, so war doch der Name?« Auf das Wort *Familie* legte Patterson besonderen Nachdruck.

Brophy sah ihn abschätzend an. »Ja. Gerade jetzt ist die Familie das Wichtigste für sie. Aber ich hoffe, Sie denken nicht, ich will mich aufdrängen. Das wäre das letzte, was ich möchte. Gestern nacht habe ich mit Sidney telefoniert. Sie meinte, es wäre in Ordnung, wenn ich käme. Ich arbeite seit vielen Jahren mit Ihrer Tochter zusammen. Gemeinsam haben wir Fälle durchgezogen, die so manch anderem Magengeschwüre verursacht hätten. Aber wem sage ich das. Die letzten fünf Jahre bei Bristol-Aluminium haben Sie den Laden ja praktisch im Alleingang geschmissen. Kommt mir so vor, als hätte ich jeden Monat über Sie im *Wall Street Journal* gelesen. Und den ausführlichen Bericht in *Forbes* anläßlich ihrer Pensionierung.«

»Das Geschäftsleben *ist* in der Tat hart«, stimmte der Ältere zu; die Erinnerung an seine ruhmreiche Karriere ließ ihn etwas umgänglicher werden.

»Tja, das weiß wohl keiner besser als Ihre Konkurrenz.« Brophy setzte sein freundlichstes Grinsen auf.

Patterson grinste zurück. Wahrscheinlich war der Bursche doch ganz in Ordnung – schließlich hatte er den weiten Weg auf sich genommen. Außerdem war heute kaum der geeignete Tag, irgendwelche Streitigkeiten anzuzetteln. »Möchten Sie etwas zu trinken oder zu essen? Sie sind heute morgen aus New York hergeflogen, sagen Sie?«

»Mit dem ersten Shuttleflugzeug. Kaffee wäre großartig, wenn Sie welchen haben ... Sidney?« Brophys gieriger Blick heftete sich auf die hochgewachsene Erscheinung, die den Raum betrat.

Ganz in Schwarz kam Sidney Archer in Begleitung ihrer gleichermaßen gekleideten Mutter den Flur herunter.

»Hallo, Paul.«

Rasch lief Brophy zu ihr hinüber, umarmte sie innig und hauchte ihr einen Kuß auf die Wange. Leicht verwirrt stellte Sidney ihre Mutter und Brophy einander vor.

»Wie verkraftet es die kleine Amy?« erkundigte Brophy sich besorgt.

»Sie ist bei Bekannten. Sie versteht noch nicht, was passiert ist«, meinte Sidneys Mutter und bedachte ihn mit einem mißbilligenden Blick.

»Ach ja, natürlich.« Brophy trat einen Schritt zurück. Zwar hatte er keine Kinder, trotzdem war es eine dämliche Frage gewesen.

Ohne es bewußt zu wollen, kam Sidney ihm zu Hilfe. Sie wandte sich an ihre Mutter. »Paul ist heute morgen aus New York hierher geflogen.«

Abwesend nickte ihre Mutter, dann ging sie in die Küche, um das Frühstück vorzubereiten.

Brophy betrachtete Sidney. Ihr seidiges, strohblondes Haar kam durch das schwarze Kleid noch besser zur Geltung. Die verhärmten Gesichtszüge fand er ausgesprochen attraktiv. Obwohl ihn rein eigennützige Motive hergetrieben hatten, war Brophy von ihr hingerissen. Die Frau *war* atemberaubend schön.

»Alle anderen fahren direkt zur Kirche. Nach dem Begräbnis kommen sie hierher.« Allein der Gedanke daran schien ihr heftig zuzusetzen.

Brophy entging der Tonfall nicht. »Denk einfach nicht zuviel darüber nach, und wenn du dich später zurückziehen willst, springe ich für dich ein, unterhalte mich mit den Leuten und sorge dafür, daß jeder genug auf dem Teller hat. Wenn es etwas gibt, das ich als Anwalt gelernt habe, dann viel zu reden, ohne wirklich etwas zu sagen.«

»Mußt du denn nicht zurück nach New York?«

Mit triumphierendem Lächeln schüttelte Brophy den Kopf. »Ich werde eine Weile im Büro in Washington rumhängen.« Aus der inneren Manteltasche zückte er ein kleines Diktiergerät. »Ich habe alles dabei, was ich brauche. Hab' schon drei Briefe und eine Rede diktiert, die ich nächsten Monat bei einer politischen Wohltätigkeitsveranstaltung halte. Damit will ich sagen, ich bin hier, solange du mich brauchst.« Er schenkte ihr ein zärtliches Lächeln, steckte das Diktiergerät zurück in die Tasche und ergriff ihre Hand.

Leicht verlegen, erwiderte sie das Lächeln, während sie behutsam die Hand zurückzog. »Ich muß mich noch herrichten, bevor wir losfahren.«

»Gut, ich gehe einstweilen in die Küche und falle deinen Eltern ein wenig auf die Nerven.«

Sidney verschwand den Flur hinunter in Richtung Schlafzimmer. Brophy sah ihr nach. Ein Lächeln breitete sich auf seinem Gesicht aus, als er an seine Zukunftsaussichten dachte.

Einen Augenblick später betrat er die große Küche, in der Sidneys Mutter eifrig mit Eiern, Toast und Schinken hantierte. Bill Patterson fummelte im hinteren Teil des Raumes an der Kaffeemaschine herum. Das Telefon klingelte. Patterson legte die Brille beiseite und hob nach dem zweiten Läuten ab.

»Hallo?« Er wechselte den Hörer ans andere Ohr. »Ja, genau. Was? Oh, äh, hören Sie, kann das nicht warten? Aha. Dann bleiben Sie bitte kurz dran.«

Mrs. Patterson schaute zu ihrem Mann. »Wer ist es denn?«

»Henry Wharton.« Patterson blickte zu Brophy. »Das ist doch die Nummer eins Ihrer Kanzlei, oder?«

Brophy nickte. Zwar stellte die Tatsache, daß er selbst ein Jünger Goldmans war, ein wohlgehütetes Geheimnis dar, trotzdem mochte ihn Wharton nicht besonders. Brophy seinerseits freute sich bereits auf den Tag, an dem Wharton unsanft aus dem Chefsessel von Tyler, Stone katapultiert werden würde. »Ein wunderbarer Mann, sehr um seine Kollegen besorgt«, erklärte Brophy.

»Tja, sein Gespür für den richtigen Zeitpunkt ist jedenfalls lausig«, erwiderte Patterson, legte den Hörer auf den Tisch und lief aus der Küche. Mit beschwichtigendem Lächeln trat Brophy neben Mrs. Patterson, um ihr zu helfen.

Sidneys Vater klopfte an die Schlafzimmertür. »Liebling?«

Sidney öffnete. Hinter ihr erblickte Patterson zahlreiche Fotos von Jason und dem Rest der Familie, die sie auf dem Bett ausgebreitet hatte. Er holte tief Luft und schluckte.

»Liebling, da ist ein Kerl von der Kanzlei am Telefon. Er sagt, er muß dringend mit dir reden.«

»Hat er dir seinen Namen genannt?«

»Henry Wharton.«

Jäh legte sie die Stirn in Falten, doch ebenso unvermittelt glätteten sich die Züge wieder. »Wahrscheinlich ruft er nur an, um mir zu sagen, daß er es nicht zur Trauerfeier schafft. Im Augenblick stehe ich wohl kaum auf seiner Liste der beliebtesten Zehn. Ich nehme den Anruf hier drin entgegen, Paps. Sag ihm, ich bin in einer Minute soweit.«

Als ihr Vater die Tür schließen wollte, sprangen ihm erneut die Fotos ins Auge. Abrupt schaute er auf und ertappte seine Tochter dabei, daß sie ihn fast verlegen anstarrte, wie ein Teenager, der sich im Zimmer beim Rauchen erwischen läßt.

Patterson trat auf seine Tochter zu, küßte sie auf die Wange und umarmte sie innig.

Zurück in der Küche, ergriff Patterson den Hörer. »Sie ist in einer Minute soweit«, sagte er barsch. Dann legte er den Hörer zurück und wollte sich wieder den Tücken der Kaffeemaschine zuwenden, als ihn ein Klopfen an der Tür unterbrach. Alle drei schauten auf. Patterson sah zu seiner Frau hinüber. »Erwarten wir so früh schon jemanden?«

Sie schüttelte den Kopf. »Wahrscheinlich nur ein Nachbar, der noch was vorbeibringt oder so. Geh doch bitte an die Tür, Bill.«

Gehorsam trottete Patterson zur Eingangstür.

Paul Brophy folgte ihm auf dem Fuße.

Patterson öffnete. Zwei Männer in Anzügen standen ihm gegenüber.

»Kann ich Ihnen helfen?« erkundigte sich Patterson.

Wortlos zückte Lee Sawyer den Ausweis. Der Mann neben ihm folgte seinem Beispiel. »Ich bin FBI-Spezialagent Lee Sawyer. Das hier ist mein Partner, Raymond Jackson.«

Augenscheinlich verwirrt, pendelte Bill Pattersons Blick zwischen den Dienstausweisen und deren Besitzern hin und her. Unbewegt erwiderten die beiden Agenten den Blick.

Rasch räumte Sidney die Fotos weg. Bei einem jedoch hielt sie inne – es stammte vom Tag Amys Geburt und zeigte Jason in einem Krankenhauskittel, wie er seine wenige Minuten alte Tochter in den Armen wiegte. Der grenzenlose Stolz in den Zügen des frischgebackenen Vaters bot einen wundervollen Anblick. Sie steckte das Foto in die Handtasche. Sidney war sicher, daß sie es im Laufe des Tages brauchen würde, wenn ihr alles zuviel wurde, was, wie sie wußte, unvermeidbar eintreten würde.

Danach strich sie das Kleid glatt, ging hinüber zum Nachtkästchen, setzte sich auf die Bettkante und nahm den Hörer ab.

»Hallo, Henry.«

»Sid.«

Hätte Sidney sich nicht hingesetzt, sie wäre zweifellos auf dem Boden zusammengebrochen. Alle Kraft wich aus ihrem Körper. Ihr Gehirn fühlte sich wie zerschmettert an.

»Sid?« hakte die Stimme ein wenig besorgter nach.

Schritt für Schritt gelang es ihr, die Sinne wiederzuerlangen. Sie fühlte sich, als kämpfte sie sich aus unglaublichen Tiefen, in denen kein Mensch überleben konnte, an die Wasseroberfläche. Plötzlich sprang das Gehirn wieder an, und sie mühte sich Zentimeter für Zentimeter vom Bett hoch. Während sie gegen den überwältigenden Drang einer Ohnmacht ankämpfte, brachte sie ein Wort hervor – ein Wort, von dem sie geglaubt hatte, es auf diese Weise nie wieder aussprechen zu dürfen.

*»Jason?«*

## KAPITEL 29

Während Sidneys Mutter durch das Wohnzimmer zu ihrem Mann an der Eingangstür ging, zog Paul Brophy sich unauffällig in die Küche zurück. FBI? Allmählich wurde die Sache spannend. Während er überlegte, ob er Goldman anrufen sollte, sprang ihm der Hörer ins Auge, der noch auf der Küchenplatte lag, wo Bill Patterson ihn abgelegt hatte. Henry Wharton war in der Leitung. Brophy fragte sich, worüber er wohl mit Sidney sprechen mochte. Zweifellos konnte er wichtige Punkte bei Goldman sammeln, wenn er es herausfand.

Brophy schlich an die Küchentür. Die Gruppe stand noch immer in der Diele. Rasch schritt er zurück zur Küchenplatte, bedeckte den unteren Teil des Hörers mit der Hand und hob ihn ans Ohr. Als er zwei sehr vertraute Stimmen vernahm, klappte sein Mund auf; die Augen weiteten sich. Blitzartig griff er in die Tasche, hielt das Diktiergerät an den Hörer und drückte den Aufnahmeknopf.

Fünf Minuten später klopfte Bill Patterson neuerlich an die Tür seiner Tochter. Als Sidney schließlich öffnete, zeigte sich ihr Vater überrascht von ihrem Erscheinungsbild. Die Augen wirkten zwar nach wie vor gerötet und müde, doch sie schienen von einem Licht erfüllt, das er seit Jasons Tod nicht mehr darin gesehen hatte. Auch was er auf dem Bett erblickte, beunruhigte ihn: ein halb gefüllter Koffer.

Ohne die Augen vom Koffer abzuwenden, sagte Patterson: »Liebling, ich weiß ja nicht warum, aber zwei Herren vom FBI sind hier. Sie wollen mit dir sprechen.«

»FBI?« Mit einem Mal geriet Sidney ins Wanken, und ihr Vater mußte sie am Arm stützen.

Pattersons Sorge stand ihm ins Gesicht geschrieben. »Liebes, was ist denn los? Wieso packst du?«

Sidney bekam sich wieder in den Griff. »Alles in Ordnung, Paps. Ich ... ich muß nur nach der Trauerfeier weg.«

»Weg? Wohin? Was soll das heißen?«

»Paps, bitte nicht jetzt. Ich kann im Augenblick nicht darüber reden.«

»Aber Sid –«

»Bitte, Paps.«

Unter dem flehentlichen Blick seiner Tochter wandte Patterson schließlich die Augen ab, mit Enttäuschung und so etwas wie Furcht in den Zügen.

»Schon gut, Sidney.«

»Wo sind die Herren?«

»Im Wohnzimmer. Sie sagten, sie wollten allein mit dir reden. Ich habe versucht, sie abzuwimmeln, aber na ja, schließlich ist es das FBI.«

»Ist schon in Ordnung, Paps. Ich rede mit ihnen.« Sidney überlegte einen Augenblick. Sie schaute hinüber zum Telefon, dessen Hörer sie gerade aufgelegt hatte, dann auf die Uhr. »Führ sie bitte in die Stube und sag ihnen, daß ich in zwei Minuten komme.«

Mit gefalteten Händen ging Sidney zum Koffer hinüber, schloß ihn, hob ihn vom Bett und schob ihn darunter.

Ihr Vater beobachtete sie dabei, dann zog er die buschigen Augenbrauen hoch und fragte: »Bist du sicher, daß du weißt, was du tust?«

Wie aus der Pistole geschossen, antwortete sie: »Ganz sicher.«

Jason Archer war mit Handschellen an den Stuhl gefesselt. Lächelnd hielt Kenneth Scales die Glock auf seinen Kopf gerichtet. Ein weiterer Mann lungerte im Hintergrund herum. »Das war eine gute Vorstellung, die du da am Telefon gegeben hast, Jason«, meinte Scales. »Du hättest vielleicht eine große Zukunft als Schauspieler gehabt. Schade nur, daß du keine Zukunft mehr hast.«

Mit zornigen Augen funkelte Jason ihn an. »Du Dreckskerl! Wenn du meine Frau oder meine Tochter auch nur anrührst, reiß' ich dich in Stücke. Das schwöre ich bei Gott!«

Scales Grinsen wurde breiter. »Wirklich wahr? Erzähl doch mal, wie stellst du das an?« Mit der Pistole hieb er Jason auf den Kiefer. Die Tür zu dem kleinen Raum, in dem sie sich befanden, öffnete sich ein Stück. Nachdem Jason sich von dem Schlag erholt hatte und durch den Spalt lugte, entrang sich seiner Kehle ein Knurren. Mit ungeahnter Kraft katapultierte er sich ansatzlos samt Stuhl durch den Raum. Bis vor die Füße des Mannes schaffte er es, ehe ihn Scales und sein Komplize überwältigen konnten und über den Boden zurückschleiften.

»Verfluchter Scheißkerl, ich bring' dich um, ich bring' dich um!« gellte Jason dem Besucher ins Gesicht.

Der Mann betrat den Raum und schloß die Tür hinter sich. Während Jason auf die Beine gezogen wurde und ein großes Pflaster über den Mund geklebt bekam, lächelte der Neuankömmling. »Haben Sie wieder Alpträume, Jason?«

Nachdem Bill Patterson die beiden FBI-Agenten in die kleine, aber gemütlich eingerichtete Wohnstube geführt hatte, kehrte er in die Küche zurück, wo er seine Frau und Paul Brophy vorfand. Verdutzt schaute er zum Telefon. Der Hörer war wieder aufgehängt. Brophy bemerkte den Blick. »Ich habe für Sie wieder aufgelegt, weil ich dachte, Sie haben bestimmt anderes im Kopf.«

»Danke, Paul.«

»Keine Ursache.« Brophy trank einen Schluck Kaffee. Höchst zufrieden mit sich selbst, betastete er die kleine Kassette, die er tief in der Hosentasche vergraben hatte. »Himmel«, meinte er, an die Pattersons gewandt, »das FBI. Was können die bloß wollen?«

Patterson zuckte die Schultern. »Keine Ahnung, und Sidney weiß es ebensowenig.« Er klang zutiefst besorgt um seine Tochter. Deutlich traten die Sorgenfalten auf der Stirn hervor. »Wenn ihr mich fragt, heute paßt aber auch gar nichts zusammen«, murmelte er, als er am Tisch Platz nahm, um die Zeitung durchzublättern.

Gerade wollte er etwas anderes sagen – da fiel sein Blick auf die Schlagzeile der Titelseite.

## KAPITEL 30

Als Sidney das Zimmer betrat, erhoben sich die Agenten Sawyer und Jackson. Sawyer zuckte merklich zusammen, als er sie sah. Er machte eine bewußte Anstrengung, den Bauch einzuziehen, und eine Hand wanderte in dem halbherzigen Versuch ans Haar, eine lästige Strähne zurechtzurücken. Nachdem er sie wieder zurückzog, betrachtete er sie wie einen Fremdkörper und überlegte, was um alles in der Welt sie zu der Bewegung veranlaßt hatte. Die beiden Agenten stellten sich vor und zeigten neuerlich die Ausweise. Sawyer bemerkte, daß Sidney ihn eindringlich musterte, ehe sie ihm gegenüber Platz nahm.

Rasch ordnete Sawyer sie ein. Eine wahre Schönheit mit Geist und Verstand. Aber da war noch etwas. Er hätte schwören können, sie schon einmal getroffen zu haben. Sein Blick strich über ihre großgewachsene Gestalt. Das schwarze Kleid war geschmackvoll und dem traurigen Anlaß durchaus gerecht, doch an gewissen heiklen Zonen lag es äußerst eng an. Auch die wohlgeformten, in schwarze Strümpfe gehüllten Beine wirkten gleichermaßen anregend. Ihr Gesicht war voller Anmut in seiner Verzweiflung.

»Ms. Archer, ist es möglich, daß wir uns schon mal begegnet sind?«

Sie zeigte sich aufrichtig überrascht. »Das glaube ich kaum, Agent Sawyer.«

Sawyer musterte sie einen weiteren Augenblick, dann zuckte er mit den Schultern und stürzte sich in die Befragung.

»Wie ich Ihrem Vater schon sagte, Ms. Archer, uns ist sehr

wohl bewußt, daß der Zeitpunkt für diese Unterhaltung kaum schlechter gewählt sein könnte, aber wir mußten so bald wie möglich mit Ihnen reden.«

»Darf ich fragen, worum es geht?« erkundigte Sidney sich mit tonloser Stimme. Ihr Blick streifte durch das Zimmer, bevor er auf Sawyers Gesicht verharrte. Sie sah einen großen, mächtigen Berg von einem Mann, der ehrlich wirkte. Unter gewöhnlichen Umständen hätte Sidney voll und ganz mit Lee Sawyer zusammengearbeitet. Aber die Umstände waren alles andere als gewöhnlich.

Inzwischen funkelten die grünen Augen, und Sawyer mußte sich einen Ruck geben, als er feststellte, daß er darin zu versinken drohte. Da begriff er, daß er sich in gefährliche Tiefen vorwagte, wenn er versuchte, darin zu lesen. »Es geht um Ihren Mann, Ms. Archer«, antwortete er rasch.

»Bitte, nennen Sie mich doch Sidney. Was ist mit meinem Mann? Hat es etwas mit dem Flugzeugunfall zu tun?«

Sawyer antwortete nicht sofort. Abermals musterte er sie unauffällig. Jedes Wort, jede Mimik, jede Pause war von Bedeutung; es war ein stets äußerst ermüdendes, oft entmutigendes, doch manchmal ungemein aufschlußreiches Unterfangen. »Es war kein Unfall, Sidney«, erklärte er schließlich.

Kurz flackerten die Augen, wie Lichter eines Hauses während eines Gewitters. Der Mund öffnete sich leicht, aber kein Wort drang heraus.

»Das Flugzeug wurde sabotiert. Alle Menschen an Bord wurden vorsätzlich ermordet.« Während er sie ungebrochen beobachtete, schaltete Sidney etwa eine Minute lang völlig ab. Ihre Züge verrieten echtes, keinesfalls vorgetäuschtes Entsetzen. Mit einem Schlag verschwand das lebendige Funkeln aus den Augen.

Nach etwa einer Minute sagte Sawyer sanft: »Sidney? Sidney?«

Mit einem Ruck war Sidney wieder da, zog sich jedoch ebenso schnell wieder zurück. Schwer seufzend, stieß sie den Atem aus. Kurz vermeinte sie, sich auf der Stelle übergeben zu müssen. Sie legte den Kopf in den Schoß und umfaßte die Fußgelenke. Ironischerweise glich ihre Haltung der eines Flugpassagiers beim Absturz einer Maschine. Als sie zu stöhnen und am ganzen Leib unkontrollierbar zu beben begann, sprang Sawyer auf und setzte sich neben sie. Beruhigend legte er ihr den Arm um die Schulter und ergriff ihre Hand.

Sawyer wandte sich an Jackson. »Wasser, Tee oder sonst irgendwas, Ray. Schnell!«

Jackson stürzte los.

Mit zitternden Händen goß Sidneys Mutter Agent Jackson ein Glas Wasser ein. Als Jackson sich zum Gehen wandte, hielt Bill Patterson die Zeitung hoch. »Darum geht's, hab' ich recht?« Die Schlagzeile war groß, fettgedruckt und unheilverkündend: »ABSTURZ DER WESTERN AIRLINES AUF SABOTAGE ZURÜCKZUFÜHREN. BUNDESREGIERUNG SETZT ZWEI MILLIONEN DOLLAR BELOHNUNG AUS«. »Jason und all die anderen wurden Opfer eines Terroristen. Deshalb sind Sie hier, richtig?« Im Hintergrund vergrub Mrs. Patterson das Gesicht in den Händen. Ihr leises Schluchzen erfüllte den Raum, als sie sich an den Tisch setzte.

»Bitte nicht jetzt, ja?« Jacksons Tonfall duldete keinen Widerspruch. Mit dem Glas Wasser in der Hand verließ er den Raum.

Mittlerweile war Paul Brophy in den Vorhof verschwunden, unter dem Vorwand, trotz der Kälte eine Zigarette rauchen zu wollen. Hätte jemand aus dem Wohnzimmerfenster geblickt, hätte dieser Jemand das kleine Handy erkannt, das Brophy ans Ohr hielt.

Sawyer mußte Sidney das Wasser geradezu mit Gewalt einflößen, aber schließlich konnte sie sich aufsetzen. Nachdem sie die Beherrschung wiedererlangte und das Glas mit dankbarem Blick zurückgab, erwähnte Sawyer das Flugzeugattentat nicht mehr. »Glauben Sie mir, wenn es nicht sehr, sehr wichtig wäre, würden wir auf der Stelle verschwinden.«

Sidney nickte. Immer noch war sie kalkweiß im Gesicht. Sawyer ließ sich einen Augenblick Zeit, um die Gedanken zu ordnen. Sidney wirkte erleichtert, als er mit ein paar scheinbar harmlosen Fragen über Jasons Arbeit bei Triton Global fortfuhr. Obwohl sie eindeutig verwirrt wirkte, beantwortete sie die Fragen gewissenhaft und ruhig.

Sawyer betrachtete das Zimmer. Es war ein schönes Haus. »Hatten Sie finanzielle Probleme?« erkundigte er sich.

»Wohin soll diese Befragung führen, Agent Sawyer?« Sidneys Gesichtszüge verhärteten sich ein wenig. Plötzlich verschwand der Ausdruck wieder, als ihr Jasons Bemerkung darüber einfiel, daß er ihr die Welt zu Füßen legen wollte.

»Wohin auch immer sie uns an dieser Stelle führt, Ma'am«, entgegnete Sawyer, der ihren Blick standhaft erwiderte. Seine Augen schienen sie zu durchbohren und ihre Gedanken, ihre tief verborgenen, nagenden Zweifel zu lesen. Da erkannte Sidney, daß äußerste Vorsicht im Umgang mit dem Mann geboten war. »Wir reden mit den Familienangehörigen aller Opfer. Wenn die Maschine wegen eines Passagiers des Fluges sabotiert wurde, müssen wir den Grund dafür herausfinden.«

»Ich verstehe.« Sidney holte tief Luft. »Um ihre Frage zu beantworten: Finanziell ging es besser als seit Jahren.«

»Sie arbeiten als Anwältin für Triton, richtig?«

»Und für etwa fünfzig weitere Mandanten. Und?«

Sawyer änderte die Taktik. »Na schön. Wußten Sie, daß Ihr Mann sich ein paar Tage freigenommen hatte?«

»Ich bin seine Frau, Mr. Sawyer.«

»Gut, dann können Sie mir vielleicht erklären, warum er seine Freizeit an Bord eines Flugzeugs nach Los Angeles verbrachte.« Fast wäre Sawyer »angeblich« herausgerutscht, doch er fing sich gerade noch rechtzeitig.

»Hören Sie, ich nehme an, Sie haben bereits mit Triton gesprochen. Vielleicht auch mit Henry Wharton. Jason hat mir erzählt, er müsse geschäftlich für Triton nach L. A. An dem Morgen, als er abreiste, erinnerte ich ihn daran, daß ich in New York eine Besprechung mit Triton hätte. Daraufhin verriet er mir, daß er wegen eines neuen Jobs nach L. A. wollte. Er bat mich, Triton gegenüber nichts von der Reise zu erwähnen. Und ich habe mitgespielt. Ich bin mir durchaus bewußt, daß meine Handlungsweise nicht besonders aufrichtig war, aber ich hab's nun mal getan.«

»Aber es gab kein Jobangebot.«

Sidneys Schultern sackten herab. »Nein.«

»Da Sie nun seine Frau sind – haben Sie irgendeine Vermutung, weshalb er tatsächlich nach L. A. wollte? Irgendeinen Verdacht?«

Sidney schüttelte den Kopf.

»Das war's? Nichts weiter? Sind Sie sicher, daß es nichts mit Triton zu tun hatte?«

»Jason hat selten mit mir über Firmenangelegenheiten gesprochen.«

»Wieso das?« Sawyer sehnte sich nach einer Tasse Kaffee. Sein Körper begann sich für die durcharbeitete Nacht mit Hardy zu rächen.

»Meine Firma vertritt einige andere Unternehmen, deren Interessen sich unter Umständen mit denen von Triton überschneiden. Jedoch wurde jeder mögliche Konflikt mit den betroffenen Mandanten geregelt, auch mit Triton; von Zeit zu Zeit errichten wir Chinesische Mauern, wenn es erforderlich ist –«

»Wie war das?« unterbrach Ray Jackson sie. »Chinesische Mauern?«

Sidney wandte sich ihm zu. »So nennen wir die ausnahmslose Unterbindung jeglicher Kommunikation über die Fälle eines Mandanten, wenn ein Anwalt der Kanzlei einen anderen Mandanten mit möglicherweise überschneidenden Interessen vertritt. Das reicht vom Verschluß der Akten bis hin zum Verbot, auch nur im Gang miteinander zu reden. Wir legen sogar geschützte Datenbanken über laufende Fälle an, in denen wir unsere Mandanten vertreten. Das tun wir auch, um sicherzustellen, daß die Verhandlungsbedingungen ständig auf den allerneuesten Stand gebracht werden. Solche Bedingungen ändern sich häufig, und wir wollen keinesfalls, daß unsere Mandanten von wichtigen Klauseln überrascht werden. Das menschliche Gedächtnis ist anfällig für Vergessen; ein Computerspeicher ist in dieser Hinsicht wesentlich sicherer. Der Zugriff auf diese Datenbanken ist nur mittels eines Paßwortes möglich, das ausschließlich der für den jeweiligen Fall verantwortliche Anwalt kennt. Der Grundgedanke dabei ist, daß eine Kanzlei gegebenenfalls ihre Fälle voneinander abkapseln kann, um einen Interessenskonflikt zu vermeiden. Daher der Begriff.«

Sawyer schaltete sich ein. »Und welche anderen Firmen vertritt Ihre Kanzlei, die unter Umständen einen Interessenskonflikt mit Triton aufweisen?«

Sidney überlegte. Ein Name kam ihr in den Sinn, doch sie war unschlüssig, ob sie ihn nennen sollte. Wenn sie es tat, konnte sie dadurch vielleicht ein rasches Ende der Unterhaltung herbeiführen.

»Die RTG-Gruppe.«

Sawyer und Jackson tauschten einen vielsagenden Blick. Sawyer ergriff das Wort. »Wer in Ihrer Kanzlei vertritt RTG?«

Er war überzeugt, ein Funkeln in Sidneys Augen erkannt zu haben, bevor sie antwortete. »Philip Goldman.«

Im Vorhof des Anwesens der Archers kroch allmählich die Kälte durch Paul Brophys sündhaft teure Handschuhe.

»Nein, ich habe keine Ahnung, was vor sich geht«, sagte er ins Mobiltelefon. Ruckartig riß er den Kopf davon weg, als der Sprecher am anderen Ende der Leitung eine hitzige Schimpfkanonade losließ. »Augenblick mal, Philip. Wir reden hier über das FBI, klar? Diese Kerle tragen Waffen! Wenn Sie schon nicht vorhergesehen haben, daß so etwas passieren würde, wie hätte ich erst dazu in der Lage sein sollen?«

Die Anspielung auf Philip Goldmans überragende Intelligenz beruhigte den Mann offenbar, denn Brophy hielt das Telefon wieder normal. »Ja, ich bin ganz sicher, daß er es war. Ich kenne seine Stimme; außerdem hat sie ihn beim Namen genannt. Ich habe die ganze Unterhaltung auf Band aufgezeichnet. Verteufelt brillanter Einfall meinerseits, finden Sie nicht? Wie? Ja, Sie können sich darauf verlassen, daß ich hierbleiben werde, um so viel wie möglich in Erfahrung zu bringen. In Ordnung, ich melde mich in ein paar Stunden wieder bei Ihnen.«

Brophy steckte das Telefon weg, rieb sich die steifen Finger und schlenderte zurück ins Haus.

Sawyer beobachtete Sidney Archer aufmerksam, während sie mit der Hand über die Armlehne der Couch rieb. Er überlegte, ob er die Bombe platzen lassen und ihr offenbaren sollte, daß Jason Archer erwiesenermaßen nicht in einem Krater in Virginia ruhte. Nach einem heftigen inneren Kampf siegte letztlich sein Gefühl über den Verstand.

Sawyer erhob sich und streckte Sidney die Hand entgegen. »Vielen Dank für Ihr Verständnis, Ms. Archer. Wenn Ihnen noch etwas einfällt, das uns helfen könnte, erreichen Sie mich Tag und Nacht unter einer dieser Nummern.« Sawyer reichte ihr eine Karte. »Auf der Rückseite steht meine Privatnummer. Haben Sie auch eine Karte, damit ich weiß, wo ich Sie erreichen kann?« Sidney ergriff die Handtasche vom Tisch, durchwühlte den Inhalt und kramte eine ihrer Visitenkarten hervor. »Ich möchte Ihnen nochmals sagen, daß es mir wegen Ihres Mannes sehr leid tut.« Die letzte Bemerkung meinte er todernst. Wenn Hardy recht hatte, nahm sich das, was die Frau derzeit durchmachte, im Vergleich zu dem, was ihr noch bevorstand, wie ein Spaziergang im Park aus.

Ray Jackson verließ das Zimmer. Sawyer wollte ihm gerade folgen, als Sidney ihm die Hand auf die Schulter legte. »Mr. Sawyer –«

»Sie können mich ruhig Lee nennen.«

»Lee, ich müßte wirklich blöd sein, um nicht zu erkennen, daß die Geschichte ziemlich unglaubwürdig klingt.«

»Und ich habe sie keine Sekunde lang für blöd gehalten, Sidney.« Die beiden tauschten einen Blick, der beiderseitigen Respekt erahnen ließ; dennoch stellte Sawyers Äußerung keine uneingeschränkt positive Bemerkung dar.

Kurz schlug Sidney die Augen nieder, dann sah sie ihn an. »Haben Sie Grund zu der Annahme, daß mein Mann in etwas …« Sie setzte ab und schluckte schwer, bevor sie sich durchringen konnte, das Undenkbare auszusprechen: »… etwas Illegales verstrickt war?«

Während er sie musterte, beschlich ihn erneut das deutliche Gefühl, die Frau schon irgendwo gesehen zu haben, bis es zur Gewißheit reifte. »Sidney, sagen wir einfach, daß uns die Aktivitäten Ihres Mannes, kurz bevor er an Bord dieser Maschine stieg, einige Rätsel aufgeben.«

Sidney dachte zurück an all die durcharbeiteten Nächte, in denen Jason zurück ins Büro gefahren war. »Wurde bei Triton etwas gestohlen?«

Sawyer fiel auf, daß sie die Hände geradezu krampfhaft faltete. Aus unerfindlichem Grund wollte ihr Sawyer, an sich einer der verschwiegensten FBI-Agenten überhaupt, plötzlich alles anvertrauen, was er wußte. Doch er widerstand der Versuchung. »Es handelt sich hier um eine laufende Ermittlung des FBI, ich darf es Ihnen wirklich nicht sagen.«

Sie trat einen Schritt zurück. »Das verstehe ich natürlich.«

»Wir bleiben in Verbindung.«

Nachdem Sawyer das Zimmer verließ, bekam sie eine leichte Gänsehaut, als ihr Nathan Gambles ähnliche Bemerkung einfiel. Plötzlich fühlte sie, wie eiskalte Stricke der Angst sie fesselten. Sie schlang die Arme um sich und trat dichter ans Feuer.

Zunächst hatte sie der Anruf von Jason mit Euphorie erfüllt. Nie zuvor hatte sie eine vergleichbare Freude empfunden, doch die spärlichen Einzelheiten, die er ihr im Laufe des Gesprächs anvertraut hatte, hatten sie bald auf den Boden zurückgeholt. Im Augenblick wandelte sie in einem Zustand höchster Verwirrung, Hilflosigkeit und ungebrochener Loyalität zu ihrem Mann umher; eine ausgesprochen unhandliche Mischung von Gefühlen. Sie fragte sich, was für Überraschungen wohl der morgige Tag für sie bereit hielt.

Auf dem Weg aus dem Haus schwänzelte der überaus geschwätzige Paul Brophy hinter den beiden Agenten her.

»Deshalb wäre meine Kanzlei äußerst interessiert daran, alles über mögliche Vergehen zu erfahren, in die Jason Archer und Triton Global verstrickt sein könnten.« Endlich verstummte er und blickte die beiden hoffnungsvoll an.

Sawyer ging unbeirrt weiter. »Ich hab's vernommen.« Hinter Bill Pattersons Cadillac, der in der Einfahrt parkte, blieb er stehen. Er stellte den Fuß auf die hintere Stoßstange, um sich die Schuhbänder neu zu binden. Als er hinabschaute, stach ihm ein Aufkleber ins Auge: »MAINE, THE VACATIONLAND STATE«. *Wann habe ich zum letztenmal Ferien gemacht*, dachte er. *Wenn man sich schon gar nicht mehr daran erinnern kann, wird's langsam bedenklich.* Er zog die Hose hoch und wandte sich dem Anwalt zu, der ihn vom Gehsteig aus beobachtete.

»Wie war doch gleich Ihr Name?«

Brophy warf einen Blick auf die Eingangstür, dann eilte er zu Sawyer hinüber. »Brophy. Paul Brophy.« Hastig fügte er hinzu: »Wie ich schon sagte, ich bin Anwalt der Niederlassung in New York, habe also denkbar wenig mit Sidney Archer zu tun.«

Sawyer musterte ihn eingehend. »Und dennoch haben Sie den weiten Weg hierher gemacht, um beim Begräbnis dabei zu sein. Das haben Sie doch gesagt, oder?«

Brophy sah die beiden Männer an. Ray Jackson verengte die Augen und wog den Anwalt ab. Der Mann wirkte durch und durch wie ein schlüpfriger, geldgieriger Stiefellecker.

»Eigentlich bin ich im Namen der Kanzlei hier. Hat sich irgendwie so ergeben. Sidney Archer arbeitet zwar für unsere Kanzlei, aber nur auf Teilzeitbasis. Und ich war ohnehin geschäftlich in der Stadt.«

Sawyer starrte auf eine Wolkengruppe über dem Haus. »Ach ja? Wissen Sie, ich hatte Gelegenheit, Ms. Archer zu überprüfen. Den Leuten zufolge, mit denen ich gesprochen habe, zählt sie zu den besten Anwälten bei Tyler, Stone. Teilzeitbeschäftigt oder nicht. Ich habe mir sogar von drei verschiedenen Mitarbeitern Ihrer Kanzlei eine Liste der besten fünf Anwälte erstellen lassen, und wissen Sie was? Die Frau stand auf jeder drauf.« Den Blick auf Brophy gerichtet, fügte er hinzu: »Schon merkwürdig, daß Ihr Name dabei nie auftauchte.«

Vorübergehend verschlug es Brophy die Sprache, doch Sawyer wollte ohnehin fortfahren. »Sind Sie schon länger hier, Mr. Brophy?« Mit dem Kopf deutete er in Richtung des Hauses der Archers.

»Etwa eine Stunde. Wieso?« Brophys Miene und der Tonfall verrieten seine verletzten Gefühle.

»Ist irgend etwas Ungewöhnliches vorgefallen, seit Sie hier sind?«

Brophy brannte darauf, den Agenten zu verraten, daß er die Worte eines Totgeglaubten auf Band hatte, doch diese Information war viel zu wertvoll, um sie einfach so zu verschenken. »Eigentlich nicht. Ich meine, sie ist müde und niedergeschlagen. Zumindest wirkt sie so.«

»Was wollen Sie damit sagen?« hakte Jackson nach, der die Sonnenbrille abnahm und Brophy anstarrte.

»Nichts, ich meine ... wie gesagt, so gut kenne ich Sidney nicht. Also weiß ich auch nicht, wie gut sie und ihr Mann miteinander auskamen.«

»Oh-oh.« Angewidert verzog Jackson die Lippen und setzte die Sonnenbrille wieder auf. Er wandte sich an seinen Partner. »Bist du soweit, Lee? Ich glaube, dem Mann hier ist kalt. Sie sollten besser reingehen und sich aufwärmen«, meinte er zu Brophy. »Gehen Sie und sprechen Sie Ihrer *flüchtigen* Bekannten Ihre Anteilnahme aus.«

Jackson und Sawyer drehten sich um und gingen auf ihren Wagen zu.

Brophys Gesicht war rot vor Zorn. Abermals schaute er zum Haus zurück, dann rief er den beiden Agenten nach: »Ach ja, da war noch dieser Anruf.«

Wie auf ein Stichwort fuhren die beiden gleichzeitig herum. »Wie war das?« fragte Sawyer. Aus Mangel an Koffein quälten ihn pochende Schmerzen in den Schläfen, und er hatte es gründlich satt, diesem Idioten zuzuhören. »Was für ein Anruf?«

Rasch trat Brophy hinüber zu ihnen und sprach mit leiser Stimme, wobei er gelegentlich verstohlen nach hinten zum Haus schielte. »Etwa zwei Minuten, bevor Sie aufgetaucht sind. Der Anrufer gab sich als Henry Wharton zu erkennen, als Sidneys Vater ans Telefon ging.« Fragend blickten ihn die beiden Agenten an. »Wharton ist geschäftsführender Partner von Tyler, Stone.«

»Und? Wahrscheinlich wollte er sich nur erkundigen, wie es ihr geht und ob alles in Ordnung ist.«

»Das dachte ich zunächst auch, aber ...« Wiederum schlug Brophy die Augen nieder.

Sawyers Geduld neigte sich dem Ende zu. »Aber was?« herrschte er Brophy an.

»Ich bin nicht sicher, ob ich es sagen darf.«

Sawyer senkte die Stimme wieder auf normale Lautstärke, doch er verlieh den Worten einen um so bedrohlicheren Klang. »Hier draußen ist es ein wenig zu kalt für dumme Spielchen, Mr. Brophy. Also werde ich Sie jetzt höflich ersuchen, mir die Information anzuvertrauen, und es wird das einzige Mal sein, daß ich Sie höflich ersuche.« Sawyer beugte sich auf den nunmehr eingeschüchterten Anwalt zu, während Jackson sich hinter ihm aufbaute.

Brophy sprudelte nur so hervor. »Während Sie sich mit Sidney unterhalten haben, rief ich Henry Wharton im Büro an.« Er legte eine dramatische Pause ein. »Als ich sein Gespräch mit Sidney erwähnte, war er völlig baff. Er hatte sie gar nicht angerufen. Und als sie nach dem Telefonat aus dem Schlafzimmer kam, war sie kalkweiß. Ich dachte, sie würde jeden Moment zusammenbrechen. Auch ihrem Vater ist es aufgefallen, und er war ziemlich besorgt darüber.«

»Nun, wenn am Tag der Beerdigung meiner Gattin das FBI an meine Tür klopfen würde, sähe ich wahrscheinlich auch nicht besonders gut aus«, entgegnete Jackson. Unablässig ballte er die Hand zu einer riesigen Faust, der er im Augenblick liebend gern freien Lauf gelassen hätte.

»Tja, laut ihrem Vater sah sie schon so aus, *bevor* er ihr von Ihnen erzählt hat.« Diesen Teil hatte Brophy sich ausgedacht, aber was sollte es? Schließlich war es tatsächlich nicht das Auftauchen des FBI gewesen, das Sidney so durcheinandergebracht hatte.

Sawyer richtete sich auf und schaute zum Haus. Dann blickte er zu Jackson, der die Augenbrauen eine Winzigkeit hochzog. Sawyer musterte Brophys Gesicht. Ob der Bursche sie an der Nase herumführte? Aber nein, es war offensichtlich, daß er die Wahrheit erzählte, zumindest größtenteils. Augenscheinlich war dieser Winkeladvokat ganz versessen darauf gewesen, ihnen etwas mitzuteilen, das Sidney Archer in ein schlechtes Licht rückte. Doch Paul Brophys persönliche Fehde interessierte Sawyer nicht im geringsten. Dieser Anruf hingegen interessierte ihn sehr.

»Danke für die Auskunft, Mr. Brophy. Hier haben Sie meine Nummer, falls Ihnen noch etwas einfällt.« Er gab dem Anwalt seine Karte und ließ ihn im Vorhof stehen.

Auf dem Weg zurück in die Stadt schaute Sawyer zu seinem Partner. »Ich will, daß Sidney Archer ab sofort rund um die Uhr überwacht wird. Und ich will, daß sämtliche Anrufe überprüft werden, die sie in den letzten vierundzwanzig Stunden erhalten hat; angefangen mit dem, von dem uns dieser Lackaffe erzählt hat.«

Jackson starrte aus dem Fenster. »Glaubst du, sie hat mit ihrem Mann telefoniert?«

»Ich glaube, sie hat inzwischen so viel durchgemacht, daß nur etwas wahrhaft Außergewöhnliches sie derart aus der Fassung bringen kann. Sogar während wir mit ihr gesprochen haben, ist mir aufgefallen, daß etwas ganz und gar nicht stimmte.«

»Also *hat* sie ihn für tot gehalten.«

Sawyer zuckte die Schultern. »Ich will keine voreiligen Schlüsse ziehen. Wir werden sie einfach beobachten und abwarten, was passiert. Ich spür's in den Gedärmen, daß Sidney Archer sich als äußerst wichtiges Teil zu diesem Puzzle entpuppen wird.«

»Da wir gerade von Gedärmen reden, können wir anhalten und was essen? Ich sterbe vor Hunger.« Jackson betrachtete die lange Reihe von Imbißstuben, an denen sie gerade vorbeifuhren.

»Weißt du was? Ich werd' sogar bezahlen, Ray. Für meinen Partner ist mir nichts zu teuer.« Lächelnd bog Sawyer auf den Parkplatz eines McDonald's. Jackson sah zu Sawyer hinüber und stellte gespieltes Grausen zur Schau. Dann schüttelte er den Kopf, griff zum Autotelefon und wählte eine Nummer.

## KAPITEL 31

Mit nicht annähernd voller Leistung brauste der schlanke Lear-Jet über den Himmel. In der luxuriös ausgestatteten Kabine ließ Philip Goldman sich auf einem Sitz nieder und trank eine Tasse heißen Tee, während ein Flugbegleiter die Überreste eines Essens abräumte.

Gegenüber von Goldman saß Alan Porcher, Aufsichtsratsvorsitzender und Geschäftsführer der RTG-Gruppe, jenes weltumspannenden Konsortiums mit Sitz in Westeuropa. Der sonnengebräunte, hagere Porcher hielt ein Glas Wein in der Hand und musterte den Anwalt eingehend, bevor er das Wort ergriff.

»Wie Sie wissen, behauptet Triton Global, handfeste Beweise dafür zu besitzen, daß einer von deren Angestellten uns in einem unserer Lagerhäuser in Seattle heikle Dokumente übergeben hat. Wir müssen wohl damit rechnen, demnächst von Tritons Anwälten zu hören.« Porcher lächelte. »Natürlich von *Ihrer* Kanzlei, Tyler, Stone. Ironisch, finden Sie nicht?«

Goldman stellte die Tasse ab und faltete die Hände im Schoß. »Und das beunruhigt Sie?«

Porcher wirkte überrascht. »Wieso auch nicht?«

Goldmans Antwort war schlicht. »Weil Sie, was das angeht, unschuldig sind.« Dann fügte er hinzu: »Ironisch, finden Sie nicht?«

»Dennoch habe ich über den Fall CyberCom Dinge erfahren, die mir Kummer bereiten, Philip.«

Goldman seufzte und lehnte sich vor. »Was, zum Beispiel?«

»Daß die Übernahme von CyberCom möglicherweise schneller über die Bühne geht, als wir dachten; daß wir das letzte von Triton vorgelegte Angebot vielleicht nicht kennen. Wenn wir unser Angebot abgeben, muß ich sicher sein, daß es angenommen wird. Nachbessern darf ich nicht. Und CyberCom tendiert ohnehin schon stark zu den Amerikanern.«

Goldman legte den Kopf schief, während er den Worten des Geschäftsführers lauschte. »Da bin ich mir nicht so sicher. Das Internet kennt keine geopolitischen Grenzen. Wieso sollte also die Marktherrschaft nicht von jenseits des Atlantiks ausgehen?«

Porcher trank einen weiteren Schluck Wein, bevor er antwortete. »Nein, sofern die Angebote in etwa gleichwertig sind, geht der Zuschlag in die Staaten. Darum müssen wir sicherstellen, daß die Bedingungen alles andere als gleich ausfallen.« Ein kaltes Funkeln trat in Porchers Augen.

Bedächtig wischte Goldman sich mit der Serviette den Mund ab, ehe er entgegnete: »Woher wollen Sie das wissen?«

Unbestimmt winkte Porcher ab. »Man hört so Gerüchte.«

»Ich glaube nicht an Gerüchte. Ich glaube an Tatsachen. Und Tatsache ist, daß wir Tritons letzten Verhandlungsstandpunkt kennen. Bis ins kleinste Detail.«

»Ja, aber mittlerweile ist Brophy aus der Sache raus. Ich kann mich nicht auf überholte Informationen verlassen.«

»Das müssen Sie auch nicht. Wie ich bereits sagte, ich stehe kurz davor, das Problem zu lösen. Sobald ich das getan habe – und das werde ich –, können Sie Triton spielend ausstechen und eine Übernahme tätigen, die Ihnen die Herrschaft über den Daten-Superhighway auf lange Zeit sichert.«

Porcher blickte dem Anwalt unverwandt ins Gesicht. »Wissen Sie, Philip, ich habe mich schon oft gefragt, was Ihre Beweggründe in dieser Angelegenheit sind. Wenn es uns, wie ich hoffe, gelingt, CyberCom zu übernehmen, wird Triton gewiß alles andere als glücklich über Ihre Kanzlei sein. Wahrscheinlich wird sich die Firma nach einem neuen Rechtsberater umsehen.«

»Das kann man nur hoffen.« Ein hämisches Grinsen trat

in Goldmans Gesicht, als er sich die Möglichkeit vor Augen führte.

»Ich fürchte, da kann ich nicht folgen.«

Goldman begann aufzuzählen: »Triton Global ist Tyler, Stones bedeutendster Mandant. Triton Global ist Henry Whartons Mandant. Das ist der Hauptgrund, weshalb Henry geschäftsführender Partner ist. Wenn Triton nun die Dienste unserer Kanzlei nicht länger in Anspruch nimmt, was glauben Sie wohl, wer dann der größte Umsatzträger und somit wahrscheinlichste Nachfolger Whartons ist?«

Porcher deutete mit dem Finger auf Goldman. »Und ich hoffe doch sehr, daß in diesem Fall RTGs Angelegenheiten höchste Priorität eingeräumt wird.«

»Ich denke, das kann ich verbindlich zusagen.«

Porcher stellte das Weinglas ab und zündete sich eine Zigarette an. »Und nun erklären Sie mir, wie genau Sie das Problem lösen wollen.«

»Interessieren Sie sich tatsächlich für die Lösung oder nur für die Ergebnisse?«

»Verwöhnen Sie mich mit Ihrer Brillanz. Ich glaube mich zu erinnern, daß Ihnen das bisweilen Freude bereitet. Wenn Sie dabei nur nicht immer wie ein Professor klingen würden. Meine Zeit an der Universität liegt schon etliche Jahre zurück.«

Bei der Bemerkung zog Goldman die Augenbrauen hoch. »Sie scheinen mich schon viel zu gut zu kennen.«

»Sie sind einer der wenigen Anwälte in meinem Umfeld, die wie ein Geschäftsmann denken. Nur der Sieg zählt. Alles andere ist unwichtig.«

Goldman nahm eine der ihm von Porcher angebotenen Zigaretten und ließ sich Zeit, sie anzuzünden. »Durch eine völlig unerwartete Wendung hat sich uns die unbezahlbare Möglichkeit eröffnet, brandheiße Informationen über Tritons Angebot für CyberCom aus erster Hand zu bekommen. Wir werden Tritons beste und endgültige Bedingungen erfahren, bevor sie CyberCom überhaupt vorgelegt werden können. Dann kreuzen wir einfach ein paar Stunden früher auf, unterbreiten unser Angebot und warten, bis das von Triton eintrifft. CyberCom wird Tritons Angebot zurückweisen, und Sie werden stolzer Besitzer eines weiteren Juwels in Ihrem weltumspannenden Imperium.«

Bedächtig löste Porcher die Zigarette von den Lippen und starrte seinen Reisegefährten mit großen Augen an. »Dafür können Sie garantieren?«

»Das kann ich.«

## KAPITEL 32

»Lee, ich muß dich warnen, er kann manchmal ein bißchen grob sein, aber das ist nun mal so seine Art.« Über die Schulter blickte Frank Hardy zurück zu Sawyer, während die beiden Männer einen langen Flur entlanggingen, nachdem sie mit dem Aufzug ins oberste Stockwerk des Triton-Global-Building gefahren waren. »Ich werd' ihn mit Glacéhandschuhen anfassen, Frank, versprochen. Den Schlagring lass' ich diesmal in der Tasche.«

Während sie weitermarschierten, rief Sawyer sich die Ergebnisse der Nachforschungen über Jason Archer am Flughafen ins Gedächtnis. Seine Männer hatten zwei Flughafenbedienstete aufgespürt, die ihn auf dem Foto wiedererkannten. Einer der beiden war ein Mitarbeiter von Western Airlines, der am morgen des siebzehnten Archers Reisetasche aufgegeben hatte. Der andere gehörte dem Putztrupp an und hatte Archer gesehen, als dieser in der Wartehalle saß und Zeitung las. Erinnern konnte er sich deshalb an ihn, weil er nie seinen Lederkoffer losließ, nicht einmal beim Zeitunglesen oder Kaffeetrinken. Archer war auf die Toilette verschwunden, doch der Putzmann hatte den Bereich verlassen und nicht gesehen, wie er wieder herauskam. Die junge Frau, die später die Bordkarten der Passagiere des verhängnisvollen Flugs 3223 entgegennahm, konnten die FBI-Agenten nicht befragen, denn sie war eine der Flugbegleiterinnen an Bord der Maschine gewesen. An Arthur Lieberman erinnerten sich mehrere Leute. Seit vielen Jahren war er als regelmäßiger Benutzer des Flughafens bekannt. Insgesamt betrachtet also keine allzu brauchbaren Informationen.

Sawyer konzentrierte sich wieder auf Hardys Rücken, dem er mit raschen Schritten über den mit weichem Teppichboden ausgelegten Flur folgte. Es war nicht einfach gewesen, in das Hauptquartier des Technologiegiganten zu gelangen. Tritons Wachpersonal zeigte sich so übereifrig, daß man sogar beim FBI anrufen wollte, um die Seriennummer auf Sawyers Ausweis zu überprüfen, bis Hardy sie erbost darauf aufmerksam machte, daß dies nicht nötig sei und der altgediente Spezialagent etwas mehr Achtung verdiene, als ihm gerade entgegengebracht wurde. Etwas Derartiges war Sawyer in all den Jahren beim FBI noch nie widerfahren, wie er den verlegen wirkenden Hardy belustigt wissen ließ.

»He, Frank, was horten die hier drin? Goldbarren oder Uran 235?«

»Sagen wir einfach, die sind ein wenig paranoid.«

»Ich bin beeindruckt. Für gewöhnlich flößen wir vom FBI den Leuten immer höllischen Respekt ein. Ich möchte wetten, die verfahren mit den Freunden vom Finanzamt auch nicht anders.«

»Ein ehemaliger Chef der obersten Finanzverwaltung ist ihr Steuerberater.«

»Du meine Güte, die haben ja wirklich an alles gedacht.«

Sawyer beschlich allmählich ein unheimliches Gefühl, je mehr er über seinen erwählten Beruf nachdachte. Informationen regierten heutzutage die Welt. Der Zugang zu Informationen wurde fast ausschließlich durch Computer verwaltet. In diesem Bereich war die Privatwirtschaft den Behörden so weit voraus, daß überhaupt keine Aussicht bestand, den Rückstand je aufzuholen. Selbst das FBI, das im öffentlichen Dienst noch über die besten technischen Einrichtungen verfügte, konnte in keiner Weise an den Standard heranreichen, der in den Gefilden von Triton und ähnlichen Firmen herrschte.

Für Sawyer stellte das keine angenehme Erkenntnis dar. Man mußte schon ziemlich naiv sein, um nicht abzusehen, daß Computerverbrechen bald alle anderen Erscheinungsformen menschlicher Bösartigkeit in den Schatten stellen würden, zumindest in finanzieller Hinsicht. Doch auch das war schlimm genug. Geld bedeutete Arbeitsplätze, Häuser und glückliche Familien. Oder, so es an Geld mangelte, das Gegenteil.

Unvermittelt blieb Sawyer stehen. »Darf ich fragen, wieviel dir Triton pro Jahr bezahlt?«

Hardy drehte sich um. »Warum? Hast du etwa vor, einen eigenen Laden aufzumachen und mir die Kunden wegzuschnappen?«

»He, ich will mich nur schlau machen, falls ich mal auf dein Angebot zurückkomme.«

Hardy warf Sawyer einen stechenden Blick zu. »Ist das dein Ernst?«

»In meinem Alter lernt man, niemals nie zu sagen.«

Mit nachdenklicher Miene ließ Hardy sich die Worte seines früheren Partners durch den Kopf gehen. »Ich will keine genauen Zahlen nennen, aber wir machen einen siebenstelligen Umsatz mit Triton. Dazu kommt noch ein beträchtlicher Bonus, den uns die Firma regelmäßig zahlt.«

Sawyer stieß einen leisen Pfiff aus. »Mein lieber Schwan, ich hoffe nur, du siehst am Monatsende auch eine ordentliche Scheibe davon, Frank.«

Hardy nickte kurz. »Verlaß dich drauf. Und du könntest ebenso absahnen, solltest du je zur Vernunft kommen und bei mir anfangen.«

»Na gut, du hast mich neugierig gemacht: Wie sähe denn mein Gehalt aus? Nur so ungefähr.«

»Fünf- bis sechshunderttausend im ersten Jahr.«

Sawyers Mund klappte fast bis zum Boden auf. »Du verarschst mich doch, Frank.«

»Über Geld mache ich keine Scherze. Solange es Verbrechen gibt, werden wir kein schlechtes Jahr erleben, Lee.« Die beiden gingen weiter, und Hardy fügte hinzu: »Denk wenigstens darüber nach, versprochen?«

Sawyer rieb sich das Kinn und dachte an seinen wachsenden Schuldenberg, die endlosen Überstunden und sein winziges Büro im Hoover-Gebäude. »Versprochen, Frank.« Er beschloß, das Thema zu wechseln. »Also schmeißt dieser Gamble den Laden ganz allein?«

»Beileibe nicht. Sicher, er ist der unangefochtene Herrscher von Triton, aber das technische Genie ist Quentin Rowe.«

»Wie ist er so? Ein Freak?«

»Ja und nein. Quentin Rowe hat als Jahrgangsbester an der Columbia University graduiert. Während er bei Bell Labs, später bei Intel arbeitete, heimste er zahlreiche Preise im Technologiebereich ein. Mit achtundzwanzig Jahren gründete er seine eigene Computerfirma. Vor drei Jahren galt das Unternehmen als eine der heißesten Aktien auf dem Markt und als gefragteste Übernahme des Jahrzehnts, bis Nathan zuschlug. Wie sich herausstellte, geben die beiden eine brillante Kombination ab. Quentin ist der Visionär der Firma, die treibende Kraft hinter der CyberCom-Übernahme. Zwar sind Nathan und er nicht gerade die besten Freunde, aber gemeinsam haben sie unglaublich viel erreicht, und Gamble ist geneigt, ihm zuzuhören, solange die Kasse stimmt. Wie auch immer, der Erfolg der beiden läßt sich nicht verleugnen.«

Sawyer nickte. »Übrigens, wir lassen Sidney Archer rund um die Uhr überwachen.«

»Dann hat wohl eure Unterhaltung dein Mißtrauen erregt.«

»Das kannst du laut sagen. Kurz bevor wir hinkamen, warf ein bestimmtes Ereignis die gute Frau völlig aus der Bahn.«

»Und zwar?«

»Ein Anruf.«

»Von wem?«

»Keine Ahnung. Wir haben den Anruf zurückverfolgt. Er kam aus einer Telefonzelle in Los Angeles. Wer auch immer es war, mittlerweile könnte er in Australien sein.«

»Glaubst du, es war ihr Mann?«

Sawyer zuckte die Schultern. »Unser Informant sagte, die Person hätte Sidney Archers Vater einen falschen Namen genannt, als dieser an den Apparat ging. Außerdem verriet er uns, daß Sidney Archer nach dem Telefonat wie ein halbherzig wiederbelebter Zombie aussah.«

Mittels einer Chipkarte verschaffte Hardy sich Zugang zu einem Privataufzug. Während sie ins oberste Stockwerk fuhren, rückte Hardy vor den verspiegelten Fahrstuhltüren die schicke Krawatte zurecht und glättete das Haar. Der Tausend-Dollar-Anzug saß perfekt an der hageren Gestalt. An den Handgelenken funkelten vergoldete Manschettenknöpfe. Abwägend betrachtete Sawyer das Erscheinungsbild seines früheren Partners, dann besah er im Spiegel sein eigenes. Wohl trug er ein frisch gewaschenes Hemd, doch am Kragen wirkte es abgewetzt. Die Krawatte war ein Relikt aus dem letzten Jahrzehnt. Zu allem Überfluß ragte die ewig hartnäckige Haarsträhne wie ein winziges Periskop auf.

In gespielt ernstem Tonfall wandte er sich an den geschniegelten Hardy. »Weißt du, Frank, es ist gut, daß du nicht mehr beim FBI bist.«

»Was?« Aus Hardys Miene sprach bestürzte Überraschung.

»Inzwischen bist du einfach viel zu hübsch für einen FBI-Agenten geworden.« Sawyer grinste breit.

Hardy lachte. »Da wir gerade von hübsch reden, gestern habe ich mit Meggie zu Mittag gegessen. Sie hat einen schlauen Kopf auf den Schultern. Ist nicht so einfach, in Stanford zugelassen zu werden. Das Mädchen hat eine rosige Zukunft vor sich.«

»Trotz ihres alten Herrn, wolltest du wahrscheinlich dazusagen.«

Der Fahrstuhl hielt an, und die beiden stiegen aus. »Weißt du, ich hab' meine beiden Kinder auch nicht gerade mustergültig behandelt, Lee. Du warst nicht der einzige, der immer die Geburtstage verpaßt hat.«

»Ich glaube, du hast dich mit deinen Kindern weit besser wieder zusammengerauft als ich mit meinen.«

»Ach ja? Nun, Stanford ist nicht billig. Denk über mein Angebot nach. Es könnte den Vorgang beschleunigen. Wir sind da.«

Hardy schritt durch eine moderne Glastür mit eingeätztem Adlersymbol. Geräuschlos glitten die Scheiben auseinander, als die beiden Männer sich näherten. Die Chefsekretärin, eine Frau mit höflichem, aber bestimmtem Auftreten, kündigte über die Gegensprechanlage ihre Ankunft an. Daraufhin betätigte sie einen Knopf an der polierten Holz- und Metallkonsole, die eher einem Werk moderner Kunst als einem Schreibtisch glich, und bedeutete Hardy und Sawyer, auf eine mit gebeiztem Ebenholz getäfelte Wand zuzugehen.

Als sie näher hintraten, öffnete sich ein Teil der Wand. Erstaunt schüttelte Sawyer den Kopf, wie schon so oft, seit sie sich im Gebäude befanden.

Kurz darauf standen sie vor einem Schreibtisch, der sich treffender als ›Kommandozentrale‹ beschreiben ließ, angesichts all der Monitore, Telefone und anderen elektronischen Spielereien, die sauber in glänzende Tischplatten und robuste Wandregale eingelassen waren. Der Mann hinter dem Schreibtisch legte gerade den Hörer auf.

Hardy verkündete: »Spezialagent Lee Sawyer vom FBI – Nathan Gamble, Generaldirektor von Triton Global.«

Sawyer fühlte, wie Nathan Gambles Finger sich kraftvoll um seine schlossen. Die beiden Männer begrüßten einander flüchtig.

»Haben Sie Archer schon?«

Sawyer befand sich auf halbem Weg zum Stuhl, als ihm die Frage an den Kopf geschleudert wurde. Der Tonfall war eindeutig der eines Vorgesetzten gegenüber seinem Untergebenen und reichte vollends aus, um die Nackenhaare des FBI-Agenten aufzurichten.

In aller Ruhe nahm Sawyer Platz und musterte den Mann eine Weile. Aus dem Augenwinkel bemerkte Sawyer den beunruhigten Gesichtsausdruck seines früheren Partners, der stocksteif in der Nähe der Tür stand. Sawyer ließ sich einen weiteren Augenblick Zeit, um den obersten Knopf des Jacketts zu öffnen und sein Notizbuch aufzuschlagen, bevor er den Blick fest auf Gamble richtete.

»Ich muß Ihnen ein paar Fragen stellen, Mr. Gamble. Ich hoffe, es wird nicht allzu lange dauern.«

»Sie haben meine Frage noch nicht beantwortet.« Die Stimme des Generaldirektors erklang eine Oktave tiefer.

»Nein, und ich habe es auch nicht vor.« Die Blicke der beiden Männer verkeilten sich ineinander, bis Gamble letztlich nachgab und zu Hardy hinüberschaute.

»Mr. Gamble, es handelt sich um eine laufende Ermittlung des FBI. Für gewöhnlich erteilt das FBI keine Auskünfte über –«

Mit einer jähen Handbewegung ließ Gamble Hardy verstummen. »Dann sehen wir zu, daß wir die Sache hinter uns bringen. In einer Stunde muß ich weg, um ein Flugzeug zu erwischen.«

Sawyer war nicht sicher, wem er lieber eine gedonnert hätte – Gamble oder Hardy, weil er sich diesen Mist gefallen ließ.

»Mr. Gamble, vielleicht sollten Quentin und Richard Lucas an der Unterhaltung teilnehmen.«

»Vielleicht hätten Sie daran denken sollen, bevor Sie den Termin für dieses Treffen festgesetzt haben, Hardy.« Gamble drückte auf einen Knopf der Konsole. »Treiben Sie Rowe und Lucas auf. Sofort.«

Hardy tippte Sawyer auf die Schulter. »Quentin Rowe ist für den Bereich zuständig, in dem Archer gearbeitet hat. Lucas ist Leiter der firmeninternen Objektschutzabteilung.«

»Dann hast du recht, Frank, ich will mit den beiden reden.«

Eine Minute später öffnete sich das breite Portal, und zwei Männer betraten Nathan Gambles Reich. Aufmerksam musterte Sawyer die beiden und erkannte auf Anhieb, wer wer war. Das bedrohliche Auftreten, der fast feindselige Blick zu Hardy und die leichte Wölbung an der linken Brustseite brandmarkten Richard Lucas als Leiter von Tritons Objektschutzabteilung. Quentin Rowe schätzte der FBI-Agent auf Anfang Dreißig. Unter Rowes großen, haselnußbraunen Augen, die eher verträumt als stechend wirkten, strahlte

Sawyer ein freundliches Lächeln entgegen. Er kam zu dem Schluß, daß Nathan Gamble wohl keinen ungleicheren Partner hätte finden können.

Die nunmehr vergrößerte Gruppe versammelte sich um den riesigen Besprechungstisch, der in einer Ecke von Gambles großflächigem Büro stand.

Gamble blickte auf die Uhr, dann zu Sawyer. »Noch fünfzig Minuten, Sawyer, und die Zeit läuft. Ich hatte gehofft, Sie hätten etwas Wichtiges für mich. Statt dessen befürchte ich eine herbe Enttäuschung. Warum überraschen Sie mich nicht mit dem Gegenteil?«

Sawyer biß sich auf die Zunge und spannte die Schultermuskulatur, dann beschloß er, sich nicht herausfordern zu lassen. Er wandte sich an Lucas. »Wann haben Sie Archer erstmals verdächtigt?«

Sichtlich verlegen, rutschte Lucas auf dem Stuhl hin und her. Offenbar empfand der Objektschutzverantwortliche die jüngsten Ereignisse als besonders erniedrigend. »Den ersten handfesten Beweis erhielt ich in Form der Videokassette, auf der Archer bei der Übergabe in Seattle zu sehen ist.«

»Das Band, das Franks Leute angefertigt haben?« Sawyer musterte Lucas und wartete auf eine Bestätigung.

Lucas' mürrische Miene sprach Bände. »Richtig. Obwohl ich Archer bereits im Verdacht hatte, bevor das Video aufgenommen wurde.«

Gamble schaltete sich ein. »Ach wirklich? Ich kann mich nicht daran erinnern, daß Sie diesen Verdacht je geäußert hätten. Ich zahle Ihnen keine Unsummen, damit Sie die Klappe halten.«

Sawyer musterte Lucas eingehend. Wahrscheinlich redete der Kerl bloß heiße Luft und konnte seine Behauptung mit nichts untermauern. Aber er war pflichtbewußt genug, um dennoch nachzuhaken.

»Welche Art Verdacht?«

Lucas Blick haftete unverändert auf seinem Arbeitgeber, dessen heftige Rüge noch nachhallte. Freudlos sah er zu Sawyer. »Nun, es war wohl mehr eine Ahnung, nichts weiter;

nichts Konkretes, das ich begründen könnte. Nur so ein Gefühl. Manchmal zählt einfach der Instinkt, verstehen Sie, was ich meine?«

»Ja.«

»Er hat viel gearbeitet; außerhalb der Dienstzeit. Das Log-In-Protokoll seines Computers liest sich sehr interessant, das können Sie mir glauben.«

Gamble mischte sich ein. »Ich beschäftige nur hart arbeitende Leute. Achtzig Prozent der Mitarbeiter rackern fünfundsiebzig bis neunzig Stunden die Woche, jede Woche im Jahr.«

»Sie halten wohl nicht viel von Müßiggängern«, meinte Sawyer.

»Ich nehme meine Leute hart ran, aber sie werden ordentlich dafür bezahlt. In meiner Firma ist jeder Abteilungsleiter bis zur Geschäftsführung hinauf Millionär. Und die meisten sind unter Vierzig.« Mit dem Kopf deutete er auf Quentin Rowe. »Ich will Ihnen nicht verraten, wieviel er bekommen hat, als ich seine Firma übernahm, nur soviel: Sollte er je den Wunsch verspüren, sich irgendwo eine Insel zu kaufen, dort eine Villa zu bauen, einen Harem einzufliegen und einen Privatjet anzuschaffen, müßte er sich dafür keinen müden Cent leihen und hätte trotzdem genug übrig, um seine Urgroßenkel in Luxuskarossen an die besten Universitäten des Landes chauffieren zu lassen. Natürlich erwarte ich nicht, daß ein Bundesbürokrat die Feinheiten freien Unternehmertums versteht. Und jetzt haben Sie noch genau siebenundvierzig Minuten.«

Sawyer schwor sich, Gamble keine Gelegenheit dieser Art mehr zu bieten. »Hast du die Angaben über den Bankenbetrug überprüft?« Er blickte zu Hardy.

Sein Freund nickte. »Ich bringe dich mit den zuständigen FBI-Agenten in Verbindung.«

Gamble sprang auf, ließ die Faust krachend auf den Tisch niedersausen und starrte Sawyer an, als hätte dieser ihn persönlich beraubt. »Zweihundertfünfzig Millionen Dollar!« Gamble bebte vor Zorn.

Ein Augenblick betretenen Schweigens folgte, den Sawyer schließlich durchbrach. »Wie ich hörte, ließ Archer eine zusätzliche Sicherung an seiner Bürotür anbringen.«

Eine Spur blasser im Gesicht, antwortete Lucas: »Das stimmt.«

»Ich möchte mir später sein Büro ansehen. Was für eine Vorrichtung ließ er montieren?«

Alle Augen im Raum richteten sich auf Lucas. Sawyer vermeinte, Schweiß auf den Handflächen des Sicherheitsleiters glitzern zu sehen.

»Vor ein paar Monaten hat er für seine Bürotür einen digitalen Ziffernblock und ein Chipkarten-Zutrittssystem mit angeschlossenem Alarm bestellt.«

»War das unüblich oder notwendig?« fragte Sawyer, obschon er sich angesichts der zahlreichen Hürden, die es zu überwinden galt, um überhaupt in das Gebäude zu gelangen, kaum vorstellen konnte, daß es nötig gewesen sein sollte.

»Ich hielt es für ganz und gar nicht notwendig. Das hier ist der sicherste Schuppen der gesamten Branche.« Schmerzlich zuckte Lucas zusammen, als Gamble ein höhnisches Prusten auf die Aussage folgen ließ. »Trotzdem kann man es auch nicht als unüblich bezeichnen. Andere Mitarbeiter haben ähnliche Vorrichtungen an ihren Büros.«

Quentin Rowe meldete sich zu Wort. »Mr. Sawyer, Ihnen ist gewiß nicht entgangen, daß alle hier bei Triton ungeheuer sicherheitsbewußt sind. Wir hämmern jedem Mitarbeiter ein, daß Paranoia genau die richtige Einstellung ist, um Patenttechnologie zu schützen. Frank kommt jedes Quartal her und schult die Angestellten entsprechend. Wenn ein Mitarbeiter ein Problem oder Bedenken hinsichtlich der Sicherheit hat, kann er sich an Rich oder einen seiner Leute wenden. Oder an Frank. Jeder weiß über Franks außergewöhnliche Karriere beim FBI Bescheid. Ich bin überzeugt, daß niemand zögern würde, sich bezüglich eines Sicherheitsproblems einer dieser Stellen anzuvertrauen. Das ist schon öfter so gewesen, und ein paar wirklich schwerwiegende mögliche Probleme konnten im Keim erstickt werden.«

Sawyer schaute zu Hardy, der zustimmend nickte. »Aber Sie hatten Probleme, in sein Büro zu gelangen, nachdem er verschwunden war. Sie müssen doch ein System haben, das auch Angestellte berücksichtigt, die krank werden, sterben oder kündigen.«

»Es gibt so ein System«, bestätigte Lucas.

»Anscheinend konnte Jason es umgehen«, fügte Quentin Rowe mit einem Hauch Bewunderung hinzu.

»Wie?«

Rowe warf Lucas einen Blick zu und seufzte. »Gemäß unserer Firmenpolitik muß der für ein individuelles Sicherheitssystem erforderliche Code dem Leiter der Objektschutzabteilung bekanntgegeben werden«, erklärte er. »Also Rich. Außerdem verfügen das gesamte Schutzpersonal sowie die Geschäftsführung über Universalkarten, mit denen man Zugang zu jedem Bereich hat.«

»Gab Archer den Code bekannt?«

»Er gab ihn Rich, aber danach hat er die Leseeinheit seiner Tür mit einem anderen Code programmiert.«

»Und das wurde erst jetzt bemerkt?« Ungläubig schaute Sawyer zu Lucas.

»Es gab keinen Grund anzunehmen, er könnte den Code geändert haben«, entgegnete Quentin. »Während der normalen Arbeitszeit stand Jasons Tür so gut wie immer offen. Und nach Dienstschluß hatte niemand außer Jason einen Anlaß, das Büro zu betreten.«

»Na schön, und die Informationen, die Archer angeblich an RTG weitergespielt hat? Wie ist er an die rangekommen? Hatte er offiziell Zugriff darauf?«

»Auf einige, ja.« Unbehaglich rutschte Quentin Rowe auf dem Stuhl hin und her und fuhr sich mit der Hand über den Pferdeschwanz. »Jason gehörte zum Team für die Übernahme. Mit der höchsten Verhandlungsebene aber hatte er nichts zu tun. Die eigentlichen Verhandlungsbedingungen sind nur Nathan, mir und drei weiteren hochrangigen Mitarbeitern der Firma bekannt. Und natürlich unserem externen Rechtsbeistand.«

»Wo wurden diese Daten aufbewahrt? In einem Aktenschrank? Oder einem Safe?« wollte Sawyer wissen.

Rowe und Lucas tauschten ein Lächeln.

Rowe antwortete: »Wir führen eine hochgradig papierlose Verwaltung. Alle wichtigen Dokumente werden in Form von Computerdateien gespeichert.«

»Dann nehme ich an, es gibt Schutzvorkehrungen für diese Dateien, wie zum Beispiel ein Paßwort.«

»Weit mehr als bloß ein Paßwort«, meinte Lucas herablassend.

»Und doch konnte Archer diese Sperren offensichtlich überwinden«, schoß Sawyer zurück.

Lucas verzog den Mund, als hätte ihm jemand eine Zitrone hineingestopft.

Quentin Rowe putzte seine Brille. »Ja, das hat er. Möchten Sie sehen, wie er es geschafft hat?«

Die Gruppe der Männer füllte die kleine, unordentliche Abstellkammer fast vollständig aus. Richard Lucas schob Schachteln von der Wand weg, während Rowe, Hardy und Sawyer ihn dabei beobachteten. Nathan Gamble war nicht mitgekommen.

Wo zuvor die Schachteln gestanden hatten, lag nun eine Steckdose frei. Quentin Rowe trat neben den Computer und hielt die Kabel hoch.

»Mit dieser Workstation hat Jason sich in unser lokales Netzwerk eingeklinkt.«

»Warum hat er nicht einfach den Computer in seinem Büro benutzt?«

Noch bevor Sawyer den Satz zu Ende gesprochen hatte, schüttelte Rowe bereits den Kopf. »Wenn er auf seinem eigenen Computer einsteigt«, erklärte Lucas, »muß er eine Reihe von Kontrollen über sich ergehen lassen; diese Einrichtungen überprüfen nicht nur die Identität des Benutzers, sie *bestätigen* sie. Jeder Computerarbeitsplatz verfügt über einen

Netzhautscanner, der zu Beginn ein Videobild der Netzhaut des Benutzers aufnimmt. Zusätzlich führt der Scanner regelmäßige Überprüfungen des Benutzers durch, um dessen Identität zu bestätigen. Verläßt also jemand seinen Schreibtisch, oder setzt sich jemand anders an den Platz, kapselt sich das Netz automatisch von der entsprechenden Workstation ab.«

Rowe blickte Sawyer fest in die Augen. »Der springende Punkt ist: Hätte Archer von seinem Computer aus auf eine Datei zugegriffen, hätten wir gewußt, daß er es getan hat.«

»Wie?« fragte Sawyer.

»Unser Netzwerk besitzt eine Protokollfunktion, wie die meisten Systeme dieser Art. Greift ein Benutzer auf eine Datei zu, so wird der Zugriff vom System aufgezeichnet. Indem er diese Workstation verwendete, die eigentlich gar nicht am Netz hängen sollte und der folglich von der Netzwerkverwaltung keine Nummer zugewiesen ist«, dabei deutete Rowe auf den alten Computer, »umging er das Risiko. Dieser Computer gilt im Netz bei allen Vorgängen als Phantomcomputer. Wahrscheinlich hat er vorher mit dem Rechner in seinem Büro die Dateien, die ihn interessierten, ausfindig gemacht, ohne sie zu öffnen. Von da aus konnte er das in aller Ruhe tun und so die Zeit verkürzen, die er hier verbringen mußte, wo die Gefahr bestand, erwischt zu werden.«

Sawyer schüttelte den Kopf. »Warten Sie mal. Wenn Archer nicht seine eigene Workstation verwendet hat, weil er dadurch identifizierbar war, und statt dessen diesen Computer, woher wissen Sie dann überhaupt, daß es Archer war, der auf die Dateien zugegriffen hat?«

Hardy deutete auf die Tastatur. »Ein altbewährtes Verfahren. Wir haben zahlreiche Fingerabdrücke genommen. Alle entsprachen denen von Archer.«

Schließlich stellte Sawyer die offensichtlichste Frage. »Na gut, aber woher weiß man, daß diese Workstation für einen Datenzugriff verwendet wurde?«

Lucas setzte sich auf einen der Kartons. »Eine Weile verzeichneten wir ungenehmigte Zutritte ins System. Obwohl

Archer den Identifikationsprozeß auf diesem Gerät nicht durchlaufen mußte, hätte er beim Zugriff auf Dateien dennoch eine Spur hinterlassen, wenn er sie nicht gelöscht hätte, bevor er wieder ausstieg. Das ist zwar recht knifflig, aber machbar. Und ich glaube, genau das hat er getan. Anfangs zumindest. Später wurde er nachlässig. Dann konnten wir die Spur aufschnappen und sie letztlich bis hierher zurückverfolgen, obwohl es uns einige Zeit gekostet hat.«

Hardy verschränkte die Arme vor der Brust. »Schon komisch. Da steckt man so viel Zeit, Mühe und Geld in die Absicherung eines Netzwerks gegen Eindringlinge. Stahltüren, Objektschutzpersonal, elektronische Überwachungsgeräte, Chipkarten – es gibt kaum etwas, das Triton nicht hätte. Und dann ...« Er blickte an die Decke. »Und dann läßt man Datenleitungen mit freiliegenden Steckdosen zu, die förmlich zum Mißbrauch einladen.« Mißmutig schüttelte er den Kopf und wandte sich an Lucas. »Ich habe Sie schon früher auf die Gefahr aufmerksam gemacht.«

»Er war ein Insider«, verteidigte Lucas sich hitzig. »Er kannte das System und hat dieses Wissen mißbraucht, um es zu überlisten.« Lucas grübelte einen Augenblick. »Und dann ließ er eine ganze Flugzeugladung Menschen ermorden. Diese Tatsache sollten wir nicht ganz vergessen.«

Zehn Minuten später befanden sich die Männer wieder in Gambles Büro. Er schaute nicht einmal auf, als sie zurückkehrten.

Sawyer nahm Platz. »Also weiter. Gibt es etwas Neues über RTG?« erkundigte er sich.

Beim Namen der Konkurrenzfirma lief Gambles Gesicht rot an. »Niemand beklaut mich und kommt damit so einfach davon.«

»Jason Archers Verbindung zu RTG ist keineswegs erwiesen. Bisher handelt es sich um reine Spekulation«, erklärte Sawyer ungerührt.

Dramatisch rollte Gamble mit den Augen. »Na klar! Wissen Sie was? Ziehen Sie los und befolgen Sie weiter brav Ihre

Vorschriften, damit Sie Ihren armseligen Job behalten. Inzwischen kümmere ich mich um die harten Brocken.«

Betont langsam schloß Sawyer das Notizbuch, erhob sich und richtete sich zu voller Größe auf. Auch Hardy stand auf und griff nach Sawyers Mantel, doch sein früherer Partner ließ ihn mit einem Blick erstarren, den Hardy noch von so mancher Gelegenheit beim FBI kannte. Dann drehte Sawyer sich zu Gamble um.

»Noch zehn Minuten, Sawyer. Da Sie mir anscheinend nichts Aufregendes mehr zu berichten haben, werde ich mein Flugzeug wohl ein wenig früher erwischen.« Als Gamble an dem stämmigen FBI-Agenten vorbeimarschieren wollte, packte Sawyer ihn mit festem Griff am Arm und führte ihn hinaus in den abgeschiedenen Empfangsbereich. Sawyer wandte sich an Gambles Privatsekretärin. »Bitte lassen Sie uns eine Minute allein, Ma'am.« Den Blick auf Gamble gerichtet, zögerte die Frau.

»Ich sagte, Sie sollen uns allein lassen!« Sawyers militärischer Befehlston ließ sie aufspringen und zur Tür hinaus flüchten.

Danach wandte er sich dem Generaldirektor zu. »Lassen Sie uns ein paar Dinge klarstellen, *Mister* Gamble. Erstens sind weder Sie noch sonst irgend jemand hier befugt, mir zu sagen, was ich tun und lassen soll. Zweitens: Da es so aussieht, als wäre einer Ihrer Leute daran beteiligt gewesen, ein Flugzeug zu sabotieren, werde ich Ihnen so viele Fragen stellen, wie ich will. Ihr Reiseplan interessiert mich einen Scheißdreck. Und wenn Sie mir noch ein einziges Mal sagen, wie viele Minuten ich noch übrig habe, reiße ich Ihnen die bescheuerte Uhr vom Handgelenk und stopfe Sie Ihnen in die Fresse. Ich bin keiner Ihrer Lakaien, und wagen Sie es nie, nie wieder, so mit mir zu reden. Ich bin FBI-Agent, und zwar ein verdammt guter. Ein paar schwer gestörte Dreckskerle, gegen die Sie sich selbst an Ihrem besten Tag wie das biederste Schmusekätzchen der Welt ausnehmen, haben mich angeschossen, aufgeschlitzt, getreten und gebissen. Wenn Sie also glauben, daß ich mir wegen Ihres dämlichen Macho-Gehabes in die Hose pinkle, dann verschwenden Sie unser aller Zeit, einschließlich Ihrer eigenen. Und jetzt gehen Sie wieder rein und setzen sich verdammt noch mal hin.«

Zwei Stunden später beendete Sawyer die Befragung von Gamble und dessen Gefolgschaft, verbrachte eine halbe Stunde damit, sich Archers Büro anzusehen, ließ es abriegeln und forderte ein Spurensicherungsteam an, das methodisch jedes Molekül des Zimmers unter die Lupe nehmen sollte. Auch Archers Computeranlage begutachtete er, doch er konnte unmöglich wissen, daß etwas daran fehlte. Das einzige Überbleibsel des Mikrofons war ein kleiner versilberter Stecker.

Gemeinsam mit Hardy ging er zurück zu den Fahrstühlen.

»Siehst du, Frank, ich hab' dir doch gesagt, es gibt keinen Grund zur Beunruhigung. Gamble und ich sind bestens miteinander ausgekommen.«

Hardy lachte auf. »Ich glaube, so weiß habe ich sein Gesicht noch nie erlebt. Was, um alles in der Welt, hast du bloß zu ihm gesagt?«

»Ich habe ihm nur erklärt, daß ich ihn für einen ganz tollen Hecht halte. Wahrscheinlich hat ihn meine offene Bewunderung verlegen gemacht.«

An den Aufzügen angekommen, meinte Sawyer: »Weißt du, viel Brauchbares habe ich hier nicht erfahren. Sicher, daß Archer das Verbrechen des Jahrhunderts begangen hat, gibt eine tolle Story ab, aber mir wäre lieber, ich hätte ihn in einer Gefängniszelle sitzen.«

»Tja, diese Burschen wurden gerade so richtig an der Nase rumgeführt, und daran sind sie überhaupt nicht gewöhnt. Zwar wissen sie, was und wie es passiert ist, aber beides haben sie zu spät herausgefunden.«

Sawyer lehnte sich an die Wand und rieb sich die Stirn. »Ist dir eigentlich klar, daß es keinen Beweis gibt, der Archer mit dem Flugzeugattentat in Verbindung bringt?«

Hardy nickte. »Ich habe früher gesagt, daß Archer Lieberman benutzt haben könnte, um seine Spur zu verwischen, aber auch dafür gibt es keinen Beweis. Wenn wirklich keine Verbindung zwischen den beiden besteht, hatte Archer unwahrscheinliches Glück, daß er nicht in die Maschine eingestiegen ist.«

»Tja, wenn das der Fall ist, dann läuft da draußen jemand anders frei rum, der den Vogel abstürzen ließ.«

Sawyer wollte gerade auf den Fahrstuhlknopf drücken, als Hardy ihn am Arm berührte. »Lee, wenn du meine bescheidene Meinung hören willst: Dein größtes Problem wird nicht der Beweis sein, daß Archer an der Flugzeugsabotage beteiligt war.«

»Was ist dann mein größtes Problem, Frank?«

»Ihn zu finden.«

Damit marschierte Hardy davon. Während Sawyer auf den Aufzug wartete, rief ihn eine Stimme.

»Mr. Sawyer? Haben Sie eine Minute Zeit?«

Sawyer drehte sich um und erblickte Quentin Rowe, der auf ihn zukam.

»Was kann ich für Sie tun, Mr. Rowe?«

»Nennen Sie mich doch bitte Quentin.« Rowe blieb stehen und schaute sich in den Gängen um. »Möchten Sie eine kurze Führung durch unsere Produktionsstätten?«

Sofort verstand Sawyer Rowes Absicht. »Gut. Sicher.«

## KAPITEL 33

An das fünfzehngeschossige Bürogebäude schloß ein weitläufiger, dreigeschossiger Bau an, der sich über etwa zwanzigtausend Quadratmeter erstreckte. Am Haupteingang der Fertigungshallen heftete Sawyer sich einen Besucherausweis ans Jackett und folgte Rowe durch eine Reihe von Kontrollpunkten. Offenbar war Rowe hier wohlbekannt und gern gesehen, denn zahlreiche Mitarbeiter grüßten ihn aufs herzlichste.

An einer Stelle beobachteten Sawyer und Rowe durch eine Glaswand Labortechniker bei der Arbeit, die weiße Kittel, Handschuhe und Gesichtsmasken trugen.

Sawyer blickte zu Rowe. »Himmel, das sieht ja mehr wie ein Operationssaal aus als wie eine Fabrik.«

Rowe lächelte. »In Wahrheit ist dieser Raum wesentlich reiner als jeder Operationssaal.«

Sawyers verblüffte Miene belustigte ihn.

»Diese Techniker testen eine neue Generation von Computerchips. Die Umgebung muß vollkommen steril, absolut staubfrei sein. Wenn diese Prototypen erst voll funktionstauglich sind, werden sie zwei TIPS ausführen können.«

»Unglaublich«, meinte Sawyer abwesend. Er hatte nicht den leisesten Schimmer, wofür die Abkürzung stand.

»Das bedeutet zwei Trillionen Instruktionen pro *Sekunde*.«

Fassungslos gaffte Sawyer den schmächtigen Mann an. »Wofür zum Henker braucht man eine derartige Geschwindigkeit?«

»Sie wären überrascht. Für eine ganze Reihe von technischen Anwendungen. Computerunterstütztes Entwerfen von Autos, Flugzeugen, Schiffen, Raumschiffen, Gebäuden und Herstellungsprozessen jeder Art. Für die Finanzmärkte und Verwaltungsbereiche. Nehmen wir beispielsweise eine Firma wie General Motors: Millionen Bauteile, Hunderttausende Angestellte, Tausende Standorte. Da kommt einiges zusammen. Und wir helfen in all diesen Bereichen, die Arbeit wirtschaftlicher zu gestalten.« Er deutete auf einen weiteren Produktionsbereich. »Da drin wird gerade eine neue Serie von Festplattenlaufwerken getestet. Wenn die nächstes Jahr auf den Markt kommen, werden sie die mit Abstand leistungsfähigsten der gesamten Industrie sein. Und ein Jahr später sind sie bereits wieder veraltet.« Er blickte Sawyer an. »Welches System verwenden Sie bei der Arbeit?«

Sawyer steckte die Hände in die Hosentaschen. »Sie werden es vielleicht nicht kennen: Smith Corona.«

Rowe glotzte ihn an. »Soll das ein Scherz sein?«

»Ich habe gerade erst ein neues Farbband eingelegt, das gute Stück läuft wie am Schnürchen«, rechtfertigte sich Sawyer.

Rowe schüttelte den Kopf. »Eine freundschaftliche Warnung: Jeder, der in den kommenden Jahren keinen Computer bedienen kann, wird in unserer Gesellschaft nicht funktionsfähig sein. Aber das soll Sie keineswegs erschrecken. Die heutigen Systeme sind nicht nur benutzerfreundlich, sie sind idiotensicher; was natürlich keinesfalls als Beleidigung gemeint ist.«

Sawyer seufzte. »Die Computer werden immer schneller, dieses Internet, was auch immer das eigentlich sein mag, breitet sich wie verrückt aus, Netzwerke, Pager, Mobiltelefone, Faxgeräte – wo soll das alles enden?«

»Da es sich um die Branche handelt, in der ich tätig bin, hoffe ich, daß es nie endet.«

»Manchmal vollziehen sich Veränderungen zu schnell.«

Rowe lächelte milde. »Die Veränderungen, die wir derzeit beobachten, werden uns im Vergleich zu denen der nächsten fünf Jahre armselig vorkommen. Wir stehen kurz vor technologischen Durchbrüchen, die man noch vor kaum zehn Jahren für undenkbar hielt.« Rowes leuchtende Augen schienen ins nächste Jahrhundert vorauszublicken. »Was wir heute als Internet bezeichnen, wird schon bald langweilig und überholt wirken. Triton Global wird ein bedeutender Teil dieser Entwicklung sein. Sofern alles wie geplant läuft, werden wir sogar den Weg ebnen. Bildung, Medizin, Beruf, Reisen, Unterhaltung, wie wir essen, miteinander umgehen, einkaufen, produzieren – alles, was Menschen tun, oder wovon sie profitieren, wird sich verändern. Armut, Vorurteile, Verbrechen, Ungerechtigkeit, Krankheit – all das wird unter dem schieren Gewicht von Daten und Entdeckungslust zusammenbrechen. Unwissenheit wird einfach aussterben. Das Wissen Tausender Bibliotheken, die vereinte Weisheit der weltgrößten Genies, alles wird jedem zugänglich sein. Letzten Endes wird sich die Welt der Computer, wie wir sie heute kennen, in ein gewaltiges, interaktives globales Netz mit grenzenlosem Potential verwandeln.« Durch die Brille starrte er Sawyer an. »Sämtliche Kenntnisse der Welt, die Lösung jedweden Problems, alles wird nur einen Tastendruck entfernt liegen. Das ist der logische nächste Schritt.«

»All das wird man von einem Computer bekommen können?« Sawyers Tonfall klang skeptisch.

»Ist das nicht eine aufregende Vorstellung?«

»Jagt mir eine Heidenangst ein.«

Rowes Mund klappte auf. »Wie kann das bloß beängstigend auf Sie wirken?«

»Vielleicht bin ich nach fünfundzwanzig Jahren in meinem Beruf ein wenig zynisch geworden. Aber wenn Sie mir erzählen, daß ein Mensch all diese Informationen erhalten kann, wissen Sie, was mir dann als erstes durch den Kopf schießt?«

»Nein, was denn?«

»Was, wenn es ein *böser* Mensch ist?« Rowe zeigte keine Regung. »Was, wenn er mit einem Tastendruck das gesamte Wissen der Welt auslöscht?« Sawyer schnippte mit den Fingern. »Wenn er alles zerstört? Oder es völlig durcheinanderbringt? Was tun wir dann?«

Rowe lächelte und schüttelte den Kopf. »Die Vorteile der Technologie überwiegen bei weitem die möglichen Gefahren. Sie sind vielleicht anderer Meinung, aber die kommenden Jahre werden beweisen, daß ich recht habe.«

Sawyer kratzte sich am Hinterkopf. »Ach ja? Wahrscheinlich sind Sie zu jung, um das noch zu wissen, aber damals in den Fünfzigern dachte auch niemand, daß illegale Drogen je ein großes Problem werden könnten. Stellen Sie sich das mal vor!«

Die beiden Männer setzten den Besichtigungsrundgang fort. »Über das ganze Land verteilt, besitzen wir fünf solcher Fabriken«, erklärte Rowe.

»Muß ziemlich kostspielig sein.«

»Das können Sie laut sagen. Allein für Forschung und Entwicklung geben wir über zehn Milliarden Dollar im Jahr aus.«

Sawyer stieß einen Pfiff aus. »Sie reden da von Größenordnungen, die ich mir nicht einmal ansatzweise vorstellen kann. Aber ich bin ja auch nur ein verknöcherter Bürokrat, der rumsitzt und auf Kosten der Steuerzahler in der Nase bohrt.«

Rowe lächelte. »Es bereitet Nathan Gamble unsagbare Freude, wenn die Leute sich vor ihm winden. Aber ich schätze, in Ihnen hat er seinen Meister gefunden. Aus offensichtlichen Gründen konnte ich Ihrer Vorstellung keinen Beifall spenden, obwohl mir nach einer stehenden Ovation zumute war.«

»Hardy hat mir erzählt, daß Sie eine eigene Firma hatten; eine ganz heiße Aktie. Wenn Sie die Frage gestatten: Wieso haben Sie sich mit Gamble eingelassen?«

»Geld.« Mit einer ausholenden Bewegung deutete Rowe auf die Fabrik, in der sie sich befanden. »All das kostet Milliarden Dollar. Meiner Firma ging es zwar gut, aber an den Aktienmärkten ging es vielen Technologieunternehmen gut. Anscheinend begreifen die Leute nicht, daß zwar der Wert einer Aktie meiner Firma von neunzehn Dollar am Ausgabetag innerhalb von sechs Monaten auf hundertsechzig Dollar anstieg, wir aber von dieser enormen Wertsteigerung keinen Cent gesehen haben. Den Gewinn erzielten die Leute, die unsere Aktien kauften.«

»Sie mußten doch einen Teil der Aktien des Unternehmens selbst halten.«

»Sicher, aber aufgrund der bestehenden Gesetzeslage und der Bedingungen unseres Emissionskonsortiums durfte ich keine verkaufen. Auf dem Papier besaß ich ein Vermögen. Trotzdem kämpfte meine Firma ums Überleben. Die Forschungs- und Entwicklungskosten haben uns aufgefressen; wir erzielten kaum Gewinne«, erklärte Rowe verbittert.

»Also haben Sie sich mit Gamble zusammengetan?«

»Tatsächlich war er einer der ersten gewesen, die in unser Unternehmen investiert hatten, noch bevor wir an die Börse gingen. Er stellte uns Startkapital zur Verfügung. Und noch etwas, das wir nicht besaßen, aber dringend benötigten: Ansehen an der Wall Street und den Kapitalmärkten. Einen guten soliden Geschäftshintergrund. Den Flair der Einträglichkeit. Als meine Firma an die Börse ging, behielt er seine Anteile. Später haben Gamble und ich uns über die Zukunft unterhalten und beschlossen, die Firma wieder von der Börse zu nehmen.«

»Im nachhinein eine gute Entscheidung?«

»Aus finanzieller Sicht eine unglaublich gute Entscheidung.«

»Aber Geld ist nicht alles, stimmt's, Quentin?«

»Manchmal frage ich mich das wirklich.«

Sawyer lehnte sich an die Wand, verschränkte die fleischigen Arme vor der Brust und blickte Rowe unmittelbar ins Gesicht. »Der Rundgang ist zwar äußerst interessant, trotzdem hoffe ich, Sie hatten noch etwas anderes im Sinn.«

»Hatte ich.« Rowe zog seine Karte durch den Leseschlitz an einer nahen Tür und bedeutete Sawyer, ihm zu folgen. Die beiden setzten sich an einen kleinen Tisch. Bevor Rowe loslegte, ließ er sich einen Augenblick Zeit, um die Gedanken zu ordnen. »Wissen Sie, hätten Sie mich vor den jüngsten Ereignissen gefragt, wen ich im Verdacht hätte, uns zu bestehlen, der Name Jason Archer wäre mir nie und nimmer in den Sinn gekommen.« Rowe nahm die Brille ab und putzte sie mit einem Taschentuch, das er aus der Hemdentasche kramte.

»Also haben Sie ihm vertraut?«

»Absolut.«

»Und jetzt?«

»Jetzt glaube ich, daß ich mich geirrt habe. Um ehrlich zu sein, ich fühle mich verraten.«

»Das kann ich gut verstehen. Glauben Sie, daß ein weiterer Mitarbeiter der Firma in die Sache verwickelt ist?«

»Mein Gott, ich hoffe nicht.« Allein die Vorstellung schien Rowe zu bestürzen. »Ich möchte lieber glauben, daß Jason die Sache alleine oder mit einem unserer Mitbewerber durchgezogen hat. Das erscheint mir auch einleuchtender. Zudem wäre Jason ohne weiteres in der Lage gewesen, sich ohne fremde Hilfe in das Computersystem von BankTrust zu hacken. So schwer ist das gar nicht.«

»Klingt, als sprechen Sie aus Erfahrung.«

Rowe lief rot an. »Sagen wir mal, mich plagt eine unersättliche Neugier. In fremden Datenbanken herumzuschnüffeln war damals am College ein bevorzugtes Freizeitvergnügen. Meine Klassenkameraden und ich hatten jede Menge Spaß dabei, obwohl die örtlichen Behörden mehrfach ihr Mißfallen zum Ausdruck brachten. Aber wir haben nie etwas gestohlen. Ich habe sogar dabei geholfen, Polizeitechniker in Methoden der Aufdeckung und Verhütung von Computerverbrechen auszubilden.«

»Arbeitet einer von denen in Ihrer Objektschutzabteilung?«

»Sie meinen Richard Lucas? Nein, er ist anscheinend schon ewig bei Gamble. Er macht seine Arbeit ausgezeichnet, obwohl er nicht gerade der angenehmste Zeitgenosse ist. Aber dafür wird er auch nicht bezahlt.«

»Trotzdem hat ihm Archer ein Schnippchen geschlagen.«

»Er hat uns alle an der Nase herumgeführt. Mir steht es ganz gewiß nicht zu, mit dem Finger auf andere zu zeigen.«

»Ist Ihnen an Archer irgend etwas aufgefallen, das im nachhinein verdächtig wirkt?«

»Im nachhinein wirkt alles anders. Das weiß ich besser als die meisten. Ich habe darüber nachgedacht, und Jason schien äußerst reges Interesse an der CyberCom-Übernahme an den Tag zu legen.«

»Er hat doch auch daran mitgearbeitet.«

»Schon, aber er stellte auch einen Haufen Fragen über Bereiche des Projekts, mit denen er nichts zu tun hatte.«

»Wie zum Beispiel?«

»Zum Beispiel, ob ich die Bedingungen für fair hielte; ob ich glaubte, wir könnten den Zuschlag bekommen; welche Auswirkungen das für ihn hätte. Derlei Dinge.«

»Hat er Sie je nach vertraulichen Unterlagen über das Projekt gefragt?«

»Nicht direkt, nein.«

»Anscheinend bekam er alles, was er brauchte, aus dem Computernetz.«

»Scheint so.«

Ein paar Minuten saßen die beiden Männer schweigend da und starrten ins Leere.

»Haben Sie eine Ahnung, wo Archer stecken könnte?«

Rowe schüttelte den Kopf. »Ich habe seine Frau besucht, Sidney.«

»Ich kenne sie.«

»Schwer zu glauben, daß er einfach verschwindet und sie auf diese Weise zurückläßt. Eine Tochter hat er auch. Ein süßes kleines Mädchen.«

»Vielleicht hatte er gar nicht vor, die beiden zu verlassen.«

Rowe bedachte ihn mit einem seltsamen Blick. »Wie meinen Sie das?«

»Ich meine, vielleicht hat er vor, zurückzukommen, um sie zu holen.«

»Aber er ist doch jetzt ein flüchtiger Verbrecher. Wieso sollte er zurückkommen? Außerdem würde Sidney gar nicht mit ihm gehen.«

»Warum nicht?«

»Eben weil er ein Verbrecher ist. Sie ist Anwältin.«

»Das mag jetzt eine große Überraschung für Sie sein, Quentin – aber nicht jeder Anwalt ist die Ehrlichkeit in Person.«

»Soll ... soll das heißen, Sie verdächtigen Sidney Archer, in die ganze Sache verwickelt zu sein?«

»Das soll lediglich heißen, daß ich im Augenblick weder sie noch sonst irgend jemanden als Verdächtigen ausschließe. Sie arbeitet als Anwältin für Triton und hat auch am Fall CyberCom mitgewirkt. Das erscheint mir eine perfekte Ausgangsposition, um vertrauliche Informationen zu erfahren und an RTG zu verkaufen. Man kann nun mal in keinen Menschen hineinschauen. Aber ich werde die Wahrheit herausfinden.«

Rowe setzte die Brille wieder auf und rieb unruhig mit der Hand über die gläserne Tischoberfläche. »Ich kann mir kaum vorstellen, daß Sidney etwas damit zu tun hatte.« Rowes Tonfall strafte seine Worte Lügen.

Sawyer musterte ihn eingehend. »Quentin, wollen Sie mir irgend etwas sagen? Vielleicht über Sidney Archer?«

Schließlich seufzte Rowe und blickte zu Sawyer auf. »Ich bin überzeugt davon, daß Sidney nach dem Flugzeugabsturz hier in Jasons Büro war.«

Sawyer verengte die Augen. »Haben Sie dafür Beweise?«

»In der Nacht vor Jasons angeblichem Flug nach L. A. haben er und ich in seinem Büro gemeinsam an einem Projekt gearbeitet. Wir sind zur gleichen Zeit gegangen. Er hat die Bürotür hinter sich gesichert. Danach blieb sie verschlossen, bis wir die Firma holten, um den Alarm zu deaktivieren und die Tür zu öffnen.«

»Und?«

»Als ich das Büro betrat, fiel mir sofort auf, daß Jasons Computermikrofon verbogen war. Als wäre jemand daran gestoßen und hätte versucht, es wieder geradezubiegen.«

»Wieso glauben Sie, daß dieser Jemand Sidney Archer war? Vielleicht kam Jason Archer später noch einmal zurück.«

»Wenn dem so wäre, gäbe es Aufzeichnungen darüber – sowohl eine elektronische als auch eine handschriftliche vom Nachtwächter.« Rowe verstummte und ließ sich die Erinnerung an Sidneys nächtlichen Besuch durch den Kopf gehen. Schließlich warf er resignierend die Hände hoch. »Schauen Sie, ich hab' sie hier getroffen. Sie hat herumgeschnüffelt; ich kann es nicht anders bezeichnen. Zwar hat sie behauptet, sie wäre nicht im zutrittsbeschränkten Bereich gewesen, aber ich bin sicher, sie war dort. Ich hatte den Eindruck, der Nachtwächter deckte ihr den Rücken. Und Sidney hat mir vorgeflunkert, sie wollte sich mit Jasons Sekretärin treffen, um ein paar persönliche Dinge abzuholen.«

»Klingt das nicht einleuchtend?«

»Normalerweise schon, aber ich habe Kay Vincent, Jasons Sekretärin, beiläufig gefragt, ob sie kürzlich mit Sidney gesprochen habe. Das hatte sie, und zwar an genau dem Abend, als Sidney herkam. Sidney wußte also, daß Kay nicht da sein würde.«

Sawyer lehnte sich zurück. Rowe fuhr fort. »Man brauchte eine spezielle Chipkarte, um den Deaktivierungsprozeß an Jasons Tür überhaupt einzuleiten. Zusätzlich war ein vierstelliger Code erforderlich, andernfalls ging der Alarm los. Das ist passiert, als wir das erste Mal versuchten, in sein Büro zu gelangen. Damals stellten wir fest, daß Jason den Code geändert hatte. In jener Nacht, als Sidney vorbeikam, habe ich sogar mit dem Gedanken gespielt, es zu versuchen, doch ich wußte, daß es nutzlos sein würde. Wohl hatte ich eine Universalkarte, trotzdem hätte ich ohne Code den Alarm ausgelöst.« Kurz setzte er ab, um Luft zu holen. »Sidney hätte sehr wohl an Jasons Karte herankommen und von ihm den Code erfahren können. Es fällt mir schwer, das zu sagen, aber in irgendeiner Form ist sie in die Sache verstrickt; ich weiß nur noch nicht genau wie.«

»Ich habe mich gerade in Archers Büro umgesehen, aber ein Mikrofon ist mir nicht aufgefallen. Wie hat es ausgesehen?«

»Etwa zwölf Zentimeter lang, so dick wie ein Bleistift, mit

einem kleinen Lautsprecher am Ende. Es war unmittelbar an der Prozessoreinheit des Computers montiert, links unten. Das Gerät diente zum Eingeben von mündlichen Befehlen. Eines Tages wird dadurch die Tastatur gänzlich ersetzt. Ein Geschenk Gottes für Leute, die nicht richtig tippen können.«

»Ich habe nichts gesehen, auf das die Beschreibung paßt.«

»Konnten Sie wohl auch nicht. Ich bin sicher, es wurde aus dem Büro entfernt, weil es beschädigt war.«

Sawyer ließ sich eine Weile Zeit, um sich Notizen zu machen und Rowe noch ein paar Detailfragen zu stellen. Anschließend begleitete Rowe ihn zurück zum Ausgang. »Sollte Ihnen noch etwas einfallen, Quentin, dann rufen Sie mich bitte an.« Er reichte Rowe eine Visitenkarte.

»Ich wünschte, ich wüßte, was hier eigentlich vor sich geht, Agent Sawyer. Ich habe ohnehin mit CyberCom alle Hände voll zu tun, und nun auch noch das.«

»Ich tue, was ich kann, Quentin. Halten Sie die Ohren steif.«

Mit Sawyers Visitenkarte in der Hand schlenderte Rowe zurück ins Gebäude.

Auf dem Weg zum Auto klingelte Lee Sawyers Mobiltelefon. Ray Jackson klang äußerst aufgeregt. »Du hattest recht.«

»Womit?«

»Sidney Archer macht sich aus dem Staub.«

## KAPITEL 34

Zwei Wagen des FBI verfolgten das Flughafentaxi und lagen etwa einen halben Häuserblock zurück. Die anderen FBI-Autos befanden sich auf Parallelstraßen und sollten an strategisch ausgeklügelten Punkten die Verfolgung übernehmen, um nicht den Verdacht der Zielperson zu erregen.

Diese Person wischte sich soeben die Haare aus den Augen und holte tief Luft, während sie aus dem Fenster des Taxis schaute. Rasch ging Sidney Archer in Gedanken noch einmal die Einzelheiten der vor ihr liegenden Reise durch und fragte sich, ob sie nicht einen Alptraum gegen einen anderen eingetauscht hatte.

»Nach dem Begräbnis kam sie zurück ins Haus, blieb eine kurze Weile, dann fuhr das Taxi vor und holte sie ab. Nach der Richtung zu schließen, würde ich sagen, daß sie zum Flughafen will«, meinte Ray Jackson am Autotelefon. »Einmal hat sie angehalten. Bei einer Bank. Wahrscheinlich, um Geld abzuheben.«

Lee Sawyer drückte das Telefon ans Ohr und kämpfte sich durch den Stoßverkehr. »Wo bist du jetzt?«

Jackson gab seine Position durch. »Sollte kein Problem sein, uns einzuholen, Lee. Wir kommen hier bestenfalls im Schrittempo voran.«

Sawyer sah sich nach Querstraßen um. »Ich kann in etwa zehn Minuten bei euch sein«, sagte er. »Wieviel Gepäck hat sie dabei?«

»Einen mittelgroßen Koffer.«

»Also eine kurze Reise.«

»Vermutlich.« Jackson schielte zum Taxi. »Verdammter Mist!«

»Was?« Sawyer brüllte fast ins Telefon.

Entsetzt beobachtete Jackson, wie das Taxi jählings in die U-Bahnstation Vienna einbog. »Sieht so aus, als hätte die Gute ihre Reisepläne soeben geändert. Sie springt gerade in die U-Bahn.« Jackson sah zu, wie Sidney Archer aus dem Taxi kletterte.

»Schick sofort ein paar Leute rein, Ray.«

»Alles klar, wird erledigt.«

Sawyer betätigte die Lichthupe und brach aus der zum Stillstand gekommenen Kolonne aus. Als das Telefon neuerlich klingelte, riß er es geradezu aus der Halterung. »Laß hören, Ray, aber nur gute Neuigkeiten.«

Inzwischen atmete sein Partner ein wenig gleichmäßiger. »Alles in Ordnung, zwei Leute sind an ihr dran.«

»Ich bin noch eine Minute von der Station entfernt. In welche Richtung fährt sie? Nein, warte, Vienna ist die Endstation der orangen Linie. Sie muß Richtung Stadt unterwegs sein.«

»Möglich, Lee. Außer, sie will uns hinters Licht führen und schnappt sich ein anderes Taxi, wenn sie aus der U-Bahn kommt. Dulles liegt in der entgegengesetzten Richtung. Und wir stehen eventuell vor einem Kommunikationsproblem. In der U-Bahn funktionieren die Funkgeräte nicht immer einwandfrei. Wenn sie umsteigt und unsere Leute abschüttelt, ist sie weg.«

Sawyer überlegte einen Augenblick. »Hat sie ihr Gepäck mitgenommen, Ray?«

»Wie? Verdammt. Nein, hat sie nicht.«

»Zwei Wagen sollen an dem Taxi dranbleiben, Ray. Ich bezweifle, daß die Gute ihre frische Unterwäsche und ihr Make-Up-Köfferchen zurückläßt.«

»Ich klemme mich selbst dahinter. Willst du zu mir stoßen?«

Sawyer war drauf und dran zuzustimmen, änderte jedoch im letzten Augenblick die Meinung. »Bleib du dran, Ray, ich decke eine andere Front ab. Melde dich alle fünf Minuten. Hoffen wir, daß sie uns nicht entwischt.«

Sawyer vollführte eine Hundertachtzig-Grad-Wende und fuhr in östliche Richtung.

An der Station Rosslyn war Sidney in einen Zug der blauen Linie umgestiegen, der südwärts fuhr. An der Station Pentagon öffneten sich die Türen, und rund tausend Menschen strömten aus den Waggons. Den weißen Mantel trug sie nunmehr über den Arm gefaltet. Der blaue Pullover verlor sich rasch in der wuselnden Masse ähnlich gekleideter Mitarbeiter des Verteidigungsministeriums.

Die beiden FBI-Agenten drängten durch die Massen und versuchten verzweifelt, ihre Zielperson aufzuspüren. Keiner der beiden bemerkte, daß Sidney Archer ein paar Waggons weiter hinten in denselben Zug stieg und die Fahrt zum National Airport fortsetzte. Mehrmals blickte sie sich um, doch im Waggon befanden sich keine offensichtlichen Verfolger mehr.

Vor dem Haupttterminal des National Airport brachte Sawyer den Wagen zum Stillstand, hielt einem verdutzten Parkwächter seinen Ausweis unter die Nase und stürzte in das Gebäude. Nach wenigen Sekunden blieb er unvermittelt stehen. Seine Schultern sackten herab, als er das dichte Menschengedränge sah, das hier herrschte. »Scheiße!« Im nächsten Augenblick preßte er sich flach an die Wand; kaum drei Meter vor ihm ging Sidney Archer vorbei.

Sawyer ließ ihr einen sicheren Vorsprung, dann nahm er die Verfolgung auf. Der kurze Marsch endete an der Schlange vor dem Ticketschalter der United Airlines, wo etwa zwanzig Leute warteten.

Ungesehen von Sawyer und Sidney schob Paul Brophy seinen Gepäckkarren auf einen Flugsteig der American Airlines zu. In der Innentasche seines Jacketts befand sich Sidney Archers Reiseplan, den er aus ihrer Unterhaltung mit Jason Archer erfahren hatte. In aller Ruhe schlenderte er weiter. Trotz des Chaos, das rund um ihn herrschte, konnte er sich diesen Luxus leisten. Ihm würde sogar genug Zeit bleiben, sich bei Goldman zu melden.

Nach fünfundvierzig Minuten erhielt Sidney endlich ein Ticket und eine Bordkarte. Aus sicherer Entfernung beäugte Sawyer das dicke Bündel Banknoten, mit dem sie bezahlte. Sobald sie um die Ecke verschwunden war, drängte Sawyer sich hastig durch die Reihe der Wartenden. Weithin sichtbar hielt er das FBI-Abzeichen vor sich, und der erste Schwall aufgebrachter Reisender machte rasch für ihn Platz.

Die Angestellte am Ticketschalter starrte zunächst auf das Abzeichen, dann auf Sawyer.

»Die Frau, der sie gerade ein Ticket verkauft haben, Sidney Archer – groß, gutaussehend, volles, blondes Haar, blau gekleidet, mit einem weißen Mantel über dem Arm«, beschrieb Sawyer, für den Fall, daß Sidney einen Decknamen angegeben hatte. »Welchen Flug hat sie? Schnell.«

Einen Augenblick verharrte die Frau wie versteinert, dann drückte sie auf ein paar Tasten. »Flug 715 nach New Orleans. Die Maschine fliegt in zwanzig Minuten ab.«

»New Orleans?« meinte Sawyer mehr zu sich selbst als zu der Frau. Kurz bedauerte er, Sidney Archer persönlich befragt zu haben. Sie würde ihn auf der Stelle wiedererkennen. Aber die Zeit war zu knapp, um einen anderen Agenten einzuschalten. »Welcher Flugsteig?«

»Elf.«

Sawyer beugte sich vor und sprach mit leiser Stimme. »Welche Sitznummer?«

Die Frau schaute auf den Bildschirm. »Siebenundzwanzig C.«

»Gibt es hier ein Problem?« Die Vorgesetzte der Frau war herübergekommen. Sawyer zeigte ihr den FBI-Ausweis und erklärte die Situation. Die Vorgesetzte griff zum Telefon und gab sowohl am Flugsteig als auch bei der Sicherheitskontrolle Bescheid, die ihrerseits die Besatzung informierte.

Das letzte, was Sawyer brauchen konnte, war eine Flugbegleiterin, die unterwegs seine Pistole bemerkte, so daß bei der Landung in New Orleans bereits die Polizei auf ihn warten würde.

Ein paar Minuten später eilte Sawyer, einen geliehenen Hut auf dem Kopf, den Mantelkragen hochgeschlagen, mit einem Sicherheitsbeamten im Schlepptau den breiten Flur des Terminals entlang.

Während man ihn an den Metalldetektoren vorbeischleuste, hielt Sawyer in der Menschenmenge nach Sidney Archer Ausschau. Am Flugsteig erblickte er sie schließlich in der Warteschlange der an Bord gehenden Passagiere. Sogleich wandte er sich um und setzte sich mit dem Rücken zum Flugsteig hin. Einige Minuten, nachdem der letzte Schwall Fluggäste eingestiegen war, lief Sawyer den Einstiegsflur entlang. In der ersten Klasse nahm er auf einem der wenigen freien Sitze des überfüllten Fluges Platz und gestattete sich ein flüchtiges Lächeln. Zum allerersten Mal flog er in derartigem Luxus. Er kramte in der Brieftasche nach seiner Telefonwertkarte. Dabei schlossen sich die Finger um Sidney Archers Visitenkarte. Darauf standen die Nummern für Sidneys Nebenstelle im Büro, für ihren Pager, ihr Fax und ihr Mobiltelefon. Sawyer schüttelte den Kopf. So war das Leben in der Privatwirtschaft. Man mußte jederzeit erreichbar sein. Er griff zum Bordtelefon und zog die Karte durch den Leseschlitz.

Der Flug nach New Orleans war ein Direktflug, und zweieinhalb Stunden nach Abflug setzte der Jet zur Landung an. Sidney Archer hatte sich während des gesamten Fluges nicht vom Platz gerührt, wofür Lee Sawyer ausgesprochen dankbar war. Vom Bordtelefon aus hatte er zahlreiche Anrufe erledigt; sein Team stand bereits am Flughafen bereit. Als sich die Tür des Jets öffnete, war Sawyer der erste, der ausstieg.

Sidney Archer verließ den Flughafen und trat hinaus in die schwüle Nacht von New Orleans; auf der gegenüberliegenden Seite der schmalen Straße, die zum Absetzen oder Einladen von Fluggästen diente, parkte ein Wagen mit getönten Scheiben, den Sidney jedoch nicht bemerkte.

Nachdem sie in einem verbeulten grauen Cadillac mit der Aufschrift »CAJUN CAB COMPANY« Platz genommen hatte, öffnete sie den obersten Knopf der Bluse und wischte sich ein paar Schweißtropfen von der Stirn. »Zum *LaFitte Guest House*, bitte. Bourbon Street.«

Das Taxi fuhr los. Der Wagen wartete noch einen Augenblick, dann nahm er die Verfolgung auf. In dem Auto erklärte Lee Sawyer den übrigen Agenten gerade die Lage, wobei er die Augen keine Sekunde von dem schäbigen Cadillac abwandte.

Besorgt starrte Sidney aus dem Fenster des Taxis, als sie die Autobahn verließen und ins Vieux Carré lenkten. Im Hintergrund hob sich die Skyline von New Orleans von der Dunkelheit ab; im Vordergrund thronte die gewaltige Kuppel des Superdome.

Die Bourbon Street stellte sich als schmale Straße heraus, in der sich knallige Gebäude aneinanderreihten, die typisch waren für das – zumindest nach amerikanischem Standard – ›antike‹ französische Viertel. Um diese Jahreszeit erwiesen sich die sechsundsechzig Blöcke des Viertels als relativ ruhig, wenngleich durchdringender Biergeruch von den Gehsteigen herüberwehte, auf denen leger gekleidete Feriengäste mit Bechern in der Hand umhertorkelten.

Vor dem *LaFitte Guest House* stieg Sidney aus. Sie blickte die Straße in beide Richtungen entlang. Kein Wagen war in Sicht. Dann stieg sie die Stufen hinauf und öffnete die schwere Eingangstür.

Drinnen umfing sie der angenehme Geruch von Antiquitäten. Linkerhand befand sich ein großer, modern eingerichteter Aufenthaltsraum. Der Nachtportier an dem kleinen Schalter zog leicht die Augenbrauen hoch, weil Sidney kein Gepäck dabei hatte. Doch nachdem sie ihm erklärte, daß es später kommen würde, lächelte er und nickte.

Es stand ihr frei, mit dem engen Aufzug in den zweiten Stock zu fahren, aber sie zog statt dessen das wuchtige Treppenhaus vor. Mit dem Schlüssel in der Hand ging sie die zwei Treppenfluchten hinauf. Der Raum enthielt ein Doppelbett, einen Schreibtisch, Bücherregale, die sich über drei Wände erstreckten sowie eine Sitzgarnitur in viktorianischem Stil.

Draußen fuhr der schwarze Wagen in eine etwa einen halben Block von der Pension *LaFitte* entfernte Seitenstraße. Ein in Jeans und Windjacke gekleideter Mann stieg aus dem Fond, schlenderte unbeschwert die Straße hinunter und betrat das Gebäude. Fünf Minuten später saß er wieder im Auto.

Ungeduldig beugte Lee Sawyer sich über den Vordersitz. »Wie sieht's da drin aus?«

Der Mann öffnete den Reißverschluß der Windjacke, wodurch er die Pistole im Hüfthalfter entblößte. »Sidney Archer hat sich für zwei Tage eingetragen. Ihr Zimmer ist im zweiten Stock, gleich gegenüber dem Treppenaufgang. Sie meinte, ihr Gepäck käme später.«

Der Fahrer wandte sich an Sawyer. »Glauben Sie, sie will sich mit Jason Archer treffen?«

»Lassen Sie es mich so ausdrücken: Ich wäre verdammt überrascht, wenn sie nur zur Erholung hier runter geflogen wäre«, antwortete Sawyer.

»Was sollen wir jetzt tun?«

»Den Ort unauffällig umstellen. Sobald Jason Archer sich zeigt, schnappen wir ihn uns. In der Zwischenzeit sollten wir versuchen, eine Überwachungsanlage im Zimmer neben ihr zu installieren. Außerdem müssen wir ihre Telefonleitung anzapfen. Setzen Sie ein gemischtes Team ein, damit die Archers keinen Verdacht schöpfen. Sidney Archer darf man keinesfalls unterschätzen.« Sawyers Tonfall verriet widerwillige Bewunderung. Er schaute aus dem Fenster. »Und sehen wir zu, daß wir hier rauskommen. Ich will Jason Archer keinen Grund geben, nicht aufzutauchen.« Langsam rollte der Wagen an.

Sidney Archer saß auf dem Stuhl neben dem Bett, starrte durch das Zimmerfenster hinaus auf den Seitenbalkon der Pension und wartete auf ihren Mann. Nach einer Weile stand sie auf und ging rastlos auf und ab. Zwar war sie nahezu überzeugt, die FBI-Agenten in der U-Bahn abgeschüttelt zu haben, aber ganz sicher konnte sie nicht sein. Wenn es ihnen nun gelungen war, ihr zu folgen? Sie schauderte. Seit Jasons Anruf ihr Leben zum zweitenmal völlig auf den Kopf gestellt hatte, fühlte Sidney, wie unsichtbare Mauern sich immer enger um sie schlossen.

Doch Jasons Anweisungen waren unmißverständlich gewesen, und sie hatte vor, ihnen zu folgen. Verzweifelt klammerte sie sich an den Glauben, daß ihr Mann, wie er ihr am Telefon versicherte, nichts Unrechtes getan hatte. Er brauchte ihre Hilfe. Deshalb war sie in das Flugzeug gestiegen und lief nun in einem gemütlichen Zimmer in der berühmtesten Stadt Louisianas auf und ab. Nach wie vor vertraute sie ihrem Mann, ungeachtet der Ereignisse, die – wie sie zugeben mußte – dieses Vertrauen erschüttert hatten, und höchstens der Tod würde sie daran hindern können, ihm zu helfen. Tod? Jason hatte ihm und seinen Schergen bereits einmal ein Schnippchen geschlagen. Doch der Klang seiner Stimme warf in ihr nagende Zweifel über seine augenblickliche Sicherheit auf. Genaueres könne er ihr nicht erzählen, hatte er gesagt. Nicht am Telefon. Nur persönlich. Sie sehnte sich so sehr danach, ihn zu sehen, ihn zu berühren, sich zu vergewissern, daß er keine bloße Erscheinung war.

Schließlich setzte sie sich auf den Stuhl und starrte aus dem offenen Fenster. Eine angenehme Brise zerstreute die nächtliche Schwüle. Unbemerkt von Sidney, zog ein Pärchen, beide Partner etwa Mitte Dreißig, in das Zimmer neben ihr ein, gesandt von der FBI-Abteilung New Orleans. Sidneys Telefonleitung wurde angezapft; Abhörgeräte wurden im Nebenraum aufgebaut und zeichneten jedes Geräusch aus ihrem Zimmer auf. Gegen ein Uhr morgens schlief sie auf dem Stuhl ein. Jason Archer war immer noch nicht gekommen.

Das Haus lag dunkel da. Neuschnee schimmerte im Schein des Vollmondes. Die Gestalt trat aus dem nahegelegenen Wald hervor und näherte sich dem Haus von der Rückseite her. Nach wenigen Augenblicken gab das alte Schloß an der Hintertür den fachmännischen Griffen des schwarz gekleideten Eindringlings nach. Schneestiefel wurden ausgezogen und vor der Tür zurückgelassen. Kurze Zeit später schnitt ein einzelner Lichtkegel durch die Finsternis des leerstehenden Gebäudes. Kurz nachdem Sidney abgereist war, hatten auch ihre Eltern und Amy das Haus verlassen, um zurück zum Anwesen der Pattersons zu fahren.

Zielstrebig steuerte der Eindringling auf Jason Archers Arbeitszimmer zu. Das Fenster wies auf den Hinterhof hinaus, nicht auf die Straße, daher wagte die Gestalt, die Schreibtischlampe einzuschalten.

Einige Minuten verbrachte der nächtliche Besucher damit, den Schreibtisch sowie mehrere Diskettenstapel gründlich zu durchsuchen. Jason Archers Computer wurde eingeschaltet; sämtliche Dateien der Festplatte wurden durchgesehen. Danach erfolgte eine sorgfältige Überprüfung jeder einzelnen Diskette. Im Anschluß daran griff die Gestalt in die Jackentasche und holte eine eigene Diskette hervor, die im Laufwerk des Rechners verschwand. Nach einigen Minuten war die Aufgabe erledigt. Das »Schnüffel-Programm«, das sich nunmehr auf Archers Computer befand, würde mit Sicherheit alles abfangen, das sich in das System schleichen wollte.

Weitere fünf Minuten später stand das Haus wieder leer. Die Fußspuren vom Waldrand zur Hintertür waren verwischt.

Der nächtliche Besucher der Archers konnte nicht ahnen, daß Bill Patterson, wenngleich unwissentlich, eine bedeutsame Tat vollbracht hatte, bevor er zurück nach Hanover fuhr. Als er mit dem Wagen gerade rückwärts aus der Auffahrt rollte, hatte Patterson den vertrauten blau-weiß-roten Laster erblickt, der vor dem Haus seiner Tochter anhielt. Nachdem der Postwagen wieder verschwunden war, zögerte Patterson kurz, dann beschloß er, seiner Tochter die Mühe zu ersparen. Ein paar der Briefe betrachtete er flüchtig, bevor er den Poststapel in eine Plastiktüte steckte. Schon wandte er sich dem Haus zu, da fiel ihm ein, daß er bereits zugesperrt hatte und daß sich der Schlüssel in der Handtasche seiner Frau befand. Das Garagentor hingegen stand noch offen. Patterson ging in die Garage, öffnete die Tür des Explorer und legte die Tüte auf den Vordersitz. Danach sperrte er die Wagentür ab und zog das Garagentor herunter.

Etwa in der Mitte des Poststapels, von Patterson unbemerkt, befand sich ein weiches Päckchen, das eigens mit einer Innenpolsterung versehen war, um zerbrechliche Güter unbeschadet durch das Postsystem zu schleusen. Selbst mit einem flüchtigen Blick hätte Sidney Archer die Handschrift auf dem Päckchen erkannt.

Jason Archer hatte die Diskette an sich selbst geschickt.

## KAPITEL 35

Von der gegenüberliegenden Straßenseite aus starrte Lee Sawyer durch die Jalousien eines Fensters auf die alte Pension. Das FBI hatte seine Überwachungszentrale in einem verlassenen Ziegelsteingebäude eingerichtet, das der Besitzer nächstes Jahr oder sonst irgendwann renovieren lassen wollte. Sawyer trank heißen Kaffee und blickte auf die Uhr. Sechs Uhr dreißig morgens. Regentropfen prasselten gegen die Scheibe, als ein kalter, frühmorgendlicher Schauer über der Gegend niederging.

Neben dem Fenster stand ein Stativ samt aufgesetzter Kamera. Das Teleobjektiv war fast dreißig Zentimeter lang. Die einzigen Fotos, die bislang geschossen wurden, zeigten den Eingang des *LaFitte* und hatten ausschließlich zum Einstellen von Schärfe, Entfernung und Belichtung gedient. Sawyer schlurfte hinüber zum Tisch und betrachtete die darauf verstreuten Bilder; sie wurden weder dem Gesicht noch den smaragdgrünen Augen gerecht. Das Regionalbüro New Orleans des FBI hatte Sidney Archer beim Verlassen des Flughafens fotografiert. Obwohl sie es selbstverständlich nicht wußte, wirkte sie auf den Bildern, als posierte sie für die Kamera. Ihr Gesicht war lieblich, das Haar seidig und üppig. Zärtlich fuhr Sawyer die schlanke Nase nach, bis hinunter zu den vollen Lippen. Jählings riß er die Hand zurück und sah sich verlegen um. Glücklicherweise hatte ihn keiner der anderen Agenten beobachtet.

Prüfend ließ er den Blick durch das übrige Zimmer schweifen. Der lange Tisch stand inmitten des praktisch leeren Raumes mit den kahlen Ziegelwänden, der dunkel getäfelten Decke und dem dreckigen Boden. Den meisten Platz auf dem Tisch beanspruchten zwei Computer. Daneben befand sich ein Tonbandgerät. Mehrere Agenten der örtlichen FBI-Niederlassung bedienten die Maschinen.

Ein junger Agent bemerkte Sawyers Blick und nahm die Kopfhörer ab. »Unsere Leute sind alle in Position. Der Stille nach zu urteilen, schläft sie immer noch.«

Sawyer nickte knapp, drehte sich wieder zum Fenster um und schaute hinaus. Seine Leute hatten herausgefunden, daß fünf weitere Zimmer in der Pension belegt waren. Allesamt von Paaren. Auf keinen der männlichen Gäste paßte Jason Archers Beschreibung.

Nur langsam krochen die nächsten paar Stunden vorüber. Doch Sawyer, der an endlose Beschattungen gewöhnt war, die selten mehr als Magen- und Rückenschmerzen einbrachten, ließ sich durch die Langeweile nicht aus der Fassung bringen.

Angestrengt lauschte der junge Agent den Geräuschen aus dem Kopfhörer. »Sie verläßt gerade das Zimmer.«

Sawyer stand auf, streckte sich und sah auf die Uhr. »Elf Uhr vormittags. Vielleicht macht sie sich zu einem verspäteten Frühstück auf.«

»Wie soll die Beschattung weiterlaufen?«

Einen Augenblick überlegte Sawyer. »Wie besprochen. Zwei Teams. Setzen Sie die Frau aus dem Nebenzimmer sowie ein Pärchen ein. Sie können sich bei der Verfolgung abwechseln. Sagen Sie den Leuten, sie sollen sich vorsehen. Die Frau ist bestimmt auf der Hut. Der Funkkontakt muß ständig aufrecht bleiben. Vergessen Sie nicht, daß Ms. Archer kein Gepäck in der Pension hat. Also müssen wir auf jedes Transportmittel eingestellt sein, auch auf ein Flugzeug. Sorgen Sie dafür, daß jederzeit Autos in der Nähe sind.«

»In Ordnung.«

Während Sawyers Anweisungen an die Agententeams weitergeleitet wurden, blickte er abermals aus dem Fenster. Er hatte ein merkwürdiges Gefühl bei der ganzen Sache, das er nicht genau einzuordnen vermochte. Irgendwie ergab alles keinen Sinn. Warum ausgerechnet New Orleans? Weshalb sollte sie unmittelbar nach der Befragung durch das FBI ein derartiges Risiko eingehen?

Als Sidney Archer auf der Eingangstreppe der Pension erschien, brach er seine Überlegungen jäh ab. Mit kaum verhohlener Furcht in den Augen blickte sie über die Schulter zurück; schlagartig weckte die Geste eine Erinnerung. Ein Schauder überlief Sawyer, als ihm plötzlich bewußt wurde, wo er Sidney Archer bereits gesehen hatte: an der Absturzstelle! Er stürmte durch das Zimmer und ergriff das Telefon.

Sidney trug ihren weißen Mantel, woraus sich erkennen ließ, wie tief die Temperaturen gesunken waren. Unbeobachtet vom Portier, hatte sie einen Blick auf das Gästebuch erhascht. Nach ihrer Ankunft fand sich nur ein Eintrag darin. Ein Pärchen aus Ames, Iowa, hatte das Zimmer neben dem ihren bezogen. Die beiden mußten gegen Mitternacht angekommen sein, vielleicht sogar noch später. Es erschien Sidney höchst unwahrscheinlich, daß ein Pärchen aus dem mittleren Westen um eine Zeit in einem Hotel einbuchte, zu der man für gewöhnlich in die Tiefschlafphase eintrat. Der Umstand, daß sie die beiden nicht einziehen gehört hatte, verstärkte ihr Mißtrauen. Müde Reisende, die gegen Mitternacht ankamen, brachten selten ein derart ausgeprägtes Verständnis für ihre Mitbewohner auf.

Daher mußte sie annehmen, daß sich das FBI im Nebenzimmer eingenistet hatte und wahrscheinlich die gesamte Gegend beobachtete. Trotz aller Vorsichtsmaßnahmen hatte man sie aufgespürt. Eigentlich durfte sie das nicht überraschen, dachte sie, während sie die nahezu menschenleere Straße entlangschlenderte. Die Mitarbeiter des FBI verdienten sich damit den Lebensunterhalt. Sie hingegen nicht.

Und wenn das FBI zuschlagen sollte? Auch gut. Seit dem Augenblick, als sie erfahren hatte, daß ihr Mann noch am Leben war, stand für sie fest, daß er die Chancen für den Erhalt dieses Lebens beträchtlich steigern konnte, indem er sich den Behörden stellte.

Die Hände in den Hosentaschen vergraben, lief Sawyer im Zimmer auf und ab. Er hatte bereits so viel Kaffee getrunken, daß seine Blase mittlerweile beunruhigende Signale aussandte. Das Telefon klingelte. Der junge Agent hob ab, gab den Anrufer als Ray Jackson bekannt und reichte den Apparat an Sawyer weiter, der die Kopfhörer abnahm.

»Ja?« Sawyers Stimme zitterte vor Erwartung. Er rieb sich die rotgeränderten Augen. Nach einem Vierteljahrhundert Pflichterfüllung im Dienste des Gemeinwesens machten sich langsam Verschleißerscheinungen bemerkbar.

»Na, wie ist es da unten am Mississippi?« Ray Jackson hörte sich frisch und ausgeruht an.

Sawyer betrachtete das verwahrloste Umfeld. »Tja, wo ich gerade bin, könnten ein Besen und ein wenig frische Farbe wahre Wunder wirken.«

Jackson kicherte. »Weißt du, wie du Sidney Archer am Flughafen aufgestöbert hast, gilt hier oben fast schon als legendär. Ich habe keinen blassen Schimmer, wie du das geschafft hast.«

»Ich fürchte bloß, die Wunder meiner glückbringenden Hasenpfote sind damit verbraucht, Ray. Sag schon, hast du was für mich?« Sawyer wechselte den Hörer ans rechte Ohr und streckte den linken Arm, bis ein plötzlich aufgetretener Krampf sich löste.

»Darauf kannst du wetten. Willst du raten?«

»Ray, du weißt, ich liebe dich. Aber mein Bett heute nacht war ein Schlafsack auf einem kalten Fußboden, und ich spüre jeden Knochen im Leib. Außerdem habe ich keine saubere Unterwäsche dabei. Wenn du also nicht willst, daß ich dich freiweg umpuste, wenn ich zurückkomme, dann rede endlich.«

»Nur die Ruhe, Großer. Also los. Du hattest völlig recht, Sidney Archer hat mitten in der Nacht die Absturzstelle besucht.«

»Bist du sicher?« Sawyer war überzeugt davon gewesen, sich nicht getäuscht zu haben, doch im Lauf der Jahre hatte er sich angewöhnt, alles und jedes in Zweifel zu ziehen.

»Einer der örtlichen Polizisten ...«, Sawyer hörte Papiergeraschel, »Deputy Eugene McKenna, hatte an dem Abend Dienst, als Sidney Archer auftauchte. McKenna hielt sie für eine weitere Schaulustige und forderte sie auf zu verschwinden, aber dann erzählte sie ihm, daß ihr Mann an Bord der Maschine gewesen sei und sie sich nur umsehen wolle. Völlig aufgelöst wirkte sie dabei. McKenna hatte Mitleid mit ihr, du weißt schon, weil sie die ganze Nacht durchgefahren war und so. Er hat sie überprüft und nach Bestätigung ihrer Angaben in die Nähe der Absturzstelle gebracht, damit sie zumindest beobachten konnte, was dort vor sich ging.« Jackson setzte ab.

Sawyers Stimme klang gereizt. »Und? Wie, zum Geier, hilft uns das weiter?«

»Mann, hast du eine Laune. Ich komme ja gleich darauf. Unterwegs erkundigte Archer sich nach einer Segeltuchtasche mit den Initialen ihres Mannes. Sie hatte das Ding im Fernsehen gesehen. Ich vermute, die Tasche wurde beim Aufprall herausgeschleudert und, nachdem sie geborgen wurde, zu den übrigen Trümmern geworfen. Kurzum: Sie wollte an die Tasche ran.«

Sawyer setzte sich hin und blickte aus dem Fenster, danach konzentrierte er sich wieder auf das Telefon. »Was hat McKenna zu ihr gesagt?«

»Daß es sich um ein Beweisstück handle und daß sie die Tasche wohl nach Abschluß der Ermittlungen zurückbekommen würde, was sich aber noch eine Weile hinziehen könnte, vielleicht sogar Jahre.«

Sawyer stand auf und goß sich aus der Kanne auf der Heizplatte eine weitere Tasse Kaffee ein, während er sich diese jüngste Entwicklung durch den Kopf gehen ließ. Seine Blase würde schon irgendwie damit zurechtkommen. »Ray, wie genau hat McKenna Archers Auftreten in jener Nacht beschrieben?«

»Ich weiß, worauf du hinaus willst. Hat sie wirklich geglaubt, daß sich ihr Mann an Bord der Maschine befand? McKenna meinte, wenn sie ihren Kummer nur vortäuschte, sähe Katherine Hepburn im Vergleich zu ihr wie die lausigste Schauspielerin der Welt aus.«

»Na gut, belassen wir es vorerst dabei. Was ist mit der Tasche? Hast du sie?«

»Verdammt richtig. Hier vor mir auf dem Schreibtisch.«

»Und?« Sawyer verspannte die Schultern, ließ sie jedoch ebenso plötzlich wieder herabsacken, als er die Antwort seines Partners vernahm.

»Nichts. Zumindest nichts, was uns aufgefallen wäre. Das Labor hat sich das Ding schon dreimal vorgenommen. Nur ein paar Klamotten und Reiselektüre. Und ein unbeschriebener Notizblock. Keine Überraschungen, Lee.«

»Warum sollte sie dafür mitten in der Nacht den weiten Weg auf sich nehmen?«

»Na ja, vielleicht sollte irgend etwas drin sein, das aber nicht drin ist.«

»Wäre einleuchtend, wenn ihr Mann ein doppeltes Spiel mit ihr treibt.«

»Wieso das?«

Sawyer trank einen Schluck Kaffee, dann erhob er sich. »Wenn Archer tatsächlich auf der Flucht ist, können wir davon ausgehen, daß er entweder vorhat, seine Familie nachzuholen, oder aber, sie im Stich zu lassen. Richtig?«

»So weit kann ich dir folgen.«

»Wenn also seine Frau dachte, daß er in der Maschine saß, was vielleicht ursprünglich vorgesehen war, würde das erklären, weshalb sie der Flugzeugabsturz so am Boden zerstörte. Sie glaubte wirklich, er wäre tot. »

»Aber das Geld?«

»Genau. Wenn Sidney Archer wußte, was ihr Mann getan hatte, ihm vielleicht sogar irgendwie geholfen hat, die Sache durchzuziehen, würde sie natürlich versuchen, das Geld in die Finger zu kriegen, als eine Art Trostpflaster für ihren entsetzlichen Verlust. Dann sah sie die Tasche im Fernsehen.«

»Aber was könnte da drin gewesen sein? Doch sicher kein Bargeld.«

»Nein, aber möglicherweise ein Hinweis auf das Versteck

der Beute. Archer ist doch ein Computergenie. Vielleicht der Lagerort einer Diskette mit einer Datei, in der sämtliche Informationen über die Moneten gespeichert sind. Die Nummer eines Schweizer Bankkontos. Die Schlüsselkarte für ein Schließfach am Flughafen. Es könnte alles mögliche sein, Ray.«

»Tja, was wir gefunden haben, kommt all dem nicht einmal nahe.«

»Es muß ja nicht unbedingt in der Tasche gewesen sein. Sie hat das Ding einfach im Fernsehen gesehen und wollte es in die Hände bekommen.«

»Also meinst du tatsächlich, daß sie von Anfang an in die Sache verwickelt war?«

Erschöpft nahm Sawyer Platz. »Keine Ahnung, Ray. Mein Gefühl läßt mich diesmal völlig im Stich.« Das entsprach nicht ganz der Wahrheit, doch Sawyer verspürte keine Lust, bestimmte beunruhigende Gedanken mit seinem Partner zu besprechen.

»Und was ist mit dem Flugzeugabsturz? Wie paßt der ins Bild?«

Sawyers Antwort kam wie aus der Pistole geschossen. »Wer weiß, vielleicht gar nicht. Möglicherweise hat das eine mit dem anderen nicht das geringste zu tun. Oder aber er ließ die Maschine sabotieren, um seine Spur zu verwischen. Das glaubt zum Beispiel Frank Hardy.« Während er sprach, war Sawyer ans Fenster getreten. Was er draußen auf der Straße erblickte, weckte den starken Drang, das Gespräch schnell zu beenden.

»Sonst noch etwas, Ray?«

»Nein, das ist alles.«

»Gut, denn ich muß was erledigen.« Sawyer legte den Hörer auf, stellte sich selbst hinter den Fotoapparat und knipste drauflos. Danach ging er zurück ans Fenster und beobachtete, wie Paul Brophy, der prüfend in alle Richtungen sah, rasch die Stufen zum *LaFitte Guest House* erklomm und im Eingang verschwand.

# KAPITEL 36

Der Lärm und die Heiterkeit, die man üblicherweise mit dem Jackson Square verband, stand in keinem Vergleich zu dem mäßigen Betrieb des Viertels um diese Tageszeit. Musiker, Jongleure und Einradfahrer, Tarotkartenleser und Künstler, deren Talent von großartig bis durchschnittlich reichte, kämpften um die Aufmerksamkeit und Dollars der wenigen Touristen, die dem unfreundlichen Wetter trotzten.

Auf der Suche nach etwas Eßbarem schlenderte Sidney Archer an der St. Louis Cathedral mit ihren drei Kuppeln vorbei. Zugleich befolgte sie damit die Anweisungen ihres Mannes: Wenn er sich bis zehn Uhr vormittags nicht in der Pension meldete, sollte sie zum Jackson Square gehen. Die bronzene Reiterstatue von Andrew Jackson, die dem Platz seit einhundertvierzig Jahren seine Würde verlieh, ragte eindrucksvoll über ihr auf, als sie auf dem Weg zum Französischen Markt daran vorbeilief. Sie hatte die Stadt schon mehrmals besucht, während ihrer Zeit am College und an der juristischen Fakultät, als sie noch jung genug gewesen war, die Karnevalsumzüge und Festlichkeiten zum Mardi Gras, jenem Feiertag vor Aschermittwoch, mitzumachen und sich an der oftmals alkoholschwangeren Ausgelassenheit zu ergötzen.

Wenig später setzte sie sich in der Nähe des Flußufers hin, trank heißen Kaffee und biß genüßlich in ein flaumiges, mit Butter gefülltes Croissant, wobei sie gedankenverloren die Fracht- und Schleppkähne beobachtete, die auf dem mächtigen Mississippi gemächlich der nahe gelegenen, gewaltigen Brücke zutrieben. Beiderseits von Sidney, weniger als hundert Meter entfernt, befand sich je ein Team des FBI. Die unauffällig in Sidneys Richtung weisenden Abhörgeräte ermöglichten es den Agenten, praktisch jedes Wort mitzubekommen, das von oder zu ihr gesprochen wurde.

Ein paar Minuten lang blieb Sidney Archer allein. Schweigend trank sie den Kaffee aus und betrachtete den ehrfurchtgebietenden, vom Regen angeschwollenen Strom mit seinen schaumgekrönten Wogen.

»Für drei Dollar und fünfzig Cent sag' ich Ihnen, woher Sie Ihre Schuhe haben.«

Sidney schreckte aus ihren trübsinnigen Gedanken hoch und starrte hinauf in das Gesicht. Die Agententeams hinter ihr merkten auf und rückten ein wenig näher. Wäre der Mann, der sich ihr näherte, nicht kleinwüchsig, schwarz und zudem um die siebzig gewesen, die Agenten wären im Laufschritt auf sie zugestürmt. Doch dies war eindeutig nicht Jason Archer.

»Wie?« Sie schüttelte den Kopf klar.

»Ihre Schuhe. Ich weiß, woher Sie Ihre Schuhe haben. Drei Dollar fünfzig, wenn ich recht habe. Gratis Putzen für Sie, wenn ich mich irre.« Der schlohweiße Schnurrbart hing über einen nahezu zahnlosen Mund. Die Kleidung des Mannes ließ sich am ehesten als Lumpen bezeichnen. Außerdem bemerkte sie den ramponierten hölzernen Schuhputzkasten, den er neben ihr auf die Bank stellte.

»Tut mir leid, aber ich habe wirklich kein Interesse.«

»Geben Sie sich einen Ruck, Ma'am. Wissen Sie was? Ich putz' Ihnen die Schuhe auch, wenn ich recht habe, aber mit dem Geld müssen Sie trotzdem rüberkommen. Was haben Sie schon zu verlieren? Sie kriegen auf jeden Fall eine erstklassige Politur, und das zu einem äußerst fairen Preis.«

Sidney wollte gerade neuerlich ablehnen, da erblickte sie die Rippen, die unter dem abgetragenen, dünnen Hemd hervortraten. Dann betrachtete sie seine Schuhe, aus denen an mehreren Stellen nackte, schwielige Zehen herauslugten. Lächelnd faßte sie in die Handtasche, um das Geld herauszuholen.

»Nee, nee, so nicht, Ma'am. Tut mir leid. Sie müssen mitspielen, sonst kommen wir nicht ins Geschäft.« In seinen Worten schwang mehr als bloß ein Hauch Stolz mit. Er bückte sich, um die Kiste aufzuheben.

»Warten Sie. In Ordnung«, meinte Sidney.

»Na gut. Sie glauben also nicht, daß ich weiß, woher Sie Ihre Schuhe haben, stimmt's?«

Sidney Archer schüttelte den Kopf. Sie hatte das Paar in einem kleinen Laden im südlichen Maine gekauft, vor knapp über zwei Jahren. Das Geschäft gab es mittlerweile gar nicht mehr. Es war unmöglich zu erraten. »Tut mir leid, aber das kann ich mir nicht vorstellen«, erwiderte sie.

»Ich sag' Ihnen trotzdem, woher Sie diese Schuhe haben.« Dramatisch setzte der Mann ab und legte prophetisch die Hand an die Stirn, bevor er verkündete: »Sie haben sie aus einem Schuhkarton.«

Sidney fiel in sein Gelächter mit ein.

Die beiden Agenten mit den Abhörgeräten konnten sich ein Lächeln nicht verkneifen.

Nach einer scherzhaften Verbeugung vor seinem Ein-Personen-Publikum kniete der alte Mann vor Sidney nieder und bereitete ihre Schuhe für die Politur vor. Während die geschickten Hände das matte Schwarz der Halbschuhe in glänzendes Ebenholz verwandelten, schwatzte er vor sich hin: »Gute Qualität, Ma'am. Da werden Sie noch lange Ihre Freude dran haben, wenn Sie gut drauf aufpassen. Schöne Fußgelenke haben Sie auch dazu. So was ist nie verkehrt.«

Sidney lächelte über das Kompliment. Er stand auf und packte seine Utensilien zusammen. Sidney holte drei Dollar hervor und kramte in der Handtasche nach Kleingeld.

Er sah sie an. »Das ist schon in Ordnung, ich hab' jede Menge Kleingeld«, meinte er rasch.

Daraufhin reichte sie ihm eine Fünf-Dollar-Note und bot ihm an, den Rest zu behalten.

Er aber schüttelte den Kopf. »O nein, kommt überhaupt nicht in Frage. Drei fünfzig waren abgemacht, und dabei bleibt's.«

Ungeachtet ihres Widerspruchs gab er ihr eine zerknitterte Ein-Dollar-Note sowie eine Fünfzig-Cent-Münze zurück. Als sie die Hand um das Silberstück schloß, spürte sie den winzigen Zettel, der an der Unterseite klebte. Mit weit aufgerissenen Augen starrte sie ihn an. Doch er lächelte nur und tippte an den Rand der zerlumpten Mütze. »War nett, mit Ihnen Geschäfte zu machen, Ma'am. Denken Sie dran, passen Sie gut auf Ihre Schuhe auf.«

Nachdem er davongeschlendert war, steckte Sidney rasch das Geld in die Handtasche und wartete noch ein paar Minuten. Dann erhob sie sich und schlenderte, so unbeschwert sie konnte, los.

Ihr Weg führte sie zum Französischen Markt und geradewegs in die Damentoilette. In einer der Kabinen entfaltete sie mit zitternden Fingern den Zettel. Die Nachricht war kurz und in Blockschrift verfaßt. Mehrmals las sie den Text durch, danach spülte sie den Zettel die Toilette hinunter.

Unterwegs auf der Dumaine Street in Richtung Bourbon Street hielt sie einen Augenblick inne und öffnete die Handtasche. Betont auffällig blickte sie auf die Uhr. Sie sah sich um und entdeckte eine Telefonzelle neben einem Gebäude, das eine der größten Bars des Viertels beherbergte. Sidney überquerte die Straße, ergriff den Hörer und drückte mit der Telefonkarte in der Hand einige Ziffern. Die Nummer, die sie wählte, war ihre eigene Durchwahl bei Tyler, Stone, was sie als überaus merkwürdig empfand. Doch genau das hatte auf dem Zettel gestanden, und sie konnte sich nur an die Anweisungen halten.

Die Stimme, die sich nach zweimaligem Klingeln meldete, gehörte weder einem Mitarbeiter der Kanzlei, noch war es der Anrufbeantworter, der ihre Abwesenheit verkündete. Sidney konnte nicht wissen, daß der Anruf auf eine andere Nummer umgeleitet worden war, die sich weit von Washington, D. C., entfernt befand. Angestrengt versuchte sie, gefaßt zu bleiben, während Jason Archers Stimme leise über die Leitung an ihr Ohr drang.

Die Polizei beobachte sie, teilte er ihr mit. Sagen dürfe sie nichts, vor allem nicht seinen Namen nennen. Sie würden es noch einmal versuchen müssen. Sie solle nach Hause fliegen. Er werde sich wieder bei ihr melden. Die Worte klangen unsäglich erschöpft, dennoch vermeinte sie die ungeheure Anspannung fast zu spüren, die der Tonfall verriet. Abschließend meinte er, daß er sie liebe. Und Amy. Und daß am Ende alles wieder gut werden würde.

Mit tausend Fragen, die ihr im Kopf herumschwirrten, die zu stellen ihr jedoch verwehrt war, legte Sidney Archer langsam auf und machte sich auf den Weg zurück zur Pension. Jeder ihrer Schritte schien sie in immer tiefere Verzweiflung zu führen. Mit einem Höchstmaß an Selbstüberwindung zwang sie sich, den Kopf aufrecht zu halten und normal zu gehen. Auf keinen Fall durfte sie sich nach außen hin die schreckliche Angst anmerken lassen, die sie empfand. Die offensichtliche Furcht ihres Mannes vor den Behörden hatte Zweifel in ihr gesät, ob Jason wirklich unschuldig war und absolut nichts Unrechtes getan hatte. Wohl war sie von unaussprechlicher Freude erfüllt, daß er noch lebte, doch allmählich stellte sie sich die Frage, wie hoch der Preis für diese Freude sein mochte. Vorerst konnte sie nur weitermachen.

Das Aufzeichnungsgerät wurde ausgeschaltet, der Telefonhörer aus der speziellen Halterung daran entfernt. Als nächstes spulte Kenneth Scales das digitale Band zurück. Er drückte die Wiedergabetaste und lauschte, wie Jason Archers Stimme neuerlich durch den Raum hallte. Mit einem bösartigen Grinsen im Gesicht schaltete er die Maschine aus, entnahm ihr das Band und verließ das Zimmer.

»Er ist vom Innenhof aus durch das Fenster gestiegen«, teilte Sawyer ein auf dem Dach postierter Agent mit, der von dort aus Sidney Archers Unterkunft einsah. »Er ist immer noch da drin«, flüsterte der Agent ins Funkgerät. »Soll ich ihn hochnehmen?«

»Nein«, antwortete Sawyer, der durch die Jalousie hinunter auf die Straße schielte. Von den Überwachungsgeräten aus Sidneys Nebenzimmer wußten sie, was Paul Brophy trieb: Er durchsuchte das Zimmer. Sawyers ursprünglicher Verdacht, die beiden Anwälte könnten ein Treffen vereinbart haben, erwies sich augenscheinlich als falsch.

»Jetzt zieht er Leine. Denselben Weg zurück«, berichtete der Agent plötzlich.

»Gott sei Dank«, erwiderte Sawyer, der Sidney Archer die Straße heraufkommen sah. Nachdem sie in der Pension verschwunden war, befahl Sawyer einem Agententeam, den enttäuschten Paul Brophy zu verfolgen, der die Bourbon Street die entgegengesetzte Richtung davonmarschierte.

Zehn Minuten später erfuhr Sawyer, daß Sidney Archer während ihres morgendlichen Frühstücksspaziergangs von einer Telefonzelle aus einen Anruf getätigt hatte, und zwar zu sich ins Büro. Die nächsten fünf Stunden verstrichen ereignislos. Dann sprang Sawyer auf, als Sidney Archer das *LaFitte Guest House* verließ. Ein weißes Taxi fuhr vor, und sie stieg ein. Sogleich brauste es davon.

Sawyer rannte die Treppe hinunter und raste kaum eine Minute später in demselben schwarzen Wagen hinter dem Taxi her, in dem er Sidney Archer vom Flughafen weg verfolgt hatte. Er war weder überrascht, als das Taxi auf die Interstate 10 lenkte, noch, als es diese nach einer halben Stunde Fahrzeit an der Ausfahrt zum Flughafen wieder verließ.

»Sie fliegt nach Hause«, murmelte Sawyer im Wagen vor sich hin. »Sie hat nicht gefunden, wofür sie hergekommen ist, soviel steht fest. Außer, Jason Archer hat sich in einen Unsichtbaren verwandelt.« Der langjährige FBI-Agent sank auf den Sitz zurück, als ihm eine neue und äußerst beunruhigende Erkenntnis durch den Kopf schoß. »Sie weiß, daß wir an ihr dran sind.«

Der Fahrer drehte Sawyer den Kopf zu. »Unmöglich, Lee.«

»Ganz bestimmt sogar«, beharrte Sawyer. »Sie fliegt die weite Strecke hier runter und hängt herum. Dann telefoniert sie, und plötzlich ist sie auf dem Rückweg nach Hause.«

»Ich weiß aber, daß sie keines unserer Beschattungsteams bemerkt hat.«

»Ich habe nicht behauptet, daß *sie* etwas bemerkt hat. Aber ihr Mann und wer auch immer sonst noch in diese Sache verstrickt ist sehr wohl. Die haben ihr Bescheid gesagt, und jetzt fliegt sie nach Hause.«

»Aber wir haben den Anruf überprüft. Er ging in ihr Büro.«

Ungeduldig schüttelte Sawyer den Kopf. »Telefonanrufe kann man umleiten.«

»Und woher wußte sie, daß sie anrufen sollte? Könnte es im voraus so ausgemacht gewesen sein?«

»Wer weiß? Hatte sie wirklich nur mit diesem Schuhputzer Kontakt? Ganz sicher?«

»Ja. Er trieb sein übliches Touristenspielchen mit ihr, dann hat er ihr die Schuhe geputzt. Eindeutig ein Obdachloser. Zuletzt gab er das Wechselgeld raus und das war's.«

Jäh riß Sawyer den Kopf herum. »Wechselgeld?«

»Ja, der Preis war drei Dollar fünfzig. Sie gab ihm eine Fünf-Dollar-Note. Einen Dollar fünfzig hat er ihr zurückgegeben; ihr Trinkgeld wollte er nicht annehmen.«

Sawyer preßte die Hände so fest auf das Armaturenbrett, daß er auf der weichen Oberfläche Abdrücke hinterließ. »Verdammt noch mal, genau das war's.«

Der Fahrer blickte verwirrt drein. »Er hat ihr doch nur das Wechselgeld rausgegeben. Durch das Fernglas habe ich alles deutlich gesehen. Und wir haben jedes Wort mitgehört.«

»Lassen Sie mich raten. Er gab ihr eine Fünfzig-Cent-Münze statt zwei Vierteldollarmünzen, stimmt's?«

Der Mann gaffte Sawyer an. »Woher wissen Sie das?«

Sawyer seufzte. »Wie viele Penner kennen Sie, die einen Dollar fünfzig als Trinkgeld ablehnen und dann zufällig eine Fünfzig-Cent-Münze als Wechselgeld dabeihaben? Und überhaupt, kommt es Ihnen nicht merkwürdig vor, daß er fürs Schuheputzen ausgerechnet drei Dollar fünfzig statt drei oder vier Dollar verlangt hat? Warum drei fünfzig?«

»Damit er wechseln mußte.« Nun, da ihm die Wahrheit dämmerte, wirkte der Fahrer ziemlich geknickt.

»Die Nachricht war an die Münze geklebt.« Mißmutig betrachtete Sawyer das Heck von Sidney Archers Taxi. »Schnappt euch diesen bescheidenen Schuhputzer. Vielleicht kann er uns wenigstens eine Beschreibung seines Auftraggebers liefern.« Viel Hoffnung setzte Sawyer auf diesen Versuch jedoch nicht.

Die Wagen rollten weiter auf den Flughafen zu. Sawyer verbrachte die kurze Fahrt damit, schweigend aus dem Fenster zu starren, während über ihm hell lackierte Düsenjets über den Himmel dröhnten.

Eine Stunde später bestieg er eine Privatmaschine des FBI, um den Rückflug nach Washington anzutreten. Archers Direktflug war bereits gestartet. Kein FBI-Agent befand sich bei ihr an Bord. Sawyer und seine Leute hatten die Passagierliste durchgesehen und jeden Fluggast, der sich an Bord der Maschine begab, einer aufmerksamen Beobachtung unterzogen. Jason Archer befand sich nicht darunter. Das FBI war überzeugt, daß sich auf dem Rückflug wohl kaum etwas ereignen konnte. Außerdem wollte man die bereits alarmierte Sidney Archer nicht noch mehr aufschrecken. Am National Airport sollte die Beschattung wieder aufgenommen werden.

Der Privatjet mit Sawyer und einigen anderen FBI-Agenten an Bord beschleunigte und stieg in den dunklen Himmel über New Orleans auf. Sawyer begann sich zu fragen, was hier eigentlich vor sich ging. Wozu hatte die Reise überhaupt gut sein sollen? Es ergab alles keinen Sinn. Dann klappte sein Mund auf. Mit einem Schlag wurde ihm die ganze Sache ein wenig klarer. Doch er hatte auch einen Fehler begangen. Möglicherweise einen entscheidenden Fehler.

## KAPITEL 37

Sidney Archer trank ihren Kaffee, während der Getränkewagen weiter den Gang entlangrollte. Als sie hinunterfaßte, um das Sandwich vom Tablett zu ergreifen, sprangen ihr die blauen Buchstaben auf der Papierserviette ins Auge. Sie konzentrierte sich darauf, zuckte zusammen und verschüttete beinahe den Kaffee.

*Kein FBI an Bord. Wir müssen reden.*

Die Serviette lag rechts auf dem Tablett. Unwillkürlich wanderte ihr Blick in dieser Richtung. Einen Augenblick war sie zu keinem klaren Gedanken fähig. Dann setzte allmählich die Erinnerung ein. Der Mann trank unbeschwert ein Glas Mineralwasser und verzehrte sein Mahl. Unter schütterem, blondem Haar befand sich ein längliches, glattrasiertes Gesicht, das eine gehörige Portion Sorgenfalten aufwies. Der Mann mochte Mitte Vierzig sein und trug eine Krepphose und ein weißes Hemd. Bedingt durch seine Größe von über eins achtzig, streckte er die langen Beine teilweise in den Gang hinaus. Endlich stellte er das Glas auf das Tablett, wischte sich mit einer Serviette den Mund ab und wandte sich ihr zu.

»Sie sind mir gefolgt«, stellte sie fast flüsternd in den Raum. »In Charlottesville.«

»Ich fürchte, das war nicht das einzige Mal. In Wirklichkeit beschatte ich Sie seit kurz nach dem Flugzeugabsturz.«

Sidneys Hand schoß auf den Rufknopf für die Flugbegleiter zu.

»Das würde ich nicht tun.«

Nur wenige Millimeter vom Ruf um Hilfe entfernt, verharrte ihr Finger.

»Warum nicht?« fragte sie frostig.

»Weil ich hier bin, um Ihnen dabei zu helfen, Ihren Mann zu finden«, erwiderte er schlicht.

Nach einer Weile brachte sie, spürbar mißtrauisch, eine Antwort heraus. »Mein Mann ist tot.«

»Ich bin weder vom FBI, noch versuche ich, Ihnen eine Falle zu stellen. Da ich jedoch beides nicht beweisen kann, will ich es gar nicht erst versuchen. Aber ich gebe Ihnen eine Telefonnummer, unter der Sie mich Tag und Nacht erreichen können.« Er reichte ihr eine kleine, weiße Karte, auf der eine Telefonnummer in Virginia stand. Ansonsten war sie leer.

Sidney betrachtete die Karte. »Weshalb sollte ich Sie anrufen? Ich weiß nicht einmal, wer Sie sind und was Sie tun. Nur, daß Sie mir gefolgt sind. Das entlockt mir nicht unbedingt Vertrauen«, herrschte sie ihn zornig an, als die Angst zurückwich. An Bord eines voll besetzten Flugzeugs konnte er schließlich kaum eine Bedrohung für sie darstellen.

Der Mann zuckte die Schultern. »Darauf habe ich keine gute Antwort. Aber ich weiß, daß Ihr Mann nicht tot ist, und Sie wissen es auch.« Er setzte ab. Sidney Archer starrte ihn an, unfähig, etwas zu erwidern. »Obwohl Sie keinen Grund haben, mir zu glauben, bin ich hier, um Ihnen zu helfen – Ihnen und Jason, falls es dafür noch nicht zu spät ist.«

»Was meinen Sie mit ›zu spät‹?«

Der Mann lehnte sich zurück und schloß die Augen. Als er sie wieder öffnete, ließ der darin erkennbare Kummer Sidneys Mißtrauen dahinschmelzen.

»Ms. Archer, ich weiß nicht genau, worin Ihr Mann verwickelt ist. Aber ich weiß genug, um zu erkennen, daß er höchstwahrscheinlich in ernster Gefahr schwebt, wo immer er auch stecken mag.« Abermals schloß er die Augen. Indes sank Sidney Archers Herz in ungeahnte Tiefen.

Er blickte sie an. »Das FBI beschattet Sie rund um die Uhr.« Seine nächsten Worte ließen ihr das Blut in den Adern gerinnen. »Dafür sollten sie überaus dankbar sein, Ms. Archer.«

Als sie schließlich die Stimme wiederfand, waren ihre Worte kaum hörbar, so daß sich der Mann zu ihr herüberbeugen mußte, um sie zu verstehen. »Wissen Sie, wo Jason ist?«

Der Mann schüttelte den Kopf. »Wenn ich es wüßte, säße ich nicht hier bei Ihnen an Bord dieser Maschine.« Er betrachtete ihr verzweifeltes Gesicht. »Leider kann ich Ihnen nur sagen, daß ich überhaupt nichts Genaues weiß.« Seufzend atmete er aus und fuhr sich mit der Hand über die Stirn. Da bemerkte Sidney zum erstenmal, daß die Hand zitterte.

»Ich war am selben Morgen wie Ihr Mann am Flughafen Dulles.«

Sidneys Augen weiteten sich, mit der Hand umklammerte sie die Armlehne. »Sie haben meinen Mann verfolgt? Warum?«

Der Mann sah zu ihr hinüber. »Ich habe nicht gesagt, daß ich Ihren Mann verfolgt habe.« Er trank einen Schluck, um die plötzlich staubtrockene Kehle zu befeuchten. »Er saß in der Abflughalle für den Flug nach L. A. Dabei wirkte er unruhig und aufgekratzt. Das war es auch, was ursprünglich meine Aufmerksamkeit erregte. Dann stand er auf und verschwand in der Herrentoilette. Ein paar Minuten nach ihm ging ein anderer Mann hinein.«

»Wieso ist das ungewöhnlich?«

»Der zweite Mann hatte einen Briefumschlag in der Hand, als er die Wartehalle betrat. Der Umschlag war deutlich sichtbar. So wie der Bursche damit herumwedelte, wirkte er wie eine Laterne. Ich glaube, es war ein Zeichen für Ihren Mann. Diese Technik habe ich schon häufiger gesehen.«

»Ein Zeichen? Wofür?« Mittlerweile atmete Sidney so heftig, daß es einer bewußten Anstrengung bedurfte, gleichmäßig Luft zu holen.

»Damit Ihr Mann handelte. Was er auch tat. Er ging in die Herrentoilette. Der andere Mann kam wenig später wieder heraus. Ich vergaß zu erwähnen, daß der andere nahezu gleich wie ihr Mann gekleidet war und fast dieselben Gepäckstücke bei sich hatte. Ihr Mann verließ die Herrentoilette nicht mehr.«

»Was soll das heißen, er verließ sie nicht mehr? Er muß doch wieder herausgekommen sein.«

»Damit meine ich, daß er nicht mehr als Jason Archer herauskam.«

Sidney wirkte restlos verwirrt.

Hastig fuhr er fort. »Das erste, was mir an Ihrem Mann auffiel, waren seine Schuhe. Er trug einen Anzug, dazu aber schwarze Tennisschuhe. Erinnern Sie sich, daß er an jenem Morgen Tennisschuhe anzog?«

»Ich habe noch geschlafen, als er losfuhr.«

»Nun, als er die Toilette verließ, hatte sich sein Erscheinungsbild völlig gewandelt. Er sah aus wie ein College-Student, trug einen Trainingsanzug, hatte andere Haare.«

»Wie konnten sie dann wissen, daß er es war?«

»Aus zwei Gründen. Zum einen war die Toilette gerade erst nach der Reinigung geöffnet worden, als ihr Mann darin verschwand. Ich habe die Tür mit Argusaugen beobachtet. Niemand ging hinein, der auch nur annähernd dem Burschen ähnelte, der später herauskam. Zum anderen waren die schwarzen Tennisschuhe unverkennbar. Er hätte besser ein unauffälligeres Paar anziehen sollen. Nein, es handelte sich ganz bestimmt um Ihren Mann. Und soll ich Ihnen noch etwas sagen?«

Nur mühevoll brachte Sidney die Worte hervor. »Reden Sie schon.«

»Der andere Kerl trug den Hut Ihres Mannes, als er herauskam. Mit dem Hut auf dem Kopf hätte er als Zwillingsbruder Ihres Mannes durchgehen können.«

Sidney holte tief Luft, während sie diese Offenbarung verdaute.

»Ihr Mann stellte sich an der Schlange für den Flug nach Seattle an. Und er holte denselben weißen Umschlag aus der Tasche, den zuvor der andere Kerl bei sich hatte. Darin befanden sich Ticket und Bordkarte für den Flug nach Seattle. Der andere stieg in die Maschine nach L. A.«

»Was bedeutet, daß sie in der Toilette die Tickets getauscht haben. Der andere war so wie Jason angezogen, für den Fall, daß sie beobachtet wurden.«

»Stimmt genau.« Bedächtig nickte er. »Ihr Mann wollte jemanden glauben lassen, er flöge nach L. A.«

»Aber wieso?« Die Frage war mehr an Sidney selbst als an ihn gerichtet.

Der Mann zuckte die Schultern. »Ich weiß es nicht. Dafür weiß ich, daß die Maschine, in der sich Ihr Mann eigentlich befinden sollte, abstürzte. Daraufhin wurde ich um so mißtrauischer.«

»Haben Sie sich an die Polizei gewandt?«

Der Mann schüttelte den Kopf. »Was hätte ich erzählen sollen? Es ist ja nicht so, daß ich gesehen hätte, wie eine Bombe an Bord des Flugzeugs geschmuggelt wurde. Außerdem hatte ich Gründe, mein Wissen für mich zu behalten.«

»Welche Gründe?«

Der Mann hob die Hand und schüttelte den Kopf. »Belassen wir es doch vorerst dabei.«

»Wie haben Sie den Namen meines Mannes erfahren? Sie kannten ihn doch nicht von früher, oder?«

»Ich hatte ihn nie zuvor gesehen. Aber ich bin ein paarmal unauffällig an ihm vorbeigeschlendert, bevor er auf die Toilette verschwand. An dem Aktenkoffer hatte er ein Schild mit Namen und Adresse. Verkehrt herum lesen kann ich wirklich gut. Es war nicht schwer herauszufinden, wo er arbeitete, womit er sich den Lebensunterhalt verdiente und so weiter – mehr Informationen, als ich je brauchen würde. Dieselben Auskünfte habe ich über sie eingeholt. Danach begann ich, Ihnen zu folgen. Um Ihnen die Wahrheit zu sagen – ich hatte keine Ahnung, ob Sie in Gefahr schwebten oder nicht.« Er klang durch und durch sachlich, dennoch liefen Sidney angesichts dieses unerwarteten Eingriffs in ihr Leben kalte Schauder über den Rücken.

»Später, als ich mich gerade mit einem Freund bei der Polizei in Fairfax unterhalten habe, kam über das Faxgerät eine Fahndungsmeldung mit dem Foto Ihres Mannes. Daraufhin habe ich mich ernsthaft an Ihre Fersen geheftet. Ich dachte, Sie würden mich vielleicht zu ihm führen.«

»Oh.« Sidney sank auf den Sitz zurück. Plötzlich fiel ihr etwas ein. »Wie konnten Sie mir nach New Orleans folgen?« erkundigte sie sich.

»Als allererstes zapfte ich Ihre Telefonleitung an.« Ihren überraschten Gesichtsausdruck beachtete er gar nicht. »Ich mußte erfahren, wohin sie reisen würden. Ich habe Ihre Unterhaltung mit Jason belauscht. Er wirkte ausgesprochen ausweichend.«

Donnernd brauste die Maschine weiter über den dunklen Himmel, und Sidney Archer berührte den Mann am Ärmel. »Sie sagten, Sie wären nicht vom FBI. Wer sind Sie dann? Was haben Sie mit all dem zu tun?«

Bevor er antwortete, ließ der Mann den Blick mehrere Sekunden lang prüfend durch den Gang schweifen. Als er sich wieder Sidney zuwandte, seufzte er schwer. »Ich bin Privatdetektiv, Ms. Archer. Der Fall, der mich im Augenblick so ziemlich rund um die Uhr beschäftigt, ist Ihr Gatte.«

»Wer hat Sie angeheuert?«

»Niemand.« Abermals blickte er sich um, bevor er fortfuhr. »Ich dachte mir, daß Ihr Mann versuchen würde, mit Ihnen Verbindung aufzunehmen. Was er letztlich ja auch tat. Deshalb bin ich hier. Aber anscheinend war New Orleans ein Reinfall. Er war es, mit dem sie in der Telefonzelle gesprochen haben, stimmt's? Der Schuhputzer hat Ihnen eine Nachricht zugespielt, richtig?«

Zunächst zögerte Sidney, dann jedoch nickte sie schweren Herzens.

»Hat Ihnen Ihr Mann einen Hinweis darauf gegeben, wo er stecken könnte?«

Sidney schüttelte den Kopf. »Er meinte, er würde sich später wieder bei mir melden. Wenn es sicherer wäre.«

Der Mann mußte ein Lachen unterdrücken. »Das könnte lange dauern. Sogar sehr lange, Ms. Archer.«

Als die Maschine zum Landeanflug auf den Internationalen Flughafen von Washington ansetzte, wandte sich der Mann nochmals an Sidney. »Noch ein paar Dinge, Ms. Archer. Als ich mir das Band von Ihrem Telefongespräch mit Jason anhörte, sind mir Hintergrundgeräusche aufgefallen, die wie fließendes Wasser klangen. Zwar kann ich nicht sicher sein, aber ich denke, daß Sie jemand auf einem anderen Apparat belauscht hat.« Sidneys Gesicht versteinerte. »Ms. Archer, von einem können Sie ausgehen: Auch das FBI weiß, daß Jason noch am Leben ist.«

Kurze Zeit später setzte die Maschine rumpelnd auf der Landebahn auf. Reges Treiben brach in der Kabine aus.

»Sie sagten, Sie wollten mir noch ein paar Dinge anvertrauen. Was noch?«

Der Mann bückte sich und holte unter dem Vordersitz einen kleinen Aktenkoffer hervor. Als er sich wieder aufrichtete, blickte er ihr unverwandt in die Augen. »Leute, die einen Jet vom Himmel holen können, bringen fast alles zustande. Vertrauen Sie niemandem, Ms. Archer. Und seien Sie vorsichtiger als je zuvor in Ihrem Leben. Selbst das könnte noch zu wenig sein. Es tut mir leid, wenn sich das nach einem beschissenen Ratschlag anhört, aber mehr kann ich Ihnen nicht bieten.«

Ein paar Minuten später war der Mann verschwunden. Sidney befand sich unter den letzten Passagieren, die von Bord gingen. Um diese Uhrzeit herrschte nicht allzu viel Betrieb am Flughafen. Auf dem Weg zum Taxistand dachte sie an den Rat des Mannes. Wachsam sah sie sich um, wobei sie versuchte, nicht allzu offensichtlich mißtrauisch zu wirken. Ihr einziger Trost war die Tatsache, daß unter all den Leuten, die ihr vermutlich folgten, wenigstens ein paar auch dem FBI angehörten.

Nachdem er Sidney Archer verlassen hatte, bestieg der Mann einen Zubringerbus des Flughafens, der ihn an den Langzeitparkplätzen absetzte. Es war fast zehn Uhr. Der ganze Bereich war verlassen. Bei sich trug er eine Tasche, die er in New Orleans als Gepäck aufgegeben hatte. Der orange Aufkleber verriet, daß sich darin eine ungeladene Waffe befand. Als er seinen Wagen erreichte, einen brandneuen BMW, öffnete er die Tasche, um die Pistole herauszunehmen, da er sie laden und in den Schulterhalfter stecken wollte.

Die Stilettklinge drang zunächst in den rechten Lungenflügel ein und wurde herausgezogen; danach wiederholte sich der grausige Vorgang am linken Lungenflügel, wodurch beide zerstört und jedwede Hilferufe unterbunden wurden, die andernfalls möglich gewesen wären. Der dritte Hieb schlitzte präzise die Halsschlagader auf. Die Tasche samt der nunmehr für ihren sterbenden Besitzer nutzlosen Pistole fiel auf den Betonboden. Im nächsten Moment sackte auch der Mann auf dem Boden zusammen. Die bereits glasigen Augen starrten blicklos zu dem Mörder empor.

Ein Lieferwagen rollte heran, und Kenneth Scales stieg ein. Sekunden später war der tote Mann allein.

## KAPITEL 38

Lee Sawyer saß an einem Besprechungstisch im FBI-Gebäude und ging zahlreiche Berichte durch. Mit der Hand fuhr er sich durch das zerzauste Haar, lehnte sich zurück und schwang die Füße auf den Tisch, während er gedanklich die neuen Erkenntnisse ordnete. Der Autopsiebericht über Riker gab an, daß er etwa achtundvierzig Stunden tot gewesen war, bevor die Leiche gefunden wurde. Da aber die Raumtemperatur um den Gefrierpunkt lag, wußte Sawyer, daß sich aus dem Verwesungsfortschritt des Leichnams nicht annähernd so genaue Schlüsse ziehen ließen, wie es andernfalls möglich gewesen wäre.

Sawyer betrachtete Fotos der automatischen Sig-P229-Pistole, die am Tatort sichergestellt worden war. Die Seriennummer der Waffe war zunächst abgeschliffen, danach mit einem Bohrer unkenntlich gemacht worden. Als nächstes sah er sich Bilder der Kugeln an, die in der Leiche steckten. Mr. Riker hatte insgesamt zwölf Dumdum-Geschosse abbekommen – elf mehr, als nötig gewesen wären, um ihn zu töten. Dieser regelrechte Kugelhagel störte den FBI-Agenten immens. Rikers Tod wies alle Anzeichen eines professionellen Mordes auf. Berufsmörder benötigten selten mehr als einen Schuß. Der Gerichtsmediziner war zu der Erkenntnis gelangt, daß im vorliegenden Fall bereits der erste Schuß den unmittelbaren Tod zur Folge gehabt hatte. Als die anderen Kugeln in den Körper gedrungen waren, hatte das Herz längst nicht mehr geschlagen.

Die Blutspritzer auf dem Tisch, dem Stuhl und dem Spiegel ließen darauf schließen, daß Riker in sitzender Haltung von hinten erschossen wurde. Der Mörder hatte Riker anscheinend aus dem Stuhl gezerrt und ihn mit dem Gesicht nach unten in die Ecke des Schlafzimmers geworfen, um danach unmittelbar von oben, aus einer Entfernung von etwa einem Meter, das gesamte Magazin in die Leiche zu entleeren. Aber warum? Vorerst konnte Sawyer diese Frage nicht beantworten. Er lenkte seine Gedanken in eine andere Richtung.

Trotz umfangreicher Nachforschungen und einiger Anhaltspunkte hatte sich über die letzten achtzehn Monate in Rikers Leben nichts in Erfahrung bringen lassen. Keine Adressen, keine Freunde, keine Arbeitsplätze, keine Kreditkartenrechnungen – nichts. Und obwohl Rapid Start jeden Tag tonnenweise Daten über den Flugzeugabsturz verarbeitete, ergab sich daraus keine weiterverfolgbare Spur. Sie wußten, wie es geschehen war; sie wußten, wer den Plan in die Tat umgesetzt hatte; und dennoch kamen sie über die Leiche des eigentlichen Täters nicht hinaus.

Frustriert richtete Sawyer sich auf und blätterte einen weiteren Bericht durch. Riker hatte jede Menge kosmetischer Operationen hinter sich. Mit dieser Vermutung hatte Agent Barracks Recht behalten. Fotos, die von Rikers letztem Gefängnisaufenthalt stammten, wiesen keinerlei Ähnlichkeit zu dem Mann auf, den in einem ruhigen Wohnhaus in Virginia ein blutiges Ende ereilt hatte.

Sawyer verzog das Gesicht. Auch sein Gefühl hinsichtlich des Decknamens Sinclair hatte sich als richtig erwiesen. Riker hatte nicht den Platz eines anderen eingenommen. Sinclair war mittels gefälschter Papiere und Computeraufzeichnungen erschaffen worden, wodurch Robert Sinclair als lebende, atmende Person mit hervorragenden Referenzen als Tankwart von einer renommierten Firma eingestellt wurde, welche Dienstleistungsverträge mit mehreren der großen Fluggesellschaften unterhielt, die vom Internationalen Flughafen Dulles aus operierten, Western Airlines mit eingeschlossen. Doch Vector waren bei der Überprüfung von Rikers Angaben ein paar Fehler unterlaufen. So war beispielsweise nicht überprüft worden, ob die von Riker genannten Telefonnummern seiner früheren Arbeitgeber auch stimmten. Man hatte sie lediglich angerufen. Riker hatte durchweg kleine Tankfirmen angeführt, angesiedelt im Staate Washington und in Südkalifornien, eine auch in Alaska. Keines der Unternehmen existierte tatsächlich. Als Sawyers Leute die Nummern überprüften, fanden sie heraus, daß für keine einzige ein Anschluß bestand. Auch die Adressen der Arbeitgeber auf Rikers Bewerbungsbogen erwiesen sich als frei erfunden. Seine Sozialversicherungsnummer hingegen hatte den Computer durchlaufen und wurde als gültig bestätigt.

Auch seine Fingerabdrücke gab man ins AFIS der Staatspolizei von Virginia ein. Riker hatte dort bereits in einem Gefängnis eingesessen, daher sollten seine Fingerabdrücke eigentlich im AFIS archiviert sein. Aber das waren sie nicht. Was nur bedeuten konnte: Die Datenbanken der Sozialversicherungsverwaltung und der Staatspolizei von Virginia waren manipuliert worden. Ebensogut hätte das ganze System in Flammen aufgehen können. Worauf sollte man sich jetzt noch verlassen? Ohne hundertprozentige Zuverlässigkeit waren diese Systeme nahezu nutzlos. Und wenn es jemand beim Staat Virginia und bei der Sozialversicherungsverwaltung geschafft hatte, was war dann noch sicher? Zornig fegte Sawyer die Berichte beiseite, schenkte sich eine weitere Tasse Kaffee ein und begann, in den großflächigen Räumlichkeiten des SIOC auf und ab zu laufen.

Jason Archer war ihnen weit voraus gewesen. Nur aus einem einzigen Grund war seine Frau nach New Orleans geschickt worden. In Wahrheit hätte es jede beliebige Stadt sein können. Wichtig war nur gewesen, daß sie die Stadt verließ. Und als sie das tat, verschwand das FBI mit ihr. Ihr Haus blieb unbewacht zurück. Aus diskreten Nachforschungen bei den Nachbarn hatte Sawyer erfahren, daß Sidney Archers Eltern und ihre Tochter kurz nach ihr abgereist waren.

Unablässig ballte Sawyer die Hände zu Fäusten. Ein Ablenkungsmanöver. Und er war darauf hereingefallen wie der dümmste Anfänger der Welt. Zwar besaß er keinen unwiderlegbaren Beweis dafür, doch für ihn war es so sicher wie das Amen in der Kirche, daß jemand das Haus der Archers betreten und vermutlich etwas daraus entfernt hatte. Und wenn jemand derartige Mühen und Risiken auf sich lud, bedeutete dies, daß Sawyer etwas unglaublich Wichtiges durch die Finger gegangen war.

Der Morgen hatte keineswegs gut begonnen und drohte nur noch schlechter zu werden. Sawyer war nicht daran gewöhnt, alle Ellen lang einen Tritt in den Hintern zu bekommen. Die bisherigen Ergebnisse hatte er Frank Hardy anvertraut. Sein Freund stellte gerade Nachforschungen über Paul Brophy und Philip Goldman an. Verständlicherweise zeigte sich Hardy neugierig, als er davon erfuhr, daß Brophy heimlich Sidney Archers Hotelzimmer durchwühlt hatte.

Sawyer schlug die Zeitung auf und las die Schlagzeile. Wenn Sidney Archer bisher noch nicht in Panik geraten war, dann jetzt bestimmt. Da Jason Archer zweifellos wußte, daß ihn das FBI jagte, war man im Büro übereingekommen, mit Archers angeblichen Verbrechen, nämlich Industriespionage und Unterschlagung von Firmengeldern, an die Öffentlichkeit zu gehen. Auf seine Verwicklung in den Flugzeugabsturz wurde nicht direkt Bezug genommen, obwohl der Bericht erwähnte, daß Archer auf der Passagierliste des verhängnisvollen Fluges stand, jedoch nicht an Bord gewesen sei. Sawyer war sicher, die Leute würden sich selbst einen Reim darauf machen. Auch Sidney Archers jüngste Aktivitäten wurden erwähnt.

Sawyer blickte auf die Uhr. Er hatte vor, Ms. Archer einen zweiten Besuch abzustatten. Und trotz seiner persönlichen Sympathie für die Frau würde er diesmal nicht abziehen, bevor er ein paar Antworten bekam.

Henry Wharton saß mit auf die Brust gesunkenem Kinn hinter dem Schreibtisch und starrte mißmutig durch das Fenster in den bewölkten Himmel. Auf dem Tisch lag eine aktuelle Morgenausgabe der *Post*, mit der Titelseite nach unten.

Zumindest war die überaus beunruhigende Schlagzeile dadurch nicht zu sehen. Auf einem Stuhl auf der anderen Seite des Schreibtisches saß Philip Goldman. Seine Augen waren auf Whartons Rücken gerichtet.

»Ich sehe wirklich keine andere Möglichkeit, Henry.« Goldman setzte ab; ein Ausdruck tiefster Zufriedenheit flackerte über das sonst so unergründliche Gesicht. »Ich habe gehört, daß Nathan Gamble ausgesprochen wütend gewesen sei, als er heute morgen anrief. Und wer kann es ihm verdenken? Man hört sogar Gerüchte, daß er den Rechtsbeistand wechseln will.«

Bei der Bemerkung zuckte Wharton zusammen. Als er sich zu Goldman umdrehte, blickte er nicht auf. Wharton wankte unverkennbar.

Goldman beugte sich vor, bestrebt, den offensichtlichen Vorteil bestmöglich zu nützen. »Es ist zum Wohle der Kanzlei, Henry. Sicher wird es viele Leute schmerzen, und trotz meiner früheren Differenzen mit ihr schließe auch ich mich mit ein, da ich sie für einen überaus wertvollen Aktivposten dieser Kanzlei halte.« Diesmal gelang es Goldman, das Lächeln zu unterdrücken. »Aber die Zukunft der Kanzlei, die Zukunft Hunderter Menschen darf nicht zum Vorteil einer einzelnen Person geopfert werden, Henry, das sehen Sie doch ein.« Goldman lehnte sich auf dem Stuhl zurück und faltete die Hände im Schoß. Ein friedvoller Ausdruck trat auf sein Gesicht. Es gelang ihm, ein Seufzen zu heucheln. »Henry, wenn Ihnen das lieber ist, kann ich mich der Sache annehmen. Ich weiß, wie nahe Sie beide sich stehen.«

Endlich blickte Wharton auf. Das Nicken war kurz und schnell, wie der jähe Hieb des Fallbeils, den es eigentlich darstellte. Leise verließ Goldman den Raum.

Sidney Archer holte gerade die Zeitung vom Bürgersteig vor dem Haus, als das Telefon klingelte. Mit der zusammengefalteten *Post* in der Hand rannte sie wieder hinein. Sie war ziemlich sicher, daß es kein Anruf von ihrem Mann war, doch im Augenblick ließ sich rein gar nichts mit Gewißheit sagen. Die Zeitung warf sie auf einen Stoß zahlreicher weiterer, noch ungelesener Ausgaben.

Die Stimme ihres Vaters grollte über die Leitung. Ob sie die Zeitung gelesen habe? Wovon, zum Teufel, die denn schrieben? Diese Anschuldigungen. Vor Gericht würde er sie zerren, verkündete ihr Vater zornentbrannt; jeden einzelnen von ihnen, der daran beteiligt war, einschließlich Triton und das FBI.

Nachdem es ihr endlich gelungen war, ihn zu beruhigen, schlug Sidney die Zeitung auf. Die Schlagzeile raubte ihr den Atem, als wäre ihr jemand auf die Brust gesprungen. Im Halbdunkel der Küche wankte sie zu einem Stuhl. Sofort las sie den Titelbericht, aus dem hervorging, ihr Mann habe immens wertvolle, vertrauliche Informationen sowie Hunderte Millionen Dollar von seinem Arbeitgeber gestohlen. Der Gipfel jedoch war, daß Jason Archer anscheinend auch als Verdächtiger in Zusammenhang mit dem Flugzeugattentat galt, das die Behörden in den Glauben versetzen sollte, er wäre tot. Nun wußte die Welt, daß er noch am Leben war und, laut FBI, auf der Flucht.

Als Sidney Archer etwa in der Mitte der Spalte ihren eigenen Namen entdeckte, wurde ihr mit einem Schlag übel. Sie sei nach New Orleans gereist, stand da geschrieben. Und zwar kurz nach dem Begräbnis ihres Mannes, was der Bericht als höchst verdächtige Handlung bezeichnete. Natürlich erschien es verdächtig. Jeder, auch Sidney Archer, würde die Motive einer solchen Reise als überaus zweifelhaft empfinden. Ein von bedingungsloser Aufrichtigkeit gekennzeichnetes Leben war mit einem Schlag unwiderruflich zerstört worden.

In ihrem Elend legte sie den Hörer auf, obwohl ihr Vater noch in der Leitung war. Mit Müh und Not schaffte sie es bis zum Spülbecken. Die Übelkeit machte sie benommen. Sie träufelte sich kaltes Wasser über Hals und Stirn.

Danach taumelte sie zurück zum Küchentisch, wo sie minutenlang schluchzend verharrte. Nie zuvor hatte sie eine derartige Hoffnungslosigkeit verspürt. Dann erfüllte plötzlich eine andere Empfindung ihren Körper: Zorn. Sie rannte ins Schlafzimmer, kleidete sich wahllos an und öffnete zwei Minuten später die Tür des Ford Explorer.

»Mist.« Die Post purzelte heraus. Unwillkürlich bückte sie sich, um sie aufzuheben. Flüchtig sah sie die zu Boden gefallenen Kuverts durch. Unvermittelt hielt sie inne, als sich die Finger um einen an Jason Archer adressierten Umschlag schlossen. Die Handschrift ihres Mannes darauf brachte ihre Knie zum Zittern. Sie erfühlte einen flachen Gegenstand darin und schaute auf den Poststempel. Das Päckchen war in Seattle aufgegeben worden, am selben Tag, an dem Jason zum Flughafen gefahren war. Ihr schauderte. Im Arbeitszimmer ihres Mannes fanden sich zahlreiche Umschläge wie dieser. Sie waren eigens dafür vorgesehen, Computerdisketten unbeschadet durch die Post zu schleusen.

Sidney hatte keine Zeit, um über diese jüngste Entwicklung nachzudenken. Sie warf die Post zurück in den Wagen, stieg ein und fuhr los.

Eine halbe Stunde später betrat eine völlig aufgelöste Sidney Archer in Begleitung von Richard Lucas Nathan Gambles Büro. Gleich dahinter folgte ein erstaunter Quentin Rowe. Sidney marschierte geradewegs auf Gambles Schreibtisch zu und warf ihm die *Post* in den Schoß.

»Ich hoffe, Sie haben ein paar verdammt gute Anwälte für Verleumdungsklagen.« Ihre unverhohlene Wut ließ Lucas hastig vortreten, bis Gamble ihn zurückwinkte. Behutsam hob der Generaldirektor von Triton die Zeitung auf und betrachtete den Bericht. Danach schaute er zu ihr auf. »Ich habe das nicht geschrieben.«

»Einen Scheißdreck haben sie.«

Gamble drückte seine Zigarre aus und erhob sich. »Entschuldigen Sie, aber warum habe ich bloß das Gefühl, daß eigentlich ich derjenige sein sollte, der stocksauer ist?«

»Mein Mann soll ein Flugzeug sabotiert, Geheiminformationen verkauft und Sie ausgeraubt haben. Das sind alles Lügen, und Sie wissen es.«

Gamble stürmte um den Tisch herum und baute sich vor ihr auf. »Ich will Ihnen sagen, was ich weiß. Mir fehlt ein Riesenhaufen Geld, das ist eine Tatsache. Und Ihr Mann hat RTG alles gegeben, was die brauchen, um meine Firma zu begraben. Auch das ist eine Tatsache. Was erwarten Sie eigentlich, wollen Sie eine Auszeichnung von mir?«

»Das ist alles nicht wahr!«

»Oh doch!« Gamble drehte einen Stuhl herum. »Setzen Sie sich!«

Er öffnete eine Schreibtischschublade, holte eine Videokassette hervor und warf sie Lucas zu. Dann drückte er einen Knopf auf der Schreibtischkonsole, woraufhin ein Teil der Wand aufglitt, und ein großer Fernsehbildschirm mit integriertem Videorekorder zum Vorschein kam. Während Lucas das Band einlegte, sank Sidney mit gummiweichen Knien auf den Stuhl. Sie blickte hinüber zu Quentin Rowe, der stocksteif in einer Ecke des Büros verharrte, die großen Augen unmittelbar auf sie gerichtet. Nervös leckte sie sich die Lippen und drehte den Kopf dem Fernsehapparat zu.

Als sie ihren Mann sah, setzte beinahe ihr Herzschlag aus. Da sie seit jenem schrecklichen Tag lediglich seine Stimme gehört hatte, vermittelte ihr der Anblick das Gefühl, er wäre aus dem Grab auferstanden. Zunächst konzentrierte sie sich auf seine flüssigen Bewegungen, die ihr so vertraut waren. Dann jedoch wandte sie die Aufmerksamkeit seinem Gesicht zu und keuchte. Selten hatte sie ihren Mann nervöser, angespannter erlebt. Die Übergabe des Aktenkoffers, das vorüberdonnernde Flugzeug, die lächelnden Männer, die Überprüfung der Dokumente – all das blieb für sie weit im Hintergrund, da sie den Blick ausschließlich auf Jason richtete. Sie las Datum und Zeit der Aufzeichnung. Als die Bedeutung der Angaben in ihr Bewußtsein drang, spürte sie einen weiteren Stich im Herzen.

Nachdem das Band zu Ende war, drehte Sidney sich um und stellte fest, daß sämtliche Augenpaare sie anstarrten.

»Diese Übergabe fand in einem Gebäude von RTG in Seattle statt, und zwar lange, nachdem das Flugzeug abgestürzt war.« Gamble stand hinter ihr. »Wenn Sie mich jetzt immer noch wegen Verleumdung verklagen wollen, dann nur zu! Sollten wir CyberCom verlieren, dürfte es Ihnen allerdings schwerfallen, Geld aus uns herauszuquetschen«, fügte er grimmig hinzu.

Sidney stand auf. Gamble faßte hinter sich auf den Schreibtisch. »Hier ist Ihre Zeitung.« Er warf sie ihr zu. Obwohl sie sich kaum auf den Beinen halten konnte, gelang es ihr, sie mühelos zu fangen. Einen Augenblick später war sie bereits aus dem Raum geflüchtet.

Sidney fuhr in die Garage und lauschte, wie das Tor wieder nach unten glitt. Mit fahrigen Bewegungen, alle paar Sekunden von heftigem Schluchzen geschüttelt, ergriff sie die Zeitung. Als die *Post* aufklappte, wodurch Sidneys Blick auf die untere Hälfte der Titelseite fiel, ereilte sie ein weiterer Schock, den diesmal panische Angst begleitete.

Das Foto des Mannes mußte einige Jahre alt sein, dennoch war das Gesicht unverkennbar. Nunmehr erfuhr sie auch den Namen dazu: Edward Page, seit fünf Jahren als Privatdetektiv im Großraum Washington tätig, davor zehn Jahre bei der Polizei von New York City. Er hatte allein gearbeitet, und seine Firma trug den Namen *Private Solutions*, verriet der Bericht. Page war am Parkplatz des National Airport Opfer eines Raubüberfalls geworden. Er war geschieden und hinterließ zwei minderjährige Kinder, stand da geschrieben.

Die vertrauten Augen starrten ihr aus der Zeitung entgegen, und Sidney lief ein Schauder über den Rücken. Besser als jeder andere – abgesehen von Pages Mörder – wußte sie, daß sein Tod nicht auf die Gier nach Bargeld und Kreditkarten zurückzuführen war. Ein paar Minuten zuvor hatte der Mann noch mit ihr gesprochen, und dann war er tot. Sie hätte schon entsetzlich dämlich sein müssen, um Pages Ableben als Zufall zu betrachten. Sie sprang aus dem Wagen und rannte ins Haus.

Dort holte sie die silbrig glänzende Smith-&-Wesson-Slim-Nine aus der Metallschatulle im Schlafzimmerschrank und lud sie. Die Hydra-Shock-Dumdumgeschosse würden sich als höchst wirkungsvoll gegen jeden erweisen, der einen tödlichen Angriff auf sie wagte. Sidney öffnete die Geldbörse. Ihr Waffenschein war noch gültig.

Als sie sich streckte, um die Schatulle zurück ins oberste Fach des Schranks zu stellen, glitt ihr die Pistole aus der Tasche und prallte auf das Nachtkästchen, ehe sie auf dem Teppichboden landete. Zum Glück hatte sie die Waffe gesichert. Sie hob die Smith & Wesson auf und stellte fest, daß beim Aufprall eine kleine Ecke des Hartplastikgriffes herausgebrochen war; ansonsten jedoch schien alles in Ordnung zu sein. Mit der Waffe in der Hand lief sie zurück in die Garage und stieg erneut in den Ford.

Plötzlich erstarrte sie; vom Haus her drang ein Geräusch zu ihr. Hektisch entsicherte sie die Waffe und richtete den Blick sowie den Lauf der Smith & Wesson auf die Tür, die ins Haus führte. Mit der freien Hand mühte sie sich mit dem Autoschlüsselbund ab. Einer der Schlüssel kratzte ihr über den Finger und riß die Haut auf. Sie drückte auf den Garagentoröffner, der an der Sonnenblende des Explorer angebracht war. Mit klopfendem Herzen wartete sie, während das verfluchte Tor unerträglich langsam nach oben glitt. Die Augen auf die Tür geheftet, rechnete sie jeden Augenblick damit, daß sie aufschwang.

Ihre Gedanken wanderten zurück zu dem Zeitungsbericht über Edward Pages Tod. Zwei minderjährige Kinder ließ er zurück. Kalte Entschlossenheit trat in ihr Gesicht. Sie würde ihr kleines Mädchen nicht zurücklassen. Fest umklammerte sie den Griff der Pistole. Ein Druck auf einen Knopf an der fahrerseitigen Armstütze ließ das Fenster auf der Beifahrerseite herabgleiten. Nun hatte sie eine ungehinderte Schußlinie auf die Tür zum Haus. Nie zuvor hatte sie die Waffe auf etwas anderes als Zielscheiben am Schießübungsplatz gerichtet. Dennoch war sie entschlossen, ihr Bestes zu geben, um jeden zu töten, der gleich durch diese Tür kommen würde.

Sidney konzentrierte sich so sehr auf die Tür, daß sie den

Mann nicht bemerkte, der unter dem aufgleitenden Garagentor durchschlüpfte. Die Waffe im Anschlag, schlich er an die Fahrertür. Im selben Augenblick öffnete sich die Tür zum Haus. Sidney preßte die Hand noch fester um den Griff der Smith & Wesson, bis die Venen auf dem Handrücken deutlich hervortraten. Ihr Finger senkte sich auf den Abzug.

»Um Himmels willen, weg mit der Waffe! Sofort!« brüllte der Mann neben dem Wagen, dessen Pistole durch das Fenster unmittelbar auf Sidneys linke Schläfe wies.

Sie wirbelte auf dem Sitz herum und starrte Agent Ray Jackson ins Gesicht. Mit einem Ruck flog die Tür zum Haus auf und krachte gegen die Wand. Sidney riß den Kopf herum und sah Lee Sawyers bullige Gestalt hereinstürmen; weit ausholend deckte er mit der 10mm den Bereich der Autos ab. Sidney sackte auf dem Sitz zusammen. Schweiß strömte ihr von der Stirn.

Ohne seine Waffe wegzustecken, riß Ray Jackson die Tür des Explorer auf und blickte zwischen Sidney Archer und der Smith & Wesson hin und her, die um ein Haar ein beträchtliches Loch in seinen Partner gerissen hätte. »Sind Sie denn völlig übergeschnappt?« Er beugte sich über ihren Schoß, nahm die Pistole an sich und sicherte sie. Sidney versuchte keinerlei Gegenwehr, doch plötzlich flammte Wut in ihren Zügen auf. »Wieso brechen Sie in mein Haus ein? Ich hätte Sie erschießen können.«

Lee Sawyer steckte die Pistole zurück in den Halfter und kam zum Ford herüber.

»Die Vordertür stand offen, Ms. Archer. Als niemand auf unser Klopfen antwortete, dachten wir, es könnte etwas passiert sein.« Sawyers Offenheit ließ ihre Wut ebenso schnell verdampfen, wie sie aufgestiegen war. Sie hatte die Vordertür offengelassen, als sie ins Haus gerannt war, um den Anruf ihres Vaters entgegenzunehmen. Sidney lehnte den Kopf ans Lenkrad. Verzweifelt kämpfte sie gegen aufkeimende Übelkeit an. Ihr gesamter Körper war schweißgebadet. Ein eisiger Wind, der durch das offene Tor in die Garage blies, ließ sie erschaudern.

»Wollen Sie verreisen?« Sawyer ließ den Blick über den Wagen schweifen, ehe er ihn auf Sidney Archer heftete, die sich mühevoll aufrichtete.

»Nur eine kleine Spazierfahrt«, antwortete sie mit schwacher Stimme. Sie sah ihn nicht an. Mit den Händen strich sie über das Lenkrad. Der Schweiß von ihren Handflächen glitzerte auf der weichen Oberfläche.

Sawyer schielte hinüber auf den Poststapel, der auf dem Beifahrersitz lag. »Fahren Sie immer mit der Post im Auto spazieren?«

Sidney folgte seinem Blick. »Ich habe keine Ahnung, wie sie hier rein gekommen ist. Vielleicht hat mein Vater sie dort hingelegt, bevor er nach Hause fuhr.«

»Stimmt. Gleich, nachdem Sie weg waren. Übrigens, wie hat Ihnen New Orleans gefallen? Hatten Sie eine schöne Zeit?«

Ausdruckslos starrte Sidney den FBI-Agenten an.

Entschlossen packte Sawyer sie am Ellbogen. »Ms. Archer, wir müssen uns unterhalten.«

## KAPITEL 39

Bevor Sidney aus dem Wagen stieg, sammelte sie sorgsam die Post ein und klemmte sich die Zeitung unter den Arm. Ungesehen von den Agenten, ließ sie die Diskette in der Jackentasche verschwinden.

Als sie aus dem Wagen kletterte, betrachtete sie die Pistole, die Jackson so abrupt beschlagnahmt hatte. »Ich habe einen Waffenschein dafür.« Sidney reichte ihm den Ausweis.

»Haben Sie etwas dagegen, wenn ich die Kugeln herausnehme, bevor ich sie Ihnen zurückgebe?«

»Wenn Sie sich dadurch sicherer fühlen«, erwiderte sie, drückte auf den Knopf des Garagentoröffners, warf die Tür des Ford zu und ging zur Tür zum Haus. »Vergessen Sie nur nicht, die Dinger hierzulassen.«

Verblüfft starrte Jackson ihr nach. Die beiden FBI-Agenten folgten ihr ins Haus.

»Möchten Sie Kaffee? Oder etwas zu essen? Es ist noch ziemlich früh.« Die letzten Worte klangen unverkennbar vorwurfsvoll.

»Kaffee wäre toll«, erwiderte Sawyer, der ihrem Tonfall keinerlei Beachtung schenkte. Jackson nickte zustimmend.

Während Sidney drei Tassen Kaffee einschenkte, musterte Sawyer sie eingehend. Das ungewaschene, blonde Haar hing schlaff um das ungeschminkte Gesicht, das ausgezehrter und verhärmter war als bei seinem letzten Besuch. Die Kleider wirkten zu weit für die große, schlanke Gestalt. Die grünen Augen jedoch hatten nichts von ihrer betörenden Ausstrahlung verloren.

Während sie den Kaffee eingoß, bemerkte Sawyer, daß ihre Hände leicht zitterten. Sie stand eindeutig kurz vor dem Zusammenbruch. Widerwillig mußte er bewundern, wie standhaft sie einem Alptraum trotzte, der mit jedem verstreichenden Tag schlimmer zu werden schien. Aber schließlich hatte jeder seine Grenzen. Und Sawyer erwartete, Sidney Archers Grenzen kennenzulernen, bevor all dies vorbei war.

Sidney stellte die Kaffeetassen auf ein Tablett mit Zucker und Milch. Sie griff in die Brotdose und holte eine gemischte Packung mit Doughnuts und Muffins heraus, die sie ebenfalls auf das Tablett legte, das sie auf den Küchentisch stellte. Während die Agenten sich bedienten, kramte sie ein paar Kekse hervor, an denen sie lustlos herumkaute.

»Lecker, diese Doughnuts. Danke. Übrigens, tragen Sie ständig eine Waffe bei sich?« Erwartungsvoll blickte Sawyer sie an.

»Es gab ein paar Einbrüche in der Nachbarschaft. Ich wurde von einem Fachmann im Gebrauch der Waffe unterwiesen. Außerdem sind Waffen kein Neuland für mich. Mein Vater und mein ältester Bruder, Kenny, waren bei den Marines. Beide sind begeisterte Jäger. Kenny besitzt eine umfangreiche Waffensammlung. Während ich heranwuchs, hat mein Vater mich oft zum Tontauben- und Zielschießen mitgenommen. Ich habe schon so gut wie jede Art Waffe abgefeuert und bin eine sehr gute Schützin.«

»Hinten in der Garage haben Sie wirklich einen guten Eindruck mit dem Ding gemacht«, bestätigte Ray Jackson. Er bemerkte die Kerbe im Griff. »Ich hoffe, Sie haben die Pistole nicht fallengelassen, als sie geladen war.«

»Ich bin sehr vorsichtig im Umgang mit Feuerwaffen, Agent Jackson. Trotzdem, danke für ihre Fürsorge.«

Jackson warf einen letzten Blick auf die Pistole, bevor er sie zusammen mit dem vollen Magazin zu Sidney hinüberschob. »Ein schönes Stück. Leicht und handlich. Ich verwende auch Hydra-Shok-Munition – hervorragende Feuerkraft. Eine Kugel steckt noch im Lauf«, erinnerte er sie.

»Die Waffe ist mit einer Magazinsicherung ausgestattet. Kein Magazin, kein Feuer.« Behutsam berührte Sidney die Pistole. »Trotzdem habe ich sie ungern im Haus, vor allem wegen Amy. Obwohl ich sie ungeladen in einer versperrten Schatulle aufbewahre.«

»Dann ist sie aber im Fall eines Einbruchs keine große Hilfe«, meinte Sawyer zwischen zwei Bissen und trank einen Schluck heißen Kaffee.

»Nur, wenn man sich überraschen läßt. Das versuche ich tunlichst zu vermeiden.« Nach den Ereignissen dieses Morgens mußte sie sich schwer zusammenreißen, um bei Sawyers Bemerkung nicht die Fassung zu verlieren.

Sawyer schob das Tablett mit den Backwaren beiseite und fragte: »Wären Sie so freundlich, mir zu erzählen, warum Sie den kurzen Ausflug nach New Orleans unternommen haben?«

Sidney hielt die Morgenzeitung hoch, so daß die Schlagzeile deutlich zu sehen war. »Wieso? Arbeiten Sie nebenbei als Reporter und müssen Ihren nächsten Artikel schreiben? Übrigens, danke, daß Sie mein Leben zerstört haben.« Wütend schleuderte sie die Zeitung auf den Tisch und wandte den Blick ab. Ihr linkes Auge begann zu zucken. Krampfhaft umklammerte sie den Rand des alten Kiefernholztisches, als sie spürte, daß sie zitterte.

Sawyer überflog den Bericht. »Ich sehe hier nichts, das nicht der Wahrheit entspricht. Ihr Mann *wird* verdächtigt, in den Diebstahl von Geheiminformationen seiner Firma verwickelt zu sein. Außerdem befand er sich nicht an Bord eines Flugzeugs, in dem er sich befinden sollte. Das Flugzeug endete in einem Getreidefeld, und Ihr Mann ist quicklebendig.« Als sie nicht antwortete, faßte Sawyer über den Tisch und berührte sie am Ellbogen. »Ich sagte, Ihr Mann ist am Leben, Ms. Archer. Das scheint Sie kaum zu überraschen. Wollen Sie mir jetzt etwas über New Orleans erzählen?«

Langsam wandte sie sich ihm zu, mit überraschend ruhigem Gesichtsausdruck. »Sie sagten, er sei am Leben?«

Sawyer nickte.

»Warum sagen Sie mir dann nicht, wo er steckt?«

»Dieselbe Frage wollte ich Ihnen gerade stellen.«

Sidney grub die Finger in die Hüfte. »Ich habe meinen Mann seit jenem Morgen nicht mehr gesehen.«

Sawyer rückte dichter an sie heran. »Hören Sie, Ms. Archer, warum lassen wir den Unsinn nicht einfach weg? Sie erhalten einen geheimnisvollen Anruf. Kurz darauf steigen Sie in ein Flugzeug nach New Orleans, nachdem Sie eine tolle Leichenfeier für ihren geliebten Verstorbenen veranstalten, der, wie sich herausstellt, gar nicht tot ist. Sie springen aus einem Taxi in die U-Bahn, lassen Ihr Gepäck zurück und schütteln meine Leute ab. Dann fliegen Sie in den Süden. Dort quartieren Sie sich in einem Hotel ein, wo Sie, davon bin ich überzeugt, einen Besuch Ihres Mannes erwarteten.« Sawyer mußte Sidney Archer zugute halten, daß sie nicht einmal mit der Wimper zuckte. Er fuhr fort: »Dann gehen Sie spazieren und lassen sich von einem überaus liebenswerten alten Kerl die Schuhe putzen, der meiner Erfahrung zufolge der einzige Penner ist, der ein Trinkgeld ablehnt. Sie telefonieren, und zack, schon sitzen sie in einem Flugzeug zurück nach D. C. Was haben Sie dazu zu sagen?«

Unmerklich holte Sidney Luft, dann starrte sie Sawyer unmittelbar ins Gesicht. »Sie sagten, ich hätte einen geheimnisvollen Anruf erhalten. Wer hat Ihnen das erzählt?«

Die Agenten tauschten einen Blick. »Wir haben unsere Quellen, Ms. Archer. Außerdem haben wir Ihre Anrufe überprüfen lassen«, erwiderte Sawyer.

Sidney überkreuzte die Beine und lehnte sich vor. »Sie meinen den Anruf von Henry Wharton?«

Unbewegt musterte Sawyer sie. »Wollen Sie damit sagen, Sie hätten mit Henry Wharton gesprochen?«

»Nein. Ich will damit sagen, daß jemand hier angerufen und sich als Henry Wharton ausgegeben hat.«

»Aber Sie haben mit jemandem gesprochen.«

»Nein.«

Sawyer seufzte. »Wir haben ein Protokoll des Anrufs. Die

Leitung war etwa fünf Minuten lang belegt. Haben Sie einfach dagesessen und jemandem beim Atmen zugehört?«

»Ich muß mich weder von Ihnen noch von sonst jemandem beleidigen lassen. Ist das klar?«

»Schon gut, tut mir leid. Also, wer war am Apparat?«

»Ich weiß es nicht.«

Sawyer richtete sich im Stuhl auf und ließ die riesige Faust krachend auf den Tisch niedersausen. Sidney purzelte fast aus dem Sessel. »Um Himmels willen, jetzt hören Sie aber damit auf –«

»Ich sage Ihnen doch, ich weiß es nicht«, unterbrach Sidney ihn hitzig. »Ich dachte, es wäre Henry, aber er war es nicht. Die Person sprach kein einziges Wort. Nach ein paar Sekunden habe ich den Hörer aufgelegt.« Ihr Puls beschleunigte sich, als ihr bewußt wurde, daß sie das FBI belog.

Müde blickte Sawyer sie an. »Computer lügen nicht, Ms. Archer.« Innerlich zuckte er über die eigene Bemerkung zusammen, als er an den Reinfall bei Rikers Überprüfung dachte. »Und das Protokoll sagt fünf Minuten.«

»Mein Vater hat den Anruf in der Küche entgegengenommen und den Hörer auf den Tisch gelegt, während er zum Schlafzimmer kam, um es mir zu sagen. Sie beide sind etwa zur selben Zeit aufgetaucht. Vielleicht hat er vergessen, den Hörer aufzulegen. Meinen Sie nicht, das könnte die fünf Minuten erklären? Vielleicht möchten Sie ihn anrufen und fragen. Sie können gerne das Telefon da drüben benutzen.« Sidney deutete auf die Wand neben der Tür.

Sawyer schaute zum Telefon hinüber und überlegte einen Augenblick. Mist! Er war überzeugt davon, daß die Frau log, doch was sie sagte, klang durchaus plausibel. Der FBI-Agent hatte vergessen, daß er sich mit einer Anwältin unterhielt, zudem mit einer höchst begabten.

»Möchten Sie ihn anrufen?« wiederholte Sidney. »Zufällig weiß ich, daß er zu Hause ist, weil er erst vor kurzem angerufen hat. Zuletzt brüllte er etwas von einer Klage gegen das FBI und Triton.«

»Vielleicht versuche ich es später.«

»Auch gut. Ich dachte nur, Sie möchten es gleich tun, damit Sie mir später nicht vorwerfen können, ich hätte meinen Vater angewiesen, Sie zu belügen.« Ihr Blick bohrte sich in das gequälte Gesicht des Agenten. »Und wenn wir schon dabei sind, können wir uns auch gleich Ihren anderen Anschuldigungen zuwenden. Sie sagten, ich hätte Ihre Leute irgendwie abgeschüttelt. Da ich nicht wußte, daß ich verfolgt wurde, scheint es mir unmöglich, daß ich jemanden ›abgeschüttelt‹ habe. Mein Taxi steckte im Stau fest. Ich fürchtete, ich könnte meinen Flug verpassen, deshalb stieg ich in die U-Bahn. Dummerweise bin ich seit Jahren nicht mehr U-Bahn gefahren, weshalb ich an der Station Pentagon ausstieg. Ich dachte, ich müßte dort umsteigen, um zum Flughafen zu gelangen. Als ich meinen Fehler bemerkt habe, bin ich einfach wieder in denselben Zug eingestiegen. Den Koffer habe ich nicht mitgenommen, weil ich ihn nicht durch die U-Bahn schleppen wollte, schon gar nicht, wenn ich möglicherweise rennen mußte, um die Maschine zu erwischen. Wäre ich länger in New Orleans geblieben, hätte ich ihn mir mit einem späteren Flug nachschicken lassen. Ich war schon oft dort unten, und jedesmal hatte ich eine schöne Zeit. Es schien mir ein logischer Zufluchtsort, obwohl ich in letzter Zeit eher selten logisch denke. Dann ließ ich mir die Schuhe putzen. Ist das etwa ein Verbrechen?« Sie schaute vom einen zum anderen. »Ich hoffe für Sie beide, Sie müssen niemals ihren Ehepartner beerdigen, ohne überhaupt eine sterbliche Hülle zu besitzen.«

Zornig schleuderte sie die Zeitung zu Boden. »Der Mann in diesem Bericht ist *nicht* mein Mann. Wissen Sie, was unsere Vorstellung von einem Abenteuer war? Im Winter im Hinterhof zu grillen. Das meines Wissens rücksichtsloseste Vergehen, das Jason sich je zu Schulden kommen ließ, bestand darin, gelegentlich zu schnell und ohne Gurt zu fahren. Mit diesem Flugzeugattentat kann er unmöglich etwas zu tun haben. Ich weiß, Sie glauben mir nicht, aber im Augenblick ist mir das herzlich egal.«

Bevor sie weitersprach, stand sie auf und lehnte sich gegen den Kühlschrank. »Ich brauchte einfach eine Luftveränderung. Muß ich Ihnen wirklich erklären, warum? Muß ich das denn wirklich?« Ihre Stimme schwoll fast zu einem Kreischen an, ehe sie wieder leiser wurde, und schließlich verstummte.

Sawyer wollte etwas erwidern, schloß jedoch abrupt wieder den Mund, als Sidney die Hand hob. »Ich war einen ganzen Tag in New Orleans. Dann kam mir plötzlich die Erkenntnis, daß ich nicht vor dem Alptraum davonlaufen darf, in den sich mein Leben verwandelt hat. Ich habe ein kleines Mädchen, das mich braucht. Und ich brauche mein Kind. Begreifen Sie das? Begreift denn einer von Ihnen überhaupt irgend etwas?« Tränen begannen zu fließen. Unablässig ballte sie die Hände zu Fäusten. Die Brust hob und senkte sich heftig. Unvermittelt setzte sie sich wieder hin.

Rastlos spielte Ray Jackson mit der Kaffeetasse herum, während er zu seinem Partner schaute. »Ms. Archer, sowohl Lee als auch ich haben Familie. Ich kann mir kaum vorstellen, was Sie gerade durchmachen. Aber Sie müssen einsehen, daß wir nur versuchen, unsere Arbeit zu tun. Im Augenblick ergeben so viele Dinge noch keinen Sinn. Aber eines steht fest: Eine ganze Flugzeugladung Menschen ist tot, und wer immer dafür verantwortlich ist, muß dafür büßen.«

Abermals mühte Sidney sich auf die wackeligen Beine. Mittlerweile quollen die Tränen nur so aus den funkelnden Augen. Ihre Stimme klang schrill, nahezu hysterisch. »Ja glauben Sie denn, ich wüßte das nicht? Ich war ... dort. In dieser ... dieser Hölle!« Die Stimme schwoll noch höher an, die Tränen rannen ihr über die Bluse, die Augen waren weit aufgerissen. »Ich habe es gesehen.« Mit wirrem Blick starrte sie die beiden an. »Alles. Diesen ... diesen Schuh .... einen Babyschuh.« Schluchzend sank Sidney auf den Stuhl zurück. Krämpfe schüttelten ihren Körper, und ihr Rücken bebte wie ein Vulkan, der jeden Augenblick mehr Elend ausspucken konnte, als ein menschliches Wesen zu ertragen imstande war.

Jackson stand auf, um ihr ein Handtuch zu holen.

Schwer seufzend, nahm Sawyer ihre Hand und drückte sie sanft. Der Kinderschuh. Auch er hatte ihn gehalten und Tränen bei dem Anblick vergossen. Zum erstenmal bemerkte er den Verlobungs- und den Ehering an ihren Fingern. Beide wirkten schlicht und doch wunderschön, und Sawyer war überzeugt, daß sie die Ringe all die Jahre voller Stolz getragen hatte. Gleichgültig, ob Jason Archer etwas Unrechtes getan hatte oder nicht, hier saß eine Frau, die ihn liebte, die an ihn glaubte. Unwillkürlich begann Sawyer zu hoffen, Jason Archer möge sich, allen gegenteiligen Indizien zum Trotz, als unschuldig erweisen. Er wollte nicht, daß Sidney Archer sich dem Verrat ihres Mannes stellen mußte.

Mitfühlend legte er ihr den kräftigen Arm um die Schultern. Er versuchte sie zu beruhigen, indem er ihr besänftigende Worte ins Ohr flüsterte. Einen flüchtigen Augenblick erwachte eine Erinnerung an die Zeit, als er eine andere junge Frau in ähnlicher Weise festgehalten hatte. Damals war der Anlaß eine Verabredung zum Schulball mit unglücklichem Verlauf gewesen – eine der wenigen Gelegenheiten, bei der er für eines seiner Kinder dagewesen war. Wunderbar hatte es sich angefühlt, die starken Arme um die zierliche, bebende Gestalt zu schlingen und den Schmerz, die Demütigung in sich überfließen zu lassen.

Sawyer konzentrierte sich wieder auf Sidney Archer. Er beschloß, daß sie genug gelitten hatte. Der unbändige Schmerz, der sich ihm gerade offenbarte, konnte unmöglich gespielt sein. Allem Anschein zum Trotz erzählte Sidney Archer ihnen die Wahrheit, zumindest zum überwiegenden Teil. Als hätte sie seine Gedanken gespürt, umklammerte sie seine Hand fester.

Jackson reichte Sawyer ein feuchtes Handtuch. Sawyer bemerkte nicht, daß Jackson mit sorgenvollem Blick beobachtete, wie er die Frau behandelte. Die Dinge, die er zu ihr sagte, die Art, wie er schützend den Arm um sie legte – im Augenblick war Ray Jackson alles andere als glücklich über seinen Partner.

Ein paar Minuten später saß Sidney vor einem knisternden Feuer, das Jackson im offenen Kamin im Wohnzimmer entfacht hatte. Die Wärme tat gut. Als Sawyer aus dem breiten Panoramafenster schaute, sah er, daß es wieder zu schneien begonnen hatte. Er ließ den Blick durch den Raum schweifen und verharrte am Kaminsims, wo eine Reihe gerahmter Fotos stand: Jason Archer, der nicht im entferntesten wie ein Mittäter an einem der schlimmsten je verübten Verbrechen wirkte. Amy Archer, eines der hübschesten kleinen Mädchen, die Sawyer je gesehen hatte. Sidney Archer, wunderschön und bezaubernd. Eine Bilderbuchfamilie, zumindest nach außen hin.

Agent Sawyer hatte die letzten fünfundzwanzig Jahre seines Lebens damit verbracht, Dingen auf den Grund zu gehen. Er freute sich bereits auf die Zeit, wenn all das hinter ihm liegen und es die Aufgabe eines anderen sein würde, die Motive und Umstände zu erforschen, die menschliche Wesen in Ungeheuer verwandelten. Doch hier und jetzt stellte es seine Pflicht dar.

Er wandte sich vom Foto ab und musterte die echte Sidney Archer.

»Tut mir leid. Anscheinend breche ich jedesmal zusammen, wenn Sie auftauchen«, meinte Sidney leise, mit fest geschlossenen Augen. Sie wirkte kleiner, als Sawyer sie in Erinnerung hatte, als ließen die unaufhörlichen Schicksalsschläge sie schrumpfen.

»Wo ist Ihre kleine Tochter?« erkundigte er sich.

»Bei meinen Eltern«, antwortete Sidney rasch.

Sawyer nickte verständnisvoll.

Kurz öffnete Sidney die Augen, schloß sie jedoch sogleich wieder. »Nur wenn sie schläft, fragt sie nicht nach Ihrem Vater«, fügte sie heiser hinzu.

Sawyer rieb sich die müden Augen und trat näher ans Feuer.

»Sidney?« Endlich schlug sie die Augen auf und sah ihn an. Sie zog sich die Decke, die sie aus der Polstertruhe genommen hatte, enger um die Schultern, hob die Knie an die Brust und lehnte sich zurück. »Sidney, Sie haben gesagt, Sie sind zur Absturzstelle gefahren. Zufällig weiß ich, daß das stimmt. Erinnern Sie sich, daß Sie da draußen jemanden über den Haufen gerannt haben? Mein Knie tut mir noch immer weh.«

Ein Ruck durchlief Sidney. Ihre Pupillen weiteten sich zu voller Größe, ehe sie langsam wieder in den Normalzustand zurückkehrten.

Sawyer musterte sie unbeirrt. »Außerdem liegt uns ein Bericht des Polizisten vor, der in jener Nacht Dienst hatte. Deputy McKenna?«

»Ja, er war sehr nett zu mir.«

»Warum sind Sie dorthin gefahren, Sidney?«

Sie antwortete nicht. Fest schlang sie die Arme um die Beine. Endlich blickte sie auf, doch die Augen waren auf die gegenüberliegende Wand statt auf die beiden Agenten gerichtet. Sie schien in weite Ferne zu starren, als erinnerte sie sich zurück an den schaurigen Anblick eines tiefen Erdlochs – eine bösartige Höhle, die, wie sie damals noch glaubte, ihren Mann verschlungen hatte.

»Ich mußte einfach.« Jählings schloß sie den Mund.

Jackson wollte etwas entgegnen, doch Sawyer hielt ihn zurück.

»Ich mußte einfach«, wiederholte Sidney. Abermals begannen die Tränen hervorzuquellen, die Stimme aber blieb gefaßt. »Ich habe es im Fernsehen gesehen.«

»Was?« Angespannt beugte Sawyer sich vor. »Was haben Sie gesehen?«

»Seine Tasche. Jasons Tasche.« Als sie den Namen aussprach, bebten die Lippen. Mit zitternder Hand fuhr sie sich an den Mund, als wollte sie dem entsetzlichen Kummer Einhalt gebieten, der daran zu zerren schien. Sie ließ die Hand herabsinken. »Ich konnte seine Initialen auf der Seite erkennen.« Wiederum hielt sie inne und wischte mit dem Handrücken eine herabtropfende Träne weg. »Plötzlich kam mir der Gedanke, daß die Tasche möglicherweise das einzige … das einzige sein könnte, was von ihm übrig war. Also bin ich hingefahren, um sie zu holen. Officer McKenna hat mir erklärt, daß ich sie erst nach Abschluß der Ermittlungen bekommen könnte. Also zog ich mit leeren Händen ab. Mit völlig leeren Händen.« Die Worte drangen langsam über die Lippen, als wären sie eine Beschreibung des ihr verbleibenden Daseins.

Sawyer lehnte sich zurück und schaute zu seinem Partner. Die Tasche war eine Sackgasse. Etwa eine Minute lang herrschte Stille, ehe Sawyer neuerlich das Wort ergriff. »Als ich erwähnte, daß Ihr Mann am Leben sei, wirkten Sie nicht überrascht.« Sawyer sprach leise und sanft, konnte aber eine gewisse Anspannung nicht verbergen.

Sidney antwortete zynisch, doch mit müder Stimme. Offensichtlich ging ihr die Kraft aus. »Ich hatte soeben den Bericht in der Zeitung gelesen. Wenn Sie Überraschung sehen wollten, hätten Sie vor dem Zeitungsjungen auftauchen müssen.« Die erniedrigende Erfahrung in Gambles Büro verschwieg sie wohlweislich.

Sawyer lehnte sich zurück. Wohl hatte er diese durchaus logische Antwort erwartet, fühlte sich aber dennoch erleichtert, sie aus ihrem Mund vernommen zu haben. Oft neigten Lügner in ihrem Bestreben, nicht ertappt zu werden, zu umständlichen Erklärungen. »Na gut, klingt einleuchtend. Ich will die Unterhaltung nicht unnötig ausdehnen, also werde ich Ihnen noch ein paar Fragen stellen, auf die ich ehrliche Antworten erwarte. Das ist alles. Wenn Sie die Antworten nicht kennen, auch gut. Das sind die Grundregeln. Sind Sie damit einverstanden?«

Sidney schwieg. Ihr erschöpfter Blick wanderte zwischen den beiden FBI-Leuten hin und her. Sawyer beugte sich vor. »Ich habe mir diese Anschuldigungen gegen Ihren Mann nicht ausgedacht. Aber, ehrlich gesagt, die bisher vorliegenden Beweise zeichnen kein ausgesprochen gutes Bild von ihm.«

»Welche Beweise?« erkundigte Sidney sich scharf.

Sawyer schüttelte den Kopf. »Tut mir leid, das darf ich nicht sagen. Nur soviel: Die Beweislast hat für einen Haftbefehl gegen Ihren Mann ausgereicht. Falls sie es noch nicht wissen: Im Augenblick fahndet die Polizei weltweit nach ihm.«

Sidneys Augen glitzerten, als ihr die Bedeutung der schier unfaßbaren Worte bewußt wurde: ihr Mann ein weltweit gesuchter Verbrecher auf der Flucht. Sie schaute zu Sawyer. »Haben Sie all das schon gewußt, als Sie das erste Mal hier waren?«

Leicht beschämt, erwiderte Sawyer: »Einiges davon.« Unbehaglich rutschte er auf dem Stuhl hin und her. Sein Partner sprang für ihn ein.

»Wenn Ihr Mann die Taten nicht begangen hat, die man ihm zur Last legt, hat er von unserer Seite aus nichts zu befürchten. Für andere können wir in dieser Hinsicht jedoch nicht sprechen.«

Sidney heftete den Blick auf ihn. »Was soll das heißen?«

Jackson zuckte mit den breiten Schultern. »Nehmen wir mal an, er hat nichts Unrechtes getan. Wir wissen ohne jeden Zweifel, daß er nicht an Bord der Maschine war. Wo also steckt er jetzt? Hätte er das Flugzeug nur zufällig verpaßt, er hätte sich sofort bei ihnen gemeldet, um Ihnen zu sagen, daß es ihm gutgeht. Das war aber nicht der Fall. Warum nicht? Teilweise läßt sich die Frage dadurch beantworten, daß er in etwas Ungesetzliches verstrickt ist. Darüber hinaus müssen wir aufgrund der Art und Weise der Planung und Durchführung dieses Verbrechens davon ausgehen, daß es sich um keinen Einzeltäter handelt.« Jackson setzte ab und blickte zu Sawyer, der flüchtig nickte. Jackson fuhr fort. »Ms. Archer, der Mann, der unserer Meinung nach das Flugzeug sabotiert hat, wurde ermordet in seiner Wohnung aufgefunden. Alles deutet darauf hin, daß er drauf und dran war, das Land zu verlassen, als plötzlich jemand andere Pläne mit ihm hatte.«

Bedächtig sprach Sidney das Wort aus. »Ermordet.« Das Bild von Edward Page in einer riesigen Lache seines eigenen Blutes drängte in ihr Bewußtsein. Edward Page, der gestorben war, unmittelbar, nachdem er mit ihr gesprochen hatte. Sie zog die Decke enger um sich. Hin und her gerissen überlegte sie, ob sie den beiden Agenten von der Unterhaltung mit Page erzählten sollte. Dann, aus unerfindlichem Grund, beschloß sie, es nicht zu tun. Sie holte tief Luft. »Wie lauten die Fragen?«

»Zuerst möchte ich Sie in eine Theorie von mir einweihen.« Kurz setzte Sawyer ab, um die Gedanken zu ordnen. »Fürs erste sind wir bereit zu glauben, daß Sie einfach aus einem Impuls heraus nach New Orleans geflogen sind. Wir haben Sie dorthin verfolgt. Zudem wissen wir, daß Ihre Eltern mit Ihrer Tochter das Haus kurz nach Ihnen verlassen haben.«

»Na und? Weshalb hätten sie hierbleiben sollen?« Sidney betrachtete die einst so geliebten Räumlichkeiten. *Was gab es hier noch außer Elend und Kummer?*

»Ja, schon. Aber sehen Sie, Sie haben das Haus verlassen, Ihre Eltern haben das Haus verlassen, und wir sind ebenfalls abgerückt.« Er setzte ab.

»Ich fürchte, wenn darin eine Pointe versteckt ist, entgeht sie mir.«

Unvermittelt stand Sawyer auf, stellte sich mit dem Rücken zum Feuer und blickte auf Sidney hinab. Mit weit ausholender Geste meinte er: »Niemand war hier, Sidney. Das Haus war völlig unbewacht. Egal, weshalb Sie nach New Orleans gereist sind, es hatte zur Folge, daß wir unsere Leute hier abzogen. Und so war niemand mehr da, der auf Ihr Haus aufgepaßt hätte. Verstehen Sie jetzt?«

Trotz der Wärme des Feuers schoß plötzlich Grabeskälte durch Sidneys Adern. Sie hatte als Ablenkungsmanöver gedient. Jason wußte, daß sie von den Behörden beobachtet wurde. Er hatte sie benutzt. Er hatte sie benutzt, um an etwas heranzukommen, das sich hier im Haus befunden hatte.

Sawyer und Jackson musterten Sidney eingehend. Beinahe konnten sie die verschlungenen Gedankengänge sehen, die sich hinter ihrer Stirn vollzogen.

Sidney schaute aus dem Fenster. Dabei streifte ihr Blick über den grauen Blazer, der über dem Schaukelstuhl hing.

Der Blazer, in dessen Tasche sich die Diskette befand. Mit einem Mal wollte sie die Unterhaltung so schnell wie möglich zu Ende bringen.

»Hier gibt es aber nichts, das für irgend jemand von Interesse sein könnte.«

»Nichts?« Jackson wirkte und klang skeptisch. »Hat Ihr Mann denn keine Dateien oder Aufzeichnungen zu Hause aufbewahrt? Nichts dergleichen?«

»Nichts, das mit seiner Arbeit zu tun hatte. In dieser Hinsicht ist Triton geradezu paranoid.«

Bedächtig nickte Sawyer. Aufgrund der eigenen Erfahrungen, die er mit Triton gesammelt hatte, schenkte er dieser Aussage gerne Glauben. »Nichtsdestotrotz sollten Sie noch einmal darüber nachdenken, Sidney. Ist Ihnen vielleicht aufgefallen, daß irgend etwas fehlt oder in Unordnung ist?«

Langsam schüttelte Sidney den Kopf. »Allerdings habe ich auch nicht genau nachgesehen.«

Jackson meldete sich zu Wort. »Nun, wenn Sie nichts dagegen haben, könnten wir das Haus jetzt gleich unter die Lupe nehmen.« Er schaute zu seinem Partner hinüber, der bei Jacksons Vorschlag die Augenbrauen hochzog. Jackson blickte zurück zu Sidney und wartete auf eine Antwort.

Als keine kam, trat er einen Schritt vor. »Wir können uns auch problemlos einen Durchsuchungsbefehl verschaffen. Begründungen haben wir zuhauf. Aber Sie könnten uns eine Menge Zeit und Ärger ersparen. Und wenn es so ist, wie Sie sagen, und es hier wirklich nichts gibt, dann sollten Sie eigentlich auch kein Problem damit haben, oder?«

»Ich bin Anwältin, Mr. Jackson«, erwiderte Sidney kalt. »Ich kenne das Verfahren. Aber nur zu, tun Sie, was Sie nicht lassen können. Bitte entschuldigen Sie den Dreck, aber ich habe die Hausarbeit in letzter Zeit ein wenig vernachlässigt.« Sie erhob sich, schüttelte die Decke ab und griff nach dem Blazer, den sie überstreifte. »Während Sie das Haus auf den Kopf stellen, werde ich ein wenig frische Luft schnappen. Wie lange werden Sie brauchen?«

Die Agenten sahen einander an. »Ein paar Stunden.«

»Gut. Bedienen Sie sich aus dem Kühlschrank. Suchen kann äußerst hungrig machen.«

Nachdem sie hinausgegangen war, wandte sich Jackson an seinen Partner. »Verflucht, ein ganz schön harter Brocken, was?«

Sawyer starrte der schlanken Gestalt hinterher, die in Richtung Garage verschwand. »Das kannst du laut sagen.«

Drei Stunden später kehrte Sidney Archer zurück.

»Nichts?« Sie betrachtete die beiden zerzausten Männer.

»Zumindest nichts, das wir finden konnten«, entgegnete Jackson mit unverkennbar vorwurfsvollem Unterton.

Unbeirrt hielt sie seinem Blick stand. »Das ist wohl kaum mein Problem, oder?«

Eine Weile musterten die beiden einander. »Hatten Sie noch weitere Fragen?« erkundigte Sidney sich schließlich.

Als die beiden FBI-Agenten etwa eine Stunde später gingen, hielt Sidney Sawyer am Ärmel zurück. »Offensichtlich kennen Sie meinen Mann nicht. Würden Sie ihn kennen, dann wüßten Sie zweifelsfrei, daß er unmöglich ...« Ihre Lippen bewegten sich, doch zunächst drangen keine Worte darüber. »Daß er unmöglich etwas mit diesem Flugzeugabsturz zu tun haben kann. All diese Menschen ...« Sie schloß die Augen und hielt sich am Türrahmen fest.

Sawyers Züge verrieten Besorgnis. Wie sollte man annehmen, daß jemand, den man liebte, mit dem man ein Kind hatte, zu etwas Derartigem fähig war? Doch Menschen begingen jeden Tag, ja, jede Minute unvorstellbare Grausamkeiten – die einzige Lebensform, die aus reiner Bösartigkeit tötet.

»Ich weiß, wie Ihnen zumute ist, Sidney«, sagte er leise.

Als die beiden Agenten zurück zum Wagen gingen, kickte Jackson ein Schotterkorn vor sich her und wandte sich an seinen Partner. »Ich weiß nicht, Lee, irgend etwas stimmt mit dieser Frau nicht. Sie verschweigt uns eindeutig was.«

Sawyer zuckte die Schultern. »Zum Teufel, an ihrer Stelle würde ich dasselbe tun.«

Jackson zeigte sich überrascht. »Was? Das FBI anlügen?«

»Sie hängt mittendrin und weiß nicht recht, wohin sie sich wenden soll. Unter diesen Umständen würde ich mir wohl auch ein As im Ärmel behalten.«

»Ich schätze, so betrachtet, muß ich mich deinem Urteil anschließen«, meinte Jackson, als er in den Wagen stieg. Allzu überzeugt klangen seine Worte jedoch nicht.

## KAPITEL 40

Sidney stürmte zum Telefon, doch dann hielt sie abrupt inne. Sie betrachtete den Hörer, als handelte es sich um eine Kobra, die ihr Gift in die Venen spritzen wollte. Wenn der verstorbene Edward Page ihr Telefon angezapft hatte, wie groß war dann die Wahrscheinlichkeit, daß nicht auch andere mithörten?

Sidney legte den Hörer zurück und schielte zum Mobiltelefon, das auf dem Küchentisch im Ladegerät lag. Wie sicher mochte diese Form der Kommunikation sein? Verzweifelt hämmerte sie mit der Faust gegen die Wand, als sie sich vorstellte, wie Hunderte Paare elektronischer Augen jede ihrer Bewegungen beobachteten und aufzeichneten. Letztlich steckte sie den alphanumerischen Pager in die Tasche. Dieses Kommunikationsmedium erschien ihr einigermaßen sicher. Auf jeden Fall würde es reichen müssen.

Sie verstaute die geladene Pistole in der Handtasche und rannte zum Explorer. Die Diskette lag tief verborgen in der Jackentasche; vorerst mußte sie warten, denn Sidney hatte etwas noch Wichtigeres zu erledigen.

Der Ford rollte auf den Parkplatz des McDonald's. Sidney ging hinein, bestellte sich ein Frühstück zum Mitnehmen und lief den Gang zu den Toiletten hinunter. Unterwegs blieb sie an der Telefonkabine stehen. Nachdem sie gewählt hatte, ließ sie den Blick über den Parkplatz streifen, auf der Suche nach Anzeichen des FBI. Sie konnte nichts Ungewöhnliches entdecken, was gut war – schließlich sollten ihre Beschatter auch unsichtbar wirken. Aber bei dem Gedanken, wer sonst noch da draußen sein mochte, lief ihr ein kalter Schauder über den Rücken.

Am anderen Ende der Leitung meldete sich eine Stimme. Einige Minuten brauchte sie, um ihren Vater zu beruhigen. Als sie endlich ihre Bitte vorbringen konnte, fuhr er neuerlich aus der Haut.

»Warum, um alles in der Welt, soll ich das tun?«

»Bitte, Paps. Ich möchte, daß Du mit Mam wegfährst. Und daß ihr Amy mitnehmt.«

»Du weißt, daß wir nie im Winter nach Maine fahren.«

Sidney hielt den Hörer vom Gesicht weg und atmete tief durch. »Sieh mal, Paps, du hast doch die Zeitung gelesen.«

»So einen Riesenhaufen Scheiße habe ich noch nie gehört. Sid –« setzte er abermals an.

»Paps, bitte hör mir einfach zu. Ich habe keine Zeit zum Streiten.« Nie zuvor hatte sie in dieser Weise die Stimme gegen ihren Vater erhoben.

Einen Augenblick schwiegen beide.

Als sie die Stille durchbrach, klang ihre Stimme fest. »Das FBI hat gerade mein Haus verlassen. Jason war in irgend etwas verwickelt. Ich weiß noch nicht genau, worin. Aber selbst, wenn nur die Hälfte von dem stimmt, was die Zeitung berichtet …« Sie schauderte. »Auf dem Rückflug aus New Orleans hat ein Mann mit mir gesprochen, ein gewisser Edward Page. Er war Privatdetektiv und ermittelte in einer Sache, die etwas mit Jason zu tun hatte.«

Bill Pattersons Stimme verriet Ungläubigkeit. »Was genau hat er bezüglich Jason ermittelt?«

»Keine Ahnung. Das wollte er mir nicht erzählen.«

»Nun, dann schlage ich vor, wir fragen ihn und akzeptieren kein ›Nein‹ als Antwort.«

»Wir können ihn nicht fragen, weil er etwa fünf Minuten, nachdem er mich verließ, ermordet wurde, Paps.«

Bill Patterson war so verblüfft, daß es ihm die Sprache verschlug.

»Fährst du bitte zum Haus in Maine, Paps? Bitte. So bald wie möglich.«

Einige Sekunden lang schwieg Patterson. Dann erwiderte er mit schwacher Stimme: »Wir reisen morgen früh ab. Für alle Fälle packe ich die Schrotflinte ein.«

Erleichtert ließ Sidney die angespannten Schultern herabsinken.

»Sidney?«

»Ja, Paps?«

»Ich möchte, daß du mit uns kommst.«

Sidney schüttelte den Kopf. »Das kann ich nicht, Paps.«

Ihr Vater explodierte förmlich. »Warum nicht? Du bist da oben ganz allein, und du bist Jasons Frau. Du könntest bei all dem ebenso zur Zielscheibe werden.«

»Das FBI beschattet mich doch.«

»Glaubst du, die sind gegen alles gefeit? Glaubst du wirklich, die machen niemals Fehler? Sei doch nicht verrückt, Liebling.«

»Ich kann nicht, Paps. Wahrscheinlich sind die Leute vom FBI nicht die einzigen, die mich beobachten. Wenn ich mit euch komme, haben wir alle am Hals.« Sidneys gesamter Körper bebte, als sie die Worte hervorpreßte.

»Um Himmels willen, Liebling.« Deutlich hörte Sidney, wie ihr Vater am anderen Ende der Leitung schluckte. »Hör zu, ich kann doch deine Mutter und Amy da rauf schicken und bei dir bleiben.«

»Ich will aber keinen von euch mit hineinziehen. Es reicht, daß ich bis über beide Ohren drin stecke. Und ich will, daß du bei Amy und Mam bleibst. Ich will, daß du *die beiden* beschützt. Ich kann schon auf mich aufpassen.«

»Mir hat es nie an Vertrauen in deine Fähigkeiten gefehlt, Kind, aber ... aber das hier ist ein wenig anders. Wenn bereits Menschen getötet wurden ...« Bill Patterson konnte den Satz nicht beenden. Die Vorstellung, sein jüngstes Kind durch einen gewaltsamen Tod zu verlieren, wirkte betäubend.

»Paps, mir passiert schon nichts. Außerdem habe ich meine Pistole. Und das FBI lungert rund um die Uhr vor der Tür. Ich melde mich jeden Tag bei dir.«

»Sid –«

»Paps, *mir passiert nichts*.«

Patterson zögerte mit einer Antwort. Schließlich meinte er resignierend: »Na gut, aber du rufst zweimal täglich an.«

»In Ordnung, zweimal täglich. Sag Mam, daß ich sie liebe. Sie hat sich wegen der Zeitung bestimmt aufgeregt. Aber erzähl ihr nichts von unserem Gespräch.«

»Sid, deine Mutter ist nicht dumm. Sie wird wissen wollen, weshalb wir plötzlich um diese Jahreszeit nach Maine fahren.«

»Bitte, Paps. Laß dir was einfallen.«

Bill Patterson seufzte. »Sonst noch etwas?«

»Sag Amy, daß ich sie liebe. Sag ihr, daß ich und ihr Vater sie mehr als alles andere lieben.« Nun, da das einzige, wonach sie sich sehnte, nämlich bei ihrer Tochter zu sein, endgültig hinter ihr lag, bildeten sich neue Tränen in Sidneys Augen. Um Amy nicht in Gefahr zu bringen, mußte Sidney sich weit, weit entfernt von ihr halten.

»Ich richte es ihr aus, mein Schatz«, versprach Bill Patterson leise.

Sidney verschlang das Frühstück auf der Fahrt nach Hause. Dort angekommen, stürmte sie durch das Haus und saß weniger als eine Minute später vor dem Computer ihres Mannes. Zur Vorsicht hatte sie die Zimmertür abgesperrt und das Mobiltelefon mitgenommen, falls ein Notruf erforderlich werden sollte. Behutsam zog sie die Diskette aus der Jackentasche, holte die Pistole hervor und legte beides neben sich auf den Tisch.

Dann schaltete sie den Computer ein und beobachtete den Bildschirm, während die Maschine zum Leben erwachte. Gerade wollte sie die Diskette in das Laufwerk schieben, da durchzuckte sie ein Ruck; wie gebannt starrte sie auf den Monitor. Soeben war die Menge des verfügbaren Speichers erschienen. Irgend etwas stimmte nicht damit.

Sie betätigte ein paar Tasten. Der verfügbare Festplattenspeicher zeigte sich erneut auf dem Bildschirm und verharrte. Aufmerksam las Sidney die Zahl: 1.356.600 Kilobytes, oder 1,3 Gigabyte Festplattenspeicher waren verfügbar. Sie starrte auf die letzten drei Stellen und dachte zurück an das letzte Mal, als sie vor dem Computer gesessen hatte. Damals hatten die letzten drei Ziffern des verfügbaren Speichers Jasons Geburtstag dargestellt – sieben, null, sechs – ein Umstand, der sie zum Weinen gebracht und einen neuerlichen Zusammenbruch ausgelöst hatte. Auch jetzt hatte sie sich darauf vorbereitet, aber der verfügbare Speicher war geringer geworden.

Doch wie war das möglich? Sie hatte den Computer nicht angerührt, seit –

*O Himmel!*

Ihr Magen krampfte sich zusammen; sie sprang vom Stuhl auf, packte die Pistole und steckte die Diskette zurück in die Jackentasche. Am liebsten hätte sie eine Kugel in den verfluchten Bildschirm gejagt. Sawyer hatte gleichermaßen recht und unrecht gehabt. Recht in der Hinsicht, daß jemand im Haus gewesen war, während sie sich in New Orleans aufhielt. Unrecht in der Hinsicht, daß der ungebetene Gast etwas mitgenommen hatte. Statt dessen hatte er etwas hiergelassen. Etwas, das sich nun im Computer ihres Mannes befand. Etwas, vor dem sie gerade davonlief, so schnell sie nur konnte.

Sie brauchte zehn Minuten zurück zum McDonald's und zur Telefonkabine. Die Stimme ihrer Sekretärin klang angespannt. »Hallo, Ms. Archer.«

*Ms. Archer?* Seit fast sechs Jahren arbeitete ihre Sekretärin für sie, und seit dem zweiten Tag hatte sie Sidney nicht mehr Ms. Archer genannt. Vorerst überging Sidney die merkwürdige Betitelung.

»Sarah, ist Jeff heute da?« Jeff Fisher war Tyler, Stones hauseigener Computer-Guru.

»Ich bin nicht sicher. Soll ich Sie mit seinem Assistenten verbinden, Ms. Archer?«

Plötzlich platzte Sidney der Kragen. »Sarah, was soll dieses bescheuerte ›Ms. Archer‹?«

Sarah zögerte eine Weile, dann jedoch flüsterte sie aufgeregt in den Hörer. »Sid, der Zeitungsbericht hat sich in der ganzen Firma herumgesprochen. Er wurde in jede Niederlassung gefaxt. Die Leute von Triton drohen, das gesamte Budget aus der Kanzlei abzuziehen. Mr. Wharton ist außer sich vor Zorn. Und es ist kein Geheimnis, daß unsere Gottobersten dir dafür die Schuld geben.«

»Ich tappe ebenso im Dunkeln wie jeder andere.«

»Nun, dieser Bericht vermittelte den Anschein, daß ... du weißt schon.«

Sidney seufzte schwer. »Kannst du mich zu Henry durchstellen? Ich will versuchen, alles wieder geradezubiegen.«

Sarahs Antwort erschütterte ihre Chefin. »Die Geschäftsführung hat heute morgen eine Sitzung abgehalten. Die Partner der anderen Niederlassungen wurden per Telekonferenz hinzugezogen. Nach allem, was man so hört, wird gerade ein Brief an dich verfaßt.«

»Ein Brief? Was für ein Brief?« Das Erstaunen in Sidneys Gesicht wuchs von Sekunde zu Sekunde.

Im Hintergrund hörte Sidney, wie Leute an Sarahs Büro vorbeimarschierten. Nachdem der Lärm vorübergezogen war, sprach Sarah noch leiser weiter. »Ich ... ich weiß nicht recht, wie ich dir das sagen soll, aber ich habe gehört, es handelt sich um ein Entlassungsschreiben.«

»Entlassung?« Sidney legte die Hand an die Wand, um sich abzustützen. »Ich wurde noch nicht einmal angeklagt, und die haben schon über mich verhandelt, geurteilt, und jetzt bestrafen sie mich? Alles wegen dieses einen Berichts?«

»Ich glaube, hier macht sich jeder Sorgen um das Überleben der Kanzlei. Und die meisten zeigen mit dem Finger auf dich.« Rasch fügte Sarah hinzu: »Und auf deinen Mann. Die Leute fühlten sich verraten, als sie herausfanden, daß Jason noch am Leben ist, das kannst du mir glauben.«

Sidney holte tief Luft; ihre Schultern sackten herab. Eine fast übermächtige Erschöpfung zehrte an ihr.

»Mein Gott, Sarah, was glaubst du, wie *ich* mich fühle?«

Sarah erwiderte nichts. Sidney betastete die Diskette in der Jackentasche. Die Pistole bildete einen unangenehmen

Klumpen unter dem Blazer. Daran würde sie sich wohl oder übel gewöhnen müssen.

»Sarah, ich wünschte, ich könnte es dir erklären, aber das kann ich nicht. Ich kann dir nur soviel sagen: Ich habe nichts Unrechtes getan, und ich habe keinen Schimmer, was mit meinem Leben geschehen ist. Aber ich hab's eilig. Könntest du dich wohl unauffällig erkundigen, ob Jeff da ist? Bitte, Sarah.«

Sarah zögerte, dann meinte sie: »Bleib dran, Sid.«

Wie sich herausstellte, hatte Jeff sich ein paar Tage freigenommen. Sarah gab Sidney seine Privatnummer. Sie betete, er möge in der Stadt geblieben sein. Gegen drei Uhr erreichte sie ihn endlich. Ursprünglich hatte sie ihn in der Kanzlei treffen wollen, was nun selbstverständlich nicht mehr in Frage kam. Also vereinbarte sie ein Treffen bei ihm zu Hause, in Alexandria. Es war ihr nicht unangenehm, daß er die letzten paar Tage nicht im Büro gewesen war und somit die Gerüchte nicht kannte, die sich um Sidney rankten. Als sie ihm erklärte, sie hätte ein Computerproblem, war er Feuer und Flamme. Zwar hatte er noch etwas zu erledigen, aber gegen acht würde er zu Hause sein. Bis dahin konnte sie nur abwarten.

Zwei Stunden später, als sie gerade rastlos im Wohnzimmer auf und ab lief, ließ ein Klopfen an der Tür sie zusammenzucken. Sidney schaute durch das Guckloch und öffnete leicht überrascht die Tür. Lee Sawyer wartete nicht, bis er hineingebeten wurde. Er marschierte durch die Diele und nahm auf einem der Stühle neben dem Kamin Platz, in dem das Feuer längst ausgegangen war.

»Wo ist Ihr Partner?«

Sawyer ignorierte die Frage. »Ich war bei Triton«, meinte er statt dessen. »Sie haben mir gar nicht erzählt, daß Sie denen heute morgen einen Besuch abgestattet haben.«

Mit vor der Brust verschränkten Armen stand sie vor ihm. Sie hatte geduscht und einen schwarzen Faltenrock und einen Pullover mit V-Ausschnitt angezogen. Das streng zurückgekämmte Haar war noch feucht. Die Füße steckten in Strümpfen, die Schuhe lagen neben der Couch. »Sie haben nicht danach gefragt.«

Sawyer grunzte. »Und was halten Sie von diesem kleinen Video über ihren Mann?«

»Eigentlich habe ich mir darüber noch keine besonderen Gedanken gemacht.«

»Sicher haben Sie das.«

Sie setzte sich auf die Couch und zog die Beine unter sich, bevor sie antwortete. »Was genau wollen Sie von mir?«

»Zu Anfang mal die Wahrheit. Danach kommen wir vielleicht auf ein paar Lösungen.«

»Wie zum Beispiel, meinen Mann für den Rest seines Lebens hinter Gitter zu bringen? Das ist doch die Lösung, die Ihnen vorschwebt, nicht wahr?« schleuderte ihm Sidney ins Gesicht.

Abwesend spielte Sawyer mit dem Abzeichen am Gürtel. Der harte Gesichtsausdruck löste sich auf. Als er zu ihr aufblickte, sprach Erschöpfung aus seinen Augen. »Hören Sie, Sidney, wie ich schon sagte, ich war in jener Nacht ebenfalls an der Absturzstelle. Ich ... ich habe diesen kleinen Schuh auch in der Hand gehalten.« Seine Stimme kippte. Tränen traten Sidney in die Augen, dennoch musterte sie ihn unbeirrt, selbst als ein Zittern von ihrem Körper Besitz ergriff.

Mit leiser, aber deutlicher Stimme fuhr Sawyer fort. »Überall in Ihrem Haus sieht man Fotos einer überaus glücklichen Familie. Ein gutaussehender Mann, eines der hübschesten kleinen Mädchen, die ich je gesehen habe, und ...«, kurz setzte er ab, »... und eine wunderschöne Frau und Mutter.« Sidney errötete bei den Worten.

Sichtlich verlegen, sprach Sawyer hastig weiter. »Meiner Meinung nach ergibt es keinen Sinn, daß ihr Mann – selbst wenn er seinen Arbeitgeber bestohlen hat – in den Flugzeugabsturz verwickelt sein soll.« Eine Träne löste sich von Sidneys Wange und tropfte auf die Couch. »Ich will Ihnen nichts vormachen, indem ich Ihnen sage, daß ich Ihren Mann für vollkommen unschuldig halte. Ihretwillen wünsche ich mir inbrünstig, daß es so ist und dieser ganze Mist irgendwie zu erklären ist. Aber es ist meine Aufgabe herauszufinden, wer dieses Flugzeug sabotieren ließ und all diese Menschen getötet hat.« Tief atmete er durch. »Einschließlich des Besitzers dieses kleinen Schuhs.« Abermals setzte er ab. »Und ich *werde* es herausfinden.«

»Fahren Sie fort«, ermutigte Sidney ihn, während sie krampfhaft den Rocksaum umklammerte.

»Im Augenblick stellt Ihr Mann meine aussichtsreichste Spur dar. Und vorerst sind Sie für mich die einzige Möglichkeit, diese Spur zu verfolgen.«

»Also wollen Sie, daß ich Ihnen dabei helfe, meinen Mann dingfest zu machen?«

»Ich will, daß Sie mir alles erzählen, was mir helfen könnte, dieser Sache auf den Grund zu gehen. Wollen Sie das denn nicht auch?«

Sidney brauchte eine ganze Minute, bis sie eine Antwort hervorbrachte. Schluchzend stieß sie das Wort hervor: »Ja.« Eine Weile schwieg sie. Schließlich blickte sie ihn an. »Aber mein kleines Mädchen braucht mich. Ich weiß nicht, wo Jason steckt, und sollte ich auch nicht mehr da sein ...« Die Stimme versagte ihr den Dienst.

Zunächst wirkte Sawyer verwirrt, dann jedoch wurde ihm klar, was sie meinte. Er faßte hinüber und ergriff sanft ihre Hand. »Sidney, ich glaube nicht, daß Sie mit all dem etwas zu tun hatten. Und ganz bestimmt werde ich Sie nicht verhaften und Ihrer Tochter entreißen. Vielleicht haben Sie mir früher nicht die ganze Wahrheit erzählt, aber zum Teufel, Sie sind auch nur ein Mensch. Nicht einmal ansatzweise kann ich mir den Druck vorstellen, unter dem Sie stehen. Bitte, glauben Sie mir. Und vertrauen Sie mir.« Er ließ ihre Hand los und lehnte sich zurück.

Sie wischte sich über die Augen, brachte ein vages Lächeln zustande und zwang sich zur Ruhe. Noch einmal holte sie tief Luft, bevor sie den Sprung ins kalte Wasser wagte. »Es war mein Mann, mit dem ich damals telefoniert habe, als Sie kamen.«

Nachdem es heraus war, warf sie Sawyer einen ängstlichen Blick zu, als fürchtete sie nach wie vor, er könnte jeden Augenblick die Handschellen zücken. Statt dessen beugte er sich lediglich mit gerunzelter Stirn vor.

»Was hat er gesagt? Beschreiben Sie es mir so genau wie möglich.«

»Er meinte, er wüßte, daß die ganze Sache schlimm aussieht, daß er aber alles erklären würde, wenn wir uns treffen. Ich war so außer mir vor Freude, daß er noch lebte, daß ich kaum Fragen stellte. Damals, bevor er in die Maschine stieg, hat er mich auch angerufen.« Sawyer hob den Kopf. »Aber da hatte ich keine Zeit zum Reden.«

Sidney wappnete sich gegen einen weiteren Anflug von Schuldgefühlen, als die Erinnerung über sie hinwegspülte. Dann erzählte sie Sawyer von Jasons durcharbeiteten Nächten und von dem Gespräch, das sie an dem Morgen geführt hatten, bevor Jason zum Flughafen gefahren war.

»Und die Reise nach New Orleans war sein Vorschlag?« fragte Sawyer

Sie nickte. »Er sagte, wenn er sich nicht im Hotel bei mir melden würde, sollte ich zum Jackson Square gehen; dort würde er mir eine Nachricht zukommen lassen.«

»Der Schuhputzer, stimmt's?«

Wiederum nickte Sidney.

Sawyer seufzte. »Also war es Jason, den sie von der Telefonkabine aus angerufen haben.«

»Eigentlich sollte ich bei mir im Büro anrufen, aber Jason ging ran. Er meinte, ich dürfte nichts sagen, die Polizei würde mich beschatten. Er wollte, daß ich nach Hause fliege, und sagte, er würde sich melden, sobald es sicher genug wäre.«

»Aber er hat sich noch nicht gemeldet?«

Sie schüttelte den Kopf.

Sorgfältig wählte Sawyer die Worte. »Wissen Sie, Sidney, Ihre Loyalität ist wirklich bewundernswert. Sie haben Ihr Eheversprechen mehr als nur eingehalten, denn ich glaube, nicht einmal Gott hatte so ›schlechte Zeiten‹ im Sinn.«

»Aber?« Fragend blickte sie ihn an.

»Aber es gibt einen Punkt, an dem man diese Hingabe, diese Gefühle, die man für jemanden empfindet, einfach beiseite lassen und den kalten, nackten Tatsachen ins Auge sehen muß. Ich weiß, das hört sich jetzt plump an, aber wenn Ihr Mann etwas Unrechtes getan hat – was aus meiner Sicht keineswegs feststeht –, dann sollten Sie nicht mit ihm untergehen. Wie Sie richtig sagten, Sie haben ein kleines Mädchen, das Sie braucht. Auch ich habe vier Kinder. Zwar bin ich nicht gerade der beste Vater der Welt, aber ich kann mich trotzdem in Ihre Lage versetzen.«

»Was schlagen Sie also vor?« wollte sie mit gedämpfter Stimme wissen.

»Zusammenarbeit. Nicht mehr und nicht weniger. Sie geben mir Informationen, ich gebe Ihnen Informationen. Hier habe ich schon mal welche für Sie. Betrachten Sie es als Vertrauensvorschuß. Was in dem Zeitungsbericht steht, faßt im wesentlichen zusammen, was wir wissen. Sie haben das Video gesehen. Ihr Mann hat sich mit irgend jemandem getroffen. Eine Übergabe fand statt. Triton ist überzeugt, daß es sich um Informationen handelte, die Tritons Chancen für die Übernahme von CyberCom zunichte machen sollten. Außerdem besitzt Triton belastendes Beweismaterial, das Jason mit dem Bankbetrug in Verbindung bringt.«

»Ich weiß, daß die Beweislast erdrückend scheint, trotzdem glaube ich nichts von all dem. Das kann ich einfach nicht.«

»Nun, manchmal weisen die deutlichsten Zeichen in die falsche Richtung. Es ist meine Aufgabe herauszufinden, in welche Richtung sie weisen sollten. Zugegeben, ich glaube kaum, daß Ihr Gatte eine blütenweiße Weste hat, andererseits glaube ich ebenso wenig, daß er allein für alles verantwortlich ist.«

»Sie denken, er arbeitet für RTG, nicht wahr?«

»Wäre durchaus möglich«, gab Sawyer offen zu. »Diese Spur verfolgen wir ebenso wie alle anderen. Diese Möglichkeit erscheint am offensichtlichsten, aber wie gesagt, man kann nie wissen.« Er setzte ab. »Gibt es noch etwas, das Sie mir erzählen möchten?«

Sidney zögerte einen Augenblick und dachte zurück an die Unterhaltung mit Ed Page, kurz bevor er ermordet wurde. Als ihr Blick auf den Blazer fiel, der über dem Stuhl hing, zuckte sie beinahe zusammen. Urplötzlich fielen ihr die Diskette und das geplante Treffen mit Jeff Fisher wieder ein. Sie schluckte und errötete leicht. »Ich wüßte nichts. Nein.«

Eine Weile musterte Sawyer sie eingehend, dann erhob er sich schwerfällig. »Da wir gerade beim Informationsaustausch sind: Es dürfte Sie interessieren, daß Ihnen Ihr Kumpel Paul Brophy nach Louisiana gefolgt ist.«

Sidney erstarrte.

»Außerdem hat er Ihr Hotelzimmer durchsucht, während Sie zum Frühstück unterwegs waren. Verwenden Sie diese Information, wofür Sie wollen.« Er schritt auf die Tür zu, wandte sich jedoch noch einmal um. »Um Mißverständnisse zu vermeiden: Sie werden rund um die Uhr von uns beschattet.«

»Ich habe keine weiteren Reisen vor, falls es das ist, was Ihnen Sorgen bereitet.«

Seine Antwort überraschte sie. »Sperren Sie die Pistole nicht weg, Sidney. Behalten Sie das Ding in Reichweite und lassen sie es ständig geladen. Am besten ...« Sawyer knöpfte den Mantel auf, löste den Halfter vom Gürtel, entfernte seine Waffe daraus und übergab ihn Sidney. »Meiner Erfahrung nach verfehlen Pistolen in Handtaschen oft ihre Wirkung. Bitte, seien Sie vorsichtig!«

Damit ließ er Sidney an der offenen Tür zurück; ihre Gedanken kreisten um das grausame Schicksal des letzten Mannes, der ihr diesen besonderen Ratschlag erteilt hatte.

## KAPITEL 41

Lee Sawyer betrachtete die aufwendig gestalteten Wände und Böden aus weißem Marmor. Die Fliesen waren in asymmetrischen dreieckigen Formen geschnitten und sollten wohl einen höchst künstlerischen Anschein erwecken. Lee Sawyer jedoch verursachten sie lediglich Kopfschmerzen. Durch eine Doppeltür mit eleganten Birkenholzrahmen und fein verzierten Glasscheiben, beiderseits begrenzt von imitierten korinthischen Säulen, drang das Klirren von Geschirr und Besteck aus dem Speisesaal zu ihm heraus.

Er zog den Mantel aus, nahm den Hut ab und überreichte beides einer hübschen jungen Frau in kurzem schwarzem Rock und enger Bluse. Die Bluse unterstrich eine Oberweite, die eigentlich keiner Hervorhebung bedurfte. Für Mantel und Hut erhielt er einen Auslöseschein, begleitet von einem überaus charmanten Lächeln. Einer der Fingernägel der jungen Frau streifte sanft über Sawyers Handfläche, als sie ihm das Billett gab, und kratzte dabei gerade fest genug über die Haut, um bei Sawyer ein angenehmes Kribbeln in bestimmten Körperzonen auszulösen. Sie mußte tonnenweise Trinkgeld kassieren, vermutete er.

Der Oberkellner erschien und musterte den FBI-Agenten.

»Ich habe eine Verabredung mit Frank Hardy.«

Der Mann ließ den Blick über Sawyers zerknittertes Erscheinungsbild wandern.

Dem FBI-Agenten entging der gestrenge Blick des Oberkellners nicht. Unwillkürlich zog Sawyer die Hose hoch, eine Pflicht, die Menschen von seinem stattlichem Körperbau mehrmals täglich zu erfüllen hatten. »Wie sind die Burger hier, Mister?« erkundigte er sich. Er holte einen Kaugummi hervor, wickelte ihn aus und steckte ihn in den Mund.

»Burger?« Allein bei dem Gedanken schien der Mann einer Ohnmacht nahe. »Wir servieren *französische* Küche, Monsieur. Die beste in der Stadt.« Sein akzentreicher Tonfall sprühte vor Entrüstung.

»Französisch? Na großartig, dann müssen Ihre Fritten ja Spitze sein.«

Der Oberkellner machte auf dem Absatz kehrt und führte Sawyer durch den riesigen Speisesaal, in dem unzählige Kristallkronleuchter auf Gäste herabfunkelten, welche der kunstvoll gefertigten Beleuchtung an Gediegenheit nahezu gleichkamen.

Frank Hardy, wie immer elegant gekleidet, erhob sich in einer Ecknische und nickte seinem früheren Partner grüßend zu. Unmittelbar nach Sawyer trat die Kellnerin an den Tisch.

»Was möchtest du trinken, Lee?«

Sawyer zwängte sich in die Nische. »Bourbon mit Ohne«, brummte er, ohne aufzublicken.

Die Kellnerin starrte ihn verständnislos an. »Wie meinen?«

Hardy lachte. »Auf die ihm eigene, rüde Weise meint mein Freund Bourbon *pur*. Ich nehme noch einen Martini.«

Augenrollend zog die Kellnerin von dannen.

Sawyer schneuzte sich in sein Taschentuch und sah sich im Saal um. »Also Frank, ich bin wirklich froh, daß du das Lokal ausgesucht hast.«

»Wieso?«

»Wenn's nach mir gegangen wäre, säßen wir jetzt bei *Shoney's*. Aber vielleicht ist es besser so. Ich habe gehört, um diese Jahreszeit soll es verflucht schwierig sein, dort einen Tisch zu kriegen.«

Kichernd trank Hardy seinen Martini aus. »Du willst noch einfach nicht mal eine Scheibe vom guten Leben abhaben, was?«

»Zum Teufel, sicher will ich das – solange ich nicht dafür

bezahlen muß. Ich könnte mir denken, daß hier ein Essen für zwei mühelos meine Altersvorsorge verschlingt.«

Die beiden Männer plauderten ein paar Minuten, bis die Kellnerin zurückkam, die Getränke auf den Tisch stellte und sich bereithielt, um die Bestellung entgegenzunehmen.

Sawyer betrachtete die durchaus übersichtliche, leider aber ausschließlich in Französisch gehaltene Speisekarte. Kurz darauf legte er sie auf den Tisch. »Was ist das teuerste Gericht auf der Karte?« fragte er die Kellnerin. Auf französisch ratterte sie eine Speise herunter.

»Ist das richtiges Essen? Keine Schnecken oder ähnlicher Mist?«

Mit hochgezogenen Augenbrauen und gestrenger Miene erklärte sie ihm, daß sich sehr wohl Schnecken auf der Speisekarte befänden und ausgezeichnet schmeckten, das von ihr genannte Gericht jedoch keine Schnecken beinhalte.

Grinsend blickte er zu Hardy und meinte: »Dann nehme ich es.«

Nachdem die Kellnerin gegangen war, verschluckte Sawyer den Kaugummi, griff sich eine Scheibe Brot aus dem Korb, der in der Tischmitte stand, und begann, daran zu kauen. »Also, hast du etwas über RTG herausgefunden?« erkundigte er sich zwischen zwei Bissen.

Hardy legte die Hände auf den Tisch und strich das Leinentischtuch glatt. »Philip Goldman ist RTGs bester Anwalt, und zwar bereits seit Jahren.«

»Kommt dir das nicht merkwürdig vor?«

»Was?«

»Daß RTG auf dieselben Anwälte zurückgreift wie Triton und umgekehrt. Ich meine, ich bin zwar kein Anwalt, aber könnte dadurch nicht einer der beiden mächtig über den Kamm gezogen werden?«

»So simpel ist die Sache nicht, Lee.«

»Himmel, warum überrascht mich das bloß nicht?«

Hardy überging die Bemerkung. »Goldman genießt landesweit höchstes Ansehen und gilt schon seit langem als Eliteanwalt. Triton stellt für Tyler, Stone einen relativ neuen

Mandanten dar. Henry Wharton hat Triton an Land gezogen. Damals bestand kein unmittelbarer Interessenskonflikt zwischen den beiden Firmen. Seither gab es einige heikle Fälle, da beide Firmen ihre Geschäftsbereiche ausgeweitet haben. Aber es wurde immer alles ordnungsgemäß geregelt – Mitteilungen wurden verschickt, Verzichtserklärungen unterschrieben, alles streng nach Vorschrift. Tyler, Stone ist eine Topkanzlei, und ich nehme an, keine der beiden Firmen wollte auf deren Erfahrung verzichten. Es braucht seine Zeit, diese Form von Stabilität und Vertrauen aufzubauen.«

»Vertrauen. Das scheint mir in diesem Fall ein sonderbares Wort zu sein.« Sawyer spielte mit den Brotkrümeln herum, während er zuhörte.

»Wie auch immer, durch den Fall CyberCom ergab sich ein direkter Interessenskonflikt. Sowohl RTG als auch Triton wollen CyberCom. Die Anwaltsordnung verbot es Tyler, Stone, beide Mandanten zu vertreten.«

»Also hat man sich für die Vertretung von Triton entschieden. Warum?«

Hardy zuckte die Schultern. »Wharton ist geschäftsführender Partner. Triton ist sein Mandant. Reicht das? Tyler, Stone wollten unter allen Umständen vermeiden, daß beide Firmen in diesem Fall von jemand anderem vertreten wurden. Es wäre zu verlockend für eine andere Kanzlei gewesen, sich die Mandanten ganz unter den Nagel zu reißen.«

»Goldman war wohl nicht sehr erfreut darüber, daß sein Mandant derart abserviert wurde.«

»Nach allem, was ich gehört habe, war er wohl eher mordlüstern, als er es erfuhr. »

»Aber wer garantiert, daß er nicht hinter dem Rücken der Kanzlei für RTG arbeitet, um denen zum Sieg zu verhelfen?«

»Niemand. Nathan Gamble ist kein Dummkopf, er ist sich der Gefahr durchaus bewußt. Und sollte RTG Triton tatsächlich ausstechen – du kannst dir wohl denken, was dann passiert, oder?«

»Laß mich raten: Gamble könnte sich ein paar neue Anwälte suchen?«

Hardy nickte. »Außerdem: Hast du die Schlagzeilen gelesen? Die Kanzlei ist stocksauer auf Sidney Archer. Ich schätze, ihr Arbeitsplatz ist in ernster Gefahr.«

»Nun, die gute Frau ist im Augenblick selbst alles andere als glücklich.«

»Hast du mit ihr gesprochen?«

Sawyer nickte und trank den Bourbon aus. Nach kurzer Überlegung kam er zu dem Schluß, Hardy nichts von dem zu erzählen, was Sidney Archer ihm anvertraut hatte. Schließlich arbeitete Hardy für Gamble, und Sawyer konnte sich gut vorstellen, wofür Gamble diese Information benutzen würde: Er würde die Frau zerstören. Also stellte er eine Tatsache als Theorie dar. »Vielleicht ist sie nach New Orleans geflogen, um dort ihren Mann zu treffen.«

Hardy rieb sich das Kinn. »Klingt einleuchtend.«

»Genau das ist das Problem, Frank, es ist überhaupt nicht einleuchtend.«

»Wieso nicht?« Hardy zeigte sich überrascht.

Sawyer stützte sich mit den Ellbogen auf den Tisch. »Sieh's doch mal so: Das FBI taucht bei ihr auf und stellt einen Haufen Fragen. Man muß schon ein echter Zombie sein, um dabei nicht ein wenig aus der Fassung zu geraten. Trotzdem springt sie noch am selben Tag in ein Flugzeug, um ihren Mann zu treffen?«

»Vielleicht wußte sie gar nicht, daß sie verfolgt wurde.«

Sawyer schüttelte den Kopf. »O nein. Die Frau ist clever, verdammt clever. Ich dachte, ich hätte sie wegen eines Telefonanrufs in die Enge getrieben, den sie am Morgen des Begräbnisses ihres Mannes erhielt. Aber sie wand sich mit einer vollkommen plausiblen Erklärung heraus, die sie sich vermutlich aus dem Stegreif ausdachte. Dasselbe gelang ihr, als ich sie beschuldigte, unsere Jungs abgeschüttelt zu haben. Sie wußte, daß wir ihr auf den Fersen waren. Und trotzdem ist sie geflogen.«

»Vielleicht wußte Jason Archer nicht, daß ihr sie beobachtet.«

»Wenn der Kerl tatsächlich diesen ganzen Mist ausgeheckt hat, glaubst du nicht, er wäre schlau genug anzunehmen, daß die Bullen seine Frau beschatten *könnten*? Komm schon, Frank.«

»Aber sie *ist* nach New Orleans gereist, Lee. Daran kommst du nicht vorbei.«

»Das will ich auch gar nicht. Ich glaube durchaus, daß ihr Mann sie kontaktiert und ihr gesagt hat, sie soll trotz unserer Anwesenheit da runterdüsen.«

»Aber warum sollte er das tun?«

Schweigend fummelte Sawyer an der Serviette herum. Dann kam das Essen.

»Sieht gut aus.« Sawyer betrachtete das akribisch angerichtete Mahl.

»Ist es auch. Zwar wird es deinen Cholesterinspiegel in ungeahnte Rekordhöhen treiben, aber du wirst glücklich sterben.«

Hardy faßte über den Tisch und tippte mit dem Messer an Sawyers Teller. »Du hast meine Frage nicht beantwortet. Warum sollte Jason Archer so etwas tun?«

Sawyer schob sich eine Gabel voll Essen in den Mund. »Du hast wirklich nicht zuviel versprochen, Frank. Und ich war schon drauf und dran, mir selber was zu kochen, als du angerufen und mich eingeladen hast.«

»Verflucht noch mal, hör auf damit, Lee.«

Sawyer legte die Gabel beiseite. »Als Sidney Archer nach New Orleans reiste, haben wir alle Leute abgezogen, weil wir mehrere Fronten abdecken mußten. Dennoch wäre sie uns fast entwischt. Um die Wahrheit zu sagen: Hätte ich am Flughafen nicht unverschämtes Glück gehabt, wir hätten nie herausgefunden, wohin sie verschwand. Und mittlerweile glaube ich den Grund für die Reise zu kennen: Es war ein Ablenkungsmanöver.«

Hardy wirkte ungläubig. »Was soll das heißen? Wovon sollte sie euch ablenken?«

»Als ich sagte, wir hätten alle Leute abgezogen, meinte ich auch *alle*, Frank. Niemand hat das Haus der Archers bewacht, während wir weg waren.«

Deutlich vernehmbar sog Hardy die Luft ein und sank auf dem Stuhl zurück. »Scheiße!«

Sawyer musterte ihn müde. »Ich weiß. Eine Riesenschlamperei meinerseits, aber jetzt ist es zu spät, um deswegen zu jammern und zu stöhnen.«

»Also glaubst du –«

»Ich glaube, jemand hat dem Haus einen Besuch abgestattet, während die Hausherrin sich ihr Mütchen in Louisiana kühlte.«

»Warte mal, du denkst doch nicht etwa, es war ...?«

»Sagen wir so: Jason Archer steht ziemlich oben auf meiner Liste.«

»Was könnte er dort gewollt haben?«

»Ich weiß es nicht. Ray und ich haben das gesamte Haus durchsucht und nichts gefunden.«

»Denkst du, seine Frau wußte darüber Bescheid?«

Sawyer schob einen weiteren Bissen in den Mund, bevor er antwortete. »Hättest du mir diese Frage vor etwa einer Woche gestellt, ich hätte wahrscheinlich mit Ja geantwortet. Aber jetzt denke ich, sie hat absolut keine Ahnung, was vor sich geht.«

Hardy lehnte sich zurück. »Glaubst du das wirklich?«

»Die Zeitung hat sie verrissen. Sie hat Mordsprobleme mit ihrem Arbeitgeber. Ihr Mann ist in New Orleans nicht aufgetaucht, und sie kam mit leeren Händen zurück. Was hat ihr der Ausflug schon gebracht außer noch größeren Kopfschmerzen?«

Mit nachdenklicher Miene aß Hardy weiter.

Sawyer schüttelte den Kopf. »Verflucht, dieser Fall ist wie ein Marmeladedoughnut. Jedesmal, wenn du reinbeißt, quillt irgendwo klebriges Zeug raus und besudelt dich.«

Hardy lachte und sah sich im Speisesaal um. Plötzlich verharrten seine wandernden Augen. »Ich dachte, er wäre nicht in der Stadt.«

Sawyer folgte Hardys Blick. »Wer?«

»Quentin Rowe.« Unauffällig deutete er in die Richtung. »Da drüben.«

Rowe saß an einem abgeschiedenen Tisch, etwa in der Mitte des Speisesaals. Sanftes Kerzenlicht verlieh der Nische ein romantisches Flair inmitten des überfüllten Restaurants. Er trug einen teuren Seidenblazer, ein bis oben zugeknöpftes kragenloses Hemd und eine dazu passende Seidenhose. Sein Pferdeschwanz tänzelte am Hinterkopf, während er sich angeregt mit seinem Begleiter unterhielt, einem jungen Mann Anfang Zwanzig in einem maßgeschneiderten Anzug. Die beiden saßen nebeneinander und sahen sich fest in die Augen. Im Zuge des leisen Gesprächs legte Rowe flüchtig die Hand auf die seines Gefährten.

Mit hochgezogenen Brauen wandte Sawyer sich an Hardy. »Die beiden geben ein reizendes Paar ab.«

»Paß auf. Du klingst politisch inkorrekt.«

»He, leben und leben lassen. Das ist mein Motto. Der Bursche kann sich verabreden, mit wem er will.«

Hardy beobachtete das Paar weiter. »Tja, Quentin Rowe ist immerhin rund dreihundert Millionen Dollar schwer, und so wie die Dinge stehen, wird er wohl lange vor seinem vierzigsten Geburtstag Milliardär sein. Ich würde sagen, das macht ihn zu einem äußerst begehrenswerten Junggesellen.«

»Ich bin überzeugt, eine Menge junger Frauen raufen sich seinetwegen die Haare.«

»Das kannst du laut sagen. Aber der Kerl ist schlichtweg brillant. Er verdient den Erfolg.«

»Ja, er hat mit mir einen Rundgang durch die Fabrik gemacht. Zwar habe ich nicht mal die Hälfte von dem verstanden, was er mir zu erklären versuchte, aber es hat sich interessant angehört. Ich kann nicht behaupten, daß mir gefällt, wohin dieser ganze Technologiekram führt.«

»Du kannst den Fortschritt nicht aufhalten, Lee.«

»Ich will ihn ja nicht aufhalten, Frank, ich möchte nur selbst entscheiden, inwieweit ich mich daran beteilige. Laut Rowe werde ich diese Gelegenheit kaum bekommen.«

»Es ist in der Tat ein wenig beängstigend; aber zweifellos gewinnbringend.«

Sawyer blickte nochmals in Rowes Richtung. »Da wir gerade von Pärchen reden: Rowe und Gamble geben ein recht seltsames Gespann ab.«

»Wie kommst du bloß darauf?« erwiderte Hardy grinsend. »Aber ganz im Ernst: Die beiden sind sich einfach im richtigen Augenblick über den Weg gelaufen. Der Rest ist Geschichte.«

»Ich verstehe. Gamble brachte die Mäuse mit, Rowe das Wissen.«

Hardy schüttelte den Kopf. »Du solltest Nathan Gamble nicht unterbewerten. Es ist nicht so einfach, an der Wall Street soviel Geld zu verdienen wie er. Gamble ist ein ausgeschlafener Bursche und ein verdammt guter Geschäftsmann.«

Sawyer wischte sich mit der Serviette den Mund ab. »Gut für ihn, denn nur mit seinem Charme käme der Mann nicht weit.«

## KAPITEL 42

Um acht Uhr kam Sidney bei Fisher an, der in einem renovierten Reihenhaus am Rande der vornehmsten Wohngegend der Altstadt von Alexandria lebte. Mit einem MIT-Trainingsanzug und Tennisschuhen bekleidet, und einer Red-Sox-Baseballmütze auf dem nahezu kahlen Schädel begrüßte er Sidney und führte sie in einen Raum, der vom Boden bis zur Decke vollgestopft war mit Computerhardware jeder Art. Kabel verliefen überall auf dem Parkettboden, zahlreiche Mehrfachsteckdosen waren mit Steckern vollgepfropft. In Sidneys Augen hätte das Zimmer besser in den Krisensaal des Pentagon als in diese ruhige Vorstadtwohngegend gepaßt.

Stolz bemerkte Fisher ihre offensichtliche Verblüffung. »Tatsächlich habe ich sogar ein paar Sachen abgebaut, weil ich Angst hatte, das Ganze könnte ein bißchen unüberschaubar werden«, erklärte er grinsend.

Sidney zog die Diskette aus der Jackentasche. »Jeff, könntest du die in den Computer stecken und nachsehen, was drauf ist?«

Mit enttäuschter Miene nahm Fisher die Diskette entgegen. »Das ist alles, was du brauchst? Sogar dein Computer im Büro kann diese Diskette lesen, Sidney.«

»Ich weiß, aber ich hatte Angst, ich könnte etwas falsch machen. Die Diskette kam mit der Post und ist vielleicht beschädigt. Und du weißt, Jeff, was Computer angeht, kann ich dir nie im Leben das Wasser reichen.«

Fisher erstrahlte angesichts der Streicheleinheiten für sein Ego. »Na gut. Dauert nur eine Sekunde.«

Er machte sich daran, die Diskette in den Computer zu schieben.

Sidney legte die Hand auf die seine und hielt ihn zurück. »Jeff, hat dieses Gerät Anschluß ans Internet?«

Er sah zum Computer, dann zurück zu ihr. »Ja. Ich bin bei drei verschiedenen Servern, außerdem habe ich meinen eigenen Zugang, indem ich das MIT als Host benutze. Warum?«

»Könntest du einen Computer nehmen, der nicht am Netz hängt? Ich meine, wenn man online ist, können doch auch andere Leute an Informationen auf der Festplatte herankommen, oder?«

»Ja, das ist eine Straße mit Gegenverkehr. Man kann Dinge versenden, dafür können andere sich hereinhacken. Das ist das Risiko. Ein gewaltiges Risiko, und manchmal frage ich mich, ob es die Sache wert ist.

»Was meinst du damit?« erkundigte Sidney sich.

»Hast du schon mal was von der Van-Eck-Strahlung gehört?« fragte er. Sidney schüttelte den Kopf. »Eine Art elektromagnetischer Lauschangriff.«

»Was ist das?« fragte Sidney mit verständnislosem Blick.

Fisher drehte sich auf dem Stuhl herum und blickte die verwirrte Anwältin an. »Jeder elektrische Strom erzeugt ein Magnetfeld, daher erzeugen auch Computer Magnetfelder, sogar relativ starke. Diese Strahlen lassen sich mühelos empfangen und aufzeichnen. Darüber hinaus geben Computer zusätzlich digitale Impulse ab. Dieser Monitor« – Fisher deutete auf den Computerbildschirm – »sendet deutliche Videobilder aus, wenn man die entsprechende Empfangsausrüstung hat, die weithin erhältlich ist. Mit einer Richtantenne, einem Schwarz-Weiß-Fernseher und Elektronikbauteilen im Wert von ein paar Dollar könnte ich durch die Innenstadt von D. C. fahren und Daten stehlen – von jedem Computernetzwerk jeder Anwaltskanzlei, jedes Steuerberatungsbüros und jeder Regierungseinrichtung der Stadt. Überhaupt kein Problem.«

Sidney wirkte ungläubig. »Willst du damit sagen, daß du

etwas sehen kannst, das sich auf einem anderen Bildschirm befindet? Wie ist das möglich?«

»Ganz einfach. Die Formen und Linien auf einem Computerbildschirm setzen sich aus Millionen winziger Pünktchen zusammen, sogenannten Bildelementen – kurz Pixel. Wenn man einen Befehl eingibt, werden Elektronen an die entsprechende Stelle des Bildschirms abgefeuert, wodurch die entsprechenden Pixel erleuchtet werden – als ob man ein Bild malt. Der Monitor muß ständig mit Elektronen versorgt werden, damit die Pixel beleuchtet bleiben. Gleichgültig ob bei einem Computerspiel oder einem Textverarbeitungsprogramm, so werden Dinge auf dem Monitor sichtbar gemacht. Kannst du mir soweit folgen?«

Sidney nickte.

»Gut. Jedesmal wenn Elektronen auf den Monitor abgefeuert werden, senden sie dabei einen elektromagnetischen Hochfrequenzimpuls aus. Ein Fernsehbildschirm kann diese Impulse Pixel für Pixel empfangen. Da aber ein gewöhnlicher Fernseher diese Pixel nicht in geeigneter Form anordnen kann, um das Bild eines Monitors richtig nachzuzeichnen, verwendet man ein künstliches Synchronisationssignal, um eine genaue Wiedergabe zu erzielen.« Fisher hielt inne, um einen Blick auf den Computer zu werfen, dann fuhr er fort. »Drucker? Faxgeräte? Genau dasselbe. Mobiltelefone? Gib mir eine Minute Zeit und einen Scanner, und ich sage dir Seriennummer, sprich ESN, Mobiltelefonnummer, Netzbetreiber und Telefonhersteller. Ich programmiere die Daten in ein anderes Mobiltelefon mit modifizierten Chips und verkaufe Ferngespräche, die dir verrechnet werden. Jede Information, die über einen Computer fließt, ist leicht zu bekommen, sei's über die Telefonleitung oder durch die Luft. Und was verarbeitet man heutzutage nicht per Computer? Absolut keine Information ist sicher.

Willst du meine Theorie hören? Wegen all der Sicherheitsprobleme werden wir recht bald auf den Gebrauch von Computern verzichten und wieder auf Schreibmaschinen und die ›Schneckenpost‹ zurückgreifen.«

Sidney blickte ihn fragend an.

»Techniker bezeichnen die Post der Vereinigten Staaten abwertend als ›Schneckenpost‹. Aber wer weiß, vielleicht lacht zuletzt doch noch die Post. Denk an meine Worte. Der Tag wird kommen.«

Plötzlich schoß Sidney ein Gedanke durch den Kopf. »Jeff, was ist mit gewöhnlichen Telefonen? Wie kann es sein, daß ich eine Nummer anrufe – sagen wir, meine Nummer in der Kanzlei –, und es hebt jemand ab, von dem ich weiß, daß er unmöglich dort sein kann?«

»Jemand hat sich in das Schaltwerk gehackt«, antwortete Fisher, ohne lange zu überlegen.

»Das Schaltwerk?« Inzwischen war Sidney völlig durcheinander.

»So heißt das elektronische Netzwerk, über das sämtliche Kommunikationsformen, vom Münzfernsprecher bis hin zum Mobiltelefon, quer durch die Vereinigten Staaten laufen. Wenn man sich da reinhackt, kann man ungestraft kommunizieren.« Fisher drehte sich zum Computer um. »Um dich nach all dem zu beruhigen, Sid: Ich habe für meinen Computer ein ziemlich gutes Sicherheitssystem.«

»Und wie sicher ist es? Ich meine, kann da wirklich keiner rein?«

Jeff lachte. »Niemand, der alle Tassen im Schrank hat, würde das von seinem System behaupten, Sidney.«

Sidney betrachtete die Diskette und wünschte, sie könnte einfach Seiten aus dem Ding herausziehen und diese lesen. »Es tut mir leid, wenn ich paranoid klinge.«

»Schon gut. Das soll keine Beleidigung sein, aber die meisten Anwälte, die ich kenne, wandeln an der Schwelle zum Verfolgungswahn. Es muß wohl an der Juristischen Fakultät ein spezielles Fach dafür geben. Aber zumindest können wir eines tun.« Er zog den Telefonstecker aus der Rechnereinheit. »Nun sind wir offiziell offline. Ich habe ein erstklassiges Virensuchprogramm auf dem Rechner, für den Fall, daß schon vorher etwas draufgespielt wurde. Ich habe es gerade laufen lassen, also sollte eigentlich alles in Butter sein.«

Er bedeutete Sidney, sich zu setzen. Sie zog einen Stuhl herbei. Gemeinsam betrachteten sie den Bildschirm. Fisher betätigte eine Reihe von Tasten. Ein Verzeichnis der auf der Diskette befindlichen Dateien erschien. Fisher blickte zu Sidney. »Etwa ein Dutzend Dateien. Aus der Bytemenge zu schließen, würde ich auf etwa vierhundert Seiten tippen, wenn es sich um gewöhnlichen Text handelt. Wenn aber viele Grafiken drauf sind, läßt sich die Länge unmöglich schätzen.« Fisher drückte ein paar weitere Tasten. Als sich der Monitor mit Zeichen füllte, funkelten seine Augen.

Sidneys Gesicht wurde immer länger, während sie auf den Bildschirm starrte. Da stand nur Kauderwelsch – hochtechnische Hieroglyphen. Sie wandte sich an Fisher. »Stimmt etwas mit deinem Computer nicht?«

Flink tippte Fisher weiter. Der Monitor wurde schwarz, danach erschien dasselbe digitale Durcheinander. Gleich darauf tauchte am unteren Bildschirmrand ein Kästchen mit einer Befehlszeile auf, in der ein Paßwort verlangt wurde. »Nein, und auch mit der Diskette ist alles in Ordnung. Woher hast du sie?«

»Sie wurde mir zugeschickt. Von einem Mandanten«, antwortete sie ausweichend.

Glücklicherweise war Fisher zu sehr in dieses High-Tech-Rätsel vertieft, um sie eingehender nach dem Ursprung der Diskette zu befragen.

Rasend schnell flogen seine Finger ein paar weitere Minuten lang über die Tastatur. Er ging sämtliche anderen Dateien durch. Doch immer wieder erschien das gleiche Kauderwelsch auf dem Bildschirm, ebenso die Aufforderung für das Paßwort. Schließlich wandte er sich mit einem Lächeln im Gesicht zu ihr um.

»Die Diskette ist verschlüsselt«, meinte er schlicht.

Sidney glotzte ihn an. »Verschlüsselt?«

Fisher betrachtete den Monitor. »Verschlüsselung nennt sich ein Vorgang, bei dem die lesbare Form eines Textes in eine unlesbare umgewandelt wird, bevor man den Text verschickt.«

»Wozu soll das gut sein, wenn der Empfänger den Text dann nicht lesen kann?«

»Doch, das kann er, wenn er das Paßwort für die Entschlüsselung hat.«

»Wie kommt man zu diesem Paßwort?«

»Der Absender muß es dir übermitteln, oder du mußt es bereits kennen.«

Sidney sank auf den Stuhl zurück. Jason mußte das verfluchte Paßwort haben. »Ich habe es nicht.«

»Das ergibt aber keinen Sinn.«

»Wäre es möglich, daß jemand eine verschlüsselte Nachricht an sich selbst schickt?« wollte sie wissen.

Fisher musterte sie. »Das würde niemand tun. Zumindest nicht unter gewöhnlichen Umständen. Wenn man eine Nachricht bereits hat, würde man sie nicht verschlüsseln und über das Internet an sich selbst schicken. Dadurch würde man nur jemandem die Möglichkeit eröffnen, die Mitteilung abzufangen und zu knacken. Aber hast du nicht gesagt, ein Mandant hätte dir die Diskette geschickt?«

Unvermittelt erschauderte Sidney. »Jeff, hast du Kaffee? Hier drin ist es ziemlich kalt.«

»Hab' gerade eine Kanne voll gekocht. Ich halte die Raumtemperatur in diesem Zimmer absichtlich niedriger als im übrigen Haus, wegen der Hitze, die von all den Geräten ausgeht. Bin in einer Minute wieder da.«

»Danke.«

Als Fisher mit zwei Kaffeetassen zurückkehrte, starrte Sidney auf den Bildschirm.

Während sie sich auf dem Stuhl zurücklehnte und die Augen schloß, trank Fisher einen Schluck von dem heißen Gebräu. Er beugte sich vor und betrachtete den Monitor. Dann führte er seinen letzten Gedankengang weiter aus. »Ja, eine Nachricht, die für den Eigengebrauch bestimmt ist, würde man nicht verschlüsseln.« Er trank noch einen Schluck Kaffee. »Das würde man höchstens, wenn man sie jemand anderem schickt.«

Plötzlich riß Sidney die Augen auf und schnellte hoch.

Der Anblick der E-Mail, die wie ein digitales Phantom über den Bildschirm von Jasons Computer blitzte, tauchte aus ihrer Erinnerung auf. Im einen Augenblick war es da, im nächsten verschwunden gewesen. Das Paßwort. War es das Paßwort gewesen? Wollte Jason es ihr senden?

Sie ergriff Fishers Arm. »Jeff, wie ist es möglich, daß eine E-Mail auf dem Computerbildschirm erscheint und dann mit einem Schlag verschwindet? Und sich weder in der Mailbox, noch sonstwo im System befindet? Wie kann so etwas passieren?«

»Ganz einfach. Der Sender hat die Möglichkeit, die Übertragung rückgängig zu machen. Das heißt, wurde die Post bereits geöffnet und gelesen, kann er das nicht mehr. Aber auf manchen Systemen, je nach Konfiguration, kann man eine Nachricht so lange zurückholen, bis sie vom Empfänger geöffnet wird. In dieser Hinsicht ist die elektronische Datenübertragung besser als die Bundespost.« Fisher grinste. »Du weißt schon, man ist stinksauer auf jemanden, schreibt ihm einen Brief und schickt ihn ab, und danach bereut man es. Sobald der Schrieb im Briefkasten liegt, gibt es keine Möglichkeit mehr, ihn zurückzubekommen. Bei elektronischer Post besteht diese Möglichkeit sehr wohl – bis zu einem gewissen Grad.«

»Wie verhält sich das außerhalb eines Netzwerks? Zum Beispiel auf dem Internet?«

Fisher rieb sich das Kinn. »Auf dem Internet ist das wesentlich komplizierter, und zwar wegen der Reiseroute der Nachricht. So ähnlich wie beim Kletterturm auf dem Spielplatz.« Neuerlich erntete er einen verständnislosen Blick von Sidney. »Du weißt schon, auf einer Seite klettert man hinauf, hangelt sich oben entlang und kommt auf der anderen Seite wieder herunter. So läßt sich grob umreißen, wie Nachrichten über das Internet laufen. Die Elemente an sich sind im Fluß, und sie bilden nicht unbedingt eine zusammengehörige Einheit. Daraus ergibt sich, daß Informationen manchmal nicht zurückgeholt werden können.«

»Aber es ist möglich?«

»Wenn die E-Mail den ganzen Weg über nur einen Online-Dienst – wie beispielsweise America Online – zurückgelegt hat, kann man sie zurückrufen.«

Rasch überlegte Sidney. Zu Hause verfügten sie über America Online. Aber weshalb sollte ihr Jason das Paßwort schicken, und es wieder zurückrufen? Ihr schauderte: Es sei denn, es war nicht Jason, der die Übertragung rückgängig gemacht hatte.

»Jeff, wenn man eine E-Mail abschickt und sie auch wirklich senden möchte, jemand anders aber möchte das nicht, kann dieser Jemand die Nachricht dann aufhalten? Kann er die Übertragung, wie du es beschrieben hast, abbrechen, obwohl der Sender möchte, daß sie erfolgt?«

»Das ist eine recht merkwürdige Frage. Aber die Antwort lautet ja. Man braucht lediglich Zugang zur Tastatur. Wie kommst du eigentlich darauf?«

»Ich habe nur laut gedacht.«

Fisher musterte sie skeptisch. »Ist etwas nicht in Ordnung, Sidney?«

Sidney überging die Frage. »Besteht die Möglichkeit, die Nachricht auch ohne das Paßwort zu lesen?«

Fisher betrachtete den Bildschirm, dann wandte er sich langsam zu Sidney um. »Es gibt verschiedene Verfahren, die man ausprobieren kann.« Inzwischen klang er zögerlich und deutlich distanzierter.

»Könntest du es versuchen, Jeff?«

Er wandte den Blick ab. »Hör zu, Sidney, gleich nachdem du heute anriefst, habe ich mich im Büro gemeldet, um mich nach einigen laufenden Projekten zu erkundigen. Man hat mir ...«, er setzte ab und musterte sie besorgt, »man hat mir von der Sache mit dir erzählt.«

Mit zu Boden gerichteten Augen stand Sidney auf.

»Außerdem habe ich zufällig die Zeitung gelesen, bevor du kamst. Ist es das, worum sich alles dreht? Ich will mir keinen Ärger einhandeln.«

Sidney nahm wieder Platz, blickte Fisher unverwandt ins Gesicht und ergriff seine Hand. »Jeff, bei mir zu Hause blitzte eine E-Mail über den Monitor. Ich glaube, sie stammte von meinem Mann. Aber dann ist sie verschwunden. Ich denke, es könnte das Paßwort für die Entschlüsselung gewesen sein, denn Jason hat die Diskette an sich selbst adressiert. Was auch immer sich darauf befindet, ich muß es unbedingt lesen. Ganz gleich, was die Zeitung, die Kanzlei oder sonst jemand behauptet: Ich habe nichts Unrechtes getan. Leider habe ich keine Möglichkeit, es zu beweisen. Noch nicht. Nur mein Wort kann ich dir geben.«

Eine lange Weile musterte Fisher sie eindringlich. Endlich nickte er. »Na gut, ich glaube dir. Zufällig gehörst du zu der kleinen Gruppe von Anwälten unserer Kanzlei, die ich mag.« Entschlossen drehte er sich zum Bildschirm um. »Nimm dir ruhig noch Kaffee. Falls du hungrig bist, im Kühlschrank sind Sandwiches. Das hier kann eine Weile dauern.«

## KAPITEL 43

Das Abendessen mit Frank Hardy hatte schon früh stattgefunden, und als Sawyer vor seiner Wohnung am Straßenrand anhielt, war es erst gegen acht Uhr. Mit einem wohligen Gefühl im Magen stieg er aus. Seinem Verstand hingegen blieb eine ähnlich angenehme Empfindung verwehrt. Dieser Fall schien so viele Haken und Ösen aufzuweisen, daß er einfach nicht wußte, wo er anpacken sollte.

Als er die Wagentür zuschlug, bemerkte er den funkelnden Rolls Royce Silver Cloud, der anmutig die Straße herunter auf ihn zurollte. Selten bis nie ließ sich in dieser Gegend ein vergleichbar aufsehenerregender Beweis von Reichtum blicken. Durch die Windschutzscheibe erblickte Sawyer einen Chauffeur mit schwarzer Mütze hinter dem Lenkrad. Erst nach zweimaligem Hinsehen wurde ihm ein besonderes Merkmal des Wagens bewußt. Der Fahrer saß auf der rechten Seite des Autos – also war es in Großbritannien gefertigt worden.

Der Rolls verlangsamte die Fahrt und kam geräuschlos neben dem FBI-Agenten zum Stehen. Wegen der getönten Scheiben konnte Sawyer nicht ausmachen, wer sich im Fond befand. Flüchtig fragte er sich, ob getönte Scheiben zur Standardausführung gehörten oder ein Extra darstellten. Für längere Überlegungen blieb Sawyer keine Zeit, denn das hintere Fenster glitt nach unten, und er starrte in Nathan Gambles Gesicht. Mittlerweile war der Chauffeur ausgestiegen und hielt sich an der hinteren Tür bereit.

Sawyers Blick strich über das beeindruckende Fahrzeug, ehe er auf den Zügen des Generaldirektors von Triton verharrte. »Nette Karre. Wie sieht's mit dem Benzinverbrauch aus?«

»Als ob mich das interessiert. Mögen Sie Basketball?« Mit einem Zigarrenschneider trennte er das hintere Ende einer Zigarre ab und ließ sich einen Augenblick Zeit, um sie anzuzünden.

»Wie bitte?«

»Nationale Basketballiga. NBA. Lange, schwarze Kerle, die in kurzen Hosen rumlaufen und dafür einen Riesenbatzen Geld kassieren.«

»Wenn ich Zeit habe, schau' ich's mir in der Glotze an.«

»Gut, dann springen Sie rein.«

»Warum?«

»Das werden Sie schon sehen. Ich verspreche Ihnen, Sie werden nicht enttäuscht sein.«

Sawyer blickte die Straße hinauf und hinunter, dann zuckte er mit den Schultern. Er steckte die Autoschlüssel in die Hosentasche und wandte sich an den Chauffeur. »Ich schaff' das schon, danke.« Damit öffnete er die Tür und kletterte hinein. Als er sich auf dem weichen Ledersitz niederließ, erblickte er sich gegenüber Richard Lucas. Flüchtig nickte Sawyer ihm zu. Der Leiter von Tritons Objektschutzabteilung erwiderte die knappe Geste. Sanft setzte sich der Rolls in Bewegung.

»Wollen Sie auch eine?« Gamble hielt Sawyer eine Zigarre hin. »Kubanische. Es ist gegen das Gesetz, diese Dinger zu importieren. Ich glaube, gerade deshalb mag ich sie so sehr.«

Sawyer nahm die ihm angebotene Zigarre und trennte das Ende mit dem Zigarrenschneider ab, den Gamble ihm reichte. Als Lucas ihm ein Butanfeuerzeug vor die Nase hielt, wirkte er überrascht, ließ sich dann jedoch die Zigarre anzünden.

Zunächst machte er ein paar kurze Züge, dann, als das gute Stück richtig brannte, einen längeren Zug. »Nicht schlecht. Schätze, ich muß Ihnen für das Rauchen illegal importierter Zigarren Straffreiheit gewähren.«

»Tausendfachen Dank.«

»Übrigens, woher wissen Sie, wo ich wohne? Ich hoffe, Sie sind mir nicht gefolgt. Das kann ich nämlich ganz und gar nicht leiden.«

»Ich habe Besseres zu tun, als Ihnen zu folgen, glauben Sie mir.«

»Also?«

»Also was?« Gamble drehte sich ihm zu.

»Woher wissen Sie, wo ich wohne?«

»Ist das denn wichtig?«

»Für mich ist es sogar sehr wichtig. In meiner Branche posaunt man den Ort nicht aus, den man Zuhause nennt.«

»Na gut, mal sehen. Was haben wir gemacht? Haben wir im Telefonbuch nachgesehen?« Unvermittelt schüttelte er den Kopf und warf Sawyer einen belustigten Blick zu. »Nein, das war es nicht.«

»Gut, denn da stehe ich nicht drin.«

»Stimmt. Nun, ich schätze, wir haben es einfach gewußt.« Gamble blies zwei makellose Rauchringe an die Decke. »Sie wissen schon, durch unsere Computertechnologie. Wir sind der Große Bruder, wir wissen alles.« Kichernd sog Gamble an der Zigarre und schaute zu Lucas hinüber.

Lucas bemerkte Sawyers Miene. »In Wirklichkeit hat es uns Frank Hardy erzählt. Streng vertraulich natürlich. Wir haben nicht vor, diese Auskunft zu verbreiten. Ich verstehe Ihre Sorge durchaus.« Lucas setzte ab. »Unter uns gesagt«, fügte er hinzu, »ich war zehn Jahre lang bei der CIA.«

»Ach, Rich, du Spielverderber. Gerade hatte ich ihn so schön am Zappeln.« Der Alkoholgeruch in Gambles Atem erfüllte die Luft. Der Generaldirektor beugte sich zur Holztäfelung des Rolls vor und öffnete eine kleine, darin eingebaute Tür. Eine gut bestückte Bar trat zutage. »Sie sehen wie ein Scotch-mit-Soda-Fan aus.«

»Ich hatte mein Quantum schon beim Abendessen.«

Aus einer Flasche Johnnie Walker goß Gamble sich ein graviertes Kristallglas voll. Sawyer schielte zu Lucas, dessen Züge stoische Ruhe ausstrahlten. Anscheinend entsprach dies ganz und gar dem Üblichen.

»Eigentlich nahm ich an, ich würde nach unserer gestrigen Unterhaltung nichts mehr von Ihnen hören.«

»Die schlichte Antwort darauf lautet, daß Sie mir einen Dämpfer verpaßt haben, den ich wahrscheinlich verdiente. Sie können sich wohl vorstellen, daß ich nicht oft auf Leute stoße, die genug Mumm dafür in den Knochen haben. Wenn es mal vorkommt, versuche ich, die Bekanntschaft zu vertiefen. Außerdem wollte ich mich in Anbetracht der jüngsten Entwicklungen mit Ihnen über den Fall unterhalten.«

»Jüngste Entwicklungen?«

Gamble trank einen Schluck Whiskey. »Sie wissen, wovon ich spreche. Sidney Archer? New Orleans? RTG? Ich habe gerade mit Hardy telefoniert.«

»Sie arbeiten ziemlich schnell. Ich habe ihn vor nicht einmal zwanzig Minuten verlassen.«

Gamble holte ein winziges Mobiltelefon aus einer Halterung an der Heckkonsole des Rolls. »Vergessen Sie nicht, Sawyer, ich bin in der Privatwirtschaft tätig. Wenn man sich da nicht schnell bewegt, braucht man sich überhaupt nicht zu bewegen. Verstehen Sie, was ich meine?«

Sawyer sog an der Zigarre, bevor er antwortete. »Ich beginne allmählich, es zu begreifen. Ach übrigens, Sie haben mir noch gar nicht gesagt, wohin wir fahren.«

»Habe ich nicht? Nun, dann warten Sie mal ab, wir sind gleich da. Und dann können wir uns in aller Ruhe ein wenig unterhalten.«

Die USAir Arena war gleichermaßen Heimstadion der in der NBA – der nationalen Basketballiga – spielenden Washington Bullets und der in der NHL – der nationalen Eishockeyliga – spielenden Washington Capitals, zumindest so lange, bis das neue Stadion in der Innenstadt fertiggestellt war. In Scharen strömten die Menschen in die Arena, um sich das Spiel der Bullets gegen die Knicks anzusehen. Gamble, Lucas und Sawyer fuhren mit dem Privataufzug in den ersten Stock des Stadions, wo sich die luxuriös ausgestatteten Firmenlogen befanden.

Als Sawyer den Korridor entlangging und durch die Tür mit Aufschrift ›Triton Global‹ trat, fühlte er sich, als betrete er ein Kreuzfahrtschiff der Luxusklasse. Hier gab es nicht bloß ein paar Zuschauersitze; die Größe des Raumes entsprach etwa der von Sawyers gesamter Wohnung.

Eine junge Frau stand hinter der Bar, neben der auf einem langen Beistelltisch ein warmes und kaltes Buffet angerichtet war. Zudem erblickte der FBI-Agent ein eigenes Badezimmer, eine Toilette, weich gepolsterte Sofas und Stühle sowie, in einer Ecke, einen Großbildfernseher, auf dem das Basketballspiel zu beobachten war. Von einer Treppenflucht her, die hinauf zum Zuschauerbereich führte, hörte Sawyer die Massen jubeln. Er blickte auf den Fernseher. Das Heimteam, die Bullets, lag sieben Punkte vor den weit höher eingeschätzten Knicks.

Sawyer legte Hut und Mantel ab und folgte Gamble an die Bar.

»Jetzt müssen Sie aber was trinken. Ohne einen Drink in der Hand können Sie sich doch kein Spiel ansehen.«

Sawyer nickte der Barbedienung zu. »Ein Bud, wenn Sie eins haben.«

Die junge Frau griff in den Kühlschrank, öffnete eine Dose Budweiser und wollte das Bier in ein Glas schenken.

»Die Dose reicht. Danke.«

Abermals blickte Sawyer sich in der geräumigen Kabine um. Außer der Bardame, Lucas, Gamble und ihm war niemand anwesend. Er trat ans Buffet. Zwar fühlte er sich noch satt vom Abendessen, trotzdem konnte er ein paar Chips mit Salsa nicht widerstehen.

»Ist es hier immer so leer?« fragte er Gamble, während er sich eine Handvoll Chips griff. Lucas lehnte in Wachposition an der Wand.

»Für gewöhnlich ist es gerammelt voll«, erwiderte Gamble. »Ein guter Anreiz für die Angestellten. Dadurch bleiben sie glücklich und arbeiten hart.« Die Bardame reichte Gamble einen Drink, woraufhin dieser ein Bündel Hundertdollarnoten zückte, sich ein Glas von der Theke heranzog, und die

Scheine hineinstopfte. »Hier. Jede Bardame muß ein Trinkgeldglas haben. Kaufen Sie sich damit ein paar erfolgversprechende Aktien.« Die junge Frau wirkte vor Freude einer Ohnmacht nahe. Gamble gesellte sich zu Sawyer.

Der FBI-Agent deutete mit der Bierdose auf den Fernsehapparat. »Scheint ein großartiges Spiel zu sein. Wundert mich, daß es hier nicht vor Triton-Angestellten wimmelt.«

»Mich würde das Gegenteil wundern, da ich die Anweisung erteilt habe, für das heutige Spiel keine Karten auszugeben.«

»Wieso das?« Sawyer trank einen Schluck Bier.

Mit der freien Hand hängte Gamble sich bei Sawyer ein. »Weil ich mich ungestört mit Ihnen unterhalten wollte.«

Sawyer ließ sich die Treppe hinauf in den Zuschauerbereich führen. Von hier aus blickte man nahezu senkrecht hinab auf das Spielfeld. Mit einem Anflug von Neid beobachtete Sawyer, wie zwei Mannschaften großer, muskelbepackter und äußerst reicher junger Burschen über das Feld wirbelten. Der Sitzplatzbereich, in dem er sich befand, war vorn und seitlich mit Plexiglas abgeschlossen. Auf beiden Seiten saßen in den benachbarten Logen Leute. Dennoch gestattete die Abschirmung inmitten von fünfzehntausend Menschen eine ungestörte Unterhaltung.

Die beiden Männer nahmen Platz. Sawyer wandte sich in die Richtung um, aus der sie gekommen waren. »Steht Rich nicht auf Basketball?«

»Lucas ist im Dienst.«

»Ist er irgendwann mal nicht im Dienst?«

»Wenn er schläft. Gelegentlich erlaube ich ihm das.« Gamble lehnte sich auf dem bequemen Stuhl zurück und nahm einen großen Schluck von seinem Drink.

Neugierig blickte Sawyer sich um. Noch nie war er in einem dieser Dinger gewesen, und nach dem piekfeinen Abendessen mit Hardy fühlte er sich ein wenig aus seiner natürlichen Umgebung gerissen. Zumindest hatte er einiges, das er Ray erzählen konnte. Dann schaute er zu Gamble hinüber, und sein Lächeln verblaßte. Geschenkt bekam man im Leben wirklich nichts. Alles hat seinen Preis, dachte er. Zeit, sich das Preisschild anzusehen.

Gamble starrte hinab auf den sportlichen Wettstreit, ohne wirklich etwas davon wahrzunehmen. »Tatsache ist, daß wir CyberCom brauchen. Unbedingt.«

»Hören Sie, Gamble, ich bin nicht Ihr Unternehmensberater, ich bin Bulle. Es interessiert mich einen feuchten Dreck, ob Sie CyberCom kriegen oder nicht.«

Gamble lutschte an einem Eiswürfel. Geflissentlich überging er die Bemerkung. »Da schuftet man sich den Arsch ab, um etwas aufzubauen, aber es ist einfach nie genug, verstehen Sie? Ständig versucht jemand, einem alles wegzunehmen. Immerzu trachtet jemand danach, einen aufs Kreuz zu legen.«

»Wenn Sie Mitleid wollen, sind Sie an der falschen Adresse. So viel Geld, wie Sie besitzen, können Sie nie im Leben ausgeben. Also was juckt es Sie?«

Gamble fuhr aus der Haut. »Weil man sich daran gewöhnt, verflucht noch mal, deshalb.« Sogleich beruhigte er sich wieder. »Man gewöhnt sich daran, an der Spitze zu stehen; daran, daß sich jeder mit einem messen will. Aber auch Geld spielt eine wichtige Rolle.« Er schaute zu Sawyer. »Wollen Sie wissen, wieviel ich netto im Jahr verdiene?«

Ungewollt verspürte Sawyer Neugierde. »Warum habe ich bloß das dumme Gefühl, daß Sie es mir so oder so sagen werden?«

»Eine Milliarde Dollar.« Achtlos spuckte Gamble den Eiswürfel zurück ins Glas.

Sawyer schluckte einen Mundvoll Bier, während er diese beeindruckende Offenbarung verdaute.

»Allein mein Einkommensteuervortrag wird dieses Jahr auf etwa vierhundert Millionen Dollar lauten. Dafür sollte mir doch wirklich eine liebevolle Behandlung von Bundesdienern wie Ihnen zustehen.«

Sawyer funkelte ihn an. »Wenn Sie eine liebevolle Behandlung wollen, wenden Sie sich an die Nutten in der vierzehnten Straße. Die sind wesentlich billiger.«

Gamble starrte den FBI-Agenten an. »Verflucht, Ihr Typen kapiert einfach nicht, worum's geht, was?«

»Warum klären Sie mich nicht auf?«

Gamble stellte das Glas ab. »Ihr behandelt doch tatsächlich jeden gleich.« Sein Tonfall verriet Ungläubigkeit.

»Entschuldigung, aber wollen Sie damit andeuten, das sei falsch?«

»Es ist nicht nur falsch, es ist dumm.«

»Ich nehme an, Sie haben sich nie die Mühe gemacht, die Unabhängigkeitserklärung zu lesen. Sie wissen schon, diesen herzergreifenden, poetisch formulierten Abschnitt, in dem steht, daß alle Menschen gleich geschaffen sind.«

»Ich rede von der Realität. Ich rede vom Geschäft.«

»Für mich gibt es da keine Unterschiede.«

»Als ob ich den Generaldirektor der Citicorp-Bank gleich behandeln würde wie den Hauswart. Der eine kann mir Milliarden leihen, der andere die Toilette putzen.«

»Meine Aufgabe besteht darin, Kriminelle aufzuspüren – ob reich, ob arm, ob Mittelstand. Verbrecher ist Verbrecher. Punkt.«

»Nun, ich bin kein Verbrecher. Ich bin Steuerzahler, wahrscheinlich sogar der größte Steuerzahler des Landes, und alles, worum ich bitte, ist ein kleiner Gefallen, den ich in der Privatwirtschaft unaufgefordert bekäme.«

»Ein Hoch auf den öffentlichen Dienst.«

»Das ist nicht witzig.«

»Sollte es auch überhaupt nicht sein.« Sawyer starrte den Generaldirektor in Grund und Boden. Als Gamble endlich den Blick abwandte, betrachtete Sawyer seine Hände, bevor er einen weiteren Schluck Bier trank. Jedesmal wenn er sich in der Nähe dieses Kerls aufhielt, schien sein Blutdruck verrückt zu spielen.

Ein schier unglaublicher Korb des Heimteams ließ die Zuschauer aufspringen.

»Übrigens, haben Sie nie das Gefühl, es sei ungerecht, daß Sie reicher als Gott sind?«

Gamble lachte. »So wie diese Jungs da unten?« Er deutete

auf die Basketballspieler hinab. »So wie's mit der Welt im Augenblick steht, hatte ich wohl wirklich ein besseres Jahr als Gott.« Er rieb sich die Augen. »Wie gesagt, es geht nicht mehr ausschließlich um Geld. Sie haben recht, ich besitze mehr davon, als ich jemals brauchen werde. Aber ich liebe den Respekt, den man an der Spitze genießt. Jeder wartet mit Spannung darauf, was man als nächstes tut.«

»Verwechseln Sie Respekt nicht mit Angst?«

»In meinen Augen geht beides Hand in Hand. Ich hab's nur deshalb so weit gebracht, weil ich ein verflucht zäher Hundesohn bin. Tut mir einer weh, zahle ich es ihm mit Zinsen heim. Ich wuchs in bettelarmen Verhältnissen auf, fuhr mit fünfzehn mit dem Bus nach New York und fing an der Wall Street für ein paar Dollar am Tag als Botenjunge an. Ich habe mich nach ganz oben hochgerackert und niemals einen Blick zurückgeworfen. Ich habe Unsummen verdient, Unsummen verloren, und sie mir wiedergeholt. Zum Teufel, ich besitze ein halbes Dutzend Ehrentitel von hochangesehenen Universitäten, dabei bin ich nie über die zehnte Klasse hinausgekommen. Alles, was man dafür tun muß, ist tüchtig zu spenden.«

»Gratuliere.« Sawyer wollte aufstehen. »Ich schätze, ich mache mich jetzt auf den Weg.«

Kurz packte Gamble ihn am Arm, ließ jedoch sogleich wieder los. »Hören Sie, ich habe die Zeitung gelesen. Ich habe mit Hardy gesprochen. Und ich fühle, wie mir RTG immer näher auf die Pelle rückt.«

»Wie ich schon sagte, das ist nicht mein Problem.«

»Sehen Sie, es macht mir nichts aus, mich im fairen Wettkampf zu messen, aber ich will verdammt sein, wenn ich verliere, weil mich einer meiner eigenen Angestellten verraten und verkauft hat.«

»Sie *vermutlich* verraten und verkauft hat. Bisher ist noch nichts bewiesen. Und ob es Ihnen paßt oder nicht, vor Gericht zählen ausschließlich Beweise.«

»Sie haben doch das Videoband gesehen. Was brauchen Sie denn noch für Beweise? Verflucht noch mal, eigentlich bitte ich Sie doch lediglich, Ihre Arbeit zu tun. Was ist daran so falsch?«

»Ich habe gesehen, wie Jason Archer an irgendwelche Leute irgendwelche Dokumente übergeben hat. Aber ich weiß weder, um welche Dokumente, noch um welche Leute es sich dabei handelte.«

Gamble richtete sich auf. »Sehen sie, das Problem ist, wenn RTG meine Bedingungen kennt und mich bei CyberCom überbietet, bin ich am Arsch. Ich brauche Sie, um zu beweisen, daß ich von RTG gelinkt wurde. Sobald denen CyberCom gehört, spielt es keine Rolle mehr, wie sie sich die Firma unter den Nagel gerissen haben. Dann gehört sie schlicht und ergreifend denen. Begreifen Sie, was ich sage?«

»Ich arbeite, so hart ich kann, Gamble. Aber eher friert die Hölle zu, als daß ich meine Ermittlungen Ihren Geschäftsvorhaben anpasse. Das Leben von hunderteinundachtzig unschuldigen Menschen bedeutet mir wesentlich mehr als die Höhe Ihrer Einkommenssteuer.«

Gamble erwiderte nichts.

»Begreifen Sie, was *ich* sage?«

Schließlich zuckte Gamble mit den Schultern.

»Wenn sich herausstellt, daß RTG hinter der Sache steckt, dann können Sie sicher sein, daß ich jeden wachen Augenblick dafür opfern werde, die Verantwortlichen in deren Reihen hinter Gitter zu bringen.«

»Aber könnten Sie denen nicht sofort die Daumenschrauben ansetzen? Wenn das FBI gegen RTG ermittelt, ist die Firma wahrscheinlich gleich aus dem Rennen um CyberCom raus.«

»Wir überprüfen das gerade, Gamble. So etwas braucht Zeit. Schon vergessen? Man nennt das Bürokratie.«

»Zeit ist etwas, wovon ich nicht genug habe«, brummte Gamble.

»Tut mir leid, die Antwort lautet trotzdem nein. Gibt es noch etwas, das ich *nicht* für Sie tun kann, Gamble?«

Schweigend verfolgten die beiden Männer eine Weile das Spiel. Sawyer ergriff ein Fernglas vom Tisch vor sich.

Während er das Match durch das Fernglas aus nächster Nähe beobachtete, meinte er: »Und wie läuft's mit Tyler, Stone?«

Gamble verzog das Gesicht. »Wären wir mit der Cyber-Com-Übernahme nicht schon so weit fortgeschritten, ich hätte den ganzen Verein längst gefeuert. Aber es ist nun mal so, daß ich die Rechtserfahrung und den Einfluß der Kanzlei bei den Behörden brauche. Vorerst zumindest.«

»Aber nicht von Sidney Archer.«

Er schüttelte den Kopf. »So etwas hätte ich mir von dieser Frau nun wirklich nicht erwartet. Eine verflucht gute Anwältin. Zudem unglaublich hübsch. Was für eine Verschwendung.«

»Wie meinen Sie das?«

Erstaunt glotzte Gamble den FBI-Agenten an. »Entschuldigen Sie, aber haben wir dieselbe Zeitung gelesen? Sie steckt bis über den knackigen Po in der Sache mit drin.«

»Meinen Sie?«

»Sie etwa nicht?«

Sawyer zuckte die Schultern und trank das Bier aus.

»Unmittelbar nach dem Begräbnis Ihres Mannes macht sich die Gute aus dem Staub«, fuhr Gamble fort. »Hardy hat mir erzählt, daß Sie versucht hat, Ihre Jungs abzuschütteln. Sie haben sie durch ganz New Orleans verfolgt. Sie benahm sich höchst verdächtig und flog kurz nach einem Telefongespräch wieder nach Hause. Außerdem hat Hardy berichtet, Sie wären der Meinung, jemand hätte das Haus der Archers durchsucht, während Sidney Archer all Ihre Jungs vom Schauplatz weglockte. Übrigens: Geradezu brillant, wie Sie die Sache vermasselt haben.«

»In Zukunft sollte ich wohl besser aufpassen, was ich Frank anvertraue.«

»Ich zahle ihm einen Riesenbatzen Geld. Dafür hat er mich gefälligst auf dem laufenden zu halten.«

»Ich bin sicher, er ist jeden Cent wert.«

»Cent! Daß ich nicht lache.«

Sawyer warf Gamble einen Seitenblick zu. »Gemessen an

dem, was er für Sie getan hat, scheint Frank kein besonders hohes Ansehen bei Ihnen zu genießen.«

Gamble kicherte. »Ob Sie es glauben oder nicht, ich stelle äußerst hohe Ansprüche.«

»Frank war einer der besten Agenten, die das FBI je hervorgebracht hat.«

»Für gute Arbeit besitze ich lediglich ein Kurzzeitgedächtnis. Man muß mich ständig damit verwöhnen.« Rasch verwandelte Gambles Lächeln sich in eine todernste Miene. »Ein Versagen hingegen vergesse ich niemals.«

Schweigend beobachteten die beiden das Spiel. Schließlich ergriff Sawyer das Wort. »Hat Quentin Rowe jemals versagt?«

Gamble wirkte von der Frage überrascht. »Wie kommen Sie darauf?«

»Weil der Junge Ihr Huhn mit den goldenen Eiern ist. Und trotzdem behandeln Sie ihn dem Hörensagen nach wie den letzten Dreck.«

»Wer sagt, daß er mein Huhn mit den goldenen Eiern ist?«

»Wollen Sie etwas anderes behaupten?« Sawyer lehnte sich zurück und verschränkte die Arme vor der Brust.

Gamble antwortete nicht sofort. Statt dessen starrte er grüblerisch in das Whiskyglas. »Im Laufe meiner Karriere gab es eine ganze Reihe solcher Hühner. Wer nur auf ein Pferd setzt, schaffte es nicht da hin, wo ich heute stehe.«

»Aber Rowe ist zweifellos wertvoll für Sie.«

»Wäre er das nicht, hätte ich für seine Firma kaum Verwendung.«

»Also ertragen Sie ihn?«

»Solange die bunten Scheinchen weiter hereinschneien.«

»Sie Glückspilz.«

Zornig funkelte Gamble den FBI-Agenten an. »Ich habe einen Freak aus dem Elfenbeinturm aufgelesen, der aus eigener Kraft keinen Vierteldollar verdienen konnte, und ihn in den reichsten Mittdreißiger des Landes verwandelt. Wen halten Sie jetzt für den Glückspilz?«

Beschwichtigend nickte Sawyer dem Mann zu. »Damit

wollte ich Sie keineswegs herabsetzen. Sie haben einen Traum verfolgt und ihn sich erfüllt. Ich schätze, darauf wurde Amerika gegründet.«

»Ein solches Kompliment aus dem Mund eines Regierungsbeamten muß man sich auf der Zunge zergehen lassen.« Abermals widmete Gamble die Aufmerksamkeit dem Basketballspiel.

Sawyer erhob sich und drückte die Bierdose zusammen.

Gamble schielte zu ihm auf. »Wohin gehen Sie?«

»Nach Hause. Es war ein langer Tag.« Er hielt die zerquetschte Dose hoch. »Danke für das Bier.«

»Mein Fahrer soll Sie nach Hause bringen. Ich bleibe noch eine Weile hier.« Sawyer sah sich in der Luxuskabine um. »Ich glaube, für einen Tag hatte ich genug vom schönen Leben. Ich nehme den Bus. Trotzdem danke für alles.«

»Ja, ich habe das Beisammensein auch genossen«, gab Gamble überaus sarkastisch zurück.

Der FBI-Agent betrat bereits die Treppe, als ihn Gambles »He, Sawyer!« zurückblicken ließ.

Der Generaldirektor musterte ihn eindringlich, dann entfuhr ihm ein Seufzer. »Ich hab' schon begriffen, was Sie mir sagen wollen.«

Sawyer betrachtete ihn eine Weile, ehe er erwiderte: »In Ordnung.«

»Ich war nicht immer so reich. Ich kann mich genau daran erinnern, wie es war, weder Geld noch Macht zu besitzen. Vielleicht bin ich deshalb so ein Mistkerl, wenn's ums Geschäft geht: Ich habe schreckliche Angst, in diesen Status zurückzufallen.«

Sawyer ließ sich die Bemerkung durch den Kopf gehen. »Genießen Sie den Rest des Spiels.« Damit ließ er Gamble zurück, der gedankenverloren in sein Glas starrte.

Als Sawyer die Stufen hinunterschritt, lief er beinahe in Richard Lucas hinein, der am Treppenende Position bezogen hatte. Sawyer fragte sich, ob Lucas einen Teil der Unterhaltung mitbekommen hatte. Er nickte ihm zu und marschierte zur Bar, wo er zu einem Wurf aus dem Handgelenk ansetzte.

Die Bierdose segelte durch die Luft und landete mitten im Mülleimer.

Die Bardame schenkte ihm einen bewundernden Blick. »He, vielleicht sollten die Bullets Sie unter Vertrag nehmen«, meinte sie mit einem entzückenden Lächeln auf den Lippen.

»Genau, ich könnte den Alibi-Weißen mimen, der aus Proporzgründen mitspielen darf.«

Bevor er den Raum verließ, wandte Sawyer sich noch einmal um. »Immer schön lächeln, Rich.«

## KAPITEL 44

Mißmutig starrte Jeff Fisher auf den Monitor. Neben ihm, sichtlich entnervt, saß Sidney Archer. Sämtliche persönlichen Informationen, die ihr über Jason einfielen, hatte sie ihm zur Verfügung gestellt, um das Paßwort zu knacken. Nichts hatte funktioniert.

Fisher schüttelte den Kopf. »Tja, wir haben alle einfachen Möglichkeiten und sämtliche Ableitungen davon ausprobiert. Auch ein Angriff mit brutaler Gewalt hat nichts gebracht. Ich habe versucht, mit einem Zufallsgenerator Ziffern- und Buchstabenkombinationen zu erstellen, aber es gibt einfach mehr Möglichkeiten, als wir je versuchen können.« Er drehte sich zu Sidney um. »Ich fürchte, dein Mann wußte sehr genau, was er tat. Wahrscheinlich hat er eine zufällige Ziffern- und Buchstabenkombination mit einer Länge von etwa zwanzig bis dreißig Zeichen verwendet. Die können wir unmöglich knacken.«

Sidneys Hoffnung zerplatzte wie eine Seifenblase. Es war zum Verrücktwerden. Da besaß sie eine Diskette voller Informationen, die vermutlich einiges über das Schicksal ihres Mannes verrieten, konnte sie aber schlicht und ergreifend nicht lesen.

Sie erhob sich und begann auf und ab zu laufen, während Fisher weiter auf der Tastatur herumklopfte. Sidney durchquerte das Zimmer und trat ans Fenster. Auf einem Tisch daneben lag ein Stapel Post. Obenauf befand sich eine Ausgabe der Zeitschrift *Field & Stream*.

Sidney blickte auf den Poststapel hinab, betrachtete die Zeitschrift und schaute zu Fisher hinüber. Er wirkte kaum wie der geborene Naturfreund, dachte sie. Dann begutachtete sie das Adreßetikett auf der Titelseite. Das Magazin war für einen gewissen Fred Smithers bestimmt; die Adresse jedoch entsprach dem Haus, in dem sie sich augenblicklich befand. Sie ergriff die Zeitschrift.

Fisher drehte sich zu ihr um, während er eine Cola austrank. Als er das Magazin in ihrer Hand erblickte, verfinsterte sich seine Miene. »Andauernd bekomme ich die Post dieses Kerls. Aus irgendeinem Grund haben haufenweise Firmen meine Adresse unter seinem Namen registriert. Ich wohne 6215 Thorndike, er hingegen 6251 Thorndrive, also genau auf der anderen Seite von Fairfax. Ich habe es dem Briefträger gesagt, der diese Route macht, habe unzählige Male bei der Postverwaltung angerufen, ja sogar bei allen Firmen, die irrtümlich seine Post hierherschicken. Trotzdem passiert es nach wie vor.«

Langsam drehte Sidney sich zu ihm um. Ein unglaublicher Gedanke begann in ihrem Kopf Gestalt anzunehmen.

»Eine E-Mail-Adresse ist doch genau wie jede andere Adresse oder Telefonnummer, nicht wahr? Man gibt die falsche Adresse an, und die E-Mail geht an jemanden, für den sie gar nicht bestimmt war. Wie diese Zeitschrift.« Sie hielt die Ausgabe von *Field & Stream* hoch. »Richtig?«

»Oh, sicher«, erwiderte Fisher. »Das passiert ständig. Die meisten E-Mail-Adressen, die ich oft verwende, habe ich gespeichert, damit ich sie nur anzuklicken brauche. Dadurch vermindert sich die Fehlerrate erheblich.«

»Und wenn du nun die E-Mail-Adresse vollständig *eingeben* müßtest?«

»Nun, in diesem Fall gäbe es wesentlich mehr Raum für Fehler. Die Adressen sind mitunter recht lang.«

»Wenn man also eine falsche Taste drückt, könnte die E-Mail an Weiß-Gott-Wen gehen?«

An einem Kartoffelchip kauend, nickte Fisher. »Ich bekomme ständig falsch adressierte E-Mails.«

Fragend blickte Sidney ihn an. »Und was tust du, wenn so etwas passiert?«

»Tja, in den meisten Fällen ist das ganz einfach. Ich brauche nur den Befehl ›Weiterleiten‹ auszuwählen und schicke eine Standardnachricht mit, in der ich erkläre, daß die Adresse nicht stimmt. Als Empfänger gebe ich die E-Mail-Adresse des Absenders an. Die Nachricht geht so automatisch als Anhang zurück an den Absender.«

»Jeff, heißt das, wenn mein Mann eine E-Mail an die falsche Adresse geschickt hat, könnte derjenige, der die Nachricht irrtümlich erhalten hat, sie an Jasons E-Mail-Adresse zurückschicken, um ihn auf den Fehler aufmerksam zu machen?«

»Genau. Über das Internet ist das relativ einfach.«

Unvermittelt sprang Sidney auf. »Aber wenn der irrtümliche Empfänger zurückgeschrieben hat, müßte sich die E-Mail jetzt in Jasons Mailbox befinden, nicht wahr?«

Mit durch ihren Tonfall leicht besorgter Miene blickte Fisher zu ihr auf. »Nun, ja.«

Sidney ergriff ihre Handtasche.

Fisher sah sie an. »Was hast du vor?«

»Ich will auf unserem Computer nach der E-Mail suchen. Wenn das Paßwort dabei ist, kann ich die Diskette lesen.« Sidney holte die Diskette aus dem Laufwerk und steckte sie in die Handtasche.

»Sidney, wenn du mir den Benutzernamen und das Paßwort deines Mannes verrätst, kann ich von hier aus auf seine Mailbox zugreifen. Ich bin auch bei America Online. Mit der Hardware hat das nichts zu tun. Ich logge dich einfach als Gast ein. Wir können die Diskette hier lesen.«

»Ich weiß, Jeff. Aber wäre der Zugriff auf Jasons Mailbox hierher zurückzuverfolgen?«

Fisher verengte die Augen. »Schon möglich. Jemand, der Ahnung hat, könnte das ohne weiteres.«

»Ich glaube, wir müssen davon ausgehen, daß diese Leute jede Menge Ahnung haben. Es ist viel sicherer für dich, wenn niemand rausfinden kann, daß von hier aus auf die E-Mail zugegriffen wurde.«

Fisher wurde eine Spur blasser. Sein Gesicht und sein

Tonfall verrieten Besorgnis, als er leise meinte: »Wo bist du da bloß reingeraten, Sidney?«

Sie wandte sich von ihm ab. »Wir bleiben in Verbindung.«

Nachdem sie gegangen war, verharrte Fisher noch eine Weile reglos vor dem Bildschirm, dann schloß er den Computer wieder an die Telefonleitung.

Sawyer ließ sich in den Ruhesessel fallen, betrachtete zum wiederholten Male den Bericht in der *Post* über Jason Archer und schüttelte den Kopf. Dann drehte er die Zeitung um. Als sein Blick auf die andere Schlagzeile fiel, verschluckte er sich fast. In weniger als zwei Minuten hatte er den Bericht gelesen. Er stürmte zum Telefon, erledigte ein paar Anrufe, danach rannte er die Treppe hinunter. Eine Minute später stob sein Wagen mit quietschenden Reifen davon.

Sidney parkte den Ford in der Einfahrt, lief ins Haus, warf den Mantel in die Ecke und begab sich ohne Umweg ins Büro ihres Mannes. Sie war drauf und dran, die AOL-Mailbox zu öffnen, als sie jäh vom Stuhl aufsprang. »O Gott!« An diesem Gerät konnte sie es nicht tun – schließlich befand sich etwas Unbekanntes darauf. Rasch überlegte sie. Die Computer bei Tyler, Stone verfügten über AOL-Software – von dort aus konnte sie auf die Mailbox zugreifen. Im Vorbeilaufen packte sie den Mantel, rannte zur Eingangstür und schwang sie auf. Ihr Schrei war weithin vernehmbar.

Lee Sawyer stand vor der Tür und wirkte alles andere als erfreut.

Nach Luft ringend, faßte sie sich an die Brust. »Was wollen Sie denn hier?«

Sawyer hielt die Zeitung hoch. »Haben Sie zufällig diesen Bericht gelesen?« Sidney starrte auf das Foto von Ed Page. Erkennen stand ihr deutlich ins Gesicht geschrieben. »Ich ... na ja, eigentlich –«, stammelte sie.

Sawyer trat ein und warf die Tür hinter sich zu. Sidney taumelte zurück ins Wohnzimmer. »Ich dachte, wir hätten eine Vereinbarung. Erinnern Sie sich daran? Informationsaustausch. Wir müssen uns unterhalten. Und zwar auf der Stelle!«

Sie drängte sich an ihm vorbei auf die Tür zu, doch er packte sie am Arm und schleuderte sie auf die Couch. Sidney sprang wieder auf. »Verschwinden Sie!« kreischte sie.

Kopfschüttelnd hielt er die Zeitung hoch. »Wollen Sie auf eigene Faust ermitteln? Dann sollte sich Ihr kleines Mädchen besser nach einer neuen Mutter umsehen.«

Sie preschte vor, schlug ihm ins Gesicht und holte zu einem weiteren Hieb aus. Der FBI-Agent packte sie an beiden Armen und umklammerte sie mit bärenstarkem Griff. Verzweifelt kämpfte sie dagegen an.

»Sidney, ich bin nicht hier, um mit Ihnen zu streiten. Gleichgültig, ob Ihr Mann etwas getan hat oder nicht, ich will Ihnen helfen. Aber, verdammt noch mal, Sie müssen mir auch helfen.«

Die beiden rangelten quer durch das Zimmer und fielen auf die Couch. Unbeholfen kam Sidney auf Sawyers Schoß zu liegen und versuchte aus Leibeskräften, ihn zu schlagen. Doch er hielt sie fest, bis die Spannung endlich aus ihren Armen wich. Dann ließ er sie los. Sofort rutschte sie zum anderen Ende der Couch und vergrub das Gesicht in den Händen.

Sawyer lehnte sich zurück und wartete. Nachdem sie sich wieder aufgerichtet hatte, wischte Sidney sich mit dem Ärmel die Tränen aus dem Gesicht. Sie leckte sich über die Lippen und betrachtete die zu Boden gefallene Zeitung. Ed Page starrte sie an.

»Sie haben im Flugzeug aus New Orleans mit ihm gesprochen, nicht wahr?« fragte Sawyer mit leiser Stimme. Er hatte beobachtet, wie Page in New Orleans in die Maschine stieg. Aus der Passagierliste ging hervor, daß Page neben Sidney gesessen hatte. Er hatte diesem Umstand keine Bedeutung beigemessen. Bis jetzt zumindest. »Nicht wahr, Sidney?« Widerwillig nickte sie. »Erzählen Sie mir davon. Und diesmal bitte alles.«

Was Sidney schließlich tat, angefangen bei Pages Geschichte über Jasons Verwandlung am Flughafen bis hin zu Pages Geständnis, sie beschattet und ihr Telefon angezapft zu haben.

»Ich habe mich bei der Gerichtsmedizin erkundigt«, sagte Sawyer, nachdem sie geendet hatte. »Page wurde von jemandem getötet, der sein Handwerk verstand. Eine Stichwunde in jeden Lungenflügel. Ein präziser Schnitt durch die Halsschlagader. Page starb binnen einer Minute. Wer auch immer ihn ermordet hat, war kein gewöhnlicher Straßengauner, der sich messerschwingend Geld für Drogen verschaffen wollte.«

Sidney atmete tief durch. »Deshalb habe ich Sie in der Garage fast über den Haufen geschossen. Ich dachte, jetzt wären die hinter mir her.«

»Haben Sie eine Ahnung, wer ›die‹ sein könnten?«

Sidney schüttelte den Kopf und rieb sich neuerlich das Gesicht. Sie lehnte sich zurück und schaute den FBI-Agenten an. »Ich weiß eigentlich gar nichts, außer, daß mein Leben von heute auf morgen zur Hölle geworden ist.«

Sawyer ergriff ihre Hand. »Wollen doch mal sehen, ob wir das nicht gemeinsam wieder in Ordnung bringen können.« Er stand auf und bückte sich, um ihren Mantel vom Fußboden aufzuheben. »Das Detektivbüro *Private Solutions* hat seinen Hauptsitz in Arlington, gegenüber dem Gerichtsgebäude. Ich habe vor, mich dort umzusehen. Und vorerst wäre es mir am liebsten, wenn ich Sie ständig im Auge behalten könnte. Kommen sie mit?«

Sidney Archer schluckte heftig, als sie schuldbewußt die Diskette in der Manteltasche betastete. Die Diskette stellte ein Geheimnis dar, das preiszugeben sie sich nicht überwinden konnte – zumindest vorläufig nicht. »In Ordnung.«

Edward Pages Büro befand sich in einem unscheinbaren, niedrigen Bürogebäude gegenüber dem Kreisgericht Arlington. Der diensthabende Nachtwächter hätte sich kaum zuvorkommender zeigen können, nachdem er Lee Sawyers Ausweis gesehen hatte. Er ging voraus zu den Fahrstühlen.

Kurze Zeit später, nachdem sie im zweiten Stock ausgestiegen und den schwach beleuchteten Korridor entlangmarschiert waren, hielten die drei vor einer Tür an, neben der ein Metallschild mit dem eingravierten Namen »PRIVATE SOLUTIONS« an der Wand hing. Der Nachtwächter holte seinen Schlüsselbund hervor und versuchte, die Tür aufzusperren.

»Verflucht!«

»Was ist denn los?« erkundigte sich Sawyer.

»Der Schlüssel paßt nicht.«

»Sollte der Universalschlüssel nicht an sämtlichen Türen im Gebäude funktionieren?«

»Ja, das sollte er. Aber mit diesem Kerl hatten wir schon einmal Probleme.«

»Warum?« wollte Sawyer wissen.

Der Nachtwächter blickte ihn an. »Er hat das Schloß ausgewechselt. Daraufhin hat ihn die Gebäudeverwaltung zur Schnecke gemacht. Also rückte er mit einem anderen Schlüssel heraus, der angeblich für das neue Schloß passen sollte. Nun, hiermit kann ich Ihnen versichern, daß dem nicht so ist.«

Suchend ließ Sawyer den Blick in beide Richtungen des Korridors wandern. »Gibt es noch einen anderen Eingang?«

Der Nachtwächter schüttelte den Kopf. »Nein. Ich kann versuchen, Mr. Page zu Hause anzurufen und ihm sagen, er soll schleunigst den Hintern herbewegen und die Tür aufschließen. Von mir bekommt er für diese Sauerei auch noch einiges zu hören. Was, wenn mal ein Notfall eintritt, und ich hinein muß?« Gewichtig klopfte er auf den Pistolenhalfter. »Verstehen Sie, was ich meine?«

»Ich glaube kaum, daß es etwas bringt, Page anzurufen«, meinte Sawyer ruhig. »Er ist nämlich tot. Ermordet.«

Langsam wich alle Farbe aus dem Gesicht des jungen Mannes. »Herr im Himmel! O mein Gott!«

»Ich nehme an, die Polizei war noch nicht hier?« fragte Sawyer. Der Nachtwächter schüttelte den Kopf.

»Wie sollen wir jetzt reinkommen?« meinte der junge Mann fast flüsternd, während er sich mit weit aufgerissenen

Augen im Gang nach möglicherweise lauernden Mördern umsah.

Statt einer Antwort warf Lee Sawyer sich mit seiner kräftigen Gestalt gegen die Tür, deren Holz unter dem Aufprall splitterte. Nach einem weiteren Stoß gab das Schloß nach; die Tür schwang auf und krachte an die Innenwand des Büros. Während er sich den Mantel abklopfte, drehte Sawyer sich zu dem Nachtwächter um. »Wir melden uns bei Ihnen, wenn wir gehen. Danke vielmals.«

Sekundenlang verharrte der junge Mann mit offenem Mund und sah zu, wie der FBI-Agent gemeinsam mit der Frau im Büro verschwand. Dann trottete er kopfschüttelnd zurück zum Aufzug.

Sidney blickte von der aufgebrochenen Tür zu Sawyer. »Unvorstellbar, daß er Sie nicht einmal nach einem Durchsuchungsbefehl gefragt hat. Da wir gerade davon reden: Haben Sie einen?«

Sawyer musterte sie. »Wieso interessiert Sie das?«

»Als Anwältin bin ich Justizdienerin. Ich wollte nur mal nachfragen.«

Er zuckte mit den breiten Schultern. »Ich mache Ihnen einen Vorschlag, Frau Justizdienerin: Wenn wir etwas finden, passen Sie drauf auf, und ich besorge einen Durchsuchungsbefehl.« Unter anderen Umständen wäre Sidney Archer in schallendes Gelächter ausgebrochen, nun aber entlockte ihr Sawyers Antwort lediglich ein Lächeln. Was jedoch schon reichte, um Sawyers Stimmung zu heben.

Das Büro erwies sich als schlicht, aber modern und zweckmäßig eingerichtet. Während der nächsten halben Stunde durchforsteten die beiden das kleine Zimmer, ohne dabei auf etwas Ungewöhnliches oder Auffälliges zu stoßen. Dafür fanden sie Briefpapier, auf dem Ed Pages Privatadresse stand. Eine Wohnung in Georgetown.

Sawyer lehnte sich an einen Schreibtisch und ließ prüfend den Blick durch den Raum schweifen. »Ich wünschte, mein eigenes Büro wäre so ordentlich. Aber ich sehe nichts, das uns in irgendeiner Form weiterhelfen könnte.« Niedergeschlagenheit breitete sich auf seinem Gesicht aus. »Ich hätte ein besseres Gefühl, wenn das Büro verwüstet wäre. Dann wüßten wir zumindest, daß sich auch jemand anders dafür interessiert hat.«

Während Sawyer sprach, sah Sidney sich noch einmal im Büro um. Ihr Blick blieb an einer Wand hängen, an der mehrere dunkelgraue Aktenschränke in einer Reihe nebeneinander standen. Sie betrachtete den unbestreitbar eintönigen, beigen Teppichboden.

»Seltsam.« Sidney sank auf die Knie, beugte sich hinab, bis ihr Gesicht fast den Teppich berührte und begutachtete eine Lücke zwischen den beiden Aktenschränken nahe der Stelle, die sie untersuchte. Die übrigen Aktenschränke standen dicht auf dicht. Sidney stemmte sich mit der Schulter gegen einen der Aktenschränke und drückte, doch das schwere Möbel rührte sich nicht.

»Ob Sie mir wohl mal helfen könnten?« meinte sie, an Sawyer gewandt.

Der FBI-Agent schlurfte zu ihr hinüber, bedeutete ihr, aus dem Weg zu gehen, und schob den Schrank beiseite.

»Schalten Sie das Licht da ein«, sagte Sidney aufgeregt.

Sawyer tat, wie ihm geheißen, und hockte sich neben sie. »Was ist denn?«

Sidney rückte zur Seite, damit der FBI-Agent es sehen konnte. Auf dem Boden, an der Stelle, wo der Schrank gestanden hatte, befand sich ein Rostfleck. Kein großer zwar, aber doch deutlich erkennbar. Verwirrt glotzte Sawyer sie an. »Und? Davon kann ich Ihnen in meinem Büro ein gutes Dutzend zeigen. Das Metall rostet, das Zeug frißt sich in den Teppich, und eh' man sich's versieht, hat man Rostflecken.«

Sidneys Augen glitzerten. »Wirklich?«

Triumphierend deutete sie auf den Boden. Leichte, aber doch unverkennbare Abdrücke auf dem Teppich verrieten, daß der Aktenschrank ursprünglich unmittelbar an den nächsten angeschlossen hatte. Es hätte keine Lücke geben dürfen.

Sidney deutete auf den Schrank, den Sawyer verschoben

hatte. »Kippen Sie den da mal und sehen sich die Unterseite an.«

Was Sawyer tat. »Da ist kein Rost«, meinte er und blickte sie an. »Also hat jemand diesen Schrank verschoben, um den Rostfleck zu verdecken. Warum?«

»Weil der Rostfleck von einem *anderen* Aktenschrank stammt. Einem Aktenschrank, der nicht mehr da ist. Anscheinend wurden die Abdrücke so gut wie möglich herausgesaugt, die der fehlende Schrank hinterlassen haben muß, aber der Rostfleck ließ sich wohl nicht entfernen. Also tat der mysteriöse Schrankdieb das Naheliegendste: Er verdeckte den Fleck mit einem anderen Schrank und hoffte, die Lücke würde niemandem auffallen.«

»Aber Ihnen ist sie aufgefallen«, meinte Sawyer mit unverkennbarer Bewunderung in der Stimme.

»Ich konnte mir einfach nicht vorstellen, weshalb ein so ordentlicher Mensch wie unser Mr. Page eine Lücke in einer sonst geschlossenen Reihe von Aktenschränken dulden sollte. Erklärung: Jemand anders ist dafür verantwortlich.«

»Und das bedeutet, daß sich *tatsächlich* jemand für Edward Page und den Inhalt seines Aktenschrankes interessiert. Das wiederum läßt darauf schließen, daß wir auf der richtigen Fährte sind.«

Sawyer griff zum Telefon auf Pages Schreibtisch. Mit knappen Worten wies er Ray Jackson an, alles über Edward Page in Erfahrung zu bringen.

Nachdem er aufgelegt hatte, wandte er sich an Sidney. »Da das Büro nichts Weltbewegendes zum Vorschein gebracht hat: Was halten Sie davon, wenn wir Edward Pages bescheidener Behausung einen Besuch abstatten?«

## KAPITEL 45

Pages Wohnung befand sich im Erdgeschoß eines großen, um die Jahrhundertwende errichteten Hauses in Georgetown, das man in mehrere kleine Wohneinheiten aufgeteilt hatte. Der schlaftrunkene Besitzer des Anwesens stellte Sawyers Ansinnen, die Wohnung zu durchsuchen, in keiner Weise in Frage. Der Mann hatte von Pages Tod gelesen und zeigte sich bestürzt darüber. Zwei Ermittler der Polizei waren bereits in der Wohnung gewesen und hatten den Hausbesitzer sowie einige Mieter befragt. Zudem hatte der Besitzer einen Anruf von Pages Tochter aus New York erhalten. Der Privatdetektiv war ein mustergültiger Mieter gewesen. Zwar schien der verstorbene Page recht unregelmäßigen Arbeitszeiten zu frönen und kam oft mehrere Tage lang überhaupt nicht, doch die Miete wurde stets pünktlich am Monatsersten bezahlt. Darüber hinaus war er ruhig und ordnungsliebend gewesen. Page hatte keine engen Freunde, von denen der Hausbesitzer wußte.

Mit einem Schlüssel, den ihm der Eigentümer zur Verfügung stellte, verschaffte Sawyer sich Zugang zu Pages Wohnung. Gemeinsam mit Sidney trat er hinein, schaltete das Licht ein und schloß die Tür hinter sich. Sawyer erhoffte sich von dem Besuch zumindest einen Schuß in die richtige Richtung, wenngleich ihm ein Volltreffer noch lieber gewesen wäre.

Bevor sie Pages Büro verlassen hatten, hatten sie das Protokoll des Sicherungsdienstes überprüft. Der Aktenschrank war am Tag zuvor entfernt worden, von zwei Burschen in Spediteursmontur, die einen ordnungsgemäß wirkenden

Auftrag und die Büroschlüssel vorzuweisen hatten. Sawyer war überzeugt, daß es sich um eine Scheinfirma handelte, und vermutete, daß der Inhalt des Aktenschranks, der wohl eine wahre Schatztruhe interessanter Informationen dargestellt hätte, mittlerweile als Aschehaufen in einem Verbrennungsofen ruhte.

In ihrer Schlichtheit und Ordentlichkeit erinnerte Pages Wohnung an sein Büro. Sawyer und Sidney nahmen zunächst die verschiedenen Räume in Augenschein. Ein hübscher, offener Kamin mit breitem Sims viktorianischen Stils beherrschte das Wohnzimmer. An einer Wand reihten sich Bücherregale aneinander. Nach der Büchersammlung zu schließen, mußte Edward Page eine Leseratte gewesen sein. Aber sie fanden weder Tagebücher noch Aufzeichnungen, noch Quittungen, die vielleicht Aufschluß darüber gegeben hätten, wo Page sich in letzter Zeit aufgehalten oder wen, außer Sidney und Jason Archer, er beschattet haben könnte. Nachdem sie das Wohn- und Eßzimmer gründlich durchsucht hatten, gingen Sawyer und Sidney zu den weiteren Räumen über.

Die Küche und das Badezimmer offenbarten nichts Interessantes. Sawyer überprüfte die üblichen Plätze, wie beispielsweise den Toilettenspültank. Im Kühlschrank begutachtete er Cola-Dosen und Salatköpfe, um sicherzugehen, daß es sich tatsächlich um die augenscheinlichen Gegenstände und keine Verstecke handelte, in denen sich Hinweise auf den Grund für Pages Ermordung verbargen. Sidney nahm das Schlafzimmer peinlich genau unter die Lupe, indem sie unter dem Bett begann und sich über die Matratze weiter zum Schrank vorarbeitete. Die paar Koffer, die herumstanden, wiesen keine alten Fluglinienaufkleber auf. Der Mülleimer war leer.

Sawyer und Sidney setzten sich nebeneinander auf das Bett und ließen die Blicke durch den Raum schweifen. Auf den Nachtkästchen standen Fotos: Edward Page samt Familie, offensichtlich in glücklicheren Tagen.

Sidney ergriff eines der Bilder. »Eine nette Familie.« Unwillkürlich kreisten ihre Gedanken um die Fotos in ihrem eigenen Haus. Es schien unglaublich lange her zu sein, daß dieser Begriff auf ihre eigene Familie zutraf. Sie reichte Sawyer das Foto.

Die Frau war durchaus als attraktiv zu bezeichnen, dachte er, der Sohn wirkte wie ein jüngeres Abbild des Vaters. Auch die Tochter war äußerst hübsch. Sie hatte rote Haare, schlaksige Beine und mochte auf dem Foto etwa vierzehn Jahre alt sein. Das Datum darauf verriet, daß es vor fünf Jahren aufgenommen worden war. Mittlerweile verdrehte sie den Männern bestimmt reihenweise die Köpfe, mutmaßte Sawyer. Und dennoch lebten Frau und Kinder laut Aussage des Hausbesitzers in New York, während Page hier unten wohnte. Warum?

Als Sawyer das Foto der Familie Page zurückstellen wollte, spürte er eine leichte Ausbuchtung an der Rückseite des Rahmens. Er öffnete den Rahmen. Mehrere Fotos, etwa halb so groß wie das gerahmte, fielen heraus. Sawyer hob sie vom Boden auf und begutachtete sie. Sie zeigten alle dieselbe Person, nämlich einen jungen Mann Mitte Zwanzig. Gutaussehend. *Zu* gutaussehend für den Geschmack des FBI-Agenten. Ein hübscher Bengel, war sein erster Gedanke. Die Kleidung wirkte allzu modisch, der Haarschnitt zu perfekt. Entlang der Kieferpartie und rund um die tiefbraunen Augen vermeinte er eine gewisse Ähnlichkeit zu Ed Page zu erkennen. Sawyer drehte die Fotos nacheinander um. Alle Rückseiten waren unbeschriftet, bis auf eine: ›Stevie‹ stand darauf. Möglicherweise Pages Bruder. Wenn dem so war, weshalb hatte er die Fotos versteckt?

Sidney sah ihn an. »Was denken Sie?«

Er zuckte die Schultern. »Mitunter habe ich das Gefühl, dieser Fall erfordert mehr Geisteskraft, als ich zu bieten habe.« Sawyer legte die Fotos zurück, mit Ausnahme des beschrifteten, das er in die Manteltasche steckte. Noch einmal sahen sich die beiden im Zimmer um, dann erhoben sie sich, gingen hinaus und sperrten die Tür hinter sich zu.

Sawyer begleitete Sidney nach Hause und nahm als zusätzliche Vorsichtsmaßnahme eine gründliche Durchsuchung des Anwesens vor, um sicherzugehen, daß es leer stand und sämtliche Fenster und Türen gut verschlossen waren. »Gleichgültig, wie spät es ist, ob Tag oder Nacht – wenn Sie irgend etwas hören, ein Problem haben oder einfach nur reden wollen, dann rufen Sie mich an. Verstanden?« Sidney nickte. »Draußen sind zwei meiner Männer. Die beiden können innerhalb von Sekunden hier drin sein.« Er schritt zur Eingangstür. »Ich muß ein paar Dinge erledigen, komme aber morgen früh wieder.« Der Agent drehte sich noch einmal zu ihr um. »Werden Sie zurechtkommen?«

»Ja.« Sidney schlang die Arme um sich.

Sawyer seufzte und lehnte sich gegen die Tür. »Ich hoffe, eines Tages kann ich Ihnen die Lösung des Falls in einem hübschen Geschenkpaket überreichen, Sidney. Das hoffe ich wirklich.«

»Sie ... Sie glauben immer noch, daß Jason schuldig ist, nicht wahr? Ich schätze, ich kann Ihnen keinen Vorwurf daraus machen. Ich weiß, daß alles ... darauf hindeutet.« Eingehend musterte sie das besorgte Gesicht des FBI-Agenten.

Abermals seufzte der kräftige Mann und wandte kurz die Augen ab. Als er Sidney wieder ansah, erblickte sie einen merkwürdigen Schimmer darin. »Sagen wir so, Sidney, allmählich hege ich gewisse Zweifel.«

Sie zeigte sich verwirrt. »An Jason?«

»Nein, an allem. Eines kann ich Ihnen versprechen: Mein oberstes Ziel ist, Ihren Mann sicher und gesund zu finden. Danach können wir alles Übrige regeln. In Ordnung?«

Leicht zitternd nickte sie. »In Ordnung.« Als er sich zum Gehen wandte, berührte sie ihn am Arm. »Danke, Lee.«

Durch das Fenster beobachtete sie, wie Sawyer zu dem schwarzen Wagen hinüberlief, in dem die beiden FBI-Agenten saßen. Er schaute zurück zum Haus, erblickte sie und winkte.

Schweren Herzens zwang sie sich, die Geste flüchtig zu erwidern. Im Augenblick plagten sie heftige Schuldgefühle wegen etwas, das sie gleich tun würde. Sie trat vom Fenster weg, schaltete alle Lichter aus, ergriff Mantel und Handtasche und rannte zur Hintertür hinaus, nur Sekunden, bevor einer von Sawyers Männern auftauchte, um diesen Bereich zu bewachen.

Nach einem kurzen Marsch durch den Wald, der an ihren Hinterhof grenzte, gelangte sie am nächsten Häuserblock an die Straße. Nach weiteren fünf Minuten eiligen Schrittes erreichte sie eine Telefonzelle. Kaum zehn Minuten später holte das Taxi sie ab.

Eine halbe Stunde danach schob sie den Schlüssel in das Sicherheitsschloß des Bürogebäudes, und die schweren Glastüren glitten auseinander. Sie rannte zu den Aufzügen.

Kurze Zeit später stieg Sidney aus dem Lift. Lautlos schlich sie den Flur im Halbdunkel der Räumlichkeiten von Tyler, Stone entlang. Die Bibliothek befand sich am Ende des Hauptkorridors. Die mit Milchglasscheiben besetzte Doppeltür stand offen. Dahinter waren die unzähligen Regale voller Bücher zu erkennen, aus denen sich die eindrucksvolle juristische Bibliothek der Anwaltskanzlei zusammensetzte. Der Raum bestand aus einer riesigen, offenen Fläche sowie mehreren Kabinen und daran anschließenden, abgeschirmten Arbeitsbereichen. Hinter einer der Trennwände befand sich eine Reihe von Computerterminals, die Anwälten und Kanzleigehilfen für juristische Nachforschungen dienten.

Sidney sah sich in der dunklen Bibliothek um, bevor sie sich hineinwagte. Kein Geräusch war zu hören, keine Bewegung zu erkennen. Dankbar stellte sie fest, daß heute kein junger Sozius die Nacht durcharbeitete. Zwei Fensterfronten an nebeneinanderliegenden Wänden des Saals wiesen auf die Straßen der Stadt hinaus, doch die Jalousien waren heruntergelassen. Niemand konnte hereinschauen.

Sidney nahm vor einem der ausgeschalteten Terminals Platz und wagte, eine Lampe anzumachen, die auf dem Computertisch neben dem Monitor stand. Sie holte die Diskette aus der Handtasche und legte sie auf den Tisch.

Binnen einer Minute war der Computer hochgefahren.

Mit der Maus klickte sie die erforderlichen Befehle an, um America Online zu starten. Leicht zuckte sie zusammen, als das Modem zu piepsen und zu rumoren begann. Nachdem die Verbindung hergestellt war, gab sie Benutzernamen und Paßwort ihres Mannes ein. Stumm dankte sie Jason dafür, daß er darauf bestanden hatte, sie müßte sich beides einprägen, als sie vor ein paar Jahren den Dienst abonnierten. Heftig atmend, mit angespannten Zügen und einem mulmigen Gefühl im Magen, starrte sie auf den Bildschirm, wie ein Angeklagter, der den Schuldspruch der Geschworenen erwartet. Die Computerstimme ließ sie zusammenzucken, doch sie verkündete genau das, worauf Sidney gehofft hatte: »Sie haben Post.«

Weiter unten im Flur bewegten sich zwei Paar Füße geräuschlos auf die Bibliothek zu.

Sawyer schaute zu Jackson auf. Die beiden befanden sich im Konferenzraum des FBI. »Also, was hast du über Page rausgefunden, Ray?«

Jackson nahm Platz und schlug das Notizbuch auf. »Ich hatte eine nette Plauderei mit dem New York Police Department. Page hat dort mal als Polizist gearbeitet. Außerdem habe ich mit Pages Ex-Frau gesprochen. Hab' sie zwar aus dem Bett geholt, aber du hast ja gesagt, es sei dringend. Sie lebt immer noch in New York. Seit der Scheidung hatte sie kaum Kontakt zu ihm. Seinen Kindern hingegen stand er sehr nahe. Ich habe mich mit seiner Tochter unterhalten. Sie ist achtzehn Jahre alt, im ersten Jahr am College; und jetzt muß sie ihren Vater beerdigen.«

»Was hat sie dir erzählt?«

»Eine ganze Menge. Zum Beispiel, daß ihr Vater die letzten Wochen nervös wirkte. Er wollte nicht, daß ihn seine Kinder besuchten. Ständig trug er eine Waffe bei sich, eine Gewohnheit, die er vor Jahren abgelegt hatte. Sogar nach New Orleans hat er eine Kanone mitgenommen, Lee. Man hat sie in einer Tasche neben der Leiche gefunden. Der arme Kerl hatte keine Chance, sie zu benutzen.«

»Warum ist er aus New York hierher gezogen, vor allem, wo doch seine Familie dort blieb?«

Jackson nickte. »Das ist ein interessanter Punkt. Seine Frau wollte sich darüber nicht auslassen. Sie meinte nur, die Ehe sei am Ende gewesen, und das war's. Pages Tochter zeigte sich in der Hinsicht gesprächiger.«

»Hat sie dir einen Grund genannt?«

»Ed Pages jüngerer Bruder lebte ebenfalls in New York. Vor etwa fünf Jahren hat er Selbstmord begangen. Er war Diabetiker. Nach einem ausgiebigen Saufgelage hat er sich eine Überdosis Insulin gespritzt. Page stand seinem kleinen Bruder sehr nahe. Seine Tochter meinte, ihr Vater wäre danach nie mehr derselbe gewesen.«

»Also wollte er einfach aus der Gegend weg?«

»Aus dem Gespräch mit seiner Tochter erfuhr ich, daß Ed Page davon überzeugt war, der Tod seines Bruders wäre kein Selbstmord gewesen.«

»Er glaubte, sein Bruder wurde ermordet?«

Jackson nickte.

»Wieso?«

»Ich habe beim NYPD um eine Kopie der Akte angesucht. Vielleicht finden wir darin ein paar Antworten, obwohl ich kurz mit dem Ermittler gesprochen habe, der den Fall betreute, und der meinte, alle Indizien deuteten auf einen Selbstmord oder einen Unfall hin. Der Bursche war stockbesoffen.«

»Wenn er sich umgebracht hat, weiß jemand, warum?«

Jackson lehnte sich zurück. »Wie gesagt, Steven Page war Diabetiker, mit seiner Gesundheit stand es also nicht zum Besten. Laut Pages Tochter kam ihr Onkel mit dem Insulin nie besonders gut klar. Obwohl er erst achtundzwanzig war, als er starb, dürften seine inneren Organe wesentlich älter gewesen sein.« Jackson hielt inne und betrachtete einen Augenblick seine Notizen. »Darüber hinaus erfuhr Steven Page sehr kurz vor seinem Tod, daß er HIV-positiv war.«

»Scheiße. Das erklärt das Saufgelage«, meinte Sawyer.

»Wahrscheinlich.«

»Und vielleicht den Selbstmord.«

»Genau das glaubt die New Yorker Polizei.«

»Wie hat er sich den Virus zugezogen?«

»Das weiß niemand. Zumindest nicht offiziell. Aus dem Bericht des Gerichtsmediziners kann die Herkunft auch unmöglich hervorgehen. Also habe ich Pages Ex-Frau gefragt. Sie war keine große Hilfe. Die Tochter hingegen hat mir erzählt, daß ihr Onkel schwul war. Zwar kein bekennender Homosexueller, aber sie war sich ziemlich sicher und glaubt, daß er sich den Virus auf diese Weise eingefangen hat.«

Sawyer kratzte sich am Kopf und stieß die Luft aus. »Kann es eine Verbindung geben zwischen einem möglichen, fünf Jahre zurückliegenden Mord an einem Schwulen in New York, Jason Archer, der seinen Arbeitgeber ausnimmt, und einem Flugzeug, das in Virginia abstürzt?«

Jackson zupfte sich die Lippe. »Vielleicht wußte Page aus irgendeinem Grund, daß Archer nicht in die Maschine gestiegen war.«

Kurz fühlte Sawyer sich schuldig. Aus seinem Gespräch mit Sidney – einem Gespräch, von dem er seinem Partner nichts erzählt hatte – war er sicher, daß Page gewußt hatte, daß Jason nicht in der Maschine gewesen war. »Dann verschwindet Archer«, meinte er, »und Page versucht, über seine Frau die Spur aufzunehmen.«

»Klingt soweit einleuchtend. He, vielleicht hat Triton Page angeheuert, um undichte Stellen aufzuspüren, wobei er auf Archer stieß.«

Sawyer schüttelte den Kopf. »Mit der internen Objektschutzabteilung und Frank Hardys Firma standen Triton mehr als genug Leute für diese Aufgabe zur Verfügung.«

Eine Frau mit einer Akte in der Hand betrat den Raum. »Ray, das hier kam gerade per Fax aus New York herein.«

Jackson nahm die Akte entgegen. »Danke, Jennie.« Nachdem sie das Zimmer verlassen hatte, sah Jackson die Akte durch, während Sawyer ein paar Anrufe tätigte.

»Steven Page?« erkundigte Sawyer sich schließlich und deutete auf die Akte.

»Genau. Liest sich ausgesprochen interessant.«

Sawyer schenkte sich eine Tasse Kaffee ein und setzte sich neben seinen Partner.

»Steven Page war bei Fidelity Mutual in Manhattan beschäftigt, einem der größten Investmenthäuser des Landes. Er lebte in einem hübschen Apartmenthaus. Die Wohnung war randvoll mit Antiquitäten, Gemälden und sauteuren Anzügen. In der Hausgarage hatte er einen Jaguar stehen. Zudem besaß er ein wertvolles Investmentportefeuille, Aktien, Anleihen, Pfandbriefe, Kassenobligationen. Insgesamt war er weit über eine Million Dollar schwer.«

»Nicht schlecht für einen Achtundzwanzigjährigen. Aber ich schätze, Investmentbanker verdienen ein mittleres Vermögen. Andauernd hört man, daß diese Gauner Unsummen einsacken, und keiner weiß genau wofür. Wahrscheinlich dafür, daß sie Unseresgleichen über den Tisch ziehen.«

»Schon richtig, aber Steven Page war kein Investmentbanker. Er war Finanzanalyst, also Marktbeobachter, und bezog ein fixes Gehalt. Laut diesem Bericht war damit nicht das große Geld zu machen.«

Sawyer runzelte die Stirn. »Woher hatte er dann den Grundstock für die Aktien? Bei Fidelity veruntreut?«

Jackson schüttelte den Kopf. »Das haben die Jungs vom NYPD überprüft. Bei Fidelity wurden keine Gelder vermißt.«

»Und zu welchem Schluß kam das NYPD?«

»Ich glaube nicht, daß die Burschen je zu irgendeinem Schluß gekommen sind. Page wurde allein in seiner Wohnung gefunden; Fenster und Tür waren von innen verriegelt, und nachdem der Bericht des Gerichtsmediziners eintrudelte, der die Sache als wahrscheinlichen Selbstmord durch eine Insulinüberdosis darstellte, verlor das NYPD rasch das Interesse an dem Fall. Falls du es nicht weißt, im Big Apple hat die Polizei einen ziemlichen Rückstand bei der Aufklärung von Mordfällen, Lee.«

»Wie nett von dir, daß du mich über das Leichenproblem in New York City aufklärst, Ray. Also, wer hat das Ganze geerbt?«

Jackson blätterte in dem Bericht. »Steven Page hat kein Testament hinterlassen. Seine Eltern waren tot. Kinder hatte er keine. Da er sonst auch keine Geschwister hatte, ging alles an seinen Bruder, Edward Page.«

Sawyer trank einen Schluck Kaffee. »Interessant.«

»Aber ich glaube kaum, daß Edward Page seinem jüngeren Bruder das Licht ausgeblasen hat, um seinen Kindern den Universitätsbesuch zu ermöglichen. Soweit ich es in Erfahrung bringen konnte, zeigte Page sich ebenso überrascht wie alle anderen, daß sein Bruder Millionär war.«

»Irgend etwas Auffälliges im Autopsiebericht?«

Jackson entnahm der Akte zwei Seiten, die er Sawyer reichte. »Wie gesagt, Steven Page starb an einer beträchtlichen Überdosis Insulin, die er sich in die Hüfte gespritzt hat. Andere hypodermische Einstichwunden ließen darauf schließen, daß er sich die Injektionen stets in dieser Region verabreichte. Auf der Spritze, die man neben der Leiche fand, waren ausschließlich seine Fingerabdrücke, sonst keine. Aus dem toxikologischen Befund geht hervor, daß sein Blutalkoholspiegel eins Komma acht Promille betrug. Was sich als nicht gerade hilfreich erwies, als er sich die Überdosis spritzte. Der Zustand der Leiche ließ darauf schließen, daß er zum Zeitpunkt, als man ihn fand, etwa zwölf Stunden tot war. Die Körpertemperatur betrug etwa siebenundzwanzig Grad Celsius. Außerdem hatte die Totenstarre bereits voll eingesetzt, was den aus der Körpertemperatur abgeleiteten Todeszeitpunkt untermauert. Somit muß er gegen drei oder vier Uhr morgens gestorben sein. Eine nachträgliche Verlagerung der Leiche kann ausgeschlossen werden. Der Bursche starb genau dort, wo man ihn gefunden hat.«

»Wer hat ihn denn gefunden?«

»Die Vermieterin«, antwortete Jackson. »War vermutlich kein hübscher Anblick für sie.«

»Das ist der Tod selten. Hat er einen Abschiedsbrief hinterlassen?«

Jackson schüttelte den Kopf.

»Hat Page noch telefoniert, bevor er den Löffel abgab?«

»Der letzte Anruf, den Steven Page von seiner Wohnung aus getätigt hat, erfolgte um sieben Uhr dreißig an diesem Abend.«

»Wen hat er angerufen?«

»Seinen Bruder.«

»Hat die Polizei mit Ed Page gesprochen?«

»Darauf kannst du wetten. Vor allem, nachdem man von Steven Pages Reichtum erfahren hatte.«

»Hatte Ed Page ein Alibi?«

»Sogar ein verdammt gutes. Wie du weißt, war er damals Polizeibeamter. Als sein Bruder starb, war er gerade mit einem Einsatzkommando bei einer Drogenrazzia in der Lower East Side unterwegs.«

»Hat die Polizei Ed Page auch über das Telefongespräch befragt?«

»Er sagte, sein Bruder hätte verzweifelt geklungen. Steven erzählte ihm, daß er AIDS hatte. Ed Page meinte, sein Bruder hörte sich so an, als hätte er bereits etwas getrunken.«

»Wollte er denn nicht zu ihm hin?«

»Laut seiner Aussage hatte er das vor, wovon sein Bruder aber nichts wissen wollte und schließlich auflegte. Daraufhin rief Ed Page gleich noch einmal an, aber niemand ging ran. Um neun begann sein Dienst. Er sagte, er wollte seinen Bruder eine Nacht darüber schlafen lassen und am nächsten Tag nach ihm sehen. Um zehn Uhr vormittags war sein Dienst zu Ende. Nach ein paar Stunden Schlaf fuhr er gegen drei Uhr nachmittags ins Büro seines Bruders in der Innenstadt. Als er erfuhr, daß Steven nicht zur Arbeit erschienen war, raste er zur Wohnung seines Bruders, wo er etwa zur selben Zeit wie die Polizei eintraf.«

»Himmel. Ich schätze, den armen Ed Page müssen schwerste Schuldgefühle geplagt haben.«

»Wenn das mein kleiner Bruder gewesen wäre ...«, erwiderte Jackson. »Ganz schön beschissen. Aber wie auch immer, die Sache wurde als Selbstmord abgetan. Alle Tatsachen weisen eindeutig darauf hin.«

Sawyer erhob sich und begann, auf und ab zu laufen. »Und trotz allem glaubte Ed Page nicht an einen Selbstmord. Ich frage mich, warum?«

Jackson zuckte die Schultern. »Wunschdenken. Vielleicht plagten ihn tatsächlich Schuldgefühle, und er fühlte sich besser, indem er die Wahrheit verleugnete. Wer weiß? Das NYPD fand jedenfalls keinen Hinweis darauf, daß etwas faul an der Sache sein könnte, und wenn ich mir diesen Bericht so durchlese, sehe ich auch nichts.«

Sawyer antwortete nicht. Er schien tief in Gedanken versunken.

Jackson steckte den Bericht über Steven Page zurück in die Akte. Er schaute zu Sawyer. »Hast du in Pages Büro etwas gefunden?«

Halbherzig wandte Sawyer die Aufmerksamkeit seinem Partner zu. »Nein. Aber in seiner Wohnung habe ich etwas Interessantes entdeckt.« Er holte das Foto mit der Aufschrift »Stevie« aus der Jackentasche. »Deshalb interessant, weil es hinter einem anderen Foto versteckt war. Ich bin ziemlich sicher, daß es sich um ein Bild von Steven Page handelt.«

Als Jackson das Foto erblickte, klappte sein Mund auf. »O mein Gott!« Er sprang vom Stuhl auf. »O mein Gott!« rief er mit anschwellender Stimme erneut. Mit zitternden Händen ergriff er das Bild. »Das kann doch nicht sein – unmöglich.«

Sawyer packte ihn an der Schulter. »Ray? Ray? Was zur Hölle ist denn los?«

Jackson stürmte an einen anderen Tisch. Aufgeregt begann er, durch einen Aktenberg zu wühlen und warf einen flüchtigen Blick auf jedes Dokument, bevor er es beiseite schob und das nächste ergriff. Immer hektischer wurden seine Bewegungen. Endlich hielt er mit einer aufgeschlagenen Akte in der Hand inne. Mit starrem Blick betrachtete er etwas in dem darin befindlichen Papiergewühl.

Sogleich hastete Sawyer zu ihm hinüber. »Verflucht noch mal, Ray, was ist denn los?« fragte er ungeduldig.

Statt einer Antwort entnahm Jackson der Akte einen Gegenstand und reichte ihn seinem Partner. Ungläubig glotzte

Sawyer auf das Foto. Er starrte auf ein anderes Abbild der allzu hübschen Züge von Steven Page.

Sawyer ergriff das Foto aus Ed Pages Wohnung, das Ray auf den Tisch geworfen hatte und betrachtete es. Sein Blick wanderte zurück zu dem Foto aus der Akte. Ohne jeden Zweifel handelte es sich beide Male um denselben Mann.

Mit weit aufgerissenen Augen schaute Sawyer zu Jackson. »Woher hast du dieses Foto, Ray?« erkundigte er sich gedehnt, fast flüsternd.

Aufgeregt leckte Jackson sich die Lippen und schüttelte den Kopf. »Ich kann es einfach nicht glauben.«

»Woher, Ray? Woher?«

»Aus Arthur Liebermans Wohnung.«

## KAPITEL 46

Thema: Wtr: Ich nicht
Datum: 26-11-95 08:41:52 EST
Von: ArchieKW2
An: ArchieJW2

Lieber anderer Archie: Achtung vor Tippfehlern! Übrigens, schickst du dir oft selber Post? Die Mitteilung ist ein wenig dramatisch, aber nettes Paßwort. Vielleicht unterhalten wir uns mal über Verschlüsselungstechniken. Habe gehört, das Racal-Milgo des Secret Service ist eine der besten. Bis dann im Cyberspace. Ciao.

\- - - - - - - - - - - -

Forwarded Message:
Thema: Ich nicht
Datum: 19-11-95 10:30:06 PST
Von: ArchieJW2
An: ArchieKW2
sid alles falsch alles andersrum/disk in post 099121.19822.29629.295111.39614lagerhausinseattleholhilfe-beeildichich

Sidney starrte auf den Monitor. Ihr Verstand drohte abwechselnd sich zu überschlagen und abzuschalten. Sie hatte doch recht behalten. Jason hatte ein K statt eines J erwischt. Danke, ArchieKW2, wer auch immer du sein magst.

In Bezug auf das Paßwort hatte Fisher recht gehabt – fast

dreißig Zeichen lang. Zumindest nahm sie an, das die Ziffern genau das darstellten: das Paßwort.

Als sie das Datum der ursprünglichen Nachricht betrachtete, sank ihr Mut. Ihr Mann bat sie in der Mitteilung, sich zu beeilen. Gar nichts hätte sie tun können, und doch hatte sie das alles überwältigende Gefühl, ihn im Stich gelassen zu haben. Sie druckte die Seite aus und steckte den Ausdruck in die Tasche. Zumindest würde sie endlich in der Lage sein, den Inhalt der Diskette zu lesen. Bei dem Gedanken stieg ihr Adrenalinpegel an.

Unvermittelt schnellte er noch höher, als sie hörte, wie jemand die Bibliothek betrat. Ordnungsgemäß verließ sie das Programm und schaltete den Computer aus. Mit zitternden Händen steckte sie die Diskette in die Handtasche. Flach und stoßweise atmend, wartete sie auf ein weiteres Geräusch und legte die Hand auf den Griff der Pistole.

Als von rechts ein Laut an ihr Ohr drang, glitt sie aus dem Stuhl und schlich in gebückter Haltung leise nach links. Sie bog um eine Ecke und hielt inne. Vor ihrer Nase befand sich ein Bücherregal mit Bänden, über denen sie während der Jahre an der juristischen Fakultät und in ihrem ersten Arbeitsjahr viel Zeit verbracht hatte.

Durch eine Lücke zwischen den Büchern erspähte sie den im Schatten stehenden Mann. Das Gesicht konnte sie nicht erkennen. Aus Angst, ein Geräusch zu verursachen, wagte Sidney nicht, sich zu bewegen. Dann kam der Mann unmittelbar auf sie zu. Fest umklammerte sie die Smith & Wesson, mit dem Zeigefinger entsicherte sie die Waffe. Im Zurückweichen zog sie die Pistole aus dem Halfter. Tief gebückt schlich sie hinter eine Trennwand.

Angestrengt lauschte sie auf ein Geräusch, während sie fieberhaft überlegte, wie sie aus dieser Falle entkommen konnte. Das Problem war, daß nur eine Tür in den Saal führte. Ihre einzige Chance bestand darin, im Uhrzeigersinn weiterzulaufen und zu versuchen, dem Unbekannten einen Schritt vorauszubleiben. Sobald sie die Tür erreichte, würde sie rennen, was das Zeug hielt. Ein Stück den Flur hinab befanden sich die Aufzüge. Nur mußte sie es erst so weit schaffen.

Vorsichtig rückte sie ein paar Schritte weiter, verharrte, setzte sich wieder in Bewegung. Sie mußte davon ausgehen, daß der Mann sie hörte, aber sie glaubte kaum, daß er aus den Geräuschen auf ihre Strategie zu schließen vermochte. Die Schritte hinter Sidney ahmten ihre Manöver nahezu vollkommen nach.

Allein das hätte die Alarmglocken in ihrem Kopf auslösen müssen. Mittlerweile hatte sie die Tür fast erreicht – sie konnte die Milchglasscheiben sogar bereits sehen. Sidney nahm allen Mut und alle Kraft zusammen, um noch ein paar Schritte weiterzugehen – danach wollte sie losrennen. Noch fünf Schritte. Nur noch wenige Meter trennten sie vom Ausgang. Flach gegen die Wand gepreßt, zählte sie langsam bis drei.

Weiter als bis eins kam sie nicht.

Das grelle Licht blendete sie. Als sie wieder klar sehen konnte, befand sich der Mann unmittelbar neben ihr. Mit sich weitenden Pupillen schwang sie instinktiv die Pistole in seine Richtung.

»Großer Gott, haben Sie den Verstand verloren?« Philip Goldman blinzelte heftig, um die Augen an die unerwartete Helligkeit zu gewöhnen.

Völlig verblüfft glotzte Sidney ihn an.

»Welcher Teufel hat Sie denn geritten, sich hier einzuschleichen? Noch dazu mit einer Schußwaffe?«

Mit einiger Anstrengung bekam Sidney das Zittern in den Griff und richtete sich zu voller Größe auf. »Ich bin Partner in dieser Kanzlei, Philip. Es ist mein gutes Recht, mich hier aufzuhalten.« Wohl schwankte ihre Stimme, seinem Blick jedoch hielt sie unbeirrt stand.

Höhnisch erwiderte Goldman: »Aber nicht mehr lange.« Er zog einen Umschlag aus der Jackentasche. »Da wir uns schon über den Weg laufen, können wir der Kanzlei die Kosten eines Botendienstes ersparen.« Er hielt Sidney den Umschlag hin. »Ihre Kündigung. Wenn Sie so freundlich wären, sie gleich zu unterschreiben, könnten Sie allen eine Menge Ärger und der Kanzlei eine gewaltige Blamage ersparen.«

Sidney nahm den Umschlag nicht entgegen, sondern hielt Augen und Waffe auf Goldman gerichtet.

Goldman fuchtelte mit dem Umschlag vor ihrer Nase, dann starrte er auf die Pistole. »Würden Sie wohl die Waffe wegnehmen, bevor sie ihrer Liste ein weiteres Verbrechen hinzufügen?«

»Ich habe nicht das geringste verbrochen, und das wissen Sie genau.« Sie spie ihm die Worte förmlich entgegen.

Goldman rollte mit den Augen. »Selbstverständlich. Ich bin überzeugt, Sie hatten nicht die leiseste Ahnung von den Plänen ihres Mannes.«

»Auch Jason hat nichts Unrechtes getan.«

»Nun, ich diskutiere nicht mit Ihnen, solange Sie eine Schußwaffe auf mich gerichtet halten. Würden Sie das Ding *bitte* wegnehmen?«

Schließlich ließ Sidney die 9mm zögernd sinken. Plötzlich schoß ihr ein Gedanke durch den Kopf. Wer hatte das Licht eingeschaltet? Goldman war nicht einmal in der Nähe des Schalters gestanden.

Bevor sie reagieren konnte, packte eine starke Hand ihren Arm und entriß ihr die Pistole. Mit gewaltiger Kraft wurde Sidney gegen die Wand geschleudert. Langsam sackte sie zu Boden. Ihr Kopf dröhnte von dem Aufprall. Als sie aufblickte, stand ein bulliger Mann in schwarzer Chauffeursuniform über ihr. Die Mündung der Pistole zeigte nunmehr auf Sidneys Kopf.

Hinter dem Chauffeur tauchte ein weiterer Mann auf.

»Hallo, Sid. In letzter Zeit wieder mal Anrufe von toten Ehemännern bekommen?« Paul Brophy lachte.

Mühevoll quälte Sidney sich auf die wackeligen Beine und lehnte sich an die Wand, um wieder zu Atem zu kommen.

Goldman wandte sich an den bulligen Kerl. »Gute Arbeit, Parker. Sie können den Wagen holen. Wir kommen in ein paar Minuten nach.«

Parker nickte und ließ Sidneys Pistole in der Manteltasche verschwinden, wobei sie bemerkte, daß er in einem Schulterhalfter selbst eine Waffe bei sich trug. Dann, zu ihrer Bestürzung, bückte er sich, um die Handtasche an sich zu nehmen, die während des kurzen Handgemenges zu Boden gefallen war, und machte sich davon.

»Sie sind mir gefolgt!«

»Ich sehe mir gerne an, wer nach Dienstschluß die Kanzlei betritt und verläßt, und zwar über eine Verbindung zum Schlüsselkartensystem des Gebäudes. Ich war hocherfreut, als um ein Uhr dreißig morgens Ihr Name im Protokoll auftauchte.« Er betrachtete die Regale voller juristischer Fachwerke. »Wollten Sie für einen Fall recherchieren oder dem Beispiel ihres Mannes folgen und ein paar Informationen klauen?« Wäre Paul Brophy nicht zu schnell für sie gewesen, Sidney hätte Goldman mitten ins Gesicht geschlagen.

Goldman zeigte sich unbeeindruckt. »Vielleicht können wir uns jetzt dem Geschäftlichen zuwenden.«

Sidney setzte zu einem Sprung durch die Tür an, doch Brophy versperrte ihr den Weg und drängte sie zurück in die Bibliothek. Sidneys Augen durchbohrten ihn. »Vom Partner einer bedeutenden Kanzlei zum Einbrecher in ein Hotel in New Orleans – ein ganz schöner Absturz, Paul.« Brophys Lächeln verpuffte.

Sidney wandte sich an Goldman. »Wenn ich jetzt schreie, könnte mich jemand hören.«

Ungerührt antwortete Goldman: »Bestimmt haben Sie vergessen, daß heute sämtliche Anwälte und Kanzleigehilfen früher gegangen sind, um für die Jahreskonferenz der Kanzlei nach Florida zu reisen. Tagelang wird niemand hier sein. Unglücklicherweise wurde ich im letzten Augenblick durch dringende Geschäfte aufgehalten und kann erst morgen früh nachkommen. Paul widerfuhr ein ähnliches Mißgeschick. Alle anderen sind bereits dort.« Er schaute auf die Uhr. »Folglich können Sie schreien, so laut und viel sie wollen. Aber Sie würden besser daran tun, mit uns zusammenzuarbeiten.«

Mit zu Schlitzen verengten Augen funkelte Sidney die beiden Männer an. »Was soll das heißen?«

»Am besten setzen wir die Unterhaltung in meinem Büro fort.« Goldman deutete auf die Tür und brachte einen kleinkalibrigen Revolver zum Vorschein, um seiner Aufforderung Nachdruck zu verleihen.

Brophy schloß und versperrte die Bürotür. Goldman überreichte ihm die Waffe und nahm hinter dem Schreibtisch Platz. Er bedeutete Sidney, gegenüber von ihm Platz zu nehmen.

»Zweifellos haben Sie einen ereignisreichen Monat hinter sich, Sidney.« Zum zweitenmal holte er das Kündigungsschreiben hervor. »Doch ich fürchte, Sie haben in letzter Zeit über die Stränge geschlagen, weshalb sich ihr Beschäftigungsverhältnis mit dieser Kanzlei dem Ende zuneigt. Es sollte mich nicht überraschen, würden die Kanzlei und Triton eine Zivilklage gegen Sie anstrengen. Vielleicht sogar eine Klage wegen krimineller Handlungen.«

Sidneys Augen durchbohrten Goldman. »Sie halten mich gegen meinen Willen mit einer Pistole fest und bezichtigen *mich* krimineller Handlungen?«

»Paul und ich, beide Partner der Kanzlei, beobachten jemanden – einen Eindringling –, der in der firmeneigenen Bibliothek wer weiß was treibt. Wir versuchen, besagten Eindringling zur Rede zu stellen, und was tut er? Er richtet eine Pistole auf uns. Doch es gelingt uns, ihn – oder besser gesagt sie – zu entwaffnen, bevor jemand verletzt wird. Und nun halten wir eine Einbrecherin fest, bis die Polizei eintrifft.«

»Polizei?« Sidneys Lider zuckten.

»Ach ja, stimmt. Ich habe die Polizei ja noch gar nicht angerufen. Wie gedankenlos von mir.« Goldman griff nach dem Telefon, hob den Hörer ab und lehnte sich zurück, ohne jedoch zu wählen. »Ach, jetzt fällt mir wieder ein, warum ich nicht angerufen habe.« In sarkastischem Tonfall meinte er: »Möchten Sie den Grund erfahren?« Sidney erwiderte nichts. »Sidney, Sie sind Wirtschaftsanwältin. Was halten Sie davon, wenn ich Ihnen ein Geschäft vorschlage? Ein Geschäft, das Ihnen die Möglichkeit eröffnet, nicht nur Ihre Freiheit zu behalten, sondern auch noch einen finanziellen Gewinn zu erzielen – den sie, nachdem Sie nunmehr arbeitslos sind, sicherlich gut gebrauchen können.«

»Tyler, Stone ist nicht die einzige Kanzlei in der Stadt, Phil.«

Die Abkürzung seines Namens ließ Goldman zusammenzucken. »Tja, in Ihrem Fall trifft das wohl kaum zu. Sehen Sie, soweit es Sie angeht, gibt es keine Kanzleien mehr – nicht hier, nicht in diesem Land, vielleicht sogar weltweit nicht.«

Sidneys Gesicht verriet Verwirrung.

»Sehen wir die Sache doch realistisch, *Sid*.« Kurz leuchteten Goldmans Augen, als er ihr den verbalen Hieb heimzahlte. »Ihr Mann wird verdächtigt, ein Flugzeug sabotiert zu haben, was zum Tod von zweihundert Menschen geführt hat. Darüber hinaus steht fest, daß er Geld und Geheiminformationen im Wert von Hunderten Millionen Dollar von einem Mandanten dieser Kanzlei gestohlen hat. Es ist augenscheinlich, daß diese Verbrechen sorgfältig und lange im voraus geplant wurden.«

»Bisher ist mein Name in diesem irrwitzigen Szenario noch nicht gefallen.«

»Sie hatten nahezu uneingeschränkten Zugriff auf die wichtigsten Unterlagen von Triton Global – Unterlagen, mit denen vermutlich selbst Ihr Mann nicht vertraut war.«

»Das war Teil meiner Arbeit und stellt keinesfalls ein Verbrechen dar.«

»Wie heißt es doch so schön in juristischen Kreisen und in den Standesregeln: Selbst der ›Anschein tadeligen Verhaltens‹ ist zu vermeiden. Diese Grenze haben Sie längst überschritten.«

»Warum? Weil ich meinen Mann verloren habe? Weil ich ohne den geringsten Beweis in hohem Bogen gefeuert werde? Warum unterhalten wir uns nicht eine Weile über juristische Fragen? Wie zum Beispiel den Prozeß ›Sidney

Archer gegen Tyler, Stone‹ wegen ungerechtfertigter Entlassung.«

Goldman blickte zu Brophy und nickte kaum merklich. Sidney drehte sich ebenfalls zu Brophy um. Ihr Kinn begann zu beben, als sie sah, wie er das Diktiergerät aus der Jackentasche zog.

»Diese Dinger sind unglaublich praktisch, Sid«, sagte Brophy. »Die Aufnahme ist so deutlich, als befändest du dich im selben Raum.« Er drückte die Abspieltaste.

Eine Weile lauschte Sidney ihrer eigenen Unterhaltung mit ihrem Mann, dann wirbelte sie zu Goldman herum. »Verflucht noch mal, was wollen Sie von mir?«

»Nun, mal sehen. Wir sollten zunächst einen Marktpreis festsetzen. Was ist dieses Band wert? Es belegt, daß Sie das FBI belogen haben. Was an sich schon ein Delikt darstellt. Dann haben wir da noch Beihilfe und Begünstigung. Anders ausgedrückt: Mittäterschaft. Ebenfalls ein schweres Verbrechen. Von da an geht die Liste weiter. Zwar sind wir beide keine Prozeßanwälte, aber ich glaube, Sie begreifen, was für Sie auf dem Spiel steht. Vater verschwunden, Mutter im Knast. Wie alt ist Ihr kleines Mädchen? Wirklich tragisch.« In einer Parodie von Mitleid schüttelte er den Kopf.

Sidney sprang vom Stuhl auf. »Lecken Sie mich am Arsch, Goldman. *Leckt mich doch alle am Arsch!*« Dann hechtete sie auf den Schreibtisch, packte Goldman mit beiden Händen an der Gurgel und hätte ihm wohl ernsthaften Schaden zugefügt, wäre Brophy dem Älteren nicht neuerlich zu Hilfe geeilt.

Hustend und um Luft ringend, keuchte Goldman, nachdem Brophy sie von ihm weggezerrt hatte. »Wenn Sie mich noch einmal anrühren, werden Sie im Gefängnis verrotten!«

Schwer atmend, mit wirrem Blick, starrte Sidney den Mann an. Sie schüttelte Brophys Hand ab, bewegte sich jedoch nicht von der Stelle, da er die Pistole auf sie gerichtet hielt.

Goldman glättete die Krawatte und das zerknitterte Hemd und verfiel in den gewohnten selbstsicheren Tonfall.

»Trotz Ihrer bösartigen Reaktion bin ich bereit, mich Ihnen gegenüber großzügig zu erweisen. Würden Sie die Angelegenheit vernünftig überdenken, Sie wären geradezu gezwungen, das Angebot anzunehmen, das ich Ihnen zu unterbreiten gedenke.« Er legte den Kopf schief und deutete mit den Augen auf den Stuhl.

Immer noch zitternd, setzte Sidney sich schließlich wieder hin.

»Gut. Und nun lassen Sie mich in kurzen Worten die Situation erklären: Ich weiß, daß Sie mit Roger Egert gesprochen haben, der nunmehr für den Fall CyberCom verantwortlich ist. Sie sind mit Tritons letztgültigem Verhandlungsstandpunkt für die Übernahme vertraut, auch das weiß ich mit Bestimmtheit. Darüber hinaus sind Sie nach wie vor im Besitz des Paßworts für die zentrale Computerdatei über den Fall.« Sidney betrachtete Goldman mit ungläubigem Blick, denn ihre Gedanken eilten seinen Worten voraus. »Ich will einerseits die letztgültigen Verhandlungsbedingungen, andererseits das Paßwort für die Datei, falls es in letzter Minute noch Änderungen geben sollte.«

Sidney antwortete ruhig, überlegt. Mittlerweile atmete sie wieder gleichmäßig. »RTG muß CyberCom wohl wirklich dringend brauchen, wenn die bereit sind, Ihnen mehr als den üblichen Stundensatz zu bezahlen, damit Sie das Vertrauensverhältnis zwischen Anwalt und Mandant verletzen und geheime Informationen stehlen.«

Ungerührt fuhr Goldman fort. »Im Gegenzug sind wir bereit, Ihnen zehn Millionen Dollar zu zahlen, steuerfrei natürlich.«

»Um mich finanziell abzusichern, da ich nun keine Arbeit mehr finden werde? Und um mein Schweigen zu gewährleisten?«

»Etwas in der Art. Sie können sich in einem hübschen verschlafenen Ort im Ausland niederlassen und Ihr kleines Mädchen in Luxus großziehen. Die CyberCom-Übernahme geht über die Bühne. Triton Global wird es überstehen. Tyler, Stone bleibt im Geschäft. Niemandem wird daraus eine Katastrophe erwachsen. Die Alternative? Nun, die sieht etwas unangenehmer aus, vor allem für Sie. Aber Sie müssen sich rasch entscheiden. Ich brauche Ihre Antwort in einer Minute.« Damit blickte er auf die Uhr und begann, die Sekunden zu zählen.

Sidney lehnte sich auf dem Stuhl zurück. Mit herabhängenden Schultern ging sie hastig die wenigen Möglichkeiten durch, die ihr offenstanden. Wenn Sie zusagte, würde sie reich sein. Tat sie es nicht, konnte und würde sie wahrscheinlich ins Gefängnis wandern. Und Amy? Sie dachte an Jason und all die schrecklichen Ereignisse des vergangenen Monats. Das Elend, das sie während dieser Zeit durchgemacht hatte, reichte für mehrere Leben aus.

Nach einem Blick auf Goldmans triumphierendes Gesicht richtete sie sich plötzlich auf. Hinter sich fühlte sie unangenehm Paul Brophys Anwesenheit.

Sidney wußte, wie sie vorgehen würde.

Sie wollte vorgeben, auf die Bedingungen einzugehen, dann aber die eigenen Karten ausspielen. Zwar würde sie Goldman die von ihm gewünschten Informationen geben, danach jedoch geradewegs zu Lee Sawyer marschieren und ihm alles erzählen – auch von der Diskette. Sie würde ein möglichst mildes Strafmaß aushandeln und der Polizei von den üblen Machenschaften Goldmans sowie dessen Mandanten berichten. Reich würde sie dadurch nicht, außerdem würde sie wohl eine Weile von ihrer Tochter getrennt sein, da sie vermutlich einige Zeit absitzen mußte, doch sie konnte sich nicht überwinden, Amy mit Goldmans Bestechungsgeld großzuziehen. Und, am allerwichtigsten, sie würde sich selbst nach wie vor in die Augen blicken können.

»Es ist soweit«, verkündete Goldman.

Sidney blieb stumm.

Verständnislos schüttelte Goldman den Kopf und griff erneut nach dem Hörer. Endlich, kaum merklich, nickte Sidney. Mit einem breiten Grinsen im Gesicht erhob sich Goldman hinter dem Schreibtisch. »Hervorragend. Wie lauten die Bedingungen und das Paßwort?«

Sidney schüttelte den Kopf. »Meine Verhandlungsposition ist etwas heikel. Deshalb will ich zuerst das Geld, dann bekommen Sie die Informationen. Andernfalls können Sie meinetwegen die Polizei anrufen.«

Goldman zögerte einen Augenblick. »Wie Sie richtig feststellen, befinden Sie sich in einer prekären Lage. Doch gerade deshalb können wir flexibel sein. Wollen wir?« Er deutete auf die Tür. Sidney blickte ihn fragend an. »Da wir nun zu einer Einigung gelangt sind, möchte ich das Geschäft zum Abschluß bringen, bevor wir Sie gehen lassen. Später könnte es sich als schwierig erweisen, Sie zu finden«, erklärte er.

Als Sidney aufstand und sich umdrehte, steckte Brophy den Revolver hinten in den Gürtel. Dabei streifte er sie absichtlich mit der Schulter. Die Lippen dicht an ihrem Ohr meinte er: »Wenn du dich erst an dein neues Leben gewöhnt hast, möchtest du vielleicht ein wenig Gesellschaft. So wie ich das sehe, habe ich bald so viel Freizeit und Geld, daß ich gar nicht weiß, was ich damit anfangen soll. Denk darüber nach.«

Sidney rammte Brophy das Knie in den Unterleib, woraufhin der Anwalt zu Boden sackte. »Hab' ich gerade, Paul, und ich muß mich schwer zusammenreißen, um nicht zu kotzen. Wenn dir etwas an den kümmerlichen Resten deiner Männlichkeit liegt, dann halte dich besser von mir fern.«

Zielstrebig schritt Sidney den Flur entlang, dicht gefolgt von Goldman. Mühevoll kämpfte Brophy sich auf die Beine. Mit bleichem Gesicht, die Hand an den Geschlechtsteilen, wankte er hinter den beiden her.

Die Limousine wartete mit laufendem Motor auf der untersten Ebene der Tiefgarage, gleich neben den Aufzügen. Goldman hielt Sidney die Tür auf, während sie einstieg. Brophy, der immer noch um Luft rang, kletterte als Letzter in den Wagen und nahm gegenüber von Goldman und Sidney Platz. Die getönte Trennscheibe hinter seinem Kopf war gänzlich hochgefahren.

»Es wird nicht lange dauern, um die nötigen Vorkehrungen zu treffen. In Ihrem Interesse wäre es besser, wenn Sie Ihr gegenwärtiges Domizil noch beibehalten, bis Gras über die Sache gewachsen ist. Danach bringen wir Sie an einen zwischenzeitlichen Aufenthaltsort. Von dort aus können Sie Ihre Tochter nachholen und ein glückliches Leben beginnen«, meinte Goldman fast fröhlich.

Sidneys Antwort klang durch und durch geschäftsmäßig. »Was ist mit Triton und der Kanzlei? Sie haben etwas von Klagen erwähnt.«

»Ich denke, das läßt sich alles regeln. Weshalb sollte sich die Kanzlei auf einen derart beschämenden Prozeß einlassen? Und Triton kann eigentlich gar nichts beweisen, oder?«

»Wieso sollte ich dann überhaupt ein Geschäft mit Ihnen abschließen?«

Brophy hielt das Diktiergerät hoch. Sein Gesicht war immer noch gerötet. »Deshalb, du miese Schlampe. Weil du sonst den Rest deines Lebens im Knast verbringst.«

Sidney blieb gelassen. »Das Band will ich natürlich auch haben.«

Goldman zuckte die Schultern. »Im Augenblick ist das unmöglich. Später vielleicht, wenn sich die Wogen geglättet haben.«

Goldman schaute zu der Trennscheibe. »Parker?«

Die Trennscheibe glitt nach unten.

»Parker, wir können fahren.«

Die Hand, die sich durch die Öffnung in den Fond des Wagens schob, hielt eine Pistole. Brophys Kopf zerbarst, und er fiel mit dem Gesicht voraus auf den Boden der Limousine. Goldman und Sidney wurden mit Blut und anderen Scheußlichkeiten bespritzt. Goldmans Mund klappte auf. Als die Waffe in seine Richtung schwenkte, kreischte er ungläubig: »O Gott. Nein! Parker!«

Die Kugel durchschlug seine Stirn, und Philip Goldmans langjährige Karriere als äußerst arroganter Anwalt erfuhr ein jähes Ende. Die Wucht der Kugel schleuderte ihn zurück in den Sitz. Blut strömte ihm übers Gesicht und spritzte auf die Rückscheibe der Limousine. Dann sackte die leblose

Hülle auf Sidneys Schoß, die aufkreischte, als die Pistole nun in ihre Richtung schwenkte. Panisch grub sie die Fingernägel in das weiche Leder des Sitzes. Einen Augenblick verharrte ihr Blick auf dem von einer schwarzen Skimaske verhüllten Gesicht, dann heftete sie die Augen auf die funkelnde Mündung, die kaum eineinhalb Meter von ihrem Gesicht entfernt schwebte. Jede Einzelheit der Waffe brannte sich in ihre Erinnerung, während sie auf den Tod wartete.

Plötzlich wies die Pistole auf die rechte Hintertür der Limousine. Sidney saß wie erstarrt; abermals deutete der Arm auf die Tür, diesmal energischer. Am ganzen Leib zitternd, unfähig zu begreifen, was vor sich ging, erkannte sie nur, daß sie anscheinend nicht zum Sterben verurteilt war und schaffte es, Goldmans schlaffen Körper von ihrem Schoß zu stoßen. Sogleich begann sie, über Brophys Leiche hinwegzukriechen. Dabei rutschte sie mit der Hand in einer Blutlache aus und landete auf dem Rücken des toten Anwalts. Unwillkürlich zuckte sie zurück. Während sie mit der Hand festen Halt suchte, spürte sie den harten Gegenstand unter Brophys Schulter. Instinktiv schloß sie die Finger um das Metall. Da sie dem Schützen den Rücken zuwandte, gelang es Sidney, unbeobachtet Brophys Revolver in der Manteltasche verschwinden zu lassen.

Als sie die Tür öffnete, wurde sie von etwas im Rücken getroffen. Zu Tode verängstigt drehte sie sich um und erblickte ihre Handtasche, die von ihr abgeprallt und auf Brophys sterblicher Hülle gelandet war. Dann sprang ihr die von Jason geschickte Diskette ins Auge, die in der Hand des Schützen durch die Öffnung zum Fond verschwand. Zitternd ergriff sie die Handtasche, drückte die schwere Tür ganz auf und plumpste aus dem Wagen. Hektisch rappelte sie sich auf die Beine und rannte mit aller verbliebenen Kraft los.

Der Mann in der Limousine beugte sich durch die Öffnung in den Fond des Wagens. Neben ihm auf dem Beifahrersitz saß Parker vornübergebeugt mit einem Einschußloch in der rechten Schläfe. Behutsam hob der Mann das Diktiergerät von der Rückbank auf und spielte das Band ein paar

Sekunden ab. Zufrieden nickte er, als er die Stimmen hörte. Vorsichtig hob er Brophys Leiche ein wenig an und schob das Diktiergerät ein paar Zentimeter weit darunter, ehe er die leblose Hülle in die ursprüngliche Lage zurücksinken ließ. Die Diskette verschwand in der Gürteltasche des Mannes. Zuletzt sammelte er gewissenhaft die drei Patronenhülsen ein, die seine Waffe ausgespuckt hatte. Zu leicht durfte er es der Polizei auch nicht machen.

Danach stieg der Mann aus der Limousine. Die Pistole, die er benutzt hatte, um drei Menschen zu ermorden, steckte er in eine Plastiktüte. Sie sollte an einem abgelegenen Ort verschwinden, aber doch nicht so abgelegen, daß er der Polizei entgehen konnte.

Kenneth Scales nahm die Skimaske ab. Im grellen Licht der verlassenen Garage blinzelten die kalten blauen Augen und strahlten tiefe Zufriedenheit aus. Ein weiterer nächtlicher Einsatz war erfolgreich abgeschlossen worden.

Immer wieder hieb Sidney auf den Aufzugsknopf, bis endlich die Türen aufglitten. Sie ließ sich gegen die Rückwand der Kabine fallen. Sie war voller Blut. Sie fühlte es im Gesicht, an den Händen. Waschen! Sie mußte sich waschen. Das war ihr einziger Gedanke. Krampfhaft riß sie sich zusammen, um nicht aus voller Kehle loszukreischen. Mit bebender Hand drückte sie auf den Knopf für die siebte Etage. Sie hatte keine Ahnung, warum der Mörder sie verschont hatte, doch sie hatte nicht vor, ihm Gelegenheit zu bieten, seine Meinung zu ändern.

Sobald sie in der Damentoilette ihr blutbespritztes Gesicht im Spiegel erblickte, übergab sie sich in das Waschbecken. Danach sank sie zu Boden, wo sie stöhnend liegenblieb und von unbarmherzigen Weinkrämpfen geschüttelt wurde.

Nach einer Weile rappelte sie sich auf und wusch das Blut so gut wie möglich ab. Immer wieder benetzte sie das Gesicht mit heißem Wasser, bis das Brennen auf der Haut die Krämpfe zum Verebben brachte. Unablässig fuhr sie sich mit zitternden Fingern durchs Haar und wühlte darin nach Dingen, die dort nicht hingehörten.

Nachdem sie die Toilette verlassen hatte, rannte sie den Flur hinab zu ihrem Büro, aus dem sie sich einen Regenmantel holte, den sie dort für alle Fälle aufbewahrte. Der Mantel verhüllte größtenteils die Blutreste, die sich nicht abwaschen ließen. Dann griff sie zum Telefon und bereitete sich seelisch darauf vor, die Polizei anzurufen. Mit der anderen Hand umklammerte sie die 32er. Ständig hatte sie das Gefühl, daß gleich wieder die funkelnde Mündung auf sie gerichtet würde. Und daß der Mann mit der schwarzen Maske sie kein zweites Mal verschonen würde. Zwei der drei Ziffern der Notrufnummer hatte sie bereits gewählt. Plötzlich verharrte ihr Finger über der Taste, als unerwartet ein Bild vor ihrem inneren Auge aufblitzte: In der Limousine; der Lauf der Waffe, auf ihr Gesicht gerichtet; der Schwenk der Waffe in Richtung der Tür. Da sah sie es.

Der Griff. Der gesplitterte Griff. Er war gesplittert, als sie die Waffe aus dem Schrank im Schlafzimmer genommen hatte. Der Mann hatte *ihre* Waffe benutzt. Die beiden Männer waren mit *ihrer* 9mm ermordet worden.

Ein weiteres Bild zog an ihr vorüber – das Band ihrer Unterhaltung mit Jason. Auch das Band lag noch im Wagen bei den Leichen. Immer klarer wurde Sidney der Grund, warum sie noch am Leben war: Sie durfte leben, um im Gefängnis zu verrotten.

Wie ein zu Tode verängstigtes Kind kauerte sie sich wimmernd in die hinterste Ecke des Büros. Unkontrollierbar bebte ihr ganzer Körper, Tränen quollen ihr aus den Augen, und es war absolut kein Ende in Sicht.

## KAPITEL 47

Immer noch starrte Sawyer auf das Foto von Steven Page. Vor seinem geistigen Auge wuchs das Gesicht des toten Mannes unablässig, bis er das Foto schließlich beiseite legen mußte, ehe er gänzlich darin versank.

»Und ich dachte, es wäre bloß ein Bild von einem von Liebermans Kindern. Es stand bei den anderen auf seinem Schreibtisch. Ich habe gar nicht daran gedacht, daß er nur *zwei*, nicht drei Kinder hatte.« Jackson schlug sich auf die Stirn. »Es schien mir nicht so wichtig. Und als die Ermittlungen sich von Lieberman auf Archer verlagerten, da –« Zutiefst niedergeschlagen schüttelte Jackson den Kopf.

Sawyer ließ sich auf dem Tischrand nieder. Nur wer dem altgedienten FBI-Agenten äußerst nahestand, konnte erkennen, daß er verblüffter denn je zuvor in seiner Laufbahn war.

»Es tut mir leid, Lee.« Jackson erhaschte einen weiteren Blick auf das Foto und wand sich innerlich. Sawyer klopfte seinem Partner ermutigend auf den Rücken. »Ist nicht dein Fehler, Ray. Unter den gegebenen Umständen wäre es mir ebenfalls unwichtig erschienen.« Sawyer erhob sich und begann, auf und ab zu laufen. »Aber jetzt ist es verflucht wichtig. Wir müssen unbedingt bestätigen lassen, daß es sich um Steven Page handelt, obwohl ich eigentlich keinerlei Zweifel daran hege.« Unvermittelt hielt er inne. »He, Ray, das NYPD hat doch nie rausgefunden, woher Steven Page soviel Geld hatte, richtig?«

Jacksons Verstand schaltete auf volle Leistung. »Vielleicht hat Page Lieberman erpreßt. Wahrscheinlich mit ihrer Beziehung. Beide waren im Finanzbereich tätig und verkehrten in denselben Kreisen. Das würde erklären, woher Page das Geld hatte.«

Sawyer schüttelte den Kopf. »Eine Menge Leute schienen darüber Bescheid zu wissen, daß er eine Geliebte hatte – keine optimale Ausgangssituation für eine Erpressung. Außerdem stellen sich Erpressungsopfer für gewöhnlich keine Fotos ihrer Erpresser auf den Schreibtisch, Ray.« Jackson wirkte verlegen. »Nein, ich glaube, die Sache ist wesentlich komplizierter.« Sawyer lehnte sich an die Wand des Konferenzraums, verschränkte die Arme und ließ den Kopf auf die Brust sinken. »Übrigens, was hast du über diese mysteriöse Geliebte herausgefunden?«

Jackson brauchte eine Minute, um in einer Akte nachzulesen. »Eine Menge heiße Luft. Ich stieß auf zahlreiche Leute, die Gerüchte gehört hatten. Durch nichts belegte Gerüchte, wie jeder rasch hinzufügte. Alle schienen geradezu entsetzt bei dem Gedanken, namentlich genannt oder in irgend etwas verwickelt zu werden. Ich mußte tief in die psychologische Trickkiste greifen, um sie zu beruhigen. Aber es war schon merkwürdig: Jeder hatte von ihr gehört, jeder konnte sie ziemlich gut beschreiben, trotzdem wich jede Beschreibung ein wenig von der vorigen ab. Aber –«

»Aber niemand konnte behaupten, die geheimnisumwitterte Dame je persönlich kennengelernt zu haben.«

Jackson wirkte zerknirscht. »Ja, stimmt. Woher weißt du das?«

Sawyer holte tief Luft. »Hast du als Kind nie dieses Spiel gespielt, wo dir jemand etwas erzählt, was du dann jemandem erzählst, und dieser Jemand erzählt es wieder anderen, und so fort? Wenn die Information am Ende der Reihe angelangt ist, hat sie mit der ursprünglichen überhaupt nichts mehr gemein. Genauso ist es mit einem Gerücht, das jemand in die Welt setzt und herumerzählt. Jeder hält es für das heilige Evangelium und könnte beinahe schwören, persönlich erlebt zu haben, worum auch immer es geht, dabei ist alles nur erlogen.«

»Teufel auch, ja. Meine Oma liest den *Star*. Sie glaubt jedes

Wort von dem Geschmiere und redet, als hätte sie mit eigenen Augen gesehen, wie Liz Taylor mit Elvis an Bord des Space Shuttle zur Sache ging.«

»Genau. Nichts davon stimmt, kein einziges Wort; trotzdem erzählen dir die Leute, es sei wahr und glauben inbrünstig daran, weil sie es irgendwo gelesen oder gehört haben. Ganz besonders dann, wenn sie es von mehr als einer Person gehört haben.«

»Willst du damit sagen …?«

»Ich will damit sagen, daß ich überzeugt bin, diese blonde Geliebte hat nie existiert. Um ganz genau zu sein, ich glaube, sie wurde für einen bestimmten Zweck erfunden.«

»Wie zum Beispiel?«

Tief holte Sawyer Luft, ehe er antwortete. »Um die Tatsache zu verschleiern, daß Arthur Lieberman und Steven Page ein intimes Verhältnis hatten.«

Jackson ließ sich auf einen Stuhl fallen und starrte Sawyer an. »Ist das dein Ernst?«

»Warum stand in Liebermans Wohnung das Foto von Page neben dem seiner Kinder? Und die Liebesbriefe, die du dort gefunden hast – warum waren sie nicht unterschrieben? Ich wette um einen Wochenlohn, daß die Handschrift der von Steven Page entspricht. Und zu guter Letzt: Wie wurde Page mit einem gewöhnlichen Angestelltengehalt Millionär? Kein Problem, wenn man zufällig mit einem Kerl *schläft*, der schon reihenweise Millionäre geschaffen hat.«

»Ja, aber warum sollte Lieberman ein Gerücht über eine Geliebte in die Welt setzen? Das hätte seine Bewerbung um die Präsidentschaft der Bundeszentralbank zunichte machen können.«

Sawyer schüttelte den Kopf. »Das ist heutzutage gar nicht so sicher, Ray. Wenn es danach ginge, müßte ein großer Teil der politischen Führung des Landes die Koffer packen und abdanken. Außerdem ist es eine Tatsache, daß er den Posten bei der Bundeszentralbank trotzdem bekam. Aber glaubst du, es wäre genauso gelaufen, hätte man herausgefunden, daß Lieberman schwul war und einen halb so alten Geliebten hatte? Vergiß nicht, die Finanzkreise dieses Landes zählen zu den konservativsten überhaupt.«

»Na gut, er wäre aufgeschmissen gewesen, soviel steht fest. Aber das ist schon eine merkwürdige Moral. Ehebruch ist in Ordnung, solange er mit jemandem vom anderen Geschlecht begangen wird.«

»Genau. Man denkt sich eine heterosexuelle Affäre aus, um die eigentliche, homosexuelle zu verschleiern. Früher war das in Hollywood bei Filmstars, die sich vom eigenen Geschlecht angezogen fühlten, gang und gäbe. Die Studios arrangierten Scheinehen. Eine groß angelegte Heuchelei, um gewinnbringende Karrieren zu sichern. Liebermans Inszenierung mag nicht perfekt gewesen sein, aber sie hat den Zweck erfüllt. Möglich, daß seine Frau die Wahrheit kannte. Aber sie wurde mit Unsummen abgefertigt, damit sie die Klappe hielt. Und nun liegt sie zwei Meter unter der Erde. Somit ist kein loses Mundwerk zu befürchten.«

Jackson rieb sich die Stirn. »Himmel.« Verwirrt blickte er Sawyer an. »Wenn dem so ist, war Steven Pages Tod doch Selbstmord. Es gab keinen Grund, ihn umzubringen.«

Wiederum schüttelte Sawyer den Kopf. »Ein um so triftigerer Grund, ihn zu beseitigen, Ray.«

»Wieso?«

Sawyer schwieg eine Weile und starrte auf seine Hände hinab. Dann meinte er mit leiser Stimme: »Möchtest du raten, woher Steven Page AIDS hatte?«

Jacksons Augen traten hervor. »Lieberman?«

Sawyer schaute auf. »Es würde mich doch sehr interessieren, ob Lieberman HIV-positiv war.«

Plötzlich trat Verständnis in Jacksons ratloses Gesicht. »Wenn Page wußte, daß er todkrank war, hatte er keinen Grund mehr zu schweigen.«

»Genau. Wenn man von seinem Liebhaber mit einer tödlichen Krankheit infiziert wird, stärkt das nicht unbedingt die Loyalität. Steven Page hielt Arthur Liebermans berufliche Zukunft in der Hand. In meinen Augen entspricht das einem ausreichenden Mordmotiv.«

»Scheint so, als müßten wir diesen Fall von einem ganz neuen Winkel aus beleuchten.«

»Das glaube ich auch. Im Augenblick haben wir eine Menge Vermutungen, aber keinen einzigen konkreten Beweis, den wir dem Staatsanwalt vorlegen können.«

Jackson erhob sich aus dem Stuhl und begann, die Akten zu schlichten. »Meinst du wirklich, Lieberman ließ Page ermorden?«

Als Sawyer nicht antwortete, drehte Jackson sich um und sah, daß sein Partner ins Leere starrte.

»Lee?« Schließlich wandte Sawyer sich ihm zu.

»Das habe ich nie behauptet, Ray.«

»Aber –«

»Ich sehe dich morgen früh. Sieh zu, daß du eine Mütze voll Schlaf abbekommst, du wirst ihn brauchen.« Sawyer stand auf und ging zur Tür. »Ich muß mich mit jemandem unterhalten«, erklärte Sawyer.

»Mit wem?«

Kurz drehte Sawyer sich nochmals um. »Mit Charles Tiedman, dem Präsidenten der Zentralbank San Francisco. Lieberman hatte keine Gelegenheit mehr, mit ihm zu reden. Ich glaube, es ist an der Zeit, daß das jemand nachholt.«

Damit ließ Sawyer Jackson zurück, der über den Aktenstapel gebeugt stand und fieberhaft grübelte.

## KAPITEL 48

Mühsam rappelte Sidney Archer sich auf. Während das vereinte Gefühl von Angst und Hoffnungslosigkeit langsam verebbte, trat ein neuer Drang an dessen Stelle: Überleben. Sie öffnete eine der Schreibtischschubladen und holte ihren Reisepaß heraus. Im Verlauf ihrer Anwaltstätigkeit war sie mehr als einmal von einer Sekunde auf die andere zu geschäftlichen Besprechungen nach Übersee zitiert worden. Diesmal aber war der Grund so persönlich, wie er nur sein konnte.

Sie ging ins Nebenbüro, das einem jungen Sozius gehörte, der zufällig eingefleischter Fan der Atlanta Braves war. Die Fanartikel, die den überwiegenden Teil eines Regals beanspruchten, verdeutlichten diese Loyalität. Sie ergriff eine Baseballkappe vom Regal, steckte die langen Haare hoch und zog sich den Schirm tief ins Gesicht.

Spontan fiel ihr ein, daß sie die Handtasche überprüfen sollte. Zu Ihrem Erstaunen steckten in der Brieftasche nach wie vor die Hundertdollarscheine von der Reise nach New Orleans. Das Geld hatte der Mörder nicht angerührt.

Nachdem sie das Gebäude verlassen hatte, winkte sie ein Taxi herbei, gab dem Fahrer das Ziel bekannt und ließ sich erleichtert auf den Sitz zurücksinken, als der Wagen losfuhr. Behutsam zog sie den 32er-Revolver des kürzlich verstorbenen Philip Goldman aus der Tasche, steckte ihn in den Hufthalfter, den Sawyer ihr geschenkt hatte, und knöpfte den Regenmantel zu.

Vor der Union Station hielt das Taxi an, und Sidney stieg aus. Am Flughafen wäre sie mit der Pistole unmöglich durch die Sicherheitskontrolle gekommen; bei einer Bahnreise stellte sich das Problem erst gar nicht. Ihr vorläufiger Plan war einfach: Sie wollte an einen sicheren Ort flüchten und sich dort Gedanken über alles weitere machen.

Zwar hatte sie vor, sich bei Lee Sawyer zu melden, doch erst, wenn sie sich in einem anderen Staat befand als der FBI-Agent. Das Problem war: Sie *hatte* versucht, ihrem Mann zu helfen. Sie *hatte* das FBI belogen; im nachhinein betrachtet eine Dummheit, doch damals hatte sie keine andere Wahl gehabt. Damals hatte sie ihrem Mann einfach helfen, für ihn da sein müssen. Und jetzt? Ihre Waffe lag am Schauplatz eines Mordes, ebenso die Kassette ihrer Unterhaltung mit Jason. Obwohl sie mit Sawyer mittlerweile gut auskam, was mußte er nun wohl von ihr halten? Jetzt – davon war sie überzeugt – würde er die Handschellen zücken. Abermals drohte sie in Verzweiflung zu versinken, doch sie nahm allen Mut zusammen, schlug den Kragen gegen den eisigen Wind hoch und betrat die Eisenbahnstation.

Sie erstand ein Schlafwagenticket für den nächsten Cityexpress nach New York, der in etwa zwanzig Minuten abfahren und um fünf Uhr dreißig die Penn Station in der New Yorker Innenstadt erreichen würde. Danach wollte sie mit dem Taxi zum John-F.-Kennedy-Flughafen fahren und sich ein einfaches Ticket für einen Frühflug in ein fremdes Land kaufen – wohin genau, wußte sie noch nicht.

Sidney begab sich zum Bankomat im Untergeschoß der Eisenbahnstation und hob Bargeld ab. Sobald man sie steckbrieflich suchte, würde die Plastikkarte wertlos sein. Plötzlich wurde ihr bewußt, daß sie nur die Kleider auf dem Leib dabei hatte und so unerkannt wie möglich reisen mußte. Leider jedoch war um diese Zeit keines der zahlreichen Geschäfte in der Eisenbahnstation geöffnet. Sie mußte warten, bis sie nach New York kam.

Sie betrat eine Telefonzelle und zückte ihr kleines Adreßbuch; Lee Sawyers Karte purzelte heraus. Einen langen Augenblick starrte sie die Nummer an. *Verflucht noch mal!* Sie mußte ihn einfach anrufen, das schuldete sie ihm. Also wählte sie Sawyers Privatnummer. Nach viermaligem Läuten meldete sich der Anrufbeantworter. Kurz zögerte sie, dann knallte sie den Hörer auf die Gabel. Danach wählte sie eine andere Nummer. Nach schier endlosem Warten ertönte eine schlaftrunkene Stimme.

»Jeff?«

»Wer spricht denn da?«

»Sidney Archer.«

Sidney hörte, wie Fisher sich im Bett herumdrehte, vermutlich auf der Suche nach dem Wecker. »Ich wollte aufbleiben und deinen Anruf abwarten. Ich muß wohl eingeschlafen sein.«

»Jeff, ich habe nicht viel Zeit. Etwas Grauenhaftes ist passiert.«

»Was? Was ist passiert?«

»Je weniger du weißt, desto besser.« Sie setzte ab und rang sich durch die wirren Gedanken. »Jeff, ich gebe dir die Nummer, unter der ich gerade erreichbar bin. Ich möchte, daß du mich von einer Telefonzelle aus zurückrufst.«

»Um Himmels willen, es ist ... es ist schon nach zwei Uhr morgens!«

»Jeff, bitte, tu, was ich dir sage.«

Nach kurzem Gebrummel willigte Fisher schließlich ein. »Gib mir etwa fünf Minuten. Wie lautet die Nummer?«

Kaum sechs Minuten später klingelte das Telefon. Sidney riß den Hörer von der Gabel. »Bist du in einer Telefonzelle? Schwör es!«

»Ja! Und ich friere mir hier den Hintern ab. Red schon!«

»Jeff, ich habe das Paßwort. Es war in Jasons E-Mail. Ich hatte recht, es wurde an eine falsche Adresse geschickt.«

»Das ist doch großartig. Jetzt können wir die Dateien lesen.«

»Nein, können wir nicht.«

»Wieso nicht?«

»Weil ich die Diskette verloren habe.«

»Was? Wieso um alles in der Welt hast du sie nicht mehr?«

»Spielt keine Rolle. Sie ist weg. Und ich komm' nicht mehr dran.« In Sidneys Stimme schwang das ganze Elend mit, das sie empfand. Sie versuchte, ihre Gedanken zu ordnen. Sie wollte Fisher ans Herz legen, eine Weile aus der Stadt zu verschwinden. Nach dem zu schließen, was ihr in der Garage widerfahren war, konnte Fisher in ernster, ja, tödlicher Gefahr schweben.

Fishers Worte ließen sie erstarren. »Nun, da haben Sie Glück, meine Dame.«

»Was soll das heißen?«

»Ich bin nicht nur sicherheitsbewußt, ich bin sicherheitsfanatisch. Im Lauf der Jahre habe ich zu viele Dateien verloren, die nicht ordnungsgemäß gesichert waren, Sid.«

»Meinst du damit, was ich glaube?«

»Während du in der Küche warst, als wir versucht haben, das Paßwort zu knacken ...«, er legte eine dramatische Pause ein, »habe ich zwei Kopien der Dateien der Diskette angelegt. Eine auf meiner Festplatte, eine auf einer anderen Diskette.«

Im ersten Augenblick brachte Sidney kein Wort heraus. Als es ihr endlich gelang, brachte ihre Antwort Fisher zum Erröten. »Ich liebe dich, Jeff.«

»Wann willst du rüberkommen, damit wir uns endlich ansehen können, was auf dem verfluchten Ding drauf ist?«

»Ich kann nicht kommen, Jeff.«

»Wieso nicht?«

»Ich muß die Stadt verlassen. Bitte schick die Diskette an die Adresse, die ich dir gleich gebe. Mit Federal Express. Gleich als erstes morgen früh. Gleich als erstes, Jeff.«

»Ich verstehe das alles nicht, Sidney.«

»Jeff, du warst mir eine Riesenhilfe, aber ich will gar nicht, daß du es verstehst. Ich will dich nicht noch tiefer in die Sache hineinziehen. Bitte geh nach Hause, hol die Diskette und übernachte in einem Hotel. Das *Holiday Inn* in Old Town liegt ganz in deiner Nähe. Schick mir die Rechnung.«

»Sid –«

»Sobald das FedEx-Büro in Old Town öffnet, gibst du bitte das Päckchen auf«, wiederholte sie. »Danach rufst du in der

Kanzlei an und verlängerst deinen Urlaub um ein paar Tage. Wo lebt deine Familie?«

»In Boston.«

»Gut. Flieg nach Boston und bleib dort. Schick mir die Rechnung für die Reise. Du kannst ruhig erster Klasse fliegen, wenn du willst. Aber flieg.«

»Sid!«

»Jeff, ich muß in einer Minute los, also streite jetzt nicht mit mir. Du mußt alles tun, was ich dir gerade gesagt habe. Nur so bist du einigermaßen sicher.«

»Du meinst es wirklich ernst, was?«

»Hast du etwas zum Schreiben dabei?«

»Ja.«

Sie blätterte das Adreßbuch durch. »Schreib dir diese Adresse auf und schick das Päckchen dorthin.« Sidney gab ihm die Postadresse und Telefonnummer des Hauses ihrer Eltern in Bell Harbor, Maine, durch. »Es tut mir wirklich leid, daß ich dich in all das hineinziehen mußte, aber du warst der einzige, der mir helfen konnte. Danke, Jeff.« Damit legte Sidney auf.

Fisher senkte den Hörer auf die Gabel, sah sich aufmerksam in der dunklen Umgebung um, rannte zurück zum Wagen und fuhr nach Hause.

Gerade wollte er am Gehsteig einparken, als er etwa einen Block hinter sich einen schwarzen Kastenwagen bemerkte. Konzentriert starrte er in den Rückspiegel und erblickte zwei Gestalten auf der vorderen Sitzreihe. Sogleich schlug sein Herz schneller. Langsam wendete er mitten auf der Straße und steuerte zurück auf das Zentrum von Old Town. Als er an dem Kastenwagen vorbeirollte, vermied er es, den Fahrer anzusehen. Ein neuerlicher Blick in den Rückspiegel bestätigte, daß der Wagen ihm folgte.

Vor einem zweigeschossigen Ziegelsteingebäude brachte Fisher den Wagen zum Stehen. Er blickte hinauf auf das Schild: »CYBER@CHAT«. Fisher war mit dem Besitzer gut befreundet und hatte sogar beim Installieren der Computer geholfen, die den Gästen hier zur Verfügung standen.

Die Bar hielt die ganze Nacht hindurch offen, und das mit gutem Grund. Selbst um diese Uhrzeit war sie zu drei Vierteln voll, wofür überwiegend Gäste im Studentenalter verantwortlich zeichneten, die am nächsten Morgen nicht früh aufstehen und zur Arbeit gehen mußten.

Doch statt dröhnender Musik, gröhlenden Gästen und verrauchter Luft – wegen der empfindlichen Computerausrüstung herrschte Rauchverbot – hallten die Geräusche von Computerspielen durch die Bar. Außerdem wurden leise, aber angeregte Diskussionen über verschiedenste Themen geführt, die den Weg auf die im Überfluß vorhandenen Monitore fanden. Doch auch der uralten Kunst des Flirtens wurde gefrönt; Frauen und Männer irrten auf der Suche nach Bekanntschaften, wie kurz sie auch sein mochten, durch das Lokal.

Fisher entdeckte seinen Freund, den Besitzer, einen jungen Mann Mitte Zwanzig, hinter der Bar und begann ein freundschaftliches Gespräch. Fisher erklärte gerade genug, damit sein Freund ihm helfen konnte, dann übergab er ihm den Zettel mit der Adresse in Maine, die Sidney ihm diktiert hatte. Der Besitzer verschwand im Hinterzimmer.

Fünf Minuten später saß Fisher bereits vor einem der Computer. Flüchtig blickte er aus dem Fenster der Bar und stellte fest, daß der Kastenwagen in einer Gasse auf der gegenüber liegenden Straßenseite parkte. Fisher drehte sich zurück zum Computer.

Die Kellnerin brachte eine Flasche Bier, ein Glas und einen Teller mit Chips. Sie stellte den Teller neben den Computer und legte eine Leinenserviette dazu. Sorgfältig in der Serviette eingewickelt, befand sich eine leere Dreieinhalb-Zoll-Diskette. Unauffällig faltete Fisher die Serviette auseinander und schob flink die Diskette in das Laufwerk des Computers. Dann gab er eine Zeichenfolge ein, und der fiepende Wählton des Modems ertönte.

Kaum eine Minute später war Fisher mit seinem Computer zu Hause verbunden. Es dauerte etwa dreißig Sekunden, auf die leere Diskette die Dateien herunterzuladen, die er von Sidneys Diskette kopiert hatte. Abermals blickte er aus dem Fenster. Der Kastenwagen stand noch immer da.

Die Kellnerin trat an seinen Tisch. Offenbar in den Plan eingeweiht, erkundigte sie sich, ob er noch etwas benötigte. Auf dem Tablett lag ein gepolsterter Fed-Ex-Umschlag, auf dessen Adreßetikett die Anschrift in Bell Harbor stand. Zum wiederholten Male schaute Fisher aus dem Fenster. Dabei bemerkte er zwei Polizisten, die ein Stück die Straße hinunter neben ihren Streifenwagen standen und plauderten.

Als die Kellnerin nach der Diskette griff – was zu dem Plan gehörte, den er in aller Eile mit dem Barbesitzer geschmiedet hatte –, schüttelte Fisher den Kopf. Sidneys Warnung war ihm eingefallen. Er wollte seine Freunde nicht unnötig in die Sache hineinziehen, was nunmehr vielleicht gar nicht erforderlich war. Leise flüsterte er der Kellnerin ins Ohr. Sie nickte, verschwand mit dem Fed-Ex-Kuvert im Hinterzimmer, kehrte kaum eine Minute später zurück und reichte Fisher einen anderen, ebenfalls gepolsterten Umschlag.

Fisher betrachtete ihn und lächelte, als er die Briefmarke darauf sah. Sein Freund hatte die Versandkosten äußerst großzügig angesetzt, selbst für ein eingeschriebenes Päckchen. Wegen unzureichender Frankierung würde es keinesfalls zurückgeschickt werden. Die Zustellung würde länger dauern als mit Federal Express, aber unter den gegebenen Umständen mußte es reichen.

Er schob die Diskette in das Kuvert, versiegelte es und steckte es in die Manteltasche. Danach bezahlte er die Rechnung und ließ ein ordentliches Trinkgeld für die Kellnerin liegen. Zuletzt benetzte er Gesicht und Kleidung mit Bier. Den Rest trank er in einem Zug aus.

Als er die Bar verließ und auf seinen Wagen zulief, gingen die Scheinwerfer des Kastenwagens an. Fisher hörte, wie der Motor startete. Der Wagen rollte auf ihn zu. Fisher begann zu taumeln und grölend zu singen. Die beiden Polizisten weiter unten an der Straße drehten die Köpfe in seine Richtung herum. Fisher winkte ihnen überschwenglich zu und verbeugte sich. Dann ließ er sich auf den Autositz fallen, warf den Motor an und fuhr auf der falschen Straßenseite auf die Polizisten zu.

Als er mit quietschenden Reifen und mindestens dreißig Stundenkilometer zu schnell an den Ordnungshütern vorbeiraste, sprangen die beiden in die Streifenwagen. Der Kastenwagen folgte ihnen in sicherer Entfernung, drehte aber ab, als die Streifenwagen Fisher einholten. Sein wagemutiger Fahrstil und der Biergeruch in seinem Atem brachten Fisher ein Paar Handschellen und eine rasche Fahrt zur Polizeistation ein.

»Ich hoffe, du kennst einen guten Anwalt, Kumpel«, bellte ihm der Polizist vom Vordersitz aus zu.

Fisher antwortete klar und deutlich. Sein Tonfall verriet Belustigung. »Zufällig kenne ich sogar einen ganzen Haufen Anwälte, Officer.«

In der Polizeistation nahm man seine Fingerabdrücke und lagerte seine persönlichen Besitztümer ein. Man gestattete ihm einen Anruf. Bevor er diesen tätigte, bat er den Polizisten am Empfang höflich um einen Gefallen. Kurz darauf beobachtete Fisher vergnügt, wie der gepolsterte Umschlag im Briefkasten der Polizeistation verschwand. Die »Schneckenpost«. Wenn ihn jetzt seine Techie-Freunde sehen könnten!

Auf dem Weg zur Ausnüchterungszelle pfiff Jeff Fisher fröhlich vor sich hin. Es war nun mal nicht ratsam, sich mit einem MIT-Absolventen anzulegen.

Es war eine angenehme Überraschung für Lee Sawyer, daß er nicht nach Los Angeles reisen mußte, um mit Charles Tiedman zu sprechen. Durch einen Anruf bei der Zentralbank erfuhr er, daß Tiedman sich zur Zeit anläßlich einer Konferenz in Washington aufhielt. Obwohl es fast drei Uhr morgens war, hatte Tiedman, noch an die Westküstenzeit gewöhnt, rasch zugestimmt, mit dem Agenten zu reden. Sawyer hatte sogar den Eindruck, daß der Präsident der Zentralbank San Francisco geradezu darauf brannte.

Im Hotel Four Seasons in Georgetown, wo Tiedman logierte, saßen Sawyer und Tiedman sich in einem Nebenraum des Hotelrestaurants gegenüber, das vor mehreren Stunden geschlossen hatte. Tiedman war klein, Anfang Sechzig, glattrasiert und hatte die irritierende Gewohnheit, unablässig die Hände zu falten und wieder zu öffnen. Selbst zu so später Stunde trug er einen gediegenen, grauen Nadelstreifenanzug mit Weste und Fliege. Über die Weste spannte sich eine geschmackvolle goldene Uhrkette. Sawyer konnte sich durchaus vorstellen, wie der gepflegte Mann mit einer Filzmütze auf dem Kopf in einem Sportwagen mit offenem Verdeck durch die Landschaft brauste.

Das konservative Erscheinungsbild ließ eher auf die Ostküste denn die Westküste schließen, und bald erfuhr Sawyer, daß Tiedman viele Jahre in New York gelebt hatte, bevor er nach Kalifornien übersiedelte. Während der ersten paar Minuten des Gesprächs suchte Tiedman nur gelegentlich unmittelbaren Augenkontakt zu dem FBI-Agenten. Die meiste Zeit betrachteten die wäßrigen grauen Augen hinter der zarten Drahtgestellbrille den Teppichboden.

»Ich nehme an, Sie kannten Lieberman recht gut?«

»Wir haben zusammen in Harvard studiert und bei derselben Bank angefangen. Ich war bei seiner Hochzeit Trauzeuge, er bei meiner. Arthur war einer meiner ältesten und besten Freunde.«

Sogleich packte Sawyer die Gelegenheit beim Schopf. »Seine Ehe wurde geschieden, richtig?«

Tiedman blickte den Agenten an. »Ja, das ist richtig«, erwiderte er.

Sawyer zog sein Notizbuch zu Rate. »Die Scheidung fiel genau in die Zeit, als er für den Posten des Präsidenten der Bundeszentralbank kandidierte, nicht wahr?«

Tiedman nickte.

»Ein lausiger Zeitpunkt.«

»Das kann man wohl sagen.« Tiedman schenkte sich aus der Karaffe, die auf dem Tisch neben ihm stand, ein Glas Wasser ein und trank einen langen Schluck. Die dünnen Lippen wirkten trocken und spröde.

»Soweit ich weiß, begann die Scheidung mit unschönen Szenen, wurde jedoch rasch geregelt und beeinflußte seine Nominierung in keiner Weise. Ich schätze, Lieberman hatte Glück.«

Tiedman prustete. »Das nennen Sie Glück?«

»Damit meinte ich lediglich den Posten bei der Bundeszentralbank. Ich nehme an, als enger Freund von Lieberman wissen Sie wahrscheinlich mehr darüber als jeder andere.« Mit offenem, fragendem Blick sah er Tiedman an.

Eine volle Minute lang schwieg Tiedman, dann stieß er hörbar die Luft aus, stellte das Glas ab und lehnte sich zurück. Nun sah er Sawyer unmittelbar ins Gesicht.

»Es stimmt zwar, daß Arthur Präsident der Bundeszentralbank wurde, doch die Regelung der ›unschönen‹ Scheidung kostete ihn nahezu alles, wofür er jahrelang geschuftet hatte, Mr. Sawyer. Nach einer derartigen Karriere hatte er etwas Besseres verdient.«

»Aber das Amt des Bundeszentralbankpräsidenten ist doch gut bezahlt. Ich habe mich nach dem Gehalt erkundigt. Einhundertdreiunddreißigtausendsechshundert Dollar im Jahr. Damit verdiente er mehr als die meisten.«

Tiedman lachte. »Das mag schon sein, aber bevor Arthur bei der Bundeszentralbank anfing, verdiente er Hunderte Millionen. Folglich hatte er einen teuren Geschmack und einige Schulden.«

»Große Schulden?«

Abermals schlug Tiedman die Augen nieder. »Sagen wir, etwas mehr, als er sich von seinem – wenngleich hohen – Gehalt als Präsident der Bundeszentralbank leisten konnte.«

Während Sawyer bereits die nächste Frage stellte, ließ er sich die Auskunft durch den Kopf gehen. »Was können Sie mir über Walter Burns erzählen?«

Tiedman warf Sawyer einen scharfen Blick zu. »Was wollen Sie denn hören?«

»Nur allgemeine Hintergrundinformationen«, gab Sawyer unverfänglich zurück.

Abwesend zupfte Tiedman an seiner Lippe und betrachtete Sawyers Notizbuch. Sawyer bemerkte den Blick und schlug es unvermittelt zu. »Inoffiziell.«

Resignierend schaute Tiedman zu Sawyer. »Für mich besteht kein Zweifel, daß Burns Arthur als Präsident nachfolgt. Er erfüllt alle Voraussetzungen. Burns war ein Anhänger von Arthur. So wie Arthur stimmte, so stimmte auch Walter.«

»War das denn schlecht?«

»Für gewöhnlich nicht.«

»Was soll das heißen?«

Die Augen des kleinen Mannes wirkten erstaunlich stechend, als sie auf dem Gesicht des Agenten verharrten. »Das soll heißen, daß es niemals weise ist, jemandem wider besseres Wissen blindlings zu folgen.«

Sawyer lehnte sich zurück. »Also waren Sie nicht immer einer Meinung mit Lieberman?«

Nun sah Tiedman weg. Sein Gesicht jedoch verriet, was er dachte. Im Augenblick bereute er eindeutig, der Unterhaltung zugestimmt zu haben.

»Ich will damit sagen, daß die Mitglieder des Zentralbankrats in diesem Gremium sitzen, um sich eigene Gedanken zu machen und eigene Urteile zu fällen, und nicht, um sich wortlos Argumenten zu unterwerfen, die jeder realen Grundlage entbehren und katastrophale Folgen nach sich ziehen könnten.«

»Das ist eine schwerwiegende Aussage.«

»Nun, wir tragen auch eine schwerwiegende Verantwortung.«

Sawyer las seine Notizen vom Gespräch mit Burns durch. »Burns meinte, Lieberman hätte den Stier von Beginn an bei den Hörnern gepackt, um sich die Aufmerksamkeit der Märkte zu sichern – um sie aufzurütteln. Sie hielten das offenbar für keine so großartige Idee.«

»Lächerlich wäre zutreffender.«

»Wenn es derart sinnlos war, weshalb hat sich dann die Mehrheit angeschlossen?« erkundigte Sawyer sich ein wenig skeptisch.

»Unter Kritikern von Wirtschaftsprognosen gibt es ein

beliebtes Sprichwort: Gib einem Ökonomen ein gewünschtes Ergebnis, und er findet die Zahlen, um es zu rechtfertigen. Diese Stadt ist voll von Zahlenfetischisten, die exakt dieselben Daten heranziehen und diese auf unterschiedlichste Weise interpretieren, angefangen vom Haushaltsdefizit bis hin zum überhöhten Sozialversicherungsaufkommen.«

»Was bedeutet, daß diese Daten manipuliert werden können.«

»Selbstverständlich. Es kommt nur darauf an, in wessen Auftrag sie analysiert werden, wessen politisches Programm dadurch gefördert werden soll«, erwiderte Tiedman heftig.

»Ich will Sie keineswegs beleidigen, aber wäre es möglich, daß die anderen Ihre Ansichten für falsch hielten?«

»Ich bin zwar nicht allwissend, aber während der letzten vierzig Jahre habe ich mich eingehend mit den Finanzmärkten befaßt. Ich habe aufblühende und rückläufige Märkte erlebt. Ich habe stabile Wirtschaftslagen und Wirtschaftslagen am Rande des Zusammenbruchs erlebt. Ich habe Bundeszentralbankpräsidenten erlebt, die in Krisensituationen unverzüglich wirkungsvolle Maßnahmen einleiteten, und andere, die sich vergeblich abmühten und dadurch die Wirtschaft schwer schädigten. Eine fälschliche Erhöhung des Federal-Funds-Satzes um einen halben Prozentpunkt kann Hunderttausende Arbeitsplätze kosten und ganze Wirtschaftszweige an den Rand des Ruins treiben. Arthurs Auf und Ab mit dem Federal-Funds-Satz bedeutete eine ernste Gefahr für die wirtschaftliche Zukunft jedes einzelnen amerikanischen Bürgers. Ich lag nicht falsch.«

»Ich dachte, Sie und Lieberman standen sich nahe. Hat er Sie denn nie um Rat gefragt?«

Unruhig fummelte Tiedman am Jackettknopf herum. »Zu Beginn hat Arthur mich schon um Rat gefragt. Oft sogar. Dann gab es einen Zeitraum von etwa drei Jahren, wo er überhaupt nicht mit sich reden ließ.«

»Ungefähr ab dem Zeitpunkt, als er seine Achterbahnfahrten mit den Zinssätzen begann?«

Tiedman nickte. »Letztlich kam ich, wie auch andere Zentralbankpräsidenten, zu dem Schluß, daß er den trägen Finanzmärkten ein paar Schläge auf den Hinterkopf verpassen wollte. Aber das ist nicht die Aufgabe des Zentralbankrats, denn es ist viel zu gefährlich. Die letzten Phasen der Großen Depression habe ich noch miterlebt, und so etwas wünsche ich mir nicht noch einmal.«

»Schätze, mir war nie wirklich bewußt, wieviel Macht die Bundeszentralbank ausübt.«

Tiedman bedachte Sawyer mit einem ernsten Blick. »Wußten Sie eigentlich, daß wir, wenn wir uns zu einer Zinserhöhung entschließen, ziemlich genau wissen, wie viele Geschäfte Konkurs anmelden, wie viele Leute den Arbeitsplatz verlieren und aus ihrer Wohnung geworfen werden? All diese Daten stehen uns sauber aufbereitet zur Verfügung. Für uns sind es lediglich Zahlen. Mehr sehen wir darin offiziell nie. Andernfalls könnte wohl keiner von uns diese Tätigkeit mit seinem Gewissen vereinbaren. Zumindest ich könnte es nicht. Vielleicht würden wir uns der gewaltigen Macht über unsere Mitmenschen besser bewußt, wenn wir die Statistiken über Selbstmord, Mord und andere Verbrechen genauer unter die Lupe nähmen.«

»Mord? Selbstmord?« Bestürzt musterte Sawyer den kleinen Mann.

»Sie wären bestimmt der erste, der mir beipflichtet, daß Geld die Wurzel allen Übels darstellt. Oder genauer gesagt: Der *Mangel* an Geld.«

»Himmel, auf diese Weise habe ich das Ganze noch nie betrachtet. Sie verfügen ja fast über die Macht von ...«

»Gott?« Tiedmans Augen funkelten. »Wir sind eines der bestgehüteten Geheimnisse des Landes. Wüßten die Durchschnittsbürger darüber Bescheid, was wir zu tun vermögen und in der Vergangenheit des öfteren getan haben, ich glaube, sie würden unsere Mauern stürmen und uns in die finstersten Verliese werfen oder noch Schlimmeres mit uns anstellen. Und vielleicht mit Fug und Recht.«

Sawyer betrachtete seine Notizen. »Wissen Sie noch, wann die Zinssätze angepaßt wurden?«

Tiedman kehrte aus seiner Gedankenwelt zurück. »Auswendig nicht. Für einen Bankier ist das ein Armutszeugnis, doch mein Zahlengedächtnis ist nicht mehr das allerbeste. Aber ich kann Ihnen die Daten besorgen.«

»Dafür wäre ich Ihnen sehr dankbar. Könnte es andere Gründe dafür gegeben haben, daß Lieberman mit den Zinssätzen herumspielte?« Nun erkannte Sawyer eindeutig eine Mischung aus leichter Besorgnis und Furcht in den Zügen des Zentralbankpräsidenten.

»Was meinen Sie damit?«

Sawyer lehnte sich zurück. »Sie sagten, es hätte überhaupt nicht seiner Art entsprochen. Und dann, wenn ich das richtig verstehe, verhielt er sich plötzlich wieder ganz normal. Kommt Ihnen das nicht merkwürdig vor?«

»Aus diesem Blickwinkel habe ich es noch nie betrachtet. Aber ich fürchte, ich verstehe immer noch nicht, worauf Sie hinauswollen.«

»Lassen Sie es mich Ihnen so deutlich wie möglich erklären: Vielleicht manipulierte Lieberman die Zinssätze gegen seinen Willen.«

Tiedman zog die Augenbrauen hoch. »Wie könnte jemand Arthur dazu gebracht haben?«

»Durch Erpressung«, erwiderte Sawyer schlicht. »Haben Sie irgendeine Theorie dazu?«

Tiedman faßte sich wieder und antwortete sichtlich nervös: »Ich habe Gerüchte gehört, daß Arthur vor Jahren eine Affäre hatte. Eine Frau –«

Sawyer fiel ihm ins Wort. »Das glaube ich ebensowenig wie Sie. Lieberman hat sich das Schweigen seiner Frau erkauft, um einen Skandal zu vermeiden und die Präsidentschaft der Bundeszentralbank übernehmen zu können, aber es ging um keine Frau.« Der FBI-Agent beugte sich bis auf wenige Zentimeter zu Tiedmans Gesicht vor. »Was können Sie mir über Steven Page erzählen?«

Tiedmans Züge erstarrten, jedoch nur für einen winzigen Augenblick. »Über wen?«

»Vielleicht hilft das Ihrem Gedächtnis auf die Sprünge.«

Sawyer faßte in die Tasche und brachte das Foto zum Vorschein, das Ray Jackson in Liebermans Wohnung gefunden hatte. Er hielt es Tiedman vors Gesicht.

Mit zitternden Händen ergriff dieser das Bild und senkte den Kopf; ein Labyrinth aus Falten trat auf die hohe Stirn. Dennoch sah Sawyer Erkennen in den Augen des Mannes.

»Wie lange wissen Sie schon davon?« fragte Sawyer leise.

Stumm bewegten sich Tiedmans Lippen. Schließlich gab er Sawyer das Foto zurück und trank einen weiteren Schluck Wasser. Als er sprach, blickte er Sawyer nicht an, wodurch ihm die Worte ein wenig leichter zu fallen schienen.

»Ich war es, der die beiden einander vorgestellt hat«, lautete Tiedmans verblüffende Antwort. »Steven hat als Finanzanalyst bei Fidelity Mutual gearbeitet. Arthur war damals noch Präsident der Zentralbank New York. Ich selbst habe Steven bei einem Finanzsymposium kennengelernt. Viele meiner geschätzten Kollegen ergingen sich in wahren Lobeshymnen über Page. Er war ein unglaublich kluger, junger Mann mit wirklich interessanten Ansichten über die Finanzmärkte und zur Rolle der Bundeszentralbank in der ständig wachsenden Weltwirtschaft. Zudem war er leutselig, kultiviert, attraktiv und hatte als einer der besten seines College-Jahrganges graduiert. Ich wußte, daß Arthur ihn als willkommene Bereicherung seines intellektuellen Bekanntenkreises betrachten würde. Bald entwickelte sich eine Freundschaft zwischen Steven und Arthur.« Tiedman geriet ins Stocken.

»Eine Freundschaft, die letztlich in etwas anderes umschlug?« half Sawyer ihm auf die Sprünge.

Tiedman nickte.

»Wußten Sie zu dem Zeitpunkt, daß Lieberman homo- oder zumindest bisexuell veranlagt war?«

»Ich wußte, daß es in seiner Ehe kriselte. Aber damals wußte ich noch nicht, daß die Krise von Arthurs sexueller ... Verwirrung herrührte.«

»Anscheinend konnte er diese Verwirrung überwinden. Er ließ sich von seiner Frau scheiden.«

»Ich glaube kaum, daß die Scheidung von Arthur ausging. Meiner Meinung nach hätte er viel lieber zumindest den Anschein einer glücklichen Ehe gewahrt. Ich weiß, daß sich heutzutage immer mehr Menschen offiziell zu ihren Neigungen bekennen, aber Arthur war, was das betraf, ein äußerst zurückhaltender Mann. Darüber hinaus stellt die Finanzgemeinde einen höchst konservativen Kreis dar.«

»Also wollte seine Frau die Scheidung. Wußte sie über Page Bescheid?«

»Wer er war? Nein, das glaube ich nicht. Aber ich denke, sie wußte, daß Arthur eine Affäre hatte, und zwar mit keiner Frau. Deshalb verlief die Scheidung wohl auch so verbittert und einseitig. Arthur mußte rasch handeln, damit seine Frau ihren Anwälten gegenüber nicht einmal einen Verdacht äußerte. Es hat ihn jeden Cent gekostet, den er besaß. Arthur hat dieses zutiefst intime Geheimnis nur mir als langjährigem Freund anvertraut. Und ich erzähle es Ihnen nur unter demselben Siegel strikter Vertraulichkeit.«

»Ich weiß das zu schätzen, Charles«, erwiderte Sawyer. »Aber Sie müssen einsehen, daß ich jeder Möglichkeit nachgehen muß, um das Flugzeugattentat aufzuklären, sollte Lieberman der Grund dafür gewesen sein. Trotzdem kann ich Ihnen versprechen, daß ich die Information nicht verwenden werde, solange sie keinen unmittelbaren Einfluß auf die Ermittlungen hat. Sollte sich herausstellen, daß Liebermans Affäre in keinerlei Zusammenhang mit dem Verbrechen stand, wird von mir niemals jemand erfahren, was sie mir gerade enthüllt haben. Einverstanden?«

»Einverstanden«, stimmte Tiedman schließlich zu. »Danke.«

Sawyer bemerkte Tiedmans Erschöpfung und beschloß, rasch fortzufahren. »Sind Sie mit den Umständen von Steven Pages Tod vertraut?«

»Ich habe in der Zeitung darüber gelesen.«

»Wußten Sie, daß er HIV-positiv war?«

Tiedman schüttelte den Kopf.

Sawyer lehnte sich zurück. »Nur noch ein paar Fragen.

Wußten Sie, daß Lieberman Bauchspeicheldrüsenkrebs im Endstadium hatte?« Tiedman nickte. »Wie war seine psychische Verfassung? War er am Boden zerstört? Verzweifelt?«

Tiedman antwortete nicht sofort. Schweigend saß er da, mit im Schoß gefalteten Händen. Nach einer Weile schaute er zu Sawyer auf. »Eigentlich wirkte Arthur eher froh.«

»Er war todkrank und wirkte froh?«

»Ich weiß, das klingt merkwürdig, aber anders kann ich es nicht beschreiben. Froh und erleichtert.«

Der verwirrte FBI-Agent dankte Tiedman und verabschiedete sich. Ein Haufen neuer Fragen schwirrte ihm im Kopf herum, und er hatte noch keine Ahnung, wo er die Antworten darauf finden sollte.

## KAPITEL 49

Sidney saß allein im Speisewagen, während der Zug auf dem Weg nach New York geräuschvoll durch die Nacht rumpelte. Abwesend nippte sie an einer Tasse Kaffee und kaute an einem im Mikrowellenherd aufgewärmten Muffin, während dunkle Bilder am Fenster vorbeizogen.

Das gleichmäßige Rattern der Zugräder und das sanfte Schaukeln des Waggons auf der vielbefahrenen Strecke nach Nordosten hatten eine beruhigende Wirkung. Beim Einsteigen in den Zug war sie noch auf der Hut gewesen und durch mehrere Waggons gegangen, bevor sie sich in einem niederließ.

Den Großteil der Reise kreisten Sidneys Gedanken um ihre Tochter. Es fühlte sich wie eine Ewigkeit an, seit sie das kleine Mädchen zum letztenmal im Arm gehalten hatte. Und im Augenblick hatte sie keine Ahnung, wann sie Amy wiedersehen würde. Das einzige, was sie davon abhielt, zu ihr zu fahren, war die Gewißheit, daß sie ihre Tochter dadurch in Gefahr bringen würde. Niemals würde sie das tun, selbst wenn es bedeutete, Amy nie mehr wiederzusehen. Gleich nach der Ankunft in New York wollte sie zumindest anrufen.

Sidney überlegte, wie sie ihren Eltern den nächsten Alptraum beibringen sollte, der sie erwartete: Schlagzeilen, die ihre ehrgeizige, vielgeliebte Tochter als flüchtige Mörderin darstellten. Gar nichts konnte sie tun, um ihren Eltern die Flut der Aufmerksamkeit zu ersparen, die ihnen entgegenschwappen würde. Auch nach Bell Harbor, Maine, würde diese Aufmerksamkeit dringen, daran hegte Sidney keine Zweifel. Doch vielleicht gewannen ihre Eltern durch die

Reise in den Norden zumindest ein paar wertvolle Tage abseits des grellen Rampenlichts.

Sidney wußte, daß sie nur eine einzige Chance hatte, die geheimnisvollen Umstände aufzuklären, die ihr Leben in eine Hölle verwandelt hatten. Und diese Chance stellten die Informationen in der Hartplastikhülle dar, die Federal Express schon bald als Eilsendung Richtung Norden transportieren würde. Die Diskette war alles, was sie hatte. Offenbar hielt Jason sie für ungemein wichtig. Und wenn er sich irrte? Schaudernd verbot sie sich, diesen möglichen Alptraum in Erwägung zu ziehen. Sie mußte ihrem Mann vertrauen.

Sidney schaute aus dem Fenster, wo verschwommene Bilder von Bäumen, bescheidenen Häusern mit Parabolantennen und zerfallenden, häßlichen Tuffsteingebäuden stillgelegter Firmen vorbeirasten. Sie zog den Mantel enger um sich und lehnte sich auf dem Sitz zurück.

Als der Zug in den düsteren Tunnel der Penn Station einrollte, stand Sidney bereits an der Tür. Es war fünf Uhr dreißig morgens. Obwohl sie sich nicht erinnern konnte, wann sie zuletzt geschlafen hatte, fühlte sie sich gar nicht müde.

Nach kurzem Warten am Taxistand beschloß sie, noch rasch einen Anruf zu tätigen, bevor sie zum Flughafen fuhr. Zuvor wollte sie ursprünglich die Waffe entsorgen, doch das kalte Metall vermittelte ihr ein Gefühl der Sicherheit, das sie im Augenblick dringend benötigte. Zwar wußte sie immer noch nicht, wohin sie reisen wollte, doch während der langen Fahrt zum Flughafen würde sie Gelegenheit haben, über einen Zielort nachzudenken.

Auf dem Weg zur Telefonzelle ergriff sie eine Ausgabe der *Washington Post* und überflog die Schlagzeilen. Noch kein Wort über die Morde. Dennoch konnten die Leichen bereits entdeckt worden sein, und die Reporter hatten nur nicht genug Zeit gehabt, die Berichte vor Redaktionsschluß fertigzustellen. Und wenn man ihre beiden früheren Kollegen noch nicht gefunden hatte, konnte es nicht mehr lange dauern. Für die Allgemeinheit öffnete die Parkgarage um sieben Uhr früh, Mieter hingegen hatten jederzeit Zugang zum Gebäude.

Sie wählte die Nummer ihrer Eltern in Bell Harbor. Begrüßt wurde sie von einer Tonbandstimme, die verkündete, daß unter dieser Nummer kein Anschluß vorhanden sei. Mit einem Stöhnen fiel ihr der Grund dafür ein. Über den Winter meldeten ihre Eltern das Telefon stets ab. Wahrscheinlich hatte ihr Vater vergessen, den Anschluß wieder einrichten zu lassen. Gewiß würde er das nachholen, sobald er in Maine ankam. Da dies noch nicht geschehen war, mußten ihre Eltern wohl noch unterwegs sein.

Rasch rechnete Sidney die Reisezeit nach. Als sie noch ein Kind gewesen war, war ihr Vater die etwa dreizehn Stunden lange Strecke durchgefahren und hatte nur angehalten, um zu tanken und zu essen. Doch mit zunehmendem Alter hatte seine Ungeduld nachgelassen. Seit er im Ruhestand war, übernachtete er regelmäßig unterwegs, wodurch er die Reise auf zwei Tage verteilte. Wenn ihre Eltern, wie geplant, gestern vormittag losgefahren waren, mußten sie heute nachmittag in Bell Harbor ankommen. *Wenn* sie wie geplant abgereist waren.

Mit einem Schlag wurde Sidney bewußt, daß sie die Abreise ihrer Eltern noch gar nicht überprüft hatte. Sie beschloß, dieses Versehen unverzüglich auszumerzen. Nach dreimaligem Läuten meldete sich der Anrufbeantworter. Nichtsdestotrotz sprach sie ins Telefon, damit ihre Eltern wußten, wer dran war, denn oft lauschten sie neben dem Anrufbeantworter. Trotzdem hob niemand ab. Sidney senkte den Hörer auf die Gabel. Sie würde es vom Flughafen aus erneut versuchen.

Nach einem Blick auf die Uhr entschloß sie sich zu einem weiteren Anruf. Nun, da sie wußte, daß Paul Brophy mit RTG unter einer Decke gesteckt hatte, ergab ein gewisser Umstand keinen Sinn. Ihr fiel nur eine Person ein, die ihr vielleicht weiterhelfen konnte. Und die mußte sie fragen, bevor die Morde an die Öffentlichkeit gelangten.

»Kay? Hier spricht Sidney Archer.« Zuerst klang die Stimme am anderen Ende schläfrig, dann jedoch richtete Kay Vincent sich im Bett auf und war hellwach. »Sidney?«

»Es tut mir leid, daß ich so früh anrufe, aber ich brauche unbedingt deine Hilfe.« Kay antwortete nicht. »Kay, ich weiß, was über Jason in den Zeitungen steht –«

Kay schnitt ihr das Wort ab. »Ich glaube kein Wort von dem Geschmiere, Sidney. Jason kann unmöglich in irgend etwas davon verwickelt sein.«

Erleichtert atmete Sidney auf. »Danke, Kay. Allmählich bekam ich den Eindruck, ich sei die einzige, die den Glauben an Jason nicht verloren hat.«

»Aber nein, Sidney. Wie kann ich dir helfen?«

Sidney ließ sich einen Augenblick Zeit, damit ihre Stimme nicht zu sehr schwankte. Sie erblickte einen Polizisten, der den Bahnsteig entlangmarschierte. Rasch wandte sie ihm den Rücken zu und kauerte sich an die Wand. »Kay, du weißt doch, daß Jason mit mir eigentlich nie über seine Arbeit gesprochen hat.«

Kay prustete. »Kein Wunder. Man hämmert uns ja förmlich ein, daß alles und jedes ein großes Geheimnis ist.«

»Genau. Aber im Augenblick helfen mir Geheimnisse nicht weiter. Ich muß erfahren, woran Jason die letzten paar Monate gearbeitet hat. Wurden ihm irgendwelche Großprojekte übertragen?«

Kay nahm den Hörer in die andere Hand. Neben ihr im Bett schnarchte ihr Mann. »Nun, wie du weißt, hat er an der Aufbereitung der Quartalsberichte gearbeitet; das hat einen Großteil seiner Zeit in Anspruch genommen.«

»Stimmt, davon wußte ich.«

Kay kicherte. »Wenn er aus dem Lagerhaus zurückkam, sah er jedesmal aus, als hätte er eine Schlammschlacht mit einem Alligator hinter sich – dreckig von Kopf bis Fuß. Aber er hat durchgehalten und großartige Arbeit geleistet. In Wahrheit schien ihm die Aufgabe sogar Freude zu bereiten. Die zweite Sache, mit der er sich ausgiebig beschäftigte, war die Integration des Datensicherungssystems der Firma.«

»Du meinst das Computersystem für die automatische Sicherung von E-Mails, Dokumenten und ähnlichem?«

»Genau.«

»Aber weshalb war eine *Integration* des Datensicherungssystem erforderlich?«

»Tja, wie du dir sicher vorstellen kannst, besaß Quentin Rowes Firma bereits ein erstklassiges System, bevor sie von Triton aufgekauft wurde. Was auf Nathan Gamble und Triton nicht zutraf. Ganz unter uns, ich glaube, Nathan Gamble weiß nicht einmal, was eine Datensicherung ist. Wie auch immer, Jasons Aufgabe bestand darin, Tritons altes System in Quentins moderneres zu integrieren.«

»Wie genau ging das vor sich?«

»Jason mußte sämtliche Sicherungsdateien von Triton durchgehen und sie umformatieren, damit sie mit dem neuen System kompatibel wurden. E-Mails, Dokumente, Berichte, Graphiken, alles, was mit dem Computer erstellt wurde. Auch dieses Projekt hat er abgeschlossen. Mittlerweile ist das gesamte System vereinheitlicht.«

»Wo wurden die alten Dateien aufbewahrt? Im Büro?«

»Oh, nein. Im Lagerhaus, drüben in Reston. In drei Meter hohen Stapeln von Archivboxen. In demselben Lagerhaus, wo auch die Finanzunterlagen untergebracht waren. Jason hat dort viel Zeit verbracht.«

»Wer hat diese Projekte angeordnet?«

»Quentin Rowe.«

»Nicht Nathan Gamble?«

»Ich glaube, anfangs wußte er überhaupt nichts davon. Inzwischen schon.«

»Wieso bist du da so sicher?«

»Weil Jason eine E-Mail von Nathan Gamble erhielt, in dem er Jason zu seiner Arbeit gratulierte.«

»Also ehrlich, das klingt ganz und gar nicht nach Nathan Gamble.«

»Ja, ich war selbst überrascht. Aber es stimmt.«

»An das Datum der E-Mail kannst du dich vermutlich nicht mehr erinnern, oder?«

»Doch, kann ich, wenn auch aus einem entsetzlichen Grund.«

»Wie meinst du das?«

Kay Vincent seufzte hörbar. »Es war der Tag, an dem das Flugzeug abstürzte.«

Sidney zuckte zusammen. »Bist du sicher?«

»Das könnte ich unmöglich vergessen, Sid.«

»Aber Nathan Gamble war an dem Tag in New York. Ich hatte dort ein Treffen mit ihm.«

»Oh, das spielt keine Rolle. Er läßt seine E-Mails von seiner Sekretärin versenden, gleichgültig, ob er im Büro ist oder nicht.«

Für Sidney ergab das keinen Sinn. »Kay, ich nehme an, in Sachen CyberCom gibt es inzwischen nichts Neues, oder? Halten die Quartalsberichte nach wie vor alles auf?«

»Welche Quartalsberichte?«

»Gamble wollte CyberCom die Quartalsberichte nicht zur Verfügung stellen.«

»Davon weiß ich nichts. Aber ich weiß, daß sie mittlerweile an CyberCom übergeben wurden.«

»Was?« brüllte Sidney fast. »Wurden sie zuvor von einem Anwalt von Tyler, Stone geprüft?«

»Keine Ahnung.«

»Wann wurden sie verschickt?«

»Ironischerweise am selben Tag, als Nathan Gamble die E-Mail an Jason schickte.«

Sidney schwirrte der Kopf. »Am Tag des Flugzeugabsturzes? Bist du da ganz sicher?«

»Ich habe einen guten Freund in der Postabteilung. Er bekam den Auftrag, beim Transport der Unterlagen zur Kopierabteilung zu helfen und sie dann an CyberCom zu liefern. Warum? Ist das wichtig?«

Erst nach einer Weile antwortete Sidney. »Ich bin nicht sicher.«

»Oh, na ja, brauchst du vielleicht sonst noch eine Auskunft?«

»Nein, Kay, du hast mir reichlich Stoff zum Nachdenken gegeben.« Sidney bedankte sich, legte auf und ging zum Taxistand.

Kenneth Scales betrachtete die Nachricht, die er in Händen hielt, und seine Augen verengten sich. Die Dateien auf der Diskette waren verschlüsselt. Sie brauchten das Paßwort.

Scales schaute hinüber zum inzwischen bekannten Empfänger jener heiklen E-Mail. Jason hätte die Diskette wohl kaum an seine Frau geschickt, ohne ihr auch das Paßwort zu senden. Es mußte in der E-Mail gestanden haben, die Jason damals im Lagerhaus abgeschickt hatte.

Sidney wartete am Taxistand vor der Penn Station. Er hätte sich gleich in der Limousine um sie kümmern sollen. Weder entsprach es seiner Gewohnheit, noch behagte es ihm, jemanden am Leben zu lassen. Doch Auftrag war Auftrag.

Zumindest hatte man sie an der kurzen Leine geführt, bis man wußte, wer die E-Mail erhalten hatte. Scales' aktueller Marschbefehl gestattete ihm, endlich die tödliche Klinge zum Einsatz zu bringen. Er ging los.

Als Sidneys Taxi vorfuhr, erblickte sie in der Scheibe ein Spiegelbild. Nur einen winzigen Augenblick trafen sich ihre Blicke, doch für Sidneys blankliegende Nerven war das genug. Sie wirbelte herum. Die bösartigen Augen aus der Limousine. Der Mann fluchte und begann zu laufen. Sidney sprang in das Taxi, und der Wagen fuhr los. Scales drängte mehrere Leute beiseite, die vor ihm in der Schlange standen, stieß den protestierenden Taxistandwärter zu Boden und sprang in das nächste freie Taxi. Der Wagen jagte hinter Sidney her.

Sidney blickte sich um. Durch die Dunkelheit und den peitschenden Schneeregen konnte sie nicht viel erkennen. Jedoch herrschte um diese Tageszeit noch vergleichsweise wenig Verkehr, weshalb ihr ein Paar Scheinwerfer auffiel, das sich rasch näherte.

Sie drehte sich zurück. »Ich weiß, das hört sich verrückt an, aber wir werden verfolgt.« Sie nannte dem Fahrer ein neues Ziel. Sogleich bog er nach links ab, kurz darauf scharf nach rechts, danach raste er eine menschenleere Seitenstraße entlang, an deren Ende er wieder auf die Fifth Avenue gelangte.

Vor einem Wolkenkratzer hielt Sidneys Taxi an. Sie sprang aus dem Wagen und rannte auf den Eingang zu. Im Laufen zog sie etwas aus der Handtasche. Sie schob die Schlüsselkarte in den Schlitz an der Wand, und die Tür öffnete sich. Rasch trat sie ein und zog die Tür hinter sich zu.

Verschlafen blickte der Nachtwächter hinter der Granitkonsole in der Empfangshalle auf. Abermals wühlte Sidney in der Handtasche und brachte den Mitarbeiterausweis von Tyler, Stone zum Vorschein. Der Wächter nickte und sank zurück auf den Stuhl. Als Sidney den Rufknopf für den Fahrstuhl drückte, schaute sie sich noch einmal um. So früh am Morgen war nur ein Lift in Betrieb.

Mit quietschenden Reifen bremste das zweite Taxi vor dem Gebäude; ein Mann sprang heraus, stürzte auf die Glastür zu und hämmerte dagegen. Sidney beobachtete, wie der Nachtwächter sich vom Stuhl erhob.

»Ich glaube, dieser Mann verfolgt mich. Muß wohl ein Spinner sein. Bitte, seien Sie vorsichtig«, rief sie ihm zu.

Der Nachtwächter musterte sie flüchtig, dann nickte er und schaute zur Tür. Eine Hand sank zum Pistolenhalfter, während er darauf zuschritt. Bevor Sidney in den Aufzug stieg, blickte sie noch einmal hinüber. Der Nachtwächter spähte die Straße hinauf und hinunter. Erleichtert atmete Sidney auf, stieg in den Fahrstuhl und drückte den Knopf für den zweiundzwanzigsten Stock. Kurz darauf betrat sie den dunklen Bürokomplex von Tyler, Stone und hastete in ein Büro. Sie schaltete das Licht ein, kramte ihr Adreßbuch hervor, suchte eine Nummer heraus und wählte. Die Nummer gehörte Ruth Childs, einer langjährigen Nachbarin ihrer Eltern und Freundin der Familie in Hanover, Virginia.

Schon nach dem ersten Klingeln wurde der Ruf angenommen. Ruth Childs war bereits siebzig, doch der forsche Klang der Stimme verriet, daß sie schon eine Weile auf den Beinen sein mußte, obwohl es erst kurz nach sechs Uhr morgens war. Mitfühlend sprach sie Sidney ihr Beileid wegen

Jason aus. Dann, in Antwort auf Sidneys Frage, berichtete sie, die Pattersons seien gestern morgen gegen zehn Uhr mit Amy abgereist, nachdem sie überstürzt gepackt hatten.

»Ich habe gesehen, wie dein Vater die Schrotflinte im Kofferraum verstaut hat, Sidney«, meinte Ruth provokativ.

»Wozu nur?« antwortete Sidney matt. Gerade wollte sie sich verabschieden, als Ruth etwas sagte, das Sidneys Herzschlag aussetzen ließ.

»Ich muß gestehen, daß ich in der Nacht, bevor sie abreisten, ein wenig beunruhigt war. Ständig fuhr ein Wagen vorbei. Wie du weißt, schlafe ich nicht viel, und selbst wenn, wache ich bei der kleinsten Kleinigkeit auf. Das hier ist eine ruhige Gegend, in die sich kaum jemand verirrt, es sei denn, er möchte jemanden besuchen. Gestern morgen war der Wagen wieder da.«

»Hast du jemanden in dem Auto gesehen?« Sidneys Stimme bebte.

»Nein, meine Augen sind nicht mehr, was sie mal waren, da hilft auch die beste Brille wenig.«

»Ist der Wagen noch da?«

»Oh, nein. Er fuhr gleich nach deinen Eltern weg. Ich bin recht froh darüber, muß ich sagen. Trotzdem steht der Baseballschläger neben der Tür bereit. Soll nur jemand versuchen, bei mir einzubrechen; er wird sich wünschen, er hätte es nicht getan.«

Bevor Sidney auflegte, riet sie Ruth, vorsichtig zu sein und die Polizei anzurufen, sollte der Wagen noch einmal auftauchen, obschon sie fast sicher war, daß dies nicht geschehen würde. Der Wagen befand sich bereits weit entfernt von Virginia. Er war mit allergrößter Wahrscheinlichkeit auf dem Weg nach Maine. So wie nunmehr auch Sidney.

Sie legte auf und wandte sich zum Gehen. In diesem Augenblick hörte sie den Klingelton, der ankündigte, daß der Fahrstuhl in ihrem Stockwerk anhielt. Sidney verschwendete keinen Gedanken darauf, wer wohl so früh ins Büro kommen mochte. Sofort nahm sie das Schlimmste an. Sie zog den 32er-Revolver und rannte aus dem Büro, weg von den Aufzügen. Zumindest hatte sie den Vorteil, die Räumlichkeiten zu kennen.

Das Geräusch rascher Schritte hinter ihr bestätigte den schrecklichen Verdacht. Sie lief, so schnell sie konnte, wobei die Handtasche gegen ihre Seite schlug. Mittlerweile konnte Sidney das Keuchen ihres Verfolgers hören, als dieser in den dunklen Korridor hinter ihr einbog. Er holte auf. Zwar rannte sie schneller, als sie es seit ihrer Zeit als Basketballspielerin am College je getan hatte, dennoch würde es nicht reichen. Sie mußte die Taktik ändern.

Sidney bog um eine Ecke, hielt inne, wirbelte herum und kniete sich, den Revolver im Anschlag, in Schußposition. Schwer atmend stürmte der Mann um die Ecke und erstarrte kaum einen halben Meter vor ihr. Sidney sah das blutverschmierte Messer in seiner Hand. Sein Körper spannte sich, wie für einen plötzlichen Angriff. Sie drückte ab. Die Kugel peitschte dicht an seiner linken Schläfe vorbei.

»Der nächste Schuß trifft.« Sidney stand auf. Die Augen auf sein Gesicht geheftet, bedeutete sie ihm, das Messer fallenzulassen, was er auch tat. »Beweg dich!« bellte sie ihn an und wies mit der Pistole die Richtung. Rückwärts scheuchte sie ihn den Gang hinunter zu einer Metalltür.

»Aufmachen!«

Die Augen des Mannes durchbohrten sie. Selbst mit der unmittelbar auf seinen Kopf gerichteten Pistole fühlte Sidney sich wie ein kleines Kind, das mit einem dünnen Ästchen einen tollwütigen Hund in Schach zu halten versucht.

Der Mann schwang die Tür auf und schaute hinein. Automatisch ging das Licht an. Es handelte sich um den Kopierraum, ausgestattet mit den verschiedensten Geräten, stapelweise Papier und all dem anderen Zubehör, das eine gutgehende Anwaltskanzlei benötigte. Sie deutete quer durch den Raum auf eine weitere Tür. »Da rein.« Er betrat den Kopierraum. Während Sidney beobachtete, wie er durch das Zimmer ging, hielt sie die Tür auf. Als er die andere Tür öffnete, schaute er zu ihr zurück. Er stand vor einer Abstellkammer für Büromaterial.

»Wenn diese Tür sich öffnet, bist du tot.« Ohne die Pistole von ihm abzuwenden, stemmte sie mit der Schulter die Tür des Kopierraums auf, griff mit der freien Hand zu einem Telefon, das gleich daneben auf einem Tisch stand, und hob betont langsam den Hörer ab.

Sobald der Mann die Tür geschlossen hatte, legte sie den Hörer zurück auf die Gabel, zog geräuschlos die Tür hinter sich zu und rannte den Flur hinunter zu den Fahrstühlen. Sie drückte auf den Rufknopf, woraufhin der Aufzug sich sofort öffnete. Gott sei Dank war der Lift im zweiundzwanzigsten Stock geblieben. Rasch stieg sie ein und drückte den Knopf für das Erdgeschoß, wobei sie ständig lauschte, ob der Mann sie verfolgte. Den Revolver hielt sie auf die Tür gerichtet, doch alles blieb ruhig.

Sobald sie im Erdgeschoß ankam, drückte sie alle Knöpfe bis zum zweiundzwanzigsten Stock. Sie atmete auf und gestattete sich ein mattes Lächeln.

Ein Lächeln, das sich gleich darauf in eine Grimasse des Schreckens verwandelte, als sie um die Ecke bog und um ein Haar über die Leiche des Nachtwächters stolperte.

Sidney unterdrückte einen Schrei, stürzte aus dem Gebäude und rannte die Straße hinunter.

Es war sieben Uhr fünfzehn früh, und Lee Sawyer hatte eben erst die Augen geschlossen, als das Telefon klingelte. Mit seiner großen Pranke ergriff er den Hörer und hob ab.

»Ja?«

»Lee?«

Mit einem Schlag arbeitete Sawyers müdes Gehirn auf Hochtouren; er setzte sich auf. »Sidney?«

»Ich habe nicht viel Zeit.«

»Wo sind Sie?«

»Hören Sie einfach nur zu!« Abermals stand sie in einer Telefonzelle in der Penn Station.

Während Sawyer die Decke abschüttelte, nahm er den Hörer in die andere Hand. »In Ordnung, ich höre.«

»Ein Mann hat gerade versucht, mich umzubringen.«

»Wer? Wo?« sprudelte Sawyer hervor, während er eine Hose vom Bett ergriff und hineinschlüpfte.

»Ich weiß nicht, wer er ist.«

»Sind Sie in Ordnung?« erkundigte er sich besorgt.

Sidney blickte sich in der menschenüberfüllten Station um. Auch ein paar New Yorker Polizisten befanden sich in der Menge. Leider zählten nunmehr auch sie zu den Feinden. »Ja.«

Erleichtert atmete Sawyer auf. »Na schön, was ist passiert?«

»Nach dem Flugzeugabsturz hat Jason eine E-Mail zu uns nach Hause geschickt. In der E-Mail war ein Paßwort.«

»Was?« keuchte Sawyer. »Lieber Gott, eine E-Mail, sagen Sie?« Mittlerweile stapfte er mit hochrotem Gesicht rastlos durchs Zimmer und schlüpfte in Hemd, Socken und Schuhe, während er das Schnurlostelefon hielt.

»Ich habe keine Zeit, Ihnen zu erklären, wie ich letztendlich an die E-Mail herankam, aber jetzt habe ich sie.«

Es kostete Sawyer einige Selbstbeherrschung, sich zu beruhigen. »Also, was stand in der E-Mail?«

Sidney zog das Blatt Papier mit der E-Mail aus der Manteltasche. »Haben Sie etwas zum Schreiben?«

»Bleiben Sie dran.«

Sawyer stürzte in die Küche und ergriff einen Zettel und einen Kugelschreiber aus einer Schublade. »Ich bin soweit. Aber diktieren Sie mir den Inhalt genauso, wie er dasteht.«

Was Sidney tat. Auch die fehlenden Abstände zwischen bestimmten Wörtern und die Dezimalpunkte zwischen bestimmten Abschnitten des Paßworts gab sie ihm genauso durch, wie sie auf dem Zettel in ihrer Hand standen. Sawyer starrte auf das Ergebnis seiner Mitschrift. Sicherheitshalber ging er alles noch einmal mit ihr durch.

»Haben Sie eine Ahnung, was das bedeutet, Sidney?«

»Ich hatte noch wenig Zeit, mir darüber Gedanken zu machen. Ich weiß nur, daß Jason schreibt, alles wäre falsch, und das glaube ich ihm. Es ist alles falsch.«

»Aber was ist mit der Diskette? Wissen Sie, was drauf

ist?« Rasch las er die Nachricht nochmals durch. »Haben Sie die Diskette mit der Post bekommen?«

Nach kurzem Zögern gestand sie: »Ich hab' sie gar nicht. Ich kriege sie noch.«

»Ist das Paßwort für die Diskette? Befindet sich darauf eine verschlüsselte Datei?«

»Ich wußte gar nicht, daß Sie sich auch mit Computern auskennen.«

»Ich stecke eben voller Überraschungen.«

»Ja, ich glaube, das Paßwort ist für die Diskette.«

»Wann erwarten Sie, das Ding zu bekommen?«

»Ich bin nicht sicher. Hören Sie, ich muß jetzt los.«

»Warten Sie einen Augenblick. Der Kerl, der versucht hat, sie umzubringen: Wie sah er aus?«

Sie gab ihm eine Beschreibung. Der Gedanke an die kalten, blauen Augen ließ sie erschaudern. Sawyer schrieb alles mit. »Ich lass' die Beschreibung durch den Computer laufen. Mal sehen, was dabei rauskommt.« Er ruckte hoch. »Warten Sie mal, ich ließ Sie doch überwachen. Was ist mit meinen Leuten passiert? Sind Sie denn nicht zu Hause?«

Sidney schluckte schwer. »Im Augenblick werde ich nicht überwacht. Zumindest nicht von ihren Leuten. Und nein, ich bin nicht bei mir zu Hause.«

»Würde es ihnen etwas ausmachen, mir zu verraten, wo Sie stecken?«

»Ich muß los.«

»Den Teufel müssen Sie. Irgendein Verrückter will Ihnen das Licht ausblasen, und meine Leute sind weit und breit nicht zu sehen. Ich will wissen, was los ist«, tobte er.

»Lee?«

Er beruhigte sich ein wenig. »Was?« fragte er schroff.

»Was auch immer geschieht, auf was auch immer Sie stoßen – ich möchte, daß Sie eins wissen: Ich habe nichts Unrechtes getan. Gar nichts.« Sie unterdrückte einen Tränenausbruch und fügte leise hinzu: »Bitte, glauben Sie mir.«

»Wovon reden Sie denn? Was soll das heißen?«

»Bis dann.«

»Nein! Warten Sie!« Ein Klicken ertönte; wütend knallte Sawyer den Hörer auf die Gabel. Eine Weile betrachtete er das Geschriebene, dann legte er den Zettel auf den Tisch neben das Telefon. Seine Beine fühlten sich wie Gummi an, der Magen übersäuerter als gewöhnlich. Sawyer wankte ins Badezimmer und trank ein paar Schlucke Peptobismol. Danach wischte er sich mit dem Handrücken über den Mund, kehrte zurück in die Küche, ergriff den Zettel und setzte sich damit an den kleinen Tisch. Stumm formten seine Lippen die Worte, während er den Text las.

*Achtung vor Tippfehlern!* Der erste Teil der Nachricht ließ darauf schließen, daß Archer die E-Mail zunächst an die falsche Person geschickt hatte. Sawyer betrachtete den Namen des Empfängers, dann den des Absenders. Sidney hatte gesagt, Jason hätte die E-Mail zu sich nach Hause geschickt. ArchieJW2. Das mußte Jason Archers E-Mail-Adresse sein – Nachname plus Initialen. Demnach handelte es sich bei ArchieKW2 um die Person, die die E-Mail zuerst erhielt. Jason Archer hatte ein K statt einem J getippt, das schien offensichtlich. ArchieKW2 hatte die Nachricht mit einer Anmerkung über den Irrtum zurück an den *Absender* geschickt, wodurch er sie in Wahrheit an den eigentlich beabsichtigten *Empfänger* weiterleitete: Sidney Archer.

Auch die Erwähnung des Lagerhauses in Seattle ergab Sinn. Offenbar hatte Archer bei seinem Treffen dort – mit wem auch immer – ernste Schwierigkeiten bekommen. Irgendwie war die Übergabe schiefgelaufen. *Alles falsch?* Sidney betrachtete den Satz eindeutig als Hinweis auf die Unschuld ihres Mannes. Sawyer hingegen war davon weniger überzeugt. *Alles andersrum?* Eine merkwürdige Formulierung. Als nächstes widmete er sich dem Paßwort. Himmel, dieser Jason mußte in der Tat ein Genie sein, um sich ein derart langes Paßwort auswendig zu merken.

Sawyer konnte sich keinen Reim daraus machen. Die Augen zu Schlitzen verengt, beugte er sich dichter zu dem Zettel hinab. Allem Anschein nach hatte Jason keine Gelegenheit gehabt, die Mitteilung zu beenden.

Sawyer streckte den verspannten Nacken von links nach rechts und lehnte sich zurück. Die Diskette. Er mußte die Diskette in die Hände bekommen. Genauer gesagt, mußte Sidney Archer sie in die Hände bekommen.

Das Klingeln des Telefons riß ihn aus den Gedanken. In der Überzeugung, daß Sidney nochmals anrief, packte er den Hörer.

»Ja?«

»Lee, hier ist Frank.«

»Herrgott, Frank, kannst du denn nur zu unchristlichen Zeiten anrufen?«

»Es ist schlimm, Lee. Wirklich schlimm. Bei der Anwaltskanzlei Tyler, Stone. In der Tiefgarage.«

»Was ist passiert?«

»Dreifacher Mord. Du solltest besser herkommen.«

Sawyer legte auf. Soeben hatten Sidneys letzte Worte Bedeutung angenommen. *Verfluchter Mist!*

Die Straße in die Tiefgarage glich einem Meer aus roten und blauen Lichtern, da überall Polizei- und andere Einsatzfahrzeuge parkten. An der Sicherheitskontrolle zeigten Sawyer und Jackson ihre Ausweise. In der Eingangshalle erwartete sie ein betroffen wirkender Frank Hardy und führte sie zur untersten Ebene der Parkgarage, ins vierte Untergeschoß, wo die Temperatur unter dem Gefrierpunkt lag.

»Sieht so aus, als hätten die Morde sehr früh heute morgen stattgefunden, also ist die Spur noch einigermaßen frisch. Abgesehen von einigen zusätzlichen Löchern sind die Leichen in recht gutem Zustand«, meinte Hardy.

»Wie hast du davon erfahren, Frank?«

»Der geschäftsführende Partner der Kanzlei, Henry Wharton, wurde von der Polizei in Florida verständigt, wo er sich zur Zeit auf Dienstreise befindet. Wharton rief Nathan Gamble an, der seinerseits unverzüglich mich verständigte.«

»Folglich hatten die Opfer wohl etwas mit der Kanzlei zu tun, richtig?« erkundigte sich Sawyer.

»Sieh's dir selbst an, Lee. Sind noch alle da. Aber sagen

wir, Triton ist äußerst interessiert an den Morden. Deshalb rief Wharton Gamble sofort an. Außerdem haben wir gerade erfahren, daß der Nachtwächter der New Yorker Niederlassung von Tyler, Stone ebenfalls heute am frühen Morgen ermordet wurde.

Sawyer glotzte ihn an. »New York?«

Hardy nickte.

»Weißt du mehr darüber?«

»Noch nicht. Aber es heißt, eine Frau sei aus dem Gebäude gerannt, etwa eine Stunde, bevor man die Leiche fand.«

Sawyer ließ sich diese jüngste Entwicklung durch den Kopf gehen, während sie sich durch das Gewühl der Polizisten und Spurensicherungsexperten zur Fahrerseite der eleganten Limousine kämpften. Beide Türen standen offen. Sawyer beobachtete, wie die Fingerabdruck-Spezialisten das Bepudern des Innenraums der Limousine abschlossen. Ein Polizeifotograf knipste wild drauflos, während ein weiterer den gesamten Bereich mit einer Videokamera filmte. Der Gerichtsmediziner, ein Mann mittleren Alters in weißem Frackhemd mit aufgerollten Ärmeln, ins Hemd gesteckter Krawatte, Plastikhandschuhen und Chirurgenmaske, beriet sich gerade mit zwei Männern in dunkelblauen Regenmänteln. Danach kamen die beiden Männer herüber und gesellten sich zu Hardy und den FBI-Agenten.

Hardy stellte Sawyer und Jackson die Herren Royce und Holman vor, Ermittler des Morddezernats der Polizei von Washington, D. C. »Ich habe den beiden schon erklärt, weshalb das FBI sich für den Fall interessiert, Lee.«

»Wer hat die Leichen gefunden?« wollte Jackson von Royce wissen.

»Ein Buchhalter, der im Gebäude arbeitet. Der Mann kam kurz vor sechs Uhr an. Hat hier unten seinen Parkplatz. Er fand es merkwürdig, um diese Uhrzeit auf eine Limousine zu stoßen, vor allem, weil sie mehrere Parkplätze verstellte. Wie Sie sehen, sind die Scheiben des Fahrzeugs rundum getönt. Er klopfte an die Tür, erhielt jedoch keine Antwort.

Also öffnete er die Beifahrertür. Was sich als schlechte Idee erwies. Ich glaube, er ist immer noch oben und kotzt. Zumindest konnte er uns vorher noch anrufen.«

Die Männer gingen hinüber zur Limousine. Hardy bedeutete den beiden FBI-Agenten hineinzuschauen. Nach einem Blick auf die vordere Sitzreihe und in den Fond, wandte Sawyer sich an Hardy. »Der Kerl auf dem Boden kommt mir bekannt vor.«

»Das sollte er auch: Paul Brophy.«

Sawyer sah zu Jackson.

»Der Herr auf dem Rücksitz mit dem dritten Auge ist Philip Goldman«, erklärte Hardy.

»Rechtsbeistand von RTG«, ergänzte Jackson.

Hardy nickte. »Das Opfer auf dem Vordersitz ist James Parker, ein Angestellter der örtlichen Tochtergesellschaft von RTG. Übrigens, die Zulassung der Limousine lautet ebenfalls auf RTG.«

»Daher also Tritons Interesse an dem Fall«, sagte Sawyer.

»So ist es«, bestätigte Hardy.

Sawyer beugte sich in die Limousine und betrachtete die Wunde an Goldmans Stirn, danach nahm er Brophys Leiche in Augenschein. Hinter ihm fuhr Hardy ruhig und sachlich mit seinen Ausführungen fort. Er und Sawyer hatten in unzähligen Mordfällen gemeinsam ermittelt. Zumindest befanden sich diesmal noch sämtliche Körperteile an Ort und Stelle. Bei vielen ihrer gemeinsamen Fälle war das anders gewesen.

»Alle drei starben an Schußwunden. Allem Anschein nach ein schweres Kaliber, aus nächster Nähe abgefeuert. Parker weist sogar eine Kontaktwunde auf. Soweit ich das sehen konnte, scheint Brophys Wunde ebenfalls fast eine Kontaktwunde zu sein. Nach dem Brandmuster auf Goldmans Stirn zu schließen, bekam er das Geschoß wahrscheinlich aus etwa einem halben Meter Entfernung ab, vielleicht auch mehr.«

Zustimmend nickte Sawyer. »Also befand sich der Schütze vermutlich auf der vorderen Sitzreihe. Zunächst hat er den Fahrer umgenietet, danach Brophy, zuletzt Goldman«, schlug er vor.

Hardy wirkte nicht allzu überzeugt. »Vielleicht, obwohl der Mörder ebensogut neben Brophy und Goldmann gegenüber gesessen haben könnte. Er hätte Parker durch die Trennöffnung erledigen können, dann Brophy und am Schluß Goldman, oder umgekehrt. Wir werden wohl auf den Autopsiebericht warten müssen, um die genaue Flugbahn der Kugeln zu erfahren. Danach können wir uns vielleicht ein genaueres Bild von der Reihenfolge machen.« Nach kurzer Pause fügte er hinzu: »Und von einigen Rückständen.« Das Innere der Limousine bot in der Tat einen abscheulichen Anblick.

»Gibt es schon eine geschätzte Todeszeit?« fragte Jackson.

Royce las in seinen Notizen nach. »Die Totenstarre hat noch nicht eingesetzt – längst noch nicht. Auch die Blutgerinnung ist noch nicht abgeschlossen. Alle Leichen weisen ungefähr denselben Postmortem-Status auf. Sieht ganz so aus, als wären sie etwa zur selben Zeit gestorben. Unter Berücksichtigung der Körpertemperatur hat mir der Gerichtsmediziner eine vorläufige Zeit von vier bis sechs Stunden genannt.«

Sawyer blickte auf die Uhr. »Wir haben jetzt acht Uhr dreißig. Also irgendwann zwischen zwei und vier Uhr morgens.«

Royce nickte.

Jackson erschauderte, als ein kalter Luftzug vom Fahrstuhl herüberwehte, mit dem soeben zusätzliches Ermittlungspersonal ankam. Sawyer verzog das Gesicht, als er die überall schwebenden kleinen Atemwölkchen betrachtete. Hardy lächelte. »Ich weiß, was du denkst, Lee. Zwar hat sich niemand an der Klimaanlage zu schaffen gemacht, so wie beim letztenmal, aber bei der Kälte hier unten ...

»... bin ich nicht sicher, wie genau dieser geschätzte Todeszeitpunkt ist«, beendete Sawyer den Satz. »Dafür bin ich ziemlich sicher, daß in diesem Fall jede Minute entscheidend ist.«

»Zumindest kennen wir die genaue Ankunftszeit der Limousine in der Garage, Agent Sawyer«, meldete Royce sich zu Wort. »Die Zufahrt ist nur mit einer gültigen Schlüsselkarte gestattet. Das Sicherheitssystem der Garage zeichnet anhand der individuellen Karten jeden Zutritt auf. Goldmans Karte wurde um ein Uhr fünfundvierzig registriert.«

»Also kann er noch nicht lange hier gewesen sein, bevor der Hammer zuschlug«, meinte Jackson. »Zumindest gibt uns das einen fixen Anhaltspunkt.«

Sawyer erwiderte nichts. Er rieb sich das Kinn, während er die Augen rastlos über den Tatort schweifen ließ. »Was ist mit der Waffe?«

Lieutenant Holman brachte einen Gegenstand in einer großen, versiegelten Plastiktüte zum Vorschein. »Einer der Polizisten fand das hier ganz in der Nähe in einem Abwasserrohr. Zum Glück hatte sich das Ding an irgendwelchem Dreck verheddert, sonst wären wir wohl nie darauf gestoßen.« Er reichte Sawyer die Tüte. »Smith & Wesson, neun Millimeter. Hydra-Shok-Geschosse. Die Seriennummer ist intakt. Sollte kein Problem sein, die Waffe zurückzuverfolgen. Aus dem vollen Magazin fehlen genau drei Kugeln. Was zu den vorläufig festgestellten drei Wunden der Opfer paßt.« Die Blutspuren auf der Waffe waren unübersehbar; kein Wunder, wenn damit eine Kontaktwunde verursacht worden war. »Sieht eindeutig nach der Mordwaffe aus«, fuhr Holman fort. »Zwar hat der Schütze die Patronenhülsen aufgehoben, aber die Kugeln scheinen noch in den Opfern zu stecken, also kann uns die Ballistik einen definitiven Vergleich liefern, sofern die Geschoßverformung nicht allzu groß ist.«

Noch bevor Sawyer die Pistole in der Hand hatte, fiel es ihm auf. Jackson ebenso. Die beiden tauschten einen betroffenen Blick: der gesprungene Griff.

Hardy bemerkte den Blickwechsel. »Ist irgend etwas?«

Sawyer seufzte. »Scheiße«, war alles, was ihm einfiel. Er vergrub die Hände in den Hosentaschen, schaute zur Limousine hinüber, dann zurück zur Mordwaffe. »Ich bin zu neunundneunzig Prozent sicher, daß diese Pistole Sidney Archer gehört, Frank.«

»Wie war der Name noch mal?« hakten die beiden Mordfahnder fast gleichzeitig nach.

Rasch klärte Sawyer sie über Sidney Archer und ihre Verbindung zur Anwaltskanzlei auf.

»Ach ja, richtig, in der Zeitung stand ein Bericht über ihren Mann. Ich wußte doch, daß mir der Name bekannt vorkam. Das erklärt eine Menge«, meinte Royce.

»Wieso?« wollte Jackson wissen.

Royce blickte in sein Notizbuch. »Auch am Vordereingang des Gebäudes wird aufgezeichnet, wer das Haus nach Dienstschluß betritt und verläßt. Raten Sie mal, wessen Schlüsselkarte heute morgen um ein Uhr einundzwanzig registriert wurde?«

»Sidney Archers«, antwortete Sawyer matt.

»Bingo. Wahnsinn. Ehemann *und* Ehefrau. Ein nettes Pärchen. Aber zumindest die Frau werden wir schnappen. Die Leichen sind noch frisch, viel Vorsprung hat sie also nicht.« Royce klang zuversichtlich. »Wir haben bereits einen ganzen Schwung Fingerabdrücke in der Limousine genommen. Die werden wir mit denen der Toten vergleichen, danach konzentrieren wir uns auf die verbleibenden Abdrücke.«

»Würde mich nicht überraschen, wenn Sidney Archers Fingerabdrücke überall verstreut wären«, sagte Holman. »Besonders bei all dem Blut da drin.«

Sawyer wandte sich dem Ermittler zu. »Haben Sie schon ein Motiv?«

Royce hielt ein Diktiergerät hoch. »Das hier haben wir unter Brophy gefunden. Es wurde bereits auf Fingerabdrücke untersucht.« Der Mordfahnder drückte die Abspieltaste. Allesamt lauschten sie dem Band, bis es nach ein paar Minuten stoppte. Sawyers Gesicht war hochrot.

»Das ist Jason Archers Stimme«, erklärte Hardy. »Die kenne ich nur allzu gut.« Er schüttelte den Kopf. »Wenn wir jetzt noch den Mann zur Stimme hätten.«

»Die zweite Stimme ist die von Sidney«, fügte Jackson hinzu. Dabei betrachtete er seinen Partner, der sich an einen Pfeiler lehnte und einem Häufchen Elend glich.

Rasch überdachte Sawyer diese neue Information und fügte sie in die ständig sich verändernde Landschaft ein, in die der Fall sich verwandelt hatte. Brophy hatte die Unterhaltung an dem Morgen aufgezeichnet, an dem sie Sidney erstmals befragt hatten. Deshalb wirkte der Mistkerl so zufrieden mit sich. Es erklärte auch, weshalb er nach New Orleans geflogen war und Sidneys Hotelzimmer durchwühlt hatte.

Sawyer verzog das Gesicht zu einer Grimasse. Niemals hätte er freiwillig preisgegeben, was Sidney ihm über den Anruf anvertraut hatte. Nun aber war das Geheimnis aufgedeckt. Sie hatte das FBI belogen. Selbst wenn Sawyer aussagte, daß sie ihm die Einzelheiten über das Telefongespräch später mitgeteilt habe – wozu er jederzeit bereit war –, so hatte sie dennoch geplant, einem Flüchtigen Hilfe zu leisten. Sie würde so lange ins Gefängnis wandern, daß man den Schlüssel gleich wegwerfen konnte. Beim Gedanken an Amy Archers zierliches Gesichtchen sackten seine Schultern noch weiter herab.

Nachdem Royce und Holman davonmarschierten, um die Ermittlungen fortzusetzen, ging Hardy zu Sawyer hinüber. »Willst du meine Meinung hören?«

Sawyer nickte. Jackson gesellte sich zu den beiden.

»Wahrscheinlich weiß ich ein paar Dinge mehr als du. Zum einen: Tyler, Stone wollte Sidney Archer vor die Tür setzen«, erklärte Hardy.

»In Ordnung.« Sawyer musterte Hardy aufmerksam.

»Ironischerweise fand man das Entlassungsschreiben bei Goldman. Es könnte sich folgendermaßen abgespielt haben: Archer kommt aus irgendeinem Grund ins Büro. Vielleicht ohne böse Absicht, vielleicht auch nicht. Sie trifft auf Goldman und Brophy, entweder zufällig, oder weil etwas vereinbart war. Wahrscheinlich erläutert Goldman ihr recht ausführlich den Inhalt des Entlassungsschreibens, dann spielen er und Brophy ihr das Band vor. Das lupenreines Erpressungsmaterial darstellt.«

»Zugegeben, das Band schadet ihr entsetzlich, aber was

hätten die beiden von ihr erpressen sollen?« Sawyer musterte seinen Freund.

»Wie ich dir schon erzählt habe, war Sidney Archer bis zum Flugzeugabsturz Tritons führende Anwältin bei der CyberCom-Übernahme. Sie ist mit streng geheimen Informationen vertraut – Informationen, für die RTG wer weiß was bieten würde. Der Lohn dafür ist das Band. Entweder rückt sie mit den gewünschten Informationen heraus, oder sie wandert in den Knast. Die Kanzlei wollte sie ohnehin entlassen. Was sollte es sie also noch kümmern?«

Sawyer wirkte verwirrt. »Aber ich dachte, ihr Mann hätte RTG bereits mit diesen Informationen versorgt? Was ist mit der Übergabe auf dem Video?«

»Verhandlungspositionen ändern sich, Lee. Ich weiß genau, daß Tritons Bedingungen für das Angebot an CyberCom seit Jason Archers Verschwinden geändert wurden. Was Jason denen gab, ist mittlerweile kalter Kaffee. Die brauchten den Letztstand. Ironischerweise konnte die Ehefrau ihnen das liefern, was ihr Mann nicht liefern konnte.«

»Bisher klingt deine Geschichte so, als wären die drei sich einig geworden. Wie kommen die Morde ins Spiel, Frank? Nur, weil es ihre Pistole ist, muß sie noch lange nicht abgedrückt haben.« Mittlerweile klang Sawyers Stimme ziemlich gereizt.

Hardy ignorierte den Tonfall und setzte seine Analyse fort. »Vielleicht konnten sie sich nicht über die Bedingungen einigen. Vielleicht gerieten die Dinge außer Kontrolle. Vielleicht hielten es Brophy und Goldman für das Beste, ihr die erforderlichen Informationen abzuluchsen und sie dann zu beseitigen. Vielleicht endeten sie deshalb in der Limousine. Parker trug eine Waffe bei sich; sie steckt noch immer unbenutzt in seinem Halfter. Es könnte zu einem Handgemenge gekommen sein. Sie zieht die Pistole, feuert und tötet einen der drei in Notwehr. In ihrer Panik beschließt sie, keine Zeugen zurückzulassen.«

Vehement schüttelte Sawyer den Kopf. »Drei kräftige Männer gegen eine Frau? Da kann ich mir nicht vorstellen, daß die Situation außer Kontrolle geriet. Wenn wir davon ausgehen, daß sie ebenfalls in der Limousine saß, scheint es mir unmöglich, daß sie in der Lage war, alle drei zu töten und einfach davonzuspazieren.«

»Vielleicht ist sie gar nicht einfach so davonspaziert, Lee. Nach allem, was wir wissen, könnte sie ebenfalls verletzt worden sein.«

Sawyer starrte auf den Betonboden neben der Limousine, wo sich mehrere Blutspuren befanden; weiter vom Wagen entfernt jedoch waren keine zu sehen. Wenngleich Hardys Erklärung wenig überzeugend wirkte, so schien sie doch zumindest plausibel.

»Also tötet sie alle drei und verschwindet ohne das Band. Wieso?«

Hardy zuckte die Schultern. »Das Band wurde unter Brophy gefunden. Der Bursche war groß – fast hundert Kilo totes Gewicht, im wahrsten Sinn des Wortes. Zwei kräftige Polizisten waren nötig, um die Leiche für die Identifizierung umzudrehen. Dabei wurde das Band entdeckt. Gut möglich, daß sie schlicht und einfach körperlich zu schwach war, um an das Diktiergerät heranzukommen. Vielleicht wußte sie auch nicht, daß es unter ihm lag. So wie's aussieht, fiel es ihm aus der Tasche, als er zu Boden sackte. Archer verfällt in Panik und rennt blindlings davon. Sie wirft die Kanone ins Abwasserrohr und sieht zu, daß sie schleunigst Land gewinnt. Wie oft haben wir so etwas schon erlebt?«

Jackson wandte sich an Sawyer. »Klingt einleuchtend, Lee.«

Sawyer aber wirkte nach wie vor nicht überzeugt. Er ging hinüber zu Lieutenant Royce, der gerade ein paar Formulare unterschrieb.

»Haben Sie etwas dagegen, wenn ich unsere Spurensicherungsexperten herhole, um ein paar Dinge zu überprüfen?«

»Zum Teufel, nein. Ich lehne selten die Hilfe des FBI ab. Euch stehen schließlich Bundesmittel zur Verfügung. Und wir sind schon froh, wenn wir Benzin im Tank haben.«

»Ich möchte gern ein paar Tests im Inneren der Limousine durchführen lassen. In etwa zwanzig Minuten kann mein Team hier sein. Die Tests sollten erfolgen, solange die Leichen noch an Ort und Stelle sind. Danach würde ich gerne eine gründlichere Untersuchung im Labor machen lassen – natürlich ohne die Leichen. Wir schleppen die Kiste einfach ab.«

Royce überdachte die Bitte einen Augenblick, dann meinte er: »Ich kümmere mich um den nötigen Papierkram.« Er warf Sawyer einen mißtrauischen Blick zu. »Wie gesagt, ich bin immer dankbar für die Hilfe des FBI, aber das hier fällt in *unseren* Zuständigkeitsbereich. Ich wäre sehr enttäuscht, sollte sich herausstellen, daß die Lorbeeren nach der Aufklärung des Falls auf dem falschen Haupt landen. Verstehen Sie, was ich meine?«

»Voll und ganz, Lieutenant Royce. Es ist Ihr Fall. Was auch immer wir herausfinden, steht Ihnen für die Ermittlungen zur Verfügung. Ich hoffe aufrichtig, daß Ihnen der Fall eine Beförderung und eine satte Gehaltserhöhung bringt.«

»Sie *und* meine Frau.«

»Darf ich Sie um einen Gefallen bitten?«

»Bitten dürfen Sie immer«, erwiderte Royce.

»Könnte einer Ihrer Spurensicherungsleute die Opfer auf Pulverrückstände untersuchen? Uns läuft die Zeit davon. Ich lasse meine Leute die Proben später analysieren.«

»Sie glauben, einer der drei könnte die Pistole abgefeuert haben?« Royce wirkte höchst zweifelnd.

»Vielleicht, vielleicht auch nicht. Aber das läßt sich feststellen.«

Royce zuckte die Schultern und winkte einen seiner Spurensicherungsexperten herbei. Nachdem er der Frau erklärt hatte, was zu tun war, beobachteten Royce und Sawyer, wie sie einen sperrigen, abgewetzten Tatortuntersuchungs-Koffer herüberschleppte, ihn öffnete und mit den Vorbereitungen für einen Pulverrückstandstest begann. Für optimale Ergebnisse mußten die Proben innerhalb von sechs Stunden nach Abfeuern der Waffe genommen werden, und Sawyer fürchtete, daß die Frist in Kürze ablief.

Die Technikerin tauchte mehrere Baumwollbäusche in eine verdünnte Salzsäurelösung. Mit immer einem anderen Bausch rieb sie über Handfläche und -rücken jeder Leiche. Sollte einer der drei Toten vor kurzem eine Waffe abgefeuert haben, würde der Test Barium- und Antimonrückstände offenbaren, Bestandteile von Treibladungszündern, die bei der Herstellung praktisch jeder Art von Munition verwendet wurden. Ein schlüssiger Beweis würde daraus nicht erwachsen. Ein positives Ergebnis bedeutete nicht unbedingt, daß einer der drei die Mordwaffe, sondern lediglich *irgendeine* Schußwaffe innerhalb der letzten sechs Stunden abgefeuert hatte. Zudem bestand die Möglichkeit, daß jemand – beispielsweise in einem Handgemenge – die Pistole berührt hatte, nachdem damit geschossen wurde, und sich dadurch Rückstände von der Außenfläche der Waffe einhandelte. Dennoch konnte ein positives PRT-Ergebnis Sidney Archer unter Umständen helfen, dachte Sawyer. Obwohl eindeutig alle Indizien dafür sprachen, daß sie etwas mit den Morden zu tun hatte, war Sawyer hundertprozentig davon überzeugt, daß sie den Abzug nicht betätigt hatte.

»Nur noch eine Bitte«, meinte Sawyer, an Royce gewandt. Royce zog die Augenbrauen hoch. »Ich hätte gern eine Kopie des Bands.«

»Sicher. Kein Problem.«

Mit dem Aufzug fuhr Sawyer zurück in die Eingangshalle, marschierte zum Wagen und forderte über das Autotelefon ein Spurensicherungsteam an. Während er auf die Ankunft des Teams wartete, quälte ihn unablässig eine Frage:

*Wo, zum Teufel, steckt Sidney Archer?*

## KAPITEL 50

Während Sidney für gewöhnlich äußerst dezentes Make-up bevorzugte, stand sie nun mit der Puderdose in der Hand in einer Kabine der Damentoilette der Penn Station und schminkte sich mit akribischer Genauigkeit. Sie war zu dem Schluß gelangt, daß ihr Verfolger kaum auf die Idee käme, sie würde hierher zurückfahren.

Sidney setzte einen hellbraunen Cowboy-Hut aus Leder auf und zog ihn sich tief in die Stirn. Mit soviel Schminke im Gesicht, daß man sie fast für eine Prostituierte halten konnte, verließ sie, völlig neu eingekleidet, die Toilette. Die blutigen Sachen trug sie in einer Einkaufstüte bei sich, die auf dem Müll landen sollte.

Für das Aussuchen der neuen Garnitur hatte sie fast den ganzen Tag gebraucht: enge, gebleichte Bluejeans, spitze, beige Cowboystiefel, ein dickes weißes Baumwollhemd und eine warm gefütterte schwarze Lederjacke. In keiner Weise glich sie der konservativen Anwältin aus Washington, D. C., die sie bis vor kurzem gewesen war und die von der Polizei bald wegen Mordes gesucht werden würde. Sie vergewisserte sich, daß die 32er gut verborgen in der Innentasche steckte. Die Waffengesetze in New York zählten zu den strengsten der gesamten Vereinigten Staaten.

Nach einer halben Stunde Fahrt im Pendelzug erreichte sie Stamford, Connecticut, eine der zahlreichen verschlafenen Vorstädte, in denen hart arbeitende New Yorker Erfüllung fanden, die außerhalb der ultra-hektischen Großstadt leben wollten. Nach weiteren zwanzig Minuten im Taxi gelangte sie zu einem hübschen, weißen Ziegelsteinhaus mit schwarzen Fensterläden, das eingebettet in eine ruhige Nachbarschaft ähnlich teurer Anwesen lag. Auf dem Briefkasten stand der Name »PATTERSON«.

Sidney bezahlte den Taxifahrer, doch statt zur Vordertür marschierte sie hinten herum zur Garage. Neben dem Garagentor hing ein großes Vogelhaus aus Holz. Sidney blickte sich um, dann griff sie in das Vogelhaus und grub sich durch die Futterkörner zum Boden. Vorsichtig zog sie den dort verborgenen Schlüsselbund heraus, lief zum Hintereingang, steckte einen der Schlüssel ins Schloß und öffnete die Tür. Ihr Bruder Kenny weilte samt Familie in Frankreich. Er war unglaublich intelligent und leitete sein eigenes, äußerst erfolgreiches Werbeunternehmen, war jedoch auch entsetzlich zerstreut. Kenny hatte sich noch aus jeder Wohnung ausgesperrt, die er je besaß, deshalb die Reserveschlüssel im Vogelhaus, über die alle Familienmitglieder Bescheid wußten.

Das Haus war alt, solide gebaut und geschmackvoll ausgestattet, verfügte über große Räume und gemütliche Möbel. Sidney hatte keine Zeit, die Umgebung zu genießen. Sie ging in ein kleines Arbeitszimmer. An einer Wand stand ein großer, abgeschlossener Eichenschrank. Mit einem anderen Schlüssel öffnete Sidney die massive Doppeltür und begutachtete den Inhalt des Schrankes: eine beeindruckende Sammlung von Schrotflinten und Pistolen. Sie entschied sich für eine Winchester 1300 Defender. Die Schrotflinte Kaliber 12 erwies sich mit einem Gewicht von weniger als dreieinhalb Kilogramm als relativ leicht und war mit Drei-Zoll-Magnum-Geschossen bestückt, die alles, was zwei Beine hatte, aufhalten würden. Außerdem, und das war vielleicht das Wichtigste, hatte die Waffe ein Magazin für acht Kugeln. Sidney steckte mehrere Schachteln der Magnum-Geschosse in eine Munitionstasche ihres Bruders, die sie aus einer Schublade des Schranks entnommen hatte.

Als nächstes ließ sie den Blick über die Pistolen schweifen, die an eigens in die Rückwand des Schranks geschraubten Haken neben der Gewehrsammlung hingen. In die Feuerkraft der .32er setzte sie wenig Vertrauen. Sie nahm mehrere Pistolen in die Hand und prüfte sie auf Gewicht und Handlichkeit. Lächelnd schloß sie die Finger um ein altvertrautes Stück: eine Smith-&-Wesson-Slim-Nine, mit makellosem Griff. Zusammen mit einer Schachtel 9mm-Munition steckte sie die Pistole in dieselbe Tasche wie die Munition für die Schrotflinte und sperrte den Schrank wieder ab. Danach nahm sie noch ein Fernglas von einem anderen Regal und verließ den Raum.

Als nächstes ging sie hinauf ins Elternschlafzimmer und durchstöberte ein paar Minuten den Kleiderschrank ihrer Schwägerin. Bald hatte Sidney einen Koffer voll warmer Kleidung und Schuhe zusammengestellt. Plötzlich kam ihr ein Gedanke. Sie schaltete den kleinen Fernseher im Schlafzimmer ein und sprang von Kanal zu Kanal, bis sie auf einen Nachrichtensender stieß. Gerade lief der aktuellste Bericht des Tages, und obwohl sie es erwartet hatte, verließ sie all ihr Mut, als auf dem Schirm ihr eigenes Gesicht neben einem Bild der Limousine erschien. Der Bericht war kurz, hob aber nichtsdestoweniger ihre unleugbare Schuld hervor. Ein weiterer Schock ereilte sie, als der Bildschirm sich teilte und ein Foto von Jason neben dem ihren eingeblendet wurde. Er wirkte darauf müde, und sie erkannte es als das Foto seines Sicherheitsausweises von Triton. Offenbar fanden es die Medien äußerst sensationsträchtig, Jason und Sidney als Schwerverbrecherehepaar darzustellen.

Sidney musterte ihr Gesicht auf dem Bildschirm. Auch sie sah mit den schlaff herabhängenden Haaren erschöpft aus. Jason und sie wirkten ... schuldig, schloß Sidney. Obwohl sie es nicht waren. Dennoch würde sie der Großteil des Landes in diesem Augenblick für Verbrecher halten, eine moderne Version von Bonnie und Clyde.

Mit zittrigen Knien stand sie auf und wankte, einer plötzlichen Eingebung folgend, ins Bad, wo sie sich auszog und unter die Dusche kletterte. Der Anblick der Limousine hatte sie daran erinnert, daß ihr nach wie vor Spuren jener grauenvollen Augenblicke anhafteten. Sie hatte die Badezimmertür hinter sich zugemacht und abgesperrt. Unter der Dusche ließ sie den Vorhang weit offen und wandte keine Sekunde lang der Tür den Rücken zu. Die geladene 32er lag in Reichweite.

Das heiße Wasser ließ wohlige Wärme durch ihren Körper strömen. Zufällig erhaschte sie in dem kleinen Spiegel an der Duschwand einen Blick auf ihre erschöpften, ausgemergelten Züge und erschauderte. Sie fühlte sich verbraucht und alt. Die emotionale und geistige Anspannung schlug sich allmählich auch physisch nieder. Dann biß sie die Zähne zusammen und schlug sich auf die Wangen. Sie durfte jetzt nicht aufgeben. Zwar stellte Sidney nur eine Ein-Mann-Armee dar, doch dafür war sie zum Äußersten entschlossen. Sie hatte Amy. Und niemand würde ihr je ihre kleine Tochter wegnehmen.

Nach dem Duschen zog sie sich warm an und rannte in die Diele, wo sie eine starke Taschenlampe vom Haken nahm. Ihr war plötzlich eingefallen, daß die Polizei bestimmt all ihre Bekannten und Verwandten überprüfen würde. Rasch trug sie die gesamte Ausbeute in die Garage, wo sie den dunkelblauen Landrover Discovery erblickte, eines der stabilsten Fahrzeuge, die je gebaut wurden. Mit der Hand faßte sie unter den linken Kotflügel und brachte einen Satz Autoschlüssel zum Vorschein. Ihr Bruder war wirklich schwer in Ordnung. Indem sie auf einen winzigen Knopf am Autoschlüssel drückte, schaltete sie die hochmoderne Alarmanlage des Wagens aus. Der seltsame, vogelähnliche Laut, der bei der Deaktivierung ertönte, ließ sie leicht zusammenzucken. Behutsam legte sie die Schrotflinte auf den Boden vor dem Rücksitz und breitete eine schwere Decke darüber. Die Pistolen verschwanden in der Munitionstasche, die sie unter den Vordersitz schob. Im Augenblick war keine der Waffen geladen. Dies sollte sich ändern, sobald sie ihr Ziel erreichte, und es würde so bleiben, bis dieser Alptraum vorüber war.

Brüllend erwachte der Acht-Zylinder-Motor zum Leben. Sidney betätigte den Garagentoröffner an der Sonnenblende und setzte aus der Garage zurück. Aufmerksam suchte sie die Straße nach Menschen oder Fahrzeugen ab. Da sie nichts und niemanden entdecken konnte, rollte sie mit dem zwei Tonnen schweren Fahrzeug aus der Einfahrt auf die Straße. Sodann trat sie aufs Gas und ließ das ruhige Wohnviertel in Stanford hinter sich.

Nach knapp zwanzig Minuten erreichte sie die Interstate 95. Es herrschte starker Verkehr, und sie brauchte eine ganze Weile, um aus Connecticut herauszukommen. Sie bahnte sich den Weg durch Rhode Island und umfuhr gegen ein Uhr morgens Boston. Zwar hatte der Landrover ein Autotelefon, doch nach der aufschlußreichen Unterhaltung mit Jeff Fisher zögerte Sidney, es zu benutzen. Außerdem, wen sollte sie anrufen?

In New Hampshire hielt sie einmal an, um einen Kaffee zu trinken, einen Schokoriegel zu essen und zu tanken. Mittlerweile schneite es heftig, doch der Landrover brauste mühelos durch das Schneegestöber, und das schwirrende Geräusch der Scheibenwischer hielt sie zumindest munter. Gegen drei Uhr morgens jedoch nickte sie so häufig am Steuer ein, daß sie schließlich an einer Raststätte halten mußte. Sie parkte den Landrover zwischen zwei riesigen Peterbilt-Sattelschleppern, verriegelte die Türen, kletterte auf den Rücksitz, umklammerte mit einer Hand die 9mm und schlief ein.

Als sie erwachte, war die Sonne längst aufgegangen. In der Raststätte genehmigte sie sich ein kurzes Frühstück, und wenige Stunden später hatte sie bereits Portsmouth, Maine, hinter sich gelassen. Weitere zwei Stunden später erblickte sie die Ausfahrt, die sie suchte und verließ die Autobahn, um auf der U. S. Route 1 weiterzufahren, die sich um diese Jahreszeit ziemlich verlassen präsentierte.

Verschwommen erblickte sie im dichten Schneetreiben ein Straßenschild, das verkündete, daß sie sich nunmehr in Bell Harbor befand, einer Stadt mit 1650 Einwohnern. Während ihrer Kindheit hatte sie mit ihrer Familie viele wundervolle Sommer in der friedlichen Gemeinde verbracht: abgeschiedene, lange Strände; Eisbecher und saftige Sandwiches in den unzähligen Gaststätten des Ferienorts; Aufführungen in dem kleinen Theater, auf das man im Ort so stolz war; lange Radwanderungen und Spaziergänge rund um den Granite Point, von wo aus man an windigen Nachmittagen die bedrohliche Macht des Atlantiks aus nächster Nähe beobachten konnte. Jason und sie hatten vorgehabt, eines Tages ein Strandhaus nahe dem ihrer Eltern zu kaufen. Beide hatten sie sich darauf gefreut, hier oben den Sommer zu verbringen und Amy dabei zuzusehen, wie sie am Strand umhertollte und Löcher in den Sand grub, so wie Sidney selbst vor fünfundzwanzig Jahren. Eine schöne Vorstellung. Sidney hoffte, daß sie immer noch wahr werden konnte. Im Augenblick allerdings wirkte dies alles sehr, sehr unwahrscheinlich.

Sidney fuhr auf den Ozean zu, bis sie schließlich südwärts auf die Beach Street bog, wo sie die Fahrt verlangsamte. Das Haus ihrer Eltern war groß, zweigeschossig, aus mittlerweile grauem, verwittertem Holz errichtet, mit Giebelfenstern und einem Balkon, der sich ozean- und straßenseitig über die gesamte Länge des ersten Stockwerks erstreckte. Das Kellergeschoß beherbergte eine Garage. Die Meeresbrise, die zwischen den dicht aneinandergebauten Strandhäusern hindurchwehte, erschütterte sogar den panzerähnlichen Landrover. Sidney konnte sich nicht daran erinnern, je um diese Zeit in Maine gewesen zu sein. Der Himmel präsentierte sich ausgesprochen bedrohlich. Als sie die dunkle Unendlichkeit des Atlantiks erblickte, wurde ihr bewußt, daß sie noch nie gesehen hatte, wie Schnee in den Ozean fiel.

Als das Haus ihrer Eltern in Sicht kam, verringerte sie die Geschwindigkeit ein wenig. Alle anderen Strandhäuser entlang der Straße waren unbewohnt. Im Winter verwandelte Bell Harbor sich fast in eine Geisterstadt. Zudem bestand die Polizei von Bell Harbor außerhalb der Saison aus einem einzigen Beamten. Sollte der Mann, der in einer Limousine in Washington kaltblütig drei Menschen ermordet und Sidney später nach New York verfolgt hatte, sich dazu entschließen, sie weiter zu jagen, hätte er mit Bell Harbors einsamem Ritter leichtes Spiel.

Sie zog die Munitionstasche unter dem Sitz hervor und lud die 9mm. Langsam rollte sie in die schneebedeckte Auffahrt und stieg aus. Nichts deutete darauf hin, daß ihre Eltern bereits hier waren. Sie mußten wohl wegen des Wetters unterwegs angehalten haben. Sidney parkte den Landrover in der Garage und schloß das Tor. Dann entlud sie den Wagen und trug ihr Gepäck über die Innentreppe hinauf, die von der Garage ins Haus führte.

Sie konnte nicht wissen, daß der heftige Schneefall relativ frische Reifenspuren im Hof ihrer Eltern verdeckt hatte. Auch ging sie nicht ins hintere Schlafzimmer, wo ordentlich gestapelt ein Haufen Gepäck lag. Statt dessen begab sie sich in die Küche, von wo aus sie den Wagen nicht bemerken konnte, der langsam am Haus vorbeirollte, bevor er weiterfuhr.

Im FBI-Testlabor herrschte Hochbetrieb. Die in einen weißen Mantel gekleidete FBI-Technikerin ging außen um die Limousine herum und bedeutete Sawyer und Jackson, ihr zu folgen. Die linke Hintertür stand offen. Zum Glück waren die letzten Passagiere der Limousine mittlerweile ins Leichenschauhaus transportiert worden.

Neben dem Wagen war ein PC mit einem Einundzwanzig-Zoll-Monitor aufgebaut. Die Technikerin trat an den Rechner und begann Befehle einzugeben, während sie sprach. Liz Martin besaß ausladende Hüften, eine makellose, olivfarbene Haut, einen von zahlreichen Lachfalten umgebenen Mund und zählte zu den besten und härtest arbeitenden Laborbediensteten des FBI.

»Bevor wir mit der eigentlichen Spurensicherung begannen, haben wir den Innenraum der Limousine hinten und vorn mit Luma-lite ausgeleuchtet, Lee, wie du es wolltest. Dabei sind wir auf einige interessante Dinge gestoßen. Außerdem haben wir den Innenraum des Fahrzeugs während der Untersuchung gefilmt und den Computer mit dem Videoband gefüttert. Dadurch ist es viel einfacher, den Vorgang zu verfolgen.«

Sie überreichte den beiden Agenten je eine Brille und setzte selbst eine auf. »Willkommen im Kino, die hier sind fürs Sehvergnügen.« Sie lächelte. »Scherz beiseite, die Brillen filtern verschiedene Wellenlängen heraus, die eventuell während des Tests auftraten und verdunkeln könnten, was wir auf Film festgehalten haben.« Während sie sprach, erwachte der Bildschirm zum Leben. Sie betrachteten den Innenraum der Limousine. Das Bild war äußerst dunkel, denn nur unter diesen Bedingungen ließ sich ein Luma-lite-Test durchführen. Mittels dieses Tests, bei dem ein starker Laser mit besonders hoher Wattzahl verwendet wurde, konnte man eine ganze Reihe andernfalls unsichtbarer Dinge sichtbar machen, die sich am Tatort verbargen.

Liz betätigte eine an den PC angeschlossene Maus, und die beiden Agenten beobachteten, wie ein großer, weißer Pfeil über den Bildschirm wanderte. »Angefangen haben wir nur mit einer Lichtquelle und ohne Chemikalien. Wir haben nach natürlicher Fluoreszenz gesucht, danach setzten wir verschiedene Farbstoffe und Pulver ein.«

»Du hast gesagt, ihr wärt auf einige interessante Dinge gestoßen, Liz?« Sawyer hörte sich ein wenig ungeduldig an; selbst beim Sprechen hielt er die Augen auf den Monitor geheftet.

»Wenn man bedenkt, was da drin passiert ist und daß es sich um einen geschlossenen Raum handelt, wäre alles andere verwunderlich gewesen.« Kurz wanderte ihr Blick zur Limousine. Fachmännisch bediente sie die Maus, und der weiße Pfeil verharrte auf etwas, das nach der Rückbank der Limousine aussah. Liz drückte ein paar Tasten, woraufhin ein Raster den Bereich überlagerte. Danach wurde das Bild vergrößert, bis der Gegenstand deutlich sichtbar war. Aber zwischen deutlich sichtbar für das menschliche Auge und deutlich erkennbar bestand ein wesentlicher Unterschied.

Sawyer wandte sich an Liz. »Was ist das?« Es sah aus wie

eine Art Schnur, doch bei der augenblicklichen Vergrößerung wies es die Dicke eines Bleistifts auf.

»Einfach ausgedrückt, eine Faser.« Liz betätigte eine weitere Taste am Computer, und die Faser nahm dreidimensionale Gestalt an. »Meiner Ansicht nach handelt es sich um Wolle. Echte Wolle, keine synthetische; grau. Sagt euch das irgend etwas?«

Jackson schnippte mit den Fingern. »Sidney Archer trug an dem Morgen einen Blazer. Der war grau.«

Sawyer nickte bereits. »Stimmt.«

Liz schaute zurück auf den Bildschirm und nickte gedankenverloren. »Ein Wollblazer. Das würde ins Bild passen.«

»Wo genau hast du die Faser gefunden, Liz?« erkundigte sich Sawyer.

»Rechts auf der Rückbanklehne, eigentlich fast mehr in der Mitte.« Mit der Maus zog Liz auf dem Bildschirm eine Linie und maß die Entfernung vom Fundort der Faser zum rechten Rand der Sitzbank. »Siebzig Zentimeter vom rechten Rand des Rücksitzes und zwanzig Zentimeter von der Sitzfläche entfernt. An der Stelle scheint es durchaus logisch, daß die Faser von einem Blazer stammt. Außerdem haben wir einige synthetische Fasern entdeckt, und zwar gleich neben der rechten Tür. Sie entsprechen der Kleidung des männlichen Opfers, das dort saß.«

Sie drehte sich wieder zum Bildschirm um. »Die nächsten Proben haben wir ohne den Laser gefunden. Sie waren deutlich sichtbar.« Das Bild veränderte sich, und Liz deutete mit dem Pfeil auf mehrere Haarsträhnen.

»Laß mich raten«, meinte Sawyer. »Lang und blond. Natürliches Blond, nicht gefärbt. Unmittelbar neben der Faser gefunden.«

»Hervorragend, Lee. Aus dir werden wir doch noch einen Wissenschaftler machen.« Liz lächelte fröhlich. »Als nächstes haben wir Leukokristallviolett verwendet, um nach Blut zu suchen, das wir, wie du dir vorstellen kannst, tonnenweise gefunden haben. Die Spritzmuster sind ziemlich deutlich und in diesem Fall äußerst aussagekräftig, was wiederum auf die begrenzten Raumverhältnisse des Tatorts zurückzuführen ist.«

Sie betrachteten den Bildschirm, auf dem der Innenraum der Limousine nunmehr an verschiedenen Stellen grell schimmerte. Einen Augenblick lang wirkte das Bild, als befänden sie sich tief in einer Mine, in der ihnen aus jedem Winkel und jedem Spalt Gold entgegenfunkelte. Liz markierte einige Stellen mit dem Pfeil. »Mein Schluß lautet, daß der Mann, der auf dem Boden vor dem Rücksitz lag, entweder mit dem Gesicht zum Heck oder zum rechten Seitenfenster gesessen sein muß. Die Schußwunde befand sich nahe der rechten Schläfe. Beträchtliche Mengen Blut, Knochensplitter und Gewebe spritzten davon weg. Wie ihr seht, ist der Rücksitz voll von dem Zeug.«

»Ja, aber da ist eine unverkennbare Lücke.« Sawyer deutete auf die rechte Seite der Rückbank.

»Gut erkannt, stimmt genau«, bestätigte Liz. Abermals benutzte sie die Meßfunktion. »Wir haben ziemlich gleichmäßig über die Rückbank verteilte Muster gefunden. Deshalb denke ich, daß sich das Opfer«, sie blickte auf ein paar Notizen neben dem Computer, »Paul Brophy, weggedreht hatte, und zwar nach links. Dadurch hätte er die Eintrittsstelle der Kugel, nämlich die rechte Schläfe, der Rückbank zugewandt, was die beträchtlichen Rückstände auf der Sitzfläche erklären würde.«

»Wie bei der Explosion einer Kanonenkugel«, meinte Sawyer trocken.

»Ein Fachmann hätte es wohl ein wenig anders ausgedrückt, aber für einen Laien ist das nicht schlecht, Lee.« Liz zog die Augenbrauen hoch und fuhr fort. »Die rechte Hälfte der Rückbank aber weist praktisch keine Rückstände auf – kein Blut, keine Knochensplitter, kein Gewebe, und zwar auf einer Breite von hundertvier Zentimetern, also über einem Meter. Warum?« Wie eine Lehrerin, die darauf wartet, daß ihre Schüler aufzeigen, musterte sie die beiden Agenten.

Sawyer antwortete. »Wir wissen, daß eines der Opfer ganz links saß: Philip Goldman. Er wurde dort gefunden.

Aber er weist eine durchschnittliche Statur auf. Er kann unmöglich den gesamten Bereich abgedeckt haben. Aufgrund der Größe der Lücke, der Faser und der Haare, die ihr dort gefunden habt, muß wohl eine weitere Person rechts neben Goldman gesessen haben.«

»So sehe ich das auch«, pflichtete Liz ihm bei. »Auch von Goldmans Wunde muß einiges weggespritzt sein, aber auf dem Sitz neben ihm war rein gar nichts. Das untermauert die Vermutung, daß neben ihm jemand anders war, der die ganze Ladung abbekam. Nicht gerade angenehm, um es harmlos auszudrücken. Wäre mir so etwas passiert – was glücklicherweise nicht der Fall ist –, ich würde eine Woche lang nicht mehr aus der Badewanne steigen.«

»Wolljackett, langes blondes Haar –«, setzte Jackson an.

»Und das hier«, unterbrach ihn Liz und deutete auf den Monitor. Die drei beobachteten, wie das Bild sich abermals veränderte. Wiederum handelte es sich um die Rückbank. An mehreren Stellen war das Leder zerkratzt. Drei parallele, gezackte Linien verliefen von vorn nach hinten, nahe der Stelle, an der man Goldman gefunden hatte. Inmitten der Spuren lag ein einzelner Gegenstand. Die Agenten schauten zu Liz.

»Das ist ein Teil eines Fingernagels. Natürlich hatten wir noch keine Zeit, eine DNA-Analyse durchzuführen, aber er stammt eindeutig von einer Frau.«

»Woher weißt du das?« fragte Jackson.

»Manchmal ist es ganz einfach, Ray. Ein langer, fachmännisch manikürter Nagel mit Nagellack. Männer tun sich so etwas selten an.«

»Oh.«

»Die parallelen Linien auf dem Leder –«

»– sind Kratzer«, beendete Sawyer den Satz. »Sie hat den Sitz zerkratzt und sich dabei den Nagel abgebrochen.«

»Genau. Sie muß vollkommen in Panik gewesen sein«, meinte Liz.

»Kein Wunder, oder?« fügte Jackson hinzu.

»Sonst noch was, Liz?« wollte Sawyer wissen.

»O ja. Eine ganze Menge. Fingerabdrücke. Wir haben MDB eingesetzt, eine chemische Verbindung, die latente Abdrücke unter Laserlicht besonders gut zum Vorschein bringt. Außerdem haben wir eine tiefblaue Linse mit dem Luma-lite verwendet. Damit haben wir wirklich gute Ergebnisse erzielt. Wir haben Vergleichstests mit den drei Opfern angestellt. Deren Fingerabdrücke waren natürlich praktisch überall. Aber wir haben auch eine Reihe anderer Abdrücke gefunden, darunter einen, der mit diesen Kratzern übereinstimmt, was nur natürlich scheint. Und wir haben einen besonders interessanten Abdruck entdeckt.«

»Was für einen?« Erwartungsvoll bebten Sawyers Nasenflügel.

»Brophys Kleidung war stark mit Blut und anderen Rückständen aus seiner Wunde befleckt. Besonders die rechte Schulter war in Blut getränkt. Was logisch ist, da die rechte Schläfe stark geblutet haben muß. Im Blut an der rechten Schulter fanden wir eine Reihe von Abdrücken, Daumen, Zeigefinger, Mittelfinger, im Prinzip den Abdruck einer ganzen Hand.«

»Wie erklärst du dir das? Hat jemand versucht, ihn umzudrehen?« Sawyer wirkte verwirrt.

»Nein. Das glaube ich kaum, obwohl es keinen Beweis dagegen gibt. Aber nach dem Handflächenabdruck zu urteilen, den ich gefunden habe, sagt mir mein Gefühl, es war eher so – und ich weiß, daß sich das unter den gegebenen Umständen reichlich bizarr anhört –, daß jemand versucht hat, über den Burschen drüberzuklettern, oder zumindest auf ihm kauerte. Genau darauf deuten der geringe Abstand zwischen den Fingern, der Winkel der Handfläche und alles andere hin.«

Sawyer zeigte sich höchst skeptisch. »Über ihn drüberzuklettern? Klingt das nicht ein wenig weit hergeholt, Liz? Das läßt sich doch kaum aus den Abdrücken ableiten, oder?«

»Mein Schluß stützt sich nicht nur darauf. Wir haben außerdem das hier gefunden.« Abermals deutete sie auf den Monitor, wo ein merkwürdiges Bild erschien. Ein Umriß oder eine Art Muster. Tatsächlich waren es mehrere. Der dunkle Hintergrund machte schwierig zu erkennen, was sie tatsächlich sahen.

»Das ist ein Bild von Brophys Leiche«, erklärte Liz. »Er liegt mit dem Gesicht nach unten auf dem Boden. Wir sehen gerade seinen Rücken. Etwa in der Rückenmitte erkennt man ein Muster, das ebenfalls durch Blut sichtbar wurde.«

Jackson und Sawyer verengten die Augen, beugten sich dicht an den Monitor und versuchten auszumachen, worum es sich tatsächlich handelte. Schließlich warfen sie das Handtuch und schauten zu Liz.

»Ein Knie.« Sie vergrößerte das Bild, bis es den gesamten Monitor einnahm. »Das menschliche Knie hinterläßt eine unverkennbare Form, besonders auf einem so anpassungsfähigen Untergrund wie Blut.« Sie drückte auf eine Taste, woraufhin ein weiteres Bild erschien. »Zudem haben wir das.«

Neuerlich blickten Sawyer und Jackson auf den Monitor. Diesmal war das Muster leicht erkennbar. »Ein Schuhabdruck, mit Absatz«, meinte Jackson.

Sawyer wirkte zweifelnd. »Ja, aber warum sollte jemand über den Toten drübersteigen, sich über und über mit Blut und Wer-weiß-Was besudeln und dabei Spuren zurücklassen, wenn er doch einfach die linke Hintertür öffnen und aussteigen könnte? Ich meine, schließlich saß die Person, von der wir reden, wahrscheinlich *rechts* neben Goldman.«

Jackson und Liz warfen einander einen Blick zu. Keiner der beiden hatte eine Antwort darauf parat. Liz zuckte die Schultern und lächelte. »Dafür kriegt ihr die große Knete, Jungs. Ich bin nur eine kleine Labormaus.«

Jackson grinste. »Ich wünschte, es gäbe noch fünfzig wie dich, Liz.«

Lächelnd nahm sie das Kompliment zur Kenntnis. »Ihr bekommt später einen schriftlichen Bericht von mir.«

Die drei nahmen die Brillen ab.

»Ich nehme an, du hast die Fingerabdrücke bereits durch den Computer gejagt?« Sawyer blickte Liz an.

»Um Himmels willen, tut mir leid. Da habe ich doch glatt das Wichtigste ausgelassen. Alle Abdrücke – der, den wir auf dem Monitor gesehen haben, der auf der mutmaßlichen Mordwaffe, alle in der Limousine und von der Limousine in den siebenten Stock und wieder zurück stammen von ein und derselben Person.«

»Sidney Archer«, meinte Jackson.

»Ganz genau«, bestätigte Liz. »Auch das Büro, in das die Blutspur führte, war ihres.«

Sawyer ging zum Auto hinüber und spähte hinein. Er bedeutete Liz und Jackson herüberzukommen.

»Na schön, nach bisherigem Wissensstand können wir davon ausgehen, daß Sidney Archer in etwa hier saß, richtig?« Er deutete auf eine Stelle knapp rechts der Mitte der rückwärtigen Sitzbank.

»Aufgrund der bisher gefundenen Hinweise scheint es genau so gewesen zu sein. Die Blutspritzmuster sowie die Fasern und Fingerabdrücke sprechen eindeutig dafür«, pflichtete Liz ihm bei.

»Gut. Wenn man bedenkt, wo Brophys Leiche gefunden wurde, muß er wohl auf der vorderen Bank gesessen haben, mit dem Gesicht zum Heck. Du sagtest, er könnte den Kopf gedreht haben, was die starken Rückstände auf den Sitzflächen erklären würde. Richtig?«

»Das ist richtig.« Nickend folgte Liz Sawyers Ausführungen.

»Brophys Wunde entsprach fast einer Kontaktwunde, daran besteht wenig Zweifel. Wie groß schätzt du diesen Abstand?« Sawyer deutete auf den Raum zwischen Vorder- und Rückbank des Passagierbereichs.

»Wir müssen nicht schätzen«, sagte Liz. Sie lief hinüber zum Schreibtisch, holte ein Maßband aus der Schublade und kam damit zurück. Mit Jacksons Hilfe vermaß sie den Abstand. Liz betrachtete das Ergebnis auf dem Maßband und runzelte die Stirn, als sie erkannte, worauf Sawyer hinauswollte. »Hundertachtundneunzig Zentimeter von der Mitte der einen Sitzfläche zur Mitte der anderen.«

»Da sich auf der hinteren Rückbank keine Rückstände fanden, müssen Archer und Goldman dort gesessen haben, und zwar mit angelehntem Rücken. Stimmt ihr mir da zu?« Liz nickte, ebenso Jackson. »Gut. Kann es Sidney Archer also möglich gewesen sein, eine Kontaktwunde an Brophys rechter Schläfe zu verursachen, wenn sie zurückgelehnt auf der Bank saß?«

Liz antwortete zuerst. »Nein, es sei denn, sie schleift beim Gehen die Arme am Boden nach.«

Sawyer musterte Liz eingehend. »Wie steht's damit: Brophy beugt sich zu Archer vor, sehr dicht sogar, und sie zieht die Pistole und schießt. Sein Körper fällt auf sie drauf, aber sie stößt ihn weg, und er landet auf dem Boden. Was ist falsch an dem Bild?«

Liz überlegte einen Augenblick. »Selbst wenn er sich vorbeugte – und er hätte sich so weit vorbeugen müssen, daß er schon fast aufstand –, hätte der Schütze trotzdem dasselbe tun müssen. Dann hätten sie sich sozusagen in der Mitte getroffen, und die Kontaktwunde wäre möglich gewesen. Aber wenn der Schütze sich vorbeugte, hätten die Spritzmuster anders ausgesehen. Der Rücken des Schützen wäre nicht hinten angelehnt gewesen. Selbst wenn Archers Körper den Großteil der Spritzer abbekommen hätte, scheint es mir höchst unwahrscheinlich, daß nicht wenigstens ein Teil auf dem Sitz hinter ihr gelandet wäre. Damit sie angelehnt sitzen bleiben konnte, hätte Brophy fast auf ihrem Schoß sein müssen. Und das klingt eher unlogisch, oder?«

»Einverstanden«, sagte Sawyer. »Reden wir doch mal kurz über Goldmans Wunde. Archer sitzt rechts neben Goldman, ja? Sollte die Eintrittswunde sich dann nicht an der rechten Schläfe statt mitten auf der Stirn befinden?«

»Er hätte sich ihr zudrehen können –« begann Liz, brach den Satz jedoch unvermittelt ab. »Aber dann ergäbe das Spritzmuster keinen Sinn mehr. Goldman schaute eindeutig zur Front der Limousine, als ihn die Kugel traf. Trotzdem besteht die Möglichkeit, Lee.«

»Wirklich?« Sawyer zog einen Stuhl herbei, setzte sich

hin, nahm eine imaginäre Waffe in die rechte Hand und schwang sie in einem Halbkreis nach hinten, als wollte er jemandem, der zu seiner Linken saß und unmittelbar nach vorn starrte, in die Stirn schießen. Er blickte Liz und Jackson an. »Eine merkwürdige Haltung, findet ihr nicht?«

»Äußerst merkwürdig«, bestätigte Jackson und schüttelte den Kopf.

»Aber es wird noch merkwürdiger, Leute. Sidney Archer ist Linkshänderin. Erinnerst du dich daran, Ray, wie sie Kaffee getrunken und die Pistole gehalten hat? Alles mit der linken Hand.« Sawyer wiederholte die Demonstration, diesmal mit der imaginären Pistole in der Linken. Die Verrenkungen der kräftigen Gestalt des Agenten wirkten fast komisch.

»Unmöglich«, meinte Jackson. »Sie hätte sich umdrehen und ihm ins Gesicht sehen müssen, um eine solche Wunde zu verursachen. So hätte sie sich nur den Arm ausgekugelt. Niemand würde in dieser Haltung eine Pistole abfeuern.«

»Wenn also Archer die Mörderin ist, hat sie den Fahrer irgendwie vom Vordersitz aus erschossen, sprang auf die Rückbank, blies Brophy das Licht aus – was sie, wie wir bereits bewiesen haben, gar nicht getan haben kann – und pustete zu guter Letzt Goldman um, aus einem völlig unnatürlichen, ja sogar unmöglichen Schußwinkel.« Sawyer stand vom Stuhl auf und schüttelte den Kopf.

»In einigen Punkten hast du ja recht, Lee, trotzdem gibt es jede Menge unbestreitbarer Hinweise, die Sidney Archer mit dem Tatort in Verbindung bringen«, mischte Liz sich ins Gespräch.

»Am Tatort *gewesen* zu sein und die Tat *begangen* zu haben, sind zwei verschiedene Dinge, Liz«, gab Sawyer hitzig zurück. Liz runzelte die Stirn über die scharfe Erwiderung.

Beim Verlassen des Labors stellte Sawyer eine letzte Frage. »Hast du schon ein Ergebnis vom PRT-Test?«

»Ich hoffe, dir ist bewußt, daß die Abteilung Feuerwaffen des FBI diese PRT-Tests eigentlich gar nicht mehr durchführt, weil die Ergebnisse in der Regel unbrauchbar waren. Da aber du den Test wolltest, hat sich natürlich niemand quergelegt. Wenn du mir eine Minute Zeit läßt, frage ich mal nach«, meinte Liz, nunmehr höchst frostig. Sawyer, der mißmutig zu Boden starrte, gab vor, den Tonfall nicht zu bemerken.

Liz ging zurück an ihren Schreibtisch und griff zum Telefon. Sawyer starrte zur Limousine hinüber, als wünschte er, sie verschwinden lassen zu können. Aufmerksam beobachtete Jackson seinen Partner; eine Spur von Besorgnis lag in seinem Blick.

Liz kam zurück. »Negativ. Keines der Opfer hatte in den sechs Stunden vor dem Todeseintritt eine Waffe abgefeuert oder eine kürzlich abgefeuerte Waffe mit der bloßen Hand berührt.«

»Bist du sicher? Ein Fehler ist ausgeschlossen?« bohrte Sawyer nach, die Stirn von tiefen Falten zerfurcht.

Sogleich verfinsterte sich Liz' ansonsten so freundliches Gesicht. »Meine Leute verstehen was von ihrer Arbeit, Lee. So kompliziert ist ein PRT-Test nicht, obwohl er, wie ich schon sagte, routinemäßig nicht mehr durchgeführt wird, weil ein positives Ergebnis einfach nicht immer besonders aussagekräftig ist. Es gibt so viele Substanzen, die in der Praxis das Ergebnis verfälschen könnten. Aber diese 9mm hätte eine Menge Rückstände abgegeben; trotzdem war das Resultat *negativ*. Meiner Meinung nach ist die Zuverlässigkeit des Ergebnisses in diesem Fall äußerst hoch. Aber falls es dir entgangen ist, ich habe eine Einschränkung über bloße Hände hinzugefügt. Natürlich hätten sie Handschuhe tragen können.«

»Bei den Toten wurden aber keine gefunden«, hob Jackson hervor.

»Stimmt«, bekräftigte Liz und blickte triumphierend zu Sawyer.

Der schenkte ihrem Tonfall keine Beachtung. »Wurden irgendwelche anderen Abdrücke auf der 9mm gefunden?« wollte er wissen.

»Ein teilweise verwischter Daumenabdruck. Er stammt von Parker, dem Chauffeur.«

»Parker?«

Liz nickte.

»Sonst keine?« fragte Sawyer. »Bist du sicher?«

Liz erwiderte nichts. Ihr Gesichtsausdruck beantwortete die Frage hinreichend.

»Na gut, du hast gesagt, Parkers Abdruck war teilweise verwischt. Was ist mit Archers Fingerabdrücken? Wie deutlich waren die?«

»Soweit ich mich erinnern kann, ziemlich deutlich. Obwohl einige ein wenig verschmiert waren. Damit meine ich die Abdrücke an Griff, Abzug und Abzugshahn. Die Abdrücke am Lauf waren sehr deutlich.«

»Am Lauf?« meinte Sawyer mehr zu sich selbst. Er schaute zu Liz. »Liegt der Bericht der Ballistiker schon vor? Die Flugbahnen der Kugeln interessieren mich brennend.«

»Die Autopsieberichte werden gerade erstellt. Bald werden wir Genaueres wissen. Ich habe darum gebeten, über die Ergebnisse informiert zu werden. Wahrscheinlich wird man dich ohnehin zuerst anrufen, aber falls nicht, melde ich mich, sobald ich etwas erfahre.« Mit einem Hauch Sarkasmus fügte sie hinzu: »Natürlich mußt du dich vergewissern, daß keine Fehler gemacht wurden.«

Sawyer starrte sie eine Weile an. »Danke, Liz. Du warst eine große Hilfe.« Weder Liz noch Jackson entging der sarkastische Unterton. Tief in Gedanken versunken und mit herabhängenden Schultern schlurfte Sawyer schwerfällig aus dem Labor.

Jackson blieb noch kurz bei Liz stehen. Sie beobachtete, wie Sawyer davontrottete, dann sah sie Jackson an. »Was ist denn bloß los mit ihm, Ray? So hat er mich noch nie behandelt.«

Jackson antwortete nicht sofort. Schließlich zuckte er mit den Schultern und wandte sich zum Gehen. »Ich weiß nicht, ob ich das beantworten kann, Liz. Ich kann es wirklich nicht sagen.«

## KAPITEL 51

Jackson stieg ins Auto und blickte hinüber zu seinem Partner. Sawyer saß mit den Händen am Lenkrad hinter dem Steuer und starrte hinaus in die Dunkelheit. Jackson warf einen Blick auf die Uhr. »He, Lee, was hältst du von einem kleinen Happen zu essen?« Als Sawyer nicht antwortete, fügte er hinzu: »Ich bezahle. Schlag das Angebot bloß nicht aus. Eine solche Gelegenheit bekommst du vielleicht nie wieder.« Jackson legte Sawyer die Hand auf die Schulter und drückte sie freundschaftlich.

Endlich wandte Sawyer sich seinem Partner zu. Ein flüchtiges Lächeln huschte über seine Lippen; im nächsten Augenblick war es wieder verschwunden. »Willst mich wohl mit einem Essen ablenken, was? Du glaubst, der Fall macht mir zu schaffen, nicht wahr, Raymond?«

»Ich will bloß nicht, daß du vom Fleisch fällst.«

Sawyer lachte und legte den Gang ein.

Jackson fiel heißhungrig über seine Mahlzeit her, während Sawyer lediglich an einer Tasse Kaffee nippte. Das Restaurant lag ganz in der Nähe des FBI-Hauptquartiers und war deshalb beim FBI-Personal sehr beliebt. Sawyer und Jackson trafen auf zahlreiche Kollegen, die entweder noch rasch einen Happen zu sich nahmen, bevor sie nach Hause fuhren, oder sich für den Dienst stärkten.

Jackson musterte Sawyer. »Das war eine hervorragende Analyse, die du im Labor angestellt hast. Aber du hättest ein wenig nachsichtiger mit Liz sein können, schließlich hat sie nur ihre Arbeit getan.«

Mit einem Mal durchbohrten Sawyers Augen seinen Partner. »Du kannst nachsichtig sein, wenn dein Kind den Hausarrest mißachtet oder dir eine Delle in den Wagen macht. Wer Nachsicht will, dem lege ich wärmstens ans Herz, nicht beim FBI danach zu suchen.«

»Du weißt genau, was ich meine. Liz versteht ihr Handwerk verdammt gut.«

Sawyers Gesicht entspannte sich. »Ich weiß, Ray. Ich werd' ihr Blumen schicken. In Ordnung?« Abermals wandte Sawyer den Blick ab.

Zwischen zwei Bissen meinte Jackson: »Also, was tun wir als nächstes?«

Sawyer schaute ihn an. »Weiß ich noch nicht genau. Ich hatte schon früher mit Fällen zu tun, die während der Ermittlungen unerwartete Wendungen nahmen, aber noch nie in diesem Ausmaß.«

»Du glaubst nicht, daß Sidney Archer die beiden Typen umgelegt hat, stimmt's?«

»Abgesehen davon, daß die Beweise dagegen sprechen: Nein, ich glaube nicht, daß sie's getan hat.«

»Aber sie hat uns angelogen, Lee. Das Band beweist, daß sie ihrem Mann helfen wollte, das kannst du drehen und wenden, wie du willst.«

Neuerlich fühlte Sawyer eine Woge der Schuld über sich hinwegspülen. Noch nie hatte er einem Partner Informationen vorenthalten. Nach einem Blick auf Jackson beschloß er, seinem jungen Kollegen zu erzählen, was Sidney ihm alles anvertraut hatte.

Fünf Minuten später lehnte Jackson sich verblüfft zurück. Sawyer bedachte ihn mit einem besorgten Blick.

»Sie hatte Angst und wußte nicht, was sie tun sollte, Ray. Ich bin sicher, sie wollte uns von Anfang an die Wahrheit sagen. Wenn wir bloß wüßten, wo sie steckt! Sie könnte in ernster Gefahr schweben.« Sawyer schlug sich mit der Faust in die offene Handfläche. »Wenn sie doch nur zu uns käme; mit uns zusammenarbeiten würde. Wir könnten den ganzen Fall knacken, das fühle ich.«

Mit entschlossener Miene beugte Jackson sich vor. »Hör mal, Lee, wir haben schon eine Menge Fälle zusammen bearbeitet. Aber trotz allem hast du immer Abstand bewahrt und die Dinge nüchtern betrachtet.«

»Und du glaubst, das sei diesmal anders?« entgegnete Sawyer mir ruhiger Stimme.

»Ich *weiß* es. Fast von Anfang an hast du dich für diese Frau stark gemacht. Und du hast sie eindeutig anders behandelt, als du Hauptverdächtige in so einem Fall gewöhnlich behandelst. Jetzt erzählst du mir auch noch, daß sie dir ihr Herz über das Band und das Gespräch mit ihrem Mann ausgeschüttet hat. Und du hast diese Information für dich behalten. Herrgott, Lee, das würde für eine Suspendierung reichen.«

»Wenn du meinst, du müßtest mich melden, Ray, ich halte dich nicht auf.«

Jackson schüttelte den Kopf. »Ich hab' nicht vor, deine Karriere zu versauen«, knurrte er. »Das machst du ohnehin meisterlich selbst.«

»Das ist ein Fall wie jeder andere.«

»Blödsinn!« Jackson beugte sich noch weiter vor. »Das weißt du verdammt genau, und es macht dich völlig fertig. Alle Indizien weisen zumindest darauf hin, daß Sidney Archer in einige schwere Verbrechen verwickelt ist, und dennoch reißt du dir bei jeder Gelegenheit ein Bein aus, um sie in ein gutes Licht zu rücken. Das hast du bei Frank Hardy getan, bei Liz, und jetzt versuchst du es bei mir. Du bist doch kein Politiker, Lee, du bist Ordnungshüter. Sie mag nicht überall die Finger drin haben, aber sie ist beileibe kein Engel, das steht schon mal fest.«

»Also stimmst du meinem Schluß über den Dreifachmord nicht zu?« schoß Sawyer zurück.

»Doch. Damit hast du wahrscheinlich recht. Aber wenn du erwartest, daß ich glaube, Archer sei ein Unschuldslamm in einem kafkaesken Alptraum, dann sprichst du eindeutig mit dem Falschen. Erinnerst du dich, was du über Nachsicht gesagt hast? Nun, ich müßte schon ein ganze Menge davon aufbringen, um meine Meinung auch nur einen Deut zu ändern, daß Sidney Archer, so schön und intelligent sie auch sein mag, einen beträchtlichen Teil ihrer verbleibenden Jahre hinter Gitter verbringen sollte.« Jackson lehnte sich zurück.

»Dafür hältst du das Ganze also? Das schöne, schlaue Flittchen verdreht dem abgetakelten FBI-Agenten den Kopf?« Jackson erwiderte nichts, doch die Antwort stand ihm ins Gesicht geschrieben. »Der alte, geschiedene Furz will ihr ans Höschen, was, Ray? Und das kann er nicht, wenn sie sich als schuldig erweist. Ist es das, was du denkst?« fragte Sawyer mit anschwellender Stimme.

»Warum sagst du es mir nicht, Lee?«

»Vielleicht sollte ich dich statt dessen durch das Fenster da schmeißen.«

»Vielleicht solltest du das mal versuchen«, schoß Jackson zurück.

»Du Mistkerl«, stieß Sawyer heiser hervor.

Jackson faßte über den Tisch und packte ihn an der Schulter. »Ich will doch nur, daß du klar denkst. Du willst mit ihr schlafen, na gut. Aber warte damit, bis der Fall abgeschlossen und sie freigesprochen ist!« brüllte Jackson ihn an.

»Was fällt dir ein!« schrie Sawyer zurück und stieß Jacksons Hand weg. Er sprang auf, ballte die Hand zur Faust und – hielt mitten im Schlag inne, als er begriff, was er gerade tun wollte. Mehrere Gäste des Restaurants beobachteten die Szene fassungslos. Sawyers und Jacksons Blicke verhakten sich ineinander, bis ersterer schließlich mit bebender Brust und zitternder Unterlippe die Faust sinken ließ und sich wieder setzte.

Eine Weile sprach keiner der beiden ein Wort. Endlich seufzte Sawyer verlegen: »Scheiße, ich wußte doch, ich würde eines Tages bereuen, daß ich mit dem Rauchen aufgehört habe.« Er schloß die Augen. Als er sie wieder öffnete, blickte er Jackson direkt ins Gesicht.

»Lee, es tut mir leid. Ich mache mir nur Sorgen wegen – « Unvermittelt verstummte Jackson, als Sawyer die Hand hob.

»Weißt du, Ray, ich habe mein halbes Leben beim FBI verbracht. Als ich anfing, war es noch einfach, die Guten von den Bösen zu unterscheiden. Damals liefen noch keine Kids durch die Gegend und brachten Leute um, als wäre das die schönste Nebensache der Welt. Und es gab keine straff organisierten Drogenimperien mit einem Kapital von Hunderten Milliarden Dollar – genug Geld, um fast jeden dazu zu bringen, nahezu alles zu tun. Die hatten Revolver, wir hatten Revolver. Bald werden wohl Panzerabwehrraketen zu deren Standardausrüstung zählen. Während ich im Supermarkt stehe und überlege, welches lausige Fertiggericht ich essen soll, und mich umsehe, welches Bier gerade im Sonderangebot ist, sammeln sich wieder zwanzig Leichen an, und zwar nur deshalb, weil jemand in die falsche Straße biegt oder weil sich arbeitslose Jugendliche in einem Häuserblock Revierkämpfe liefern, und das mit einer Feuerkraft, die früher nicht einmal der Armee zur Verfügung stand. Jeden Tag spielen wir Hasch-mich, aber wir holen keinen Schritt auf.«

»Komm schon, Lee, Recht und Ordnung existieren noch immer. Solange es böse Menschen gibt.«

»Recht und Ordnung erinnern mich stark an das Ozonloch, Ray: Sie sind voller Unwägbarkeiten. Lange Zeit habe ich versucht, für Recht und Ordnung zu sorgen. Und was hab' ich nun davon? Ich bin geschieden. Meine Kinder halten mich für einen lausigen Vater, weil ich lieber Flugzeugattentäter oder scheinheilig lächelnde Schlächter mit einer Vorliebe für menschliche Trophäen gejagt habe, statt ihnen zu helfen, die Geburtstagskerzen auszublasen. Und weißt du was? Sie haben recht. Ich war ein lausiger Vater. Besonders für Meggie. Ich habe zu unchristlichen Zeiten gearbeitet, war nie da, und selbst wenn, dann schlief ich entweder oder war so in einen Fall versunken, daß ich kaum die Hälfte von dem mitgekriegt habe, was meine Kinder mir zu erzählen versuchten. Jetzt lebe ich allein in einem schäbigen Apartment und sehe kaum was von dem Geld, das ich verdiene. Mein Magen fühlt sich an, als läge ein Haufen Fleischermesser drin, und obwohl ich sicher bin, daß ich mir das nur einbilde, stecken doch wirklich ein paar Bleistücke dauerhaft in meinem Körper. Zu allem Überfluß kann ich in letzter Zeit selten einschlafen, bevor ich mir einen Sechserpack Bier reingezogen habe.«

»Himmel, Lee, bei der Arbeit wirkst du unerschütterlich wie ein Fels. Jeder hat höllischen Respekt vor dir. Wenn du eine Ermittlung beginnst, bemerkst du Dinge, die mir nie im Leben aufgefallen wären und machst dir ein Bild von dem Fall, bevor ich überhaupt mein Notizbuch hervorgekramt habe. Du hast bessere Instinkte als jeder andere.«

»Gott sei Dank, Ray. Schließlich ist mir sonst nichts geblieben. Aber stell dein Licht nicht so unter den Scheffel. Ich habe dir zwanzig Jahre Erfahrung voraus. Weißt du, was Instinkt ist? Man erlebt immer und immer wieder dasselbe, bis man allmählich ein Gefühl für die Dinge entwickelt; dadurch ist man den anderen eine Nasenlänge voraus. Du bist schon wesentlich weiter, als ich mit kaum sechs Jahren Berufserfahrung war.«

»Danke, Lee.«

»Bitte versteh mich nicht falsch. Ich habe kein Selbstmitleid, und ganz bestimmt will ich kein Mitleid von anderen. Ich hatte oft die Wahl und habe immer die meine getroffen. Wenn mein Leben verkorkst ist, dann deshalb, weil *ich* es verkorkst habe, sonst niemand.«

Sawyer erhob sich, ging hinüber an den Tresen und wechselte ein paar Worte mit einer dürren, runzligen Kellnerin. Einen Augenblick später kehrte er mit den Händen vor dem Gesicht zurück; eine dünne Rauchfahne stieg zwischen den Fingern auf.

Er setzte sich wieder hin und hielt die Zigarette hoch. »Um der alten Zeiten willen.« Während er gemächlich das Streichholz im Aschenbecher löschte, lehnte er sich zurück und sog ausgiebig an der Zigarette, wobei ein kaum vernehmbares Kichern von seinen Lippen drang. »Bei diesem Fall, Ray, dachte ich anfangs, ich hätte alles im Griff. Lieberman ist das Ziel. Wir finden heraus, wie der Flieger sabotiert wurde. Wir finden eine Reihe von Motiven, aber auch nicht zu viele, um sie weiterzuverfolgen, bis wir den Mistkerl, der dafür verantwortlich ist, festnageln können. Scheiße, man liefert uns sogar den eigentlichen Bombenleger auf dem goldenen Tablett, obwohl er nicht mehr atmet. Alles sieht recht gut aus. Und dann verlieren wir plötzlich den Boden unter den Füßen. Wir erfahren, daß Jason Archer diesen unglaublichen Coup gelandet hat und dann in Seattle auftaucht, wo er Geheiminformationen verkauft, anstatt in einem Loch im Boden von Virginia zu liegen. Gehört das zu seinem Plan? Sieht ganz so aus. Nur stellt sich heraus, daß der Bombenleger ein Kerl ist, der dem Computersystem der Staatspolizei von Virginia irgendwie entging. Ich lass' mich nach New Orleans locken, und währenddessen passiert etwas im Haus der Archers, von dem ich nach wie vor keinen blassen Schimmer habe. Dann, wenn man es am wenigsten erwartet, kommt Lieberman wieder ins Bild, hauptsächlich wegen Steven Pages angeblichem Selbstmord, der vor fünf Jahren geschah und überhaupt nicht zu dem Puzzle zu passen scheint; abgesehen davon, daß seinem großen Bruder, der uns bestimmt einiges hätte erzählen können, in einem Parkhaus die Kehle durchgeschnitten wird. Ich rede mit Charles Tiedman, wodurch wir erfahren, daß Lieberman vielleicht, aber nur vielleicht, erpreßt wurde. Wenn dem so ist, was zur Hölle hat das mit Jason Archer zu tun? Handelt es sich um zwei voneinander unabhängige Fälle, die nur durch einen Zufall scheinbar zusammengehören, nämlich deshalb, weil Lieberman in ein Flugzeug stieg, das Archer sabotieren ließ? Oder ist das Ganze ein Fall? Wenn ja, wo ist bloß die Verbindung? Denn wenn es eine gibt, dann ist sie meiner Wenigkeit bislang gänzlich entgangen.«

Unverkennbar frustriert schüttelte Sawyer den Kopf und sog heftig an der Zigarette. Er blies Rauch an die verrußte Decke, stützte sich mit den Ellbogen auf den Tisch und schaute zu Jackson. »Und jetzt werden zwei weitere Typen ins Jenseits befördert, die anscheinend versucht haben, Triton Global über den Tisch zu ziehen. Und der gemeinsame Nenner in so vielem ist Sidney Archer.« Bedächtig rieb Sawyer sich mit den Fingern über die Wange. »Sidney Archer ... ich habe großen Respekt vor der Frau. Vielleicht ist mein Urteilsvermögen ja wirklich ein wenig getrübt. Wahrscheinlich hast du mir zu Recht in den Hintern getreten. Aber ich werde dir ein Geheimnis verraten, mein Freund.« Sawyer klopfte die Zigarette im Aschenbecher ab.

»Und das wäre?«

»Sidney Archer *war* in der Limousine. Und wer auch immer die drei ermordet hat, ließ sie laufen. Ihre Pistole fiel der Polizei in die Hände.« Mit der Linken formte Sawyer eine imaginäre Pistole, mit der Zigarette deutete er auf bestimmte Bereiche davon, während er weitersprach. »Auf dem Teil, den sie gehalten haben müßte, wenn sie die Waffe abgefeuert hätte, entdecken wir verschmierte Abdrücke. Deutliche Abdrücke sind nur auf dem Lauf. Was sagt dir das, Ray?«

Rasch überlegte Jackson. »Wir wissen, daß sie die Waffe in der Hand hatte.« Plötzlich dämmerte es ihm. »Hätte jemand anders die Pistole abgefeuert und dabei Handschuhe getragen, wären die Abdrücke auf dem Griff, nicht aber auf dem Lauf verschmiert.«

»Genau. Und das Band wurde zurückgelassen. Wahrscheinlich sollte sie damit erpreßt werden, in dieser Hinsicht bin ich ganz deiner Meinung, Ray. Sidney Archer muß gewußt haben, daß sie ein Band hatten – sie mußten es ihr vorspielen, damit sie die Drohung auch ernst nahm. Glaubst du, sie hätte so etwas zurückgelassen? Dieses Band reicht aus, um sie hinter Gitter zu bringen, bis sie hundert ist. Glaub mir, sie und jeder andere in dieser Lage hätte die verdammte Limousine hochgestemmt, um an das Band ranzukommen. Nein, man ließ sie aus einem einzigen Grund laufen.«

»Um ihr die Morde in die Schuhe zu schieben.« Langsam stellte Jackson die Kaffeetasse ab.

»Und vielleicht, um sicherzustellen, daß wir die Ermittlungen nur auf sie konzentrieren.«

»Deshalb wolltest du unbedingt den PRT-Test.«

Sawyer nickte. »Ich mußte ausschließen, daß einer der Toten der Schütze war. Du weißt schon, es könnte ja auch einen Kampf gegeben haben. So wie es aussieht, führten alle Wunden sofort zum Tod, aber wer kann das schon so genau sagen? Nach allem, was wir wissen, hätte es einer der drei tun und danach Selbstmord begehen können; flippt wegen seiner Tat einfach völlig aus und jagt sich eine Kugel in den Kopf. Voller Panik schnappt Sidney sich die Pistole und wirft sie in ein Abflußrohr. Aber so ist es nicht gewesen. Keiner der jüngst Verstorbenen hat die Waffe abgefeuert.«

Lange saßen die beiden Agenten einander schweigend gegenüber, ehe Sawyer weitersprach. »Ich verrate dir noch ein Geheimnis, Ray: Ich werde diesen Schweinehund schnappen, und wenn es mich weitere fünfundzwanzig Jahre kostet. Und wenn es soweit ist, wird dir ein gewaltiges Licht aufgehen.«

»Und zwar?«

»Du wirst feststellen, daß Sidney Archer kein bißchen mehr als du oder ich darüber weiß, was eigentlich los ist. Sie hat ihren Mann verloren und ihre Karriere; zudem ist die Wahrscheinlichkeit recht groß, daß ihr ein Prozeß wegen Mordes und einem guten Dutzend weiterer Delikte bevorsteht, wofür sie den Rest ihres Lebens hinter Gitter verbringen könnte. Im Augenblick ist sie halb wahnsinnig vor Angst und rennt um ihr Leben; sie weiß nicht, wem sie vertrauen oder glauben soll. In Wahrheit ist Sidney Archer etwas, das man bei oberflächlicher Betrachtung der Indizien nie und nimmer annehmen würde.«

»Und das wäre?«

»Unschuldig.«

»Glaubst du das wirklich?«

»Nein. Ich *weiß* es. Aber ich wünschte, ich wüßte etwas anderes.«

»Was?«

Während Sawyer einen letzten Rauchschwall ausblies, dämpfte er die Zigarette im Aschenbecher aus. »Wer die drei in der Limousine tatsächlich umgebracht hat.« Bei diesen

Worten drifteten Sawyers Gedanken ab. *Sidney Archer könnte es wissen. Aber wo steckt sie?*

Als die beiden sich zum Gehen erhoben, legte Jackson seinem Partner die Hand auf die Schulter. »Lee, mir ist völlig egal, wie sehr sich die Chancen für Gut gegen Böse verschlechtern. Solange du den Kampf nicht aufgibst, bin ich auch mit dabei.«

## KAPITEL 52

Durch das Fernglas beobachtete Sidney die Straße vor dem Haus ihrer Eltern, dann blickte sie auf die Uhr. Die Dunkelheit brach rasch herein. Ungläubig schüttelte sie den Kopf. Konnte sich die Lieferung von FedEx aufgrund des Wetters verzögert haben? Die Schneefälle im Küstengebiet von Maine erwiesen sich für gewöhnlich als heftig, zudem war der Schnee wegen der Nähe zum Ozean mitunter äußerst matschig, was häufig für gefährliche Straßenverhältnisse sorgte, wenn der Matsch gefror. Und wo steckten ihre Eltern? Leider hatte Sidney keine Möglichkeit, sich mit ihnen in Verbindung zu setzen, während sie unterwegs waren.

Hastig lief sie zum Landrover, rief die Auskunft an und erhielt die Nummer von Federal Express. Dort gab sie Name und Adresse von Absender und Empfänger des Päckchens an. Nachdem sie kurz dem Klappern von Computertasten lauschte, bekam sie eine erstaunliche Antwort.

»Soll das heißen, Sie haben keinen Eintrag über das Päckchen?«

»Nein, Ma'am, laut meinen Aufzeichnungen haben wir es gar nicht erhalten.«

»Aber das ist unmöglich, sie *müssen* es erhalten haben. Das muß ein Fehler sein. Bitte, überprüfen sie es noch einmal.« Mit wachsender Ungeduld lauschte Sidney neuerlich den Geräuschen der Tastatur. Die Antwort blieb die gleiche.

»Ma'am, vielleicht sollten Sie mal beim Absender nachfragen, ob er das Päckchen tatsächlich aufgegeben hat.«

Sidney legte auf, holte sich aus der Handtasche im Haus Fishers Telefonnummer, rannte zurück zum Landrover und wählte. Die Chancen, Fisher zu Hause anzutreffen, standen eher gering. Zweifellos hatte er sich Sidneys Rat zu Herzen genommen und war untergetaucht. Aber gewiß hörte er regelmäßig den Anrufbeantworter ab. Sidneys Hände zitterten. Was, wenn Jeff das Päckchen nicht hatte abschicken können? Das Bild der in der Limousine auf sie gerichteten Pistole blitzte vor ihr auf. Brophy und Goldman. Berstende Schädel. Blut und Gehirnmasse überall. Einen Augenblick legte sie in ihrer Verzweiflung den Kopf aufs Lenkrad, dann griff sie zum Telefon und wählte.

Es klingelte, dann wurde abgenommen. Sidney bereitete sich darauf vor, eine Nachricht zu hinterlassen, als eine Stimme »Hallo!« sagte.

Sidney begann zu sprechen, bis sie plötzlich erkannte, daß ein Mensch am anderen Ende war.

»Hallo?« sagte die Stimme erneut.

Nach kurzem Zögern beschloß sie, nicht aufzulegen. »Jeff Fisher, bitte.«

»Wer spricht denn, bitte?«

»Ich ... ich bin eine Bekannte von Jeff.«

»Wissen Sie, wo er sich aufhält? Wir müssen ihn unbedingt finden«, meinte die Stimme.

Sidneys Nackenhaare richteten sich auf. »Wer spricht dort?«

»Inspektor Rogers vom Alexandria Police Department.«

Sofort brach Sidney die Verbindung ab.

Seit Sidney Archers Besuch in Jeff Fishers Vorstadthaus hatten sich darin unverkennbare Veränderungen vollzogen. Am deutlichsten äußerten sie sich in dem Umstand, daß kein einziger Teil der Computerausrüstung mehr vorhanden war. Die Nachbarn hatten den Umzugswagen am hellichten Tag gesehen. Einer sprach sogar mit den Möbelpackern. Alles schien seine Ordnung zu haben. Zwar hatte Fisher nie erwähnt, daß er umziehen würde, doch die Möbelpacker gingen ihrer Arbeit ausgesprochen unbeschwert nach, ließen sich dabei Zeit, packten alles fein säuberlich ein, hatten

Papiere dabei und unterbrachen die Arbeit sogar für eine Zigarettenpause. Erst, nachdem sie weg waren, wurden die Anrainer mißtrauisch. Als Fishers unmittelbarer Nachbar ins Haus ging, um nach dem Rechten zu sehen, stellte er fest, daß kein einziges Möbelstück fehlte, sondern ausschließlich Fishers umfangreiche Computeranlage. Also wurde die Polizei eingeschaltet.

Inspektor Rogers kratzte sich am Kopf. Das Problem war, daß Jeff Fisher spurlos verschwunden war. Sie hatten sich bei Fishers Arbeitgeber, bei seiner Familie in Boston, bei Freunden in der Umgebung erkundigt. Niemand hatte ihn in den letzten Tagen zu Gesicht bekommen. Im Zuge der Ermittlungen stieß Inspektor Rogers auf eine weitere Überraschung. Fisher war vor kurzem wegen rücksichtslosen Fahrens Gast einer Zelle in der Polizeistation von Alexandria gewesen. Er hatte eine Kaution hinterlegt, einen Gerichtstermin erhalten und war entlassen worden. Anscheinend war dies das Letzte, was man von ihm wußte. Rogers schrieb seinen Bericht zu Ende und verließ das Haus.

Sidney rannte die Treppe hinauf, stürzte ins Schlafzimmer, riß die Tür hinter sich zu und verriegelte sie. Dann ergriff sie die Schrotflinte vom Bett, entsicherte sie, kauerte sich in eine Ecke und richtete sie unmittelbar auf die Tür. Tränen strömten ihr über die Wangen, während sie ungläubig den Kopf schüttelte.

*O Gott!* Sie hätte Jeff Fisher niemals in die Sache hineinziehen dürfen.

Sawyer saß im Hoover-Building an seinem Schreibtisch, als Frank Hardy anrief. Rasch klärte er Hardy über die jüngsten Ereignisse auf, deren Kern Sawyers Schluß darstellte, daß Sidney Archer Goldman und Brophy nicht ermordet hatte, was die sichergestellten Beweise bestätigten.

»Glaubst du, es könnte Jason Archer gewesen sein?« meinte Hardy.

»Das ergibt keinen Sinn.«

»Du hast recht. Allein das Risiko, hierher zurückzukommen, wäre viel zu groß.«

»Außerdem kann ich mir kaum vorstellen, daß er seiner Frau mehrfachen Mord in die Schuhe schieben will.« Sawyer hielt inne und dachte über seine nächste Frage nach. »Gibt es etwas Neues von RTG?«

»Das wollte ich dir gerade erzählen. Der Präsident der Firma, Alan Porcher, ist zu keiner Stellungnahme bereit. Die wirken alle sehr überrascht. Natürlich zog sich der Pressesprecher des Unternehmens mit der Standardfloskel aus der Affäre und wies alle Anschuldigungen vehement zurück.«

»Was ist mit der CyberCom-Übernahme?«

»Nun, zumindest in dieser Hinsicht gibt es gute Neuigkeiten. Diese jüngste Entwicklung bei RTG hat CyberCom endgültig in Tritons Lager getrieben. Schon für heute Nachmittag wurde eine Pressekonferenz zur Bekanntgabe der Übernahme anberaumt. Willst du hinkommen?«

»Vielleicht. Nathan Gamble ist bestimmt außer sich vor Freude.«

»Darauf kannst du wetten. Ich hinterlege ein paar Besucherausweise am Empfang, falls du und Ray euch die Show ansehen wollt. Die Sache geht in Tritons Hauptquartier über die Bühne.«

Sawyer ließ sich den Vorschlag einen Augenblick durch den Kopf gehen. »Ich glaube, du kannst mit uns rechnen, Frank.«

Mit gelben Besucherausweisen, die sich grell von den Revers abhoben, schlenderten Sawyer und Jackson in den hörsaalgroßen Raum, der voller Menschen war.

»Wahnsinn, das muß ja *wirklich* ein Großereignis sein.« Jackson betrachtete das Meer von Reportern, Vertretern der Industrie, Finanzanalysten und anderen Besuchern aus Investmentkreisen.

»Das ist Geld immer, Ray.« Sawyer schnappte sich zwei Tassen Kaffee vom Getränketisch und reichte eine davon seinem Partner. Dann streckte er die eins neunzig lange Gestalt zu voller Größe, um über die unzähligen Köpfe hinwegzublicken.

»Suchst du jemanden?« Frank Hardy tauchte hinter den beiden auf.

Jackson lächelte. »Ja, wir suchen ein paar arme Schlucker. Aber da sind wir hier wohl an der falschen Adresse.«

»Stimmt. Ihr müßt zugeben, daß die Spannung fast spürbar in der Luft liegt, oder?«

Jackson nickte und deutete auf die Horde der Reporter. »Aber ist es wirklich so eine Sensation, wenn eine Firma eine andere kauft?«

»Ray, es ist mehr als das. In ganz Amerika gibt es kaum eine Firma, die über CyberComs Potential verfügt.«

»Aber wenn CyberCom etwas so Besonderes ist, warum brauchen die dann Triton überhaupt?« fragte Jackson.

»Mit Triton bekommen sie einen Weltkonzern als Partner, und dadurch die Milliarden Dollar, die sie für Produktion, Vermarktung und Ausweitung ihrer Produktpalette brauchen. Das Ganze wird zur Folge haben, daß Triton in ein paar Jahren den Markt beherrscht wie einst General Motors und IBM, sogar noch deutlicher. Neunzig Prozent der gesamten Datenübertragung der Welt werden mit Hardware, Software und anderen Komponenten des heute gebildeten Firmenkonglomerats erfolgen.«

Sawyer nahm einen Schluck Kaffee und schüttelte den Kopf. »Verdammt, Frank, da bleibt für andere nicht viel Platz. Was wird aus denen?«

Hardy lächelte dünn. »Tja, so ist der Kapitalismus nun mal. Der Stärkste überlebt, das ist das Gesetz des Dschungels. Bestimmt kennst du diese Sendungen von *National Geographic*: Tiere fressen einander auf und kämpfen ums Überleben. Kein hübscher Anblick.«

Hardy schaute zu der kleinen, leicht erhöhten Bühne, auf der ein Podium errichtet worden war. »Gleich geht's los. Ich habe uns ganz vorn Sitzplätze reserviert. Kommt mit.«

Hardy lotste die beiden FBI-Agenten durch die Menschenmenge zu einem mit Seilen abgegrenzten Bereich, der die ersten drei Reihen vor der Bühne umfaßte. Sawyer ließ den Blick über die Leute schweifen, die auf ein paar Stühlen linkerhand des Podiums saßen. Quentin Rowe befand sich darunter. Zwar hatte er sich heute ein wenig mehr herausgeputzt, dennoch schien er trotz Hunderter Millionen auf dem Konto keine einzige Fliege zu besitzen. Rowe unterhielt sich angeregt mit drei Leuten in dezenten Anzügen, die Sawyer für die Vertreter von CyberCom hielt.

Hardy schien seine Gedanken zu lesen. »Generaldirektor, Finanzbevollmächtigter und Betriebsleiter von CyberCom, von links nach rechts.«

»Und Glücksbringer für alle anderen«, meinte Sawyer.

Hardy deutete auf die Bühne. Von rechts marschierte Nathan Gamble herein, in elegantem Anzug, ein gewinnendes Lächeln im Gesicht. Er baute sich hinter dem Podium auf, und sogleich setzte sich jeder auf seinen Platz und verstummte, als wäre soeben Moses mit jenen berühmten Tafeln vom Berge Sinai herabgestiegen. Gamble holte eine vorbereitete Rede hervor und legte leidenschaftlich damit los.

Sawyer bekam das Meiste gar nicht mit. Er war damit beschäftigt, Quentin Rowe zu beobachten. Der junge Mann starrte auf Gamble. Vermutlich war er sich dessen nicht bewußt, aber seine Züge verrieten keine freundschaftlichen Gefühle.

Aus den wenigen Floskeln, die Sawyer aufschnappte, entnahm er, daß Gamble vorwiegend über Geld sprach, dem großen Geld, das eine marktbeherrschende Stellung verhieß. Nachdem Gamble den Vortrag mit einer eleganten Verbeugung beendete – Sawyer mußte zugeben, daß er ein zungenfertiger Geschäftsmann war –, setzte tosender Applaus ein.

Dann nahm Quentin Rowe das Podium in Beschlag. Als Gamble auf dem Weg zu den Stühlen an ihm vorbeiging, schenkten die beiden Männer einander ein Lächeln, wie es in Sawyers Augen geheuchelter nicht sein konnte.

Im Gegensatz zu Gamble unterstrich Rowe das unbegrenzte positive Potential, das die beiden Firmen, Triton und

CyberCom vereint, der Welt zu bieten hatten. Das Thema Geld kam überhaupt nie zur Sprache. Aber darüber hatte sich ohnehin Gamble zur Genüge ausgelassen, zumindest in Sawyers Augen. Nun beobachtete der FBI-Agent Gamble, der Rowe keines Blickes würdigte. Statt dessen unterhielt er sich freundschaftlich mit den Vertretern von CyberCom. Anscheinend bemerkte Rowe das Gespräch, denn einmal schielte er hinüber und verlor kurz den Faden, ehe er fortfuhr. Seiner Rede wurde bestenfalls höflicher Applaus gespendet, fand Sawyer. Offenbar stand das Wohl der Welt einen Rang hinter den grünen Scheinen. Zumindest für die hier Anwesenden.

Nachdem die Leute von CyberCom die Präsentation beendeten, begann ein großes Händeschütteln und Schulterklopfen für die Kameras der eingeladenen Fotografen. Sawyer fiel auf, daß Gamble und Rowe einander kein einziges Mal berührten. Sie achteten darauf, die Vertreter von CyberCom zwischen sich zu behalten. Vielleicht waren sie deshalb so begeistert über die Transaktion; nun würde es eine Pufferzone zwischen ihnen geben.

Nacheinander verließen die Vortragenden die Bühne und wurden sofort mit Fragen bestürmt. Gamble lächelte, gab geistreiche Bemerkungen von sich und genoß den Augenblick in vollen Zügen. Die Leute von CyberCom folgten in seinem Kielwasser. Sawyer beobachtete, wie Rowe sich davonstahl, hinüber an den Getränketisch ging, sich eine Tasse Tee nahm und damit rasch in einer abgeschiedenen Ecke verschwand.

Sawyer zog Jackson am Ärmel, und die beiden marschierten in Rowes Richtung. Hardy dagegen ging hinüber zu Gamble, um dessen Ausführungen zu lauschen.

»Nette Rede.«

Rowe schaute auf und erblickte Sawyer und Jackson vor sich.

»Was? Oh, danke.«

»Das ist mein Partner, Ray Jackson.«

Rowe und Jackson begrüßten einander.

Sawyer sah hinüber zu der Menschenmasse, die Gamble umringte. »Er steht wohl gern im Rampenlicht.«

Rowe nippte am Tee und tupfte sich geziert mit der Serviette den Mund ab. »Seine geradlinige Art und sein mangelndes Wissen darüber, was wir eigentlich tun, gibt eine attraktive Mischung ab«, meinte er verächtlich.

Jackson nahm neben Rowe Platz. »Mir persönlich hat gefallen, was Sie über die Zukunft sagten. Meine Kinder fahren voll auf Computer ab. Und es stimmt, was Sie erzählt haben: Bessere Bildungsmöglichkeiten für alle, insbesondere für die Armen haben bessere Arbeitsplätze und damit weniger Verbrechen zur Folge. Davon bin ich überzeugt.«

»Danke. Ich auch.« Lächelnd blickte Rowe zu Sawyer. »Obwohl ich glaube, daß Ihr Partner diese Meinung nicht teilt.«

Sawyer, der die Menschenmenge beobachtet hatte, sah gekränkt zu Rowe hinab. »He, ich bin durchaus für all den positiven Kram. Laßt mir nur Bleistift und Papier. Das ist alles, was ich verlange.« Mit der Kaffeetasse deutete Sawyer auf die Gruppe der Vertreter von CyberCom. »Sie scheinen sich mit den Burschen recht gut zu verstehen.«

Rowes Gesicht hellte sich auf. »Das stimmt. Zwar denken sie nicht ganz so liberal wie ich, aber sie sind meilenweit von Gambles Geld-ist-Alles-Philosophie entfernt. Ich glaube, sie werden für ein angenehmes Gleichgewicht in der Firma sorgen. Obwohl wir noch mindestens zwei Monate durchhalten müssen, in denen die Anwälte sich ihren Teil nehmen, während die letzten Dokumente ausgearbeitet werden.«

»Tyler, Stone?« erkundigte sich Sawyer.

Rowe sah ihn an. »Genau.«

»Behalten Sie die Kanzlei als Rechtsberater, nachdem das CyberCom-Projekt abgeschlossen ist?«

»Das müssen sie Gamble fragen. Es ist seine Entscheidung. *Er* ist der Chef der Firma. Entschuldigen Sie mich, meine Herren, ich muß los.« Rasch erhob sich Rowe und ließ sie stehen.

»Was für eine Laus ist dem denn über die Leber gelaufen?« wollte Jackson wissen.

Sawyer zuckte mit den mächtigen Schultern. »Eher ein Elefant. Wärst du Gambles Partner, würdest du's vermutlich verstehen.«

»Und was machen wir jetzt?«

»Warum nimmst du dir nicht eine Tasse Kaffee und mischst dich unters Volk, Ray? Ich möchte noch ein paar Takte mit Rowe reden.« Sawyer verschwand in der Menge. Jackson sah sich um, dann ging er an den Getränketisch.

Nachdem Sawyer sich endlich durch die Menschenmasse gekämpft hatte, war Rowe außer Sicht. Suchend in alle Richtungen spähend, erblickte er ihn auf dem Weg zur Tür hinaus. Gerade wollte er ihm folgen, als ihn jemand am Arm faßte.

»Seit wann interessiert sich ein Regierungsbürokrat dafür, was sich im gewinnorientierten Sektor rührt?« fragte Nathan Gamble.

Sawyer warf einen weiteren Blick in Rowes Richtung, doch der junge Mann war bereits verschwunden.

Der FBI-Agent wandte sich Gamble zu. »Ich habe durchaus nichts gegen das Geldverdienen. Nette Rede übrigens. Hat mich ganz kribblig gemacht.«

Gamble lachte herzhaft auf. »Das kann ich mir gut vorstellen. Wollen Sie etwas Stärkeres?« Er deutete auf Sawyers Plastikbecher.

»Tut mir leid, ich bin im Dienst. Außerdem ist es dafür noch ein wenig früh.«

»Hier wird gefeiert, Herr FBI-Agent. Gerade habe ich den größten Coup meines Lebens verkündet. Schätze, das rechtfertigt einen anständigen Schwips, finden Sie nicht?«

»Wie Sie meinen. Es ist nicht *mein* Coup.«

»Wer weiß?« sagte Gamble herausfordernd. »Gehen wir doch ein paar Schritte miteinander.«

Gamble führte Sawyer quer über die Bühne, durch einen kurzen Gang und schließlich in ein kleines Zimmer. Dort ließ er sich auf einen Stuhl plumpsen und holte eine Zigarre aus der Jackentasche. »Wenn Sie sich schon nicht besaufen wollen, dann rauchen Sie wenigstens eine mit.«

Sawyer ergriff die ihm angebotene Zigarre, und Gamble gab erst ihm Feuer, dann zündete er sich die seine an.

Bedächtig fächelte Gamble mit dem Streichholz durch die Luft, ehe er es mit dem Fuß austrat. Eingehend musterte er Sawyer durch die zarten Rauchschleier hindurch. »Hardy hat mir erzählt, daß Sie in Erwägung ziehen, bei ihm einzusteigen.«

»Um die Wahrheit zu sagen, habe ich mir darüber noch keine besonderen Gedanken gemacht.«

»Sie könnten es kaum besser treffen.«

»Offen gestanden, Gamble, ich glaube, so schlecht geht es mir jetzt auch nicht.«

Gamble grinste. »Quatsch! Wieviel verdienen Sie im Jahr?«

»Das geht Sie überhaupt nichts an!«

»Herrgott, ich habe es Ihnen doch auch verraten. Kommen Sie schon, wenigstens einen Anhaltspunkt.«

Sawyer drehte die Zigarre in den Fingern, bevor er sie zwischen die Zähne klemmte. Mittlerweile verrieten seine Züge leichte Belustigung. »Na gut, es ist weniger, als Sie verdienen. Schränkt es das genug ein?«

Gamble lachte.

»Wieso interessieren Sie sich dafür, was auf meinem Gehaltsscheck steht?«

»Eigentlich interessiert es mich überhaupt nicht. Aber nach allem, was ich von Ihnen gesehen habe, und da ich weiß, wie die Regierung arbeitet, kann es nicht annähernd genug sein.«

»Na und? Selbst wenn dem so wäre, ist es nicht Ihr Problem.«

»Ich beschäftige mich weniger mit Problemen als mit deren Lösungen. Das ist die Aufgabe von Generaldirektoren, Sawyer. Sie betrachten das Gesamtbild, zumindest erwartet man das von ihnen. Also, wie steht's?«

»Wie steht's womit?«

Gamble sog an der Zigarre und zwinkerte dem FBI-Agenten zu.

Endlich dämmerte Sawyer, worauf der Mann hinauswollte.

»Bieten Sie mir einen Job an?«

»Hardy sagt, Sie sind der Beste. Und ich heuere nur die Besten an.«

»Für welche Position suchen Sie denn jemanden?«

»Für die des Sicherheitschefs natürlich, was sonst?«

»Ich dachte, den Job hätte bereits Lucas.«

Gamble zuckte die Schultern. »Um den kümmere ich mich schon. Er ist ohnehin mehr mein Leibwächter. Übrigens habe ich sein Regierungsgehalt *vervierfacht*. Für Sie würde ich noch höher gehen.«

»Dann machen Sie wohl Lucas für die Sache mit Archer verantwortlich.«

»He, irgend jemand muß schließlich schuld sein. Also, was meinen Sie?«

»Was ist mit Hardy?«

»Der ist erwachsen. Wo steht geschrieben, daß ich Ihnen nicht auch ein Angebot unterbreiten darf? Wenn ich Sie bekomme, brauche ich vielleicht weniger von ihm.«

»Frank ist ein guter Freund von mir. Niemals würde ich etwas tun, das ihm schaden könnte. Ist nicht mein Stil.«

»Es ist ja nicht so, daß er plötzlich in Mülltonnen rumwühlen müßte. Hardy hat bereits jede Menge Geld gescheffelt. Das meiste stammt von mir.« Gamble zuckte die Schultern. »Aber ganz wie Sie wollen.«

Sawyer erhob sich. »Um ganz ehrlich zu sein, ich bin nicht sicher, ob wir beide jemals nebeneinander überleben könnten.«

Gamble musterte ihn eingehend. »Wissen Sie, damit haben Sie wahrscheinlich recht.«

Sawyer ließ Gamble allein im Zimmer zurück. Als er hinaustrat, sah er sich Lucas gegenüber, der vor der Tür stand.

»He Rich, Sie sind ja wirklich überall.«

»Das gehört zu meinem Job«, erwiderte Lucas kurz angebunden.

»In meinen Augen sind Sie ein Märtyrer.« Sawyer nickte

in Richtung des Zimmers, in dem Nathan Gamble an seiner Zigarre sog und marschierte davon.

Sawyer war gerade zurück ins Büro gekommen, als das Telefon klingelte.

»Ja?«

»Charles Tiedman, Lee.«

»Den Anruf nehme ich mit Freuden entgegen.« Sawyer drückte auf den blinkenden roten Knopf am Telefon. »Hallo, Charles.«

Tiedman gab sich forsch und geschäftsmäßig. »Lee, ich rufe wegen Ihrer Frage an.«

Sawyer blätterte sein Notizbuch durch, bis er den Teil über die Unterhaltung mit Tiedman fand. »Sie wollten die Daten überprüfen, wann Lieberman die Zinssätze erhöhte.«

»Ich wollte sie Ihnen nicht per Post oder per Fax senden. Zwar sind Sie eigentlich öffentlich bekannt, aber ... nun, ich war nicht sicher, wer außer Ihnen sie zu Gesicht bekommen würde. Wir müssen ja nicht unnötig Staub aufwirbeln.«

»Ich verstehe.« *Großer Gott, nimmt denn die Geheimniskrämerei dieser Zentralbanktypen nie ein Ende?* dachte Sawyer. »Warum geben Sie mir die Daten nicht einfach jetzt durch, Charles?«

Tiedman räusperte sich und begann. »Es gab fünf solcher Anlässe. Am neunzehnten Dezember 1990 fand die erste Anpassung statt. Die weiteren erfolgten am achtundzwanzigsten Februar des folgenden Jahres, am sechsundzwanzigsten September 1992, am fünfzehnten November desselben Jahres und schließlich am sechzehnten April 1993.«

Sawyer notierte sich die Daten. »Welche Nettoveränderung ergab sich daraus? Nach allen fünf Anpassungen?«

»Effektiv wurde der Federal-Funds-Satz um einen halben Prozentpunkt erhöht. Die erste Senkung aber betrug einen Prozentpunkt, die letzte Erhöhung einen Dreiviertelprozentpunkt.«

»Ich nehme an, das ist viel auf einmal.«

»Wären wir bei der Armee und würden uns über Waffensysteme unterhalten, entspräche ein Prozentpunkt ohne weiteres einer Atombombe.«

»Wenn vorzeitig etwas über die Entscheidung der Bundeszentralbank hinsichtlich der Zinssätze durchsickerte, könnten gewisse Leute vermutlich gewaltiges Kapital daraus geschlagen haben.«

»Eigentlich«, erklärte Tiedman, »ist das vorzeitige Wissen um Handlungen der Bundeszentralbank in Bezug auf die Zinssätze für jeden wie auch immer gearteten Zweck völlig wertlos.«

*O Gott!* Sawyer schloß die Augen, schlug sich auf die Stirn und lehnte sich so weit zurück, daß er beinahe mit dem Stuhl umkippte. Vielleicht sollte er sich einfach die geliebte 10mm an die Schläfe halten und sich weiteres Elend ersparen. »Verzeihen Sie meine Blödheit, aber wozu dann die ganze Geheimniskrämerei?«

»Verstehen Sie mich nicht falsch. Skrupellose Leute könnten durchaus in vielerlei Hinsicht von vertraulichen Informationen über die Beratungen der Bundeszentralbank profitieren. Aber der Markt verfügt über eine ganze Armee von Bundeszentralbank-Beobachtern, die ihr Handwerk so gut verstehen, daß die Finanzgemeinde für gewöhnlich lange im voraus weiß, ob die Bundeszentralbank die Zinssätze senken oder erhöhen wird und um wieviel. Im Prinzip weiß der Markt bereits, was wir tun werden. Ist das verständlich genug für Sie?«

»Ja.« Hörbar stieß Sawyer die Luft aus. Dann richtete er sich im Stuhl auf. »Was geschieht, wenn der Markt sich irrt?«

Tiedmans Tonfall verriet, daß er überaus zufrieden mit der Frage war. »Ah, das ist etwas ganz anderes. Wenn der Markt sich irrt, können gewaltige Verschiebungen in der Finanzlandschaft einsetzen.«

»Wenn also jemand im voraus wüßte, daß eine dieser unerwarteten Änderungen ins Haus steht, könnte derjenige beträchtlichen Profit daraus schlagen?«

»Das ist eine ziemliche Untertreibung. Jeder, der vorzeitig über eine unerwartete Zinsanpassung durch die Bundeszentralbank Bescheid weiß, könnte schon Sekunden nach Bekanntwerden der Maßnahme Milliarden verdienen.« Tiedmans Antwort verschlug Sawyer vorübergehend die Sprache. Er rieb sich die Stirn und stieß einen leisen Pfiff aus. »Dafür gibt es unzählige Möglichkeiten, Lee. Am gewinnbringendsten wäre wohl der Handel mit Eurodollarverträgen am Internationalen Währungsmarkt in Chicago. Die Gewinnspanne beträgt tausend zu eins. Oder natürlich der Aktienmarkt. Steigen die Zinssätze, sinkt der Marktwert und umgekehrt, so einfach ist das. Liegt man richtig, kann man Milliarden verdienen, liegt man falsch, Milliarden verlieren.« Sawyer schwieg nach wie vor. »Lee, ich glaube, es gibt noch eine Frage, die Sie mir stellen möchten.«

Sawyer klemmte sich den Hörer zwischen Schulter und Ohr, während er hastig ein paar Notizen kritzelte. »Nur eine? Ich laufe gerade erst warm.«

»Ich glaube, diese eine Auskunft könnte alles andere unwesentlich machen, das Sie wissen möchten.«

Obwohl Tiedman mit ihm zu spielen schien, blieb Sawyer der todernste Klang seiner Stimme nicht verborgen. Angestrengt dachte er nach. Fast hätte er lauthals in den Hörer gebrüllt, als ihm die Frage plötzlich einfiel. »Die Daten, die Sie mir gerade gegeben haben, die Daten der Zinsanpassungen – waren das alles ›Überraschungen‹ für den Markt?«

Tiedman ließ sich mit der Antwort ein paar Sekunden Zeit. »Ja.« Sawyer fühlte die Spannung fast, die durch die Leitung knisterte. »Es waren sogar die schlimmstmöglichen Überraschungen für die Finanzmärkte, weil sie nicht das Ergebnis planmäßiger Sitzungen des Bundeszentralbankrats darstellten, sondern das Ergebnis Arthurs eigenmächtiger Entscheidungen als Präsident der Bundeszentralbank.«

»Also konnte er selbständig Zinssätze anpassen?«

»Ja, der Rat kann dem Präsidenten dieses Recht verleihen. Im Lauf der Jahre wurde das oft getan. Arthur hat sich sehr darum bemüht und es letztlich bekommen. Tut mir leid, daß ich es nicht schon früher erwähnt habe. Es schien mir nicht so wichtig.«

»Schon gut«, erwiderte Sawyer. »Und bei diesen Anlässen hat möglicherweise jemand mehr Geld verdient, als Sterne am Himmel stehen?«

»Ja«, bestätigte Tiedman ganz leise. »Ja«, wiederholte er. »Außerdem steht fest, daß andere zumindest dieselbe Summe *verloren* haben.«

»Wie meinen Sie das?«

»Nun, wenn Sie damit recht haben, daß Arthur erpreßt wurde, um die Zinssätze zu manipulieren, drängen mich die extremen Werte, mit denen er den Federal-Funds-Satz anpaßte, zu dem Schluß, daß jemand geschädigt werden sollte.«

»Wieso?« fragte Sawyer.

»Weil, wenn man lediglich Profit aus den Zinssatzanpassungen schlagen will, dafür bereits geringe Verschiebungen ausreichen, solange sie eine Überraschung für den Markt darstellen. Ist man hingegen darauf aus, die Investitionen von anderen zunichte zu machen, die eine Veränderung in die entgegengesetzte Richtung erwarten, bietet eine Anpassung von einem Prozentpunkt dafür eine tödliche Waffe.«

»Himmel. Gibt es eine Möglichkeit herauszufinden, wer auf diese Weise getroffen wurde?«

Tiedman lächelte. »Lee, bei den verschlungenen Wegen, über die Geld heutzutage fließt, hätten weder Sie noch ich genug Jahre übrig, um das jemals zu bewerkstelligen.«

Tiedman schwieg eine gute Minute, und Sawyer wußte wirklich nicht, was er noch sagen sollte. Als Tiedman schließlich die Stille durchbrach, klang seine Stimme mit einem Mal zu Tode erschöpft. »Bis zu unserer kürzlichen Unterhaltung kam mir gar nie in den Sinn, daß Arthurs Beziehung mit Steven Page benutzt worden sein könnte, um Arthur zu solchen Handlungsweisen zu zwingen. Nunmehr erscheint es mir recht offensichtlich.«

»Aber Sie sind sich doch bewußt, daß kein Beweis für eine Erpressung vorliegt.«

»Da Steven Page tot ist, werden wir die Wahrheit wohl nie erfahren, fürchte ich.«

»Wissen Sie, ob Lieberman sich mit Page je in dessen Wohnung traf?«

»Das kann ich mir nicht vorstellen. Arthur erzählte mir einmal, er hätte ein Häuschen in Connecticut gemietet. Und er bat mich, vor seiner Frau nichts davon zu erwähnen.«

»Glauben Sie, das war Liebermans und Pages Liebesnest?«

»Gut möglich.«

»Ich werde Ihnen sagen, worauf ich damit hinauswill. Steven Page hinterließ ein beträchtliches Vermögen, als er starb. Einen Riesenbatzen Geld.«

Tiedmans Tonfall verriet ungläubige Überraschung. »Das verstehe ich nicht. Ich kann mich erinnern, daß Arthur mir des öfteren erzählte, Steven klage über Geldprobleme.«

»Nichtsdestotrotz steht fest, daß er als äußerst reicher Mann starb. Nun frage ich mich, ob vielleicht Lieberman die Quelle dieses Reichtums gewesen sein könnte.«

»Höchst unwahrscheinlich. Wie ich schon sagte, aus Arthurs Bemerkungen war zu entnehmen, daß er Steven für alles andere als gut betucht hielt. Darüber hinaus halte ich es für ausgeschlossen, daß Arthur derartige Summen an Steven Page transferieren konnte, ohne daß seine Frau davon Wind bekam.«

»Warum sollte er dann das Risiko eingehen, ein Häuschen zu mieten? Warum trafen sie sich nicht in Pages Wohnung?«

»Ich kann Ihnen nur sagen, daß er mir gegenüber nie erwähnt hat, in Steven Pages Wohnung gewesen zu sein.«

»Nun, vielleicht war das Häuschen ja auch Pages Idee.«

»Wie kommen Sie darauf?«

»Wenn Page das Geld nicht von Lieberman bekam, dann von jemand anderem. Meinen Sie nicht, Lieberman wäre mißtrauisch geworden, hätte er Pages Wohnung betreten und einen Picasso an der Wand erblickt? Hätte er nicht wissen wollen, woher das Geld dafür stammte?«

»Mit Sicherheit!«

»Ich bin davon überzeugt, daß Page Lieberman nicht erpreßt hat. Zumindest nicht unmittelbar.«

»Wieso sind sie da so sicher?«

»Lieberman bewahrte in seiner Wohnung ein Foto von Page auf. Ich kann mir kaum vorstellen, daß er das Bild eines Erpressers aufgehoben hätte. Zudem haben wir in Liebermans Wohnung ein Bündel Briefe gefunden – allesamt Liebesbriefe, kein einziger unterschrieben. Offenbar bedeuteten Lieberman die Briefe sehr viel.«

»Glauben Sie, die Briefe stammten von Page?«

»Ich weiß, wie sich das feststellen läßt. Sie waren doch mit Page befreundet. Haben Sie ein Muster seiner Handschrift?«

»Ich habe einige handgeschriebene Briefe aufbewahrt, die er mir geschickt hat, als er noch in New York arbeitete. Die kann ich Ihnen zusenden.« Tiedman hielt inne. Sawyer hörte, wie der Zentralbank-Präsident eine Notiz schrieb. »Lee, Sie haben meisterlich erklärt, wie Page *nicht* zu seinen Millionen kommen konnte. Woher also stammte sein Reichtum?«

»Denken Sie mal nach. Wenn Page und Lieberman ein Verhältnis hatten, bot das hinlänglich Material für eine Erpressung, richtig?«

»Voll und ganz.«

»Gut. Was wäre nun, wenn jemand anders, eine dritte Partei, Page dazu angestiftet hätte, eine Beziehung mit Lieberman einzugehen?«

»Aber ich war es doch, der die beiden einander vorgestellt hat. Ich hoffe, Sie beschuldigen mich nicht, diese schreckliche Verschwörung angezettelt zu haben.«

»Sie mögen vielleicht derjenige gewesen sein, der die beiden einander vorgestellt hat, aber das heißt noch nicht, daß Page und sein Auftraggeber da nicht ein wenig nachgeholfen haben. Indem Page sich in den richtigen Kreisen bewegte und man seine finanztechnische Brillanz entsprechend kundtat.«

»Fahren Sie fort.«

»Page und Lieberman verstehen sich auf Anhieb. Die dritte Partei glaubt vielleicht, Lieberman könnte eines Tages

Präsident der Bundeszentralbank werden. Also üben sich Page und sein Hintermann in Geduld. Der Hintermann bezahlt Page, damit er die Beziehung aufrechterhält. Das Verhältnis wird von Anfang an auf jede nur erdenkliche Weise dokumentiert, das ist klar.«

»Dann wäre Steven Page nur Teil einer Verschwörung. Er hätte nie wirklich etwas für Arthur empfunden. Das ... das kann ich nicht glauben.« Der kleine Mann klang entsetzlich deprimiert.

»Irgendwann infiziert Page sich mit HIV und begeht angeblich Selbstmord.«

»Angeblich? Hegen Sie Zweifel über seinen Tod?«

»Charles, ich bin Bulle. Ich hege selbst über den Papst meine Zweifel. Page ist von der Bildfläche verschwunden, sein Komplize aber ist nach wie vor da draußen. Lieberman wird Präsident der Bundeszentralbank, und *bumm* – die Erpressung beginnt.«

»Aber Arthurs Tod?«

»Nun, Ihre Aussage, daß er fast fröhlich darüber wirkte, Krebs zu haben, sagt mir etwas.«

»Und zwar?«

»Und zwar, daß er vorhatte, seinem Erpresser die lange Nase zu zeigen und mit der Sache an die Öffentlichkeit zu gehen.«

Nervös rieb Tiedman sich die Stirn. »Das alles klingt durchaus einleuchtend.«

Sawyer senkte die Stimme. »Sie haben doch mit niemandem über unsere Unterhaltung gesprochen, oder?«

»Nein, habe ich nicht.«

»Gut. Belassen Sie es dabei, und seien Sie auf der Hut.«

»Was genau schlagen Sie vor?« Mit einem Mal hörte Tiedman sich erschrocken an.

»Ich lege Ihnen nur wärmstens ans Herz, äußerst vorsichtig zu sein und keiner Menschenseele auch nur ein Sterbenswörtchen darüber zu erzählen – nicht den Mitgliedern des Zentralbankrats, einschließlich Walter Burns, Ihrer Sekretärin, Ihren Stellvertretern, Ihrer Frau, Ihren Freunden.«

»Soll das heißen, Sie glauben, *ich* sei in Gefahr? Das kann ich mir schwer vorstellen.«

Sawyers Tonfall verriet bitteren Ernst. »Bestimmt dachte Arthur Lieberman dasselbe.«

Charles Tiedman ergriff einen Bleistift vom Schreibtisch und umklammerte ihn so fest, daß er entzweibrach. »Verlassen Sie sich darauf, daß ich Ihren Rat wortwörtlich befolgen werde.« Man konnte das Zittern in seinen Händen fast spüren, als Tiedman auflegte.

Sawyer lehnte sich auf dem Stuhl zurück und sehnte sich nach einer weiteren Zigarette, während sein Verstand rotierte. Offenbar hatte jemand Steven Page bezahlt. Sawyer meinte, eine einleuchtende Erklärung dafür zu kennen: Lieberman sollte in die Falle gelockt werden. Die Frage, die nunmehr an ihm nagte, lautete: Wer? Und die bedeutendste Frage von allen: Wer hatte Steven Page ermordet? Denn mittlerweile war er, ungeachtet aller gegenteiligen Indizien, davon überzeugt, daß Steven Page ermordet worden war.

Er griff zum Telefon. »Ray? Lee hier. Ich möchte, daß du Liebermans Hausarzt noch einen Besuch abstattest.«

## KAPITEL 53

Bill Patterson schaute auf die Uhr am Armaturenbrett und streckte die lange Gestalt. Sie fuhren in südlicher Richtung und befanden sich etwa zwei Stunden nördlich von Bell Harbor. Auf dem Sitz neben ihm schlief seine Frau tief und fest. Die Einkaufsfahrt hatte weit mehr Zeit in Anspruch genommen, als sie erwartet hatten.

Sidney Archer hatte sich geirrt. Die Pattersons hatten auf der Fahrt nach Bell Harbor nicht angehalten und das Strandhaus erreicht, kurz bevor der Sturm einsetzte. Nachdem sie das Gepäck im hinteren Schlafzimmer abgeladen hatten, waren sie nochmals losgefahren, um Lebensmittel zu besorgen, bevor der Sturm schlimmer wurde. Der Laden in Bell Harbor war ausverkauft gewesen, deshalb hatten sie sich gezwungen gesehen, nach Norden zum viel größeren Laden in Port Vista weiterzufahren. Auf dem Rückweg hatte ein querstehender Tankwagen die Straße blockiert. Die letzte Nacht hatten sie alles andere als gemütlich in einem Motel verbracht.

Patterson blickte auf den Rücksitz. Auch Amy döste vor sich hin; der kleine Mund bildete einen vollkommenen Kreis. Patterson betrachtete den heftigen Schneefall und verzog das Gesicht. Zu seinem Glück waren die letzten Nachrichten über seine Tochter als Justizflüchtige noch nicht zu ihm durchgedrungen. Sorgen hatte er auch so genug. In seiner Anspannung hatte er die Fingernägel abgekaut, bis sie bluteten, und der Magen schmerzte ihn. Im Augenblick wünschte er sich nichts sehnlicher, als Sidney zu beschützen, wie er es immer getan hatte, als sie noch ein kleines

Mädchen war. Damals hatte er hauptsächlich gegen den schwarzen Mann und Gespenster antreten müssen. Er mußte davon ausgehen, daß die augenblicklichen Feinde eine weitaus tödlichere Bedrohung darstellten. Zumindest hatte er Amy bei sich. Gott stehe demjenigen bei, der versuchte, seiner Enkeltochter etwas anzutun. *Und Gott möge dir beistehen, Sidney!*

Ray Jackson stand schweigend an der Tür zu Sawyers engem Büro. Hinter dem Schreibtisch saß Lee Sawyer in eine Akte vertieft. Auf einer Kochplatte vor ihm stand eine volle Kanne Kaffee, daneben eine halb gegessene Mahlzeit.

Jackson konnte sich nicht daran erinnern, wann sein Partner zum letztenmal mit einem Fall nicht zu Rande gekommen war. Dennoch wurde zunehmend Kritik an Sawyer laut – intern vom Direktor des FBI abwärts, extern von der Presse und sogar vom Weißen Haus und vom Kongreß. Jackson verzog das Gesicht. Verflucht, wenn alle dachten, es sei so einfach, warum rafften sie sich dann nicht auf und versuchten, den Fall selbst zu lösen?

»Hallo, Lee.«

Sawyer ruckte hoch. »Hallo, Ray. Ich habe eine Kanne frischen Kaffee auf der Platte. Bedien dich.«

Jackson goß sich eine Tasse ein und nahm Platz. »Ich hab' gehört, daß dir die Oberen Feuer unter dem Hintern machen.«

Sawyer zuckte die Schultern. »Das gehört zum Job.«

»Willst du darüber reden?« Jackson wechselte auf einen Stuhl neben Sawyer.

»Was gibt's darüber zu reden? Fein, jeder will wissen, wer hinter dem Flugzeugattentat steckt. Das will ich auch. Darüber hinaus will ich eine ganze Menge mehr wissen. Ich will wissen, wer Joe Riker für Schießübungen verwendet und Steven und Ed Page getötet hat. Ich will wissen, wer die drei Kerle in der Limousine umgenietet hat. Und ich will wissen, wo Jason Archer steckt.«

»Und Sidney Archer?«

»Ja, und Sidney Archer. Und das finde ich nicht heraus, indem ich Leuten zuhöre, die einen Haufen Fragen und keine Antworten haben. Da wir gerade davon reden, hast du welche für mich? Antworten, meine ich.«

Jackson stand auf und schloß die Tür zu Sawyers Büro.

»Laut Aussage seines Arztes war Lieberman *nicht* HIV-positiv.«

Sawyer ging in die Luft. »Das ist unmöglich! Der Kerl lügt!«

»Das glaube ich nicht, Lee.«

»Warum nicht?«

»Weil er mir Liebermans Krankenakte gezeigt hat.« Verblüfft lehnte Sawyer sich zurück. Jackson fuhr fort: »Als ich den Burschen fragte, dachte ich zunächst, es würde so ablaufen, wie wir es besprochen hatten – daß uns sein Gesichtsausdruck Aufschluß darüber geben müßte, weil er uns ohne Vorladung bestimmt keine Unterlagen zeigen würde. Aber er sah kein Problem darin, uns zu beweisen, daß Lieberman den Virus *nicht* hatte. Lieberman war ein kleiner Gesundheitsfanatiker. Er unterzog sich jährlich einer ärztlichen Untersuchung, durchlief sämtliche Tests, bediente sich vorbeugender Maßnahmen. Im Rahmen der ärztlichen Untersuchung wurde Lieberman regelmäßig einem AIDS-Test unterzogen. Der Doktor hat mir die Ergebnisse von 1990 bis letztes Jahr gezeigt. Allesamt negativ, Lee. Ich habe es mit eigenen Augen gesehen.«

Sidney schloß kurz die Augen, legte sich auf das Bett ihrer Eltern und holte tief Luft. Erschöpft traf sie eine Entscheidung. Sie zog die Karte aus der Handtasche und betrachtete sie eine Weile. Sidney verspürte den übermächtigen Drang, mit jemandem zu reden. Aus verschiedenen Gründen beschloß sie, ihn dafür auszuerwählen. Sie ging hinunter zum Landrover und wählte sorgfältig die Nummer.

Sawyer hatte gerade die Wohnungstür geöffnet, als das Telefon zu klingeln begann. Sofort ergriff er den Hörer, gleichzeitig schlüpfte er aus dem Mantel.

»Hallo?«

Einen Augenblick herrschte Stille in der Leitung. Sawyer wollte schon auflegen, als sich am anderen Ende eine Stimme meldete. Mit beiden Händen umklammerte er den Hörer und ließ den Mantel zu Boden fallen. Wie versteinert stand er mitten im Wohnzimmer.

»Sidney?«

»Hallo.« Die Stimme klang leise, aber fest.

»Wo sind Sie?« Die Frage rutschte Sawyer unbeabsichtigt heraus, was er sogleich bedauerte.

»Tut mir leid, Lee, aber das hier ist keine Geographiestunde.«

»Schon gut, schon gut.« Sawyer ließ sich auf den zerschlissenen Ruhesessel sinken. »Ich muß nicht wissen, wo Sie stecken. Aber sind Sie in Sicherheit?«

Beinahe mußte Sidney lachen. »Einigermaßen, vermute ich, aber wie gesagt, das ist bloß eine Vermutung. Zumindest bin ich schwer bewaffnet, falls Sie das beruhigt.« Sie setzte kurz ab. »Ich habe die Fernsehnachrichten gesehen.«

»Ich weiß, daß Sie niemanden getötet haben, Sidney.«

»Wie –«

»Vertrauen Sie mir einfach.«

Als die Erinnerung an jene grauenerregende Nacht über sie hereinbrach, stieß Sidney heftig den Atem aus. »Es tut mir leid, daß ich es Ihnen nicht gesagt habe, als ich letztes Mal anrief. Ich ... ich konnte einfach nicht.«

»Erzählen Sie mir, was in der Nacht passiert ist, Sidney.«

Sidney zögerte und überlegte, ob sie auflegen sollte oder nicht. Sawyer schien ihre Gedanken zu erahnen. »Sidney, ich bin nicht im Hoover-Building. Ich kann den Anruf nicht zurückverfolgen. Außerdem stehe ich auf Ihrer Seite. Sie können reden, solange Sie wollen.«

»In Ordnung. Sie sind nun mal der einzige, dem ich vertraue. Was wollen Sie wissen?«

»Alles. Von Anfang an.«

Sidney brauchte etwa fünf Minuten, um die Ereignisse jener Nacht zu schildern.

»Sie haben den Schützen nicht gesehen?«

»Er trug eine Skimaske über dem Kopf. Aber ich glaube, es war derselbe Mann, der später versucht hat, mich zu töten. Zumindest hoffe ich, daß nicht zwei Kerle mit derart grausamen Augen rumlaufen.«

»In New York?«

»Was?«

»Der Nachtwächter, Sidney. Er wurde ermordet.«

Sie rieb sich die Stirn. »Ja. In New York.«

»Aber es war eindeutig ein Mann?«

»Ja, das konnte ich aus der Statur und den Gesichtszügen schließen, die ich durch die Maske erkannte. Außerdem lag der Hals teilweise frei. Er hatte Bartstoppeln.«

Ihre Beobachtungsgabe rang Sawyer Bewunderung ab, was er ihr auch sagte.

»Wenn man den Tod vor Augen hat, erinnert man sich an die kleinste Einzelheit.«

»Ich weiß, was Sie meinen. Auch ich war schon in dieser Lage. Hören Sie, wir haben das Band gefunden, Sidney. War das der Grund für die Reise nach New Orleans?«

Sidney sah sich im dunklen Fond des Landrover und in der Garage um. »Also weiß jeder –«

»Machen Sie sich darüber keine Gedanken. Ihr Mann hörte sich auf dem Band angespannt, ängstlich an. Er hat einige Ihrer Fragen beantwortet, aber nicht alle.«

»Ja, er wirkte verzweifelt, panisch.«

»Und als Sie in New Orleans in der Telefonzelle mit ihm geredet haben. Wie klang er da? Anders oder gleich?«

Sidney verengte die Augen, während sie zurückdachte. »Anders«, meinte sie schließlich.

»Wie? Beschreiben Sie es mir, so genau Sie können.«

»Nun, er hörte sich nicht nervös an. Eigentlich fast klanglos. Er hat mir erklärt, ich dürfte nichts sagen, weil mich die Polizei beobachtete. Er gab mir Anweisungen, dann legte er auf. Es war mehr ein Monolog als eine Unterhaltung. Ich habe überhaupt nichts gesagt.«

Sawyer seufzte. »Quentin Rowe ist überzeugt davon, daß

Sie nach dem Flugzeugabsturz in Jasons Büro bei Triton waren. Stimmt das?«

Sidney schwieg.

»Sidney, im Grunde interessiert es mich einen feuchten Kehricht, ob Sie dort waren. Aber wenn dem so ist, möchte ich Ihnen eine Frage über etwas stellen, das Sie vielleicht da drin getan haben.«

Sidney schwieg ungebrochen.

»Sidney? Hören Sie, *Sie* haben mich angerufen. Sie haben gesagt, Sie vertrauen mir, obwohl ich unter den gegebenen Umständen verstehe, daß Sie am liebsten keiner Menschenseele vertrauen würden. Zwar würde ich Ihnen das nicht empfehlen, aber wenn Sie wollen, können Sie auch auflegen und allein weiterkämpfen.«

»Ich war da«, gestand sie leise.

»Gut. Rowe hat ein Mikrofon an Jasons Computer erwähnt.«

Sidney seufzte. »Ich bin unabsichtlich dran gestoßen und habe es verbogen. Es ließ sich nicht mehr geradebiegen.«

Sawyer lehnte sich auf dem Ruhesessel zurück. »Hat Jason das Mikrofon je verwendet? Hatte er beispielsweise zu Hause auch eines am Computer?«

»Nein. Er tippte viel schneller, als er sprechen konnte. Warum?«

»Weshalb hatte er dann an seinem Arbeitsplatz ein Mikrofon am Computer?«

Sidney überlegte einen Augenblick. »Keine Ahnung. Ich glaube, es wurde erst kürzlich installiert. Vor ein paar Monaten, vielleicht ein bißchen früher. Mir sind auch in anderen Büros bei Triton Mikrofone aufgefallen, falls Ihnen das weiterhilft. Wieso?«

»Ich komme gleich auf den Punkt, Sidney. Haben Sie ein wenig Geduld mit einem alten, müden Ordnungshüter.« Sawyer zupfte sich die Oberlippe. »Als Sie mit Jason sprachen, sind Sie sicher, daß er es war? Beide Male?«

»Natürlich war er es. Ich kenne doch seine Stimme!«

Sawyers sprach überlegt und ruhig, als versuchte er,

diese Eigenschaften auf Sidney zu übertragen. »Ich habe nicht gefragt, ob Sie sicher sind, daß es die *Stimme* Ihres Mannes war.« Kurz hielt er inne, holte Luft und fuhr fort. »Ich habe Sie gefragt, ob Sie sicher sind, daß es beide Male Ihr *Mann* war.«

Sidney erstarrte. Als sie endlich die Stimme wiederfand, erklangen die Worte als zorniges Flüstern. »Was wollen Sie damit andeuten?«

»Ich habe mir Ihre erste Unterhaltung mit Jason angehört. Sie haben recht, er klang angespannt, atmete heftig, wies alle Anzeichen einer Panik auf. Sie beide führten ein richtiges Gespräch. Aber jetzt erzählen Sie mir, daß er beim zweitenmal ganz anders klang und daß es eigentlich gar keine Unterhaltung war. Er hat geredet, Sie haben zugehört. Keine Panik in seiner Stimme. Wir wissen, daß ein Mikrofon in Jasons Büro war, das er nie benutzte. Wenn er es nie benutzt hat, weshalb war es dann da?«

»Ich ... wozu sollte es sonst dagewesen sein?«

»Ein Mikrofon, Sidney, dient dazu, Dinge aufzuzeichnen. Geräusche ... Stimmen.«

Sidney umklammerte das Autotelefon so fest, daß die Knöchel an ihrer Hand weiß hervortraten. »Was wollen Sie damit sagen?«

»Ich will damit sagen, daß ich glaube, Sie haben sehr wohl beide Male die Stimme Ihres Mannes am Telefon gehört. Aber ich denke, beim zweitenmal handelte es sich um einen Zusammenschnitt von Worten Ihres Mannes, die mit dem Mikrofon aufgenommen wurden, denn genau das war sein wirklicher Zweck, da bin ich ziemlich sicher. Ein Aufzeichnungsgerät.«

»Das kann doch nicht sein. Wieso?«

»Das weiß ich noch nicht. Aber es erscheint mir recht eindeutig. Das erklärt, weshalb das zweite Gespräch mit Ihrem Mann so anders verlief. Ich nehme an, beim zweitenmal war der Wortschatz relativ einfach, stimmt's?« Sidney antwortete nicht. »Sidney?« Sawyer hörte ein Schluchzen durch die Leitung dringen.

»Dann glauben Sie also ... Sie glauben, daß Jason ... tot ist?« Verzweifelt kämpfte Sidney gegen die aufwallenden Tränen an. Bereits einmal hatte sie ihren Mann für tot gehalten, bevor er sich plötzlich quicklebendig meldete. Zumindest hatte sie das angenommen. Während sie sich mit dem Gedanken vertraut machte, neuerlich um ihren Mann trauern zu müssen, liefen ihr die Tränen über die Wangen.

»Ich weiß es nicht, Sidney. Ich weiß es wirklich nicht. Da Jasons aufgezeichnete Stimme verwendet wurde, muß ich davon ausgehen, daß er nicht da war, um selbst zu sprechen. Ich weiß nicht, weshalb. Belassen wir es doch vorerst dabei.«

Langsam ließ Sidney den Hörer sinken und faßte sich an den Kopf. Mittlerweile zitterte sie am ganzen Körper wie Espenlaub.

Besorgt sprach Sawyer eindringlich ins Telefon. »Sidney? *Sidney*? Legen Sie nicht auf. Bitte! Sidney?«

Die Leitung war tot.

Sawyer knallte den Hörer auf die Gabel. »Verfluchte Scheiße! Verdammt noch mal!«

Eine Minute verstrich. Rastlos stapfte Sawyer in dem kleinen Zimmer auf und ab. Immer mehr steigerte sich sein Zorn, bis er schließlich krachend mit der mächtigen Faust die Wand durchschlug. Mit einem Satz stürzte er ans Telefon, als es neuerlich klingelte.

»Hallo?« Seine Stimme bebte vor Erwartung.

»Reden wir nicht mehr davon, ob Jason ... noch am Leben ist, ja?« Sidneys Stimme klang bar jeder Empfindung.

»In Ordnung«, stimmte Sawyer leise zu. Er setzte sich hin und verharrte einen Augenblick, während er überlegte, welche Richtung er einschlagen sollte.

»Lee, weshalb sollte jemand bei Triton Jasons Stimme aufzeichnen und sie dann verwenden, um mit mir zu sprechen?«

»Sidney, wenn ich das wüßte, würde ich Purzelbäume im Gang schlagen. Sie sagten, daß kürzlich in mehreren Büros Mikrofone installiert wurden. Das bedeutet, praktisch jeder in der Firma, der wußte, wie man ein Mikrofon in ein Aufzeichnungsgerät verwandelt, hätte es tun können. Vielleicht war es auch einer von Tritons Mitbewerbern. Ich meine, wenn *Sie* wußten, daß er das Mikrofon nicht benutzte, dann wußten es bestimmt auch andere. Auf jeden Fall weiß ich, daß es nicht mehr in seinem Büro ist. Vielleicht hat es etwas mit den Geheiminformationen zu tun, die er an RTG verkauft haben soll.« Unablässig kratzte Sawyer sich am Kopf, während er die weiteren Fragen abwägte, die er Sidney noch stellen wollte.

Sie kam ihm zuvor. »Nur ergibt das jetzt keinen Sinn mehr.«

»Was?«

»Daß Jason Geheiminformationen an RTG verkauft haben soll.«

Erstaunt stand Sawyer auf. »Wieso nicht?«

»Weil Paul Brophy ebenfalls an der CyberCom-Übernahme mitgearbeitet hat. Er war bei sämtlichen strategischen Besprechungen anwesend. Paul hat sogar versucht, die Führungsrolle bei dem Fall zu übernehmen. Inzwischen ist klar, daß er mit Goldman unter einer Decke steckte. Er wußte weit mehr über Tritons Verhandlungsposition, als Jason je erfahren konnte. Die genauen Bedingungen wurden bei Tyler, Stone und nicht bei Triton verwahrt.«

Sawyers Augen weiteten sich. »Wollen Sie damit sagen, daß –«

»Ich will damit nur sagen, daß man Jason nicht brauchte, weil Brophy für RTG arbeitete.«

Sawyer setzte sich hin und stieß einen leisen Fluch aus. Dieser Zusammenhang war ihm nie in den Sinn gekommen. »Sidney, wir haben beide ein Video gesehen, auf dem Ihr Gatte in einem Lagerhaus in Seattle am Tag des Flugzeugabsturzes Informationen an eine Gruppe Männer übergibt. Wenn er ihnen keine Informationen über die CyberCom-Sache gab, was, um alles in der Welt, war es dann?«

Verzweiflung ergriff von Sidney Besitz. »Ich weiß es nicht! Aber ich weiß, daß die Informationen über Tritons letzte Position von mir erpreßt werden sollten, nachdem Brophy aus dem Team für die letzte Verhandlungsrunde gekippt worden war. Ich gab vor, mitzuspielen. Mein ursprünglicher Plan war, mich an die Behörden zu wenden. Aber dann stiegen wir in die Limousine.« Unwillkürlich schauderte Sidney. »Den Rest kennen Sie ja.«

Sawyer steckte die Hand in die Tasche und holte eine Zigarette hervor. Während er sie anzündete, klemmte er sich den Hörer unters Kinn. »Fällt Ihnen sonst noch etwas ein?«

»Ich habe mit Jasons Sekretärin, Kay Vincent, gesprochen. Sie sagte, Jasons zweites größeres Projekt wäre die Integration der Datensicherungssysteme von Triton gewesen.«

»Datensicherungen? Ist das wichtig?« fragte Sawyer.

»Weiß ich nicht, aber Kay hat mir außerdem erzählt, daß Triton die Quartalsberichte an CyberCom übergeben hat. Und das am Tag des Flugzeugabsturzes!« Sidney klang völlig außer sich.

»Was ist daran so ungewöhnlich? Das gehört doch zu einer solchen Transaktion.«

»Am selben Tag machte mir Nathan Gamble in New York die Hölle heiß, weil er genau diese Berichte *nicht* an CyberCom übergeben wollte.«

Sawyer rieb sich die Stirn. »Das ergibt doch keinen Sinn. Glauben Sie, Gamble hat davon gewußt?«

»Keine Ahnung. Ich meine, ich bin mir nicht sicher.« Sidney setzte ab. Die feuchte Kälte fuhr ihr allmählich in die Glieder. »Damals jedenfalls hatte ich sogar Angst, das ganze Projekt könnte an Gambles Weigerung scheitern.«

»Nun, ich kann Ihnen versichern, daß dieser Fall nicht eingetreten ist. Ich war heute bei der Pressekonferenz, auf der die Fusion angekündigt wurde. Gamble grinste von einem Ohr zum anderen.«

»Tja, ich kann gut verstehen, daß er äußerst glücklich ist, nun, da er CyberCom in der Tasche hat.«

»Für Quentin Rowe gilt das nur eingeschränkt.«

»Die beiden geben schon ein merkwürdiges Gespann ab.«

»Stimmt. Wie Al Capone und Ghandi.«

Sidney seufzte schwer in den Hörer, sagte jedoch nichts.

»Sidney, ich weiß, es wird Ihnen nicht gefallen, aber ich sage es trotzdem. Sie wären viel besser dran, wenn Sie sich stellen würden. Wir können Sie beschützen.«

»Sie meinen einsperren, nicht wahr?« sagte sie mit unverkennbarer Verbitterung in der Stimme.

»Sidney, ich weiß, daß Sie niemanden getötet haben.«

»Können Sie es beweisen?«

»Ich glaube, das kann ich.«

»Sie *glauben*? Tut mir leid, Lee. Ich weiß Ihre Fürsprache wirklich zu schätzen, aber ich fürchte, das reicht nicht. Ich bin mir der Indizienlage durchaus bewußt. Und der öffentlichen Meinung. Man würde mich ins Gefängnis stecken und den Schlüssel wegwerfen.«

»Da draußen schweben Sie in ernster Gefahr.« Gedankenverloren betastete Sawyer das am Gürtel steckende FBI-Abzeichen. »Hören Sie, sagen Sie mir einfach, wo Sie sind, und ich komme hin. Sonst niemand. Auch nicht mein Partner, keine Menschenseele, nur ich. Um Sie zu verhaften, müssen die erst an mir vorbei. In der Zwischenzeit können wir gemeinsam versuchen, einen Weg aus der Misere zu finden.«

»Lee, Sie sind FBI-Agent. Gegen mich liegt ein Haftbefehl vor. Es ist Ihre offizielle Pflicht, mich in Gewahrsam zu nehmen, sobald Sie mich erblicken. Außerdem haben Sie mich bereits einmal gedeckt.«

Sawyer schluckte schwer. Vor seinem geistigen Auge vereinten sich zwei fesselnde, smaragdgrüne Augen zum Licht eines Güterzuges, der auf ihn zuraste. »Dann nennen wir es einfach einen Teil meiner inoffiziellen Pflicht.«

»Und wenn es rauskommt, ist es mit Ihrer Karriere vorbei. Darüber hinaus könnten *Sie* ins Gefängnis wandern.«

»Ich bin ein großer Junge und bereit, das Risiko einzugehen. Ich gebe Ihnen mein Wort, daß ich alleine komme.« Seine Stimme bebte vor unterdrückter Spannung. Sidney brachte kein Wort hervor. »Sidney, ich meine es ehrlich. Ich ... ich will nicht, daß Ihnen was zustößt, verstehen Sie?«

Sidney fühlte einen Kloß im Hals. »Ich glaube Ihnen, Lee. Und ich kann Ihnen gar nicht sagen, wieviel mir das bedeutet. Trotzdem werde ich nicht zulassen, daß Sie Ihr Leben wegwerfen. Das will ich nicht auch noch auf dem Gewissen haben.«

»Sidney –«

»Ich muß jetzt los, Lee.«

»Warten Sie! Nicht!«

»Ich werde versuchen, Sie wieder anzurufen.«

»Wann?«

Mit plötzlich erstarrten Zügen und geweiteten Augen starrte Sidney durch die Windschutzscheibe. »Ich ... ich bin nicht sicher«, flüsterte sie vage. Dann war die Leitung tot.

Sawyer legte den Hörer auf, kramte in der Hosentasche nach der Packung Marlboro und zündete sich eine weitere Zigarette an. Während er rastlos im Zimmer auf und ab lief, benutzte er die Handfläche als Aschenbecher. Er blieb vor der Wand stehen, betastete das faustgroße Loch darin und überlegte ernsthaft, ein zweites hinzuzufügen. Statt dessen trat er ans Fenster und starrte hinaus in die frostige Dezembernacht.

Unmittelbar nachdem Sidney ins Haus zurückgekehrt war, trat der Mann aus dem Schatten der Garage hervor. In der eisigen Luft bildete sein Atem kleine Rauchwölkchen. Er öffnete die Tür des Landrover. Als die Innenbeleuchtung des Wagens anging, funkelten die kalten blauen Augen im sanften Licht wie schrecklich anzusehende Juwelen.

Fachmännisch durchsuchten Kenneth Scales' behandschuhte Hände das Auto, brachten jedoch nichts Interessantes zutage. Danach ergriff er das Telefon und drückte auf Wahlwiederholung. Nur einmal klingelte es, bevor am anderen Ende der Leitung Lee Sawyers aufgeregte Stimme erklang. Lächelnd lauschte Scales den eindringlichen Worten des FBI-Agenten, der offenbar glaubte, Sidney Archer hätte nochmals angerufen.

Scales unterbrach die Verbindung, schloß leise die Wagentür und erklomm die Treppe zum Haus. Aus einem Lederetui am Gürtel zog er das Stilett, mit dem er Edward Page getötet hatte. Er hatte sich schon um Sidney kümmern wollen, als sie aus dem Wagen stieg, doch er war nicht sicher gewesen, ob sie bewaffnet war. Ihre Fähigkeiten im Umgang mit Schußwaffen hatte er bereits kennengelernt. Außerdem verließ er sich beim Töten auf die völlige Überraschung seiner Opfer.

Leise schlich er durch das Erdgeschoß und suchte nach der Lederjacke, die Sidney getragen hatte, fand sie jedoch nicht. Die Handtasche lag auf der Anrichte, doch sie enthielt nicht, was er wollte. Er ging hinüber zur Treppe in den ersten Stock. Dort hielt er inne und neigte den Kopf. Das Geräusch, das über das Peitschen des Windes hinweg von oben an sein Ohr drang, zauberte ein Lächeln auf seine Lippen. Wasser wurde in die Badewanne eingelassen. In dieser bitterkalten Winternacht im ländlichen Maine bereitete sich die einzige Bewohnerin des Hauses auf ein angenehm heißes, beruhigendes Bad vor.

Leise erklomm er die Stufen. Die Schlafzimmertür an der Treppenflucht war geschlossen, dennoch konnte er deutlich hören, wie im angrenzenden Badezimmer Wasser rann. Dann wurde das Wasser abgedreht.

Scales verharrte noch eine Weile, während er sich vorstellte, wie Sidney Archer in die Wanne stieg und ihre Glieder von dem wohlig warmen Wasser umschmeicheln ließ. Dann trat er vor die Schlafzimmertür. Zuerst wollte er sich das Paßwort beschaffen, dann eine Weile mit der Hausherrin verbringen. Sollte er nicht finden, wonach er suchte, würde er ihr versprechen, sie im Austausch für ihr Geheimnis am Leben zu lassen, danach würde er sie töten. Flüchtig überlegte er, wie die attraktive Anwältin wohl nackt aussehen mochte. Nach dem zu schließen, was er bisher von ihr kannte, mußte sie einen überaus ansprechenden Anblick bieten. Und er war keineswegs in Eile. Die Reise an die Ostküste von Maine war lang und beschwerlich gewesen. Er verdiente ein wenig Entspannung, dachte er, während er sich das bevorstehende Ereignis ausmalte.

Scales stellte sich mit dem Rücken zur Wand, das Messer

im Anschlag, neben die Tür, legte die Hand auf den Knauf und drehte ihn so gut wie geräuschlos herum.

Der Schuß der Schrotflinte, der die Tür in ihre Bestandteile auflöste und mehrere Körner der Magnum-Ladung in seinen Unterarm jagte, war nicht annähernd so leise. Scales schrie auf und stürzte die Treppe hinab. Athletisch rollte er sich ab und landete praktisch aufrecht; krampfhaft umklammerte er den blutigen Arm. Als Sidney Archer, vollständig angezogen, aus dem Schlafzimmer stürmte, riß er den Kopf hoch. Neuerlich betätigte sie den Abzug der Schrotflinte, und Scales schaffte es gerade noch, aus der Bahn zu springen, bevor ein weiterer Schuß genau dort einschlug, wo er eine Sekunde zuvor gestanden hatte. Zwar herrschte nahezu vollkommene Dunkelheit im Haus, doch wenn er sich bewegte, konnte sie ihn ausfindig machen. In seiner Zwangslage kauerte er sich hinter das Sofa. Früher oder später würde Sidney Archer wagen, das Licht einzuschalten, und die tödliche Gewalt der Schrotflinte würde innerhalb kürzester Zeit alles in dem kleinen Raum zerstören, Scales mit eingeschlossen.

Flach atmend, umfaßte er das Messer mit der unversehrten Hand, sah sich im Wohnzimmer um und wartete. Sein Arm schmerzte entsetzlich. Scales war viel geübter im Austeilen als im Einstecken von Schmerzen. Wachsam lauschte er Sidneys Schritten, als sie vorsichtig die Treppe herunterkam. Er war überzeugt, daß die Schrotflinte den Raum mit weiten Schwenks absicherte. Im Schutz der Dunkelheit streckte er den Kopf ein paar Zentimeter über den oberen Rand des Sofas. Da sah er sie. Sie befand sich auf halbem Weg die Treppe herunter.

Sidney konzentrierte sich so sehr darauf, ihr Ziel ausfindig zu machen, daß sie ein abgebrochenes Teil der Schlafzimmertür übersah, das auf der Treppe gelandet war. Als sie ahnungslos ihr ganzes Gewicht darauf verlagerte, rutschte es weg und riß ihr beide Beine unter dem Körper fort. Mit einem Schrei polterte sie die Treppe hinab. Die Schrotflinte krachte gegen das Geländer.

Augenblicklich sprang Scales auf sie los. Während die beiden über den Boden rollten, schlug er ihren Kopf auf das harte Parkett. Mit der Kraft der Verzweiflung trat sie mit den schweren Stiefeln gegen Scales' Brustkorb und Rippen. Gerade, als er das Messer herabsausen ließ, drehte sie sich weg. Der Stich verfehlte sie knapp und schlitzte statt ihrer Haut nur die Jacke auf. Durch den Schwung der Bewegung löste sich etwas Weißes aus ihrer Jackentasche und segelte über den Boden.

Sidney gelang es, die Schrotflinte zu ergreifen und mit dem Kolben der soliden Winchester einen Volltreffer in Scales' Gesicht zu landen, der ihm die Nase brach und mehrere Vorderzähne ausschlug. Völlig überrascht ließ er das Messer fallen. Dann packte er voller Wut die Flinte, riß sie an sich und richtete sie auf Sidney Archer. In Panik hechtete sie von ihm weg, stellte jedoch nach wie vor ein leichtes Ziel dar. Scales' Finger betätigte den Abzug, doch die Mündung blieb stumm. Der Fall über die Treppe und der darauf folgende Kampf hatten die Waffe blockiert.

Sidney, deren Kopf noch von dem vorigen Schlag dröhnte, krabbelte verzweifelt davon. Mit einem bösartigen Knurren warf Scales die nutzlose Waffe beiseite und stand auf. Blut strömte ihm aus dem zerschlagenen Mund und der verunstalteten Nase aufs Hemd. Er hob das Messer vom Boden auf und ging mit mordlüsternem Blick auf Sidney los. Als er mit der Klinge ausholte, wirbelte Sidney herum und richtete die 9mm auf ihn.

Den Bruchteil einer Sekunde, bevor sie feuerte, vollführte er einen akrobatischen Sprung, der ihn geradewegs über den Wohnzimmertisch beförderte. Sidney hielt den Abzug gedrückt, schaltete dadurch auf Automatikbetrieb, und zog mit den Hydra-Shok-Geschossen eine Spur über die Wand, während sie verzweifelt versuchte, dem Weg seiner überstürzten Flucht zu folgen.

Scales landete hart auf dem gebohnerten Parkettboden; sein Schwung schleuderte ihn kopfüber an die Wand. Als sein Körper nach dem Aufprall an der Wand seitwärts peitschte, stieß er mit den Beinen einer reich verzierten Mahagonianrichte zusammen. Die dünnen Beine knickten wie Streichhölzer, und das schwere Möbel brach über ihm zusammen. Schubladen fielen heraus und ergossen ihren Inhalt quer über den Boden. Danach rührte Scales sich nicht mehr.

Sidney sprang auf, rannte durch die Küche, ergriff die Handtasche von der Anrichte und flüchtete über die Treppe in die Garage. Kaum eine Minute später zerbarst das Garagentor nach außen, und der Landrover schlingerte durch die Bresche, vollzog in der Auffahrt eine Hundertachtzig-Grad-Wende und verschwand im Schneesturm.

Während sie die Straße entlangraste, schauderte Sidney in Erinnerung an die Angst, die beim Anblick der winzigen Atemwölkchen aus der Ecke der Garage von ihr Besitz ergriffen hatte.

Im Rückspiegel erblickte Sidney ein Paar Scheinwerfer. Als sie den großen Cadillac in die Einfahrt des Hauses fahren sah, aus dem sie gerade geflüchtet war, setzte ihr Herzschlag aus. Alles Blut wich ihr aus dem Gesicht. O mein Gott! Endlich kamen ihre Eltern an, und der Zeitpunkt konnte kaum schlechter gewählt sein.

Sie riß das Steuer herum, pflügte durch eine Schneewehe, und raste zurück zum Haus ihrer Eltern. Dann verschlimmerte sich die Lage plötzlich, da sie ein weiteres Paar Scheinwerfer aus der Richtung auftauchen sah, aus der ihre Eltern gekommen waren. Mit wachsendem Schrecken starrte sie auf den schwarzen Wagen, dessen Reifen langsam über die vom Cadillac hinterlassene Spur knirschten. Die Leute, die ihren Eltern aus Virginia gefolgt waren! Über all den sich überschlagenden Ereignissen hatte Sidney sie völlig vergessen.

Sie trat das Gaspedal des Landrover bis zum Anschlag durch. Kurz drehten die Reifen im Schnee durch, dann schaltete sich das Allradsystem ein, und der bärenstarke Acht-Zylinder-Motor ließ den kleinen Panzer wie eine Kanonenkugel vorwärtsschnellen. Während sie auf den Wagen zuhielt, beobachtete sie die Reaktion des Lenkers. Die Hand des Mannes verschwand in der Manteltasche, doch eine Winzigkeit zu spät. Sie passierte das Haus ihrer Eltern, schlitterte quer über die Straße und rammte mit metallischem Scheppern das kleinere Fahrzeug, schob es über die spiegelglatte Fahrbahn und versenkte es in einer steilen Böschung. Der Airbag des Landrover sprang auf. Mit hektischen Handbewegungen riß Sidney ihn vom Lenkrad und legte den Rückwärtsgang ein. Laut vernehmbar ertönte ein metallisches Knirschen, als die beiden Fahrzeuge sich voneinander lösten.

Sidney wendete und starrte ungläubig durch die Windschutzscheibe. Ihr rascher Angriff hatte die Verfolger ihrer Eltern schachmatt gesetzt, doch er zeigte eine weitere Auswirkung. Bestürzt beobachtete sie, wie der Cadillac von der Beach Street abbog und zurück auf die Route 1 preschte. Sidney trat das Gaspedal durch und raste hinterher.

Der Mann kämpfte sich aus dem Wagen und starrte fassungslos dem in der Ferne verschwindenden Rover nach.

Sidney sah die Rücklichter des Cadillac näher kommen. An dieser Stelle verfügte die Route 1 über zwei Fahrstreifen. Sie fuhr dicht auf den Wagen ihrer Eltern auf und drückte mehrmals auf die Hupe. Sogleich beschleunigte der Cadillac. Vermutlich waren ihre Eltern mittlerweile derart verängstigt, daß nicht einmal ein Staatspolizist in einem Streifenwagen sie zum Anhalten hätte zwingen können, geschweige denn ein verrückt gewordener Autofahrer, der in einem völlig verbeulten Geländewagen auf die Hupe hämmerte. Sidney holte tief Luft, dann schwenkte sie auf die Gegenfahrbahn, rammte das Gaspedal durch und fuhr neben den Wagen ihrer Eltern.

Sofort reagierte ihr Vater auf den links neben ihm auftauchenden Landrover. Gefährlich schlitterte der Cadillac hin und her, während er beschleunigte, und Sidney mußte das Gaspedal fast vollständig durchtreten, um mitzuhalten, da der beschädigte Landrover nur träge darauf ansprach.

Als sie beständig aufholte, lenkte Bill Patterson den breiten Cadillac in die Mitte der Straße, um zu verhindern, daß sein Verfolger ihn überholte. Sidney kurbelte das Fenster hinunter und steuerte ihr Fahrzeug halb auf den unbefestigten Randstreifen. Gott sei Dank waren die Straßen noch nicht geräumt worden, so daß das Bankett noch frei war. Als sie der Beifahrerseite Zentimeter um Zentimeter näherkam, schwenkte ihr Vater zurück nach rechts, wodurch er Sidney zwang, die Straße gänzlich zu verlassen. Während der Landrover unsanft über das unebene Gelände holperte und rumpelte, warf sie einen Blick auf den Tachometer: Die Nadel stand auf achtzig Meilen. Angst ergriff Besitz von ihr. Sie schaute nach vorn. Die beiden Autos rasten auf eine gefährliche Kurve zu; gleich würde ihr keine Fahrbahn mehr bleiben.

Sidney trat aufs Gaspedal. Sie hatte nur noch Sekunden. »Mama!« brüllte sie in den peitschenden Wind und das wirbelnde Schneetreiben. »*Mama!*« So weit es ging, ohne gänzlich die Kontrolle über den Geländewagen zu verlieren, beugte Sidney sich aus dem Fahrerfenster. Tief holte sie Luft und stieß den lautesten Schrei ihres Lebens aus:

»*MMMAAAMMMAAA!*«

Sie sah, wir ihre Mutter mit schreckensgeweiteten Augen durch das dichte Schneegestöber spähte, dann, endlich, trat Erkennen und Erleichterung in ihr Gesicht. Rasch drehte ihre Mutter sich zu ihrem Vater um. Unverzüglich bremste der Cadillac ab, damit Sidney vor ihm auf die Straße einschwenken konnte. Haar und Gesicht voller Schnee, bedeutete Sidney ihren Eltern mit einer Handbewegung, ihr zu folgen. Im nahezu undurchdringlichen Flockenwirbel fuhren die beiden Fahrzeuge die Straße hinunter.

Etwa eine Stunde später bog Sidney an einer Ausfahrt ab. Innerhalb von zehn Minuten rollten der Landrover und der Cadillac auf den Parkplatz eines Motels. Als allererstes sprang Sidney aus dem Auto, rannte zum Wagen ihrer Eltern, riß die Hintertür auf und nahm ihr Kind in die Arme. Tränen strömten ihr übers Gesicht und vermischten sich mit den Schneeflocken. Sie hielt ihre Tochter so fest, als wolle sie sie nie wieder loslassen. Amy konnte nicht ahnen, daß sie heute Nacht um ein Haar ihre Mutter verloren hätte. Hätte die Klinge ein paar Zentimeter in der anderen Richtung getroffen ... Hätte ihre Mutter Sidney eine Sekunde später erkannt ... Aber davon würde das kleine Mädchen nie erfahren. Sidney Archer hingegen wußte es nur allzu gut, und deshalb drückte sie ihre Tochter so fest wie nur möglich an die Brust, während heftige Krämpfe ihren Körper schüttelten.

Bill Patterson kam um den Wagen herum und schloß seine Tochter in eine innige Umarmung. Auch der kräftige Mann zitterte nach diesem jüngsten Alptraum am ganzen Leib. Sidneys Mutter gesellte sich zu ihnen, und die vier standen im Kreis und umarmten einander schweigend. Obwohl sich zunehmend Schnee auf ihnen sammelte, rührten sie sich nicht; sie hielten sich einfach nur fest.

Dem Mann war es gelungen, das Fahrzeug freizubekommen, und nun rannte er auf das Haus der Pattersons zu, in dem nach wie vor Stille herrschte.

Eine Minute später war von Stille nichts mehr zu bemerken; langsam wurde die Anrichte hochgehoben, danach zornig beiseite geschleudert; wiederum barst knirschend Holz. Mit Hilfe seines Kollegen stand Scales unter Schmerzen auf. Sein Gesichtsausdruck ließ unmißverständlich erkennen, daß Sidney Archer Glück hatte, im Augenblick außerhalb seiner tödlichen Reichweite zu sein.

Als Scales zurückhumpelte, um sein Messer aufzulesen, bemerkte er den Zettel, den Sidney verloren hatte – Jasons E-Mail. Er hob ihn auf und sah ihn sich an.

Fünf Minuten später saßen er und sein Gefährte bereits im schwer beschädigten Wagen. Scales griff zum Telefon und gab eine Kurzwahl ein. Es war an der Zeit, Verstärkung zu rufen.

## KAPITEL 54

Gegen zwei Uhr dreißig morgens fuhr ein höchst aufgeregter Lee Sawyer durch einen Schneesturm, der bis zum Nachmittag die Gewalt eines Blizzards zu erreichen drohte, ins Büro. Über der gesamten Ostküste entluden sich zur Zeit starke Winterstürme, die ohne weiteres bis Weihnachten andauern konnten.

Sawyer ging direkt in den Konferenzraum, wo er die nächsten paar Stunden damit verbrachte, den Fall anhand der Akten, seiner Notizen und seines Gedächtnisses aus allen möglichen Blickwinkeln zu beleuchten. Sein Hauptziel bestand darin, die Indizien, soweit er sie jetzt kannte, in einen einigermaßen logischen Zusammenhang zu bringen. Das Problem dabei war, daß so vieles noch keinen Sinn ergab, überwiegend deshalb, weil er nicht sicher war, ob er es mit einem oder mit zwei Fällen zu tun hatte: Lieberman und Archer zusammen oder Lieberman und Archer getrennt. Darauf lief es letztlich hinaus.

Er notierte sich einige neue Ansätze, die ihm in den Sinn kamen, jedoch erschien keiner davon allzu vielversprechend. Dann griff er zum Telefon, wählte die Nummer des Labors und verlangte Liz Martin, die Technikerin, die den Luma-lite-Test an der Limousine durchgeführt hatte.

»Liz, ich muß mich bei dir entschuldigen. Dieser Fall macht mir ziemlich schwer zu schaffen, und ich habe es an dir ausgelassen. Ich hab' mich danebenbenommen, und es tut mir leid.«

Liz lächelte. »Entschuldigung angenommen. Wir stehen alle unter Druck. Was liegt an?«

»Ich brauche deinen fachmännischen Rat als Computerexpertin. Was weißt du über Datensicherungssysteme?«

»Merkwürdig, daß du danach fragst. Mein Freund ist Rechtsanwalt und hat mir erst kürzlich erzählt, daß es sich dabei im Augenblick um eines der strittigsten Themen im juristischen Bereich handelt.«

Sawyers Gesicht verriet reges Interesse. »Wieso das?«

»Nun, Datensicherungen stellen eine mögliche Beweisquelle in Gerichtsverfahren dar. Zum Beispiel: Ein Mitarbeiter einer Firma schreibt eine interne Mitteilung oder eine E-Mail mit Informationen, die der Firma schaden. Später löscht er die Mitteilung und zerstört sämtliche Kopien. Man sollte meinen, sie sei für immer verloren, oder? Falsch, denn bei einem Datensicherungssystem besteht durchaus die Möglichkeit, daß die Mitteilung vor dem Löschen gesichert wurde. Und gemäß den Offenlegungsbestimmungen müßte die Firma die Mitteilung an die Gegenseite übergeben. Deshalb rät die Kanzlei meines Freundes ihren Mandanten, erst gar keine Dokumente mit dem Computer zu erstellen, die kein Außenstehender lesen soll.«

»Hmmm.« Sawyer blätterte die Seiten vor sich durch. »Gut, daß ich mich nach wie vor auf unsichtbare Tinte verlasse.«

»Du bist ein Relikt, Lee, aber zumindest ein nettes Relikt.«

»Na gut, Professor Liz, ich habe noch eine Frage an dich.« Sawyer las ihr das Paßwort vor. »Ein höllisch gutes Paßwort, was Liz?«

»Eigentlich nicht.«

»Wie?« Das war die absolut letzte Antwort, die Sawyer erwartet hatte.

»Es ist so lang, daß man leicht einen Teil davon vergessen oder es sonst irgendwie verdrehen könnte. Oder wenn man es jemandem mündlich mitteilt, kann dabei schon mal ein Fehler unterlaufen, zum Beispiel, daß eine Ziffer ausgelassen wird oder ähnliches.«

»Aber weil es so lang ist, kann man es doch unmöglich knacken, oder? Ich dachte, das wäre das Geniale daran.«

»Schon richtig, aber dafür braucht man nie und nimmer *all* diese Ziffern. In den meisten Fällen würden zehn reichen. Mit fünfzehn ist es praktisch unüberwindbar.«

»Aber heutzutage gibt es doch Computer, die sämtliche Kombinationen durchprobieren können.«

»Bei fünfzehn Ziffern gibt es weit über eine Trillion mögliche Kombinationen, und die meisten Verschlüsselungspakete schalten automatisch ab, wenn zu viele Kombinationen auf einmal versucht werden. Aber auch ohne diese Funktion könnte selbst der schnellste Computer der Welt das Paßwort nicht knacken; durch die Dezimalpunkte und deren Positionierung schnellt die Zahl der möglichen Kombinationen derart in die Höhe, daß ein herkömmlicher Versuch mit brutaler Gewalt niemals funktionieren würde.«

»Willst du damit sagen –«

»Ich will damit sagen, daß der Erfinder dieses Paßworts weit über das Ziel hinausgeschossen ist. Es müßte schlicht und einfach nicht so lang sein, um unknackbar zu sein. Vielleicht war der Betreffende ein Laie auf dem Gebiet.«

Sawyer schüttelte den Kopf. »Ich glaube, der wußte haargenau, was er tat.«

»Nun, dann war es nicht nur als Schutz gedacht.«

»Wozu könnte es sonst dienen?«

»Weiß ich nicht, Lee. So eines habe ich noch nie gesehen.«

Sawyer erwiderte nichts.

»Sonst noch was, Lee?«

»Wie? Oh, nein, Liz, das war's schon.« Sawyer hörte sich zutiefst deprimiert an.

»Tut mir leid, wenn ich keine große Hilfe war.«

»Doch, das warst du. Du hast mir einiges zum Grübeln gegeben. Danke, Liz.« Sein Gesicht hellte sich auf. »He, ich schulde dir ein Mittagessen, in Ordnung?«

»Ich werde dich beim Wort nehmen, und diesmal suche ich das Lokal aus.«

»Gut, aber stell sicher, daß sie dort die Exxon-Karte akzeptieren. Anderes Plastik habe ich keines mehr.«

»Du weißt wirklich, wie man ein Mädchen verwöhnt, Lee.«

Sawyer legte auf und starrte neuerlich auf das Paßwort hinab. Wenn nur die Hälfte von dem stimmte, was er über Jason Archers Fähigkeiten gehört hatte, stellte die Komplexität des Paßwortes keinen Zufall dar. Zum wiederholten Male betrachtete er die Ziffern. Es war zum Verrücktwerden, doch er wurde das Gefühl nicht los, daß sie irgendwie vertraut wirkten. Er schenkte sich eine weitere Tasse Kaffee ein, kramte ein Stück Schmierpapier hervor und begann, darauf herumzukritzeln – eine Gewohnheit, die ihm beim Nachdenken half. Dieser Fall schien sich ins Endlose zu ziehen. Mit einem Ruck starrte er auf das Datum der E-Mail, die Archer an seine Frau geschickt hatte: 95-11-19. Er schrieb die Zahlen auf das Schmierpapier: 95-11-19. Sawyer lächelte. Nur ein Computer konnte ein Datum auf diese höchst verwirrende Art und Weise angeben. Unwillkürlich betrachtete er die Zahlen eingehender. Das Lächeln verblaßte. Rasch schrieb er sie in anderer Form auf: 95/11/19, dann schließlich 951119. Schnell kritzelte er weiter, machte einen Fehler, radierte und arbeitete weiter. Er glotzte auf das Endprodukt: 599111.

Sawyers Gesicht wurde bleicher als das Blatt Papier, auf das er starrte. *Andersrum.* Abermals las er die E-Mail von Archer. Alles rückwärts, hatte Archer geschrieben. Aber warum? Wenn Archer unter so großem Druck stand, daß er sich bei der Adresse vertippte und die Nachricht nicht beendete, weshalb nahm er sich dann die Zeit, dasselbe zweimal zu sagen: »alles falsch« und »alles andersrum«? Plötzlich dämmerte es Sawyer: Es sei denn, die beiden Ausdrücke hatten eine höchst unterschiedliche und wörtlich gemeinte Bedeutung. Noch einmal sah er auf die Ziffern, die das Paßwort bildeten, dann begann er wie wild zu kritzeln. Nach mehreren Fehlern gelangte er schließlich zu einem Ergebnis. Wie betäubt trank er den letzten Rest Kaffee aus, während er die Zahlen in der richtigen Reihenfolge betrachtete: 12-19-90, 2-28-91, 9-26-92, 11-15-92 und 4-16-93. Archer hatte das Paßwort äußerst gewissenhaft zusammengestellt. In Wahrheit stellte das Paßwort selbst einen Hinweis dar. Sawyer mußte gar nicht in seinen Notizen nachlesen. Er wußte, wofür die Zahlen standen. Tief atmete er durch.

Es waren die fünf Tage, an denen Arthur Lieberman die Zinssätze eigenmächtig angepaßt hatte. Die fünf Tage, an denen irgend jemand genug Geld verdient hatte, um ein ganzes Land zu kaufen.

Endlich war Sawyers Frage beantwortet: Er hatte einen Fall, nicht zwei. Es *gab* eine Verbindung zwischen Jason und Lieberman. Aber welche?

Ihm kam ein weiterer Gedanke. Edward Page hatte Sidney erzählt, er hätte Jason Archer am Flughafen nicht verfolgt. Statt dessen könnte er hinter Lieberman hergewesen sein. Er könnte den Präsidenten der Bundeszentralbank beschattet haben und dabei über Archers Verwandlung gestolpert sein. Doch weshalb sollte er Lieberman beschattet haben?

Mit grimmiger Mine schob Sawyer die E-Mail schließlich beiseite und betrachtete die auf dem Tisch liegende Videokassette mit der Aufzeichnung von Archers Übergabe in der Lagerhalle. Wenn Sidney recht damit hatte, daß Brophy viel mehr als Jason Archer wußte, was, zum Teufel, hatte er dann in der Lagerhalle übergeben? Konnte das die Verbindung zu Lieberman sein? Es war schon eine Weile her, seit er sich das Band zum letztenmal angesehen hatte. Er beschloß, dies unverzüglich nachzuholen.

Sawyer schob die Kassette in einen Videorecorder unter einem Großbildfernseher in einer Ecke des Raumes. Nachdem er sich eine weitere Tasse Kaffee eingeschenkt hatte, drückte er auf die Fernbedienung; das Band lief an. Zweimal betrachtete er die Szene. Danach sah er sie sich in Zeitlupe ein drittes Mal an. Sawyer runzelte die Stirn. Auch damals, als er das Band in Hardys Büro erstmals sah, hatte er wegen irgend etwas die Stirn gerunzelt. Nur weswegen?

Er spulte zurück und schaltete neuerlich auf Wiedergabe. Jason und der zweite Mann warten; Jasons Koffer ist deutlich im Bild. Das Klopfen an der Tür, die anderen Männer treten ein. Der alte Knabe und die beiden Kerle mit den Sonnenbrillen. Wirklich nett. Eingehend musterte Sawyer die beiden kräftigen Männer. Sie wirkten merkwürdig vertraut, doch er wußte nicht recht ... Er schüttelte den Kopf und schaute weiter. Die Übergabe, bei der Jason extrem nervös wirkt. Dann das Flugzeug. Wie er erfahren hatte, befand sich die Lagerhalle in der Anflugschneise des Flughafens. Alle Anwesenden schauen zu dem dröhnenden Geräusch auf.

Plötzlich ruckte Sawyer so heftig hoch, daß er fast den ganzen Kaffee auf sein Hemd verschüttete. Diesmal jedoch nicht wegen des Flugzeuglärms.

»Heilige Scheiße!« Er schaltete auf Standbild. Dann trat er an den Bildschirm, bis er ihn fast mit der Nase berührte. Sawyer griff zum Telefon. »Liz, ich brauche deine Zauberkünste, und diesmal, Frau Professor, springt ein Abendessen dafür raus.« Rasch erklärte er ihr, was er wollte.

In durchgehendem Laufschritt brauchte Sawyer zum Labor kaum zwei Minuten. Die Ausrüstung war schon vorbereitet, daneben stand Liz und lächelte. Schnaufend überreichte Sawyer ihr die Kassette, die Liz sogleich in einen Videorekorder schob. Sie nahm an einer Bedienkonsole Platz und spielte das Band ab. Der Bildschirm, auf dem die Szene erschien, wies eine Diagonale von gut anderthalb Metern auf.«

»Okay, okay, mach dich bereit, Liz. Da! Genau da!« Vor Aufregung hüpfte Sawyer regelrecht auf und ab.

Liz schaltete auf Standbild und drückte einige Knöpfe an der Konsole. Die Gestalten auf dem Bildschirm wuchsen, bis sie ihn fast gänzlich ausfüllten.

Sawyer hatte nur eine Person im Auge. »Liz, kannst du diesen Teil hier weiter vergrößern?« Mit dem wulstigen Zeigefinger deutete er auf einen bestimmten Bereich des Bildschirms. Liz erfüllte ihm seinen Wunsch.

In stummem Erstaunen schüttelte Sawyer den Kopf. Auch Liz betrachtete das außergewöhnliche Bild. Sie blickte zu ihm auf. »Du hattest recht, Lee. Was bedeutet das nun für den Fall?«

Sawyer starrte auf den Mann, der sich Jason Archer an jenem verhängnisvollen Novembermorgen im verregneten Seattle als Anthony DePazza vorgestellt hatte. Genauer gesagt, konzentrierte er sich auf DePazzas Hals, der deutlich sichtbar war, da er den Kopf wegen des vorüberziehenden Flugzeugs nach oben neigte. Gemeinsam betrachteten Sawyer und Liz Martin am Hals eine deutliche Bruchlinie zwischen falscher und echter Haut.

»Das weiß ich nicht genau, Liz. Ich frage mich nur, weshalb der Kerl neben Archer eine Maske trug.«

Nostalgisch schaute Liz auf den Bildschirm. »Damals bei der Schauspielgruppe am College habe ich mich damit beschäftigt.«

»Womit?«

»Du weißt schon, Kostüme, Schminke, Masken. Für unsere Inszenierungen. Ich muß gestehen, ich war eine miserable Lady Macbeth.«

Sawyer glotzte mit offenem Mund auf den Bildschirm, während ihm das Wort, das Liz gerade ausgesprochen hatte, durch den Kopf hallte: *Inszenierung?*

Während er zurück in den Konferenzraum hastete, verdaute Sawyer die neue Erkenntnis. Ray Jackson saß bereits da und winkte seinem Partner mit einem Packen Unterlagen in der Hand zu. »Das Fax von Charles Tiedman. Die Muster von Pages Handschrift. Hier habe ich Kopien der Briefe, die wir in Liebermans Wohnung fanden. Ich bin zwar kein Experte, aber ich glaube, die Handschriften stimmen überein.«

Sawyer nahm Platz, beugte sich über die Briefe und verglich die Schrift. »Ganz deiner Meinung, Ray, aber laß es trotzdem vom Labor bestätigen.«

»In Ordnung.« Gerade wollte Jackson loseilen, um den Auftrag auszuführen, als Sawyer ihn mit einem Mal zurückrief. »He, Ray, laß mich noch einen Blick auf die Briefe werfen.«

Jackson reichte sie ihm.

Eigentlich wollte Sawyer nur einen davon nochmals sehen. Der Briefkopf war beeindruckend: Absolventenverband der Universität Columbia. Tiedman hatte nicht erwähnt, daß Page die Universität Columbia besuchte. Offenbar war Page irgendwann aktives Mitglied des Absolventenverbands gewesen. Im Kopf stellte Sawyer ein paar grobe Berechnungen an. Als Steven Page vor fünf Jahren starb, war er achtundzwanzig Jahre alt. Somit wäre er heute dreiunddreißig oder vierunddreißig, abhängig von seinem Geburtsdatum. Wahrscheinlich hatte er 1984 graduiert. Plötzlich flammte ein neuer Gedanke in Sawyers Kopf auf.

»Mach dich an die Arbeit, Ray. Ich habe ein paar Anrufe zu erledigen.«

Nachdem Jackson mit den Dokumenten davonmarschiert war, rief Sawyer die Auskunft an und ließ sich die Nummer des Informationsbüros der Universität Columbia geben. Innerhalb weniger Minuten kam er durch. Man teilte ihm mit, daß Steven Page tatsächlich 1984 an der Universität graduiert hatte, sogar *magna cum laude*, mit sehr gutem Erfolg.

Bevor er die nächste Frage stellte, warf Sawyer einen Blick auf seine Hände: jeder einzelne Finger zitterte. So gut er konnte, versuchte er, sich im Griff zu behalten, während er wartete, bis die Dame am anderen Ende der Leitung in den Aufzeichnungen nachgesehen hatte. Ja, erhielt Sawyer als Antwort. Auch der andere Student hatte 1984 graduiert, dieser sogar *summa cum laude*. Ziemlich beeindruckend, erklärte die Stimme, so etwas an der Universität Columbia zu erreichen.

Sawyer stellte eine weitere Frage, mußte sich jedoch für eine Antwort mit der Studentenunterkunft verbinden lassen. Mit zum Zerreißen gespannten Nerven harrte er aus. Nachdem endlich jemand abhob, erhielt er die Antwort innerhalb einer Minute. Mit leiser Stimme bedankte Sawyer sich für die Auskunft und knallte den Hörer auf die Gabel. Der altgediente FBI-Agent sprang vom Stuhl auf und brüllte: »Ein verfluchter Volltreffer!« ins leere Zimmer. Unter den gegebenen Umständen war Sawyers Aufregung durchaus verständlich.

Auch Quentin Rowe hatte 1984 an der Universität Columbia graduiert. Und, was wesentlich bedeutender war, Steven

Page und Quentin Rowe waren während der letzten beiden Jahre am College Zimmergenossen gewesen.

Als Sawyer kurz darauf bewußt wurde, weshalb die beiden Sonnenbrillenträger aus dem Video so vertraut wirkten, verblaßte die Freude rasch und verwandelte sich in fassungslose Ungläubigkeit. Das war einfach unmöglich. Aber doch, es paßte alles zusammen. Vor allem, wenn man es als das betrachtete, was es tatsächlich war: eine Inszenierung, ein reines Theaterstück.

Er griff zum Telefon. So rasch wie möglich mußte er Sidney Archer aufspüren, und er wußte, wo er mit der Suche beginnen würde. *Jesus, Maria und Josef, dieser Fall hat sich gerade um hundertachtzig Grad gedreht.*

## KAPITEL 55

Mrs. Patterson und Amy waren in einem Mietwagen unterwegs nach Boston, wo sie ein paar Tage bleiben würden. Trotz heftiger, bis in die frühen Morgenstunden andauernder Diskussionen war es Sidney nicht gelungen, ihren Vater zu überzeugen, die beiden zu begleiten. Die ganze Nacht hatte er mit entschlossener Miene und sturem Blick im Motelzimmer gesessen und jedes noch so kleine Staub- und Schmutzkörnchen von seiner Remington Kaliber 12 entfernt, während Sidney vor ihm auf und ab lief und ihn mit Argumenten überhäufte.

»Du bist wirklich unmöglich, Paps!« Mittlerweile fuhren sie im Wagen ihres Vaters nach Bell Harbor zurück. Der beschädigte Landrover war zum Reparieren in eine Werkstatt abgeschleppt worden. Trotz allem entfuhr ihr ein leiser Seufzer der Erleichterung, als sie sich in den Sitz zurücklehnte. Im Augenblick wollte sie alles andere als alleine sein.

Grimmig starrte ihr Vater durch die Windschutzscheibe. Wer auch immer hinter seiner Tochter her war, er würde zuerst ihn beseitigen müssen, um an sie heranzukommen. Aufgepaßt, schwarzer Mann: Papa ist zurück!

Der weiße Kastenwagen, der ihnen folgte, hielt sich einen guten Viertelkilometer hinter ihnen, trotzdem hatte der Lenker keine Mühe, dem Cadillac auf der Spur zu bleiben. Einer der acht Männer im Kastenwagen zeigte sich ausgesprochen schlechter Stimmung. »Zuerst lassen Sie Archer eine E-Mail abschicken, dann auch noch seine Frau entwischen. Ich kann diese Stümperei einfach nicht glauben.« Richard Lucas schüttelte den Kopf und warf dem neben ihm sitzenden Kenneth Scales einen zornigen Blick zu. Scales Unterarm und Gesicht waren dick bandagiert, und seine Nase, die er eigenhändig zurechtgerückt hatte, war blutrot und geschwollen.

Er schaute zu Lucas. »Glauben Sie's ruhig.« Die tiefe Stimme, die aus dem geschundenen Mund drang, klang so bedrohlich, daß selbst der hartgesottene Lucas blinzelte und rasch das Thema wechselte.

Der Leiter von Tritons interner Sicherheitsabteilung lehnte sich auf dem Sitz vor. »Also gut, über die Vergangenheit zu reden hat ohnehin keinen Sinn«, meinte er hastig.

»Jeff Fisher, dieser Computerfritze von Tyler, Stone hatte eine Kopie des Disketteninhalts auf seiner Festplatte. Aus dem Dateiverzeichnis auf Fishers Computer geht hervor, daß genau zu der Zeit darauf zugegriffen wurde, als er in der Bar saß. Auf diese Weise muß er sich eine zweite Kopie besorgt haben. Ein ausgekochter Mistkerl. Letzte Nacht haben wir uns ein paar Takte mit der Kellnerin der Bar unterhalten. Sie brachte Fisher einen Umschlag für eingeschriebene Sendungen, adressiert an Bill Patterson, Bell Harbor, Maine – Sidney Archers Vater. Das Kuvert ist unterwegs hierher, soviel steht fest, und wichtiger als alles andere ist im Augenblick, daß wir es in die Finger kriegen. Alles klar?«

Die sechs finster dreinblickenden Männer im Kastenwagen nickten. Jeder trug auf dem Handrücken eine Tätowierung in Form eines von einem Pfeil durchkreuzten Sterns, das Symbol einer Söldnertruppe, der sie alle einst angehörten – einer Truppe, entstanden aus einigen der zahlreichen Berufssoldaten, die durch das Ende des kalten Krieges arbeitslos geworden waren. Als ehemaligem CIA-Agenten war es Lucas mühelos gelungen, mit US-Dollars als Lockmittel die alten Kontakte wiederherzustellen.

»Wir lassen Patterson das Päckchen abholen, warten, bis er und seine Tochter in eine verlassene Gegend kommen, dann schlagen wir zu – schnell und knallhart.« Er schaute in die Runde. »Eine Million Dollar Prämie für jeden, wenn wir die Diskette kriegen.« Die Augen der Männer leuchteten. Lucas wandte sich an den siebten Mann. »Haben Sie verstanden, Scales?«

Kenneth Scales würdigte ihn keines Blickes. Statt dessen zog er das Messer aus dem Etui, deutete mit der Spitze nach vorn und preßte die Worte mühsam durch den verletzten Mund. »Die Diskette gehört Ihnen. Ich kümmere mich um das Weibsstück. Ihren alten Herrn übernehme ich gratis mit.«

»*Zuerst* das Päckchen, dann können Sie tun, wozu Sie Lust haben«, herrschte Lucas ihn wütend an.

Scales erwiderte nichts. Seine Augen starrten reglos geradeaus. Lucas wollte noch etwas sagen, doch dann besann er sich eines Besseren. Er lehnte sich zurück und fuhr sich rastlos mit der Hand durch das schüttere Haar.

Während der zwanzigminütigen Fahrt nach Alexandria rief Jackson vom Autotelefon aus dreimal bei Fisher an, doch niemand ging an den Apparat.

»Du glaubst also, dieser Bursche hat Sidney mit dem Paßwort geholfen?« Jackson betrachtete den Potomac, der sich neben der Straße entlangwand, während sie über den GW Parkway rollten.

Sawyer schaute zu ihm hinüber. »Laut Beschattungsprotokoll war Sidney Archer in der Nacht der Morde bei Tyler, Stone bei ihm. Ich habe mich dort erkundigt. Fisher ist Tyler, Stones hauseigener Computerexperte.«

»Ja, aber es sieht so aus, als wäre der Gute nicht zu Hause.«

»In einer Wohnung gibt es jede Menge Dinge, die uns weiterhelfen können, Ray.«

»Ich kann mich nicht daran erinnern, daß wir einen Durchsuchungsbefehl hätten, Lee.«

Sawyer bog von der Washington Street ab und fuhr durch das Zentrum der Altstadt von Alexandria. »Nebensächlichkeiten, Ray. Ständig hältst du dich mit Nebensächlichkeiten auf.«

Nach einem mürrischen Grunzen verfiel Jackson in Schweigen.

Vor Fishers Reihenhaus hielten sie an, sprangen aus dem Wagen und liefen die Stufen hinauf. Eine junge Frau mit dunklem, im Schneetreiben wehenden Haar stieg aus einem Auto und rief ihnen zu: »Er ist nicht zu Hause.«

Sawyer drehte sich zu ihr um. »Sie wissen nicht zufällig, wo er sich aufhält?« Er ging die Stufen hinab und zu der Frau hinüber, die gerade ein paar Einkaufstüten aus dem Auto holte. Sawyer half ihr dabei, danach zeigte er ihr seinen Ausweis. Jackson folgte seinem Beispiel.

Die Frau wirkte überrascht. »FBI? Ich hätte nie gedacht, daß wegen eines Einbruchs das FBI eingeschaltet würde.«

»Welcher Einbruch, Ms. ...?«

»Oh, tut mir leid. Amanda, Amanda Reynolds. Seit zwei Jahren leben wir hier, und das ist das erste Mal, daß die Polizei in der Gegend war. Jeffs gesamte Computerausrüstung wurde gestohlen.«

»Ich nehme an, Sie haben bereits mit der Polizei gesprochen?«

Verlegen blickte sie ihn an. »Wir sind aus New York City hierhergezogen. Wenn man dort sein Auto abends nicht an einen Laternenpfahl kettet, ist es am nächsten Morgen verschwunden. Man muß ständig auf der Hut sein. Aber hier?« Sie schüttelte den Kopf. »Trotzdem komme ich mir wie ein Idiot vor. Ich war ganz sicher, daß die Sache mit dem Umzug ihre Ordnung hätte. Ich hätte einfach nie gedacht, daß so etwas auch in einer Gegend wie hier vorkommt.«

»Wann haben Sie Mr. Fisher das letzte Mal gesehen?«

Die Frau legte die Stirn in Falten. »Oh, das ist mindestens drei oder vier Tage her. Draußen ist es um diese Jahreszeit so unangenehm, daß jeder gern im Haus bleibt.«

Die beiden Agenten bedankten sich und fuhren zur Polizeistation von Alexandria.

Als sie sich nach dem Einbruch bei Jeff Fisher erkundigten, drückte der diensthabende Beamte ein paar Tasten auf dem Computer.

»Ja, stimmt. Fisher. In der Nacht, als sie ihn reinbrachten, hatte ich sogar Dienst.« Der Polizist betrachtete den Bildschirm und fuhr einige Passagen des Textes mit den dürren Fingern nach, während Sawyer und Jackson einen verwirrten Blick tauschten. »Er wurde wegen rücksichtslosen Fahrens eingebuchtet und hat was von ein paar Typen gefaselt, die ihn angeblich verfolgten. Zuerst dachten wir, er hätte einen in der Krone. Der Alkoholtest war negativ, aber er stank nach Bier. Sicherheitshalber haben wir ihn über Nacht hierbehalten. Am nächsten Morgen hinterlegte er eine Kaution, erhielt einen Gerichtstermin und spazierte davon.«

Ungläubig starrte Sawyer den Mann an. »Wollen Sie damit sagen, daß Jeff Fisher verhaftet wurde?«

»Genau das.«

»Und tags darauf wurde in sein Haus eingebrochen?«

Der Polizist nickte und lehnte sich auf das Pult. »Eine ziemliche Pechsträhne, wenn Sie mich fragen.«

»Hat er die Leute beschrieben, die ihn verfolgten?« erkundigte sich Sawyer.

Der Beamte warf Sawyer einen Blick zu, als wollte er auch seinen Atem riechen. »Ihm ist doch gar keiner gefolgt.«

»Sind Sie sicher?«

Der Polizist verdrehte die Augen und lächelte.

»Na schön. Sie meinten, er sei nicht betrunken gewesen. Und trotzdem behielten Sie ihn über Nacht hier?« Sawyer legte die Hände auf das Pult.

»Na ja, wissen Sie, bei manchen Leuten funktionieren diese Tests nicht. Kippen sich einen Zwölferpack Bier hinter die Binde, und das Atemmeßgerät zeigt Nullkommaeins Promille an. Auf jeden Fall fuhr Fisher wie ein Irrer und *benahm* sich wie ein Betrunkener. Wir hielten es für das Beste, ihn über Nacht einzubuchten. Wenn er doch besoffen war, konnte er zumindest seinen Rausch ausschlafen.«

»Und er hat keinen Einspruch dagegen erhoben?«

»Zum Teufel, nein. Er sagte, er hätte noch nie eine Nacht im Knast verbracht. Könnte eine abwechslungsreiche Erfahrung werden, meinte er.« Belustigt schüttelte der Polizist den kahlen Schädel. »Schlägt das nicht dem Faß den Boden aus? Eine abwechslungsreiche Erfahrung, du meine Fresse!«

»Und Sie haben keine Ahnung, wo er sich jetzt aufhält?«

»Wir konnten ihn nicht einmal finden, um ihm mitzuteilen, daß bei ihm eingebrochen wurde. Wie gesagt, er hinterlegte die Kaution und bekam einen Gerichtstermin. Mich geht das erst etwas an, wenn er dort nicht auftaucht.«

»Fällt Ihnen sonst noch etwas ein?« Enttäuschung stand ihm ins Gesicht geschrieben.

Der Beamte starrte ins Leere und trommelte mit den Fingern auf das Pult. Schließlich schaute Sawyer zu Jackson, und die beiden wandten sich zum Gehen. »Danke für Ihre Hilfe.«

Sie befanden sich auf halbem Weg zur Tür, als der Mann aus seinem tranceähnlichen Zustand erwachte. »Der Kerl drückte mir ein Päckchen in die Hand, das ich für ihn aufgeben sollte; können Sie sich das vorstellen? Sicher, ich trage eine Uniform, aber sehe ich wie ein *Briefträger* aus?«

»Ein Päckchen?« Sawyer und Jackson stürmten zurück ans Pult.

Kopfschüttelnd dachte der Polizist an das Ereignis zurück. »Ich erklärte ihm, daß ihm ein Anruf freistünde, und er fragte mich, ob ich vorher bitte so nett sein könnte, ein Päckchen für ihn in den Briefkasten zu werfen. Es wäre bereits frankiert, meinte er, und er wäre mir dafür ausgesprochen dankbar.« Der Beamte lachte.

Sawyer starrte den Mann an. »Das Päckchen – haben Sie es denn aufgegeben?«

Das Kichern des Mannes verstummte. Er blinzelte Sawyer an. »Wie? Ja, ich hab's in den Briefkasten geworfen. Schließlich war es wirklich keine Mühe, und ich dachte, warum sollte ich ihm den Gefallen nicht tun?«

»Wie hat es ausgesehen? Das Päckchen?«

»Nun, es war kein richtiger Brief, sondern eines dieser dicken, braunen Kuverts.«

»Eines mit dieser Luftblasenpolsterung innen?« fragte Jackson.

Der Polizist deutete mit dem Zeigefinger auf ihn. »Genau. Ich konnte es an der Außenseite fühlen.«

»Wie groß war es?«

»Oh, nicht besonders groß. Etwa so lang und so breit.« Mit den knochigen Händen formte der Beamte ein etwa zwanzig mal fünfzehn Zentimeter großes Rechteck. »Es wurde eingeschrieben und als Eilpost aufgegeben.«

Abermals legte Sawyer beide Hände flach aufs Pult und starrte den Mann an. Sein Puls raste. »Erinnern Sie sich an die Adresse auf dem Päckchen? Von wem oder an wen es geschickt wurde?«

Neuerlich begann der Mann, mit den Fingern zu trommeln. »Keine Ahnung, wer der Absender war. Ich nahm an, es wäre Fisher. Aber es ging nach, äh, Maine, ja genau. Maine. Daran erinner' ich mich noch, weil meine Frau und ich letztes Jahr im Herbst dort oben waren. Wenn Sie je Gelegenheit dazu haben, sollten Sie auch rauffahren. Ein wirklich tolles Fleckchen Erde. Ihr Fotoapparat wird kaum zur Ruhe kommen, das können Sie mir glauben.«

»Wohin in Maine?« Sawyer mußte an sich halten, um nicht die Geduld zu verlieren.

Der Mann schüttelte den Kopf. »Irgendein Harbor, glaube ich«, erwiderte er nach einer Weile.

Sawyers Hoffnung sank. Schon aus dem Stegreif fiel ihm mindestens ein halbes Dutzend Städte in Maine ein, deren Name das Wort ›Harbor‹ enthielt.

»Na los, denken Sie nach!«

Die Augen des Polizisten weiteten sich. »Waren in dem Päckchen etwa Drogen? Ist dieser Fisher ein Drogenhändler? Ich wußte doch, daß an der Sache etwas faul war. Interessiert sich das FBI deshalb dafür?«

Der Verzweiflung nahe, schüttelte Sawyer den Kopf. »Nein, nein, nichts dergleichen. Hören Sie, erinnern Sie sich wenigstens noch an den Namen des Empfängers?«

Wiederum überlegte der Mann eine Weile, bevor er verneinte. »Tut mir leid, Jungs, ich weiß es nicht mehr.«

Jackson ergriff das Wort. »Lautete der Name vielleicht

Archer? War es an jemanden mit diesem Nachnamen gerichtet?«

»Nee, daran würd' ich mich erinnern. Einer der Deputies hier heißt nämlich so.«

Jackson drückte ihm eine Visitenkarte in die Hand. »Nun, falls Ihnen noch etwas einfällt, ganz egal was, rufen Sie uns bitte sofort an. Die Angelegenheit ist äußerst wichtig.«

»Mach' ich. Verlassen Sie sich darauf.« Jackson zupfte Sawyer am Ärmel. »Gehen wir, Lee.«

Die beiden steuerten auf den Ausgang zu. Der Polizist ging zurück an die Arbeit. Plötzlich wirbelte Sawyer herum und deutete mit dem dicken Zeigefinger wie mit einer Pistole unmittelbar auf den Polizisten; gestochen scharf hatte er die Erinnerung an den Stoßstangenaufkleber eines Cadillac mit dem Text »MAINE, THE VACATIONLAND STATE« vor Augen: Der Ferienstaat Maine. »Patterson!«

Mit einem Ruck blickte der Beamte auf.

»War es an jemanden namens Patterson in Maine adressiert?« wollte Sawyer wissen.

Die Miene des Polizisten hellte sich auf, dann schnippte er mit den Fingern. »Richtig. Bill Patterson.«

Abrupt verschwand das Lächeln aus seinem Gesicht, als er die beiden FBI-Agenten Hals über Kopf aus der Polizeistation stürmen sah.

## KAPITEL 56

Bill Patterson schaute zu seiner Tochter hinüber, während sie über die schneebedeckten Straßen fuhren. In der letzten halben Stunde war der Schneefall deutlich stärker geworden. »Dieser Bursche aus der Kanzlei sollte mir also ein Päckchen zur Aufbewahrung schicken? Eine Kopie einer Computerdiskette, die Jason dir geschickt hat?« Sidney nickte. »Aber du weißt nicht, was drauf ist?«

»Die Diskette ist verschlüsselt, Paps. Jetzt habe ich das Paßwort, aber ich muß auf das Päckchen warten.«

»Und es ist nicht angekommen? Bist du sicher?«

Sidney klang verzweifelt. »Ich habe bei FedEx angerufen. Die haben keine Aufzeichnungen darüber, daß ihnen das Päckchen je übergeben wurde. Dann rief ich bei Jeff zu Hause an, und die Polizei ging ans Telefon. O Gott.« Beim Gedanken an Jeff Fishers mögliches Schicksal schauderte Sidney. »Wenn Jeff etwas passiert ist ...«

»Hast du deinen Anrufbeantworter zu Hause abgehört? Vielleicht hat er eine Nachricht hinterlassen.«

Angesichts des einfachen, aber genialen Einfalls ihres Vaters klappte Sidney der Mund auf. »Herrgott! Warum habe ich daran bloß nicht gedacht?«

»Weil du in den letzten zwei Tagen um dein Leben gerannt bist, deshalb«, meinte ihr Vater schroff. Er langte hinunter und ergriff die Schrotflinte, die auf dem Boden lag.

Sidney lenkte den Cadillac an eine Tankstelle und hielt neben einer Telefonzelle. Sie rannte hinüber. Der Schnee rieselte so dicht vom Himmel herab, daß sie den weißen Kastenwagen gar nicht bemerkte, der an der Tankstelle vorbeifuhr und in eine Seitenstraße bog, wo er umdrehte und darauf wartete, daß der Cadillac auf den Highway zurückkehrte.

Sidney schob ihre Telefonkarte in den Apparat und wählte die Nummer. Eine Ewigkeit schien zu verstreichen, ehe der Anrufbeantworter sich meldete. Eine wahre Flut von Nachrichten strömte Sidney entgegen. Von ihren Brüdern, anderen Familienmitgliedern und Freunden, die allesamt die Nachrichten gesehen hatten und Fragen stellten, Entrüstung äußerten oder Hilfe anboten. Mit wachsender Ungeduld lauschte sie einer Mitteilung nach der anderen. Als der Klang einer vertrauten Stimme an ihr Ohr drang, sog sie jäh die Luft ein.

»Hallo, Sidney, hier spricht dein Onkel George. Martha und ich sind diese Woche in Kanada. Es gefällt uns sehr gut, obwohl es verflucht kalt ist. Wie versprochen, habe ich die Weihnachtsgeschenke für dich und Amy schon früher losgeschickt. Aber sie kommen mit der Post, weil wir den verfluchten Federal Express verpaßt haben und nicht warten wollten. Wir haben sie als Eilpost und eingeschrieben aufgegeben, der Empfänger muß also dafür unterschreiben. Hoffentlich ist es das, was du dir gewünscht hast. Wir lieben dich sehr und freuen uns schon darauf, dich bald wiederzusehen. Gib Amy ein Küßchen von uns.«

Langsam legte Sidney auf. Zwar hatte sie weder einen Onkel George noch eine Tante Martha, dennoch gab ihr der Anruf keine Rätsel auf. Die Stimme eines alten Mannes hatte Jeff Fisher ziemlich gut hinbekommen. Sidney lief zurück zum Wagen und stieg ein.

Erwartungsvoll blickte ihr Vater sie an. »Hat er angerufen?«

Sidney nickte, startete den Motor und preschte mit quietschenden Reifen los, daß ihr Vater gegen die Rückenlehne geschleudert wurde. »Wohin fahren wir denn so verflucht schnell?«

»Zum Postamt.«

Das Postamt von Bell Harbor befand sich mitten im Stadtzentrum. Die Flagge der Vereinigten Staaten flatterte im peitschenden Wind. Sidney rollte an den Randstein, und ihr Vater sprang aus dem Wagen. Er ging hinein, kam wenige Minuten später zurück und duckte sich, als er wieder einstieg. Er kam mit leeren Händen. »Die heutige Postsendung ist noch nicht da.«

Sidney starrte ihn an. »Bist du sicher?«

Er nickte. »Jerome ist schon Postchef, solange ich mich erinnern kann. Er meinte, wir sollten gegen sechs noch mal vorbeischauen. Er wartet mit dem Zusperren auf uns. Weißt du, wenn Fisher das Päckchen erst vor zwei Tagen aufgegeben hat, ist es heute vielleicht noch gar nicht dabei.«

Wütend hämmerte Sidney mit beiden Händen auf das Lenkrad, bevor sie erschöpft den Kopf darauf sinken ließ. Sanft legte ihr Vater ihr seinen kräftigen Arm um die Schulter. »Sidney, es wird auf jeden Fall ankommen. Ich hoffe nur, was auch immer auf dieser Diskette ist, wird diesen Alptraum ein für allemal beenden.«

Mit fahlem Gesicht und wäßrigen Augen schaute Sidney zu ihm auf. »Muß es, Paps. Das muß es einfach.« Verzweiflung schwang in ihrer Stimme mit. *Und wenn nicht? Nein, daran wollte sie gar nicht erst denken.* Sie wischte sich die Haare aus dem Gesicht, legte den Gang ein und fuhr los.

Der weiße Kastenwagen wartete noch ein paar Minuten, dann rollte er aus einer Seitengasse und folgte ihnen.

»Das darf doch wohl nicht wahr sein«, polterte Sawyer.

Unverkennbar frustriert, blickte Jackson ihn an. »Was soll ich sagen, Lee, da draußen tobt ein Blizzard. National, Dulles und BWI sind allesamt geschlossen. Ebenso Kennedy, La Guardia und Logan. Auch Newark und Philly. Überall im Land sind die Flüge gestrichen. An der gesamten Ostküste sieht's aus wie in Sibirien. Und das FBI rückt keine Maschine für einen Flug bei diesem Wetter raus.«

»Ray, wir *müssen* aber nach Bell Harbor. Wir sollten längst dort sein. Wie steht's mit dem Zug?«

»Amtrak ist noch dabei, die Strecken zu säubern. Und außerdem habe ich mich erkundigt – der Zug fährt nicht ganz durch. Das letzte Stück müßten wir mit dem Bus zurücklegen. Und bei diesem Wetter ist die Interstate mit Sicherheit streckenweise gesperrt. Noch dazu ist es keine durchgehende Schnellstraße. Wir müßten einige Landstraßen nehmen. Alles in allem reden wir hier von mindestens fünfzehn Stunden Fahrtzeit.«

Sawyer sah aus, als würde er jeden Augenblick in die Luft gehen. »In weniger als einer Stunde könnten sie alle tot sein, geschweige denn in fünfzehn!«

»Mir brauchst du das nicht zu sagen. Könnte ich die Arme ausbreiten und fliegen, ich würde es tun«, schoß Jackson verärgert zurück.

Sogleich beruhigte Sawyer sich wieder. »Schon gut, tut mir leid, Ray.« Er setzte sich. »Hattest du Glück mit den örtlichen Behörden?«

»Ich habe wie ein Wilder telefoniert. Das nächstgelegene Regionalbüro befindet sich in Boston. Gute fünf Stunden entfernt. Und bei diesem Wetter? Wer weiß? In Portland und Augusta gibt es kleine Ortsbüros. Dort hinterließ ich Nachrichten, habe aber bis jetzt noch keinen Rückruf erhalten. Die Staatspolizei wäre eine Möglichkeit, obwohl die im Augenblick wahrscheinlich alle Hände voll mit Verkehrsunfällen zu tun hat.«

»Scheiße!« Verzweifelt schüttelte Sawyer den Kopf und trommelte ungeduldig mit den Fingern auf den Tisch. »Ein Flugzeug ist die einzige Möglichkeit. Es muß doch jemanden geben, der bereit ist, bei diesem Mistwetter zu fliegen.«

Ray schüttelte den Kopf. »Höchstens ein Kampfpilot. Kennst du einen?« fragte er sarkastisch.

Sawyer sprang auf. »Aber ja! Natürlich!«

Neben einem kleinen Hangar am Manassas County Airport kam der schwarze Kastenwagen zum Stehen. Es schneite so heftig, daß man kaum mehr als ein paar Zentimeter weit sehen konnte. Ein halbes Dutzend schwer bewaffneter und schwarz gekleideter Mitglieder des SWAT-Teams stieg eilends aus und rannte auf das mit laufenden Triebwerken auf der Piste wartende Flugzeug zu, dicht gefolgt von Sawyer und Jackson, die beide ein Sturmgewehr bei sich trugen. Rasch gingen die beiden Agenten an Bord der Saab Turboprop. Sawyer ließ sich neben dem Piloten nieder, während Jackson und die Mitglieder des SWAT-Teams sich auf den hinteren Sitzen angurteten.

»Ich hatte gehofft, dich noch einmal zu sehen, bevor dieser verfluchte Fall abgeschlossen ist, Lee«, brüllte George Kaplan über den Lärm der Triebwerke hinweg und grinste Sawyer an.

»Na hör mal, ich vergess' doch meine alten Freunde nicht, George. Außerdem kenne ich sonst keinen, der verrückt genug wäre, bei diesem Scheißwetter zu fliegen.« Sawyer schaute durch die Windschutzscheibe der Saab. Mehr als undurchdringliches Weiß konnte er nicht erkennen. Er blickte zu Kaplan, der die Instrumente bediente, während das Flugzeug auf die Startbahn zurollte. Gerade erst war ein Bulldozer mit dem Säubern des kurzen Asphaltstreifens fertiggeworden, doch die Piste wurde bereits wieder weiß. Kein einziges anderes Flugzeug wurde startklar gemacht, denn offiziell galt der Flughafen als geschlossen. Jeder vernünftige Mensch hielt sich daran.

Hinten verdrehte Ray Jackson die Augen und umklammerte die Armlehnen, als er durch das Fenster in das fast ungebrochene Weiß starrte. Er wandte sich an ein Mitglied des Einsatzteams. »Wir haben alle eine Meise, das wißt ihr doch, oder?«

Grinsend drehte Sawyer sich zu ihm um. »He, Ray, du kannst immer noch hier bleiben. Wenn ich zurückkomme, erzähl' ich dir, was du verpaßt hast.«

»Und wer soll dir dann den krummen Rücken decken?« schoß Jackson zurück.

Kichernd drehte Sawyer sich zurück und schaute zu Kaplan. Unvermittelt trat Besorgnis an die Stelle des Lächelns. »Wirst du den Vogel in die Luft kriegen?« fragte er.

Kaplan grinste. »Ich bin schon durch Napalm geflogen, um mir mein Geld zu verdienen.«

Sawyer brachte ein dünnes Lächeln zustande, doch ihm entging keineswegs, wie konzentriert Kaplan auf die Instrumente und in den herabwirbelnden Schnee starrte. Schließlich verharrte Sawyers Blick an der pochenden Vene, die deutlich an der rechten Schläfe des NTSB-Mannes hervortrat. Tief atmete Sawyer aus, dann schnallte er den Sicherheitsgurt so fest es ging und umklammerte mit beiden Händen die Armlehne, als Kaplan den Gashebel vorschob.

Rasant beschleunigte die Saab und rumpelte und holperte über die verschneite Startbahn. Sawyer schaute nach vorn. Die Scheinwerfer des Flugzeugs beleuchteten eine Wiese, die das Ende der Rollbahn darstellte – und die immer näher kam. Während die Saab gegen Schnee und Wind ankämpfte, blickte Sawyer neuerlich zu Kaplan hinüber. Angestrengt starrten die Augen des Piloten abwechselnd durch die Windschutzscheibe und kurz zurück auf die Instrumente. Als Sawyer sich wieder nach vorn wandte, rutschte ihm fast das Herz in die Hose. Die Maschine hatte das Ende der Piste erreicht. Die beiden Triebwerke des Saab röhrten mit voller Kraft. Dennoch schien es nicht zu reichen.

Hinten schlossen Ray Jackson und das gesamte SWAT-Team gleichzeitig die Augen. Ein stummes Gebet drang von Ray Jacksons Lippen, als er an ein anderes Feld dachte, das für ein Flugzeug und alle Menschen an Bord zur letzten Ruhestätte geworden war. Plötzlich ruckte die Nase der Saab nach oben, und die Maschine hob vom Boden ab. Grinsend drehte Kaplan sich zu Sawyer, der zwei Nuancen bleicher als noch vor einer Minute wirkte. »Siehst du, ich hab' doch gesagt, es ist kinderleicht.«

Während die Maschine beständig an Höhe gewann, zupfte Sawyer Kaplan am Ärmel. »Die Frage mag vielleicht ein wenig verfrüht sein, aber gibt es in Maine einen Ort, wo wir mit dem Ding landen können?«

Kaplan nickte. »In Portsmouth gibt es einen Regionalflughafen, aber der ist zwei Stunden von Bell Harbor entfernt. Als ich unseren Flugplan einreichte, habe ich mir die Karten angesehen. Zehn Minuten außerhalb von Bell Harbor befindet sich ein ehemaliges Militärflugfeld. Ich habe mit der Staatspolizei vereinbart, daß wir dort mit einem Transportmittel abgeholt werden.«

»Sagtest du ›ehemaliges‹?«

»Es ist durchaus noch verwendbar, Lee. Das Gute ist, daß wir uns wegen des Wetters keine Gedanken über den Flugverkehr machen müssen. Wir haben die ganze Strecke freie Bahn.«

»Du meinst, außer uns ist niemand so verrückt?«

Kaplan grinste. »Allerdings, das Schlechte ist, daß dieses Flugfeld keinen funktionierenden Tower besitzt. Die Landung müssen wir ohne Hilfe hinbekommen, obwohl man Lichter für uns aufstellen wird, damit wir die Ränder der Piste erkennen. Aber das macht nichts, ich bin schon öfter so gelandet.«

»Auch bei so einem Wetter?«

»He, es gibt für alles ein erstes Mal. Aber ganz im Ernst, dieses Flugzeug ist nicht kaputtzukriegen, und die Instrumente sind erste Sahne. Wird schon schiefgehen.«

»Wenn du's sagst.«

Das Flugzeug ruckelte und schaukelte entsetzlich, während Höhenwinde und der Schnee daran rüttelten. Eine plötzliche Bö schien die Saab zum Stillstand zu bringen; vereint hielten alle an Bord die Luft an, als das Flugzeug nach dem Windstoß erzitterte und ein paar hundert Fuß tief absackte, bevor es von einer weiteren Bö erfaßt wurde. Die Maschine drehte sich seitwärts, verharrte kurz und sackte abermals in die Tiefe, diesmal sogar noch weiter.

Sawyer schaute aus dem Fenster. Mehr als undurchdringliches Weiß konnte er nicht erkennen: Schnee und Wolken, wenngleich er beim besten Willen das eine nicht vom anderen zu unterscheiden vermochte. Sein Höhen- und Orientierungssinn hatten sich längst verabschiedet. Seinem Gefühl nach befand sich die gute, alte Erde kaum zwei Meter unter ihnen und kam viel zu schnell näher.

Kaplan blickte Sawyer an. »Na gut, ich gebe zu, das ist ziemlich übel. Durchhalten, Leute, ich bring' uns auf zehntausend Fuß rauf. Dieser Sturm ist zwar wirklich heftig, reicht aber nicht so hoch. Wollen doch mal sehen, ob ich uns keinen ruhigeren Flug verschaffen kann.«

Die nächsten paar Minuten ging es unvermindert heftig auf und ab und gelegentlich seitwärts. Endlich durchbrachen sie die Wolkendecke und traten ein in einen rasch dunkel werdenden, aber gnadenreich klaren Himmel. Innerhalb einer Minute befand sich das Flugzeug auf ruhiger horizontaler Flugbahn Richtung Norden.

Kurz nach sechs Uhr rollten Sidney und ihr Vater neuerlich vor das Postamt von Bell Harbor. Bill Patterson ging hinein, und diesmal kam er mit einem Päckchen zurück. Der Cadillac fuhr los. Patterson riß eine Seite des Kuverts auf und lugte hinein. Um besser zu sehen, schaltete er die Innenbeleuchtung ein.

Sidney schaute zu ihm hinüber. »Und?«

»Alles in Ordnung, es ist eine Computerdiskette.«

Sidney entspannte sich ein wenig. Mit der Hand faßte sie in die Tasche, um den Zettel mit dem Paßwort hervorzuholen. Als ihre Finger das große Loch in der Tasche ertasteten, wurde sie blaß; zum erstenmal bemerkte sie, daß die Innenseite der Jacke, einschließlich der Tasche, aufgeschlitzt war. Unvermittelt hielt sie den Wagen an und durchsuchte hektisch alle übrigen Taschen. »O mein Gott! Das darf doch nicht wahr sein!« Sie schlug mit den Fäusten auf den Sitz. »Verdammt noch mal.«

»Was ist denn los, Sidney?« Patterson ergriff ihre Hand.

Kraftlos sank sie auf den Sitz zurück. »Ich hatte das Paßwort in der Jacke. Jetzt ist es weg. Ich ... ich muß es im Haus verloren haben, als dieser Kerl versuchte, mich in kleine Scheibchen zu schneiden.«

»Hast du es dir denn nicht eingeprägt?«

»Dafür ist es zu lang, Paps. Und es sind ausschließlich Ziffern.«

»Und sonst hat es niemand?«

Unruhig leckte sich Sidney über die Lippen. »Lee Sawyer

hat es.« Unwillkürlich blickte sie in den Innenspiegel, als sie den Gang einlegte. »Ich kann versuchen, ihn anzurufen.«

»Sawyer. Ist das nicht der große Kerl, der zu dir nach Hause kam?«

»Ja.«

»Aber das FBI fahndet nach dir. Du kannst ihn nicht anrufen.«

»Das ist schon in Ordnung, Paps. Er steht auf unserer Seite. Halt dich fest.« Jäh bog sie in eine Tankstelle und rollte neben eine Telefonzelle. Während ihr Vater mit der Schrotflinte im Wagen Wache hielt, rief Sidney Sawyers Privatnummer an. Ungeduldig wartete sie darauf, daß er abhob.

Dabei beobachtete sie, wie ein weißer Kastenwagen an die Tankstelle fuhr. Er hatte Nummernschilder aus Rhode Island. Mißtrauisch betrachtete sie das Fahrzeug eine Weile, dann aber vergaß sie es völlig, als sie sah, wie ein Wagen mit zwei Staatspolizisten an die Tankstelle bog. Einer der beiden Polizisten stieg aus. Als er in ihre Richtung blickte, erstarrte sie. Dann ging er in das Tankwarthäuschen, in dem auch Snacks und Getränke verkauft wurden. Schnell drehte Sidney sich von dem anderen Polizisten weg und schlug den Mantelkragen hoch. Eine Minute später stieg sie wieder ins Auto.

»Himmel, ich dachte, ich bekäme einen Herzanfall, als ich die Polizei reinfahren sah«, keuchte Patterson mit bebender Stimme.

Sidney startete den Wagen und setzte betont langsam aus dem Parkplatz zurück. Der Polizist war noch im Laden. Wahrscheinlich holte er Kaffee, mutmaßte sie.

»Hast du Sawyer erreicht?«

Sidney schüttelte den Kopf. »Verflucht, das darf doch nicht wahr sein. Zuerst habe ich die Diskette und kein Paßwort. Dann kriege ich das Paßwort und verliere die Diskette. Jetzt habe ich die Diskette zurück, dafür ist das Paßwort wieder weg. Ich verliere noch den Verstand.« Sie raufte sich die Haare.

»Woher hattest du das Paßwort ursprünglich?«

»Aus Jasons Mailbox bei America Online. Großer Gott!« Kerzengerade richtete Sidney sich im Sitz auf.

»Was?«

»Ich kann die Nachricht wieder aus Jasons Mailbox abrufen.« Sie sank zurück. »Nein, dafür bräuchte ich einen Computer.«

Ein Lächeln trat auf das Gesicht ihres Vaters. »Wir haben einen.«

Sie riß den Kopf herum. »Was?«

»Ich habe meinen Laptop mitgenommen. Du weißt doch, wie Jason mich für Computer begeisterte. Adressenverzeichnis, Investmentportefeuille, Spiele, Rezepte, sogar medizinische Daten – alles ist da drauf. Ich habe sogar ein Konto bei America Online und die entsprechende Software. Und der Laptop ist mit einem Modem ausgestattet.«

»Paps, du bist einfach wunderbar.« Sidney küßte ihn auf die Wange.

»Es gibt nur ein Problem.«

»Und zwar?«

»Der Laptop ist im Strandhaus bei all unserem anderen Zeug.«

Sidney schlug sich auf die Stirn. »Verdammt!«

»Nun, wir holen ihn einfach.«

Vehement schüttelte sie den Kopf. »O nein, Paps. Das ist viel zu riskant.«

»Warum? Wir sind bis an die Zähne bewaffnet. Deine Verfolger haben wir abgeschüttelt. Wahrscheinlich nehmen sie an, wir wären längst verduftet. Ich brauche nicht mal eine Minute, um das Ding zu holen, dann fahren wir zurück zum Motel, stecken es ein und besorgen uns das Paßwort.«

Sidney zögerte. »Ich weiß nicht recht, Paps.«

»Tja, ich weiß ja nicht, wie es dir geht, aber ich möchte gern wissen, was auf der verfluchten Diskette ist.« Er hielt das Päckchen hoch. »Du etwa nicht?«

Sidney betrachtete das Kuvert und biß sich auf die Lippe. Schließlich schaltete sie den Blinker ein und schlug die Richtung zum Strandhaus ein.

Der Jet brach durch die niedrig hängende Wolkendecke und landete auf dem privaten Flugfeld. Die prächtige Hotelanlage an der Küste von Maine hatte einst einem Gangsterboß als Sommerresidenz gedient. Nunmehr galt sie als beliebtes Reiseziel für betuchte Gäste. Im Dezember jedoch stand die Anlage leer; lediglich Wartungsarbeiten wurden einmal wöchentlich von einer ortsansässigen Firma durchgeführt. Da es im Umkreis von mehreren Kilometern absolut nichts gab, stellte die Abgeschiedenheit der Anlage eine ihrer herausragendsten Eigenschaften dar. Kaum dreihundert Meter von der Piste entfernt, toste und brandete der Atlantik.

Eine Gruppe höchst grimmig wirkender Leute entstieg dem Flugzeug, vor dem bereits ein Wagen wartete, der sie zum Hotel brachte, welches etwa eine Minute entfernt lag. Der Jet wendete und rollte zum gegenüber liegenden Ende der Piste, wo die Tür sich neuerlich öffnete, und ein weiterer Mann ausstieg, der raschen Schrittes auf das Gebäude zulief.

Sidney mühte sich mit dem Wagen die verschneite Straße entlang. Zwar hatte der Schneepflug die harte Asphaltdecke bereits mehrmals geräumt, doch Mutter Natur behielt die Oberhand. Selbst der schwere Cadillac geriet auf der unebenen Fahrbahn ins Schleudern.

Sidney schaute zu ihrem Vater. »Paps, mir gefällt das nicht. Fahren wir doch einfach nach Boston. In vier bis fünf Stunden könnten wir dort sein. Wir bleiben bei Mam und Amy und suchen uns morgen einen anderen Computer.«

Bill Pattersons Gesicht nahm einen überaus sturen Ausdruck an. »Bei diesem Wetter? Wahrscheinlich ist die Schnellstraße gesperrt. Zum Teufel, um diese Jahreszeit ist der Großteil des gesamten Staates Maine gesperrt. Wir sind fast da. Du bleibst im Wagen, läßt den Motor laufen, und bevor du bis zehn zählen kannst, bin ich wieder zurück.«

»Aber Paps –«

»Sidney, da ist niemand. Wir sind ganz allein. Ich nehme die Schrotflinte mit, okay? Warte einfach am Straßenrand. Fahr nicht in die Auffahrt, sonst stecken wir fest.«

Schließlich gab Sidney nach und tat, wie ihr geheißen. Ihr Vater stieg aus, beugte sich mit einem Grinsen im Gesicht wieder herein und meinte: »Fang an, bis zehn zu zählen.«

»Beeil dich einfach, Paps!«

Ängstlich beobachtete sie, wie er mit der Schrotflinte in der Hand durch den Schnee stapfte. Dann begann sie den Blick prüfend über die Straße schweifen zu lassen. Vermutlich hatte ihr Vater recht. Sie betrachtete das Kuvert mit der Diskette, ergriff es und steckte es in die Handtasche. Noch einmal würde sie das Ding nicht verlieren.

Ruckartig fuhr sie hoch, als im Haus Licht anging. Sogleich faßte sie sich wieder. Ihr Vater brauchte Licht zum Suchen. Fast hatten sie es geschafft.

Kaum eine Minute später blickte sie wiederum zum Haus, als die Tür zuschwang und jemand auf den Wagen zukam. Ihr Vater lag gut in der Zeit.

*»Sidney!«* Sie riß den Kopf hoch und sah mit schreckensgeweiteten Augen, wie ihr Vater im ersten Stock auf den Balkon stürmte. *»Fahr los!«*

Durch das dichte Schneetreiben beobachtete sie, wie Hände ihren Vater packten und grob zu Boden zerrten. Über den Wind hinweg hörte sie ihn abermals brüllen, dann verstummte er. Scheinwerferlicht strahlte ihr ins Gesicht. Als sie herumwirbelte, um durch die Windschutzscheibe zu schauen, hatte der weiße Kastenwagen sie schon fast erreicht. Er mußte zuvor mit ausgeschalteten Scheinwerfern gefahren sein.

Dann erblickte sie die schemenhafte Gestalt neben dem Wagen und sah zu ihrem Entsetzen, wie sich die Mündung eines Maschinengewehrs auf ihren Kopf richtete. Zugleich betätigte sie die Zentralverriegelung, legte den Rückwärtsgang ein und trat aufs Gaspedal. Gerade, als sie sich seitwärts auf den Sitz warf, strich eine Salve aus dem Maschinengewehr über den Cadillac, zerschoß das Fenster auf der Beifahrerseite und zerschmetterte die halbe Windschutzscheibe. Unter dem heftigen Beschuß brach die Kühlerfront des Fahrzeugs jäh seitlich aus, prallte mit menschlichem

Fleisch zusammen und beförderte den Schützen in eine Schneewehe. Endlich gruben sich die Räder des Cadillac durch die Schneeschicht, fanden auf dem Asphalt Halt und beförderten den Wagen mit einem Ruck nach hinten.

Mit Glassplittern übersät, richtete Sidney sich auf und versuchte, die Kontrolle über das schleudernde Fahrzeug wiederzuerlangen, während sie zusah, wie der Kastenwagen auf sie zusteuerte. Rückwärts raste sie die Straße entlang, bis kurz hinter die Kreuzung, die vom Strand wegführte. Dann legte sie den ersten Gang ein, trat das Gaspedal durch und schlitterte über die Kreuzung. Der Wagen preschte vorwärts; Schnee, Salz und Rollsplitt stoben von den Reifen auf. Im nächsten Augenblick raste sie bereits die Straße entlang; Schnee und Wind wirbelten durch die neuen Öffnungen des Autos.

Sie blickte in den Innenspiegel. Nichts. Warum verfolgten die sie nicht? Nachdem ihr Verstand wieder einsetzte, beantwortete sie sogleich die eigene Frage. Weil sie ihren Vater hatten.

## KAPITEL 57

»Wir sind da, Leute, festhalten.« Kaplan verringerte die Fluggeschwindigkeit, betätigte das Steuer, und die Maschine brach plötzlich ruckelnd und schaukelnd durch die niedrige Wolkendecke. Ein paar Kilometer voraus kennzeichneten im hartgefrorenen Boden steckende Leuchtfackeln die Ränder der Landebahn. Kaplan sah den beleuchteten Pfad und setzte ein breites Grinsen auf. »Verflucht, bin ich gut.«

Kaum eine Minute später setzte die Saab unter wüstem Schneegewirbel am Boden auf. Noch bevor die Maschine ausgerollt war, hatte Sawyer bereits die Tür aufgerissen. Gierig sog er die frostige Luft ein, wodurch er seine Übelkeit rasch überwand. Nach ihm taumelten die Mitglieder des Einsatzteams aus dem Flugzeug; einige setzten sich auf den vereisten Asphalt und atmeten tief durch. Jackson kletterte als Letzter heraus.

Sawyer, der sich mittlerweile erholt hatte, musterte ihn. »Himmel, Ray, du bist ja richtig blaß.« Jackson wollte etwas erwidern, dann aber deutete er mit zittrigem Zeigefinger auf Sawyer und bedeckte mit der anderen Hand den Mund. Wortlos lief er mit den Mitgliedern des SWAT-Teams auf ein in der Nähe wartendes Fahrzeug zu; daneben stand ein Staatspolizist, der mit der Taschenlampe winkte, um ihnen den Weg zu weisen.

Sawyer beugte sich zurück in die Maschine. »Danke für den Flug, George. Willst du hier warten? Ich weiß nicht, wie lange es dauert.«

Kaplan konnte sich ein Grinsen nicht verkneifen. »Soll das ein Witz sein? Glaubst du, ich lasse mir die Gelegenheit entgehen, euch Jungs nach Hause zu bringen? Ich rühr' mich nicht von der Stelle.«

Als Antwort ließ Sawyer ein Grunzen vernehmen, schloß die Tür und hastete hinüber zum Wagen. Die anderen standen im Kreis und warteten auf ihn. Als Sawyer ihr Transportmittel erblickte, verharrte er reglos. Alle Blicke richteten sich auf die grüne Minna.

Der Polizist schaute sie an. »Tut mir leid, Jungs, was anderes konnten wir für Euch in der kurzen Zeit nicht auftreiben.«

Die FBI-Agenten stiegen hinten ein.

In dem Wagen gab es ein kleines, vergittertes Fenster nach vorn. Jackson schob es auf, damit der Fahrer ihn hörte. »Können Sie hier hinten die Heizung einschalten?«

»Tut mir leid«, erwiderte der Mann. »Ein Häftling, den wir transportierten, hat durchgedreht und den Ventilator kaputt gemacht; das Ding ist noch nicht repariert.«

Zusammengekauert auf der Bank sitzend, sah Sawyer so dichte Atemwolken aufsteigen, daß es den Eindruck machte, ein Feuer sei ausgebrochen. Er legte das Gewehr beiseite und rieb die Finger aneinander, um sie zu wärmen. Ein kalter Luftzug aus einer unsichtbaren Ritze des Wagens fuhr ihm genau zwischen die Schulterblätter. Sawyer schauderte. *Himmel*, dachte er, *das ist, als hätte jemand die Klimaanlage auf volle Leistung gestellt.* So kalt war ihm nicht mehr gewesen, seit er in der Parkgarage den Mord an Brophy und Goldman untersuchte ...

In diesem Augenblick erinnerte Sawyer sich an ein weiteres Zusammentreffen mit den Auswirkungen einer Klimaanlage – in der Wohnung des ermordeten Tankwarts.

Und dann trat ein Ausdruck völliger Ungläubigkeit auf sein Gesicht, als ihm in diesem Zusammenhang etwas in den Sinn kam.

»O mein Gott.«

Sidney wußte, daß es für die Männer, die ihren Vater in der Gewalt hatten, nur eine Möglichkeit gab, mit ihr Verbindung aufzunehmen. An einem kleinen Lebensmittelladen hielt sie an, stieg aus und lief zum Telefon. Sie wählte ihre Nummer zu Hause in Virginia. Als der Anrufbeantworter sich meldete, versuchte sie angestrengt, die Stimme zu erkennen, was ihr jedoch nicht gelang. Man gab ihr eine Nummer, die sie anrufen sollte. Vermutlich handelte es sich um ein Mobiltelefon und keinen fixen Anschluß. Tief holte sie Luft und wählte.

Am anderen Ende wurde sofort abgehoben. Die Stimme war eine andere als die auf dem Anrufbeantworter, doch auch diese konnte sie nicht einordnen. Sie sollte auf der Route 1 etwa zwanzig Minuten Richtung Norden fahren und die Ausfahrt für Port Haven nehmen. Dann erhielt sie genaue Anweisungen, die sie an einen abgeschiedenen Landstrich zwischen Port Haven und der etwas größeren Stadt Bath führen würden.

»Ich will mit meinem Vater reden.« Der Wunsch wurde abgelehnt. »Dann komme ich nicht. Schließlich könnte er bereits tot sein.«

Beklemmende Stille trat ein. Pochend schlug ihr Herz gegen den Brustkorb. Erleichtert stieß sie die Luft aus, als sie die Stimme hörte.

»Sidney, Liebling.«

»Paps, geht es dir gut?«

»Sid, um Himmels willen, verschwinde von hier –«

»Paps? Paps?« Sidney brüllte ins Telefon. Ein Mann, der mit einem Becher Kaffee aus dem Laden kam, starrte sie an, schaute hinüber zum schwer beschädigten Cadillac, dann zurück zu ihr. Sidney starrte zurück und ließ die Hand instinktiv zu der 9mm in der Tasche wandern. Hastig lief der Mann zu seinem Lieferwagen und fuhr los.

Die Stimme meldete sich zurück und erklärte ihr, sie habe dreißig Minuten Zeit, um den Bestimmungsort zu erreichen.

»Woher weiß ich, daß Sie meinen Vater freilassen, wenn ich Ihnen die Diskette gebe.«

»Gar nicht.« Der Tonfall der Stimme duldete keinen Widerspruch.

Doch nun brach die Anwältin in Sidney hervor. »Das reicht mir nicht. Wenn Sie die Diskette so dringend brauchen, werden wir uns auf ein paar Bedingungen einigen.«

»Das soll wohl ein Scherz sein. Wollen Sie Ihren alten Herrn in einem Leichensack zurückbekommen?«

»Also treffen wir uns irgendwo im Niemandsland, ich gebe Ihnen die Diskette, und Sie lassen meinen Vater und mich aus reiner Herzensgüte ziehen? Sicher! Unter diesen Voraussetzungen kriegen Sie die Diskette und meinen Vater, und ich lande irgendwo im Atlantik als Haifutter. Wenn Sie das wollen, was ich habe, dann müssen Sie sich schon etwas wesentlich Besseres einfallen lassen.«

Obwohl der Mann die Hand über den Hörer legte, vernahm Sidney am anderen Ende Stimmen; ein paar davon klangen wütend.

»Entweder machen wir es auf unsere Art oder gar nicht.«

»Na schön. Ich bin so gut wie unterwegs zum Hauptquartier der Staatspolizei. Schalten Sie die Abendnachrichten ein. Ich bin sicher, Sie wollen nichts verpassen. Auf Wiederhören.«

»Warten Sie!«

Eine Minute lang schwieg Sidney beharrlich. Als sie weitersprach, schwang in ihrer Stimme viel mehr Selbstvertrauen mit, als sie im Augenblick empfand. »In dreißig Minuten bin ich an der Kreuzung Chaplain und Merchant Street im Zentrum von Bell Harbor. Ich werde im Auto sitzen. Der Wagen sollte nicht zu übersehen sein, es ist der mit den vielen Löchern drin. Sie werden zweimal mit den Scheinwerfern blinken. Dann lassen Sie meinen Vater aussteigen. Auf der gegenüber liegenden Straßenseite befindet sich ein Restaurant. Sobald ich ihn hineingehen sehe, öffne ich die Autotür, lege die Diskette auf den Boden und fahre los. Bitte vergessen Sie nicht, daß ich schwer bewaffnet und gerne bereit bin, so viele von Ihnen in die Hölle zu schicken, wie ich erwischen kann.«

»Woher sollen wir wissen, daß es die richtige Diskette ist?«

»Ich will meinen Vater zurück. Es wird die richtige Diskette sein. Verrecken sollen Sie dran! Haben wir eine Vereinbarung?« Nun duldete *ihr* Tonfall keinen Widerspruch.

Angespannt erwartete sie die Antwort. *Bitte, lieber Gott, laß sie meinen Plan nicht durchschauen.* Ein Stoßseufzer der Erleichterung entfuhr ihr, als die Antwort endlich kam. »In dreißig Minuten.« Dann war die Leitung tot.

Sidney stieg zurück in den Wagen und umklammerte verzweifelt das Lenkrad. Wie um alles in der Welt war es ihnen gelungen, sie und ihren Vater aufzuspüren? Es schien unmöglich. Es war, als hätte man sie schon die ganze Zeit beobachtet. Den weißen Kastenwagen hatte sie schon an der Tankstelle gesehen. Wahrscheinlich hätte der Angriff bereits dort stattgefunden, wären nicht rechtzeitig die Polizisten aufgetaucht.

Sie legte sich auf die Vordersitze und versuchte, die Nerven im Griff zu behalten. Dabei schob sie die Handtasche aus dem Weg und öffnete sie, nur um sicherzugehen, daß die Diskette noch da war. Die Diskette für ihren Vater. Doch war die Diskette erst weg, würde sie den Rest ihres Lebens auf der Flucht vor der Polizei fristen müssen. Zumindest so lange, bis man sie schnappte. Was für eine Wahl! Aber in Wahrheit hatte sie gar keine Wahl.

Sie richtete sich auf und wollte die Handtasche schließen. Mitten in der Bewegung hielt sie inne. Ihre Gedanken wanderten zurück zu jener Nacht, der Nacht in der Limousine. So viel hatte sich ereignet, seit sie damals mit knapper Not entkommen war. Doch eigentlich war sie gar nicht entkommen, oder? Der Mörder hatte sie laufen lassen und ihr sogar freundlicherweise die Handtasche zurückgegeben. Hätte er sie ihr nicht zugeworfen, sie hätte sie völlig vergessen. Damals war sie so froh darüber gewesen, mit dem Leben davonzukommen, daß sie nie wirklich darüber nachgedacht hatte, was ihn zu dieser bemerkenswerten Geste veranlaßt hatte …

Sidney begann den Inhalt der Handtasche zu durchwühlen. Es dauerte eine Weile, doch schließlich fand sie es, ganz unten am Boden. Es war in einen Schlitz im Saum gesteckt worden. Fassungslos hielt sie den Gegenstand hoch und starrte ihn an. Ein winziger Sender.

Ängstlich blickte sie sich um, als ihr ein Schauder über den Rücken lief. Dann startete sie den Wagen, legte den Gang ein und fuhr los. Weiter vorn stand ein zu einem Schneepflug umfunktionierter Müllwagen am Straßenrand. Sidney schaute in den Rückspiegel. Niemand war hinter ihr. Sie kurbelte das fahrerseitige Fenster herunter, rollte neben den Müllwagen und holte aus, um den Sender hinten auf die Ladefläche zu werfen. Dann besann sie sich ebenso rasch eines Besseren, hielt mitten in der Bewegung inne und kurbelte das Fenster wieder hoch. Den Sender hatte sie noch in der Hand.

Sidney trat aufs Gaspedal und ließ den Müllwagen hinter sich zurück. Sie blickte hinab auf ihren winzigen Begleiter der letzten Tage. Was hatte sie schon zu verlieren? Rasch fuhr sie auf die Stadt zu. Sie mußte den vereinbarten Übergabeort so früh wie möglich erreichen. Doch zuerst benötigte sie etwas aus dem Gemischtwarenladen.

Das Restaurant, das Sidney am Telefon erwähnt hatte, war voll mit hungrigen Gästen. Zwei Häuserblöcke von der vereinbarten Übergabestelle entfernt, stand der Cadillac mit ausgeschalteten Scheinwerfern am Straßenrand, neben einem mächtigen, von einem hüfthohen schmiedeeisernen Zaun umgebenen Baum. Im Inneren des Cadillac war es dunkel, die Silhouette des Fahrers kaum erkennbar.

Rasch liefen zwei Männer den Gehsteig entlang, während zwei weitere Männer ihre Bewegungen auf der gegenüberliegenden Straßenseite widerspiegelten. Einer blickte hinab auf ein kleines Gerät in seiner Hand; auf dem winzigen Bildschirm befand sich ein Raster. Ein rotes Licht blinkte auf dem Monitor; es wies unverkennbar auf den Cadillac.

Rasch umringte die Gruppe den Wagen. Eine Waffe wurde durch das ehemalige Beifahrerfenster geschoben, gleichzeitig wurde die Fahrertür aufgerissen. Völlig verblüfft glotzten die bewaffneten Männer den Fahrer an: einen Mop mit übergestülpter Lederjacke und einer Baseballmütze, die verwegen auf dem Stiel thronte.

Der weiße Kastenwagen parkte mit laufendem Motor an der Kreuzung Chaplain und Merchant Street. Der Fahrer blickte auf die Uhr, ließ den Blick über die Straße schweifen, danach betätigte er zweimal die Lichthupe. Hinten im Wagen lag Bill Patterson auf dem Boden, an Händen und Füßen gefesselt, den Mund mit Klebeband geknebelt. Als die Beifahrertür aufgerissen und eine 9mm-Pistole auf seinen Kopf gerichtet wurde, wirbelte der Fahrer herum.

Sidney stieg in den Kastenwagen. Kurz spähte sie in den Fond, um sich zu vergewissern, daß ihr Vater in Ordnung war. Durch das hintere Fenster hatte sie ihn bereits gesehen, als sie den Lieferwagen vor einer Minute entdeckte. Sie nahm an, daß die Entführer darauf vorbereitet sein mußten, ihren Vater tatsächlich freizulassen.

»Leg die Waffe auf den Boden. Ganz vorsichtig. Sollte dein Finger auch nur in die Nähe des Abzugs gelangen, pumpe ich dir das ganze Magazin in den Schädel. Mach schon!«

Der Fahrer tat wie befohlen.

»Und jetzt raus!«

»Was?«

Sidney drückte ihm die Pistole an den Hals, wo sie schmerzhaft gegen die pulsierende Vene drückte. »Raus!«

Als er die Tür öffnete und ihr den Rücken zuwandte, schwang Sidney die Beine auf den Sitz, holte aus und trat mit aller Kraft zu. Der Mann stürzte der Länge nach auf die Straße. Schnell rutschte sie auf den Fahrersitz, riß die Tür zu und trat das Gaspedal durch. Die Reifen des Lieferwagens schwärzten den weißen Schnee, dann preschte das Fahrzeug los.

Zehn Minuten außerhalb der Stadt hielt Sidney an, hechtete nach hinten und befreite ihren Vater. Eine Weile saßen die beiden da und hielten einander fest; heftig bebten ihre Körper in einer Mischung aus Furcht und Erleichterung.

»Wir brauchen ein anderes Auto. Denen ist durchaus zuzutrauen, daß sie dieses verwanzt haben. Außerdem werden sie nach dem Kastenwagen suchen«, meinte Sidney, während sie die Straße entlangfuhren.

»Etwa fünf Minuten von hier gibt es eine Autovermietung. Aber warum gehen wir nicht einfach zur Polizei, Sid?« Ihr Vater rieb sich die Handgelenke. Die geschwollen Augen und geschundenen Knöchel zeugten von dem Widerstand, den der alte Mann geleistet hatte.

Sidney atmete tief durch und schaute zu ihm hinüber. »Paps, ich weiß nicht, was auf der Diskette ist. Wenn es nicht reicht ...«

Ihr Vater sah sie an und begriff, daß er sein kleines Mädchen trotz allem noch verlieren konnte.

»Es wird reichen, Sidney. Wenn Jason all den Ärger auf sich genommen hat, um sie dir zu schicken, dann *muß* es einfach reichen.«

Matt lächelte sie ihm zu, dann verfinsterte sich ihr Gesicht. »Wir müssen uns trennen, Paps.«

»Kommt überhaupt nicht in Frage, daß ich dich jetzt allein lasse.«

»Indem du bei mir bist, wirst du zum Mittäter. Und eins sage ich dir: Wir werden keinesfalls beide in den Knast wandern.«

»Das ist mir scheißegal.«

»Fein, und was wird dann aus Mam? Was soll aus ihr werden? Und aus Amy? Wer soll sich um die beiden kümmern?«

Patterson wollte etwas sagen, überlegte es sich jedoch anders. Stirnrunzelnd starrte er aus dem Fenster. Schließlich wandte er den Kopf und sah sie an. »Zuerst fahren wir gemeinsam nach Boston, dann unterhalten wir uns darüber. Wenn du danach immer noch willst, daß wir uns trennen, dann meinetwegen.«

Während Sidney draußen im Kastenwagen wartete, ging Patterson hinein, um einen Wagen zu holen. Als er wenige Minuten später wieder herauskam und zum Wagen herüberlief, kurbelte Sidney das Fenster herunter.

»Hast du ein Auto?« fragte sie.

Patterson nickte. »Es steht in etwa fünf Minuten bereit. Ich habe uns einen geräumigen Fünftürer gemietet. Du kannst hinten schlafen, während ich fahre. In vier bis fünf Stunden sind wir in Boston.«

»Ich liebe dich, Paps.« Damit kurbelte Sidney das Fenster wieder hoch und fuhr los.

Fassungslos rannte ihr Vater hinter dem Kastenwagen her, doch schon bald war Sidney außer Sicht.

»Herrgott noch mal!« Sawyer starrte durch die Windschutzscheibe. Die Sicht war gleich Null. »Können wir nicht schneller fahren?« brüllte er dem Polizisten durch das Verbindungsfenster zu. Die Verwüstung im Strandhaus der Pattersons hatten sie bereits entdeckt, nun suchten sie überall verzweifelt nach Sidney Archer und Familie.

Der Polizist brüllte zurück. »Wenn wir schneller fahren, landen wir mit Sicherheit im Straßengraben.«

*Im Straßengraben. Wo mag Sidney Archer jetzt sein?* Sawyer blickte auf die Uhr. Er kramte eine Zigarette aus der Tasche.

Jackson sah ihn an. »Verdammt, Lee, fang hier drin bloß nicht zu rauchen an. Die Luft ist so schon schlecht genug.«

Sawyers Mund klappte auf, als er den dünnen Gegenstand in der Tasche fühlte. Langsam zog er die Karte heraus.

Während Sidney aus der Stadt fuhr, beschloß sie, die Gefühle beiseite zu lassen und zur Abwechslung einmal so an die Sache heranzugehen, wie man es ihr beigebracht hatte. Scheinbar seit einer Ewigkeit reagierte sie nur noch auf eine Reihe von Krisensituationen, ohne die Dinge in aller Ruhe zu überdenken. Sie war Anwältin und darauf geschult, logisch zu denken, die Einzelheiten zu betrachten und zu einem Gesamtbild zusammenzufügen. Und Informationen standen ihr ausreichend zur Verfügung.

Jason hatte an Tritons Unterlagen für die CyberCom-Übernahme gearbeitet. Soviel wußte sie. Jason war unter mysteriösen Umständen verschwunden und hatte ihr eine

Diskette mit irgendwelchen Informationen geschickt. Auch das war eine Tatsache. Jason hatte keine Geheimnisse an RTG verkauft, nicht mit Brophy als Zuträger. Auch das war ihr klar. Und dann waren da noch die Quartalsberichte. Anscheinend hatte Gamble sie einfach so an CyberCom übergeben. Weshalb also der Wirbel bei der Sitzung in New York? Warum hatte Gamble unbedingt mit Jason über seine Arbeit an den Quartalsberichten reden wollen, vor allem, da er ihm doch eine E-Mail geschickt hatte, in dem er seine Arbeit lobte? Wieso hatte er so versessen darauf gewirkt, Jason ans Telefon zu bekommen? Warum hatte er sie in eine derart unmögliche Lage gebracht?

Sidney verlangsamte die Fahrt und rollte an den Straßenrand. Es sei denn, es war von Anfang an seine Absicht gewesen, sie in eine unmögliche Lage zu bringen; den Anschein zu erwecken, sie hätte gelogen. Von jenem Augenblick an war sie ständig auf Mißtrauen gestoßen. Was genau enthielten die Unterlagen in der Lagerhalle? War es das, was sich auf der Diskette befand? Etwas, das Jason herausgefunden hatte? In jener Nacht, als man sie in Gambles Limousine zu seiner Villa brachte, wollte der Generaldirektor von Triton offensichtlich ein paar Antworten von ihr. Ob er womöglich versucht hatte herauszufinden, ob Jason ihr etwas erzählt hatte?

Triton war seit einigen Jahren ein bedeutender Mandant der Kanzlei. Ein riesiges, mächtiges Unternehmen mit wenig bekannter Vergangenheit. Doch wie paßte das zu allem übrigen? Der Tod der Page-Brüder. Tritons Triumph über RTG bei der CyberCom-Übernahme. Als Sidney neuerlich an jenen entsetzlichen Tag in New York dachte, funkte es. Ironischerweise schoß ihr derselbe Gedanke, den zuvor schon Lee Sawyer gehabt hatte, durch den Kopf, wenngleich aus anderem Grund. *Eine Inszenierung.*

*Mein Gott!* Sie mußte sich mit Sawyer in Verbindung setzen. Sidney legte den Gang ein und lenkte zurück auf die Straße. Ein schrilles Klingeln riß sie aus den Gedanken. Auf der Suche nach der Quelle des Geräusches ließ sie den Blick durch das Innere des Wagens schweifen, bis sie das Mobiltelefon entdeckte, das in einer magnetischen Halterung unten am Armaturenbrett steckte. Bis zu diesem Augenblick hatte sie es gar nicht bemerkt. Wieso klingelte es? Unwillkürlich streckte sie die Hand aus, um den Anruf entgegenzunehmen, dann zuckte sie zurück. Schließlich ergriff sie es dennoch. »Ja?«

»Ich dachte, Sie wollten keine Spielchen mit uns treiben.« Die Stimme knisterte vor Zorn.

»Genau. Und Sie haben vergessen zu erwähnen, daß Sie einen Sender in meiner Handtasche hatten und nur darauf warteten, mich zu überrumpeln.«

»Na schön, reden wir über die Zukunft. Wir wollen die Diskette, und Sie werden sie uns bringen. Und zwar sofort!«

»Das einzige, was ich tun werde, ist auflegen. Und zwar sofort!«

»Das würde ich an Ihrer Stelle nicht.«

»Hören Sie, wenn Sie vorhaben, mich hinzuhalten, damit Sie meinen Aufenthaltsort feststellen können, wird das nicht funktionieren, –« Sidneys Stimme versagte, und ihr ganzer Körper verwandelte sich in weiches Wachs, als sie das dünne Stimmchen vom anderen Ende der Leitung vernahm.

»Mami? Mami?«

Ein gewaltiger Kloß im Hals hinderte Sidney daran zu antworten. Ihr Fuß rutschte vom Gaspedal, die kraftlosen Arme waren nicht länger in der Lage, den Kastenwagen zu steuern. Das Fahrzeug verlangsamte die Fahrt und schlitterte in einen Schneehügel am Straßenrand.

»Mami? Papi? Bitte komm?« Die Stimme klang verängstigt, mitleiderregend.

Von einer plötzlichen Übelkeit übermannt, am ganzen Körper heftig zuckend, stammelte Sidney: »AA-Amy. Baby.«

»Mami?«

»Baby, hier ist Mami. Ich bin da.« Eine wahre Tränenflut ergoß sich über Sidneys Gesicht.

Sie hörte, wie Amy der Hörer weggenommen wurde.

»Sie haben zehn Minuten. Hier sind die Anweisungen.«

»Lassen Sie mich noch mal mit ihr reden. Bitte!«

»Jetzt haben Sie noch neun Minuten und fünfundfünfzig Sekunden.«

Unvermittelt kam Sidney ein Gedanke. Was, wenn die Stimme von einem Tonband stammt? »Woher soll ich wissen, daß Sie meine Tochter wirklich haben? Das könnte nur eine Aufzeichnung gewesen sein.«

»Wie Sie meinen. Wenn Sie das Risiko eingehen wollen, dann kommen Sie einfach nicht.« Die Stimme hörte sich überaus selbstbewußt an. Nichts auf der Welt konnte Sidney veranlassen, das Risiko einzugehen. Auch der Sprecher am anderen Ende der Leitung war sich dessen bewußt.

»Wenn Sie Ihr etwas antun –«

»Wir sind nicht an dem Kind interessiert. Die Kleine kann uns ohnehin nicht identifizieren. Nachdem alles vorbei ist, setzen wir sie an einem sicheren Ort ab.« Eine kurze Pause. »Aber Sie werden sie nicht begleiten, Ms. Archer. Für Sie gibt es jetzt keinen sicheren Ort mehr.«

»Lassen Sie meine Tochter frei. Bitte, lassen Sie sie einfach frei. Sie ist doch noch ein Baby.« Sidney zitterte so heftig, daß sie kaum das Telefon an den Mund halten konnte.

»Sie sollten sich die Anweisungen besser notieren. Bestimmt wollen Sie sich nicht verfahren. Wenn Sie nicht aufkreuzen, bleibt von ihrem Kind nichts zum Identifizieren übrig.«

»Sprechen Sie«, sagte Sidney.

Mit zitternder Hand schrieb sie auf, was die Stimme am anderen Ende ihr diktierte. Dann war die Leitung tot.

»Keine Angst, Baby«, flüsterte Sidney. »Mami kommt.«

Sie lenkte zurück auf die Straße. Plötzlich schoß ihr ein weiterer Gedanke durch den Kopf. Ihre Mutter! Wo war ihre Mutter?! Sidneys Blut schien ihr in den Adern zu gerinnen, während sie das Lenkrad umklammerte. Neuerlich hallte ein Klingeln durch den Innenraum des Wagens. Mit bebender Hand ergriff sie das Telefon, doch niemand war dran. Auch hörte sich das Klingeln anders an.

Abermals rollte sie an den Straßenrand und begann verzweifelt zu suchen. Schließlich verharrte ihr Blick auf dem Beifahrersitz. Kurz starrte sie die Handtasche an, dann streckte sie langsam die Hand aus und holte den Pager heraus. Auf dem winzigen Bildschirm stand eine ihr unbekannte Telefonnummer.

Sidney schaltete das Klingeln aus. Wahrscheinlich hatte sich jemand verwählt. Sie konnte sich nicht vorstellen, daß jemand aus der Kanzlei oder ein Mandant versucht hatte, sie zu erreichen; schließlich war sie kürzlich gefeuert worden. Schon wollte sie die Nachricht löschen, doch dann hielt ihr Finger inne. Konnte es Jason sein? Wenn tatsächlich Jason angerufen hatte, dann hatte er sich wirklich den schlechtesten nur erdenklichen Zeitpunkt dafür ausgesucht.

Eine Weile verharrte ihr Finger unschlüssig über der Löschtaste. Schließlich legte sie sich den Pager auf den Schoß, griff zum Mobiltelefon und wählte die Nummer auf dem Monitor.

Die Stimme, die sich am anderen Ende meldete, verschlug ihr die Sprache. Offenbar geschahen doch noch Zeichen und Wunder.

Das Hauptgebäude der Hotelanlage lag im Dunkeln; eine Reihe mächtiger Dauerhecken davor unterstrich die Abgeschiedenheit des Anwesens. Während der Kastenwagen die lange Zufahrt hinunterfuhr, traten zwei bewaffnete Wachen zur Tür heraus, um den Fahrer in Empfang zu nehmen. In den letzten Minuten hatte der Schneesturm deutlich an Gewalt verloren. Hinter dem Gebäude peitschte das dunkle, unheilverkündende Wasser des Atlantiks gegen die Küste.

Einer der Wachmänner stolperte einen Schritt zurück, als der Wagen mit unverminderter Geschwindigkeit auf sie zurollte. »Scheiße«, schrie er, als er gleichzeitig mit seinem Kumpan aus der Bahn hechtete. Der Kastenwagen raste an ihnen vorbei, donnerte durch die Eingangstür und kam erst mit durchdrehenden Reifen zum Stehen, als er in eine Innenwand krachte.

Kaum eine Minute später umstellten mehrere schwer bewaffnete Männer den Wagen und rissen die verzogene Tür auf. Niemand saß darin. Die Augen der Männer strichen über die Halterung hinweg, in der sich normalerweise das Autotelefon befand. Nun lag es gänzlich unter dem Vordersitz verborgen, das Kabel war im schwachen Licht der Innenbeleuchtung kaum sichtbar. Es sah so aus, als wäre das Telefon beim Aufprall herausgeschleudert worden.

Sidney betrat das Haus durch den Hintereingang. Als der Mann ihr die Wegbeschreibung durchgegeben hatte, hatte sie sofort erkannt, um welchen Ort es sich handelte. Jason und sie hatten des öfteren in dem Hotel übernachtet, und sie war mit den Räumlichkeiten bestens vertraut. Durch eine Abkürzung, die Sidney genommen hatte, erreichte sie das Hotel in der Hälfte der Zeit, die Amys Entführer ihr zugestanden hatten. Die wertvollen dadurch gewonnenen Minuten nützte sie dafür, Lenkrad und Gaspedal des Kastenwagens mit einem Seil zu fixieren, das sie im Fond des Fahrzeugs gefunden hatte.

Fest umklammerte sie die Pistole, und ein Finger ruhte auf dem Abzug, während sie sich durch die dunklen Räume des Hotels stahl. Zu neunzig Prozent war sie sicher, daß Amy nicht hier war. Die restlichen zehn Prozent hatten sie dazu veranlaßt, den vertäuten Kastenwagen als Ablenkungsmanöver für einen – wenngleich nahezu aussichtslosen – Rettungsversuch zu benutzen. Sie gab sich keinen Illusionen hin, daß diese Männer Amy freilassen würden.

Weiter vorn vernahm sie die Geräusche aufgeregter Stimmen und rennender Füße, die sich auf den Eingangsbereich zubewegten. Als sie Schritte den Flur herunterhallen hörte, neigte sie den Kopf nach links. Diese Person rannte nicht, der Rhythmus war langsam und gleichmäßig. Schnell verbarg sie sich im Schatten und wartete, bis der Mann an ihr vorbeiging. Gleich darauf drückte sie ihm die Mündung der Pistole an den Hals.

»Ein Ton, und du bist tot«, sagte sie mit kalter Entschlossenheit. »Hände über den Kopf.«

Ihr Gefangener gehorchte. Er war groß und breitschultrig. Sidney tastete nach seiner Waffe und fand sie im Schulterhalfter. Rasch ließ sie seine Pistole in ihrer Jackentasche verschwinden und stieß ihn vorwärts. Der große Raum vor ihr war hell erleuchtet. Zwar vernahm Sidney kein Geräusch aus dem Zimmer, doch sie nahm an, daß die Stille nicht mehr lange währen sollte. Schon bald würde man ihren Trick durchschauen, sofern es nicht schon geschehen war. Sie scheuchte den Mann vom Licht weg und einen dunklen Korridor hinunter.

Sie kamen zu einer Tür. »Aufmachen und reingehen«, befahl sie.

Er öffnete die Tür, und Sidney schob ihn ins Zimmer. Mit einer Hand suchte sie nach dem Lichtschalter. Als das Licht anging, zog sie die Tür hinter sich zu und sah dem Mann ins Gesicht.

Es war Richard Lucas.

»Sie wirken kaum überrascht«, meinte er ruhig und gefaßt.

»Sagen wir einfach, daß mich nichts mehr überrascht«, erwiderte Sidney. »Hinsetzen.« Mit der Pistole deutete sie auf einen geradlehnigen Stuhl. »Wo sind die anderen?«

Lucas zuckte die Schultern. »Hier, da, überall. Wir haben jede Menge Leute hier, Sidney.«

»Wo ist meine Tochter? Und meine Mutter?« Lucas schwieg. Sidney umfaßte die Pistole mit beiden Händen und zielte unmittelbar auf seine Brust. »Mir fehlt die Geduld für Spielchen. Wo sind die beiden?«

»Als ich noch bei der CIA war, wurde ich vom KGB gefangengenommen und zwei Monate lang gefoltert, bevor ich fliehen konnte. Trotzdem habe ich denen kein Sterbenswörtchen verraten, und ebensowenig werde ich Ihnen verraten«, erklärte Lucas ungerührt. »Falls Sie vorhaben, mich gegen Ihre Tochter einzutauschen, vergessen Sie's. Sie können also ebensogut gleich abdrücken, Sidney.«

Sidneys Finger lag zitternd auf dem Abzug, während sie und Lucas versuchten, einander niederzustarren. Schließlich stieß sie einen leisen Fluch aus und senkte die Pistole. Ein Lächeln breitete sich auf Lucas' Zügen aus.

Rasch überlegte sie. *Na gut, du Dreckskerl.* »Was für eine Farbe hat der Hut, den Amy trug, Rich? Wenn ihr sie habt, müßtest du das wohl wissen.«

Das Lächeln verschwand von Lucas' Lippen. Kurz schwieg er, dann antwortete er: »Eine Art Beige.«

»Gute Antwort. Sehr neutral, könnte auf eine Menge Farben zutreffen.« Sie hielt inne und ließ eine gewaltige Woge der Erleichterung über sich hinwegspülen. »Nur trug Amy keinen Hut.«

Lucas schnellte aus dem Stuhl hoch. Eine Sekunde schneller hieb Sidney ihm die Pistole über den Schädel. Bewußtlos stürzte Lucas zu Boden. Sidney schaute auf die ausgestreckt daliegende Gestalt herab. »Du bist ein echtes Arschloch.«

Sidney schloß die Tür hinter sich und schlich den Gang entlang. Aus der Richtung, wo sie das Haus betreten hatte, hörte sie Männer auf sich zukommen. Sogleich schlug sie einen anderen Weg ein und steuerte neuerlich auf den erleuchteten Raum zu, den sie zuvor gesehen hatte. Sie spähte um die Ecke. Das Licht von drinnen war hell genug, daß sie auf ihrer Armbanduhr die Zeit ablesen konnte. Ein stummes Gebet auf den Lippen, schob sie sich in den Raum und kroch hinter ein langes Sofa mit geschnitzter Holzlehne.

Vorsichtig sah sie sich um. Die Wand zum Meer hin bestand aus einer einzigen Reihe großer Glastüren. Der Raum war riesig, die Decke mindestens sechs Meter hoch. An einer Seite des Zimmers war eine Galerie eingezogen worden. An einer anderen Wand standen Regale voll edel gebundener Bücher. Überall standen niedrige, gemütliche Möbel.

Als eine Gruppe bewaffneter Männer, allesamt in Tarnanzüge gehüllt, durch eine andere Tür ins Zimmer stürmte, verkroch Sidney sich, so gut sie konnte. Einer der Männer bellte in ein Funkgerät. Aus seinen Worten entnahm sie, daß man sich ihrer Anwesenheit durchaus bewußt war. Es war nur noch eine Frage der Zeit, bis man sie fand.

Mit pochenden Schläfen kroch sie, hinter dem Sofa verborgen, aus dem Zimmer. Wieder im Gang, lief sie rasch zurück zu dem Raum, wo sie Lucas zurückgelassen hatte; sie hatte die Absicht, ihn als Fahrkarte nach draußen zu verwenden. Vielleicht würde es ihnen egal sein, ihn umzubringen, um sie zu bekommen, doch im Augenblick sah Sidney keine andere Chance.

Ihr Plan scheiterte jedoch an einem Problem, mit dem sie nicht gerechnet hatte. Lucas war nicht mehr da. Dabei hatte sie ziemlich hart zugeschlagen; flüchtig wunderte Sidney sich über Lucas' Standvermögen. Anscheinend war es kein Scherz gewesen, was er über den KGB erzählt hatte. Sie rannte aus dem Zimmer und auf die Tür zu, durch die sie das Haus betreten hatte. Gewiß würde Lucas Alarm schlagen. Wahrscheinlich blieben ihr nur noch Sekunden für die Flucht. Nur noch ein paar Meter war sie von der Tür entfernt, als sie es hörte.

»Mami, Mami.«

Sidney wirbelte herum. Amys Wimmern hallte durch den Korridor.

»O mein Gott!« Sidney machte kehrt und raste auf das Geräusch zu.

»Amy? *Amy?*« Die Türen zu dem großen Raum, in dem sie vorher gewesen war, waren geschlossen. Sidney sprengte sie mit der Schulter auf und stürmte mit vorgehaltener Waffe ins Zimmer. Wo war ihre Tochter?

Nathan Gamble starrte sie an, Richard Lucas tauchte hinter ihm auf. Diesmal lächelte er nicht. Die eine Gesichtshälfte war dick angeschwollen. Im Nu war Sidney entwaffnet und von Gambles Männern gepackt. Die Diskette wurde aus der Handtasche geholt und Gamble übergeben.

Der hielt ein hochmodernes Tonbandgerät hoch, woraufhin Amys Stimme neuerlich den Raum erfüllte: »Mami? Mami?«

»Gleich, nachdem ich herausfand, daß Ihr Mann mir auf die Schliche gekommen war, ließ ich Ihr Haus verwanzen. Auf diese Weise erfährt man jede Menge.«

»Sie Dreckskerl.« Sidney funkelte ihn an. »Ich wußte doch, daß es ein Trick war.«

»Sie hätten sich auf Ihren ersten Instinkt verlassen sollen, Sidney. Tue ich immer.« Gamble schaltete das Band aus und schlenderte zu einem an der Wand stehenden Schreibtisch. Erst da bemerkte Sidney, daß sich darauf ein Laptop befand. Gamble ergriff die Diskette und steckte sie in das Laufwerk. Dann holte er einen Zettel aus der Tasche und sah Sidney an. »Netter Einfall, den ihr Mann mit dem Paßwort hatte. Alles rückwärts. Sie sind zwar intelligent, aber ich wette, daraus wurden sie nicht schlau, was?« Ein Lächeln trat auf sein Gesicht, als er vom Zettel zu Sidney blickte. »Ich wußte schon immer, daß Jason ein cleverer Bursche war.« Mit einem Finger drückte Gamble auf eine Reihe Tasten und betrachtete den Bildschirm. Währenddessen zündete er sich eine Zigarre an. Zufrieden mit dem Inhalt der Diskette, setzte er sich auf einen Stuhl, faltete die Arme vor der Brust und klopfte Zigarrenasche auf den Boden.

Sidney hielt den Blick auf ihn gerichtet. »Bei uns liegt Verstand in der Familie. Ich weiß alles, Gamble.«

»Ich glaube, Sie wissen einen Scheißdreck«, erwiderte er gelassen.

»Ich weiß zum Beispiel von den Milliarden Dollar, die Sie durch Spekulationen mit dem Federal-Funds-Satz verdient haben. Jene Milliarden, mit denen Sie Triton Global aufgebaut haben.«

»Interessant. Und wie habe ich das angestellt?«

»Sie kannten die Lösungen schon vor dem Test. Sie haben Arthur Lieberman erpreßt. Nathan Gamble, der mächtige Geschäftsmann, der's ohne Betrug zu keinem Cent gebracht hätte.« Den letzten Satz spie sie ihm förmlich entgegen. Finster funkelte Gamble sie an. »Dann drohte Lieberman, Sie auffliegen zu lassen, woraufhin sein Flugzeug abstürzte.«

Gamble erhob sich und schritt langsam, mit zornig zur Faust geballter Hand, auf Sidney zu. »Ich habe aus eigener Kraft Milliarden verdient. Dann bezahlten ein paar neidische Konkurrenten meine Börsenmakler, damit sie mich heimlich in den Ruin trieben. Zwar konnte ich nichts beweisen, aber plötzlich bekamen sie tolle Jobs angeboten, und ich verlor alles, was ich besaß. Nennen Sie das fair?« Er blieb stehen und holte tief Luft. »Trotzdem haben Sie recht. Ich erfuhr von Liebermans kleinem Geheimnis. Irgendwie kratzte ich genug Geld zusammen, um meinen Köder in Luxus zu baden und übte mich in Geduld. Aber so einfach war es nicht.« Seine Lippen verzogen sich zu einem boshaften Grinsen. »Ich wartete, bis die Leute, die mich verarscht hatten, Spekulationen mit den Zinssätzen eingingen, spekulierte genau anders herum und gab Lieberman vor, in welche Richtung die Zinsanpassungen zu erfolgen hatten. Nachdem alles vorbei war, stand ich wieder ganz oben, und diese Penner konnten sich kein Glas Wasser mehr leisten. Unblutig und sauber, und trotzdem äußerst befriedigend.«

Bei der Erinnerung an die persönliche Genugtuung strahlte er übers ganze Gesicht. »Wer sich mit mir anlegt, dem zahle ich es heim. Nur tausendmal schlimmer. Wie Lieberman. Bei seiner Scheidung hat er alles verloren. Da ich nun mal ein netter Kerl bin, bekam der Mistkerl von mir über hundert Millionen Dollar für die Manipulation der Zinssätze. Und wie dankt er es mir? Indem er versucht, mich auffliegen zu lassen. War es vielleicht meine Schuld, daß er Krebs bekam? Hat wohl geglaubt, er wäre schlauer als ich, dieser Eliteuniabsolvent. Er dachte, ich wüßte nicht, daß er bald sterben würde. Wenn ich mit jemandem Geschäfte mache, bringe ich alles über ihn in Erfahrung. Wirklich alles!« Einen Augenblick lief Gamble rot an, dann setzte er ein bösartiges Grinsen auf. »Schade nur, daß ich kein Bild von seinem Gesicht habe, als das Flugzeug abstürzte.«

»Ich hätte nie gedacht, daß auch Massenmord zu Ihrem Geschäft gehört, Nathan. Männer, Frauen, Kinder.«

Gamble wirkte plötzlich bekümmert und sog nervös an der Zigarre. »Glauben Sie vielleicht, ich *wollte*, daß es so kommt? Mein Lebensinhalt ist Geldverdienen, nicht Leute umbringen. Wäre mir eine andere Möglichkeit eingefallen, hätte ich die probiert. Aber ich hatte zwei Probleme: Lieberman und Ihren Gatten. Beide kannten die Wahrheit, also mußte ich beide loswerden. Das Flugzeug war der einzige Weg, eine Verbindung zwischen den beiden zu schaffen: Lieberman töten und Ihrem Mann die Schuld in die Schuhe schieben. Hätte ich Lieberman allein auf die Reise schicken können, hätte ich's getan.« Er hielt inne und sah Sidney an. »Falls Ihnen das ein Trost ist, meine Wohltätigkeitsstiftung hat bereits zehn Millionen Dollar für die Familienangehörigen der Opfer gespendet.«

»Großartig, so polieren Sie mit den eigenen dreckigen Machenschaften auch noch Ihr Image auf. Glauben Sie, Geld ist für alles eine Lösung?«

Gamble blies Rauch in die Luft. »Sie wären überrascht, wie oft das zutrifft. Und Tatsache ist, daß ich es ja nicht tun *mußte*. Wie ich Ihrem Kumpel Wharton schon sagte: Wenn ich jemandem ans Leder will, der mich verarscht hat, dann ist mir scheißegal, wer mir dabei im Weg steht. Zu schade.«

Sidneys Züge verhärteten sich. »So wie Jason? Wo ist er? Wo ist mein Mann, Sie mieses Schwein?« In unbeherrschter Wut brüllte sie Gamble die Worte ins Gesicht und wäre ihm an die Kehle gesprungen, hätten seine Männer sie nicht zurückgehalten.

Gamble trat unmittelbar vor sie. Er schlug ihr mit der Faust ins Gesicht. »Halten Sie die Klappe!«

Sidneys Kopf flog zurück, aber der Schlag hatte den Griff ihrer Bewacher gelockert, und so bekam sie die Hand frei und kratzte Gamble mit den Fingernägeln über die Wange. Völlig verblüfft taumelte dieser rücklings und hielt die Hand über die aufgerissene Haut. »Verdammte Scheiße!« schrie er.

Gamble preßte ein Taschentuch auf die Wunde; seine Augen funkelten. Unnachgiebig erwiderte Sidney den Blick; ihr gesamter Körper bebte vor Zorn. Schließlich gab Gamble Lucas ein Zeichen. Lucas verließ kurz den Raum, und als er zurückkam, brachte er jemanden mit.

Unwillkürlich zuckte Sidney zusammen, als Kenneth Scales das Zimmer betrat. Er starrte Sidney mit Augen an, die von unvorstellbarem Haß zeugten. Sie schaute zu Gamble. Der schlug die Augen nieder und seufzte, während er das Taschentuch zurück in die Tasche steckte und behutsam sein Gesicht betastete. »Ich schätze, das habe ich verdient. Wissen Sie, eigentlich wollte ich Sie nicht töten, aber Sie konnten einfach keine Ruhe geben, wie?« Mit der Hand fuhr er sich durchs Haar. »Machen Sie sich keine Sorgen, ich werde einen üppigen Treuhandfond für ihr Kind einrichten. Sie sollten dankbar sein, daß ich an alles denke.« Damit winkte er Scales, sich an die Arbeit zu machen.

Sidney brüllte ihn an. »Ach ja? Haben Sie auch daran gedacht, daß Sawyer sich die Geschichte ebenfalls zusammenreimen könnte, wenn ich dazu in der Lage war?« Ausdruckslos starrte Gamble sie an. »Wie zum Beispiel, daß Sie Arthur Lieberman erpreßten, indem Sie ihm mit Steven Page eine Falle stellten. Aber just zu dem Zeitpunkt, als Lieberman für die Bundeszentralbank kandidierte, zog Page sich HIV zu und drohte, die Sache platzen zu lassen. Und was taten Sie? Dasselbe wie mit Lieberman. Sie ließen Page umbringen.«

Gambles Antwort verblüffte sie. »Warum hätte ich ihn umbringen lassen sollen? Er hat für mich gearbeitet.«

»Er sagt die Wahrheit, Sidney.« Sie riß den Kopf herum und erblickte den Sprecher der Worte. Quentin Rowe betrat den Raum.

Mit weit aufgerissenen Augen starrte Gamble ihn an. »Wie sind Sie denn hierhergekommen?«

Rowe warf ihm einen Seitenblick zu. »Sie haben wohl vergessen, daß auch ich eine Privatkabine im Firmenjet besitze. Außerdem bin ich gerne bis zum Schluß bei einem Projekt dabei.«

»Hat sie recht? Haben Sie Ihren eigenen Liebhaber umbringen lassen?«

Gelassen musterte Rowe ihn. »Das geht Sie gar nichts an.«

»Es ist meine Firma. Alles geht mich etwas an.«

»Ihre Firma? Das glaube ich kaum. Jetzt, wo wir CyberCom haben, brauche ich Sie nicht mehr. Endlich ist dieser Alptraum vorbei.«

Gamble lief rot an und gab Richard Lucas ein Zeichen. »Ich glaube, wir müssen diesem kleinen Scheißer ein wenig Respekt vor seinem Vorgesetzten einbleuen.«

Richard Lucas zog die Waffe.

Gamble schüttelte den Kopf. »Verpaß ihm nur eine ordentliche Abreibung«, meinte er mit bösartig funkelnden Augen. Der Blick verschwand sogleich, als Lucas die Pistole in seine Richtung herumschwenkte. Gamble ließ die Zigarre fallen. »Was zum Teufel soll das? Du verfluchter Verräter –«

»Halt's Maul!« brüllte Lucas zurück. »Halt's Maul, oder ich puste dich hier und jetzt um. Das schwöre ich bei Gott.« Lucas' Augen schossen Funken, woraufhin Gamble sofort den Mund schloß.

»Warum, Quentin?« Sanft drifteten die Worte durch den Raum. »Warum?«

Rowe wandte sich um und stellte fest, daß Sidney ihn anstarrte. Tief atmete er durch. »Als Gamble meine Firma übernahm, ließ er Verträge aufsetzen, die ihm all meine Ideen zusicherten. Ich war praktisch sein Eigentum.« Kurz blickte er mit kaum verhohlener Abscheu zum nunmehr lammfrommen Gamble. Dann drehte er sich wieder zu Sidney um und schien ihre Gedanken zu lesen. »Das seltsamste Paar der Welt. Ich weiß.« Er setzte sich an den Schreibtisch vor den Laptop. Während er weitersprach, betrachtete er den Bildschirm. Die Nähe des Computers schien beruhigend auf Quentin Rowe zu wirken. »Dann aber verlor Gamble all sein Geld. Meine Firma stand vor dem Ruin. Ich habe ihn angefleht, mich aus dem Vertrag zu entlassen, doch er sagte, er würde mich jahrelang vor Gericht zerren. Ich saß fest. Dann lernte Steven Lieberman kennen, und der Plan wurde ausgeheckt.«

»Aber du hast Page ermorden lassen. Weshalb?«

Rowe antwortete nicht.

»Hast du je versucht herauszufinden, von wem er HIV hatte?«

Noch immer gab Rowe keine Antwort. Tränen tropften auf den Laptop.

»Quentin?«

»Er hatte es von mir. Von mir!« Rowe sprang vom Stuhl auf, taumelte einen Augenblick und sank kraftlos zurück. Mit schmerzerfüllter Stimme fuhr er fort. »Als Steven mir erzählte, er sei HIV-positiv, wollte ich es zuerst nicht wahrhaben. Ich war ihm immer treu gewesen, und er schwor mir umgekehrt dasselbe. Wir dachten, es könnte vielleicht Lieberman gewesen sein. Also besorgten wir uns eine Kopie seiner medizinischen Akte – er war sauber. Daraufhin ließ ich mich untersuchen.« Seine Lippen bebten. »Damals erfuhr ich, daß ich HIV-positiv bin. Das einzige, was mir einfiel, war eine verfluchte Bluttransfusion, die ich nach einem schweren Autounfall erhalten hatte. Ich habe mich im Krankenhaus erkundigt und fand heraus, daß im selben Zeitraum mehrere Operationspatienten mit dem Virus infiziert wurden. Gleich darauf habe ich Steven alles erzählt. Ich empfand so viel für ihn. Nie zuvor in meinem Leben hatte ich derartige Schuldgefühle. Ich dachte, er würde es verstehen.« Tief atmete Rowe durch. »Nur das hat er nicht.«

»Er drohte, euch auffliegen zu lassen?« fragte Sidney.

»Dafür waren wir schon zu weit gekommen, hatten viel zu hart gearbeitet. Steven konnte nicht klar denken, er –« Völlig niedergeschlagen schüttelte Rowe den Kopf. »Eines Nachts kam er in meine Wohnung; er war stockbetrunken. Steven erzählte mir, was er vorhatte. Er wollte die Sache mit Lieberman, die Erpressung, alles, an die Öffentlichkeit bringen. Wir wären allesamt in den Knast gewandert. Ich sagte ihm, er müsse tun, was er für richtig halte.« Rowe setzte ab; seine Stimme schwankte. »Oft habe ich ihm sein Insulin gespritzt. Ich hatte immer einen Vorrat bei mir. Er vergaß es ständig.« Er blickte hinab auf die Tränen, die auf seine Hände tropften. »Steven schlief auf der Couch ein. Ich spritzte ihm eine Überdosis Insulin, weckte ihn auf, und ließ ihn mit einem Taxi nach Hause fahren.« Leise fügte Rowe hinzu: »Und er starb. Wir hatten unsere Beziehung geheimgehalten. Die Polizei hat mich nicht einmal befragt.«

Er sah Sidney an. »Das verstehst du doch, nicht wahr? Ich

mußte es tun. Es ging um meinen Traum, um meine Vision für die Zukunft.« Seine Stimme klang fast flehentlich. Sidney erwiderte nichts. Schließlich stand er auf und wischte die Tränen weg. »CyberCom war die letzte Komponente, die mir noch fehlte. Aber das Ganze hatte seinen Preis. Durch all die Geheimnisse zwischen uns waren Gamble und ich auf Lebenszeit miteinander verschweißt.« Rowe verzog das Gesicht, dann lächelte er plötzlich, als sein Blick auf Gamble fiel. »Zum Glück werde ich ihn überleben.«

»Du hinterhältiger Bastard!« Gamble versuchte aus Leibeskräften, Rowe an die Kehle zu springen, doch Lucas hielt ihn zurück.

»Aber Jason fand alles heraus, als er die Unterlagen im Lagerhaus durcharbeitete, richtig?« fragte Sidney.

Aufgebracht schleuderte Rowe eine Schimpfkanonade Richtung Gamble. »Sie verfluchter Idiot! Sie haben die Technologie nie respektiert, und das ist Ihr Untergang. Sie haben einfach nicht begriffen, daß die geheimen E-Mails an Lieberman auf Band gesichert wurden, obwohl Sie sie später löschten. So versessen waren Sie aufs Geld, daß Sie eigene Aufzeichnungen über die Gewinne aus Liebermans Manipulationen führten. Und all das war in dem Lagerhaus. Sie Idiot!« rief er neuerlich aus, dann schaute er zu Sidney. »Ich wollte nie, daß all das passiert, bitte glaub mir.«

»Quentin, wenn du dich der Polizei stellst –« setzte Sidney an.

Rowe brach in schallendes Gelächter aus, und Sidneys Hoffnung verblaßte. Er ging zum Computer hinüber und holte die Diskette heraus. »Ich bin jetzt Chef von Triton Global. Gerade habe ich den Schatz erworben, mit dem ich meine Vision einer besseren Zukunft für uns alle verwirklichen kann. Ich habe nicht vor, die Verwirklichung dieses Traumes von einer Gefängniszelle aus zu verfolgen.«

»Quentin …« Sie erstarrte, als er sich an Kenneth Scales wandte.

»Machen Sie es schnell. Sie darf nicht leiden. Das ist ein Befehl.« Dann deutete er mit dem Kopf auf Gamble. »Die Leichen werden im Ozean entsorgt, so weit draußen wie möglich. Ein rätselhaftes Verschwinden. In sechs Monaten wird sich niemand mehr an Sie erinnern«, sagte er, an Gamble gewandt. Bei dem Gedanken leuchteten Rowes Augen.

Fluchend, sich heftig zur Wehr setzend, wurde Gamble aus dem Zimmer gezerrt.

»Quentin!« brüllte Sidney, als Scales auf sie zukam. Quentin Rowe drehte sich nicht um.

»Quentin, bitte!« Schließlich blickte er sie an. »Sidney, es tut mir leid. Wirklich.« Mit der Diskette in der Hand wandte er sich zum Gehen. Als er an ihr vorbeischritt, klopfte er ihr sanft auf die Schulter.

Bar jeder Empfindung, ließ Sidney den Kopf auf die Brust sinken. Als sie wieder aufblickte, näherten sich ihr die kalten blauen Augen. Scales Gesicht verriet keine Gefühlsregung. Sidney sah sich um. Jeder im Raum beobachtete Scales Vormarsch aufmerksam, gespannt darauf, wie er sie töten würde. Sie biß die Zähne zusammen und wich zurück, bis sie mit dem Rücken gegen die Wand stieß. Dann schloß sie die Augen und konzentrierte sich auf das Bild ihrer Tochter. Amy war in Sicherheit. Ihre Eltern waren in Sicherheit. Unter den gegebenen Umständen war es das Beste, was sie tun konnte. *Leb wohl, mein Baby, Mami liebt dich.* Tränen rannen ihr übers Gesicht. *Bitte, vergiß mich nicht, Amy. Bitte.*

Scales hob das Messer an; ein Lächeln kroch über sein Gesicht, als er die funkelnde Klinge betrachtete. Ein Licht, das sich darauf spiegelte, verlieh dem Metall eine grellrote Farbe – eine Farbe, die der Klinge nicht fremd war. Scales Lächeln verblaßte, als er die Quelle des Lichts, den winzigen, roten Laserpunkt auf seiner Brust, erblickte und den hauchdünnen Strahl, der zu dem Punkt hinführte.

Die vor Überraschung weit aufgerissenen Augen auf Lee Sawyer gerichtet, taumelte Scales zurück. Sawyers Sturmgewehr mit Laserzielvorrichtung zielte direkt auf ihn. Völlig verstört starrten die Söldner auf die Waffen, die Sawyer, Jackson, das SWAT-Team und ein Trupp der Staatspolizei von Maine auf sie richteten.

»Weg mit den Waffen, meine Herren, sonst dürfen Sie Ihr Gehirn auf dem Fußboden suchen«, befahl Sawyer und verstärkte den Griff um das Gewehr. »Weg mit den Waffen! *Sofort!*«

Sawyer trat weiter in den Raum. Sein Finger krümmte sich um den Abzug. Die Männer begannen, die Waffen niederzulegen. Aus dem Augenwinkel erspähte er Quentin Rowe, welcher sich heimlich davonstehlen wollte. Sawyer schwenkte das Gewehr auf den Computerexperten. »Das glaube ich kaum, Mr. Rowe. Setzen Sie sich!«

Rowe ließ sich auf einen Stuhl fallen. Die Diskette hielt er gegen die Brust gedrückt. Sawyer wandte sich an Ray Jackson. »Packen wir's.«

Sawyer trat auf Sidney zu. In diesem Augenblick fiel ein Schuß, und einer der FBI-Leute stürzte getroffen zu Boden. Weitere Schüsse brachen los, da Rowes Männer die Gelegenheit nutzten, um ihre Waffen aufzuheben und das Feuer zu eröffnen. Sofort sprangen die anderen in Deckung und erwiderten den Beschuß. Innerhalb von Sekunden waren sämtliche Lichter von den Schützen der beiden Seiten ausgeschossen, und der Raum war plötzlich in Dunkelheit gehüllt.

Im Kreuzfeuer gefangen, warf Sidney sich zu Boden und hielt sich die Ohren zu, während Kugeln über ihr hinwegschwirrten.

Sawyer sank auf die Knie und kroch auf Sidney zu. Aus der anderen Richtung robbte Scales, das Messer zwischen die Zähne geklemmt, ebenfalls auf sie zu. Sawyer erreichte sie zuerst und ergriff ihre Hand, um sie in Sicherheit zu bringen. Sidney kreischte auf, als sie Scales Klinge durch die Luft sausen sah. Sawyer riß den Arm hoch und fing den Hieb ab. Das Messer durchschnitt die dicke Jacke und schlitzte ihm den Unterarm auf. Vor Schmerz stöhnend, trat er nach Scales, verlor das Gleichgewicht und fiel auf den Rücken.

Scales warf sich auf den FBI-Agenten und stieß ihm das Messer zweimal in die Brust. Doch die Klinge traf auf die Teflonschicht in Sawyers kugelsicherer Weste und verlor ihre tödliche Wirkung. Für diesen Fehler mußte Scales bezahlen; mehrmals bekam er Sawyers harte Faust ins Gesicht, außerdem Sidneys Ellbogen in den Nacken. Er heulte vor Schmerz auf, als dem ohnehin geschundenen Mund und der gebrochenen Nase eine Litanei weiterer Verletzungen hinzugefügt wurden.

Außer sich vor Zorn, stieß Scales Sidney heftig beiseite, so daß sie über den Boden rutschte und gegen die Wand krachte. Wiederholt stieß er Sawyer die Faust ins Gesicht, dann hob er neuerlich das Messer und zielte mitten auf die breite Stirn des FBI-Agenten. Sawyer packte Scales am Handgelenk und stemmte sich langsam, aber unaufhaltsam auf. Scales spürte die erstaunliche Kraft, die in Sawyers plumper Gestalt steckte, eine Kraft, welcher der weit schmächtigere Mann nichts entgegenzusetzen hatte. Daran gewöhnt, daß seine Opfer längst tot waren, bevor sie sich zur Wehr setzen konnten, erkannte Scales plötzlich, daß er einen überaus lebendigen, riesigen Weißen Hai am Haken hatte. Mehrmals rammte Sawyer Scales Hand auf den Boden, bis das Messer in die Dunkelheit davonflog. Dann holte er aus und ließ einen Schwinger folgen, der mitten in Scales Gesicht landete. Vor Schmerz brüllend, stürzte Scales rückwärts; seine Nase lag nunmehr flach auf der linken Wange.

Ray Jackson kauerte in einer Ecke des Raumes und lieferte sich ein Feuergefecht mit zwei von Gambles Männern. Drei der Mitglieder des SWAT-Teams hatten sich zur Galerie hochgearbeitet. Durch diesen taktischen Vorteil gelang es ihnen, den Kampf rasch zu ihren Gunsten zu wandeln. Zwei der Söldner waren bereits tot. Ein dritter lag im Sterben, da eine Kugel die Hauptschlagader im Bein durchtrennt hatte. Auch zwei der Staatspolizisten waren getroffen worden, einer davon schwer. Zwei der Männer des Einsatzteams waren ebenfalls getroffen, beteiligten sich aber dennoch ungebrochen am Feuergefecht.

Als Jackson innehielt, um nachzuladen, blickte er sich um, sah Scales auf die Beine kommen und mit gezücktem Messer auf Lee Sawyers breiten Rücken zustürzen, der neuerlich versuchte, Sidney Archer in Sicherheit zu bringen.

Ray Jackson sah die Gefahr vom anderen Ende des Zimmers aus. Das Gewehr nachzuladen hätte zu lange gedauert, die 9mm war ebenfalls leer, und er hatte kein Magazin mehr. Eine Warnung würde Sawyer über den Lärm des Kugelhagels hinweg niemals hören. Also sprang Jackson auf die Beine. Als Mitglied der Wolverines, der Football-Mannschaft der Universität von Michigan, war er Tausende hart erkämpfte Meter über das Spielfeld gesprintet. Nun setzte er zum Lauf seines Lebens an. Mit den kräftigen Beinen stieß er sich ab, und während ihm die Kugeln um die Ohren flogen, erreichte er nach nur drei Schritten die Höchstgeschwindigkeit.

Kenneth Scales war zwar gut durchtrainiert, aber er brachte gut fünfundzwanzig Kilo weniger auf die Waage als der hundertzehn Kilo schwere FBI-Agent, der wie eine Dampframme auf ihn zuraste. Und wenngleich Scales ein überaus gefährliches Individuum darstellte, hatte er doch nie in der brutalen Welt der ersten Football-Liga gelebt.

Scales Klinge war kaum noch einen halben Meter von Sawyers Rücken entfernt, als Jacksons stahlharte Schulter mit seinem Brustbein kollidierte. Das darauf folgende Knacken, als Scales Brustkorb sich nach innen bog, übertönte fast das Gewehrfeuer. Scales Körper wurde in die Luft geschleudert und landete erst nach gut zwei Metern an der harten Eichenholzwand. Während das zweite Knacken nicht so laut war wie das erste, bedeutete es nichtsdestoweniger Scales Abschied aus der Welt der Lebenden, da er sich das Genick brach. Nachdem er auf dem Boden zusammenbrach und auf dem Rücken zu liegen kam, starrte diesmal Kenneth Scales mit toten Augen blicklos empor. Was, wie man es auch betrachtete, längst überfällig gewesen war.

Jackson wurde für seine Heldentat bestraft, indem er eine Kugel in den Arm und eine weitere ins Bein abbekam, bevor Sawyer den Schützen mit einer Salve aus seiner 10mm außer Gefecht setzen konnte. Er packte Sidney am Arm und zog sie in eine Ecke hinter einen schweren Tisch. Dann rannte er zu Jackson hinüber, der schwer atmend an die Wand gelehnt saß, um auch ihn in Sicherheit zu bringen.

Eine Kugel schlug Zentimeter von Sawyers Kopf entfernt in die Wand ein. Gleich darauf traf ihn ein weiterer Schuß in die Brust. Die Pistole fiel ihm aus der Hand und rutschte über den Boden, während er blutspuckend gegen die Wand sank. Zwar hatte die Weste abermals ihren Zweck erfüllt, doch er hatte gehört, wie bei dem Treffer ein paar Rippen knackten. Mühevoll rappelte er sich hoch, aber jetzt glich er einer lahmen Ente.

Plötzlich krachten nahe des umgeworfenen Tisches mehrere Schüsse. Auf die Salve folgte ein Schrei aus der Richtung der Kugel, die Sawyer getroffen hatte. Sawyer schaute zum Tisch und riß erstaunt die Augen auf, als er sah, wie Sidney Archer die noch rauchende 10mm in den Gürtel steckte. Dann stürzte sie aus der Deckung hervor und half Sawyer, Jackson hinter den Tisch in Sicherheit zu schleppen.

Die beiden lehnten Jackson an die Wand.

»Verdammt, Ray, das hättest du nicht tun sollen, Mann.« Rasch ließ Sawyer den Blick über seinen Partner streichen, um sicherzustellen, daß er nur die zwei Schußverletzungen und keine weiteren Wunden aufwies.

»Klar, damit du mir den Rest meines Lebens lang aus dem Grab heraus Vorwürfe machen kannst, wie? Keine Chance, Lee.« Fest biß Jackson die Zähne zusammen, als Sawyer sich die Krawatte herunterriß und sie mit Hilfe von Scales Messer in einen groben Druckverband für die Wunde an Jacksons Bein verwandelte.

»Laß die Hand genau da, Ray.« Sawyer führte die Hand seines Partners zum Griff des Messers und legte Jacksons Finger darum.

Als nächstes zog er den Mantel aus, knüllte ihn zusammen und stoppte damit die Blutung an Jacksons Armwunde. »Die Kugel ist glatt durchgegangen, Ray. Das kommt alles wieder in Ordnung.«

»Ich weiß, ich hab' gespürt, wie sie wieder ausgetreten ist.« Schweiß troff Jackson von der Stirn. »Du hast auch was abbekommen, oder?«

»Nee, die Weste hat es abgefangen. Mir geht's gut.« Als er

sich zurückplumpsen ließ, begann die Schnittwunde am Unterarm wieder zu bluten.

»O Gott, Lee.« Sidney starrte auf das blutrote Rinnsal. »Ihr Arm.« Sie nahm das Halstuch ab und wickelte es um Sawyers Verletzung.

Sawyer warf ihr einen zärtlichen Blick zu. »Danke. Und damit meine ich nicht das Halstuch.«

Auch Sidney lehnte sich an die Wand. »Zum Glück konnten wir uns gegenseitig absprechen, nachdem Sie den Pager angerufen hatten. Mit meinen brillanten Schlußfolgerungen habe ich Gamble hingehalten, um Zeit für Sie rauszuschinden. Trotzdem dachte ich, es würde nicht reichen.«

Er rutschte neben sie. »Ein paar Minuten haben wir das Signal des Autotelefons verloren. Gott sei Dank konnten wir es wieder aufschnappen.« Abrupt richtete er sich auf, was stechende Schmerzen von den gebrochenen Rippen nach sich zog. Er musterte ihr geschundenes Gesicht. »Sie sind doch in Ordnung, oder? Himmel, ich habe völlig vergessen, mich danach zu erkundigen.«

Behutsam betastete Sidney den geschwollenen Kiefer. »Mit der Zeit und ein bißchen Make-up wird das schon wieder.«

Ein weiterer Ruck durchlief Sawyer. »O mein Gott! Was ist mit Amy? Und Ihrer Mutter?«

Mit knappen Worten berichtete sie ihm, daß die Stimmen von einem Tonband stammten.

»Diese Mistkerle«, grollte er.

Wehmütig blickte sie ihn an. »Ich weiß nicht, was passiert wäre, hätte ich nicht auf den Pager reagiert.«

»Tatsache ist, daß Sie es getan haben. Ich bin nur froh, daß ich eine Ihrer Visitenkarten hatte.« Er lächelte. »Vielleicht hat dieser hochtechnische Kram doch seine Vorteile. In kleinem Rahmen.«

In einer anderen Ecke des Raumes kauerte Quentin Rowe hinter einem Schreibtisch. Mit geschlossenen Augen hielt er sich die Ohren zu, in dem vergeblichen Versuch, den Lärm um ihn herum auszusperren. Erst im allerletzten Augenblick bemerkte er den Mann, der sich von hinten an ihn heranschlich. Brutal wurde sein Kopf am Pferdeschwanz zurückgezogen, wodurch das Kinn Zentimeter um Zentimeter nach oben gezwungen wurde. Dann rissen die Hände seinen Kopf herum, und Sekundenbruchteile, bevor er den Halswirbel brechen hörte, starrte er in das hämisch grinsende Gesicht von Nathan Gamble.

Dann ließ der Triton-Boß den schlaffen Körper los, und Rowe sackte tot zu Boden. Er hatte seine letzte Vision erlebt. Gamble ergriff den Laptop vom Schreibtisch und schleuderte ihn auf Rowes Leiche, daß er zerbrach.

Einen Augenblick thronte Gamble noch über Rowe, dann wandte er sich um und wollte die Flucht antreten. Die Kugeln trafen ihn mitten in die Brust. Mit weit aufgerissenen Augen glotzte er seinen Mörder an, zunächst ungläubig, dann wutentbrannt. Es gelang ihm, noch den Ärmel des Mannes zu packen, bevor er zu Boden stürzte.

Der Mörder hob die Diskette auf, die neben Quentin Rowe gelandet war. Er warf keinen Blick zurück.

Quentin Rowe war auf die Seite gefallen und kam auf dem Rücken zu liegen, mit dem Kopf zu Gamble. Ironischerweise lagen er und Gamble nur Zentimeter voneinander entfernt – näher, als die beiden Männer sich im Leben je gewesen waren.

Sawyer lugte über den Tischrand und ließ den Blick durch den Raum schweifen. Die noch übrigen Söldner hatten die Waffen fallengelassen und kamen gerade mit erhobenen Händen aus ihren Verstecken hervor. Die Mitglieder des SWAT-Teams stürmten herbei, und wenig später lagen die Söldner in Handschellen auf dem Boden.

Sawyer sah die erschlafften Körper von Rowe und Gamble in der Ecke des Raumes liegen. Gleich darauf hörte er draußen vor der Glastürfront das Geräusch rennender Füße. Er wandte sich an Sidney. »Kümmern Sie sich um Ray. Es ist noch nicht vorbei.« Damit stürmte er hinaus.

## KAPITEL 58

Wind, Schnee und Gischt stürmten von allen Seiten auf Lee Sawyer ein, während er den Strand entlanglief. Sein Gesicht war blutüberströmt und verschwollen, von dem verletzten Arm und den gebrochenen Rippen gingen pochende Schmerzen aus, sein Atem kam keuchend und stoßweise. Kurz hielt er inne, um die schwere kugelsichere Weste abzunehmen, dann schleppte er sich weiter, wobei er eine Hand fest auf die gebrochenen Rippen preßte. Die Füße rutschten in dem nachgiebigen Sand, was ihn beim Laufen behinderte. Zweimal stolperte er und fiel hin. Aber er nahm an, die Person, die er jagte, hatte mit demselben Problem zu kämpfen. Sawyer hatte eine Taschenlampe dabei, doch er wollte sie nicht benutzen, zumindest noch nicht. Zweimal spülte ihm eiskaltes Wasser um die Beine, als er zu nahe an den Rand des tosenden Atlantiks geriet. Die Augen starr zu Boden gerichtet, folgte er den tiefen Fußspuren im Sand.

Dann erblickte er vor sich eine überstehende Klippe, eine an der Küste von Maine typischen Formation. Einen Augenblick überlegte er, welche Richtung er nun einschlagen sollte, bis er einen schmalen Pfad erspähte, der unmittelbar auf den Felsen hinaufführte. Auf dem Weg hinauf zog er die Pistole aus dem Halfter.

Schwallweise ergoß sich Gischt über Sawyer, während der Ozean unablässig gegen das uralte Gestein toste. Triefnaß klebten ihm die Kleider am Leib. Weiter und weiter humpelte er, schleppte sich schnaufend den zunehmend steileren Pfad hinauf. Das Meer war schwarz und endlos. Sawyer bog um eine sanfte Kurve im Pfad und blieb stehen.

Er leuchtete mit der Taschenlampe voraus, bis an den Rand der Klippe, wo sich der Strahl dahinter im tief unten liegenden Atlantik verlor.

Die Lampe tauchte den Mann in helles Licht. Blinzelnd hielt er sich die Hand vor die Augen, um diese vor der unerwarteten Helligkeit zu schützen. Gierig sog Sawyer die Luft ein. Der andere Mann tat nach der langen Jagd dasselbe. Sawyer stützte eine Hand aufs Knie und beugte sich mit heftig bebender Brust vor.

»Was tust du hier oben?« Sawyers Stimme erklang rasselnd, aber klar und deutlich.

Frank Hardy starrte ihn an; auch sein Atem kam stoßweise aus den erschöpften Lungen. Wie Sawyer war auch er triefnaß und schmutzig, sein Haar vom Wind zerzaust.

»Lee? Bist du das?« fragte Hardy.

»Ganz bestimmt nicht der Weihnachtsmann, Frank«, erwiderte Sawyer keuchend. »Komm, ich will eine Antwort!«

Noch einmal holte Hardy tief Luft. »Ich kam mit Nathan Gamble zu einer Besprechung hierher. Mittendrin meinte er, ich sollte nach oben verschwinden, er hätte persönliche Dinge zu erledigen. Danach war plötzlich der Teufel los. Ich bin abgehauen, so schnell ich konnte. Wärst du so freundlich, mir zu erklären, was eigentlich los ist?«

Bewundernd schüttelte Sawyer den Kopf. »Du warst schon immer ein Schnelldenker. Das hat dich zu einem großartigen FBI-Agenten gemacht. Übrigens, hast du Gamble *und* Rowe umgebracht, oder ist dir Gamble bei Rowe zuvorgekommen?«

Hardy warf ihm einen grimmigen Blick zu. Seine Augen verengten sich zu Schlitzen.

»Frank, hol die Pistole mit der Mündung zuerst raus und wirf sie über die Klippe.«

»Welche Pistole, Lee? Ich bin unbewaffnet.«

»Die Pistole, mit der du hinten im Haus einen meiner Männer erschossen und das Feuergefecht angezettelt hast.« Sawyer setzte ab und umfaßte den Griff der eigenen Pistole fester. »Ich sag's dir nicht noch mal, Frank.«

Langsam holte Hardy die Pistole hervor und warf sie ins Meer.

Sawyer kramte eine Zigarette aus der Tasche und klemmte sie sich zwischen die Zähne. Dann brachte er ein Feuerzeug zum Vorschein und hielt es hoch. »Hast du so eins schon mal gesehen, Frank? Diese Dinger gehen selbst in einem Tornado nicht aus. Genau so eins wurde verwendet, um das Flugzeug zu sabotieren.«

»Ich weiß nichts über das Flugzeugattentat«, stieß Hardy wütend hervor. »Gar nichts.«

Sawyer zündete die Zigarette an und gönnte sich einen langen Zug. »Du *wußtest* gar nichts über das Flugzeugattentat. Das stimmt. Dafür hattest du sonst überall die Finger im Spiel. Wahrscheinlich hast du Nathan Gamble dafür eine saftige Sonderrechnung hingelegt. Hast du ein Scheibchen von der Viertelmilliarde abbekommen, deren Diebstahl du Archer in die Schuhe schieben solltest? Durch Fälschen seiner Unterschrift und so weiter. Gute Arbeit.«

»Du bist doch verrückt! Warum sollte Gamble sich selbst bestehlen?«

»Das hat er nicht. Wahrscheinlich liegt das Geld auf Hunderten seiner weltweit verstreuten Konten verteilt. Die Sache war perfekt eingefädelt. Wer würde je den Bestohlenen als Dieb verdächtigen? Bestimmt hat Quentin Rowe die Sache mit BankTrust gedeichselt und hat sich auch in die AFIS-Datenbank von Virginia reingehackt, um Rikers Fingerabdrücke zu manipulieren. Jason Archer hatte Beweise für die Erpressung Liebermans. Er mußte jemandem davon erzählen. Aber wem? Richard Lucas? Wohl kaum. Der stand Gamble schlicht und einfach zu nah, wußte möglicherweise sogar Bescheid.«

»Wem hat er es dann erzählt?« Mittlerweile glichen Hardys Augen Nadelspitzen.

Bevor er antwortete, nahm Sawyer einen langen Zug an der Zigarette. »Er hat es dir erzählt, Frank.«

»Klar doch. Beweis es«, meinte Hardy verächtlich.

»Er kam zu dir. Zum ›Außenstehenden‹. Zum ehemaligen

FBI-Agenten mit einer ellenlangen Liste von Auszeichnungen.« Den letzten Satz spie Sawyer förmlich aus. »Er kam zu dir, damit du ihm helfen konntest, die ganze Sache ans Tageslicht zu bringen. Aber das durftest du nicht zulassen. Schließlich war Triton Global dein Huhn mit den goldenen Eiern. Auf Privatjets, schöne Frauen und teure Klamotten zu verzichten kam wohl nicht in Frage, was?«

Sawyer fuhr fort: »Und dann begann die große Inszenierung, in der Jason als Bösewicht dargestellt wurde. Ihr müßt euch halb tot darüber gelacht haben, wie ihr mich verladen habt. Zumindest *dachtet* ihr das. Aber als ihr gemerkt habt, daß ich nicht alles davon schluckte, seid ihr nervös geworden. War es deine Idee, mir von Gamble einen Job anbieten zu lassen? Ich habe mich noch nie so umworben gefühlt wie von euch beiden.« Hardy schwieg. »Aber das war noch nicht alles, was du getan hast, Frank.«

Sawyer griff in die Tasche, zog eine Sonnenbrille heraus und setzte sie auf. In der Dunkelheit wirkte er damit lächerlich. »Erinnerst du dich, Frank? Die beiden Kerle in dem Video aus dem Lagerhaus in Seattle – sie trugen Sonnenbrillen, im Gebäude, in einem ziemlich dunklen Raum. Wieso sollte jemand so etwas tun?«

»Weiß ich nicht.« Mittlerweile war Hardys Stimme nur noch ein Flüstern.

»Natürlich weißt du es. Jason dachte, er würde sein Beweismaterial ... dem verdammten FBI übergeben. Zumindest im Film tragen alle FBI-Agenten Sonnenbrillen, und die Burschen, die du für die Rolle angeheuert hast, gehen wohl gern ins Kino. Du konntest Jason nicht einfach umbringen. Du mußtest sein Vertrauen gewinnen und sicherstellen, daß er niemandem davon erzählt hatte. Die höchste Priorität galt dem Zurückbeschaffen sämtlichen Beweismaterials, das er gesammelt hatte. Die Videokassette mit der Aufzeichnung der Übergabe mußte in tadellosem Zustand sein, weil du wußtest, daß du sie uns als Beweis für Jasons Schuld übergeben würdest. Du hattest nur einen Versuch, um alles in den Kasten zu kriegen. Aber Archer war trotz allem mißtrauisch.

Deshalb behielt er auf einer anderen Diskette eine Kopie der Informationen und schickte sie später seiner Frau. Hast du ihm erzählt, er würde eine fette Belohnung von der Regierung bekommen? War es das? Wahrscheinlich hast du ihm eingeredet, das wäre der größte Fang in der Geschichte des FBI.«

Hardy schwieg weiterhin.

Sawyer sah seinen früheren Partner an. »Was du nicht wußtest, Frank: Gamble hatte selbst ein großes Problem. Nämlich, daß Lieberman drauf und dran war, sich alles von der Seele zu reden. Also heuerte er Riker an, um Liebermans Flugzeug zu sabotieren. Du hast es so gedeichselt, daß Archer ein Ticket für den Flug nach Los Angeles hatte und dann mit jemandem tauschte, so daß er statt dessen nach Seattle flog, damit du dein kleines Video von der Übergabe drehen konntest. Rich Lucas ist Ex-CIA-Mitarbeiter, wahrscheinlich hatte er noch jede Menge Verbindungen zu ehemaligen Ostblockagenten ohne Familie und Vergangenheit. Der Bursche, der an Archers Stelle abstürzte, würde von niemandem vermißt werden. Du wußtest weder, daß Lieberman im Flieger nach L. A. saß, noch daß Gamble ihn töten wollte. Gamble hingegen wußte, daß es die einzige Möglichkeit war, die Schuld an Liebermans Tod Jason Archer in die Schuhe zu schieben. Somit schlug Gamble zwei Fliegen mit einer Klappe: Lieberman und Archer. Du brachtest mir das Video, und ich konzentrierte alle Aufmerksamkeit darauf, Jason zu schnappen, worüber ich den armen, alten Arthur Lieberman völlig vergaß. Wäre Ed Page nicht plötzlich auf der Bildfläche erschienen, ich glaube, ich wäre nie zurück auf Liebermans Spur gekommen.

Und vergessen wir nicht die Firma RTG, die für alles verantwortlich gemacht wurde, wodurch CyberCom Triton praktisch in den Schoß fiel. Ich habe dir erzählt, daß Brophy in New Orleans war. Du hast herausgefunden, daß er tatsächlich mit RTG in Verbindung stand und daß ihm und Goldman womöglich gelingen würde, was man Jason zur Last legte: RTG zu helfen. Also wurden Brophy und Goldman in deinem Auftrag beschattet, und als sich die Gelegenheit ergab, hast du sie beseitigen lassen und Sidney Archer die Morde angehängt. Warum auch nicht? Dasselbe hattest du bereits mit ihrem Mann getan.« Sawyer setzte ab. »Du bist ziemlich tief gesunken, Frank: vom FBI-Agenten zum Mittäter in einem gewaltigen kriminellen Komplott. Vielleicht sollte ich dir mal die Absturzstelle zeigen. Möchtest du das?«

»Ich schwöre, mit dem Flugzeugattentat hatte ich nichts zu tun«, rief Hardy aus.

»Ich weiß. Und doch warst du in einer Hinsicht darin verwickelt.« Sawyer nahm die Sonnenbrille ab. »Du hast den Bombenleger umgebracht.«

»Wärst du so nett, mir zu erklären, wie du darauf kommst?« Hardys Augen funkelten ihn an.

»Du hast es mir verraten, Frank.« Hardys Züge versteinerten. »In der Parkgarage, wo Goldman und Brophy erschossen wurden. Dort unten war es saukalt. Ich war besorgt wegen des Verwesungsprozesses der Leichen; daß die tiefen Temperaturen vielleicht die Bestimmung des Todeszeitpunkts unmöglich machen könnten. Erinnerst du dich, was du gesagt hast, Frank? Du meintest, es wäre dasselbe Problem wie bei dem Bombenleger; daß es in der Wohnung durch die Klimaanlage genauso kalt war wie in der Garage durch die Außenluft.«

»Na und?«

»Ich habe dir nie erzählt, daß die Klimaanlage in Rikers Wohnung eingeschaltet war. Gleich, nachdem die Leiche gefunden wurde, habe ich die Heizung wieder angedreht. Auch in keinem einzigen FBI-Bericht wurde erwähnt, daß die Klimaanlage eingeschaltet war – obwohl du ohnehin keinen Zugriff darauf gehabt hättest.« Mittlerweile war Hardys Gesicht aschfahl. »Du wußtest es, weil du derjenige warst, der die Klimaanlage eingeschaltet hat, Frank. Nachdem du von dem Flugzeugattentat erfahren hattest, wurde dir bewußt, daß Gamble dich benutzt hatte. Zum Teufel, vielleicht war ohnehin geplant, Riker zu beseitigen. Aber du warst mehr als bereit, diese Aufgabe zu übernehmen. Erst, als ich mir auf der Fahrt hierher in einer Grünen Minna fast den Hintern abgefroren habe, bin ich darauf gekommen.«

Sawyer trat einen Schritt vor. »Zwölf Schüsse, Frank. Ich muß gestehen, das hat mich zunächst vor ein Rätsel gestellt. Du warst so wütend darüber, was der Kerl getan hatte, daß du ein wenig ausgerastet bist. Hast das ganze Magazin in ihn hineingepumpt. Schätze, in dir steckte doch noch ein *winziger* Rest eines Polizisten. Aber jetzt ist es vorbei, Frank.«

Hardy schluckte schwer und versuchte, die Nerven zu behalten. »Hör zu, Lee, alle, die von meiner Beteiligung wissen, sind tot.«

»Was ist mit Jason Archer?«

Hardy lachte. »Jason Archer war ein Narr. Er wollte Geld, wie wir alle. Nur hatte er keine Nerven, du weißt schon, nicht so wie wir beide. Er hatte dauernd *Alpträume*.« Zögernd rückte Hardy vor. »Schau einfach weg, Lee, mehr verlange ich ja nicht. Nächsten Monat fängst du in meiner Firma an. Eine Million Dollar im Jahr, Aktienoptionen, was dein Herz begehrt. Du wirst für den Rest deines Lebens ausgesorgt haben.«

Sawyer schnippte die Zigarette weg. »Frank, laß mich eins ganz klarstellen. Ich hasse es, mein Essen in einer Fremdsprache bestellen zu müssen, und ich würde eine verfluchte Aktienoption nicht erkennen, wenn sie hochspringen und mir in die Eier beißen würde.« Sawyer hob die Pistole. »Und wo du hingehst, gibt es als einzige ›Option‹ obere oder unter Pritsche.«

Hardy knurrte: »Ganz und gar nicht, alter *Kumpel*.« Er zog die Diskette aus der Tasche. »Wenn du das hier willst, dann wirf die Pistole weg.«

»Das soll wohl ein Scherz sein –«

»Wirf sie weg!« brüllte Hardy. »Oder ich schmeiße deinen ganzen Fall in den Atlantik. Wenn du mich laufen läßt, schicke ich sie dir von irgendwo.«

Ein Lächeln trat in Hardys Gesicht, als Sawyer die Pistole senkte. Dann, als Sawyer in das grinsende Gesicht starrte, hob er die Pistole jäh zurück in die ursprüngliche Stellung.

»Zuerst will ich die Antwort auf eine Frage, und ich will sie sofort.«

»Was?«

Sawyer trat vor; sein Finger versteifte sich am Abzug. »Was ist mit Jason Archer passiert?«

»Hör zu, Lee, was spielt es für eine Rolle –«

*»Wo ist Jason Archer?«* brüllte Sawyer über das Tosen der Brandung hinweg. »Denn genau das will die Frau da hinten im Haus wissen, und Gott ist mein Zeuge, du wirst es mir sagen, Frank. Übrigens, die Diskette kannst du werfen, wohin du willst. Rich Lucas ist noch am Leben«, log Sawyer. Er hatte Richard Lucas tot mitten auf dem Schlachtfeld gesehen, in das sich die Eingangshalle des Hotels verwandelt hatte. Nun würde der schweigsame Wächter auf ewig schweigen. »Was glaubst du, wie der darauf brennt, dir eins auszuwischen?«

Alle Farbe wich aus Hardys Gesicht, als er begriff, daß sein Freifahrtschein soeben in Schall und Rauch verpufft war. »Bring mich zurück zum Haus, Lee. Ich will meinen Anwalt anrufen.« Hardy ging los, hielt jedoch jäh inne, als Sawyer lehrbuchmäßige Schußhaltung einnahm.

»Sag's mir, Frank. Und zwar sofort.«

»Scher dich doch zum Teufel! Lies mir meine Rechte vor, wenn du willst, aber laß mich bloß in Ruhe.«

Als Antwort schwenkte Sawyer die Waffe leicht nach links und feuerte. Gellend schrie Hardy auf, als ihm die Kugel Hautfetzen und den oberen Teil des rechten Ohrs wegriß. Blut strömte ihm an der Seite übers Gesicht. Er sank auf die Knie. »Bist du verrückt?« kreischte er. Nun zielte Sawyer unmittelbar auf Hardys Kopf. »Das wird dich dein Abzeichen und deine Pension kosten, und du wanderst für mehr Jahre hinter Gitter, als du noch übrig hast, du Mistkerl«, schrie Hardy. »Du wirst alles verlieren.«

»Nein, werde ich nicht. Du bist nicht der einzige, der einen Tatort manipulieren kann, *alter Kumpel.*« Mit wachsendem Erstaunen beobachtete Hardy, wie Sawyer die Pistolentasche am Gürtel öffnete und eine weitere 10mm herauszog.

Er hielt sie hoch. »Das hier wird die Kanone sein, die du mir während eines Handgemenges entrissen hast. Man wird sie in deiner Hand finden. Es werden mehrere Schüsse damit gefallen sein, ein Beweis für deine Tötungsabsicht.« Sawyer deutete auf die Weiten des Meeres. »Dürfte schwierig sein, die Kugeln da draußen zu finden.« Er hielt die andere Pistole hoch. »Du warst mal ein erstklassiger Ermittler, Frank. Willst du raten, welche Rolle diese Waffe hier spielen wird?«

»Verdammt, Lee, tu's nicht!«

Ungerührt fuhr Sawyer fort. »Das hier ist die Pistole, mit der ich dich erschießen werde.«

»Großer Gott, Lee!«

*»Wo ist Archer?«*

»Bitte, Lee. Tu's nicht!« winselte Hardy.

Sawyer bewegte die Mündung bis auf wenige Zentimeter auf Hardys Kopf zu. Als Hardy das Gesicht in den Händen vergrub, riß Sawyer ihm die Diskette aus den zitternden Fingern. »Wenn ich mir's recht überlege, könnte sie doch recht praktisch sein.« Er steckte sie in die Tasche. »Leb wohl, Frank.« Sawyer legte den Finger um den Abzug.

»Warte! Bitte, warte, ich sag's dir ja. Ich sag's dir.« Kurz rang Hardy um Luft, dann starrte er in Sawyers grimmige Miene empor.

»Jason ist tot!«

Die drei Worte trafen Lee Sawyer wie ein Schlag in die Magengrube. Die mächtigen Schultern sackten herab, und er fühlte, wie jede Energie aus seinem Körper wich. Zwar war er sich dieser Antwort fast sicher gewesen, doch er hatte um Sidney und Amy Archers Willen auf ein Wunder gehofft. Etwas ließ ihn sich umdrehen.

Sidney Archer stand am Ende des Pfades, kaum zwei Meter von ihm entfernt, triefnaß und zitternd. Unter sanftem Mondlicht, das plötzlich zwischen den Wolkenfetzen hervorbrach, trafen sich ihre Augen. Sie brauchten nichts zu sagen. Sidney hatte die entsetzliche Wahrheit mit angehört: Ihr Mann würde nie mehr zurück nach Hause kommen.

Von der Klippe ertönte ein Schrei. Die Pistole im Anschlag wirbelte er herum und sah Hardy über die Klippe springen. Sawyer erreichte den Klippenrand gerade noch rechtzeitig, um mitzubekommen, wie sein alter Freund und neuer Feind tief unten von dem scharfkantigen Felsen abprallte und in den tosenden Fluten verschwand.

Fassungslos starrte Sawyer in den Abgrund, dann schleuderte er die Pistole wutentbrannt, so weit er konnte, ins Meer hinaus. Die Bewegung zerrte an den gebrochenen Rippen, doch er spürte den Schmerz kaum.

Kurz schloß er die Augen, dann öffnete er sie wieder und starrte über den aufgewühlten Atlantik. »Verdammt noch mal!« Weit lehnte er den massigen Körper zur Seite, als er versuchte, die gebrochenen Rippen ruhigzustellen. Seine Lungen stachen. Der aufgeschlitzte Arm und das verschwollene Gesicht begannen neuerlich zu bluten.

Als er einen Arm auf der Schulter fühlte, zuckte er zusammen. Unter den gegebenen Umständen hätte es Sawyer nicht gewundert, wenn Sidney Archer von diesem Ort geflohen wäre, so schnell die Beine sie trugen; eigentlich erwartete er das fast. Statt dessen legte sie ihm einen Arm um die Hüfte, schlang seinen Arm um ihre Schulter und half dem Verwundeten den Pfad zurück hinunter.

## KAPITEL 59

Das Begräbnis, bei dem Jason Archer endlich zur ewigen Ruhe gebettet wurde, fand an einem klaren Dezembertag auf einem stillen Hügel statt, etwa zwanzig Minuten von seinem Ziegelsteinhaus entfernt. Während der Grabrede hielt Sawyer sich im Hintergrund, da Familienangehörige und enge Freunde der abermals trauernden Witwe beistanden.

Nachdem alle anderen gegangen waren, blieb Sawyer noch eine Weile am Grab stehen. Während er den frisch errichteten Grabstein betrachtete, ließ er die kräftige Gestalt auf einen der Klappstühle sinken, die für die schlichte, kurze Zeremonie aufgestellt worden waren.

Über einen Monat lang hatte Jason Archer jeden wachen Augenblick des FBI-Agenten in Anspruch genommen, und doch hatten die beiden Männer einander nie kennengelernt. In Sawyers Branche stellte so etwas keine Seltenheit dar, doch diesmal krochen völlig andere Empfindungen durch die Seele des altgedienten Agenten. Sawyer wußte, daß es nicht in seiner Macht lag, den Tod des Mannes zu verhindern. Dennoch hatte er das niederschmetternde Gefühl, Jasons Frau und Tochter im Stich gelassen, die Familie Archer unwiederbringlich zerstört zu haben, weil er der Wahrheit nicht früher auf die Spur gekommen war.

Er vergrub das Gesicht in den Händen. Als er sie ein paar Minuten später wieder wegnahm, schimmerten immer noch Tränen in seinen Augen. Er hatte den Fall seines Lebens erfolgreich abgeschlossen, dennoch hatte er sich nie zuvor mehr wie ein Versager gefühlt.

Sawyer erhob sich, setzte den Hut auf und ging langsam

zum Wagen. Unvermittelt hielt er inne. Die lange, schwarze Limousine parkte am Straßenrand. Sie war zurückgekommen. Sawyers Augen verharrten auf dem Gesicht, das aus dem hinteren Fenster der Limousine schaute.

Sidney betrachtete den frisch aufgeworfenen Erdhügel. Dann drehte sie den Kopf in Sawyers Richtung, der zitternd, mit pochendem Herzen und bebender Brust dastand und mehr als alles andere wünschte, er könnte in die kalte Erde fassen und ihr Jason Archer zurückgeben. Dann glitt die Scheibe wieder hoch, und die Limousine fuhr davon.

Am Abend vor Weihnachten rollte Lee Sawyer in seinem Auto langsam die Morgan Lane hinunter. Die Häuser entlang der Straße waren wunderschön geschmückt, mit Lichterketten, Kränzen, wetterfesten Weihnachtsmännern und deren treuen Rentieren. Ein Stück die Straße hinab gab eine große Gruppe Weihnachtssänger eine Vorstellung. Die ganze Gegend versprühte Festtagsstimmung, mit Ausnahme eines Hauses, das, abgesehen von einem Licht im vorderen Zimmer, im Dunkeln lag.

Sawyer bog in die Auffahrt der Archers und stieg aus dem Wagen. Er trug einen nagelneuen Anzug und hatte die Haartolle, so gut es ging, niedergekleistert. Nachdem er eine kleine, in Weihnachtspapier verpackte Schachtel aus dem Auto geholt hatte, ging er zum Haus hinauf. Sein Gang wirkte noch ein wenig steif; die Rippen waren immer noch am Verheilen.

Auf sein Klopfen hin öffnete Sidney Archer die Tür. Sie trug eine dunkle Hose und eine weiße Bluse. Sanft wallte das Haar über ihre Schultern. Zwar hatte sie ein wenig Gewicht zugelegt, dennoch wirkten ihre Züge nach wie vor ausgemergelt. Wenigstens waren die Schnitte und blauen Flecken verheilt.

Im Wohnzimmer setzten sie sich vors Feuer. Sawyer nahm das Angebot eines Glühweins an und sah sich im Zimmer um, während sie ihn holen ging. Auf dem Beistelltisch stand eine Schachtel Computerdisketten mit einer roten

Schleife oben. Da es keinen Weihnachtsbaum gab, legte er das Päckchen, das er mitgebracht hatte, auf den Kaffeetisch.

»Ich hoffe, Sie fahren über die Feiertage irgendwo hin«, meinte er, als sie ihm gegenüber Platz nahm. Beide tranken einen Schluck Glühwein.

»Zu meinen Eltern. Sie haben das Haus weihnachtlich hergerichtet, mit einem großen Baum und allerlei Schmuck. Mein Vater will sich als Weihnachtsmann verkleiden. Auch meine Brüder samt Familie werden da sein. Es wird Amy guttun.«

Sawyer betrachtete die Diskettenschachtel. »Ich hoffe, das ist nur ein Scherzgeschenk.«

Sidney folgte seinem Blick und lächelte kurz. »Von Jeff Fisher. Er hat mir für die aufregendste Nacht seines Lebens gedankt und mir auf Lebenszeit kostenlose Computerberatung angeboten.« Dann erblickte Sawyer das kleine, feuchte Handtuch, das Sidney mitgebracht und auf den Kaffeetisch gelegt hatte. Er schob ihr das Geschenk hinüber. »Legen Sie das bitte für Amy unter den Baum. Es ist von mir und Ray. Seine Frau hat es ausgesucht. Es ist eine Puppe, die jede Menge Dinge macht. Sie wissen schon, sie spricht, macht Pipi und …« Mitten im Satz verstummte er und wirkte verlegen. Er trank einen weiteren Schluck Glühwein.

Sidney lächelte. »Danke vielmals, Lee. Sie wird sich sehr darüber freuen. Ich würde sie ihr ja gleich geben, aber sie schläft gerade.«

»Man sollte Geschenke ohnehin erst an Heiligabend aufmachen.«

»Wie geht's Ray?«

»Mann, der Kerl ist einfach nicht umzubringen. Er humpelt schon wieder ohne Krücken und –«

Plötzlich wurde Sidney blaß und griff schnell nach dem Handtuch. Sie preßte es auf den Mund, sprang auf und rannte aus dem Zimmer. Sawyer stand ebenfalls auf, folgte ihr aber nicht. Er setzte sich wieder hin. Wenige Minuten später kam sie zurück. »Tut mir leid, ich muß mir wohl was eingefangen haben.«

»Wie lange wissen Sie schon, daß Sie schwanger sind?« fragte Sawyer. Verblüfft lehnte sie sich zurück. »Ich habe vier Kinder, Sidney. Glauben Sie mir, ich erkenne diese Art von Übelkeit, wenn ich sie sehe.«

Sidneys Stimme klang angespannt. »Seit etwa zwei Wochen. Der Morgen, an dem Jason wegflog ...« Mit einer Hand vor dem Gesicht, begann sie vor und zurück zu schaukeln. »Herrgott, ich kann es nicht glauben. Warum hat er es getan? Warum hat er es mir nicht erzählt? Er müßte nicht tot sein! Verdammt noch mal! Er könnte noch leben!«

Sawyer starrte auf die Tasse in seinen Händen. »Er hat versucht, das Richtige zu tun, Sidney. Er hätte einfach ignorieren können, was er entdeckt hatte, wie es wohl die meisten Menschen getan hätten. Statt dessen beschloß er, etwas dagegen zu unternehmen. Er hat eine Menge Gefahren auf sich geladen, aber ich weiß, daß er es für Sie und Amy getan hat. Zwar hatte ich nie die Gelegenheit, ihn kennenzulernen, doch ich weiß, er hat sie beide geliebt.« Sawyer hatte nicht vor, Sidney zu enthüllen, daß die Aussicht auf eine Belohnung von der Regierung eine wesentliche Rolle bei Jason Archers Entscheidung gespielt hatte, Beweise gegen Triton zu sammeln.

Mit wäßrigen Augen blickte sie ihn an. »Wenn er uns so sehr geliebt hat, warum hat er sich dann auf etwas so Gefährliches eingelassen, etwas so ... Das ergibt keinen Sinn. Gott, es ist, als hätte ich ihn zweimal verloren. Können Sie sich vorstellen, was das für ein Gefühl ist?«

Eine Weile überlegte Sawyer, dann räusperte er sich und begann betont leise zu sprechen. »Ich habe da diesen Freund; ein etwas widersprüchlicher Charakter. Er liebte seine Frau und seine Kinder so sehr, daß er alles für sie getan hätte. Wirklich alles.«

»Lee –«

Sawyer hob die Hand. »Bitte, Sidney, lassen Sie mich ausreden. Glauben Sie mir, es hat mich eine Menge Überwindung gekostet, überhaupt bis hier zu kommen.« Während Sawyer fortfuhr, lehnte sie sich zurück. »Er liebte sie so sehr, daß er all seine Zeit mit dem Versuch verbrachte, die Welt für sie in einen sichereren Ort zu verwandeln. So viel Zeit, daß er schließlich die Menschen, die er so sehr liebte, zutiefst verletzte. Und das erkannte er erst, als es zu spät war.« Als er einen dicken Kloß im Hals spürte, trank er einen Schluck Glühwein. »Sie sehen also, manchmal tun die Menschen in bester Absicht die dümmsten Dinge.« Seine Augen schimmerten. »Jason hat Sie geliebt, Sidney. Letzten Endes ist das alles, was wirklich zählt. Das ist die einzige Erinnerung, die Sie an ihn behalten müssen.«

Minutenlang starrten die beiden schweigend in die Flammen des offenen Kaminfeuers.

Schließlich sah Sawyer sie an. »Also, was werden Sie jetzt machen?«

Sidney zuckte die Schultern. »Tyler, Stone hat seine beiden wichtigsten Mandanten, nämlich Triton und RTG verloren. Henry Wharton war sehr nett und meinte, ich könnte zurückkommen, aber ich weiß nicht, ob ich dem gewachsen bin.« Kurz legte sie das Handtuch über den Mund, dann ließ sie die Hand in den Schoß sinken. »Aber wahrscheinlich habe ich keine andere Wahl. Jason hatte keine großartige Lebensversicherung. Unsere Ersparnisse sind fast aufgebraucht. Und jetzt, wo das neue Baby unterwegs ist ...« Verzweifelt schüttelte sie den Kopf.

Sawyer wartete einen Augenblick, dann faßte er in die Jackentasche und zog langsam einen Umschlag heraus. »Vielleicht kann das hier helfen.«

Sie tupfte sich die Augen ab.

»Was ist das?«

»Machen Sie es auf.«

Sie zog den Zettel heraus. Nach einer Weile blickte sie zu Sawyer auf. »Was ist das?«

»Ein auf Sie ausgestellter Scheck über zwei Millionen Dollar. Da er vom Finanzministerium der Vereinigten Staaten unterzeichnet wurde, glaube ich kaum, daß er platzen wird.«

»Das verstehe ich nicht, Lee.«

»Die Regierung hatte eine Belohnung ausgesetzt für Hinweise, die zur Ergreifung der für das Flugzeugattentat verantwortlichen Person oder Personen führen.«

»Aber ich habe doch gar nichts getan. Nichts, womit ich diese Belohnung verdient hätte.«

»Ich bin absolut sicher, daß ich nie wieder einem Menschen einen Scheck über eine solche Summe in die Hand drücke und zu ihm sage, was ich zu Ihnen gleich sagen werde.«

»Was?«

»Daß er nicht annähernd hoch genug ist. Daß es auf der ganzen Welt nicht genug Geld gibt, um Sie zu entschädigen.«

»Lee, das kann ich nicht annehmen.«

»Das haben Sie bereits. Der Scheck an sich ist eine reine Formsache. Der Betrag wurde längst auf ein spezielles Konto überwiesen, das auf Ihren Namen lautet. Charles Tiedman – er ist Präsident der Zentralbank San Francisco – hat bereits ein Team erstklassiger Anlageberater zusammengestellt, die das Geld für Sie investieren werden. Alles kostenlos. Tiedman war einer von Liebermans engsten Freunden. Er bat mich, Ihnen seine aufrichtige Anteilnahme und seinen tiefempfundenen Dank auszusprechen.«

Ursprünglich hatte sich die Regierung der Vereinigten Staaten äußerst zögerlich gezeigt, Sidney Archer die Belohnung auszuhändigen. Es hatte Lee Sawyer einen ganzen Tag mit Kongreßabgeordneten und Vertretern des Weißen Hauses gekostet, um ihre Meinung zu ändern. Alle waren der Meinung gewesen, daß die Einzelheiten über die vorsätzliche Manipulation der amerikanischen Finanzmärkte nicht an die große Glocke gehängt werden sollten. Sawyers unmißverständliche Andeutung, er würde sich mit Sidney Archer zusammentun und die Diskette, die er Frank Hardy auf einer Klippe in Maine abgenommen hatte, an den Meistbietenden verkaufen, hatte die Regierung zu einem jähen Gesinnungswandel bewogen, was die Belohnung anging. Das und ein quer durchs Büro des Bundesstaatsanwalts fliegender Stuhl.

»Der gesamte Betrag ist steuerfrei«, fügte er hinzu. »Damit sollten Sie eigentlich fürs Leben versorgt sein.«

Sidney wischte sich über die Augen und steckte den Scheck zurück in den Umschlag. Eine Weile sprach keiner der beiden ein Wort. Das Feuer knisterte und knackte im Kamin. Schließlich blickte Sawyer auf die Uhr und stellte die Glühweintasse ab. »Es wird spät. Bestimmt haben Sie noch einiges zu erledigen. Und auf mich wartet noch Arbeit im Büro.« Damit erhob er sich.

»Machen Sie denn nie Pause?«

»Nicht, wenn es sich vermeiden läßt. Außerdem, was sollte ich sonst mit meiner Zeit anstellen?«

Auch Sidney stand auf, und ehe er sich verabschieden konnte, schlang sie die Arme um seine dicken Schultern und drückte ihn innig an sich. »Danke.« Die Worte konnte er kaum verstehen, doch das war auch nicht notwendig. Sidney Archer verströmte ihre Empfindungen wie das Feuer die Wärme. Er legte die Arme um sie, und ein paar Minuten verharrten sie so im flackernden Schein des offenen Kaminfeuers, während die Klänge der Weihnachtssänger näherkamen.

Als sie sich schließlich voneinander lösten, nahm Sawyer zärtlich ihre Hand in die seine. »Ich werde immer für Sie da sein, Sidney. Immer.«

»Ich weiß«, flüsterte sie nach einer Weile.

Während er auf die Tür zuschritt, rief sie ihm nach: »Dieser Freund von Ihnen, Lee ... Sie sollten ihm vielleicht ausrichten, daß es nie zu spät ist.«

Während Lee Sawyer die Straße entlangfuhr, erblickte er am klaren, dunklen Nachthimmel einen vollen Mond. Leise begann er, selbst ein Weihnachtslied zu summen. Er würde nicht zurück ins Büro fahren. Statt dessen würde er bei Ray Jackson vorbeischauen, ihm eine Weile auf den Wecker fallen, mit seinen Kindern spielen und vielleicht Eierpunsch mit seinem Partner und dessen Frau trinken. Morgen würde er noch ein paar späte Weihnachtseinkäufe erledigen. Die alte Plastikkarte zücken und seine Kinder überraschen. Zum Teufel, schließlich war Weihnachten.

Er löste das FBI-Abzeichen vom Gürtel und nahm die Pistole aus dem Halfter. Beides legte er neben sich auf den Beifahrersitz. Während der Wagen weiter die Straße entlangrollte, gestattete er sich ein mattes Lächeln. Der nächste Fall würde einfach warten müssen.

# ANMERKUNGEN

Das in den vorangehenden Seiten erwähnte Flugzeug, der Mariner L800, ist frei erfunden, obwohl einige der allgemeinen Merkmale auf echten Linienflugzeugen basieren. Nach dieser Aussage könnte mancher Flugzeugkenner darauf hinweisen, daß die Sabotage des Flugs 3223 ziemlich weit hergeholt wirkt. Die »Fehler« wurden durchaus bewußt eingebaut: Beim Verfassen dieses Buches entsprach es keineswegs meinem Ziel, eine Bastelanleitung für geistig Verwirrte zu schreiben.

Hinsichtlich des Zentralbankrats* sei nur soviel gesagt: Die Vorstellung, daß die Wirtschaft eines Landes in hohem Maße von einer Handvoll Menschen gelenkt wird, die sich im geheimen treffen und keiner wesentlichen Aufsicht unterliegen, erschien mir, als Erzähler von Geschichten, unwiderstehlich. In Wahrheit habe ich noch *untertrieben*, was die Macht der Bundeszentralbank über unser aller Leben angeht. Der Fairneß halber sei jedoch erwähnt, daß die Bundeszentralbank die Wirtschaft unseres Landes im Lauf der Jahre ausgesprochen gut durch so manch stürmische Meerenge gesteuert hat. Die Aufgabe dieser Leute ist nicht einfach und weit von einer exakten Wissenschaft entfernt. Obwohl die Auswirkungen der Entscheidungen des Zentral-

---

* Im Original »Federal Reserve Board«. Die »Federal Reserve« entspricht etwa der deutschen Bundeszentralbank, während die untergeordneten zwölf »Bundesbanken« (hier als »Zentralbanken« bezeichnet), die gleichfalls nationale Einrichtungen sind, den Landeszentralbanken gleichkommen. Anm. d. Übers.

bankrats mitunter schmerzhaft für einige von uns sind, können wir davon ausgehen, daß solche Entscheidungen zum Wohle der Nation, als Ganzes betrachtet, getroffen werden. Dennoch liegt die Versuchung, ganze Berge illegaler Gewinne zu erzielen, bei einer so gewaltigen Macht, die auf einen so kleinen, in sich geschlossenen Kreis konzentriert ist, nie ganz fern. Und somit auch nicht die Geschichten, die sich darüber schreiben lassen!

Was die computertechnischen Aspekte von TOTAL CONTROL anlangt, die ich nach bestem Wissen recherchierte, so sind diese durchwegs plausibel, sofern sie nicht ohnehin schon Realität oder, ob Sie es glauben oder nicht, sogar schon veraltet sind. Die unzähligen Vorteile der Computertechnologie sind von unleugbarer Bedeutung; doch gibt es bei Vorteilen diesen Ausmaßes unweigerlich auch eine Kehrseite. Da sich die Computer der Welt zunehmend zu einem globalen Netzwerk vereinigen, wächst proportional auch die Gefahr, daß eines Tages eine einzige Person uneingeschränkte Kontrolle über wichtige Aspekte unseres Lebens ausüben könnte. Und wie Lee Sawyer im Roman fragte: »Was, wenn es ein *böser* Mensch ist?«

David Baldacci
Washington, D. C.
Januar 1997

Titel der Originalausgabe: Total Control
Originalverlag:
Warner Books, Inc., New York

Aus dem Amerikanischen von Michael Krug

Schutzumschlag:
Nordis · Heidelbach · Sawatzki, Essen
Satz: Kremerdruck GmbH, Lindlar
Gesetzt aus der Caecilia Roman von Linotype-Hell
Druck und Einband: Clausen & Bosse, Leck



Printed in Germany
ISBN 3-7857-0886-6

3 5 4 2